후려치는 안녕

후려치는 안녕

전우진 장편소설

1부

2부

모두가 각자의 전장에서 힘들게 싸우고 있으니,

비록 타인에게서 지옥을 마주할지라도

그에게 친절을 베풀라.

우리는 살아가면서 알게 모르게 수없이 많은 용서를 받았다.

그러니 타인에게도 관대하라.

- 다산 정약용

1부

일상

나 같은 죄인 살리신 주 은혜 놀라워.

도대체 죄인을 왜 살리는 거? 다 뒈지게 냅둬야지. 병삼은 창문을 타고 나오는 찬송을 들으며 담배 필터의 캡슐을 깨물어 멘톨로 바꾸었다. 멘톨 연기가 답답했던 병삼의 마음을 시원하게 닦았다. 병삼은 상가 건물 주차장 구석에 있는 흡연 구역에서 종이컵에 담긴 맥심 모카골드를 마시며 담배를 피우고 있었다. 한마음교회 목사인 바울은 찬송가 405장을 부르며 예배 중인 성도들을 훑어보았다. 30평 남짓한 개척교회라 슬쩍 훑어보아도 교인들이 다 보였다. 바울은 찬송 첫 소절이 끝나기도 전에 병삼이 몰래 교회를 나갔다는 걸 알아챘다. 사도신경을 외울 때만 해도 문 근처에서 본 것 같았는데 그새 사라지고 없었다. 아. 짜식. 예배 좀 드리라니까. 바울은 미간을 살짝 찌푸리며 찬송을 불렀다. 병삼은 처음 바울과 계약할 때 예배에 참석하지 않겠다고 했었다. 바울은 강요할 마음이 없다고 했지만, 그래도 교회 버스 운전사인데 예배는 드리는 게 어떻겠냐며 회유했다. 병삼은 잠시 고민하더니 생각해 보겠다고 했다. 사실 병삼은 그때나 지금이나 예배를 드릴 마음이 손톱만큼도 없었다. 귀찮고 지루했다. 노래에 소질도 없는데 찬송을 부르는 것도 싫었고, 바울의 말도 안 되는 헛소리를 설교랍시고 듣는 것도 싫었다. 딱딱한 의자, 눈치 보이는 헌금 시간, 그중 제일 싫은 것은 친교의 시간이었다. 옆자리의 처음 보는 사람과 웃는 얼굴로 하나님의 은혜 안에서 사랑합니다, 하고 인사하는 것은 출근 시간대에 신도림역에서 속옷 차림으로 서 있는 것만큼 민망했다. 담배를 필터 끝까지 피우고 종이컵 바닥이 다 보이도록 커피를 깔끔하게 마신 병삼은 교회 버스 운전석에 앉아 유튜브로 성수동 서울숲 트리마제 쉰여섯 평형 아파트 내부를 감상하고 있었다. 고급 아파트 내부를 보여주는 유튜브 시청은 병삼의 유일한 취미였다. 이야. 한강이 다 내려다보이네. 이 아파트는 부부 욕실에도 편백나무 욕조가 있구먼. 이런 데 사는 사람들은 전생에 무슨 덕을 쌓은 거?

지금은 우리 주 예수 그리스도의 무한하신 은혜와.

상가 건물 2층 한마음교회 창문 밖으로 바울의 축도가 들렸다. 그 소리는 곧 예배가 끝난다는 신호였다. 바울의 축도 덕분에 모든 성도가 은혜를 받았을지 몰라도 축도가 시작되자 병삼의 평화는 깨졌다. 병삼은 교회 버스라고 불리지만 사실은 승합차인 2015년형 회색 그랜드 스타렉스에 시동을 걸었다. 차를 상가 건물 앞으로 옮기고 나자 몇 분 지나지 않아서 성도들이 하나둘씩 나오기 시작했다. 성도 중 노인 몇 명이 병삼의 차에 올라탔다. 병삼은 눈도 마주치지 않은 채 말없이 고개를 숙여 탑승하는 노인들에게 인사했다. 한 할머니가 병삼에게 아이고, 집사님 왜 예배 안 드리셨어요? 하고 물어도 병삼은 아. 네, 하고 얼버무리기만 했고, 한 할아버지가 담배 냄새나는데? 또 담배 피웠어? 담배는 무조건 끊어야 된다니까. 나도 담배 한 50년 피우다 끊었는데. 이렇게 좋을 수가 없어. 손 집사도 얼른 끊어, 라고 해도 예. 예, 하고 넘겼다. 병삼은 슬쩍 뒷자리 노인의 수를 세었다. 노인은 모두 여섯 명이었다. 한 명이 아직 타지 않았다. 잠시 뒤 금호 피아노 학원 옆에 사는 박 씨 할아버지가 바울의 부축을 받으며 나왔다. 바울은 박 씨 할아버지가 천천히 차에 오르는 걸 도왔다. 박 씨 할아버지까지 모두 탑승이 끝나자 바울은 차에 올라타서 그럼 조심해서 들어가시고 수요예배 때 뵙겠습니다. 안전띠 다들 하셨죠? 하며 인사를 했다. 성도들도 다들 예. 감사합니다. 목사님, 하며 인사했다. 병삼만 평소처럼 침묵을 지키고 있었다. 인사가 끝나자 바울은 병삼을 보고 씨익 웃으며,

그럼 성도님들 안전하게 잘 부탁드립니다. 손 집사님.

하고 인사했다. 병삼은 바울의 인사를 듣자 미간에는 주름이 콱 잡혔다. 병삼은 집사가 아니었다. 그런데도 바울은 자꾸 병삼에게 집사라고 불렀고, 다른 성도들도 병삼을 보고 손 집사님이라고 불렀다. 병삼은 그 호칭이 예배에 참석하라는 압박 같아서 듣기 싫었다. 바울에게 그냥 기사님이나, 그것도 싫으면 그냥 손 씨라고 불러 달라고 백 번도 더 이야기했지만, 바울은 언제나 성도들 앞에서는 병삼을 손 집사님이라고 불렀다.

감사합니다. 손 집사님. 은혜 많이 받으세요.

공 씨 할머니는 금남시장 삼거리에서 내리며 병삼에게 인사했다. 병삼은 건조한 얼굴로 말없이 고개 인사를 했다. 병삼은 공 씨 할머니가 삼거리 건널목을 건너는 걸 끝까지 지켜본 다음 비상등을 끄고 다시 차를 출발시켰다. 한마음교회는 서울 금호동 다세대 지역 외곽에 있는 5층짜리 상가 건물에 자리 잡고 있었다. 작은 개척교회였지만, 담임목사인 바울의 노력 덕분에 다른 개척교회에 비해 신도 수가 많았다. 그래 봐야 50명 남짓이었고 그중 노인과 아이가

8할이어서 재정 상태는 좋지 않았다. 바울의 아들 한길이 교회 일을 많이 도왔었다. 바울은 한길이 군대 간 이후로 일손이 부족해 사람을 고용했는데 그때 고용한 사람이 병삼이었다. 병삼은 교회 버스 운전을 하며 잡다한 일을 도왔다. 공 씨 할머니까지 내리자 차 안에는 병삼과 박 씨 할아버지 둘만 남았다. 둘 다 말이 없는 성격이어서 차 내부에는 적막이 흘렀다.

앉아 계세요.

차가 금호 피아노 학원 앞에 도착하자 병삼이 침묵을 깼다. 박 씨 할아버지는 안전띠를 풀고 일어나려다 병삼의 말을 듣고 다시 좌석에 앉았다. 병삼은 차에서 내린 뒤 뒷좌석으로 와서 박 씨 할아버지를 부축했다. 병삼이 박 씨 할아버지를 부축한 이유는 바울과 다른 이유였다. 박 씨 할아버지는 몸이 불편하여 혼자 하차하는데 시간이 오래 걸렸다. 그러다 좁은 골목길 반대편에서 승용차라도 나타나면 여러모로 피곤해졌다. 부축해서 얼른 내려드리고 빨리 떠나는 것이 병삼도 편했다. 차에서 내린 박 씨 할아버지는 병삼에게 말없이 인사했고, 병삼도 말없이 인사하고는 차에 탔다. 병삼이 박 씨 할아버지를 가장 마지막에 내려주는 이유는 동선 때문이 아니었다. 박 씨 할아버지는 늘 말이 없고 사람을 귀찮게 하지 않았기 때문이다. 다른 노인들은 자신이 마지막이면 차를 주차하고 점심을 먹고 가라거나, 배가 한 상자 들어왔는데 혼자 다 못 먹는다며 가져다줄 테니 잠깐 기다리라거나, 미숫가루라도 시원하게 한 잔 마시고 가라며 병삼을 귀찮게 했다. 그러나 박 씨 할아버지는 오직 묵례뿐이었다.

또 옥상에서 뻘짓거리 하고 있겠구먼.

교회로 돌아온 병삼은 차를 주차하고 예배당으로 들어갔다. 예배당의 의자는 모두 반듯하게 줄이 맞춰져 있었고, 청소까지 말끔하게 되어 있었다. 병삼의 예상대로 바울은 상가 건물 옥상에 있었다. 병삼이 옥상 문을 열자 웃통을 벗은 바울이 소림무술을 연마하는 것이 보였다. 바울의 검은 피부가 햇볕에 반사되어 탄탄해 보였다. 바울은 40대 후반의 나이었지만, 30대 초반 웰터급 격투선수와 같은 몸매를 갖고 있었다. 바울은 날카로운 눈빛으로 가상의 상대방을 노려보며 천천히 다리를 벌리고 기마 자세를 만들었다. 그런 다음에 힘 있고 절도 있게 정권 찌르기를 몇 번 하더니 공중으로 부웅 뜬 상태에서 발차기를 연속으로 세 번 파바박 차고는 내려왔다. 그리고 나서 백 텀블링을 두 번 한 다음 다리를 찢은 채 앉아서 손날을 앞으로 쭉 뻗었다.

고만 좀 혀.

바울이 돌아보니 병삼이 인상을 찌푸리며 노려보고 있었다. 빨리 왔네? 너 자꾸 이런 거 하고 그러면 사람들이 욕해. 저짝 아파트 위에서 여기 다 내려다보여. 주일에 목사가 웃통 벗고 교회 옥상에서 소림무술이나 하고 있는 게, 이게 정상적인 거여? 도무지 이해가 안 되네. 나는 이 교회 다니는 교인들도 이해가 안 가. 저런 놈이 목사를 하는데 왜 자꾸 교회에 오는 겨? 바울은 웃으며 일어나 벗어놓은 셔츠를 주워 입었다. 그냥 하던 게 있으니까 운동 삼아 하는 거지. 우리 성도님들 그 정도로 이해심이 없진 않아. 바울의 말에 병삼은 코웃음을 쳤다. 이해심이 아니라, 생각이 없는 거지. 그리구 지금 추석 지나서 날씨도 쌀쌀해졌는데 옷은 왜 자꾸 벗어제껴? 다 늙어서 몸매 자랑하는 겨? 뭘 다 늙어? 아직 50도 안 됐는데. 그리고 나 어디 가면 40대 초반으로 봐. 그래서 내가 성도님들 앞에서 병삼이 너한테 반말을 안 하는 거야. 큰 형뻘한테 반말한다고 할까봐. 바울의 말에 병삼은 인상을 찌푸렸다. 허이구. 잘났다. 헛소리하지 말고 점심은 뭐 먹을 겨? 병삼의 질문에 바울은 말없이 웃으며 계단을 내려갔다. 뭐여? 또 그거 먹을라고?

닭곰탕 하나 닭개장 하나 나왔습니다.

바울은 웃으며 공깃밥 뚜껑을 열었다. 병삼은 닭곰탕에 밥을 마는 바울을 보며 한마디 하려다 말았다. 너는 닭곰탕 아니라 닭개장 시켜줬잖아, 할 것이 뻔했기 때문이다. 짜증을 좀 내면 닭무침 한 접시 정도 시켜주기야 하겠지만, 그게 중요한 게 아니었다. 병삼에게는 점심 식사보다 중요한 이야기가 있었다. 병삼은 공깃밥 그릇에 닭고기를 덜어 먹는 바울을 바라보다가 입을 열었다. 저기 말이여. 내가 이런 말 하기는 좀 뭐하긴 한데. 그게 왜 보통 회사나 뭐 이런데 보면 추석에 떡값이라고 상여금 비스무리허게 주고 그러잖어. 예전에 나 택시 할 때도 회사에서 설이나 추석에는 뭐 좀 주고, 학원 버스 운전할 때도 하다못해 햄 세트 같은 거라도 줬었는데. 바울은 입으로 닭 다리뼈에 살을 쪽쪽 발라내며 병삼을 바라보았다. 닭무침 한 접시 시켜줄까? 그런 말이 아니잖아. 그리구 닭개장에 닭무침은 메뉴가 너무 겹치는 거 아녀? 병삼은 바울을 노려보다가 다시 표정을 풀고 조용히 말을 꺼냈다. 내가 뭐 교회에서 크게 하는 일은 없지만, 평소에는 그렇다 쳐도 명절에는 가끔 뭐라도 있어야 할 거 아녀? 병삼의 말을 들은 바울은 심각한 얼굴로 들고 있던 닭 다리뼈를 내려놓았다. 병삼아. 지금 우리 교회 적자가 심해. 너도 우리 교회 헌금 들어오는 거 어떤지 알잖아. 게다가 지금 교회 월세가 3개월이나 밀렸어. 병삼은 닭개장 국물을 떠먹으며 바울의 이야기를 듣다가 월세 얘기가 나오자 조용히 일어나 바울에게 다가간 뒤 바울의 먹살을 살포시 잡았다.

귀싸대기를 한 대 맞아야 솔직한 이야기가 나올라나?

식당 안에 있던 손님들은 키도 작고 삐쩍 마른 병삼이 체격도
좋고 인상도 사나워 보이는 바울의 멱살을 잡는 것을 보고는 깜짝
놀랐다. 바울도 깜짝 놀라 알았어. 알았어. 하며 병삼을 진정시켰다.
병삼은 다른 사람들은 신경 쓰지도 않은 채 다시 자리에 가서 앉았
다. 아니, 목사란 놈이 입만 열면 그짓말이여? 상가 건물주 한 장로
님이 교회 세 안 받는 거 내가 다 아는데 어디서 그짓말을 해? 바울
은 병삼을 보고 멋쩍은 듯 웃었다. 한 장로님이 그런 얘기까지 하셨
어? 사실은 내년 1월 말에 우리 한길이가 제대하잖아. 그때 돈이 좀
들어갈 거 같아서 그래. 바울의 말에 병삼은 인상을 찌푸렸다. 한길
이 그놈 병원이라도 차려주려고 그려? 병원 차려줄 돈이 어딨어?
그리고 한길이 아직 의사 아니야. 아무튼, 내가 많이는 못 챙겨줘도
조금은 챙겨줄게. 미안하다. 얼른 먹어. 병삼은 바울을 답답한 듯 바
라보았다. 그러지 말고 곧 있으면 추수감사절이잖어. 그때 헌금 좀
땡겨봐. 다른 교회는 부흥회다 기도회다 뭐다 해서 헌금 잘만 걷던
데. 우리 교인들이 너 형편 좀 어렵다고 하면 가만있을 양반들도 아
니고. 1년에 딱 세 번. 부활절, 추수감사절, 크리스마스. 요렇게만 딱
눈 감고 좀 해봐. 알았어. 알았으니까 얼른 먹어. 알긴 개뿔을 알어!
병삼이 소리치자 식당 안 손님들은 다시 깜짝 놀라 병삼과 바울을
쳐다보았다. 그러자 지금까지 웃어넘기던 바울도 병삼을 노려보았
다. 야. 사람들 식사하시잖아. 여기 우리만 있냐? 그제야 병삼도 주
변을 둘러보다가 민망한 듯 눈치를 보며 스테인리스 컵에 담긴 냉
수를 마셨다. 네가 인마 만날 알았다고 하고 그냥 은근슬쩍 넘어가
니까 그렇지. 병삼의 목소리가 누그러졌지만, 바울은 여전히 병삼

을 노려보았다. 그러는 너는. 너도 내가 예배 참석하라고 하면 알았다고 하고 그냥 은근슬쩍 넘어가잖아. 나는 인마 너 생각해서 하는 소리지. 병삼은 숟가락을 들고 닭개장을 먹기 시작했다. 나도 인마 너 생각해서 하는 소리야. 바울도 숟가락을 들고 닭곰탕을 먹기 시작했다. 바울이 눈치를 보니 병삼은 기분이 상한 듯 보였다. 바울은 한숨을 쉬고는 멀리 있는 종업원에서 손을 들어 보이며 여기 닭무침 한 접시 주세요, 했고 병삼은 숟가락을 식탁에 따악! 놓으며 닭 좀 고만 처먹어, 이 새끼야. 하며 화를 냈다. 닭곰탕 가게 손님들은 또다시 놀라 둘을 쳐다보았다.

왜 놀라세요?

어이고! 소리에 병삼이 뒤를 돌아보자 뒷좌석에 앉아 있던 박 씨 할아버지가 놀란 얼굴로 스타렉스 앞 유리 너머를 바라보고 있었다. 늘 그렇듯 오늘도 병삼은 수요 저녁예배가 끝나고 다른 노인 성도들을 모셔다드린 다음 마지막으로 박 씨 할아버지를 모셔다드렸다. 병삼이 박 씨 할아버지의 시선을 따라가 보니 금호 피아노학원 옆으로 경찰차 한 대가 와 있었다. 병삼은 박 씨 할아버지가 경찰에게 쫓기고 있는 건지 잠시 의심했다. 그러나 병삼이 지켜본 박 씨 할아버지는 길거리에 침 한 번 뱉은 적 없었고, 차 없는 2차선 도로도 꼭 건널목까지 돌아가서 건너곤 하셨다. 병삼은 차를 주차하곤 박 씨 할아버지에게 잠시 계시라며 무슨 일인지 가보겠다고 했다. 그러나 박 씨 할아버지는 자신이 가봐야 한다며 차에서 내렸다. 병삼은 평소처럼 박 씨 할아버지를 부축해 내려드린 다음 평소와 다르게 박 씨 할아버지를 모시고 경찰차가 세워진 박 씨 할아버지 집 앞으로 갔다.

여기 우리 아버지 집이라니까 그러네!

40대 남자가 술에 취해 박 씨 할아버지 집 앞에서 경찰들과 실랑이를 하고, 그 주변을 동네 사람들이 나와 구경하고 있었다. 병삼은 그 남자가 박 씨 할아버지 아들인 것을 단번에 알아챘다. 사실 병삼뿐만이 아니라 누가 보더라도 알 수 있었다. 그 남자는 박 씨 할아버지의 키를 10cm 정도 늘이고 체중을 20kg 정도 늘인 뒤 주름을 펴고 머리를 검은색으로 염색한 것처럼 생겼기 때문이다. 둘이 다른 점은 단 하나였다. 눈빛이었다. 박 씨 할아버지는 그늘에 누워 있는 나른한 낙타의 눈빛이었고, 남자는 한 달은 굶은 호랑이의 눈빛이었다. 보아하니 남자가 술에 취해 박 씨 할아버지를 찾아왔는데 문을 열어주지 않자 소란을 피웠고, 그 모습을 본 주민이 경찰에 신고한 듯 보였다. 남자를 바라보는 박 씨 할아버지는 수요예배가 끝나고 차에 오를 때보다 10년은 늙어 보였다. 남자는 병삼 옆에 서 있는 박 씨 할아버지를 보더니 어? 어디 갔다가 이제 와요? 전화를 좀 받으시든가. 하며 박 씨 할아버지에게 성큼성큼 다가왔다. 금남 파출소 방승관 소장은 박 씨 할아버지에게 다가와 아드님이세요? 하고 물었고, 박 씨 할아버지는 말없이 고개를 끄덕거렸다. 남자는 방 소장에게 거봐요. 내가 우리 아버지 집이라고 그랬잖아. 왜 사람 말을 못 믿어? 하며 화를 냈다. 방 소장은 아니, 그게 아니라. 시간이 늦었는데 너무 시끄럽게 하시니까 민원이 들어와서 그런 거죠, 하며 남자를 달랬다. 남자는 화가 가시지 않는지 박 씨 할아버지를 노려보며 화를 냈다.

또. 교회에다가 돈 갖다 바치고 와요? 예?

자식 줄 돈도 없으면서? 씨팔! 병삼의 관자놀이에 남자의 씨팔

16

이라는 말이 송곳처럼 꽂혔다. 병삼은 남자를 노려보았다. 그러나 남자는 병삼이 안중에 없었다. 박 씨 할아버지는 아들이 두려운지 눈도 못 마주친 채 아무 말도 못 하고 서 있기만 했다. 옆에서 지켜보던 방 소장이 에헤. 사람들 보는 데서 이러지 마시고, 술도 많이 드신 거 같으신데, 하며 남자의 팔을 살짝 붙잡았다. 그러자 남자의 눈에 불이 확 켜지며 방 소장의 팔을 뿌리쳤다. 아니. 씨팔. 볼일 끝났으면 가시지 왜 참견이야? 남자의 두 번째 씨팔이 병삼의 관자놀이를 한 번 더 찔렀다. 방 소장은 남자의 호통에 슬쩍 물러서면서도 아니. 그래도 내가 당신보다 한 열 살은 더 먹었을 텐데 말을 너무 심하게 하네, 하며 박 씨 할아버지를 향한 남자의 화를 본인에게로 돌렸다. 방 소장의 도발에 남자는 박 씨 할아버지를 향해 있다가 방 소장에게로 돌아섰다.

야! 나 전과 있어.

어차피 막 나가는 인생이야. 내가 경찰이라고 무서워할 거 같아? 내가 우리 아버지랑 얘기 좀 하겠다는데 니들이 왜 지랄이야? 남자는 팔뚝에 가득한 이레즈미 문신을 자랑하듯 양팔의 소매를 걷어붙이며 주변 구경꾼들을 훑어보았다. 뭘 봐? 구경났어? 뭘 보냐고? 남자는 구경하는 동네 사람 중 안경을 쓰고 삐쩍 말라 만만해 보이는 20대 청년을 발견하고는 뭐야? 시팔! 눈 안 깔아? 하며 한 대 칠 듯한 기세로 다가갔다. 그때 시팔이라는 단어가 병삼의 관자놀이를 세 번째 쑤셨다. 방 소장은 남자가 동네 사람에게 시비를 걸려는 것을 보고. 어이! 이봐! 얌전히 안 있어? 대한민국 경찰이 우습게 보여? 하며 호통을 쳤다. 남자가 방 소장의 말을 듣고 돌아보니 어느새 눈앞에 삐쩍 마르고 키도 작은 병삼이 떡 버티고 서 있었다. 남자는 의아했다. 이 사람은 뭐지? 내가 아는 사람인가? 하고 생각하는 찰나에 병삼의 손바닥이 남자의 뺨을 후려쳤다!

짝!

병삼이 남자의 따귀를 후려치는 순간 경쾌한 파열음과 함께 시간이 정지된 것 같았다. 구경하던 동네 사람들과 방 소장, 황 순경도 그 상황에 놀라 얼어붙었지만, 그래도 가장 놀란 사람은 박 씨 할아버지였다. 박 씨 할아버지의 눈이 절벽에서 떨어지는 산양처럼 커졌다. 따귀를 얻어맞은 남자는 병삼을 쳐다보았다. 그러나 남자 눈빛이 이상했다. 마치 어미 잃은 새끼 고양이의 눈빛 같았다. 병삼을 보던 남자의 두 눈에서 눈물이 주르륵 흘렀다. 병삼은 그 모습이 당연하다는 듯 남자를 바라보았다. 병삼이 남자를 바라보는 눈빛은 총에 맞아 쓰러진 호랑이를 보는 사냥꾼과 같았다.

죄송합니다.

싸움 나겠다 싶어 재빨리 다가온 방 소장은 남자 입에서 나온 소리를 듣고 깜짝 놀라 걸음을 멈추었다. 남자는 동네 사람들에게 소란을 피워 죄송하다며 고개 숙여 여러 번 사과한 뒤 박 씨 할아버지에게 걸어갔다. 방 소장이 남자를 말리려 다가가자 병삼이 괜찮다는 듯 방 소장을 막았다. 남자는 박 씨 할아버지 앞에 서더니 천천히 무릎을 꿇었다. 죄송해요. 아버지. 남자의 행동에 박 씨 할아버지는 놀라 입을 다물지 못했다. 제가 다 말씀드릴게요. 저번에 곱창집 보증금 올려달라고 한다면서 가져간 4백만 원 있잖아요. 그거 사설 스포츠토토 해서 다 날렸어요. 애초에 곱창집 건물주가 보증금 올리지도 않았어요. 오늘도 곱창집이 식품위생법 위반으로 걸려서 벌금 천만 원 나왔다고 거짓말한 다음에 돈 좀 받아 가려고 온 거예요. 그거 받았으면 또 스포츠토토나 했겠죠. 그리고 사실 곱창집도 저번 달에 내놨어요. 작년에 재훈이가 우리 곱창집에 왔는데 차를 모하비 신형으로 바꿨더라고요. 너 어디서 돈 벌었냐? 바이오 주식 넣었냐? 그랬더니 해외 축구 스포츠토토 해서 샀다고 하더라고요. 그게 시작이었어요. 아무튼, 죄송해요. 나이 마흔 넘어서 효도는 못 해드리고. 앞으로는 이런 일로 안 찾아올게요. 남자는 일어나 방 소장에게 다가갔다. 죄송합니다. 제가 계속 안 좋은 일만 생겨서 술을 좀 마셨더니 실수를 했습니다. 방 소장은 얼떨떨하게 남자를 바라보다가 남자가 실수할 수도 있지. 다음부터는 그러지 마시고. 술도 좀 줄이고 그러세요. 했다. 남자는 죄송합니다. 아. 그리고 사실 저 전과 없습니다. 곱창집 손님이랑 시비 붙어서 파출소 몇 번 가본 게 다예요. 하며 멋쩍게 웃었다. 남자는 병삼에게 다가와 병삼의 손을 꼭 잡으며. 감사합니다, 하고 인사했다. 병삼은 당연하다는 표정으로 고개를 끄덕였다. 남자는 박 씨 할아버지에게 건강하세요, 하고 인사한 다음, 대로 쪽으로 걸어갔다. 박 씨 할아버지는 남자의 등에다 대고 밥 안 먹었으면 먹고 가지? 했고, 남자는 아까 소주 두 병이랑 순댓국 먹었어요. 하고는 고개를 꾸벅하고 다시 발걸음을 옮겼다. 남자의 등을 바라보는 박 씨 할아버지의 눈빛은 바다를 바라보는 공작새 같았다.

들어와 봐요. 좀. 내가 고마워서 그래.

방 소장은 병삼을 억지로 끌고 파출소로 들어왔다. 에헤이. 그냥 밥 한 끼 하자는데. 자꾸 이러면 내가 권력 남용으로 체포할 수도 있어요. 아까 내가 병삼 씨가 사람 때린 거 봤거든? 방 소장의 말에 병삼은 방 소장을 노려보더니 말없이 파출소 밖으로 나갔다. 방 소장은 놀라 병삼을 붙잡았다. 아이고. 농담이잖아요. 농담. 이렇게 훌륭한 일 하신 분을 무슨 체포야. 내가 위에다 얘기해서 용감한 시민상도 드리고 그러려고 그러지. 시민상 같은 거 필요 없어유. 에엥? 에에에엥? 용감한 시민상이 왜 필요가 없어요? 그게 포상금이 얼마인데? 병삼은 포상금 이야기에 발을 멈췄다. 우선 밥부터 먹고 얘기합시다. 저녁 안 드셨다며. 친구랑 저녁 약속이 있어유. 병삼은 한층 누그러진 말투로 대답했다. 중요한 약속 아니면 친구한테는 다음에 먹자고 하세요. 친구한테 전화해서 나 좀 바꿔줘요. 내가 얘기해 줄게. 우리 손병삼 씨 용감한 시민상 탈 예정이라고. 방 소장은 병삼을 안쪽 푹신한 소파 자리로 안내했다. 병삼은 못 이기는 척 소파에 앉으며 이러려고 그런 게 아닌데, 했다. 아니, 근데 궁금한 게 있어서 그래요. 어떻게 따귀를 때리니까 취해서 난동 부리던 사람이 얌전해지지? 방 소장의 질문에 병삼의 표정에 짜증이 묻었다. 방소장은 아차 싶었는지 말을 돌렸다. 저기, 내가 이 동네 갈비찜 잘하는 데 하나 아는데. 갈비찜 좋아하시나? 기껏해야 설렁탕이 나올 거라는 기대와 달리 갈비찜이라는 단어가 나오자 병삼의 입에는 침이 고였다. 갈비찜을 마지막으로 먹어본 게 언제인지 기억도 나지 않았다. 방 소장은 병삼의 표정을 재빨리 읽었다. 방 소장의 경위라는 계급은 그냥 딴 것이 아니었다. 방 소장은 씨익 웃으며 대한민국에 갈비찜 안 좋아하는 사람이 어디 있어? 스님이랑 채식주의자 빼고. 안 그래요? 그런데 내가 가는 갈비찜 가게는 차원이 달라. 우선 고기가 야들야들하고 뼈가 쏙쏙 빠져. 갈비찜에 소주 한 잔 딱! 크으. 말이 필요 없지. 밥 잘 안 먹는 애기들도 거기 가면 두 그릇씩 먹는다니까요. 애들이 숟가락을 못 놔.

아이 씨. 이거 안 놔?

방 소장이 돌아보자 김 순경이 30대 중반으로 보이는 취객을 데

20

리고 들어왔다. 회사원으로 보이는 취객은 인사불성이 되어 제대로 서 있지도 못했지만, 김 순경의 멱살만은 버스 손잡이 잡듯 꽉 움켜잡고 있었다. 김 순경은 분노를 참으며 선생님 실수하지 마시죠. 여기 파출소라 CCTV 다 있습니다, 했다. 그러나 취객은 전혀 들리지 않는지 이거 놓으라고. 내 말 안 들려? 하며 소리를 질렀다. 김 순경은 침착한 목소리로 이러시면 공무집행방해…라고 말하려는데 취객이 김 순경을 확 밀었다. 김 순경은 휘청했지만, 넘어지지 않았다. 오히려 취객이 중심을 잃고 넘어졌다. 어? 나 쳤어? 어? 취객은 김 순경을 노려보며 일어나다가 냅다 주먹을 날렸다. 김 순경은 취객이 그럴 것이라 미리 알고 있었다는 듯 가볍게 취객의 주먹을 피했다. 방 소장은 그 모습을 지켜보다가. 야야. 그냥 수갑 채워라, 했고 김 순경은 기다렸다는 듯 허리춤에서 수갑을 꺼낸 다음 취객을 붙잡고 바닥으로 넘어뜨렸다. 어어? 이 새끼들 봐? 지금 뭐 하는 거야? 어? 민주 경찰이 이래도 돼? 취객은 구둣발을 허공에다 차며 소리를 고래고래 질렀다. 김 순경은 취객을 억지로 엎어놓은 다음 팔을 꺾어 수갑을 채우려고 했다. 취객은 갓 잡아 올린 생선처럼 퍼덕거리며 저항하다가 팔꿈치로 김 순경의 관자놀이를 때렸다. 아! 김 순경은 순간 바닥에 주저앉았고, 그사이에 취객은 벌떡 일어나 김 순경을 노려보았다. 야! 너 내가 누군 줄 알아? 어디 경찰 나부랭이가 죽을라고. 시팔! 넌 뒤졌어!

쫙!

소파에 앉아 있던 병삼이 어느새 다가와 취객의 따귀를 후려쳤다. 파출소 내부가 조용해졌다. 따귀를 맞은 취객은 우선 옷을 털고, 넥타이를 고쳐 맸다. 그러고 나서 넘어져 있는 김 순경을 부축해서 일으킨 뒤 어리둥절하게 자신을 바라보는 김 순경에게 고개 숙여 사과했다. 죄송합니다. 취객의 눈에서 눈물이 주르륵 흘렀다. 회사에서 안 좋은 일이 많아 실수했습니다. 혹시 다치시거나 불편하신 데 있으시면 연락 주세요. 갑자기 정신을 차리고 김 순경에게 사과하며 자신의 명함을 건네는 취객의 모습을 본 방 소장은 벌떡 일어나 병삼에게 소리쳤다. 자, 식사하러 가십시다.

갈비찜 중짜 나왔습니다.

갈비찜이 나오자 방 소장은 가위와 집게를 들고 뼈를 바르기 시작했다. 뼈를 발라낸 살코기는 병삼의 앞접시에 놓아주었다. 병삼은 갈비찜 한 조각을 입에 집어넣었다. 그 모습을 방 소장이 기대에 찬 모습으로 지켜보았다. 병삼이 갈비찜을 씹는 순간 방 소장의 말이 거짓이 아님을 알았다. 이런 갈비찜은 태어나서 처음이었다. 고기를 씹을 필요도 없었다. 혀와 입천장만으로도 고기가 녹아내렸다. 야들야들한 고기의 고소한 맛, 짭조름하고 향긋한 간장 향. 양파 절임도 드셔봐요. 방 소장의 말에 병삼은 양파 절임 한 조각을 집어 입에 넣었다. 아삭! 하는 소리가 들리며 달콤한 양파즙이 입안에 뿌려졌다. 식초의 새콤함이 고기의 기름기를 싹 걷어내고 청양고추의 매콤함이 입맛을 돋우었다. 병삼은 자신도 모르게 다시 갈비찜 한 조각을 집어 날름 입에 넣었다. 그 모습을 본 방 소장의 입꼬리가 천천히 올라갔다. 거봐요. 내 말이 맞죠? 병삼은 젓가락을 손에 꼭 쥐고는 엄지를 치켜올렸다. 농담이 아니라, 제가 지금까지 먹어본 갈비찜. 아니, 태어나서 먹어보는 고기 중에 최고네유. 그리고 이 양파 절임은 이것만 돈 주고 팔아도 매일 와서 사 먹을 것 같구먼유. 뭘 넣어서 맛이 이렇지? 병삼은 젓가락 끝으로 양파 절임 간장을 콕 찍어 맛을 보았다. 간장 끓일 때 사과를 넣었나? 홍시인가? 방 소장은 사장한테 백 번을 물어봤는데도 안 알려준다며 웃었다.

소주도 하나 시킬까요? 차 가져와서 곤란하시지? 방 소장의 질문에 병삼은 갑자기 인상을 팍 쓰더니 저는 술 안 먹어유. 태어나서 입에 대본 적이 없어유. 아아. 교회 다니셔서 그렇구나. 모태 신앙이셨나 보네. 병삼은 젓가락으로 갈비찜과 양파 절임을 재빨리 집어 먹으며 말을 이었다. 그게 아니구. 저는 세상에서 술 처먹고 욕하고 시비거는 새끼들이 제일 싫어유. 그런 새끼들 보면 다 때려죽이고 싶어유. 아아. 그러시구나. 방 소장은 병삼의 말에 고개를 끄덕이다가 갈비찜을 먹는 병삼의 눈치를 슬쩍 본 후 조심스레 말을 꺼냈다. 그런데 제가 궁금한 게 하나 있는데. 어떻게 따귀를.

위이이이이이이잉. 위이이이이이잉.

어이고. 죄송해유. 전화가 와서. 병삼은 핸드폰을 꺼내 바울에게서 온 전화인 것을 확인하고는 전화를 받았다. 어. 나여. 그게 아니고 지금 내가 파출소에 잠깐 왔는데. 내가 무슨 사고를 쳐. 사고는 니가 치구 댕기지. 그런 거 아니구. 아무튼, 나 지금 여기 소장님이랑 밥 먹구 있어. 으응. 미안혀. 내가 전화를 할라구 했는데. 오늘은 너 혼자 먹어야 되것다. 이잉. 그려. 알았어. 정 그러면 우진이라도 불러서 같이 먹든가. 미안하다고 했잖어. 너 알아서 먹어. 병삼은 전화를 끊고 갈비찜의 떡을 집어 먹었다. 떡이 너무 무르지도, 그렇다고 너무 딱딱하지도 않게 쫄깃했다. 떡에 갈비찜 양념이 살짝 배어 심심하지 않았다. 이야. 떡도 맛있네유. 원래 내가 떡을 안 좋아하는데. 그나저나 너무 저만 먹는 거 같아서. 소장님도 좀 드세유. 혼자 먹기 민망허네. 병삼의 말에 소장은 예예. 많이 드세요. 하며 궁금함을 뒤로한 채 갈비찜을 먹기 시작했다. 병삼은 방 소장이 갈비찜을 먹기 시작하자 시큰둥하게 말했다. 따귀 때리는 거 있잖어유. 이게 왜 되는지 저도 잘 몰라유.

조우

이 시펄 놈은 어디 가서 뵈질 않어?

술에 취해 집으로 들어온 병삼의 아버지는 기울어져 가는 시골 집 방문을 죄다 열어젖히며 병삼을 찾았다. 병삼은 충남 서산에서 태어났다. 병삼의 아버지는 특정한 직업 없이 남의 밭에서 일해 주고는 품삯을 받아 겨우 먹고 살았다. 아니, 먹고 살았다기보다는 마시고 살았다는 표현이 더 맞았다. 밥보다 술을 더 많이 마셨으니 말이다. 병삼의 어머니는 병삼을 낳은 뒤 1년 하고 몇 달 있다가 죽었다. 사인은 아무도 몰랐다. 뙤약볕이 내리쬐는 여름날 병삼의 아버지가 점심을 먹으러 집에 돌아와 보니 병삼의 어머니는 병삼에게 젖을 물린 채 죽어 있었다. 마을 사람들은 이야기하기 좋게 그저 먹을 것도 못 먹고 애 젖 물리느라 기가 빠져 죽었다고 했다. 병삼의 아버지는 그런 이야기를 들을 때마다 자기가 병삼을 낳자고 하는 바람에 마누라가 죽은 것 같아 죄책감이 쌓였다. 쌓인 죄책감만큼 아들 병삼에 대한 미움도 커졌다. 머릿속으로는 애가 무슨 죄가 있나 했지만, 마음속 한구석에는 그렇지 못한 생각이 자리 잡기 시작했다.

지 애미 잡아먹은 새끼.

병삼의 아버지는 병삼이 다섯 살 때 처음으로 술 심부름을 보냈는데, 병삼이 소주 두 병을 들고 오다가 놓치는 바람에 병이 다 깨져서 왔다. 그런 병삼을 보고 병삼의 아버지는 병삼을 노려보며 그렇게 말했다. 처음에는 그 말을 뱉어놓고 스스로 놀랐다. 하지만 곧 자신이 이렇게 썩을 놈이 된 건 다 병삼이 제 어미를 죽인 탓이라고 합리화했다. 그리고 어쩌면 병삼이 일부러 술병을 깼을 수도 있다는 생각이 들자 자신도 모르게 병삼의 따귀를 후려쳤다. 다섯 살 병삼은 아버지의 따귀를 맞고 입술이 터지고 코피가 났다. 병삼의 아버지는 자신에게 맞아 피를 흘리는 아들을 보고는 놀라 집을 나가버렸다. 그러고는 한참을 걷다가 눈에 보이는 아무 술집이나 들어가 술을 마셨다. 동네 할머니가 병삼의 집 앞을 지나가다 병삼의 울음소리를 듣고 들어가 피 흘리며 울고 있는 병삼을 발견했다. 할머니는 병삼을 자신의 집으로 데리고 가서 피를 씻기고 쑥개떡과 고구마를 먹여 재웠다.

야, 인마. 니가 사람이여?

소식을 들은 이장은 병삼의 아버지를 찾아가 호통을 쳤다. 그게 아니구요. 내가 그냥 살짝 좀 쳤는데. 에휴. 아무튼, 죄송해유. 성님. 신경 쓰게 만들어서. 이장은 이 동네에서 계속 살고 싶으면 사람 구실을 하라고 말한 뒤 떠났다. 이장이 가고 나자 병삼의 아버지는 병삼에게 다가와 뒤통수를 빡! 하고 후려쳤다. 병삼은 휘청거리며 앞으로 꼬꾸라질 뻔하였다. 눈이 튀어나올 정도로 아팠다. 병삼이 울려고 하자 병삼의 아버지는 눈물 한 방울이라도 떨어지면 뒈질 줄 알라며 병삼을 노려보았다. 그 후로 병삼은 늘 아버지 술 심부름을 했다. 아버지에게 술을 드리고는 아버지가 취하기 전에 재빨리 집을 나갔다. 집에서 도망쳐 나온 병삼은 아버지가 술에 취해 잠들 때까지 겨울이면 마을 회관에 가 있었고, 여름이면 마을 동쪽 끝에 있는 저수지에서 하염없이 물만 바라보았다.

이 시펄 놈이. 뒈지고 싶은 겨?

병삼은 아버지에게 가게 아저씨가 술 외상을 안 준다고 말했다가 이른 아침부터 따귀를 얻어맞았다. 마당에 쓰러진 병삼은 흐르는 코피를 닦을 새도 없이 집 밖으로 도망 나갔다. 뒤에서 아버지의 욕지거리가 들리자 병삼은 공포심에 더욱 빨리 달렸다. 국민학교 1학년이 된 병삼은 그동안 학교에 있어서 아버지를 피할 수 있었지만, 그제부터 여름방학이 시작되어 아침에는 숨어 있을 곳이 없었다. 병삼은 코피를 흘리면서도 울지 않은 채 20분을 쉬지 않고 달려 저수지에 도착했다. 이른 아침이라 저수지에는 사람이 없었다. 병삼은 저수지 물로 코피를 닦고 그늘을 찾아 앉았다. 병삼은 저수지를 보며 아버지가 술을 마시고 저수지에 빠져 죽었으면 얼마나 좋을까? 하는 생각을 했다. 참았던 눈물이 그제야 왈칵 쏟아졌다. 아버지가 죽는다고 나아질 건 없었다. 담임 선생은 가난하고 붙임성 없는 병삼에게 관심이 없었다. 병삼의 아버지를 혼내던 이장도 이제는 포기했는지 아는 체하지도 않았다. 쑥개떡과 고구마를 챙겨주시던 동네 할머니도 재작년에 돌아가셨다. 불량한 정욱이 패거리는 병삼을 보면 시비를 걸었다. 병삼에게는 아무도 없었다. 병삼은 차라리 자신이 저수지에 빠져 죽는 게 낫겠다 싶었다. 그러면 엄마라도 만날 수 있지 않을까 하는 마음도 들었다.

너 왜 우니?

병삼이 돌아보자 중학교 1학년 정도로 보이는 여자아이가 서 있었다. 그 여자아이는 빨간색에 흰 줄무늬 원피스 수영복을 입고 있었다. 그리고 나일론으로 만든 해바라기가 붙어 있는 수영 모자를 쓰고 트럭 타이어 내부로 만든 시커먼 튜브를 껴안고 선 채 병삼을 바라보았다. 말투를 들어보니 서울에서 온 것 같았다. 울긴 누가 울어유? 병삼은 눈물을 닦고 여자아이의 눈을 피해 땅을 보며 말했다. 여기 물 차갑니? 들어가 보면 알 것쥬. 여자아이는 병삼을 보고는 쳇 하고 혀를 차며 튜브를 허리에 두르고 물가로 걸어갔다. 주변을 둘러보니 여자아이와 같이 온 사람은 없었다. 병삼은 물속으로 들어가는 여자아이를 보다가 들릴 듯 말 듯 거기 생각보다 깊어유, 라고 했다. 여자아이는 물놀이에 정신 팔려 병삼의 말을 듣지 않았다. 병삼은 기분이 이상했다. 꼭 무슨 일이 벌어질 것만 같았다. 아침 저수지라 그런지 주변에는 아무도 없었다. 병삼은 걱정이 되어 물 쪽으로 가까이 갔다. 여자아이는 허리를 튜브에 두른 채 물속을 걸어 다니다가 본격적으로 튜브에 매달려 물장구를 치기 시작했다. 어어? 거까지 가면 안 되는디. 여자아이는 병삼의 걱정에 아랑곳하지 않은 채 신이 나서 물장구를 쳤다. 그러다 빠져도 난 몰라유. 예? 내 말 들려유? 나 이제 갈 거예유. 병삼이 소리치자 여자아이는 뭐? 하며 돌아보다가 잡고 있던 튜브를 놓치며 물속으로 쑥 들어갔다. 병삼은 깜짝 놀랐다. 몇 초 뒤 물 밖으로 나온 여자아이는 손을 허우적대며 튜브를 잡으려 했다. 그러나 허우적대던 손이 미끄러지는 바람에 튜브는 물가 쪽으로 쑥 밀려났다. 병삼은 재빨리 물속으로 뛰어 들어갔다. 병삼은 수영을 할 줄 몰랐지만, 물가 쪽으로 밀려온 튜브를 잡고 여자아이 쪽으로 발장구를 쳐서 가면 구할 수 있을 것 같았다. 아침이라 물은 얼음장같이 차가웠다. 병삼은 밀려온 튜브를 잡고 여자아이가 빠진 쪽으로 발장구를 쳐서 다가갔다. 여자아이는 병삼을 보고 허우적대다가 다시 물속으로 쑥 가라앉았다. 병삼은 여자아이를 잡기 위해 팔을 뻗었다. 그러다 반대쪽 손으로 잡고 있던 튜브를 놓치고 말았다. 물이 묻은 타이어 튜브는 너무 미끄러웠다. 튜브는 아까와 마찬가지로 쭈욱 밀려갔다. 병삼은 순간 허공에 떠 있는 느낌이 들었다가 천천히 물속으로 가라앉았다. 발버둥을 쳐봐도 손에 잡히는 것도 다리에 차이는 것도 없었다. 아무것도 보이지 않았다. 머리 위가 수면인지 다리 아래가 수면인지 구분되지 않았다. 발버둥 칠수록 숨 참기는 더욱더 힘들었다. 폐가 굳는 것 같았다. 산소 부족으로 온몸이 따끔거렸다. 자기도 모르게 숨을 들이쉬다가 물을 왈칵 먹었다. 죽는구나. 이렇게. 오늘. 여기서.

내가 죽으면 아버지는 슬퍼하시긴 할까?

아니야. 좋아하실 거야. 병삼은 순간적으로 알지도 못하는 엄마의 얼굴이 떠올랐다. 엄마는 날 기억하고 있을까? 엄마도 날 싫어하면 어떡하지? 죽어서 간 그곳도 여기처럼 불행한 곳이면 어쩌지? 나는 왜 태어나서 지금까지 고통만 받다가 죽는 걸까? 그때 누군가 병삼의 오른손을 움켜잡았다. 그러고는 훌쩍 물 밖으로 건져냈다. 중력이 느껴졌고, 햇빛이 보였다. 산소가 느껴졌고, 삶이 보였다. 푸아! 콜록콜록. 병삼은 저수지 물을 토해낸 뒤 정신을 차리고 주위를 둘러보았다. 병삼은 물에 홀딱 젖은 채 물가 흙바닥에 앉아 있었다. 그리고 옆에는 물에 빠졌던 여자아이가 죽은 듯 누워 있었다. 누가 구해준 거지? 병삼이 주변을 둘러보자 밝은 회색 면바지에 흰색 반소매 셔츠를 입은 사람이 보였다. 저 아저씨가 날 구해준 건가? 아저씨의 피부는 햇볕에서 오래 일 한 사람처럼 어두웠다. 자세히 보니 한국 사람이 아니었다. 인도 사람인가? 아니면 중동 사람인가? 머리카락과 수염이 시커멓고 덥수룩했으며 눈은 쌍꺼풀이 짙고 부리부리했다. 코도 컸다. 손도 크고 거칠어 보였다. 아저씨가 병삼을 보며 미소를 지었다. 병삼은 벌떡 일어나 고개를 숙여 인사했다. 땡

코? 땡크? 감사합니다, 가 영어로 뭐였더라?

네가 이 아이를 구했느냐?

갑작스러운 한국말에 병삼은 깜짝 놀라 네? 하고 되물었다. 그제야 병삼은 누워 있는 여자아이를 보고 다가갔다. 여자아이는 누운 채 꼼짝하지 않았다. 죽은 건 아니쥬? 이 아이는 죽었다. 아저씨는 덤덤한 표정으로 여자아이를 바라보며 말했다. 죽었다고유? 병삼은 혹시 몰라 여자아이를 흔들어보고 팔을 들어보았지만, 여자아이는 버려진 인형처럼 아무런 반응이 없었다. 병삼은 놀란 눈으로 여자아이를 멍하니 내려다보았다. 여자아이의 피부는 하얬고, 입술은 퍼렜다. 이 아이가 물에 빠진 지 얼마나 되었느냐? 아저씨의 물음에 병삼은 한 10분쯤 된 것 같다고 말했다. 아저씨는 잠시 생각을 하다가 여유 있게 15분으로 하자고 하더니 무릎을 꿇고 앉아 여자아이의 손을 잡고 기도를 시작했다. 병삼은 아저씨가 기도하는 모습을 보았다. 아저씨는 거칠고 큰 두 손으로 여자아이의 오른손을 꼭 붙잡고 기도했다. 아저씨의 양쪽 손등 가운데는 큰 상처가 있었다. 상처 있는 거친 손을 보니 옆 도시 태안 쪽에서 고기를 잡는 어부이거나, 대전 쪽에서 공사하는 목수인가 싶었다. 병삼은 기도하는 아저씨를 보다가 이상한 것을 발견했다. 아저씨가 병삼과 여자아이를 물에서 건져냈는데 옷이 하나도 젖지 않았다. 어? 아저씨는 옷이 하나도 안 젖었네유?

자. 이제 이 아이는 살아났다.

네? 살았다고유? 죽었다고 그랬잖아유? 병삼은 다시 여자아이를 보았다. 여자아이는 여전히 누워 있었다. 그러나 피부에 다시 혈색이 돌았고, 입술도 붉어졌다. 병삼은 여자아이를 툭툭 쳐보았으나 여전히 반응이 없었다. 병삼은 아저씨를 바라보았다. 내가 이 아이의 삶을 15분 전으로 돌려서 다시 살렸다. 육신은 살아났으나 아직 영혼이 깨어나지 않았다. 네가 저 아이의 영혼을 깨우거라. 병삼은 아저씨가 외국인이라 말을 이상하게 한다고 생각하면서도 왠지 믿음이 갔다. 병삼은 아저씨의 말대로 여자아이를 흔들어보았다. 그러나 여자아이는 여전히 반응이 없었다. 아저씨는 병삼에게 다가와 웃으며 머리를 쓰다듬었다. 영혼은 그렇게 해서 깨어나는 게 아니란다. 그러믄유? 정신이 들 정도로 세게 후려쳐야지. 이 손으로. 아저씨는 병삼의 오른손을 포개어 잡고는 웃었다. 아저씨의 손은 매우 따뜻했다. 그런데 손은 어쩌다 다치신 거예유? 아저씨는 대답 없이 병삼의 머리를 다시 한번 쓰다듬고는 돌아서 걸어갔다. 병삼은 걸어가는 아저씨를 보다가 다시 여자아이를 보았다. 그리고 여자아이의 볼을 툭툭 치며 깨웠다. 그래도 여자아이는 일어나지 않았다. 후려치라고? 병삼은 잠시 자신의 손을 바라보다가 여자아이의 뺨을 짝! 소리 날 정도로 때렸다. 여자아이는 아야! 하며 벌떡 일어났다. 그러고는 잠시 멍하니 있다가 천천히 주변을 둘러보더니 병삼을 바라보았다. 뭐야? 네가 나 구해준 거야? 아니유. 저기 어떤 아저씨가…. 병삼은 대답하며 아저씨가 걸어간 쪽을 바라보았지만, 아무도 보이지 않았다.

정숙아!

병삼이 돌아보니 어떤 아저씨와 아줌마가 여자아이에게 다가오고 있었다. 보아하니 여자아이의 부모 같았다. 여자아이의 이름은 정숙이었다. 정숙의 엄마는 달려와서 정숙의 등짝을 착! 착! 착! 때렸다. 아후, 아파. 너 엄마가 혼자 물에 가지 말라고 했는데 왜 말을 안 들어? 고무 튜브는 어쨌어? 고무 튜브? 정숙이 두리번거리다 저수지 멀찌감치에 조용히 떠다니는 튜브를 발견했다. 어? 저기 있다. 정숙의 아빠는 뒤늦게 걸어왔다. 그러다 정숙의 옆에 있는 병삼을 보고 깜짝 놀랐다. 얘는 누구야? 얘는 왜 젖었어? 같이 물놀이한 겨? 정숙은 아버지를 보고 해맑게 웃으며 말했다. 아니야. 나 물에 빠져 죽을 뻔했는데 얘가 구해줬어. 정숙의 말을 들은 정숙의 부모는 깜짝 놀라 눈이 고무 튜브만큼 커졌다. 물에 빠졌었는데 얘가 널 구했다고? 정숙의 엄마는 삐쩍 마르고 작은 병삼을 보고 의심을 했다. 얘 몸무게가 너 반도 안 될 거 같은데 널 어떻게 구해? 얘. 너 몇 살이니? 너 정말 우리 정숙이를 구해준 거 맞아? 병삼은 갑작스러운 질문에 당황했다. 에. 에. 저. 저는 일곱 살인데유. 운신국민핵교 1학년 2반 18번 손병삼이에유. 학교 일찍 갔어유. 1월에 태어나서. 여덟 살이랑 똑같어유.

아이고. 고맙다. 고마워.

정숙의 아빠는 주머니에서 지갑을 꺼내 손에 집히는 돈을 꺼내 병삼에게 쥐여 주었다. 정숙의 엄마는 깜짝 놀라 아니. 어린애한테 무슨 돈을 그렇게 많이 줘? 일곱 살밖에 안 된 애가 어떻게 물에 빠진 열세 살짜리를 구해? 얘가 거짓말하는 건지 어떻게 알아? 무슨 소리 하는 거야? 얘가 먼저 정숙이를 구했다고 말한 게 아니잖아. 정숙이가 그런 거짓말 해서 뭐 해? 구해줬으니까 구해줬다고 한 거겠지. 진짜야. 나 죽을 뻔했는데. 얘가 나 구해줬어. 정숙의 아빠는 정숙에게 다가갔다. 정숙아. 너 물에 갈 때는 꼭 어른들이랑 같이 가야 돼. 알았어? 정숙은 고개를 끄덕였다. 병삼은 자신의 손에 쥔 돈을 바라보았다. 3만 7천 원이었다. 병삼이 태어나서 만져본 가장 큰 돈이었다. 정숙의 엄마는 병삼의 손에 들린 돈을 아까운 듯 바라보다가 정숙의 아빠를 노려보더니, 내가 애 좀 잘 보라고 했잖아! 하고는 버럭 소리를 치며 정숙의 아빠 등짝을 착! 착! 착! 때렸다.

빠악!

병삼의 아버지는 젖은 옷을 갈아입기 위해 조심스레 집에 들어온 병삼의 뒤통수를 후려쳤다. 너 이 새끼, 애비가 부르는데 뒤도 안 돌아보고 도망을 가? 아주 뒤지고 싶은 겨? 뭐 하다가 비 맞은 쥐새끼마냥 쫄딱 젖어서 들어온 겨? 병삼의 아버지는 병삼이 쓰러지자 발로 배를 찼다. 배를 걷어차인 병삼은 순간 다시 저수지에 빠진 느낌이었다. 숨이 쉬어지지 않았고, 발아래가 땅인지 발 위가 땅인지 구분이 되지 않았다. 병삼의 아버지는 쓰러진 병삼을 보다 병삼 손에 쥐어진 돈을 발견했다. 병삼의 아버지는 재빨리 병삼의 손에서 지폐를 빼앗았다. 너 이 돈 어디서 난 겨? 병삼은 대답하고 싶었지만, 배를 걷어차여 숨이 쉬어지지 않아 말을 할 수 없었다. 병삼의 아버지는 병삼의 멱살을 잡고 일으킨 뒤 다시 냅다 귀싸대기를 때렸다. 귀에서 삐이이이 하는 소리가 들리며 앞이 보이지 않았다. 병삼의 아버지는 휘청이는 병삼을 붙잡고 돈을 어디서 훔친 거냐며 고래고래 소리를 질렀다. 병삼의 아버지 입에서 나는 지독한 막걸리 냄새 때문에 정신이 들었다. 병삼은 울며 자기도 모르게 두 손을 모아 싹싹 빌었다.

서울서 온 아저씨가 준 거예유.

저수지 갔는데 거기 어떤 누나가 빠져서 구해줬더니 그 누나네 아빠가 고맙다고 준 거예유. 뭐? 너 수영도 못하는데 사람을 어떻게 구해? 병삼은 외국인 아저씨 얘기를 할까 하다가 거짓말이라며 매

32

를 더 얻어맞을 것 같아 그만두었다. 옆에 튜브가 있어서 튜브 던져 줬어유. 그제야 병삼의 아버지는 병삼을 놓아주었다. 서울서 온 놈이 지 딸 구해줬다고 돈을 줬다 그 얘기여? 병삼은 미친 듯이 고개를 끄덕였다. 예. 제가 돈을 어디 가서 훔쳐유. 그 서울 놈 부자냐? 지도 잘 몰러유. 병삼의 아버지는 잠시 멍하니 돈을 보다가 다시 병삼의 머리를 빡! 소리 날 정도로 세게 때렸다. 너는 돈이 생겼으면 아부지 드시라고 술이라도 사 와야지. 병삼은 맞은 머리를 움켜쥐고 주저앉았다. 병삼의 아버지는 만 원 한 장을 병삼에게 던져주고 나머지 돈은 자신의 주머니에 쑤셔 넣었다. 가서 술 사 와. 또 어디로 도망갔다가는 아주 죽여버릴 겨. 빨리 안 가? 병삼은 재빨리 눈앞에 떨어진 만 원짜리를 움켜쥐고 밖으로 뛰어나갔다. 병삼은 달리면서 생각했다. 내가 왜 죽어. 아버지가 죽어야지. 내가 저수지에 빠졌다가 살아난 건 내가 죽으면 안 되기 때문이여. 다 하늘의 뜻인 겨. 내가 죽지 않으려면 아버지를 죽이는 수밖에 없어.

쥐약 한 병 주세유.

종묘사 사장은 말없이 병삼을 유심히 바라보았다. 병삼은 사장의 눈을 피했다. 너 누구한테 맞았냐? 아뇨. 친구랑 장난치다가. 저기 학교 앞 나무에 올라갔다가 그랬어유. 사장은 병삼의 얼굴을 자세히 살폈다. 맞은 얼굴인데? 정욱이 그놈이지? 그 새끼는 꼭 애비 없는 티를 내고 댕겨. 정욱이 놈이 또 건드리면 나한테 얘기혀. 알았어? 병삼은 말없이 고개를 끄덕였다. 그런디 쥐가 얼만 혀? 예? 쥐크기가 얼마나 크냐고. 쥐가 작으면 약한 걸 주고, 쥐가 크면 쎈 걸 줘야 하니께. 아아. 예. 그. 강아지 새끼만 혀유. 사장은 깜짝 놀라 병삼을 쳐다봤다. 쥐가 강아지만 허다고? 병삼은 사장 눈치를 보다가 조심스레 고개를 끄덕였다. 그럼 쥐가 아니라 카피바라 아니여? 병삼은 무슨 소린지 몰라 사장을 멀끔히 바라보았다. 카피바라유? 사장은 병삼을 잠시 바라보다가 어린애라 카피바라 개그가 안 통하네 하고 구시렁대며 쥐약을 검은 봉투에 넣어 주었다.

막걸리 받으러 온 겨?

양조장 할머니는 병삼을 딱하다는 듯 바라보며 막걸리를 주전자에 따라주었다. 그리고 약과 한 개를 쥐여 주었다. 할머니가 바라보자 병삼은 약과를 한입 베어 물었다. 평소에 그렇게 좋아하던 약과였는데 찰흙 덩어리를 먹는 느낌이었다. 아무리 씹어도 목구멍으로 넘어가지 않았다. 병삼은 남은 약과를 주머니에 넣고 할머니에게 인사를 하고 양조장 밖으로 나갔다. 그리고 사람들이 잘 다니지 않는 뒷산 무덤가 근처로 올라갔다. 병삼은 그곳에서 막걸리를 한 컵 정도 따라 버린 뒤 쥐약을 따서 막걸리 주전자에 부었다. 그리고 옆에 떨어져 있던 나뭇가지로 휘휘 저었다. 병삼은 주전자 속에서 회오리치는 막걸리를 바라보았다. 이걸 아버지에게 먹이면 행복할 수 있을까? 내가 쥐약 산 걸 종묘사 아저씨가 알고 있으니 종묘사 아저씨가 경찰한테 얘기하면 난 감옥 가는 겨? 사형은 안 당하겠지? 아부지가 날 두들겨 팬 걸 온 동네 사람들이 다 알 테니 용서해 주지 않을까? 아부지는 죽어서 엄니를 만날까? 아부지가 엄니두들겨 패면 어쩌지? 아니여. 엄니는 천당에 있지만 아부지는 지옥 갈 겨. 그러니께 둘이 만날 일은 없는 겨.

손병삼! 너 이 새끼 여기서 뭐 허냐?

병삼이 뒤를 돌아보자 정욱이 패거리가 서 있었다. 정욱이는 병삼이보다 열 살 많은 동네 형이었다. 정욱이는 한 살 터울 동생 정환이와 정환이 친구인 중석이, 그렇게 셋이 몰려다녔다. 정욱이는 열네 살 때부터 학교에 다니지 않고 마을을 돌아다니며 어린애들에게 행패만 부렸다. 동네 사람들은 아비 없는 자식이라 그렇다며 욕을 해댔다. 그럴수록 정욱이의 장난이었던 못된 짓거리의 수위는 점점 높아져서 범죄 수준까지 올라갔다. 얼마 전에는 기태네 집 개를 잡아먹어 정욱이 어머니가 돈을 물어주었다. 정욱이 패거리는 병삼에게 다가왔다. 중석이가 병삼이 옆에 있는 막걸리 주전자를 보았다. 어? 이 새끼 너 여기 숨어서 막걸리 마시려고 그런 거? 병삼은 중석의 눈을 보고 깜짝 놀랐다. 그리고 정욱과 정환의 표정도 살폈다. 셋은 귀신에 홀린 눈빛으로 입에 침을 흘리며 웃고 있었다. 셋은 뒷산에서 본드를 불고 내려오는 길이었다. 중석이 키득대며 웃을 때마다 본드 냄새가 병삼의 콧속을 쿡쿡 쑤셔댔다. 중석은 병삼의 주전자를 낚아챘다. 이 새끼 머리에 피도 안 마른 게 무슨 술이여? 내놔! 아. 안 돼유. 그거 우리 아버지가 사 오라고 한 거예유.

야! 얼른 갖고 와봐.

정욱과 정환은 이미 흙바닥에 앉아 막걸리를 마실 준비를 하고 있었다. 형이 먼저 마셔야지. 정욱의 말에 중석은 웃으며 막걸리 주전자를 들고 가려고 했다. 병삼은 재빨리 중석을 붙들었다. 그거 마시면 죽어유. 제가 거기다 쥐약 탔어유. 이 새끼 지랄허네. 이거 안 놔? 중석은 병삼을 뿌리쳤다. 병삼은 바닥에 발라당 자빠졌다. 본드에 취한 중석은 힘이 평소보다 셌다. 병삼은 재빨리 쥐약 병을 들어 중석에게 보여줬다. 이거 봐유. 진짜라니께유. 제가 거기다 쥐약 탔어. 괜찮어. 괜찮어. 나는 쥐약 먹어도 안 죽어. 내가 쥐냐? 쥐약 먹고 죽게? 으허허허허허. 중석은 제정신이 아니었다. 병삼은 생각했다. 저 막걸리를 먹고 정욱의 패거리들이 죽어버리면 그것도 좋은 것 아닐까? 그런데 저 막걸리는 아부지가 먹어야 하는데. 먹고 남긴 걸 아버지를 가져다줄까? 이런저런 생각을 했지만, 그래 봐야 병삼은 겨우 일곱 살이었다. 자신이 무슨 짓을 하고 있었는지 몰랐다. 그러다 갑자기 무서워졌다. 정말 사람이 죽을 수도 있겠다는 생각이 들자 다리가 덜덜 떨렸다. 아침에 저수지에 빠져 죽었었던 정숙의 모습도 떠올랐다. 허연 피부와 퍼런 입술. 다시는 사람이 눈앞에서 죽은 것을 보고 싶지 않았다.

한 잔 받으시구.

중석은 정욱에게 주전자 뚜껑을 건네고 막걸리를 따랐다. 병삼은 정말 이러다 큰일 날 것 같았다. 정욱이 막걸리를 마시려고 주전자 뚜껑을 입에 대려는 순간 병삼은 재빨리 달려가 주전자 뚜껑을 쳐 떨어뜨리려고 했다. 그러나 덜덜 떨리는 팔 때문에 거리 조절과 힘 조절에 실패해 병삼은 정욱을 뺨을 냅다 후려쳐 버렸다. 정욱이 뺨을 맞고 휘청거리는 바람에 다행히도 주전자 뚜껑에 담겨 있던 쥐약 막걸리가 바닥에 쏟아졌다. 옆에서 보던 정환은 벌떡 일어나 병삼을 냅다 발로 찼다. 이 새끼가 미쳤나? 뒤질라고. 병삼은 정환의 발에 차여 데굴데굴 굴렀다. 따귀를 맞은 정욱은 조용히 일어나더니 중석이 들고 있던 막걸리 주전자를 받아 쥐었다. 그거 먹으면 안 돼유. 진짜루 쥐약 들었다니께유. 병삼은 놀라 고래고래 소리를 질렀다. 발악하는 병삼을 지켜보던 정환은 병삼에게 다가와 머리끄덩이를 붙잡고 따귀를 세게 후려쳤다. 입술이 터지고 코피가 흘렀다. 이 개노무 시끼가 어디서 소리를 질러? 정환은 다시 병삼을 때리려고 손을 치켜들었다.

그만혀!

정환이 돌아보니 정욱이 주전자에 든 막걸리를 바닥에 쏟고 있었다. 정욱은 막걸리를 다 쏟아 버리고 병삼에게 다가왔다. 정욱은 병삼의 머리끄덩이를 잡은 정환의 손을 잡아 푼 뒤 무릎을 꿇고 앉아 병삼의 엉클어진 머리를 매만져주고 코피를 닦아주었다. 그동안 미안했어. 병삼은 깜짝 놀랐다. 우리 아부지 죽구 사람들이 우리 어무니한테 서방 잡아먹은 년이라고 수근대구. 집에 돈도 없구. 그르니 나라두 강해져야것다. 그래야 아무도 못 건들지. 그런데 또 겁은 많아서 어른들은 못 건들구, 너같이 어리구 약하구 만만한 애들 괴롭히구. 그러구 산 겨. 정욱은 흐르는 눈물을 닦았다. 나쁜 짓도 버릇 든다구, 어린애들 괴롭히다 보니까 슬슬 자신감이 붙는 거. 그래서 구멍가게 가서 먹을 것 좀 갖구 나오구. 그래도 별일 없으니께 사람 없는 집 드가서 뭐 좀 들구 나오구. 에휴. 이 동네 사람들이 우리 집 도와준 게 뭐 있어? 뒤에서 욕이나 해쌌지. 그냥 그런 심정이었어. 좌우지간에 너한테도 많이 미안허다. 너두 엄마 없이 자라서 힘들 건디. 너는 나처럼 되면 안 되는 겨. 알것냐? 정욱은 눈물을 닦고 일어났다. 정환아. 엄니헌테 가보자. 이장집 고추밭에서 일하고 있을 겨. 중석이 너도 따라와. 에? 에? 정환과 중석은 어찌 된 영문인지도 모른 채 정욱을 따라 내려갔다.

돈 안 받을 테니 어여 가봐.

양조장 할머니는 주전자에 막걸리를 부어 주고는 병삼을 보냈다. 한참 전에 막걸리를 받아 간 병삼이 어디서 두들겨 맞은 얼굴로 빈 주전자를 들고 들어오는 것을 본 할머니의 입에서는 탄식이 저절로 흘러나왔다. 저 어린것이 뭔 죄가 있다고. 하늘도 무심허지. 병삼은 막걸리 주전자를 들고 집으로 가는 길이 무서웠다. 늦게 왔다고 아버지가 때릴 것이 불 보듯 뻔했기 때문이다. 아버지가 보이면 주전자를 바닥에 놓고 도망가야겠다. 잡히면 정욱이 형이. 아니, 정욱이 형은 날 안 때렸지. 정환이 형이랑 중석이 형이 때려서 막걸리를 쏟았다고 해야겠다. 그런데 갑자기 정욱이 형은 왜 착해진 거지? 그런 고민을 하는 사이에 병삼은 집에 도착했다. 병삼은 대문 뒤에 숨어서 집 안을 살폈다. 조용했다. 인기척도 없었다. 어디 가셨나? 술 심부름시켜 놓고 어디 가실 리가 없는데. 서울 아저씨한테 받은 돈을 가져가셨으니 그걸로 술 드시러 가셨나? 아니면 나 안 온다고 잡으러 나가셨나? 병삼은 조용히 집 안으로 들어갔다.

어? 저게 뭐지?

마당 구석에 빨래 더미가 쌓여 있었다. 저거 아까 아부지가 입었던 옷 같은데? 병삼이는 빨래 더미 쪽으로 가까이 갔다가 깜짝 놀랐다. 그것은 빨래 더미가 아니라 무릎을 꿇고 바닥에 머리를 박은 채 쓰러져 있는 병삼의 아버지였다. 병삼은 막걸리 주전자를 털썩 떨어뜨리고 잠시 서 있다가 쓰러져 있는 아버지에게 조심스레 다가갔다. 죽은 겨? 병삼이는 이상한 자세로 엎어져 있는 아버지를 슬쩍 밀었다. 아버지는 보릿자루처럼 옆으로 풀썩 쓰러졌다. 쉰 막걸리 냄새가 코를 찔렀다. 병삼은 헛구역질을 두어 번 하고 다시 아버지를 바라보았다. 눈은 까뒤집혀 있었고, 머리에선 피가 흘러 얼굴을 적시고 있었다. 입 주변에는 구토물이 묻어 있었다. 병삼은 생각했다. 오늘 내가 복 받는 날인 겨? 병삼은 정숙이를 구해주고 서울 아저씨에게 엄청난 돈을 받았다. 어쩐 일로 정욱이 형도 평소와 다르게 병삼을 때리지 않았다. 그리고 죽길 바랐던 아버지까지 죽었다.

어? 이게 뭐지?

38

병삼이 자신의 눈을 닦았더니 축축한 것이 느껴졌다. 병삼은 자기도 모르게 눈물을 흘리고 있었다. 전혀 슬프지 않을 거라고, 오히려 기쁘리라 생각했는데 막상 죽은 채 꼬꾸라져 있는 아버지를 보니 눈물이 났다. 일곱 살 병삼은 고아가 되었다. 아버지가 죽는 것보다 술을 끊게 해달라고 비는 편이 나았을 것 같았다. 아부지, 괜찮어유? 아부지? 아부지! 아부지. 아부지이이이이. 병삼은 엉엉 울기 시작했다. 쉰 막걸리 냄새도 잊은 채 아버지에게 달려들어 부둥켜안았다. 병삼은 몸에 아버지의 피와 구토물이 묻어도 개의치 않았다. 아부지 정신 좀 차려봐유. 예? 병삼은 아버지를 흔들어 깨웠다. 그러나 아버지는 전혀 미동도 하지 않았다. 그때 병삼의 아버지 손가락이 미세하게 움직였다. 병삼은 잘못 본 것 같아 조용히 아버지의 손가락을 눈을 부릅뜨고 지켜보았다.

…까딱.

어어? 어어어어? 아부지! 아부지 아직 안 죽었쥬? 제 말 들려유? 제 말 들리냐구유. 병삼은 아버지를 미친 듯이 흔들었다. 그리고 다시 아버지 손을 지켜보았다. 병삼을 때리던 손. 그 무서웠던 손이 지금은 조금이라도 움직이길 간절히 바랐다. 아버지의 투박한 손이 나무토막처럼 보였다. 투박한 손? 그러다 문득 아침에 봤던 외국인 아저씨가 생각이 났다. 영혼은 그렇게 해서 깨어나는 게 아니란다. 그럼요? 정신 차리게 한 대 후려쳐야지. 이 손으로. 병삼은 따뜻했던 외국인 아저씨의 손이 느껴지는 것 같았다. 병삼은 아버지의 뺨을 냅다 후려쳤다.

어이구야.

병삼의 아버지는 벌떡 일어났다. 병삼은 깜짝 놀랐다. 아버지를 때렸으니 아버지가 가만 안 둘 것 같았다. 병삼은 아버지 눈치를 보다가 재빨리 도망갔다. 병삼아! 아버지의 부름에 병삼의 발이 멈췄다. 평소 같았으면 뒤도 안 돌아보고 도망쳤겠지만, 이번엔 그러지 않았다. 아버지가 이름을 불러줬기 때문이다. 아버지는 늘 병삼을 시펄 놈, 이 새끼로 불렀었다. 병삼이 돌아보니 아버지는 눈물을 흘리고 있었다. 미안허구나 병삼아. 이 애비가 죽일 놈이다. 아버지는 병삼에게 다가와 무릎을 꿇고 병삼을 끌어안았다. 병삼도 아버지 목을 꽉 끌어안았다. 아부지. 아부지. 병삼은 아버지를 붙잡고 펑펑 울었다. 아버지는 잠시 떨어져 얼터진 얼굴의 병삼을 보더니 어이구, 병삼아. 하며 오열했다. 둘은 그렇게 잠시 혹은 오랫동안 붙어서 울었다.

너. 뭐 먹구 싶냐?

아버지의 물음에 병삼은 고민도 없이 꽁치유. 하고 대답했다. 며칠 전 저녁 이장 집 옆을 지나가는데 생선 굽는 냄새 때문에 이장 집 앞을 한동안 서성거렸다. 혹시 이장이 나와 밥 먹고 가라고 하지 않을까? 하는 마음이었다. 한참 후 저녁 식사를 마친 이장이 마당으로 나와 담배를 한 대 물고는 이장댁 들으라는 듯 갈치를 사 오랬더니 왜 철도 아닌 꽁치를 사 와? 했고, 이장댁은 꽁치를 혼자 뼈까지 다 먹어놓고 뭔 소리여? 했다. 그 후로 지금까지 병삼의 콧속에서 꽁치 굽는 냄새가 지워지지 않았다. 아버지는 주머니를 뒤져 병삼에게 빼앗았던 돈을 다시 주었다. 가서 쌀 두 됫박 허구, 꽁치 두 마리 사 와. 소고기두 반 근 썰어 오구. 안심으루다가. 정말이유? 그려. 얼렁 댕겨와. 병삼은 신이 났다. 병삼이 뛰어가려는데 뒤에서 아버지가 병삼아! 하고 불렀다. 병삼이 돌아보니,

술은 절대루 사 오지 말어. 알었지?

아버지는 웃으며 말했다. 병삼은 더욱 신이 나서 알것어유. 아부지, 하고 뛰어갔다. 병삼은 시장까지 한 시간을 걸어갔다. 아버지 말대로 꽁치 두 마리와 쌀 두 됫박, 소고기 안심 반 근을 샀다. 소고기 안심을 샀더니 돼지 껍데기까지 덤으로 주었다. 살 것을 다 사고 거스름돈을 주머니에 넣으려고 봤더니 주머니에 먹다 남긴 약과가 잡혔다. 병삼은 다시 약과를 꺼내 한입 깨물었다. 아까와 다르게 약과는 달콤하고 향긋했다. 꿀과 계피 향이 입안을 감돌았다. 겉은 쫀득하고 안은 포실했다. 몇 번 씹지도 않았는데도 목구멍으로 스르르 넘어가 버렸다. 병삼은 신이 나 무거운 쌀과 고기를 들고도 폴짝폴짝 뛰어 집으로 갔다.

아부지. 저 왔어유.

병삼은 집으로 들어오자마자 대들보에 목을 맨 아버지를 보았다. 뜨거운 여름이었지만 한기가 느껴졌다. 병삼은 대들보에 매달려 흔들거리는 아버지를 바라보다가 그 자리에서 오줌을 싸버렸다. 그러고는 기억을 잃었다. 정신을 차리고 보니 집에는 마을 사람들이 모여 아버지 장례를 치르고 있었고, 병삼은 상복을 입고 있었다. 다시 정신을 차려보니 아버지 관을 어머니 무덤 옆에 묻고 있었다. 어떻게 시간이 지나갔는지 몰랐다. 어어? 하는 순간 눈앞에 손바닥만 한 갈치가 한 토막 구워져 있었다. 어여 먹어. 고개를 들어보니 이장과 이장댁이 병삼을 바라보고 있었다. 이장님은 안 드세유? 나는 많이 먹었어. 한창 크는 놈이 많이 먹어야지. 이장댁은 숟가락으로 갈치 뼈를 발라 병삼의 밥 위에 올려놓아 주었다. 저번에유. 이장은 병삼이 무슨 말을 하려나 쳐다보았다. 저번에 요 앞에 지나가는

데 생선 굽는 냄새가 나서 디다 봤는데. 갈치 안 사 오고 꽁치 사 왔다고 이장님이 뭐라 그러시는 거 들었어유. 인마, 그럼 들어와서 밥 먹구 가지 그랬어. 병삼은 잠시 말이 없다가 어렵사리 입을 열었다. 갈치 비싼데 주셔서 고맙구먼유. 병삼의 말에 이장은 고개를 휙 돌리고 애먼 천장 구석을 바라보았고, 이장댁은 참지 못하고 눈물을 주르륵 흘렸다. 어여 먹어. 이거 다 니 꺼여. 병삼이 밥을 다 먹고 마루에서 이장댁이 내어 온 복숭아를 먹고 있을 때 이장이 종이쪽지를 툭 하고 던졌다. 이거 읽어봐. 니 아부지가 쓴 거여. 병삼은 쪽지를 보고는 나중에 읽을게유, 하고는 주머니에 쑤셔 넣었다. 이장은 병삼을 측은하게 바라보다가 그려, 어여 복숭아 먹어, 하고는 담배를 물었다. 병삼은 그 당시 아직 글을 읽을 줄 몰랐다.

나가 너 외가 쪽 오촌 아저씨인디. 기냥 거시기하니께 삼춘이라고 불러부러.

장례가 끝나고 고아가 된 병삼은 어머니의 사촌오빠라는 처음 본 친척 집으로 가게 되었다. 친척 집은 전북 고창이었다. 병삼의 방은 부엌 옆, 문도 없는 세 평 정도 단칸방이었다. 방에 들어가면 어른은 천장에 머리가 닿아 기어 다녀야 했다. 방에는 이불과 앉은뱅이책상밖에 없었다. 쪼까 좁아도 니가 이해하그라잉. 그래도 병삼은 행복했다. 태어나서 처음 갖는 자기만의 공간이었다. 아버지와 살 때는 집이 가장 있기 싫은 공간이었다. 그나마 있을 곳은 마을 회관과 저수지였다. 단칸방은 다행히도 부엌 옆이라 별로 춥지 않았다. 게다가 겨울이 오자 삼춘이 문도 달아주었다. 배가 고플 때는 부엌에서 먹을 것을 꺼내 먹어도 아무도 뭐라 하지 않았다. 아홉 살 많은 육촌 형인 상현이 형 있었는데 나이 차이가 크게 나서인지 병삼에게 잘해주었다. 상현이 형은 어렸을 때 경운기에 다리가 깔려

다리를 좀 절었다. 그 덕분에 형이 농사일을 돕지 못해 병삼이 농사일을 도왔다. 병삼은 농사일을 돕는 것이 전혀 힘들지 않았다. 오히려 좋았다. 밥을 거저 얻어먹는 것 같지 않았기 때문이다. 병삼이 국민학교 3학년이 되었을 때 어느 정도 글을 읽을 수 있게 되었다. 병삼은 3학년 여름방학이 시작되고 아버지 기일이 되자 고이 숨겨놓았던 아버지의 쪽지를 읽었다.

병삼이 보아라.

이 아비는 죄가 만타. 니 엄마가 죽은 것은 너 탓이 아니다. 이 아비는 사람도 아니다. 또 언재 술을 먹꼬 너한태 핵꼬지할지 모른다. 아비는 죽는개 맛다. 내가 죽어야 니가 행복하다. 아비가 죽더라도 울지 말고 행복하개 살어라. 미안하다.

병삼이는 밥두 안 묵고 으델 가뿔었냐?

병삼은 아버지의 쪽지를 읽고 아무도 모르게 뒷산으로 갔다. 그리고 사람 없는 곳까지 올라가 쪼그려 앉아 소리 내어 엉엉 울었다. 진이 다 빠지고 목이 쉴 때까지 울었다. 눈물이 안 나올 때까지 운 다음에는 서쪽으로 지는 노을을 바라보았다. 병삼은 해가 떨어지기 전에 산에서 내려와 집으로 갔다. 워메, 이 썩을 놈이! 어델 갔다가 인제 오냐? 삼촌은 집으로 온 병삼을 보자 소리치며 방에서 뛰어나왔다. 썩을 놈이라는 말을 들은 병삼은 반사적으로 팔로 머리를 감싸며 주저앉았다. 삼촌은 병삼에게 다가와 얼굴을 막고 있던 팔을 치운 다음 병삼의 얼굴을 붙잡고 살폈다. 어디 다친 데 없냐? 밥은 묵었고? 병삼은 걱정스러운 삼촌의 눈을 보자 다시 눈물이 울컥 솟았다. 옴마? 아가 어디서 많이 놀랐는갑네. 눈까리가 개구리만치 부어부렀어. 삼촌은 병삼을 다독거렸다. 삼촌이랑 숙모가 너 없어진 줄 알고 을매나 걱정했는디. 앞으로 어딜 가면 간다고 말을 허고 가 뿔어. 알긋냐? 병삼은 울며 고개를 끄덕였다. 고만 울고 어여 들어가 밥 묵어. 숙모가 차려준 밥상에는 일곱 가지 반찬에 바지락을 넣은 된장찌개, 그리고 구운 꽁치 한 마리가 올려져 있었다. 병삼은 꽁치를 보자 다시 눈물이 왈칵 쏟아졌다.

3

정의

수고하셨습니다. 자. 모이세요. 모이세요. 건강한 몸! 건강한 정신! 파이팅!

구호를 외친 회원들은 다들 정수기로 달려들었다. 보라는 헉헉대며 물을 들이켜는 회원들을 보며 흐뭇한 미소를 지었다. 회원님들. 운동 힘들게 하시고 브런치 카페 몰려가셔서 샐러드는 딸랑 하나 시켜놓고 트러플 크림파스타랑 팬케이크, 바나나 프렌치토스트, 이런 거 막 드시면 안 되는 거 아시죠? 보라의 이야기에 회원들은 어머. 아니에요. 호호호. 절대 안 그래요, 하며 웃었다. 간혹 회원님 중에 에그 베네딕트는 달걀이라서 괜찮지 않아요? 하시는 분 계신데. 안 돼요. 그냥 삶은 달걀 드세요. 보라의 시답지 않은 농담에도 회원들은 선생님, 넘 웃겨요. 까르르, 까르르르 하며 샤워실로 몰려갔다. 보라는 회원들이 가고 난 자리에 놓인 요가 매트를 정리하기 시작했다. 보라는 강남구 청담동에 있는 여성 전용 피트니스 클럽에서 크로스핏 강사를 하고 있었다. 정식 크로스핏 강의라기보다는 그냥 맛보기처럼 스트레칭 후 가벼운 아령과 케틀벨로 운동에 익숙지 않은 회원들의 기초대사량을 늘리는 수업이었다. 보라는 새벽 4시에 피트니스 클럽에 출근하여 새벽 6시까지 혼자 웨이트트레이닝과 태권도 수련을 했다. 그리고 6시가 되어 1교시 회원들이 오면 수업을 시작했다. 그리고 12시가 되면 모든 수업을 마쳤다. 점심시간 이후로는 일이 없었다. 다시 피트니스 클럽으로 돌아와 운동하든가 아니면 혼자 시간을 보냈다.

카카오뱅크 입금 1,000,000원

보라는 핸드폰으로 온 입금 문자를 보고는 입에 미소가 절로 지어졌다. 지난달 말에 지하철에서 시비가 붙어 보라를 폭행하려 했던 남자가 보낸 합의금이었다. 회원들이 모두 샤워를 마치고 나가자 보라는 샤워실로 향했다. 레깅스와 탱크톱을 벗어 던지고 항상 그렇듯 샤워젤을 듬뿍 짜내어 겨드랑이를 꼼꼼히 씻었다. 보디로션을 바르고 머리를 말린 뒤 화장을 했다. 그리고 스틱형 디오더런트를 꺼내 겨드랑이에 바른 다음 스프레이형 디오더런트를 그 위에 뿌렸다. 옷을 입고 마지막으로 늘 사용하는 향수인 바이레도 로즈오브 노 맨즈 랜드를 겨드랑이와 목에 네 번씩 뿌리고 나서야 탈의실 밖으로 나왔다. 탈의실은 보라의 향수 냄새로 가득하였다. 저 갈게요. 점심 드시고 다시 오세요? 아뇨. 오늘은 그냥 퇴근할게요. 네. 내일 뵙겠습니다. 들어가세요. 보라는 직원들과 인사 후 피트니스 클럽 밖으로 나와 하늘을 올려다보았다. 맑은 가을 하늘이었다. 오늘은 얼마나 더우려나? 다행히 추석이 지나 날씨는 그렇게 덥지 않았다. 땀 흘릴 걱정은 없었다. 드디어 지긋지긋한 여름이 끝났구나. 보라는 쾌적한 날씨, 그리고 입금된 합의금 덕분에 오랜만에 상쾌한 기분을 느꼈다. 보라는 미소를 지으며 핸드폰을 열어 카카오 택시를 불렀다.

망고 빙수 안 판다고요?

보라는 택시를 타고 신라호텔로 왔다. 소문으로만 듣던 망고 빙수를 먹으러 온 것이다. 천상의 맛이에요. 태어나서 이렇게 맛있는 건 처음 먹어봐요. 그런데 가격이 너무 비싸요. 그런데도 줄 서서 먹더라고요. 저도 30분 기다렸어요. 저는 한 시간 넘게 기다렸어요. 지금 도착했는데 대기인원이 40명이에요. 맙소사. 세상에. 보라가 그런 이야기를 들었을 때는 여름이라 더웠고, 줄 서서 기다릴 시간도 없었고, 결정적으로 돈도 없었다. 그런데 이제는 가을이라 덥지 않았고, 그러다 보니 빙수를 먹으러 올 사람도 별로 없으리라 생각했고, 게다가 합의금을 받아 돈까지 생겼다. 보라는 신라호텔 망고 빙수를 먹기 위해 재작년부터 2년을 기다려왔다. 그런데 신라호텔에 와보니 망고 빙수가 품절이 된 것이다. 애플망고 빙수는 여름 한정 판매 상품입니다. 9월부터는 멜론 빙수를 판매하고 있습니다. 아아. 그거 먹으러 왔는데. 내년 여름까지 기다려야 하나요? 네. 그렇습니다. 보라는 좌절했다. 멜론은 보라가 좋아하는 과일이 아니었다. 애꿎은 메뉴판을 살펴보다 샴페인이 눈에 띄었다. 이렇게 된 거 샴페인이나 마셔야겠다. 샴페인은 이런 데서 마셔줘야지.

Here's your champagne.

보라는 샴페인을 가지고 온 웨이터를 노려보았다. 저 한국 사람이거든요. 웨이터는 깜짝 놀라며 죄송합니다, 하고 사과했다. 보라는 망고 빙수를 먹지 못해 날카로워진 신경을 괜한 웨이터에게 들이댄 것 같아 조금 미안해졌다. 보라는 사실 캐나다 사람이었다. 본명은 데보라 서. 한국 이름이 서보라였다. 얼핏 보면 검은 머리에 검은 눈동자라 키 큰 한국인처럼 보이지만 자세히 보면 서양인 느낌이 있었다. 보라는 한국계 미국인 아버지와 네덜란드계 미국인 어머니 사이에서 태어났다. 8학년 때까지 미국에서 살다가 캐나다로 이민을 가서 캐나다 국적을 취득했다. 그리고 대학을 졸업하기도 전에 휴학을 하고 한국으로 온 것이다. 30대 초반의 여자가 평일 점심부터 혼자 호텔에서 샴페인을 시키고 있으니 여행 온 외국인이라고 착각할 수도 있었을 것이다. 보라는 샴페인을 한 잔 따라 마셨다. 보라는 태어나서 샴페인을 처음 마셔보았다. 맛없는 사과 맛 탄산수 같은 느낌이었다. 맥주만도 못한 게 왜 이렇게 비싼 거야? 차라리 그냥 멜론 빙수나 시킬걸. 보라는 비싼 돈 주고 시킨 샴페인이 아까워서 한 잔을 홀짝 마셔버렸다. 이 큰 병을 언제 다 마시지? 하는데 술기운이 훅 올라왔다. 얼굴이 후끈거리며 살짝 땀이 나기 시작했다. 큰일이네. 땀 흘리면 안 되는데. 괜히 샴페인은 시켜가지고. 역시 사람은 살던 대로 살아야 돼.

　그냥 하던 대로 하세요.

　건너편에서 남자의 목소리가 들리자 보라는 고개를 돌렸다. 조용한 목소리였지만 중압감이 느껴졌다. 커피숍 구석에 한 남자가 의자에 앉아 서 있는 여자를 노려보고 있었다. 남자는 깔끔한 양복 차림에 30대 후반? 40대 초반 정도로 보였다. 훤칠한 키, 잘생긴 얼굴에 눈매가 날카로워 검사나 재벌 2세 역할을 하는 영화배우 같아 보였다. 여자는 보라와 비슷한 나이로 보였는데 하얀 피부에 똑 떨어지는 긴 베이지색 원피스를 입고 있었다. 보라는 여자를 슬쩍 훔쳐보았다. 금테 안경과 긴 머리. 운동이라고는 해본 적 없을 것 같은 얇은 손목. 남자는 일어나 여자의 얇은 손목을 잡더니 자리에 앉혔다. 여자는 난처한 얼굴로 자리에 앉았다. 남자는 인상을 찌푸리며 조용히 여자를 노려보았다. 보라는 생각했다. 남자가 존댓말을 했다는 것은 분명 친한 사이는 아니라는 것이고, 그런데도 손목을 잡고 자리에 앉혔다는 것은 폭력적인 상황이 일어날지도 모른다는 것이었다. 뭘까? 불륜? 협박? 치정? 아니면. 금전? 보증? 채무? 어쨌거나 돈 아니면 섹스겠지. 어디 보자. 여기는 신라호텔 라운지 바. 보는 사람도 좀 있고, 보안요원도 있겠지. CCTV는? 당연히 있을 테고. OK! 보라는 샴페인 잔에 샴페인을 가득 따른 뒤 꿀꺽꿀꺽 마시고는 자리에서 일어났다.

화장실은 어디죠?

보라는 웨이트리스에게 안내받은 화장실로 들어왔다. 들어오자마자 화장실 바닥을 보았다. 역시 호텔 화장실이라서 쾌적하구나. 다행히 화장실에 사람이 없었다. 보라는 입고 있던 재킷과 티셔츠를 벗었다. 그리고 가방에서 물티슈를 꺼내 왼쪽 겨드랑이의 디오더런트와 향수를 깨끗이 닦아냈다. 잠시 스트레칭을 하고는 화장실 바닥에서 버피를 하기 시작했다. 우선은 워밍업으로 20회. 보라는 숙련된 동작으로 화장실 바닥에 엎드렸다 빠르게 일어나며 점프를 했다. 순식간에 버피 20회를 끝내고 잠시 숨을 고르고는 다시 버피를 시작했다. 이번에는 40회. 보라는 30회쯤 했을 때 버피를 멈추었다. 겨드랑이에 땀이 나기 시작했기 때문이다. 이 정도면 됐어. 보라는 왼쪽 겨드랑이에 난 땀을 오른손 검지에 발랐다. 살짝 냄새를 맡아보았지만, 보라에게는 별 냄새가 느껴지지 않았다. 보라는 다시 왼쪽 겨드랑이를 조심스레 물티슈로 닦고, 스틱형 디오더런트를 꺼내 발랐다.

어디 갔지?

보라가 화장실에서 라운지 바로 돌아왔을 때 그 남녀는 사라지고 없었다. 그래. 남자의 외모를 보았을 때 뭔가 배운 사람 같았어.

평일 대낮에 신라호텔 올 정도라면 어느 정도 재력도 있겠지. 그런 사람이 이렇게 사람 많은 곳에서 행패를 부리진 않을 거야. 웨이트리스가 남녀가 앉았던 곳의 커피 잔을 치우고 있었다. 아직 나간 지 얼마 안 됐어. 동선은 두 군데. 엘리베이터 쪽 아니면 주차장 쪽. 보라는 객실로 올라가는 엘리베이터부터 확인하기로 했다. 그런데 로비 구석에 서 있는 남녀가 보였다. 남자는 여자를 노려보고 있었고, 여자는 죄지은 듯 고개를 숙인 채 말이 없었다. 보라는 고개를 들어 CCTV 위치를 확인하고, 현관과 데스크의 보안요원 위치도 확인했다.

벌처럼 날아서 벌처럼 쏘자.

보라는 핸드폰을 보는 척하며 남녀를 지켜보았다. 역시나 남자는 다시 여자의 손목을 잡았다. 보라는 벌처럼 날아가 남자의 손에서 여자의 손을 빼앗았다. 남자는 당황한 얼굴로 보라를 쳐다보았다. 누구신지? 그건 그쪽이 알 것 없고요. 왜 이 여자분 때리려고 그래요? 제가요? 때리긴 누굴 때려요? 무슨 소리 하시는 거예요? 남자는 시선을 여자 쪽으로 돌렸다. 최 원장님, 아시는 분이세요? 여자는 깜짝 놀라 아뇨. 처음 보는 사람인데요, 하며 겁에 질린 표정으로 보라를 쳐다보았다. 남자는 보라를 잠시 노려보다가 피식 웃었다. 저기요. 저 그런 사람 아닙니다. 뭔가 오해를 하셨나 본데요. 남자는 안주머니에서 명함 지갑을 꺼내 명함을 하나 꺼냈다. 보라는 그때를 놓치지 않고 왼쪽 겨드랑이 땀을 닦았던 오른손 검지를 벌침처럼 꼿꼿이 세웠다. 남자가 보라에게 자신을 소개하기 위해 명함을 건네려고 하자, 보라는 재빨리 검지로 남자의 인중을 슬쩍 건드리려고 했다. 남자는 깜짝 놀라며 머리를 피했다. 남자는 보라의 검지는 피할 수 있었지만, 검지에 묻어 있던 땀 냄새는 피할 수 없었다. 남자는 무언가 불쾌한 냄새를 맡은 듯 인상을 확 찌푸렸다. 보라 옆에 서 있던 최 원장이라는 여자는 매서워진 남자의 눈빛을 보고 보라를 말렸다. 저기요. 정말 오해가 있으신가 본데요.

저분은요. 그런 분이 아니세요.

최 원장이 남자 편을 들자 보라는 이게 아닌데 싶었다. 그러고는 무의식적으로 몸을 휙 돌려 피했다. 그러자 보라의 코끝으로 남자의 주먹이 쏜살같이 지나갔다. 보라는 등골이 오싹했다. 팔에 소름이 돋았다. 최 원장은 남자를 보고 놀라 목사님 왜 이러세요? 했다. 목사님? 큰일 났다. 보라는 평소처럼 여자를 괴롭히는 남자에게 시비를 걸어 합의금을 뜯으려 했던 것이었다. 그러나 뭔가 꼬였다. 보라가 생각했던 시나리오는 이랬다.

1. 남자와 여자가 다투는 것을 본다.
2. 싸움을 말리는 척하며 남자에게 자신의 땀 냄새를 맡게 한다.
3. 남자가 분노하여 자신을 공격하면 여유롭게 피한다.
4. 주변 사람들이 말리고, 경찰이 오면 경찰서로 간다.
5. 여자를 증인으로 세워 남자가 자신을 폭행하려 했다고 고소한다.
6. 남자가 진정되고 사과하면 합의를 하고 합의금을 받은 뒤 고소를 취하한다.

그러나 3번부터 어긋나기 시작했다. 남자의 주먹은 여유롭게 피할 수 있는 주먹이 아니었다. 목사라며? 그런데 왜? 남자는 주먹을 올리고 턱을 당긴 후 차갑게 보라를 노려보았다. 복싱이다. 남자는 살며시 뛰며 복싱 스텝을 밟았다. 살기가 느껴졌다. 보통 남자들처럼 욕이나 하면서 멱살을 잡으려고 하던가, 어설프게 주먹을 휘두르다 제힘에 넘어져 버리는 그런 수준이 아니었다. 짖는 개가 아니라 사냥하는 늑대였다. 보라는 바짝 긴장했다. 남자가 슬쩍 어깨를 흔들자 보라는 남자가 공격하려는 줄 알고 겁에 질려 자기도 모르게 옆차기로 남자의 명치를 찼다. 남자는 아슬아슬하게 발차기를 피했다. 보라가 도발에 넘어간 것이다. 이렇게 되면 결국 쌍방 폭행이 되고 만다. 꺄아아악! 싸움이 시작되자 옆에 있던 최 원장이 비명을 질렀다. 최 원장 쪽에서 봤을 때 보라의 발차기가 남자의 명치를 때린 것처럼 보였기 때문이다. 남자는 최 원장의 비명에도 아랑곳하지 않고 보라를 보며 피식 웃었다. 뭔가 믿는 구석이 있으니까 시비를 거셨겠지? 남자는 재킷을 벗고 넥타이를 셔츠 사이에 쑤셔넣었다. 그러고 나서 다시 주먹을 올리더니 보라가 어? 하는 사이에 보라의 코앞까지 파고들었다. 보라는 재빨리 뒤로 물러나 거리를 벌리며 앞차기로 남자의 턱을 노렸다. 남자는 보라의 앞차기를 피한 다음 왼손으로 잽을 날렸다. 보라는 다시 뒤로 물러나며 남자의 잽을 피했다. 그러나 그 잽은 함정이었다. 곧바로 남자의 오른손이 보라의 코를 향해 일직선으로 날아왔다. 순간 정신이 아찔해지며 시간이 느려졌다. 남자의 주먹은 피할 수가 없었다. 보라는 어금니를 꽉 깨물고 눈을 질끈 감았다. 얼굴을 맞으면 수업을 할 수 없는데. 남자의 오른손 스트레이트가 다 펴지기 직전에 보안요원들이 달려와 남자에게 달려들어 말렸다. 목사라는 남자는 다른 남자들과 달랐다. 이거 봐. 저년이 먼저 시비를 걸었다고. 알았어. 알았다니까. 이거 놓고 얘기하자고. 안 때린다고. 시팔! 너네도 다 죽여버릴 줄 알아! 같은 말은 하지 않았다. 그냥 조용히 보라를 노려보았다. 남자는 짖지 않았다. 늑대였다.

아. 이거 피곤하게 됐네.

강 형사는 보라와 남자를 번갈아 보다가 한숨을 쉬었다. 보라와 남자는 장충파출소에 잠시 들렀다가 중부경찰서로 넘어왔다. 보라는 초조했다. 평소와 다르게 자기가 먼저 남자에게 발차기를 했기 때문이다. 남자를 따라온 최 원장도 경찰에게 보라가 먼저 시비를 걸었다고 말했다. 남자는 보라 옆에 조용히 앉아 있었다. 강 형사는 남자에게 가서 보라를 가리키며 말을 했다. 목사님. 저 여자분이 그냥 이상하게 시비 걸고 다니는 그런 분은 아니고요. 그 뭐랄까? 약간 정의감이 넘친다고 해야 할까? 저분이 말이죠. 예전에 치한도 잡고 폭력 사건도 해결하고 그래서 시민상도 받고 그러셨던 분입니다. 남자는 보라를 쓰윽 쳐다보았다. 보라는 쳐다보는 남자를 노려보았다. 저기요. 강 형사님. 저 남자가 저 여자분 손목 잡아끌고 그러는 걸 제가 봤다니까요. 제가 괜히 그럴 사람이에요? 보라 씨가 괜히 시비 걸고 그런 사람은 아닌 거 당연히 알죠. 그런데 있잖아요. 강 형사는 답답한 표정으로 보라에게 다가왔다. 저 남자분 목사님이세요. 그리고 저 여자분은 저 목사님 교회에 다니는 교인이고요. 아니, 목사가 여신도랑 호텔에 왜 와요? 그런 거 아니라니까 그러시네. 보라 씨 저분은요, 그냥 목사님이 아니에요. 되게 유명한 목사님이에요. 강남 신사동 가로수길에 큰 교회 있잖아요. 재일교회라고. 그 재일교회 담임목사이신 전재일 목사님이세요. 보라는 가로수길에 놀러 갔다가 재일교회를 본 적 있었다. 가로수길에 가면 안 보려고 해도 볼 수밖에 없는 크기의 교회였다. 그러고 보니 보라도 재일을 뉴스나 인터넷에서 본 것 같았다. 목사가 왜 뉴스에 나오고 그랬었지? 그러지 마시고 보라 씨가 그냥 사과하세요. 제가 왜요? 저 사람이 날 먼저 때리려고 했다고요.

아니. 안 받아도 그만이라니께 뭣 허러 여까지 와유?

방 소장은 병삼을 끌고 중부경찰서 안으로 들어왔다. 성동경찰서는 내가 아는 사람이 별로 없어서 그래요. 중부가 원래 내 나와바리라니까. 여기 사람들 내가 다 알아요. 어이. 강 형사. 일루 와봐. 강형사는 인상을 찌푸린 채 오셨어요? 하며 다가왔다. 방 소장은 난처한 표정으로 인사하는 강 형사의 표정을 살폈다. 왜 그래? 무슨 일있어? 강 형사는 한숨을 푹 쉬었다. 저 여성분이랑 저 남자분이랑시비가 붙어서 왔는데. 저 젊은 여성분께서 남자분이 저쪽 여자분을 폭행하는 줄 알고 말리다가 싸움이 붙었어요. 그런데 남자분은목사님이시고 저쪽 여자분은 교회 성도분이신데, 그냥 설득 좀 하시다가 좀 언성이 높아진 것뿐이라고 하고요. 이야기를 듣던 방 소장도 강 형사처럼 인상을 찌푸렸다. 뭐가 이렇게 복잡해? 그러니까요. 그냥 두 분이 사과하면 되는 일인데. 여성분께서 남자가 먼저 폭행을 했다며 고소하겠다고 하셔서. 방 소장은 듣다가 고개를 갸우뚱했다. 그럼 저 목사님이 그냥 사과하시면 되겠네. 방 소장의 말을들은 강 형사는 다시 한숨을 쉬었다. 목사님은 오해받은 사람도 자신이고, 맞은 사람도 자신인데 왜 사과를 해야 하냐고 하시네요. 방소장은 피식 웃으며 그냥 둘 다 훈방조치 하고 말아, 하고 말했다.

누가 먼저 때렸어유?

옆에서 듣고 있던 병삼이 강 형사에게 물었다. 그런데 누구신지? 이분 시민상 받으실 분이셔. 방 소장의 말에 강 형사는 아. 그러시구나, 했다. 저 여성분도 시민상 받으셨던 분이에요. 그래서 더 골치가 아픈 거죠. 그러니께 누가 먼저 때린 거유? 먼저 공격한 것은목사님이신데, 먼저 때린 것은 여자분이시고요. 아닙니다. 저분이먼저 저를 공격했습니다. 듣고 있던 재일이 말했다. 제가 언제요?그쪽이 먼저 주먹을 날렸잖아요. 제가 피했기에 망정이지. 재일은 보라의 말을 듣고 인상을 찌푸렸다. 제가 명함 드리려고 할 때 먼저 손가락으로 제 눈 찌르려고 하셨잖아요. 제 말이 틀렸나요? 재일은 최 원장을 쳐다보았다. 맞아요. 목사님이 오해라고 하시면서 명함을 보여드리려고 했는데 여자분이 먼저 목사님을 찌르려고 했어요. 최 원장이 재일의 편을 드는 순간 보라의 입지가 좁아졌다. 말도 안 돼요. 제가 무슨 미친년이에요? 그거는 뭐 묻어서 털어드리려고 한 거죠. 그리고 손으로 좀 건드리려고 했다고 여자한테 주먹을 날린 건 뭔데요? 그러고도 목사예요? 저도 주먹을 날린 게 아니라 먼지가 묻으셔서 털어드리려고 한 겁니다. 재일은 보라를 노려보았다.

내가 보니게 목사님이 그냥 사과하시면 되것구먼.

병삼의 말에 재일의 표정이 굳어졌다. 누구신지 모르겠지만. 저는 제가 잘못하지 않은 일로 사과하지 않습니다. 그건 악에 굴복하는 짓입니다. 뭐라고요? 악이요? 보라는 벌떡 일어나 재일을 노려보았다. 그럼 목사라는 분이 여신도랑 호텔이나 다니고 여자한테 주먹질하는 게 선이에요? 그르게. 내가 들어도 그건 좀 이상허네. 병삼도 보라의 말에 의심스러운 눈빛으로 재일을 쳐다보았다. 재일은 기가 차다는 듯 웃었다. 포털사이트에 제 이름 검색해 보시면 아시겠지만, 제가 불륜으로 여신도랑 호텔에 있다는 걸 알면 사람들이 가만히 있겠습니까? 그런데 제가 사람들 다 보는 호텔 로비 커피숍에 왜 있었겠습니까? 그 이유는 하나입니다. 떳떳하니까. 부끄러운 짓을 했다면 숨어서 했겠죠. 저는 하나님 앞에 부끄러운 짓을 한 적이 없습니다. 이분은 강남 메디케어 건강검진 센터 원장 선생님이십니다. 최 원장님이 상담을 요청하셔서 시간에 맞춰 호텔 로비에서 기다리다 만난 겁니다. 그런데 왜 호텔에서 만난 걸까유? 교회에서 보면 되는데? 병삼의 질문에 재일의 미간이 짙게 찌푸려졌다. 제가 그런 것까지 다 말씀드려야 합니까? 누군지도 모르는 분께? 제가 신라호텔 피트니스 클럽 다녀요. 최 원장은 분위기가 험악해지자 조심히 끼어들었다. 신라호텔 망고 빙수가 맛있어서 목사님께 대접해 드리려고 불렀어요. 시즌이 끝나서 못 드셨지만. 최 원장의 말에 병삼은 머쓱해졌다. 그리고 보라의 입지는 더욱 줄었다.

저 여자분은 무슨 목적이 있어서 저에게 접근한 겁니다.

제가 목사인 것도 이미 알고 있었을 겁니다. 그래서 호텔에 여자와 함께 있는 걸 보자마자 협박해서 돈이나 뜯으려고 했겠죠. 불륜 목사니, 뭐니 하면서 말이죠. 그러다가 잘 안 될 거 같으니 시비를 걸어 폭행으로 엮으려고 했을 테고요. 그리고 최 원장님도 아시겠지만, 저는 화를 잘 내는 성격이 아닙니다. 그런데 저 여성분을 보자마자 화가 치밀어 오르더라고요. 그것은 저 여성분이 악이라는 겁니다. 이건 영적으로 느낀 것입니다. 하나님께서 악을 처단하라고 저에게 분노하게 하신 것입니다. 병삼은 자기도 모르게 피식하고 웃었다. 그러나 보라는 웃을 수가 없었다. 무슨 말도 안 되는 소리예요? 당신이 저 여자 손목 잡고 끌어당기고 노려보고 그랬잖아. 그리고 내가 당신이 목사인지 어떻게 알아? 뭐 얼마나 유명하다고 난리야? 재일은 흥분한 보라를 차갑게 바라보았다. 저것 보세요. 들킨 것 같으니까 흥분하는 거. 그럼 제 말에 대답해 보세요. 당신은 직업이 뭡니까? 뭐 하시는 분이시길래 대낮부터 혼자 호텔에 와서 샴페인을 드시고 계세요? 그것도 혼자 병째 시켜서.

내가 대낮에 혼자 샴페인을 병나발 불든 말든 당신이 무슨 상관이야? 시팔!

보라의 입에서 시팔이 나오자마자 병삼은 보라의 따귀를 후려쳤다. 경찰서에 있던 사람들이 놀란 눈으로 병삼과 보라를 바라보았다. 재일도 방금 일어난 일이 믿기지 않는다는 듯 병삼에게서 시선을 떼지 못했다. 최 원장이 꺄악! 하고 비명을 지르자 강 형사는 정신을 차리고 병삼에게 당신 뭐야? 하고 소리치며 다가갔다. 그러자 방 소장이 강 형사를 막아섰다. 가만히 있어봐. 이제부터 재밌어져. 방 소장의 속삭임에 강 형사는 황당한 표정으로 방 소장을 쳐다보았다. 오호. 시작됐다. 강 형사는 미소를 짓는 방 소장의 시선을 따라 보라를 보았다. 보라는 아련한 표정으로 눈물을 흘리고 있었다. 보라는 따귀를 맞는 순간 열세 살의 기억이 떠올랐다. 아빠한테 따귀를 처음 맞았을 때였다. 그때부터 성격이 삐뚤어졌을까? 몸에 장애가 있어서 마음까지 장애가 생긴 걸까? 나는 왜 이렇게 살고 있을까? 왜 남에게 해를 끼칠까? 그래 놓고 얼마나 많이 나를 정당화하고 합리화한 것일까? 항상 나는 문제가 없다고 스스로를 속이고, 죄다 남의 탓, 환경 탓, 운명 탓을 하며 살았는데, 그게 옳은 일이 아니란 걸 알면서도 왜 그랬을까? 인정하지 않고, 용서하지 않고, 화해하지 않고, 사과하지 않고, 그리고, 왜. 사랑하지 않고 살았을까? 이렇게 사는 것이 행복하고 즐거운 삶이었을까? 이런 이기적인 나를, 늘 죄를 짓는 나를, 미움받을 짓만 골라서 하는 이런 나를 누가 좋아해 줄까?

죄송합니다.

보라는 일어나 재일에게 다가가 사과를 했다. 정말 죄송합니다. 목사님 말씀이 맞습니다. 보라의 모습을 보고 방 소장은 씨익 웃었고, 강 형사는 어찌 된 영문인지 몰라 어리둥절했다. 당황하기는 재일도 마찬가지였다. 재일은 보라의 행동보다 보라의 행동이 당연하다는 듯 지켜보는 병삼에게 더욱 놀랐다. 보라는 다시 재일에게 사과하기 시작했다. 목사님 처음 보았을 때 최 원장님께 하시는 행동이 폭력적이라고 생각했습니다. 네. 그냥 제 생각이었습니다. 그래서 일부러 시비를 건 것이 맞습니다. 그리고 돈을 뜯어내려고 한 것도 맞습니다. 저는 늘 그랬거든요. 폭력적으로 보이는 남자가 보이면 그 남자를 악이라 생각하고 그 남자에게 시비를 걸어 결국 경찰서에 가도록 만들었습니다. 그러면 다시는 폭력적인 행동을 하지 않으리라 생각했기 때문입니다.

그런데 합의금이라고 돈을 주더라고요.

그래서 합의금은 제가 정의구현을 한 대가라고 생각했습니다. 정당한 돈이라고 생각했습니다. 저는 목사님이 목사님인 줄 몰랐습니다. 호텔에서 남자가 여자 손목을 잡고 인상을 쓰는 것을 보고 폭력적인 남자라고 단정 지었습니다. 최 원장님께서 아니라고 하셨을 때 사과를 해야 했는데, 그러지 못했습니다. 맞습니다. 돈 욕심도 조금 났습니다. 호텔에 올 정도면 합의금도 많이 주겠구나. 그런 생각했습니다. 그리고 명함을 주실 때 일부러 목사님의 화를 돋우기 위해 제가 먼저 손에 묻은 제 땀 냄새를 맡게 했습니다. 목사님은 아무런 잘못이 없으십니다. 모두 제 잘못입니다. 다시 한번 사과드리겠습니다. 정말 죄송합니다. 보라는 다시 재일에게 고개를 숙여 정중히 사과했다.

저 먼저 때리신 것 인정하시는 거죠?

재일의 질문에 보라는 고개를 끄덕였다. 보통 남자들은 제가 시비를 걸면, 욕을 하거나 밀치거나 그러는데, 목사님께서 복싱 자세를 잡으시는 걸 보고 겁이 덜컥 났습니다. 그래서 저도 모르게 먼저 발차기를 하고 말았습니다. 죄송합니다. 보라의 사과를 들은 재일은 자리에서 일어났다. 다들 들으셨죠? 제가 먼저 맞은 겁니다. 이분이 저에게 돈을 뜯으려고 일부러 시비를 건 것도 맞고요. 여러분들이 증인입니다. 재일은 곧바로 병삼에게 다가간 뒤 명함 지갑에서 명함을 꺼내 병삼에게 공손히 건넸다. 신사동 재일교회 목사 전재일이라고 합니다. 병삼은 명함을 받아 들고는 저도 교회에서 일해유, 라고 했다. 그러세요? 제가 꼭 사례하고 싶습니다. 연락 한번 주세요. 허이구. 사례는 무슨. 일없슈. 아닙니다. 선생님 같으신 분이 사례를 받으셔야 정의구현이 되는 겁니다. 재일은 고개를 돌려 보라를 노려보았다. 보라는 고개를 숙인 채 계속 눈물을 흘리고 있었다. 저런 여자들이 벌을 받아야 정의구현이 되는 것처럼 말이죠. 재일은 다시 병삼에게 부담 갖지 마시고 꼭 좀 연락을 달라고 신신당부를 했다. 병삼이 아이구. 알었어유. 연락드릴게유, 하며 확답을 하고 나서야 최 원장과 함께 경찰서를 나갔다. 병삼은 재일의 명함을 보다가 울고 있는 보라에게 무심히 다가왔다. 그런데 궁금한 게 그 손가락에 땀 냄새는 도대체 뭔 소리래유?

향기

집에 있을 때는 한국말 쓰라고 했지?

아빠의 말에 일곱 살 보라는 미안 대디, 라고 대답했다. 보라의 아빠인 경배는 대디도 영어야. 아빠라고 해야지 하며 웃었다. 보라의 엄마인 줄리아는 보라에게 쿠키를 가져다주며 어설픈 한국말로 엄마도 집에서 항쿡말 쑤니까. 보라도 노력해야줘? 하며 보라의 머리를 쓰다듬고 이마에 뽀뽀를 했다. 경배는 한국에서 경주대학교에 다닐 때 동생 근배가 고교 졸업 후 입대를 하자 곧장 미국으로 유학을 왔다. 바람피우는 아버지, 그걸 자신에게 화풀이하는 어머니가 싫어서 한국을 떠난 것이었다. 그런 부모는 없는 편이 낫다고 생각했다. 동생 근배가 마음에 걸렸지만, 근배도 성인이 되었고 군대까지 갔으니, 근배에게 형 노릇은 할 만큼 했다는 생각이 들었다. 경배는 자신이 미국으로 떠난 후 엄마가 자살했다는 소식을 들었을 때 이후로 40년 가까이 한국과 연락을 끊었다.

데보라? 그건 너무 옛날 이름이잖아?

경배가 갓 태어난 아이의 이름을 지었다고 말하자 줄리아는 촌스럽다며 반대했다. 나는 릴리가 좋은데. 릴리? 줄리아의 말에 경배는 인상을 찌푸렸다. 나는 우리 딸이 꽃보다는 벌이 되었으면 좋겠어. 줄리아는 경배의 말에 감동하였다. 그리고 한국 이름은 데보라와 비슷한 보라라고 지을 거야. 보라는 본다는 뜻도 있고 보라색이라는 뜻도 있어. 결국 데보라라고 이름을 짓고, 평소에는 보라라고 불렀다. 보라가 태어났을 때 한국에서는 올림픽이 열렸다. 줄리아는 갓 태어난 보라의 젖을 물리며 서울올림픽 개막식의 태권도 시범을 보았다. 초등학교에서 체육을 가르치던 줄리아는 한국인의 피가 흐르는 보라에게 무조건 태권도를 가르쳐야겠다고 결심했다. 경배는 서울올림픽을 보며 한국이 올림픽을 할 정도가 되었구나. 아버지와 근배는 잘 살고 있을까? 아버지는 건강하신지, 근배가 결혼은 했는지 궁금해졌다. 한국에 있는 가족 생각을 하다 보니 내 가족을 잘 지킬 수 있을까? 하는 걱정이 들었다. 때마침 화면에는 잠실 경기장에서 굴렁쇠를 굴리는 소년이 나왔다. 굴러가는 굴렁쇠를 보자 어떻게든 굴러가겠지 싶었다.

준비. 하낫! 둘!

일곱 살 보라는 엄마의 구령에 맞춰 태극 1장을 곧잘 하였다. 보라의 태극 1장이 끝나자 경배는 웃으며 박수를 쳤다. 우리 보라 금방 검은띠 따겠는데? 보라는 다섯 살부터 태권도장에 다니기 시작했다. 그리고 초등학교 내내 태권도를 했다. 보라는 줄리아를 닮아 운동신경이 뛰어나 또래 남자아이들보다도 실력 좋았다. 보라네 아빠가 한국인이라서 태권도를 잘하는 거야. 엄마는 유도선수였대. 보라네 엄마 우리 학교 체육 선생님이잖아. 줄리아 선생님이 보라네 엄마야? 오 마이 갓! 보라한테 장난치면 큰일 나겠다. 보라는 학교에 다니는 동안 유일한 동양인 혼혈임에도 불구하고 괴롭힘이나 인종차별을 당하지 않았다. 태권도를 잘했고, 엄마가 체육 선생인

이유도 있었겠지만, 보라는 착하고, 밝고, 당찼다. 항상 친구들을 즐겁게 했다. 욕심을 부리지 않고, 항상 친구들에게 양보했으며 약한 친구들이 있으면 먼저 도와주었다. 친구들은 그런 보라를 좋아했고, 남자아이들에게도 인기가 많았다. 보라는 줄리아의 바람대로 예쁘고 착하게 자랐으며, 경배의 바람대로 씩씩하고 정의롭게 자랐다.

꺼져. 이 쌍년아!

크리스의 입에서 그런 소리가 나오자 보라는 충격을 받았다. 크리스는 보라와 가장 친한 남자애였다. 크리스는 보라와 3학년 때 같은 반이 되었다. 크리스는 보라를 보자마자 반했다. 그래서 보라를 따라 태권도장까지 다녔다. 보라도 크리스가 마음에 들었다. 우리 결혼하면 아이는 흑인, 백인, 동양인 셋 다 섞인 아이겠다. 뭐라고? 진심이야, 크리스? 크리스의 농담에 보라는 깔깔거리며 웃었지만, 마음이 콩닥거렸다. 그렇게 몇 년이나 친하게 지내던 크리스의 입에서 태권도 대련을 하다 말고 갑자기 욕설이 튀어나왔다. 크리스는 화가 잔뜩 난 표정으로 보라에게 달려들었다. 태권도 여사범이 말리지 않았으면 큰 싸움으로 번졌을 것이다. 보라는 크리스가 왜 자신에게 그랬는지 궁금했다. 그러나 이유를 묻지도 못한 채 흥분한 크리스를 피해 도망치다시피 집으로 돌아왔다. 보라는 갑자기 몸이 이상하다는 걸 느꼈다. 토할 것 같고 배가 아팠다. 화장실에 갔더니 속옷에 피가 묻어 있었다. 보라는 아무도 없는 화장실에서 엉엉 울기 시작했다. 그때 보라 나이는 열두 살이었다. 그날은 보라의 초경이 시작된 날이었고, 불행도 함께 시작된 날이었다.

태권도장에 그만 나와줬으면 좋겠다.

크리스는 보라의 집까지 찾아와 자기가 왜 그랬는지 모르겠다며 정중하게 사과했다. 보라는 경배와 줄리아의 권유로 사과를 받아주긴 했지만, 상처는 사라지지 않았다. 그러나 크리스는 태권도장에서 수업을 받다가 또다시 보라에게 이유 없이 화를 내며 앞으로 눈에 띄면 죽여버리겠다고 협박까지 했다. 문제는 크리스뿐만 아니라 다른 남자아이들도 마찬가지였다. 보라만 보면 시비를 걸고 화를 냈다. 태권도 남자 사범까지 보라에게 화를 내며 도장 밖으로 꺼지라고 했다. 결국, 여자 사범이 보라를 피신시킨 후 다시는 태권도장에 나오지 말라고 부탁했다. 줄리아는 태권도장에 항의했다. 그러나 겁에 질린 보라가 태권도장에 가기 싫다고 하는 바람에 결국 태권도장을 그만두게 했다. 대신 줄리아는 보라에게 집에서 태권도 수련을 하게 했다.

쟤한테 이상한 냄새나지 않냐?

학교에서도 남자아이들은 보라를 보면 인상을 찌푸렸다. 꺼지라고 화를 내는 아이도 있었고, 진짜로 때리는 아이도 있었다. 줄리아가 보라를 괴롭힌 남자아이들을 혼내긴 했지만, 나중에 학교에서도 이상하게 생각했다. 불량한 아이들이야 그렇다 치더라도 문제한 번 일으킨 적 없는 얌전한 남자아이도 보라를 괴롭혔기 때문이다. 보라가 남자아이 네 명에게 집단폭행을 당하는 사건이 일어났다. 그 일이 있고 며칠이 지나지 않아 보라는 또 상급생 남자아이에게 폭행을 당했다. 남자 선생들도 가끔 보라에게 이유 없이 화를 내고 소리를 질렀다. 학교에서는 보라가 지속해서 폭행 사건에 연루되는 걸 보고 보라가 맞을 짓을 한 게 아니냐는 이야기까지 나오기 시작했다. 초경이 시작되면 어린아이에서 진짜 여자가 되는 거야. 보라는 줄리아가 했던 말이 기억났다. 진짜 여자가 되어서 남자들

63

에게 이유 없이 괴롭힘을 당하는 것일까? 밝던 보라의 성격은 점점 어두워졌고, 다른 아이들 눈에 띄지 않기 위해 노력했다. 항상 혼자 있으려고 했고, 몰려 있는 남자아이들을 피해 다녔다. 그러다 보니 여자아이들도 보라를 불편해했다. 보라는 경배에게 학교에 가기 싫다고 말했다. 그러나 경배는 학교에 안 가면 낙오자가 된다며 고등학교 졸업할 때까지는 참으라고 했다.

학교에서 보라가 어떤 취급을 당하는지 못 봐서 그래.

보라가 학교 보안관에게까지 맞을 뻔했을 때 줄리아는 보라를 홈스쿨링 하기로 결정했다. 경배는 왜 마음대로 결정하느냐 화를 냈고, 둘은 연애 시작 이후 처음으로 언성을 높여 싸웠다. 보라의 문제로 경배와 줄리아는 다투는 일이 잦아졌다. 경배는 학교생활을 제대로 하지 못하는 보라가 마음에 들지 않았고, 그걸 고칠 생각 없이 감싸기만 하는 줄리아가 이해되지 않았다. 줄리아는 보라의 아픔을 이해하지 못하는 경배가 실망스러웠다. 경배는 집에서 말을 하는 경우가 점점 줄어들었다. 보라도 그런 경배에게 점점 가까이 가지 않게 되었다. 보라는 이 모든 게 자기 탓 같았다. 줄리아는 보라에게 그런 생각하지 말라며 위로했다. 보라에게 친절한 것은 엄마 줄리아뿐이었다. 줄리아는 퇴근 후 보라에게 공부를 가르치고, 태권도도 가르쳤다. 보라는 줄리아의 기대에 부응하기 위해 공부를 열심히 했고, 태권도도 열심히 수련했다. 그리고 경배의 마음에 들기 위해 항상 한국말을 썼고, 예의 바르게 행동했다. 그래도 경배의 주변에는 찬바람만 불었다.

짝!

경배는 마당에서 태권도 수련을 하고 샤워하러 욕실로 가는 보라를 붙잡고 따귀를 때렸다. 너 내가 태권도 하지 말라고 했잖아! 아빠 말이 말 같지 않아? 계집애가 태권도 한다고 깝죽거리니까 남자애들이 고깝게 보고 시비 거는 거 아냐. 줄리아가 서재에서 뛰쳐나와 애한테 뭐 하는 짓이냐며 경배를 밀었다. 흥분한 줄리아가 너무 세게 민 탓에 경배는 바닥에 쓰러졌다. 경배는 벌떡 일어나 줄리아의 따귀를 때렸다. 네가 나를 무시하니까 보라까지 나를 무시하잖아! 내가 동양인이라서 우습게 보이고 만만한 거야? 줄리아는 자신을 노려보는 경배의 눈을 보고는 울컥 눈물이 났다. 그동안 줄리아가 알던 경배의 모습이 아니었다. 보라는 경배가 줄리아를 때리는 걸 보고 밖으로 뛰쳐나갔다.

미안해. 내가 정신과 치료를 받아볼게.

경배의 사과에도 줄리아는 보라를 데리고 집을 나갔다. 보라는 줄리아에게 아빠가 절대 못 찾는 곳으로 이사하자고 졸랐다. 줄리아는 보라에게 대인기피증과 광장공포증이 있다는 걸 눈치채고 사람들이 살지 않는 시골로 이사를 준비하다가 결국 캐나다 밴쿠버로 이민을 결심했다. 그러나 캐나다에서의 삶도 딱히 좋아지진 않았다. 줄리아는 근처 초등학교에 취직했고, 보라는 늘 혼자 집에만 있었다. 사람이 없는 새벽에만 근처 프린세스 공원에 운동하러 나갔다. 그러나 그마저도 차츰 줄어들었다. 운동하다가 조깅하는 남자를 보면 공포에 휩싸여 집으로 도망쳐 오곤 했기 때문이다. 보라는 점점 대인기피증 증세가 심해져 우울증과 공황장애까지 올 정도였다.

트리메틸아민뇨증과 비슷한 증상이네요.

그게 뭐냐 하면 생선 냄새 증후군이라고도 불리는 질환인데요. 소변이나 땀 혹은 입에서 악취가 나는 증상이죠. 줄리아는 깜짝 놀랐다. 보라에게 생선 냄새나 악취는 안 나는데요? 여든이 다 되어 보이는 백인 할머니 의사는 안경을 치켜올리며 줄리아를 보았다. 비슷한 증상이라고 말씀드렸잖아요. 변종이라 그래요. 저도 보라에게서 냄새를 못 느껴요. 그러나 남자들은 다른가 봐요. 제가 제 주변 사람들에게 실험해 본 결과 보라의 땀 냄새에서 여성들은 아무런 반응을 하지 않았어요. 하지만 남자들은 보라의 땀 냄새를 맡고 굉장한 불쾌감을 느끼는 걸 넘어서 분노까지 했어요. 아마 호르몬의 문제인 것 같네요. 보라가 땀을 흘리지 않을 경우는 남자들은 알아차리지 못할 정도로 아주 미세한 불쾌감만을 느껴 생활하는 데 큰 지장은 없겠지만, 보라가 땀을 흘리는 경우 얘기가 달라진다는 걸 명심하세요. 그럼 앞으로 보라는 어떡하죠? 최대한 땀을 흘리지 말고 살아야죠. 음식도 뜨겁거나 매운 음식은 피하시고, 성인이 된 이후에는 술도 안 마시는 게 좋겠네요. 생각보다 방취제나 향수가 많은 도움이 될 수 있어요. 병원에서 나온 줄리아와 보라는 병원 주차장에 주차한 차 안에서 오랫동안 껴안고 울었다.

엄마. 나 오늘 공원에 갔다 와볼게.

보라는 변종 생선 냄새 증후군이라는 사실을 알고 운명을 받아들이기로 했다. 디오더런트를 사서 바르고 향수를 뿌린 뒤 프린세스 공원으로 갔다. 그곳에서 아주 살짝 땀이 날 정도로 달리기를 했다. 그리고 산책 나왔다가 벤치에서 쉬고 있는 할아버지 근처로 다가가 보았다. 처음에는 멀리 떨어져 있다가 차츰 거리를 좁혔다. 할아버지는 보라의 존재를 알아차리지 못했다. 그러다 보라가 점점 가까이 다가와 벤치 옆까지 오자 다른 벤치 많은데 왜 자기 옆으로 오냐며 짜증을 냈다. 보라는 죄송하다고 사과한 다음 다른 곳으로 가며 할아버지 몰래 웃었다. 보라는 기뻤다. 할아버지가 짜증을 내긴 했지만, 욕을 하거나 보라를 때리려고 하지 않았기 때문이다. 디오더런트와 향수가 효과가 있었다. 그다음 타깃은 연인이었다. 보라는 공원에서 데이트하는 연인을 발견하고는 조심스레 다가갔다. 남자가 보라를 공격하면 여자가 말려줄 것이라는 기대에서 연인을 골랐다. 할아버지 때와 다르게 젊은 남성을 보자 공포심이 올라왔다. 하지만 보라는 공포심을 견디며 커플에게 조금씩 접근하였다. 보라가 세 발짝 정도까지 접근하자 남자는 보라를 노려보았다. 남자와 눈이 마주친 보라는 자기도 모르게 도망치고 말았다. 다행히 남자는 쫓아오지 않았다. 보라는 땀을 흘린 뒤 디오더런트와 향수를 뿌리면 세 발짝까지는 안전하다는 것을 확인했다. 그리고 땀을 흘리지 않고 디오더런트와 향수를 뿌리면 일반사람과 비슷하게 행동할 수 있다는 것을 알게 되었다.

엄마! 나 합격했어.

보라는 밴쿠버 브리티시 컬럼비아 대학에 합격했다. 줄리아는 보라의 병을 고치기 위해 백방으로 알아봤으나 허사였다. 생선 냄새 증후군 자체도 근본적인 치료 약이 없고, 완치가 안 되는 병인데 보라는 변종이라 유사 사례조차 없어서 손을 놓을 수밖에 없었다. 중의학에서부터 아메리칸 인디언 민간요법과 아이티 부두술까지 죄다 알아보았지만, 보라의 증세를 나아지게 한 것은 디오더런트와 향수밖에 없었다. 보라는 여름같이 더운 날에는 외출하지 않고, 온도가 섭씨 23도 이하로 떨어질 경우만 외출했다. 겨울에는 히터를 빵빵하게 틀어놓는 실내 쇼핑몰만 아니라면, 생활하는 데 아무런 문제가 없었다. 여름을 제외하고는 학교도 다닐 수 있었고, 공원에서 운동도 할 수 있었다. 그러나 보라는 남자들이 있는 곳에서 땀을 흘릴 수 없었기 때문에 체육 전공의 꿈을 접었다. 태권도를 하고 싶었지만, 단증을 따거나 시합에 나갈 수 없었기 때문이다. 보라는 대신에 한국어를 전공했다. 줄리아는 보라가 대학에 합격하자 매우 기뻐했다. 줄리아는 보라가 대학에 합격한 것도 기뻤지만, 그보다 더 큰 이유가 있었다.

아빠 좀 만나볼래?

줄리아는 조심스레 보라에게 물었다. 보라는 예전부터 짐작하고 있었다. 이혼했다고 했지만, 법적으로는 아직 둘은 부부였다. 보라가 생선 냄새 증후군이라는 진단을 받은 이후 줄리아는 보라 몰래 경배에게 그 사실을 알렸다. 그리고 그 후로 계속 연락을 주고받았다. 줄리아는 보라의 증세를 알고 나서 보라도 불쌍했지만, 경배도 안타까웠다. 경배는 잘못이 없었다. 보라의 냄새 때문에 자기도 모르게 분노한 것뿐이었다. 줄리아는 경배에게 보라 합격 소식을 전하며, 보라를 만나보면 어떻겠냐 물었다. 경배는 보라가 허락한다면 당장에라도 캐나다로 가겠다고 했다. 줄리아는 보라에게 경배를 만나보면 어떻겠냐 물은 후 눈치를 살폈다. 너도 알다시피 지금까지 조심했더니 별일 없었잖아. 게다가 아빠도 네가 밉거나 싫어서 그랬던 게 아닌 거 너도 알고 있고. 보라는 그런 말을 하는 줄리아의 간절한 눈을 보고 있자니 눈물이 날 것 같았다. 눈물을 참기 위해 생각해 본다며 방으로 들어갔다. 줄리아는 보라의 방문 밖에서 곧 크리스마스잖아, 하고 말했다. 그 말을 들은 보라는 참았던 눈물을 떨구었다. 줄리아의 희생도, 경배의 불행도 모두 자기 탓 같았다. 나는 왜 이런 저주를 받은 것일까? 초경 전 행복했던 때가 떠올랐다. 그 당시 줄리아는 항상 즐겁고 행복했는데, 지금은 걱정과

외로움만 보였다. 보라가 노래를 하고 춤을 추고, 태극 1장을 했을 때 그 모습을 보고 즐거워하던 경배의 모습도 그리웠다. 보라는 경배를 만나기로 결심했다.

메리 크리스마스.

경배의 인사에 보라는 만감이 교차했다. 경배를 만나기 위해 목욕을 깨끗이 한 뒤 디오더런트를 바르고 향수를 뿌렸다. 크리스마스이브라 매우 추웠지만, 일부러 얇은 패딩을 골라 입었다. 그리고 다운타운 CF 퍼시픽 센터 앞 카페테라스에서 줄리아와 함께 경배를 기다렸다. 경배는 5년 사이에 너무 늙어 있었다. 머리가 허옇게 바랬고, 예전보다 살도 더 많이 빠져 있었다. 줄리아는 경배를 보고 눈물을 참지 못했다. 줄리아가 우는 걸 보고 경배는 조용히 줄리아를 안아주었다. 둘은 잠시 껴안고 있었다. 보라는 마음이 아팠다. 그동안 왜 우리 가족은 5년 넘도록 떨어져 있었는지 후회가 되었다. 보라는 조심스레 아빠도 잘 지냈어요? 하고 물었다. 경배는 줄리아와 포옹을 멈추고 눈물이 가득 맺힌 눈으로 보라를 바라보았다. 그리고 웃으며 보라에게 다가왔다.

가까이 오지 마세요!

보라가 소리치자 경배는 깜짝 놀랐다. 저한테 땀 냄새가 날 수도 있어요. 괜찮아. 아빠도 알고 있어. 아니에요. 아빠가 몰라서 하는 소리예요. 이게 참는다고 참아지는 게 아니에요. 절대 가까이 오지 마세요. 날씨가 추워서 땀 안 날 거 같은데? 그리고 아빠가 화내기 시작하면 엄마가 말려줄 거야. 아빠도 화 안 내도록 노력할게. 경배는 양팔을 벌리고 웃으며 보라에게 다가왔다. 경배가 다가오자 보라의 얼굴이 사색이 되었다. 어렸을 때 아빠에게 따귀를 맞았던 기억이 생생하게 떠올랐다. 서로 좋아했던 크리스와 싸웠던 기억보다도, 남자아이들에게 집단폭행을 당했던 기억보다도, 경배에게 맞은 따귀 한 대가 보라에겐 가장 큰 상처였다. 경배의 잘못이 아니었다는 걸 알았어도, 앞으로는 경배가 때리지 않을 거라는 걸 알면서도, 보라는 어쩔 수 없었다. 머리로는 이해했지만, 아직 몸이 받아들이지 못했다. 경배가 팔을 들고 다가오는 모습을 보자 식은땀이 흘렀다. 땀? 땀이 나잖아? 보라는 자신도 모르게 뒷걸음질 쳤다. 보라의 반응에 경배는 멈칫했고, 줄리아의 표정이 굳었다. 경배와 줄리아의 표정을 바라보던 보라는 그대로 뒤돌아 도망쳤다.

괜찮아. 아빠도 다 이해한다고 했어.

집으로 들어온 줄리아는 방 안에서 울고 있는 보라를 달랬다. 보라는 울며 말했다. 내가 아빠가 싫어서 그런 게 아니라 나도 모르게 그런 거야. 아빠 상처 많이 받았겠지? 5년 만에 만났는데 그렇게 도망쳤으니. 아니야. 아빠가 괜찮다고 그랬어. 아빠가 너 괜찮아질 때까지 계속 기다릴 수 있대. 우리 천천히 해보자. 줄리아는 보라를 안아주며 다독거렸다. 그러나 그날 밤 보라가 자다가 깨서 부엌으로 갔을 때, 반짝이는 크리스마스트리 옆 식탁에 앉아 혼자 보드카를 마시며 울고 있는 줄리아를 보았다. 그런 줄리아를 보고 보라는 조용히 다시 방으로 들어갔다. 방문을 조용히 닫고 이불속에 누워 엄마와 아빠가 같이 살도록 하는 게 좋겠다고 생각했다.

잘 지내, 엄마.

보라는 대학에 입학하자마자 한국에 갈 계획을 세웠다. 보라는 줄리아에게 기숙사에 들어갈 테니 아빠가 있는 미국으로 가라고 했지만, 줄리아는 보라 곁에 있겠다며 그러지 않았다. 줄리아는 완고했고, 보라는 더 완고했다. 보라는 베이비시터를 하며 돈을 모았다. 보라가 알게 된 사실 중 하나는 열 살 미만 남자아이는 보라가 땀을 흘려도 화를 내거나 폭력적으로 변하지 않았다. 베이비시터를 할 때 아이 아빠만 조심하면 되었다. 보라는 한국어 공부를 하며 돈을 꾸준히 모았다. 돈이 어느 정도 모이자 학교 휴학을 한 채 한국행 비행기에 올랐다. 엄마. 꼭 아빠랑 살아. 너 엄마랑 아빠 때문에 한국 가는 거야? 내가 알아봤는데, 모든 인종 중에 아시아 사람이 가장 폭력적이지 않대. 한국이나 일본은 폭력 범죄도 잘 일어나지 않는다더라고. 어렸을 때 아빠랑 같이 살면서도 아빠한테 따귀를 한 대만 맞은 건 아빠가 한국 사람이라서 그랬을지도 몰라. 그리고 내가 보니까 한국 남자들은 아빠처럼 다 약해 보여서 시비가 붙어도 내가 싸워서 이길 수 있을 거야. 보라의 말에 줄리아는 피식 웃었다. 그래도 조심해야 돼. 알았지? 무슨 일 있으면 꼭 엄마한테 연락하고. 무슨 일 없어도 연락할게, 엄마. 보라의 말에 줄리아는 눈물이 핑 돌았다. 그러나 가지 말라고 할 수 없었다. 줄리아가 생각해도 보라가 한국에서 사는 것이 더 안전하고 행복할 것 같았기 때문이다.

어머, 자기 캐나다 사람이야?

보라는 한국에 와서 강남에 자리를 잡고, 압구정역에 성형외과들 사이에 있는 피부 체형 관리실에 취직했다. 남녀 공용이었지만, 실장 말대로 남자 손님은 찾아볼 수 없었다. 보라는 마사지 보조나 가벼운 팩 정도만 하다가 차츰 마사지도 하게 되었다. 마사지를 하며 손님들과 대화하다 보면 손님들이 가장 놀라는 것이 혼혈이라는 것과 영어를 잘한다는 것이었다. 밴쿠버? 혼혈? 아빠가 한국? 그렇구나. 원래 미국에서 살았어? 오하이오? 그럼 진짜 영어 잘하겠다. 영어 과외 같은 거 안 해? 우리 애 좀 봐줄 수 있어? 보라는 과외를 부탁하는 손님들 자녀 중 여자아이만 골라 영어 과외를 했다. 한국어 전공했다고? 태권도? 원래 태권도 하려고 했어? 그럼 운동도 잘하겠다. 발차기 잘해? 우와. 엄청 멋있다. 발이 거기까지 올라가? 막 점프해서 돌려차기도 해? 세상에. 선수네 선수야. 자기 운동 좋아하면 우리 센터에서 일 안 할래? 우리 센터에 외국인 손님이 엄청 오는데 영어 잘하는 선생이 아무도 없어. 운동은 하루 종일 해도 뭐라고 안 해. 우리야 선생들이 운동 열심히 해주면 오히려 좋지. 보라는 며칠 후 피부 체형 관리실을 그만두고 청담동에 있는 여성 전용 피트니스 클럽에서 일하기 시작했다.

수서. 수서행 열차가 도착하고 있습니다.

보라는 헐레벌떡 지하철 승강장으로 뛰어 내려왔다. 전광판에 이번 열차는 오늘의 마지막 열차입니다, 라는 자막이 지나갔다. 보라는 안도의 한숨을 내쉬었다. 막차라 그런지 사람이 거의 없었다. 지하철이 도착하자 보라는 지하철에 올라타 자리에 앉았다. 건너편 남자가 보라를 슬쩍 노려보았다. 아차. 보라는 지하철까지 뛰어오느라 땀을 흘렸다. 보라는 남자를 피해 사람이 가장 없는 끝 쪽 칸으로 이동했다. 열차에 사람이 많지 않은 것이 다행이었다. 보라는 텅 비어 있는 칸을 발견하고 자리에 앉았다. 가방에서 디오더런트를 꺼내 바를까 했지만, 그래도 지하철에서 재킷을 벗고 티셔츠 속으로 손을 넣어 겨드랑이에 디오더런트를 바르기는 민망했다. 남자가 들어오면 좀 떨어져 앉으면 되지. 고속버스터미널에 도착하자 사람이 대여섯 명 탔다. 보라는 살짝 겁이 났지만, 세 정거장 남았으니 조심하면 되겠지 싶었다. 그때 어떤 청년이 보라 근처에 앉았다. 보라는 의자 가장 끝자리 문 옆에 앉았는데 그 청년은 한 칸 띈 옆자리에 앉은 것이다. 이렇게 자리가 많은데 왜 하필? 보라는 슬쩍 청년을 보았다. 그 청년은 보라를 보며 슬쩍 미소 지었다. 예의 바르고 깔끔하게 생긴 20대 후반의 청년이었다. 보라가 다른 여자와 같았다면 훤칠한 청년의 호감 어린 미소가 기분 나쁘지 않았을 것이다. 그러나 보라는 달랐다. 심장이 철렁했다. 이 청년은 자신에게 말을 걸 것 같았다. 제발. 제발.

뭘 쳐다봐?

청년은 보라를 힐끗거리며 보다가 말을 걸려고 보라 쪽으로 슬쩍 접근했다. 그러다 표정이 변했다. 보라의 땀 냄새를 맡은 것이다. 보라는 남자의 눈빛만 봐도 알 수 있었다. 급하더라도 화장실 가서 디오더런트를 바를걸. 차라리 택시를 탈 걸 그랬어. 보라는 다른 칸으로 피하려고 조용히 일어났다. 사람 말이 말 같지 않아? 한국에 와서 처음 붙는 시비였다. 씨발. 사람이 말하잖아! 청년이 소리치며 보라의 어깨를 잡았다. 청년의 소리에 승객들이 쳐다보았다. 보라가 청년을 노려보자, 청년은 이 쌍년이 끝까지 쳐다보네? 하며 갑자기 주먹을 휘둘렀다. 청년은 평소 싸움을 해본 솜씨가 아니었다. 보라는 주먹을 가볍게 피하고 청년을 밀었다. 청년은 휘청이더니 눈에 불을 켜고 보라에게 이 씨팔 년이 뒤질라고, 하며 달려들었다. 청년은 보라의 허리를 껴안은 채 태클을 걸어 넘어뜨렸다. 보라는 뒤로 넘어지며 뒤통수를 찧을 뻔했지만, 목에 힘을 주고 턱을 당겨서 다치는 것을 막았다. 그러나 다른 승객들에겐 보라가 크게 다친 것으로 보였다. 청년이 보라 위에 올라타서 주먹으로 보라의 얼굴을 내리치려는 순간 누가 청년의 목덜미를 휙 잡아당겼다. 보라가 정신 차리고 보니 어떤 덩치 큰 아저씨가 청년을 눕힌 채 팔을 꺾어 수갑을 채우고 있었다. 괜찮으세요? 예. 예예. 아저씨는 남자를 짓 누르며 가만히 있어. 너 현행범으로 체포된 거야 했고, 청년은 끝까 지 보라를 노려보며 씨팔 년아, 넌 내가 꼭 죽여버린다. 알았어? 하 며 소리 질렀다.

그러니까 그전에 본 적도 없는데 욕을 하며 달려들었다 이 말이 죠?

보라는 고개를 끄덕였다. 덩치 큰 아저씨는 형사였고, 청년은 바로 체포가 되었다. 열차가 남부터미널역에 도착하자 보라는 곧 바로 화장실로 뛰어가 물티슈로 땀을 닦고, 디오더런트를 바르고, 향수를 뿌린 뒤 나왔다. 그리고 같이 경찰서로 갔다. 형사는 청년을 유치장에 집어넣고, 보라에게 이런저런 질문을 했다. 그리고 난 다 음 유치장으로 가서 청년에게도 몇 가지 질문을 했다. 다시 돌아온 형사는 한숨을 쉬며 보라에게 말했다. 저놈한테 물어봤더니 보통 자기가 말 걸면 여자들이 웃으면서 받아주는데, 보라 씨는 벌레 씹 은 표정으로 자기를 봐서 기분이 나빴다고 하네요. 그래도 자기가 욕하고 때린 건 반성하고 있더라고요. 자기는 원래 여자 때리고 그 러는 놈 아니라는데, 여기 잡혀 온 놈들은 다 그런 소리 해요. 보니 까 반반한 얼굴 믿고 보라 씨한테 껄떡대려다가 잘 안되니까 홧김 에 그런 것 같네요. 그런데 보니까 저놈 전과는 없어요. 경찰서도 처 음 와본대요. 공무원 준비하는 놈이라네요. 자기가 잠시 미쳤던 것 같다고, 합의하자는데. 어떻게 하실래요? 그냥 젊은 놈 하나 살린다 생각하시고, 합의하시죠. 보니까 아주 나쁜 놈 같진 않던데. 쟤 폭력 으로 들어가면 공무원은 끝났다고 봐야 돼요.

뭐라고요?

　보라는 형사의 말을 듣고 기분이 나빠졌다. 지하철에서 직접 보셨잖아요. 저 사람이 저한테 어떻게 했는지. 그랬는데 형사님은 왜 저 사람 편드세요? 같은 남자다 이건가요? 아니. 그게 아니고. 저도 저놈이 보라 씨 눕히고 두들겨 팬 거 봤죠. 그러니까 제가 달려들어 체포한 거고요. 그런데 저놈이 반성을 많이 하니까. 맞다. 다친 데는 괜찮으세요? 합의고 뭐고 절대 없어요. 보라는 화를 내며 경찰서를 나왔다. 서초경찰서에서 양재동 집 앞까지 택시를 타고 나오면서도 화를 참을 수 없었다. 그리고 며칠이 지나 형사에게 다시 연락이 왔다. 시간이 지나 보라는 그 사건을 잊고 있었다. 과외 하던 아이의 영어 성적이 올랐고, 피트니스 회원에게 신경 써줘서 고맙다며 스타벅스 상품권도 받았고, 오랜만에 오하이오에 있는 엄마와 기분 좋게 통화까지 했었다. 방금 한 스트레이트 파마가 예쁘게 됐고, 미용실 나오는 길에 날씨도 선선했고, 오늘 개봉한 신제품 디오더런트 향기도 마음에 들었다. 그래서 그냥 합의하기로 했다. 그날 저녁 합의금 3백만 원이 들어왔다. 보라는 뭔가 잘못된 것 같은 기분이 들었다. 그 청년은 잘못한 게 없었다. 보라의 땀 냄새를 맡았을 뿐이다. 밤늦은 시각에 지하철에서 여자에게 치근댄 것이 잘한 짓이라고는 할 수는 없지만, 그랬다고 유치장에 갇히고 합의금으로 3백만 원까지 낼 정도는 아니었다. 보라는 겁이 나서 한 달 가까이 합의금을 한 푼도 쓰지 못했다. 그러나 합의금을 갖고 있어도 아무 일도 일어나지 않았다. 형사에게도 전화가 없었고, 청년에게도 연락이 없었다.

　요금은 어떤 거로 하시겠습니까?

보라는 합의금으로 그 당시 출시했던 신형 아이폰을 샀다. 새 아이폰은 혁신이었다. 그리고 보라에게도 혁신이 생겼다. 저주라고 생각했던 생선 냄새 증후군이 돈벌이가 되었다. 보라는 그때부터 밤늦은 시각 유흥가나 지하철을 돌아다니며 사냥을 했다. 여자에게 폭력을 쓰는 남자를 타깃으로 삼았다. 남자가 여자에게 폭력을 쓰는지, 여자가 겁을 먹고 구조를 원하는지 확인한 다음 움직였다. 저번 청년처럼 괜히 죄 없는 사람이 엮이는 일은 피하고 싶었기 때문이다. 그러나 생각보다 사냥이 쉽지 않았다. 거리나 지하철에서 여자에게 폭력을 쓰는 남자들을 찾아보기 힘들었다. 보라는 하루에 한 명씩, 아니, 일주일에 한 명씩만 잡아도 금방 아파트를 살 것 같았다. 그러나 현실은 그런 남자를 한 달에 한 명 볼까 말까 했다. 보라가 사냥을 시작한 이후로 지하철에서 치한 한 명을 잡고, 강남역에서 유흥업소 여성에게 행패 부리는 취객 세 명을 잡았을 뿐이었다. 그래도 합의금은 적당히 챙겼고, 용감한 시민상도 받았다. 하지만 그런 남자를 찾으려고 돌아다니는 게 너무 피곤했다. 허탕 치는 날이 더 많았고, 유흥가를 밤새 돌아다닌 탓에 피트니스 일에 지장을 받았다. 보라는 그 이후로 사냥은 금요일과 토요일에만 하기로 했다. 사냥을 나설 때 규칙은 하나였다. 남자가 폭력을 쓰는 걸 꼭 확인한 뒤 움직인다. 신라호텔에서도 보라는 최 원장의 손목을 움켜잡는 재일의 눈빛을 보고는 확실하다고 생각했기 때문에 움직인 것이었다.

5

제안

이게 교회여? 호텔이여?

병삼은 재일교회에 도착했다. 재일교회는 가로수길에서 신사역 유흥가 쪽이 아닌 조용한 신사중학교 쪽에 있었다. 교회는 크고 세련되어 보이는 신식 건물에 넓은 주차장이 있었다. 건물은 직각보다 사선과 곡선이 더 많아 누가 보더라도 유명 건축가가 지었다는 건 한눈에 알 수 있었다. 입구에서 건물까지 가는 길에는 관리가 잘된 잔디가 깔려 있었고, 크고 멋진 나무도 여러 그루 보였다. 교회 앞 정원은 노란 잔디와 붉은 단풍나무로 가을을 가득 담고 있었다. 평일 낮이라 신도들이 없어서 더욱 쾌적하고 조용했다. 교회 내부로 들어가니 오래된 미술품이라도 전시되어 있을 것 같은 웅장함이 느껴졌다. 병삼은 안내표를 보고 목사실을 찾아 노크했다. 목사실은 교회 깊숙한 곳에 있어 찾기가 쉽지 않았다. 들어오세요. 병삼이 문을 열고 들어가자 책상 앞에 앉아 있던 재일이 웃으며 일어나 마중 나왔다. 오시느라 힘드시진 않으셨어요? 여기가 지하철역에서 조금 걸어야 해서. 괜찮어유. 같은 3호선이구 날씨도 선선해서 걸을 만했어유. 네. 앉으세요. 병삼이 목사실 소파에 앉자 재일은 일리 아메리카노 캡슐커피를 내려 병삼에게 주었다. 아아. 향이 좋네요. 그렇게 말했지만, 사실 병삼은 쓴 아메리카노보다 달달한 맥심 모카골드를 선호했다.

그날 도대체 어떻게 하신 겁니까?

재일은 단도직입적으로 물었다. 저한테 따귀 맞은 사람은 정신
을 차리게 돼유. 그리고 물어보는 말에 거짓 없이 대답허더라고유.
꼭 묻지 않더라도 하소연하듯이 자기 얘기를 하기도 하고유. 그리
구 기분도 좀 좋아지나봐유. 제가 때렸는데도 저한테 화내는 사람
하나 없는 거 보면. 평소 병삼은 자신의 능력에 대해 잘 이야기하지
않지만, 재일이 큰 교회 목사라 믿고 이야기를 했다. 초능력인가요?
초능력은 무슨 쓰잘데기 없는 능력이 뭔 초능력이래유. 그냥 가끔
술 취한 사람 깨우는 데나 쓰지. 아무짝에두 쓸모없어유. 재일은 곰
곰이 생각했다. 그래도 잘 생각해 보시면 쓸데가 아주 많을 것 같은
데요. 없어유. 지가 경찰이면 좀 쓸데가 많것지만, 그리고 누구 때리
구 나면 손이 아파서 자주 써먹지도 못해유. 남 때리는 게 기분 좋
은 일두 아니구.

저 한 대 때려주실 수 있으십니까?

재일의 부탁에 병삼은 화들짝 놀랐다. 제가 어떻게 목사님을 때
려유. 술도 안 드시고 죄도 없으신데. 죄 없는 사람이 어디 있겠습니
까? 그래도 저는 못 해유. 목사님이 크게 잘못하신 게 없어서 지금
때려도 별루 달라지는 것두 읎어유. 괜히 아프기만 허지. 병삼은 난
처한 듯 쓴 아메리카노를 홀짝 마셨다. 재일은 잠시 생각하다가 웃
으며 무리한 부탁을 드려 죄송하다고 사과했다. 그러고는 안주머니
에서 봉투 하나를 꺼내 병삼에게 건넸다. 도움 주셔서 약소하게나
마 준비했습니다. 아이구. 이런 거 안 주셔두 되는디. 큰 건 아니고

그냥 상품권 몇 장 넣었습니다. 부담 안 가지셔도 되세요. 그래두, 이런 거 받자고 한 일이 아닌디. 병삼의 거절에 재일의 표정이 살짝 굳었다. 선생님. 저는 이렇게 생각합니다. 만약 그 자리에 선생님께서 안 계셨으면, 저는 그 여자한테 폭행 혐의가 씌워져서 이 상품권보다 더 많은 합의금을 줘야 했을 수도 있습니다. 그리고 그게 우리 교회 성도님들 귀에 들어가면 또 어땠겠습니까? 생각하기도 싫습니다. 그리고 선생님처럼 선한 일 하시는 분들이 더욱더 많은 보상을 받으셔야 다른 사람들도 본받아 선한 일을 하게 됩니다. 병삼은 재일의 열변에 머쓱해져서 그럼 감사하게 받을게유, 하며 인사를 꾸벅하고 봉투를 잠바 주머니에 쑤셔 넣었다.

실례지만, 무슨 일 하시는지 여쭤봐도 되겠습니까?

저도 교회에서 일해유. 금호동에 쬐끄만 교회 하나 있는데, 거기 버스 운전하고 있어유. 본향교회에서 일하시는군요? 아니어유. 금호중앙교회신가? 진짜루 쬐끄만 데여유. 한마음교회라고. 그냥 상가 건물에 있는 개척교회인디. 병삼은 민망한 듯 머그잔을 만지작거렸다. 그러나 재일은 병삼의 말을 듣고 놀랐다. 한마음교회요? 정바울 목사님 계신 곳 말씀이신가요? 아시네유? 맞아유. 거기에유. 정바울 목사도 잘 아세유? 병삼의 질문에 재일은 미소를 지었다. 연락 안 한 지는 한참 됐는데. 예전에 선교할 때 뵀었어요. 정바울 목사님 체격도 좋으시고 남자답게 생기셨잖아요. 사모님도 미인이시고. 정바울 목사님과 같이 일하시는구나. 어쩌다 보니 그렇게 됐네유. 재일은 커피를 마시며 조심히 병삼의 눈치를 살폈다. 일하시긴 편하시겠어요. 정바울 목사님 굉장히 좋은 분이시라. 재일의 말에 병삼을 혀를 찼다. 쯧. 좋은 분은 무슨. 그냥 죽지 못해 허구 있어유.

어차피 운전하실 거면 우리 교회에서 하시는 건 어뗘세요?

예? 병삼은 화들짝 놀라 커피를 쏟을 뻔했다. 그게 참 곤란한 게
유. 정바울 목사가 저랑 친구라 갑자기 옮긴다고 하기가 좀 그러네
유. 재일은 역시 그럴 줄 알았다는 듯 웃으며 커피를 마셨다. 제가
한마음교회가 어떤지 대충은 아는데, 선생님 월급도 많이 못 받으
실 거 아니에요? 우리 교회로 오시면 섭섭지 않게 드리겠습니다. 그
래도 그게 좀. 병삼은 커피 잔을 만지작거리며 대답을 흐렸다. 어차
피 운전하시는 일인데. 기왕이면 돈 더 받으시고 하시는 게 좋지 않
으시겠어요? 한마음교회에서 얼마나 받으시는지 모르겠지만. 우리
교회에서는 그 두 배 이상은 드릴 수 있을 것 같은데. 두 배요? 네.
그 정도 되지 않을까 싶네요. 우리 교회에서 운전하시는 분들도 다
그 정도는 받으세요. 지금 당장 옮기시라는 건 아니고요. 천천히 생
각해 보시고 연락 주세요. 월급이 두 배라는 말에 병삼은 마시던 아
메리카노가 맥심 모카골드보다 더 달게 느껴졌다.

아이구. 목사님. 이러시면 제가 곤란해유.

병삼은 재일교회를 나와 압구정역으로 갔다. 지하철을 타기 위
해 지갑을 꺼내다가 재일이 준 상품권이 생각났다. 봉투를 열어보
니 롯데 상품권 10만 원권이 열 장이 들어 있었다. 어이구. 이게 다
얼마여? 백만 원이네? 병삼은 재일교회가 크고 강남에 있어서 좀
많이 주지 않았을까 하는 기대감이 있었다. 한 10만 원? 아니. 전 목
사 딱 보니께 통이 커 보여. 한 20은 넣었겠지. 병삼은 백만 원어치
상품권을 보자마자 너무 놀라 재일에게 전화를 걸었다. 병삼의 전
화를 받은 재일은 호탕하게 웃었다. 선생님. 아까 말씀드렸다시피
선생님 아니었으면 그 여자한테 합의금으로 몇백은 뜯겼을 겁니다.

그래도 이거는 너무 많어유. 많은 거 아닙니다. 그리고 걱정하지 마세요. 제가 선생님 드린 만큼 그 여자한테 받아낼 예정이거든요. 병삼은 재일의 말에 깜짝 놀랐다. 그 여자한테 받아낸다고요? 그럼요. 정의구현을 해야죠. 그 여자 그냥 놔두면 또 그런 짓 할 게 뻔합니다. 뿌리를 뽑아야죠.

뭘 뽑는다고요?

보라의 말에 피트니스 클럽 사장과 매니저는 깜짝 놀랐다. 서 선생님 집에 안 가셨네? 오전 강사를 새로 뽑는다는 게 무슨 말이에요? 사장은 팔꿈치로 매니저를 툭 쳤고 매니저는 난처한 표정으로 사장을 보다가 한숨을 쉬며 보라에게 다가왔다. 안 그래도 내일 얘기하려고는 했는데. 서 선생 내일부터 그만 나와줬으면 좋겠어. 월급은 이번 달 것까지 다 넣어 줄게. 왜요? 저도 이유는 알아야죠. 제가 뭐 실수한 거 있나요? 갑자기 이러시면 어떡해요? 매니저는 데스크에 놓인 태블릿PC를 가져와 피트니스 클럽 홈페이지 게시판을 보여줬다. 게시판에는 보라에 대한 글이 올라와 있었다. 서보라 강사의 이중생활. 서보라 강사는 사기꾼이다. 서보라는 범죄자. 보라는 글 제목을 보고 깜짝 놀라 아무 글이나 클릭해서 보았다. 보라가 재일과 경찰서에 있는 CCTV 캡처 사진이 떴다. 보라는 가슴이 철렁했다. 이걸 누가 어디서 구했지? 내용을 읽어보니 보라가 남자들에게 사기를 쳐서 돈을 뜯어낸다는 내용이었다. 재일교회 전재일 목사가 신라호텔에 있는 거 보고 협박해서 돈 뜯으려다 들통난 서보라 강사. 보라는 스크롤을 내려 댓글을 읽었다.

내 이럴 줄 알았어.

이상하게 비싼 신발이랑 가방이 많아서 스폰이라도 받나 했더니 사기꾼이었네. 혼혈이라 남자한테 인기 많아서 선물 받은 줄 알았더니 사기 쳐서 번 돈이었어? 몰랐음? 서 강사 남자들이 딱 싫어하는 스타일임. 덩치 크고 세 보이는 스타일. 딱 보니까 관상이 그렇게 생겼어. 우리 범죄자한테 수업받은 거 실화임? 난 서 강사 처음 봤을 때부터 마음에 안 들었음. 잘난 척 더럽게 하더니. 서 강사 여기서 쫓겨나면 백 퍼센트 룸살롱 취직한다. 난 서 강사 얼굴만 봐도 토 나옴. 그래서 오후반 들음. 나도 보기만 해도 짜증 남. 이건 사장하고 매니저가 미친 것임. 그게 아니라면 그냥 망하고 싶어서 서 강사 뽑은 거지. 매니저는 댓글을 읽고 굳어져 가는 보라의 표정을 보고 태블릿PC를 빼앗았다. 아니. 그냥 사진이랑 제목만 보라는 거였는데. 그거 다 읽을 필요는 없고. 아무튼, 우리도 좀 곤란해서 그래. 보라는 손이 덜덜 떨렸다. 학창 시절의 기억이 떠올랐다. 그때는 미국인 남자들이라서 그런가 했지만, 지금은 한국인 여자들이었다. 게다가 냄새 때문도 아니었다. 우리 회원 중에 재일교회 다니는 사람도 좀 있고, 그리고… 매니저는 보라의 눈치를 보았다. 경찰서에서 서 선생 찾는 전화가 왔었어. 네? 경찰요? 서 선생 경찰서로 조사받으러 와야 한대. 전재일 목사가 고소했다나 봐. 보라는 순간 숨이 쉬어지지 않았다. 고소요? 그래서 내가 나는 그런 거 잘 모르니까 서 선생 핸드폰으로 전화해 보라고 했어. 곧 연락 올 거야. 보라는 숨을 쉬기 위해 우선 밖으로 나가야겠다는 생각밖에 들지 않았다. 건물 밖으로 뛰쳐나가는 보라 뒤로 서 선생 캐비닛은 내가 비워 놓을게. 나중에 찾아가, 하는 매니저의 목소리가 들렸다.

어떻게 찾아왔어요?

방 소장은 보라를 노려보았다. 중부경찰서에 갔더니 여기로 가

보라고 해서서. 보라는 웃으며 박카스 두 상자를 방 소장에게 내밀었다. 이런 거 들고 오시면 안 되는데. 저는 할 말이 없습니다. 방 소장은 입을 꾹 다문 채 시선을 돌려 허공을 바라보았다. 그런 게 아니고요. 제가 너무 감사해서 그래요. 보라는 영화에서 본 대로 경찰에게 박카스를 주며 이야기하면 통할 것이라고 생각했다. 의외로 보라의 예상이 맞았다. 보라의 말을 들은 방 소장은 보라를 보며 웃더니 무언가 할 말 있는 듯 가까이 다가왔다. 보라는 남자인 방 소장이 너무 다가오자 자신도 모르게 표정이 굳으며 뒤로 물러섰다. 아이고. 죄송해요. 제가 낮에 청국장을 먹었더니. 냄새가 아직도 나나? 방 소장은 자신의 옷에 코를 박고 킁킁댔다. 그러더니 뭔가 생각난 듯 다시 말을 이어갔다. 저기 보라 씨, 내가 궁금한 게 하나 있어서요. 병삼 씨한테 따귀를 맞았을 때 기분이 어땠어요?

맞죠? 뭔가 있는 거죠?

보라는 놀라 방 소장에게 되물었다. 보라는 자기 생각이 맞았구나 싶었다. 중요한 건 전재일 목사가 아니었다. 자신의 따귀를 때린 그 아저씨였다. 보라는 따귀를 맞자마자 자신도 모르게 자백을 했었다. 평소에 느끼지 못했던 감정도 느꼈었다. 잘못을 알면서도 합리화했던, 나만 이기적인 게 아니라 다른 사람들도 다 그렇다며 다독였던, 그 모든 일이 부끄럽게 느껴졌었다. 스스로 죄인이라는 생각이 들며 한없이 초라해졌다. 그리고 죄를 다 고백하고 나자 마음이 편안해졌다. 더운 여름날 샤워하고 나서 에어컨 앞에 서 있는 기분이었고, 비행기가 무사히 이륙한 뒤 안전띠를 풀어도 된다는 알림음을 듣는 기분이었다. 캐시미어 스웨터를 입고 낙엽을 밟는 기분이었고, 창문 밖으로 소복이 쌓여가는 눈을 바라보며 핫초코를 마시는 기분도 들었다. 이불 속. 엄마 품. 아빠 냄새. 친구 전화. 레몬 향 비누. 벚꽃 내리는 길. 그런 것들이 떠오르며 점점 행복해졌었다. 이 모든 일은 그 아저씨가 내 따귀를 때렸기 때문이야. 병삼을 바라보는 재일의 존경 어린 눈빛도 기억이 났다. 그 아저씨한테 얘기해서 전재일 목사가 고소를 취하하게 해야 해. 그 아저씨라면 그 목사를 설득할 수 있을 거야. 내가 잘못했다고 하더라도 그 재수 없는 전 목사에게 합의금까지 주면서 용서를 빌 순 없어. 그렇겐 절대 못 해. 그럴 바에 그 아저씨한테 뇌물을 주는 편이 나아. 보라는 병삼을 설득한 뒤 전 목사의 뺨을 때리게 해서 전 목사가 자신의 잘못도 자백하게 만들 수 있을 것도 같았다. 보라는 방 소장에게 어떻게든 병삼의 거처를 알아내야겠다고 마음을 먹었다. 어떻게 부탁을 하지? 중년 아저씨들은 뭘 좋아할까? 맛있는 거라도 사 먹이면서 부탁해야 하나?

이게 웬 고기야? 한우잖아?

바울은 한마음교회로 도착한 택배를 보고 깜짝 놀랐다. 우진아, 이거 봐봐. 텅 빈 예배당에서 바나나 우유를 마시며 노트북으로 예배순서표를 만들던 우진은 바울의 목소리를 듣고 다가왔다. 한우 안심, 등심, 갈비 세트네요? 이거 병삼이 형한테 온 건데요? 받는 사람 손병삼. 보낸 곳이 압구정 현대백화점이네요? 보낸 사람이 전재일? 우진의 말에 바울은 깜짝 놀랐다. 전재일이라고? 혹시 신사동 재일교회 전재일 목사인가? 우진도 바울의 말에 깜짝 놀랐다. 신사동 재일교회요? 거기 연예인들 많이 다니는 교회잖아요. 압구정 현대백화점인 걸 보니 신사동에서 보냈을 가능성이 크네요. 그런데 재일교회 목사님이 왜 병삼이 형한테 한우를 보내요? 재일교회 담임목사 맞어. 바울과 우진이 돌아보니 병삼이 와 있었다. 안 그래도 아침에 고기 보냈다고 문자 받았어. 둘 다 고기 한 덩어리씩 가져가구 남는 건 아래 어린이집이나 갖다줘. 애들 먹이라고.

상품권으로 백만 원이나요?

평소 시큰둥한 성격인 우진도 깜짝 놀랐다. 역시 부자교회라 다르네. 재일교회에서는 월급 얼마나 준대? 바울의 물음에 병삼은 콧방귀를 뀌었다. 몰라. 말은 두 배 이상 준다는데. 그걸 어떻게 믿어? 병삼은 슬쩍 말을 뱉고 바울의 눈치를 슬쩍 보았다. 바울은 표정이 심각해졌다. 전재일 목사가 두 배 준다고 말했으면 진짜로 두 배 줄 거야. 그러고 보니 전 목사도 너를 좀 아는 거 같던데? 전 목사랑 나랑 좀 알지. 예전에 에티오피아로 선교 간 적이 있었다고 했잖아. 그때 거기서 만났었어. 바울의 말에 병삼은 아차 싶었다. 에티오피아 선교 이야기가 나오면 바울의 아내 이야기를 할 수밖에 없었기 때문이었다. 병삼은 당황한 티를 감추고 최대한 자연스럽게 이야기를 꺼냈다. 전 목사가 제수씨 미인이라고 그러더구먼. 전 목사가 그런 얘기도 해? 바울은 쓸쓸하게 웃었다. 한길이 엄마도 에티오피아에 같이 선교 갔었으니까 그때 같이 알게 됐지. 그때는 전 목사가 결혼하기 전이었어. 그래서 한길이 엄마가 전 목사한테 여자 소개해 준다고 그랬었는데. 병삼은 바울의 표정이 어두워지는 것을 눈치채고 말을 끊었다. 아이구. 시끄러워. 아무튼, 고기나 하나씩 가져가고 말어. 난 집에서 구워 먹을 데도 없어. 그러지 말고 오늘 저녁에 옥상에서 같이 구워 먹죠? 우진의 말에 바울과 병삼은 솔깃한 듯 서로 쳐다보았다. 그럼 우리 먹을 거만 빼놓고 나머지는 어린이집 가져다줄게. 바울은 고기 네 팩을 빼놓고 남은 고기를 지하에 있는 어린이집으로 가지고 내려갔다.

집게 갖고 와. 고기 더럽게 못 굽네.

바울은 우진의 손에서 집게를 빼앗았다. 우진은 민망해진 손으로 소주를 들고 바울의 잔에 따랐다. 병삼이 형도 한 잔 받으세요. 쟤는 술 안 먹어. 아예 안 드세요? 응. 한 잔도 안 먹어. 바울의 말에 병삼은 상추를 털어내며 툴툴거렸다. 너는 인마. 목사가 돼갖고 뭔 술을 그렇게 처먹냐? 내가 얘기했잖어. 저 아파트에서 여기 옥상 다 내려다보인다고. 웃통 벗고 무술하고, 술 처먹고, 사람들이 목사가 아니라 땡중인 줄 알어. 바울은 고기 쌈을 싸서 한입에 넣고 소주를 마시려다가 병삼을 노려보았다. 뭐? 왜? 저거 목사라는 놈이 눈까리 뜨는 거 봐. 병삼이 너 자꾸 지랄할 거면 재일교회 가. 허이구. 내가 가라면 못 갈 줄 알어? 바울과 병삼이 티격태격하자 우진이 인상을 찌푸렸다. 거참. 비싼 고기 먹으면서 뭐 그리 싸워요? 애들도 아니고. 이제 낼모레 오십인 양반들이. 우진의 말에 바울은 조용히 소주를 털어 넣었고, 병삼은 애꿎은 가스버너를 툭툭 치며 이거 불이 약한데? 썬연료를 쓰라니까. 하며 딴청을 피웠다.

농담이 아니라 재일교회 가.

뭐여? 소주 석 잔 먹고 취한 겨? 병삼의 농담에도 바울은 웃지 않았다. 사실 두 배면 가는 게 맞지. 내가 너 많이 챙겨주지도 못하고. 솔직히 나도 전 목사가 재일교회 와서 부목사 하라고 하면 당장 간다. 재일교회 부목사가 나보다 월급 두 배는 더 받을걸? 웃기구 있네. 니가 픽이나 한마음교회 버리고 그리루 가것다. 우진은 무슨 이야기를 하는지 몰라 눈치를 보다가 병삼에게 물었다. 그런데 왜 전 목사는 형한테 재일교회로 오라는 거예요? 전 목사가 꽃뱀한테 물렸는디. 내가 꽃뱀 따귀 한 대 때려서 구해줬어. 아아. 전 목사라는 사람도 이상하네. 목사가 돼서 꽃뱀이랑 엮이고. 너는 뱀한테 물리고 싶어서 물리는 사람 봤냐? 와. 병삼이 형 이제 재일교회 갈 거라고 벌써 편드네? 그 말을 들은 바울은 진지한 표정으로 고개를 저었다. 아니야. 내가 전 목사를 좀 아는데, 대한민국에서 전 목사처럼 훌륭한 목사 찾기도 힘들어. 언제지? 2013년이었나? 재일교회 세습사건 모르냐? 그게 뭐여? 병삼과 우진이 묻자 바울은 인상을 찌푸리며 소주를 마셨다. 아무튼, 그런 게 있어. 병삼이 너는 재일교회 가. 가서 아니다 싶으면 다시 오면 되잖아. 그려. 뭐 그래도 되구. 병삼은 내심 기뻤지만, 티를 내지 않았다. 병삼이 형. 저도 좀 재일교회에 꽂아주시면 안 돼요? 왜? 재일교회에 연예인 많이 다니니까 연예인 구경할라구? 아니, 뭐 그것도 그런데. 재일교회처럼 큰 교회는 예배 영상 만드는 영상팀이 따로 있어요. 대형교회 영상팀은 돈 많이 주거든요. 어차피 한마음교회에서는 예배순서표만 만들면 돼서 재일교회 일 하면서 해도 충분하고요. 우진은 말 없는 바울의 눈치를 살짝 보았다. 그리고 가장 중요한 게. 재일교회에 장영환 프로듀서가 다니거든요. 그 사람이 누구여? 봉준호 감독님 영화 기생충 아시죠? 그 영화 프로듀서예요. 얼마 전에 제작사 차렸다는 얘기도 있던데. 너 소설 쓴다는 거 영화로 맨들어볼라구? 장영환 프로듀서랑 좀 친해지면 슬쩍 얘기해 볼 수도 있지 않겠어요? 조용히 대화를 듣고 있던 바울이 우진의 어깨를 툭 치며 병삼에게 말했다. 얘 원래 영화감독 하려고 했었어. 그랬냐? 그래서 영상팀 들어가려고 그러는구먼? 그런데. 우진이 너까지 가면 이놈 심심할 텐디. 바울은 우진에게 소주를 따라주었다. 됐어. 하나도 안 심심해. 우진아. 내가 전 목사한테 부탁해 줄게. 정말요? 대신 너 영화 찍을 때 나 카메오 출연이다. 목사님은 카메오 말고 스턴트나 해주세요. 콜! 우진의 말에 바울은 웃으며 우진의 잔에 건배한 뒤 소주를 마셨다.

우와. 자하 하디드가 지은 거 같네.

그게 누구여? 동대문 DDP 지은 아줌마 있어요. 인터넷으로 사진을 보긴 했지만, 막상 와보니 진짜 멋있네요. 우진은 재일교회 건물 디자인에 놀랐고, 예배를 드리러 오는 신도들을 보고도 놀랐다. 차가 최소 벤츠네. 어어? 저거 람보르기니 우루스잖아? 우와. 아줌마들 샤넬, 에르메스, 루이비통 하나씩 들고 다니네. 쟤는 꼬마 애가 버버리 입었어. 여기는 헌금을 갈퀴로 긁겠네요. 이 정도면 월급 세 배 줘도 남겠는데요? 헛소리 고만허고 얼렁 들어가자. 우진은 건물로 들어가는 길에 펼쳐진 정원을 보고 이질감을 느꼈다. 같은 예수를 믿으러 교회에 가더라도 누구는 지저분한 시장길을 지나 낡고 허름한 상가 건물로 가고, 누구는 외제 차 몰고 와서 정원 길을 걸으며 호텔 같은 건물로 들어가는구나. 하긴 뭐. 내는 헌금 액수가 다르니까. 어? 저 사람. 진세연 아니야? 병삼은 우진의 말에 힐끔 돌아보았다. 20대 중반의 여성이 사람들에 둘러싸여 걸어가고 있었다. 진세연이 누구여? 가수여? 배우잖아요. 진세연 몰라요? 난 텔레비 안 보잖어. 진세연 쟤 반포동 산다더니, 재일교회 다니는구나.

여기 무슨 유럽의 박물관 같네.

우진은 건물로 들어오자 깜짝 놀라 주변을 둘러보았다. 이거 다 대리석이네. 대리석 가격만 해도 이게 다 얼마야? 쓸데없는 소리 그만허고, 주보나 받아와. 병삼은 인상을 찌푸리며 우진을 끌고 예배당 안으로 들어갔다. 예배당 안에 들어온 병삼은 입을 다물지 못했다. 저번에 왔을 때 예배당에는 들어가지 않아서 어떤지 몰랐다. 복층 구조로 되어 있는 예배당 천장은 아파트 4층 높이 정도로 높아 보였다. 중앙에 오르간의 파이프가 천장까지 쭉쭉 뻗어 있었고, 파이프 가운데 커다란 나무 십자가가 웅장함을 주었다. 옆 창가는 스테인드글라스로 장식이 되어 형형색색의 빛이 예배당 내부로 들어왔다. 형님. 저거 봐요. 저거. 우진의 말에 병삼이 고개를 돌리자 촬영 장비들이 보였다. 교회 안에 지미집이 있어요. 우진은 단상 쪽으로 뛰어가서 복층 위를 바라보았다. 2층 가장 끝 꼭대기에 유리창이 보였다. 저기가 방송실이구나. 2층에 카메라가 세 대. 1층에는 예배드리는 사람을 촬영하는 카메라 세 대. 단상 촬영용 한 대. 성가대 촬영용 한 대. 지미집 한 대. 카메라는 전부 삼각대가 아니라 방송용 페데스탈에 장착되어 있네. 페데스탈 가격만 합쳐도 1억은 넘겠다.

어머. 안녕하세요?

우진이 돌아보자 진세연이 다가와 인사를 했다. 에? 아. 안녕하셨어요? 세연은 우진이 당황하는 모습을 보고 웃었다. 맞죠? 화이트 연출부에 계셨던 분. 우진은 깜짝 놀랐다. 어떻게 기억하세요? 왜 기억을 못 해요. 그래도 한 6개월 같이 촬영했는데. 여기서 보니 반갑네요. 기억력 되게 좋으시구나. 그게 벌써 10년도 넘었어요. 그걸 어떻게 기억하시지? 우진의 말에 세연도 놀랐다. 벌써 그렇게 됐나요? 그런데 우리 교회 다니셨어요? 아뇨. 이제 다녀볼까 해서 온 거예요. 그럼 자주 뵙겠네요. 그런데 제가 성함을 잊어버려서. 아아. 저는 전우진입니다. 맞다. 기억나요. 우진 오빠. 세연의 우진 오빠라는 말이 우진에게는 불편함으로 다가왔다. 오빠라고? 왜 친한 척을 하지? 아니야. 얘 원래 좀 착하고 붙임성도 좋았어. 요새 뭐 하냐고 물어보면 뭐라고 해야 하나? 그냥 소설 쓴다고 해야 하나? 감독 준비한다고 할까? 뭐 늘 똑같죠. 하고 대답하는 게 가장 덜 어색하려나? 얘는 그동안 드라마며 영화며 작품 엄청 찍었는데. 우진은 세연과 있을수록 열등감과 자괴감이 몰려왔다. 그냥 다음에 봐요, 하고 가줘라. 제발. 세연은 우진의 기대와 달리 화이트 감독님들은 다들 잘 계시죠? 하고 물었다. 그게 저도 영화 끝나고 연락을 안 해서. 그렇구나. 그나저나 여기서 보니 진짜 반갑다. 아하하. 저도요. 우진아! 우진이 돌아보니 멀리서 병삼이 손짓으로 부르고 있었다. 그럼 나중에 또 뵐게요. 우진은 세연에게 어색하게 인사를 하고 병삼에게 뛰어갔다. 나가자. 왜요? 너 예배드리려고? 기왕 여기까지 온 거 예배 어떻게 하나 보고 가야죠. 그럼 넌 예배 보고 와. 난 갈 테니. 왜 가요? 난 체질적으로 예배가 안 맞어. 예? 한마음교회에서도 예배 안 들어가잖어. 암튼 난 간다. 병삼이 예배당을 나가자 우진도 어쩔 수 없이 따라 나갔다. 병삼과 우진이 교회를 나가는 동안 누군지 모르는 교인들이 성도님 어디 가세요? 예배드리러 오신 거 아니에요? 하며 세 번이나 붙잡았으나 병삼은 급한 일이 있다고 뿌리치며 교회를 빠져나갔다.

허이구. 이건 뭐여?

병삼은 우진이 가져온 머그잔에 담긴 음료를 마시고는 깜짝 놀랐다. 병삼과 우진은 재일교회를 뛰쳐나와 이야기나 할 겸 근처 스타벅스로 들어왔다. 캐러멜 마키아토 몰라요? 달달한 걸로 사 오라면서요. 왜요? 너무 달아요? 아녀. 맛있어서 그려. 우진은 커피를 마시는 병삼을 보고 웃으며 에스프레소를 홀짝였다. 그런데 병삼이형. 재일교회가 어떤 교회인지 알려면 예배드리는 건 봐야 하는 거 아니에요? 봐서 뭐 혀. 어차피 기깔나는 건물에 교인들도 다 부자고 배운 사람들 같은데. 딱 봐도 좋은 교회지. 설교가 별 볼 일 없고, 헛소리나 해대면 돈 많고 배운 사람들이 오것어? 저짝 옆 압구정역 쪽에 광림교회도 있고, 소망교회도 있는디. 그리루 가것지? 그거야 그렇지만, 그래도 전 목사가 어떤 사람인지는 좀 알아봐야죠. 인터넷에 검색하면 나오려나? 우진은 에스프레소를 쭉 마셔버리고 핸드폰으로 전재일 목사를 검색했다. 오호. 기사가 좀 나오네요? 병삼은 우진이 기사를 검색할 동안 우진이 받아 온 재일교회 주보를 훑어보았다. 한마음교회 주보와 다를 바 없는 평범한 종이 주보였다. 그러나 자세히 살펴보니 내용이 전혀 달랐다. 우선 주일 오전 예배가 7시 예배, 9시 예배, 11시 예배로 3부까지 있었다. 그리고 여러 가지 교회 소식과 선교 소식이 보였고, 가장 특이한 것은 상담 안내가 되어 있었다. 오전 10시부터 오후 2시까지 상담을 할 수 있다고 적혀 있으며 상담사 이름에 각 분야의 전문가 성도의 이름이 적혀 있었다. 상담 분야에 신앙은 당연한 것이고. 법률, 세무, 회계, 교육, 진학, 금융, 건축, 부동산, 창업에 건강은 분야별로 외과, 내과, 정형외과, 이비인후과, 피부과, 치과, 정신과 성형외과에 한의학까지 있었다. 한마음교회는 노인들이 어디가 아프다고 하면 바울이 성도님 건강하셔야죠, 건강을 위해 기도해 드리겠습니다, 하고 마는 게 전부였다. 병삼은 주보를 보며 왠지 자신과 어울리지 않는 곳이라는 생각이 들었다.

와. 이 양반 대박이네.

우진은 핸드폰을 보다가 놀라 입을 다물지 못했다. 왜? 뭐 있어? 나무위키에 전재일 목사 글이 있어서 읽어봤는데. 이 양반 나이도 젊은데 대단하네요. 형보다 네 살 어려요. 네 살 차이면 궁합도 안 본다고 하지 않나요? 아무튼, 원래 재일교회가 6.25 끝나고 효자동에 지어졌었는데 1974년에 신사동으로 이사 왔네요. 이사 오면서 전세환 목사가 담임목사가 됐고요. 전세환 목사는 전재일 목사 아버지예요. 그렇게 시작해서 강남이 발전하면서 교회도 커지고 그렇게 됐나 봐요. 그런데 전세환 목사가 10년 전에 나이도 많고 그러니까 아들인 전재일 목사에게 교회를 세습하려고 했었네요. 교회 세습 이야기가 나오니까 일부 교인은 전재일 목사가 유학도 해서 똑똑한데 뭐가 문제냐. 그리고 다른 교회들도 다 세습한다. 하면서 찬성했지만, 대다수 교인은 교회 세습 때문에 재일교회뿐만 아니라 한국 교회는 물론, 기독교 전체에 대한 여론까지 안 좋아지니 세습하지 말자고 했다네요. 그래서 두 패를 갈라 교인들끼리 서로 싸우고 그랬는데, 의외로 전재일 목사가 믿는 구석이 있었는지 투표하자고 했다더라고요. 당연히 세습 반대가 더 많을 줄 알았는데 결과는 7:3 정도로 세습 찬성. 그러니까 또 전세환 목사가 뒤에서 또 수를 쓴 거 아니냐 이런 말들 막 나오고, 그래서 떠나는 교인들도 생기고 그랬는데 대박 사건이 생긴 거죠.

전재일 목사가 전세환 목사를 비리 목사로 고발했어요.

뭐여? 병삼은 깜짝 놀라 커피를 쏟을 뻔했다. 전재일 목사가 담임목사가 되자마자 전세환 목사를 횡령 및 뇌물수수, 재정 비리로 고발한 거예요. 그 증거로 전세환 목사의 차명계좌를 죄다 검찰에 증거로 넘겼고요. 차명계좌가 몇백 개 나왔다던데, 수사 결과는 안 봐도 뻔하지 않아요? 전세환 목사가 회계를 자기 맘대로 주무르며 교회 돈을 자기 돈 쓰듯 쓴 거죠. 그러니께 교회 세습 받자마자 지 아부지를 고발한 겨? 그렇죠. 그리고 전세환 목사가 모아놓은 돈은 유니세프랑 사랑의 열매 그리고 다른 자선단체에 포함 총 60억 기부! 크아. 죽이지 않아요? 남자야 남자. 목사가 아니라 검사가 돼야 했었네. 그리고 그 이후로 뭐 좋은 일도 많이 하시고. 보니까 전재일 목사 욕하는 사람도 좀 있는데 설교 시간에 싫은 소리를 좀 많이 하나 봐요. 너무 원칙주의자라는 얘기도 있고. 아무튼, 계산기 때려보니까 교회 규모로 보나, 목사 성격으로 보나, 저는 여기 취직 안 될 것 같네요. 형이나 어떻게 잘해봐요. 두 배 준다는데.

전 목사가 자기 아부지를 깠다고?

병삼은 충격이었다. 자기를 위해 욕먹을 것 다 각오하고 교회를 넘겨준 아버지를 깔 수 있나? 그리고 그 돈을 다 기부를 해버렸어? 아무리 목사라도 사람이 그럴 수 있을까? 60억을? 10년 전에 60억으로 아파트를 사났으면 지금 얼마여? 목사 그릇이 그 정도 되니까 부자들이고 배운 사람이고 죄다 재일교회로 몰리는구먼. 경찰서에서 내가 도와줬다 하더라도 나 몰라라 해도 되는디, 굳이 불러서 상품권을 그것도 백만 원어치나 준 거 보면 보통 사람은 아니여. 바울이 놈 말대로 월급을 두 배 준다고 하면 두 배 주는 사람이것네. 그러다 병삼은 문뜩 죽은 아버지 생각이 스쳤다. 우리 아버지가 나한테 재산은 고사하고 사람 취급만 해줬어도 내가 이러고 살고 있을까? 우리 아버지가 살아 있었으면 나는 어땠을까? 우리 아버지가 살아 있었으면 내가 아버지한테 맞아 죽었겠지. 저기 우진아. 전세환 목사는 어떻게 된 겨? 살아는 있는 겨? 우진은 병삼의 말을 듣고 핸드폰으로 전세환 목사를 검색했다. 핸드폰을 들여다보던 우진의 표정이 씁쓸해졌다. 역시 대한민국. 예상대로 집행유예네요. 초범이고, 반성하고, 그동안 대한민국 기독교 발전에 기여한 바도 크고. 그래서 잠깐 쉬다가 조용해지니까 세종시 노을교회에 원로 목사로 잠깐 있었는데 교인들의 반대로 쫓겨나서 지금은 요양병원에 있나봐요. 그럼 뭐 거의 서로 의절했다고 봐야것네. 그렇겠죠? 전세환 목사 입장에서는 자식한테 뒤통수 맞은 거잖아요. 우진아. 네? 나는 전 목사가 마음에 든다. 보통 사람은 아니에요. 그렇지. 양아치 같은 바울이 놈보다는 전 목사 같은 사람이 진짜 목사지. 에이, 또 그러시네. 정바울 목사님도 괜찮아요. 인상이 더러워서 그렇지. 야, 인마. 그 새끼 학교 댕길 때 어땠는지 니가 몰라서 그려. 왜요? 왜? 형 학교 다닐 때 정 목사님한테 맞았어요? 맞긴 누가 맞어? 내가 때렸지. 병삼은 우진에게 눈을 부라리며 캐러멜 마키아토를 마셨다.

방문

이놈은 어디로 내뺀 겨?

　예배당 바닥을 빗자루질하던 병삼은 인상을 찌푸리며 투덜댔다. 바울이 청소 좀 같이하자고 불러놓고 전화 받으러 나간 지 10분이 지나도록 오지 않았다. 병삼은 빗자루를 집어 던지고 교회를 나와 주차장에 있는 흡연 구역으로 갔다. 담뱃불을 붙이려는데 낯익은 여자가 교회 상가 건물 앞에 나타났다. 어디서 봤더라? 병삼은 담배를 피우며 여자를 지켜보았다. 여자는 교회 쪽을 올려다보다가 어디론가 사라졌다. 키가 크네. 운동선수인가? 그러다 문뜩 떠올랐다. 어? 저 여자 전 목사한테 합의금 뜯으려던 여자잖어? 여기 왜 온 겨? 보라는 방 소장에게 병삼이 한마음교회에서 일한다는 걸 알아내고는 찾아온 것이다. 일요일에 올까 했지만, 일요일이 되면 교회 일이 바빠서 이야기를 안 들어줄 것 같기도 했고, 일요일까지 기다릴 수 있는 성격도 아니었다. 보라는 드라마에서 병삼이 닮은 아저씨가 막걸리에 족발을 환장한 듯 먹는 장면이 떠올랐다. 보라는 한마음교회 위치를 확인한 후 근처 족발집에서 족발 소짜를 사려다가 넉넉하게 중짜로 포장하고 옆 슈퍼에서 막걸리 두 병을 사서 다시 교회 앞으로 왔다.

뭐 하러 오셨슈?

보라가 교회 건물로 들어가려는데 주차장에서 병삼이 나타났다. 교회 버스 운전을 한다고 했지? 보라는 방 소장이 했던 말을 기억해 내며 억지로 입꼬리를 올린 뒤 병삼에게 웃어 보였다. 안녕하셨어요? 저 기억하세요? 얼마 전에 중부경찰서에서 뵀는데. 그럼유. 기억하쥬. 전재일 목사님 뚜들겨 패고 덤터기 씌우려던 분이잖아유. 보라는 올리고 있던 입꼬리가 파르르 떨렸다. 보라는 떨어질 뻔한 입꼬리를 간신히 위로 올리며 웃었다. 병삼이 가까이 오자 담배 냄새가 먼저 혹하고 다가왔다. 담배 냄새를 맡은 보라의 미간이 찌푸려졌다. 입꼬리를 들어 올리느라 미간에는 신경 쓰지 못한 탓이었다. 그때 말씀드렸는데. 제가 나쁜 뜻으로 그런 게 아니라 전 목사님께서 치한인 줄 알고 그런 거라고. 병삼은 보라의 말을 듣고 피식 웃었다. 뭔 소리유? 그때 합의금 뜯을라구 시비 건 거라면서. 다 자백해 놓구서 그려. 그 뭐냐. 땀을 손꾸락에 묻혀서 냄새 맡게 해갖구 화나게 했다며유? 왜 이제 와서 딴소리유? 그나저나 뭐 하러 오셨냐니까?

이게 다 아저씨 때문이잖아요!

보라는 참았던 울분을 터뜨렸다. 이 모든 게 저 담배 냄새 나는 아저씨 때문이었다. 경찰서에 저 아저씨만 안 나타났어도 대충 합의 보고 끝낼 수도 있었다. 아저씨가 따귀 때려서 자백한 덕분에 지금 제가 어떻게 됐는지 아세요? 회사까지 잘리고 전 목사한테 고소까지 당했어요. 아저씨가 저 따귀 때려서 제 인생 망했다고요. 병삼은 보라를 한심한 듯 바라보며 혀를 찼다. 쯧쯧. 아직도 정신을 못 차렸네. 더 당해봐야 돼. 어떻게 사람이 이러지? 병삼의 말에 보라는 발끈하며 다가갔다. 뭐라고요? 병삼에게 풍기는 담배 냄새가 코를 찔러 인상이 다시 찌푸려졌다. 아흐. 담배 냄새! 병삼은 보라의 말을 듣고 민망한 듯 고개를 돌려 입안에 공기를 후후 불고 손으로 휘휘 저었다. 그러고는 한 발짝 떨어져서 다시 보라를 노려보았다.

아니, 이봐유. 어떻게 아가씨는 아가씨 생각만 하는 겨?

아가씨요? 그럼 뭐라고 불러유? 서보라예요. 보라 씨라고 부르… 아니. 그냥 저기요. 이렇게 불러요. 아무튼. 저기요 씨가 지금까지 애먼 남자들 고발했던 거는 생각 안 혀유? 그 사람은 어땠겠슈? 저기요 씨 때문에 괜히 유치장에 갇히고. 저기요 씨한테 합의금 주고. 회사나 학교에 알려져 봐유. 거기서도 다들 짤렸거나 징계받았겠쥬? 병삼의 말을 들은 보라는 기가 막혔다. 제가 시비 걸었던 남자들은 폭력을 썼다니까요. 저기요 씨도 전 목사한테 폭력을 썼잖아유. 뭐가 달라유? 사람이 이런 기회가 왔으면 반성하고 새사람 될 생각을 해야지. 찾아와서 따지기나 하고. 자기가 떳떳했어 봐. 나한테 따귀를 맞았어도 자백하고 말고 할 것도 없었지.

내. 로. 남. 불.

뭔 뜻인 줄 알쥬? 내가 하면 로맨스고 남이 하면 불륜이고. 내가 다른 놈 고소한 것은 정당한 거고, 다른 놈이 나 고소하면 그건 안 되고. 병삼은 경멸 어린 눈초리로 보라를 쳐다보았다. 지금 말 다 했어요? 아저씨는 그럼 뭐 정당한 줄 알아요? 이거 봐. 이거 봐. 나보고는 아가씨라고 부르지 말라고 해놓고, 자기는 아저씨라고 부르는 거 봐. 아아악! 보라는 화를 참을 수가 없어 발을 동동 굴렀다. 내가 아저씨 폭력혐의로 고발할 거야. 경찰서에서 아저씨가 나 따귀 때린 거 사람들 다 봤어. 맘대루 혀. 맘대루. 법정에서도 내가 너 따귀 때리면 또 자백할 테고. 그럼 난 또 무고죄로 고소하면 되니께. 너? 너? 방금 너라고 했어? 지가 먼저 반말해 놓구. 어디 어린 기집애가 막 반말하고 사람을 협박해? 기집애? 기집애? 왜? 또 여기서 전 목사한테 하듯이 나 때릴라구? 보라가 보기에 병삼은 키도 작고 힘도 없어 보여서 발로 툭 차면 픽 쓰러질 것 같았다. 그러나 지금 이 상황에서 병삼을 때릴 수는 없었다. 땀 냄새를 맡게 해서 먼저 공격하게 하기도 곤란했다. 보라의 자백 때문에 경찰서에서도 보라의 비밀을 다 알아버렸기 때문이다. 게다가 병삼이가 전 목사를 증인으로 부르면 불리해지는 것은 보라였다. 보라는 약이 올라 눈물이 울컥 나왔다.

너는 군의관이잖아. 아빠? 아빠는 군대 안 갔다니까.

바울은 병삼과 청소를 하다가 군 복무 중인 아들 한길의 전화를 받으러 나갔다. 한길은 군의관 장교 선임과 외근을 나왔다가 시간이 남아 바울에게 전화했다고 했다. 둘은 서로의 안녕을 묻고, 각자 군대와 교회의 삶에 관해 이야기한 다음, 한길의 제대 후 앞으로 함께 나아갈 방향에 대해 모색했다. 그러다 보니 어느새 시간이 훌쩍 가버렸다. 어? 아빠. 유 대위님 나오셨어. 나중에 전화할게. 어어. 그래. 아빠도 병삼이 삼촌이랑 예배당 청소 중이어서 들어가 봐야 해. 또 통화하자. 바울은 전화를 끊고 통화 시간을 확인한 후 깜짝 놀라 재빨리 교회 건물 쪽으로 뛰어갔다. 한길과 통화하며 무심코 걷다 보니 어느새 옥수사거리까지 내려왔었다. 교회 건물 앞에 도착했더니 병삼은 교회 앞에 나와 있었고, 어떤 여자가 병삼 앞에서 울고 있었다. 뭐야? 병삼이가 여자를 울려? 설마?

내가. 너 진짜 고소할 거야!

아이고. 역시 애정 문제는 아니네. 바울은 깜짝 놀라 달려가 보라를 말렸다. 에이. 무슨 일인지 모르겠는데 여기서 이러지 마시고 들어가서 얘기하세요. 저 여기 교회 목사입니다. 들어가세요. 들어가긴 뭘 들어가? 저거 아주 이상한 여자여. 얼른 쫓아 보내. 손 집사님. 그래도 얘기는 들어봐야죠. 바울은 병삼의 따가운 시선을 피해 울고 있는 보라를 데리고 예배당으로 올라갔다. 보라를 예배당에 앉힌 후 믹스커피를 한 잔 타서 보라에게 가져다주었다. 저기요. 죄송한데. 제가 뜨거운 걸 잘 못 마셔요. 그냥 차가운 물이나 한 잔 주세요. 그리고 창문도 좀 활짝 열어주세요. 제가 더우면 안 되거든요. 죄송합니다. 아니에요. 괜찮아요. 바울은 재빨리 창문을 열고 차가운 물을 보라에게 주었다. 보라는 물을 벌컥벌컥 마시고 마음을 진정시켰다.

아아. 그럼 땀 냄새 나실까 봐 뜨거운 커피도 못 마시는 거예요?

네. 되도록 저에게 가까이 오지 마세요. 기분이 불쾌해지시면 코를 막고 좀 멀리 떨어지시고요. 보라는 바울에게 자신의 이야기를 쏟아내었다. 전 목사와 시비 붙어 고소를 당하고, 고소를 취하해 달라고 부탁하기 위해 병삼을 찾아온 이야기뿐만 아니라 자신의 땀 냄새가 남자들에게 어떻게 반응하는지. 캐나다에서 한국으로 온 이후로 어떻게 살았는지. 어렸을 때 어떤 일이 있었는지. 대부분 이야기를 바울에게 털어놓았다. 처음에는 숨겨봐야 어차피 병삼이가 다 이야기할 것 같아서 이야기를 시작했다. 그렇게 자신의 이야기를 하다 보니 속이 좀 시원해졌다. 그러다 굳이 안 해도 될 이야기까지 하게 되었다. 생각해 보면 보라는 한국에 온 이후로 자신의 이야기를 터놓을 사람이 없었다. 그렇다고 처음 보는 바울에게 자신의 이야기를 왜 다 터놓고 있는 건지 자신도 이해가 되지 않았다. 신부에게 하는 고해성사 같은 느낌인가? 목사나 신부나 비슷하잖아. 아니야. 그런 거랑은 좀 달라. 고소를 당한 데다가 일자리까지 잃어서 정신이 없었고, 그런 와중에 병삼인지 뭔지 저 아저씨 때문에 감정이 격해져서 그런 걸까? 그렇다고 이렇게까지 깊은 이야기를 할 필요가? 어? 잠깐. 보라는 바울의 얼굴을 보다가 문득 어린 시절이 떠올랐다. 크리스? 목사님이 크리스랑 분위기가 비슷하네? 보라는 바울을 보다가 어린 시절, 그러니까 몸에서 냄새가 나기 전 자신을 좋아했던 크리스가 떠올랐다. 그래서 그랬나? 외모는 전혀 다른데 왜 크리스가 떠올랐지? 목사님 피부색이 까만 편이어서 그런가?

혹시 목사님 혼혈이세요?

예? 보라의 물음에 바울은 화들짝 놀랐다. 바울이 한 번도 생각해 본 적 없는 이야기였다. 보라는 바울이 심각한 표정으로 고민을 하자 자신이 실수한 것처럼 느껴졌다. 아까 말씀드렸다시피 제가 피트니스 클럽에 일해서 사람들 몸매를 유심히 관찰하는데, 목사님이 동양인치고는 다리도 길고 잔근육이 있는 몸매라 혹시 흑인 쪽 혼혈이 아닌가 싶어서 물어본 거예요. 나쁜 뜻으로 한 이야기 아니에요. 이국적으로 보이셔서. 보통 혼혈들이 예쁘고 잘생겼잖아요. 그리고 저도 혼혈이라 이쁘잖아요. 헤헤헤. 보라는 조심스레 바울의 눈치를 살폈다. 바울은 굳었던 표정을 풀며 보라에게 웃어 보였다. 아휴. 아니에요. 저는 그냥 시골에서 자라서. 그리고 이제 다 늙어서 근육도 없어요. 은근슬쩍 웃어넘기는 바울의 표정에서 그늘이 살짝 보였다. 보라는 무언가 더 묻고 싶었지만 괜한 호기심 같아 입을 다물었다.

제가 보기엔 다들 너무 정의로워서 그래요.

보라 씨도 그렇지만, 병삼이 쟤도 나쁜 사람 보면 잘 못 참거든
요. 보라 씨가 나쁘다는 게 아니라. 병삼이가 보기에는 그렇게 보였
을 수도 있다는 얘기예요. 무슨 얘긴지 아시겠죠? 그리고 특히 전재
일 목사. 그 친구는 진짜 불의를 못 참아요. 자기 아버지까지 고발
해서 감옥에 넣었다니까요. 보라는 바울의 말을 듣고 놀랐다. 아버
지를 고발했다고요? 예전에 좀 유명한 사건이었는데. 전재일 목사
가 아버지 전세환 목사를 교회 돈 횡령했다고 고발하고, 물려받은
재산 60억을 다 기부했어요. 바울의 말을 들은 보라는 앞이 깜깜했
다. 아버지를 고발했던 사람이 고소를 취하해 줄 가능성이 얼마나
있을까? 게다가 60억을 기부할 정도라면 합의금도 안 통한다는 얘
긴데. 보라는 힘이 쭉 빠졌다. 도저히 방법이 생각나지 않았다. 이러
다 감옥 가는 거 아냐? 그렇진 않겠지. 당연히 집행유예 정도일 거
야? 그래도 벌금은 내야겠지? 피트니스 쪽은 소문 금방 퍼져서 다
른 데 취직하기 힘들 텐데. 캐나다로 돌아가야 하나?

너무 걱정하지 마시고 돌아가세요.

제가 전 목사한테 잘 얘기해 볼게요. 전 목사가 그렇게 꽉 막힌
사람은 아니거든요. 잘 얘기하고 사과하면 용서해 줄 거예요. 니가
무슨 얘기를 어떻게 잘해준다는 겨? 문 옆에서 듣고 있던 병삼이 바
울과 보라에게 다가왔다. 바울이 너 저 여자한테 너무 가까이 있지
말어. 괜히 너 열 받게 해서 폭력혐의로 뒤집어씌운다. 보라는 병삼
의 말을 듣고 발끈하여 한마디 하려다 바울이 괜히 안 좋게 볼까 봐

입을 다물었다. 병삼은 보라가 들고 온 비닐봉지를 뒤져보았다. 이게 뭐여? 족발이랑 막걸리네? 참 나. 어처구니가 없구먼. 교회 오면서 술 사 오는 인간은 처음 봤네. 이게 상식적인 거여? 차라리 그냥 박카스나 한 상자 사 오던가. 교회 다니는 사람은 술 마시지 말라는 법 있어요? 참다못한 보라가 병삼을 쏘아보면서 물었다. 병삼은 보라를 한심하게 쳐다보았다. 이걸 누구 먹으라고 사 온 겨? 나 먹으라고 사 온 겨? 아니면 목사인 재 먹으라고 사 온 겨? 병삼의 말에 보라는 짜증을 확 냈다. 아저씨 먹으라고 사 왔다. 아저씨. 싫으면 안 먹으면 되지. 왜 자꾸 뭐라고 그래? 그냥 목사님 드세요. 아차. 목사님이라 술 못 드시나요? 차라리 와인 같은 거 사 올 걸 그랬죠? 아뇨. 괜찮습니다. 막걸리도 좋아합니다. 그래요? 다행이네요. 보라는 상냥한 바울이 마음에 들었다. 원래 목사들은 다른 사람을 전도해야 해서 평소에 늘 상냥함이 기본이라는 걸 알면서도 마음이 갔다. 고소를 당했고, 병삼과 다퉜고, 그리고. 또. 바울이 크리스를 닮았기 때문인 것 같기도 했다.

너 그거 먹으면 백 푸로 탈 난다.

뭐 준다고 아무거나 먹는 거 아녀. 그리고 저 여자 봐봐. 자꾸 이 여자. 저 여자 하지 말아요! 참다못한 보라가 버럭 화를 냈다. 에이씨. 뭐 자꾸 호칭 갖다가 시비여? 여자니까 여자라구 허지. 너는 지금 나한테 아저씨라고 하고, 반말도 막 하고 그러면서. 나는 왜 못하게 혀? 너 몇 살이여? 내가 너보다 열댓 살은 더 많것다. 바울아. 저런 여자를 도와줄 필요가 있다고 생각을 허냐? 난 좀 아니라고 보는디. 그리고 저 여자가 족발이랑 막걸리 사 온 거 보라고. 저 여자 신라호텔에서 샴페인 시켜 먹는 여자여. 돈도 많은 여자. 아니, 여자라고 하지 말랬지. 돈도 많은 인간이여. 돈도 많은 인간이 부탁

하러 오면서도 딸랑 족발 한 봉지에 막걸리 두 병 들고 온 거잖어. 기본이 안 돼 있는 겨. 기본이. 저 돈 없다고요. 직장도 잘리고. 보라는 억울한 마음에 다시 눈물이 울컥 나왔다. 병삼 앞에서 울기 싫었지만, 더는 참고 있기 힘들었다. 이잉? 우는 겨? 누가 보면 내가 울린 줄 알 것네? 내가 틀린 말 한 겨? 내가 가만히 일 잘하고 있는 사람 직장에서 쫓아낸 겨? 내가 먼저 찾아가서 시비 걸구 화내구 그런 겨? 자기가 찾아와서 말도 안 되는 소리 하고, 울고 그러네?

너도 그만 좀 해라.

듣다 못한 바울이 병삼을 말렸다. 내가 보라 씨 얘기 들어봤는데. 다 사정이 있다니까. 사람을 그렇게 막 몰아세우고 그러면 기분이 좋아지냐? 그리고 보라 씨도 어렸을 때 우리처럼 힘들게 살았어. 바울의 말에 병삼은 코웃음을 쳤다. 뭘 힘들게 살어. 딱 보니께 부잣집에서 오냐오냐 자랐겠구먼. 애를 너무 오냐오냐 키우면 저렇게 되는 겨. 아저씨가 뭘 알아요. 보라는 다시 발끈하며 화를 냈다. 내가 얼마나 고생하면서 살았는데. 어렸을 때부터 냄새난다고 남자들한테 두들겨 맞고. 평소에도 운동은커녕 맘대로 밖에 다니지도 못하고. 아빠한테까지 맞았어요. 냄새난다고. 보라는 참다못해 펑펑 울기 시작했다. 아빠도 나 냄새난다고 때렸다고요. 아빠도⋯. 병삼은 말을 잊지 못하고 오열하는 보라를 보고 미안한 마음이 천천히 올라왔다. 늘씬한 몸매에 옷도 세련되게 입었고, 신라호텔이며, 샴페인이며, 그런 이야기를 들어서 보라에 대한 선입견이 있었다. 그러다 아빠한테 맞았다는 이야기를 듣자 그랬을 수도 있겠다는 생각이 들었다. 그리고 자신의 어린 시절도 생각났다. 나는 냄새도 안 나는데 아부지한테 왜 맞았지? 병삼은 아버지한테 맞았던 이유뿐만 아니라 아버지 얼굴도 잘 기억나지 않았다.

나는 모르겠으니께. 바울이 니가 전 목사한테 보라 얘기를 잘해 보든가.

족발 포장을 뜯던 바울은 병삼의 말을 듣고 피식 웃었다. 생각해 보니까 보라 씨한테 좀 미안하지? 미안허기는 개뿔. 보라 씨 너한테 따귀 맞고 회개했잖아. 앞으로 시비 걸고 합의금 뜯는 일도 안 한다고 하고. 안 하는 게 아니라 못 하는 거여. 이제 경찰에서도 그 여자가 어떤 여자인지 다 알았으니께. 병삼과 바울 그리고 우진은 옥상에서 보라가 사 온 족발과 막걸리를 먹고 있었다. 보라 씨가 누구예요? 우진은 막걸리를 마시며 물었다. 너는 여자 이름만 나오면 솔깃하구 그러는 겨? 막 궁금해서 못 참겠어? 병삼의 말에 우진은 인상을 구겼다. 에헤. 거참. 저 나름대로 영화도 하고, 소설도 쓰고. 그러는 놈인데. 여자 얘기라서 그런 게 아니라. 스토리가 궁금한 거죠. 스토리가. 근데 이뻐요? 이쁜 편이야. 너 소개시켜 줄까? 바울은 막걸리를 마신 뒤 웃으며 물었다. 놔둬. 우진이 쟤는 여자 못 만나. 뭐 하나 잘난 데가 있어야 여자를 만나지. 남자는 인물이 있거나 돈이 있거나 둘 중 하는 있어야 되는 겨. 너나 나 같은 놈들은 여자 만날 생각은 딱 접고 살아야 속 편햐. 병삼의 말에 우진은 막걸리를 벌컥벌컥 마셨다. 에휴. 한마디 하고 싶은데. 맞는 말이라 뭐라 못 하겠네. 병삼이 형님은 참. 말 듣기 좋게 하셔. 병삼은 족발을 새우젓에 찍어 먹고 있는 바울을 궁금하다는 듯 쳐다보았다. 그러고 보면 참 희한하단 말이여. 바울이 저놈은 어떻게 결혼을 했지? 제수 씨가 있었으면 물어볼 텐데. 우진은 바울의 아내 이야기가 나오자 바울의 눈치를 봤다. 뭐 또 그런 얘기를 하세요? 나는 외모도 안되고 돈도 없지만, 자상하잖아. 바울의 말에 병삼은 바울을 유심히 쳐다보았다. 그르니께. 내가 그게 이해가 안 된다는 겨. 너한테 어떻게 자상함이 생긴 겨? 나는 도무지 이해가 안 가서 그려. 너 핵교 댕길 때 생각하면 진짜루 이해가 안 가. 정말루 무슨 은혜 받고 성령 받고 뭐 그런 겨? 그런 게 실제루 있는 겨? 바울은 고기를 집어 먹다가 병삼을 노려보았다. 너는 그게 목사한테 할 질문이냐?

당연히 하나님께서는 살아 계시고 역사하시는데.

아아. 그렇지. 내가 너 목사인 거 깜빡깜빡한다. 미안허다. 바울은 병삼을 노려보며 막걸리를 쭈욱 들이켰다. 막걸리를 그렇게 처먹는데 목사로 보이것냐? 아무튼, 본론으로 들어가서. 우진이 너는 보라한테 관심 꺼. 어차피 앞으로 볼일은 없겠지만. 병삼의 말을 들은 바울은 인상을 찌푸렸다. 너무 그러지 마라. 나도 한길이 엄마 만나서 사람 된 건데. 우진이도 보라 씨 만나서 사람 될지 누가 알아? 병삼은 답답하다는 듯 바울을 바라보았다. 보라, 걔 냄새난다잖아. 남자들이 싫어하는 냄새. 남자들이 보라 땀 냄새 맡으면 막 뚜들겨 패고 싶어지고 그런다는데. 보라 걔는 아예 남자 자체를 못 만나는 애잖어. 우진은 병삼의 말을 듣고 깜짝 놀랐다. 그런 사람이 있어요? 도대체 무슨 냄새가 나서 그렇지? 막 하수구 냄새나 화장실 냄새 그런 건가? 아니면 생선 썩는 냄새인가? 아후. 생각만 해도 속이 니글거리네. 저 비위 약해서 그런 거 딱 싫어해요. 예전에 편의점에서 일할 때 다른 건 다 잘해도 음식물 쓰레기는 못 버렸어요. 아무리 이뻐도 냄새나면 완전 질색이에요. 저거 봐. 저놈 말하는 거 들었지? 쟤는 생긴 것도 별루구, 돈두 없지만. 결정적으로 인정머리가 읎어. 인마. 젊은 처녀가 몸에서 냄새가 나가지구 남자를 못 만난다는데. 못 만나는 정도가 아니라, 남자들이 뚜들겨 팬다는데. 불쌍허지두 않냐? 병삼의 말에 우진과 바울은 어처구니없다는 듯 병삼을 바라보았다. 내가 다른 사람한테 인정머리 없다는 말 들으면 억울하지나 않지. 뭐 묻은 개가 뭐 묻은 개한테 뭐라고 한다더니 참

나. 형이나 잘해요. 형이나. 우진은 막걸리를 벌컥벌컥 마셨다. 고기 두 먹어. 술만 처먹지 말고. 병삼은 족발을 우진의 앞접시에 덜어주었다.

얼른 드셔보세요.

재일의 말에 바울은 앞에 놓인 커피 잔을 들었다. 진하고 향긋한 커피 향에 바울은 자기도 모르게 눈을 슬며시 감았다. 커피 향 좋죠? 에티오피아 예가체프입니다. 어? 우리 에티오피아에서 만나서 에티오피아 커피로 준비한 거야? 바울의 말에 재일은 피식하고 웃었다. 정 목사님이 오시는 줄도 몰랐는데 어떻게 준비했겠어요. 아마 하나님께서 준비해 주신 모양이네요. 재일의 말에 바울은 웃으며 커피를 한 모금 마셨다. 신선한 과일에서 느껴지는 상큼한 맛과 뒤따라오는 구수한 향에 기분까지 사르르 녹는 느낌이었다. 재일은 커피를 마시는 바울을 유심히 쳐다보았다. 재일은 갑자기 바울이 들이닥친 이유를 몰랐다. 병삼을 못 보내겠다고 말하며 병삼의 에이전시 노릇을 하려고 온 것일까? 생각했지만, 바울이 돈을 밝히는 목사가 아니라는 건 재일도 알고 있었다. 표정을 보니 그냥 얼굴 보고 인사하러 온 건 아닐 텐데.

전 목사. 서보라 씨 고소 좀 취하해 줘.

바울의 입에서 보라 이름이 나왔을 때 재일은 살짝 당황했다. 처음에는 서보라가 누구인지 기억을 못 했다. 정바울 목사님과 병삼 씨가 친구라고 했었지? 내가 병삼 씨를 만날 수 있었던 것은 그 여자 때문인데. 아아. 그 여자가 이름이 서보라였구나, 까지 생각하는 데 시간이 좀 걸렸다. 서보라 씨가 정바울 목사님 교회에 교인이신가 보죠? 어? 뭐 그런 건 아닌데. 그냥 그분 좀 힘들게 살았더라고. 돈도 없는데 다니던 회사도 잘리고. 그러니까 전 목사가 선처좀 부탁해. 그나저나 교회가 너무 좋아. 건물 새로 짓는 데도 돈 엄청나게 들었겠어. 전 목사가 믿음도 좋고 목회 활동도 열심히 잘해서 하나님께서 물질의 축복을 계속 주시나 보네. 하하하하. 아무튼, 보라 씨도 반성 많이 하고 그러고 있으니까 그냥 고소 좀 취하해 주고. 그만 용서해 줘. 예수님께서도 일곱 번뿐만이 아니라 일곱 번을 일흔 번 용서하라고 하셨잖아. 마태복음 18장 22절 말씀이죠. 재일의 대답에 바울은 박수를 짝 하고 쳤다. 그렇지. 역시 전 목사는 그릇이 커. 그러니까 하나님께서 이렇게 멋있는 교회도 주시고 그런 거지. 으하하하하. 아아. 커피 진짜 맛있네. 재일은 커피를 마시는 바울의 얼굴을 빤히 바라보았다.

한 15년 만에 뵙는 건가요?

재일의 말에 바울은 고개를 갸우뚱하며 계산해 보았다. 더 된거 같은데? 에티오피아에 선교하러 다녀온 지 한 20년 정도 됐어. 바울의 말에 재일은 잠시 말이 없었다. 기억 못 하시나 보네요. 에티오피아 선교 후에 또 한 번 뵜었잖아요. 한마음교회 개척하실 때. 아아. 그랬었지. 그러면 한 15년 되나 보네. 미안해. 그때 내가 너무 경황이 없어서. 아닙니다. 그러실 수도 있죠. 그런데 궁금한 게 정말서보라 씨 고소 취하해 달라고 찾아오신 것 맞으신가요? 15년 만에? 바울은 대답 없이 커피를 마셨다. 그동안 바울은 언론이나 인터넷에서 재일을 보았었다. 설교 내용을 찾기 위해 다른 목사들의 설교 방송을 유튜브에서 찾아보곤 했는데, 재일교회 계정에 들어가재일의 설교도 여러 번 보았기 때문이다. 재일이 출연한 기독교 방송도 몇 번 본 적 있었다. 그 덕분에 바울은 재일과 자주 보며 지냈다고 착각했다. 그러나 재일의 말대로 재일과 바울이 대면한 지는 15년 정도 지났었다. 정 목사님께서 서보라 씨랑 어떤 관계인지 궁금하네요. 제가 알던 정 목사님이라면 서보라 씨에게 무언가 약점을 잡혀 협박당하실 분은 아니신데. 그럼 혹시 두 분이…. 바울은 재일을 힐끗 쳐다보았다. 그 눈빛이 날카로워 재일은 자기도 모르게 말을 멈추었다. 둘 사이에 아주 짧은 침묵이 있었다. 한숨을 두어 번 쉴 정도의 시간이었지만, 물속에 있는 듯 고요하고 답답하여 둘 다 침묵을 견디기 힘들었다. 재일이 먼저 침묵을 깼다. 15년 만에 연락도 없이 찾아오셔서 그런 말씀을 하시니 제가 오해할 수도 있는 것 아니겠습니까? 그러게. 내가 실수했네. 연달아 바울도 물 밖으로 나오듯 입을 열었다.

아들이 군대에 있는 촌스러운 홀아비 목사인데.

설마 앞길 창창한 젊은 아가씨가 그럴 리가 있겠어? 어쨌거나 그렇게까지 생각해 봤다니 고맙네. 그런데 전 목사가 생각하는 그런 건 아니고. 그냥 얘기 들어보니 젊은 아가씨가 힘들게 살았더라고. 물론 보라 씨가 잘했다는 건 아니야. 그런데 반성도 많이 하고 그러니까. 용서해 주는 게 어떻겠냐? 하는 얘기지. 그 사람을 고소한다고 해서 딱히 전 목사한테 좋은 일도 없고, 또 그런 사람 용서해 주시면 하나님 보시기에도 좋고. 사실 전 목사 성격에 그냥 혼한 번 따끔하게 내고 반성하면 용서해 줄 거 다 알지만, 그냥 보라 씨 핑계 삼아 교회 구경도 하고 전 목사 얼굴도 보러 온 거야. 병삼이. 아니, 우리 손 집사님도 이제 재일교회 식구가 되시는데. 앞으로도 자주 보고 그러면 좋지 않겠어? 바울은 재일이 안 본 사이에 좀 달라졌다는 느낌을 받았다. 큰일을 겪었으니 사람이 좀 달라질 법도 하지. 그런 생각을 하며 남은 커피를 쭉 마셨다.

안녕하세요? 우신정 권사라고 합니다.

바울과 같이 재일교회로 온 병삼은 바울과 재일이 이야기하는 동안 우 권사를 따라 버스가 세워져 있는 야외 주차장으로 향했다. 50대 후반의 우 권사는 자그마한 키에 자주색 카디건과 울 소재의 긴 회색 치마를 입고 있었다. 강남 사는 중년 여성의 옷답게 깔끔하고 비싸 보였다. 예쁜 외모는 아니었지만, 여유 있고 인자한 미소 덕분에 인상은 좋아 보였다. 야외 주차장에 도착한 병삼은 깜짝 놀랐다. 주차장에는 남색 버스 네 대가 세워져 있었다. 손 집사님께서는 저 끝에 있는 4번 버스를 운행하시게 될 거예요. 신사동에서 동대문까지 운행하는 버스입니다. 금호동과 약수동을 지나가는 길이라 익숙하실 거예요. 목사님께서 신경 많이 써주셨어요. 우 권사의 말에도 병삼은 웃을 수 없었다. 병삼은 대형면허가 없었다. 병삼은 한마음교회처럼 교회 버스가 승합차일 거라고 생각했지 정말 고속버스 같은 대형 버스일 것이라고는 생각지도 못했다. 병삼은 눈앞이 캄캄해졌다.

표정이 왜 그래?

목사실을 나온 바울은 우 권사와 같이 걸어오는 병삼의 얼굴을 살폈다. 볼일 끝났으면 가자. 아녀. 나는 저기 전 목사님이랑 헐 얘기가 있으니께. 너 먼저 가. 오래 안 걸리면 기다리고. 얘기가 길어질 거 같아. 먼저 가. 바울은 어쩔 수 없이 등 떠밀리듯 혼자 재일교회를 나왔다. 바울이 떠나자 병삼은 목사실로 가서 문을 두드렸다. 들어오세요. 재일의 말을 들은 병삼이 난처한 얼굴로 목사실로 들어왔다. 커피 드릴까요? 괜찮어유. 저기 전 목사님 지금 조금 심각한 문제가 생겨서 말씀을 드리려고 그러는데유. 병삼의 말에 재일은 자기도 모르게 인상을 확 구겼다. 관자놀이가 지끈거렸다. 재일은 바울이 갑자기 나타나 보라의 고소를 취하하라고 하는 이야기를 듣고 울화가 치밀어 올랐다. 몇 년 동안 연락도 없다가 갑자기 예고도 없이 들이닥쳐서 재일의 일에 간섭했기 때문이다. 그것도 목사인 자신 앞에서 성경을 들먹이며 아랫사람 대하듯 자신의 용건만 말하는 것이 불쾌했다. 바울과 이야기를 길게 했다가는 감정이 상할 것 같아서, 고소 취하는 고민해 보겠다며 돌려보냈다. 병삼이 지금 한마음교회에서 일하고 있지만 않았어도 바울에게 한마디 했을 것이다. 재일이 화를 참은 이유는 예의를 차리기 위해서가 아니라 병삼을 데리고 오기 위해서였다. 그렇게 힘들게 참았는데 병삼까지 들어와서 문제가 생겼다고 이야기한 것이다.

시험을 참는 자는 복이 있나니.

이는 시련을 견디어낸 자가 주께서 자기를 사랑하는 자들에게 약속하신 생명의 면류관을 얻을 것이기 때문이라. 재일은 야고보서 1장 12절 말씀을 떠올리며 화를 가라앉혔다. 그리고 어떠한 고난과 시련이 다가오더라고 우선은 병삼을 자신의 사람으로 만들어야겠다고 결심했다. 화를 내는 것은 병삼을 고용하고 난 다음으로 미루면 된다. 저는 재일교회에서 일을 못 할 것 같네요. 병삼의 말에 재일은 천천히 심호흡을 시작했다. 참자. 참자. 참는 데까지 참아보자. 그리고 맞춰줄 수 있는 데까지 최대한 맞춰주자. 손 집사님께 어떤 문제가 있으실까요? 재일의 질문에 병삼은 낙심한 듯 고개를 떨구었다. 제가 대형면허가 없어서 버스 운전을 못 해유. 한마음교회 버스는 말이 버스지 그냥 구형 스타렉스라서 1종 보통 면허로 가능했는데. 제가 거짓말을 하려고 그런 게 아니라 한마음교회에서 승합차를 그냥 버스라고 불러서 그렇게 말씀드린 거예유. 진작에 승합차 운전이라고 했어야 됐는데. 재일은 병삼의 말을 듣고 자기도 모르게 미소를 지었다. 병삼이 문제가 생겼다는 이유가 월급을 더 받기 위해 기 싸움을 하려거나, 정바울 목사의 지시를 받고 보라의 고소를 취하하지 않으면 일하지 않겠다거나, 그런 피곤한 이야기일 것이라고 생각했었다. 그러나 별 시답지 않은 이유였다.

그러시면 승합차를 운전하시면 되죠.

승합차 운전하시면서 틈틈이 공부하셔서 대형면허 시험도 보세요. 제가 지원해 드리겠습니다. 아이구. 감사합니다. 감사합니다. 병삼은 이마가 무릎에 닿을 정도로 감사 인사를 했다. 사실 거짓말했다고 화내실까 봐 조마조마했는데. 이렇게까지 신경을 써주셔서 감사드려유. 서서 그러지 마시고 우선 앉으세요. 재일의 말에 병삼은 소파에 앉았다. 재일도 소파에 앉아 인자한 미소로 병삼을 바라보았다. 궁금한 게 하나 있는데요. 말씀하셔유. 정바울 목사님은 왜 갑자기 찾아오셔서 서보라 씨 고소를 취하하라고 하시나요? 아아. 그거유? 그저께 그 서보라라는 여자가 저한테 찾아와서 저 때문에 목사님한테 고소당했다고 막 난리를 쳤어유. 그런데 바울이 그놈이. 아니, 정 목사가 달랜답시고 이런저런 얘기를 듣더니, 자기가 해결해 준다면서 찾아온 거예유. 그러셨구나. 몇 년 동안 연락도 없는 정 목사님이 갑자기 찾아오셔서 놀랐습니다. 그래서 저는 서보라 씨랑 정 목사님과 무슨 인연이 있나 싶었네요. 아무 인연도 없어유. 그냥 바울이 그 새끼. 죄송해유. 제가 정 목사랑 친구라서 자꾸 실수하게 되네요. 좌우지간 정 목사가 그냥 오지랖이 넓어서 그런 거예유.

두 분은 꽤 친하시나 보네요?

친하다기보다는 그냥 알고 지낸 지가 오래된 거쥬. 사실 고등핵교 동창인데. 그때 보고 통 연락이 없다가 한마음교회에서 일하면서 다시 본 거쥬. 정 목사 아들 한길이가 군대 가면서 제가 한마음교회에 취직했으니께. 3년 좀 안 되게 같이 지냈네유. 그전에는 연락도 안 하고 지냈어유. 지금이야 정 목사가 은혜 받아서 이름도 바울로 바꾸고 목사가 됐지. 핵교 댕길 때만 해도 완전 양아치였어유. 약한 애들 괴롭히고. 요새 말하는 일찐인가 그런 거였어유. 그런데 사람이 갑자기 은혜 받았다고 그동안 지은 죄가 싹 사라지고 목사가 되고 그러나 몰라유?

인자하신 하나님께서는 모든 죄를 용서하십니다.

재일의 말에 병삼은 깜짝 놀랐다. 병삼은 재일이 대형면허가 없어도 된다는 말에 신이 나서 하면 안 되는 말까지 했구나 싶었다. 아이구. 제가 목사님 앞인 줄도 모르고 말을 또 함부로 지껄였구면유. 아닙니다. 저도 아직 하나님 뜻을 잘 모르는데요. 하나님의 깊은 뜻을 그 누가 헤아리겠습니다. 그런데 손 집사님께서는 언제 우리 교회로 오실 건가요? 하루라도 빨리 오시면 좋을 텐데. 아이구. 그래야쥬. 그런데유. 사실 제가 집사가 아니에유. 정 목사가 그냥 부르기 편할라구 맘대로 집사라고 부르는 거예유. 그러시면 우리 교회에서 집사 직분을 받으시면 되겠네요. 그래 주시면 저야 감사하쥬. 아무쪼록 최대한 일찍 옮기도록 해볼게유. 병삼은 인사를 하고 목사실을 나갔다. 병삼은 재일교회에서 일하면서도 집사가 되기는커녕 예배도 드리기 싫었다. 한마음교회야 작은 교회라 바울의 시선에서 벗어나기 힘들었지만, 재일교회는 커서 재일의 눈에서 벗어나기 쉬울 거라 생각했다. 그런데 집사 직분까지 받으라니. 병삼은 어떡하면 재일의 눈에 안 띌 수 있을지 고민하기 시작했다.

목사님 부르셨습니까?

병삼이 나간 후 재일은 교회에서 청년부를 관리하는 양경준 전도사를 불렀다. 목사실에 들어온 양 전도사는 대기업에 면접을 보러온 취업준비생처럼 얼어 있었다. 양 전도사님은 우리 교회에 오신 지 얼마나 되셨죠? 1년 조금 안 되었습니다. 청년부 성도님들은 우리 양 전도사님을 잘 따르시나요? 예. 아무 불편함 없이 잘 따라 주고 있습니다. 그래요. 비슷한 나이니, 형처럼 친구처럼 잘 지내시리라 믿습니다. 다름이 아니라 제가 양 전도사님께 부탁할 일이 하나 있어서 불렀습니다. 네. 말씀해 주십시오. 아주 개인적인 일인데. 양 전도사는 재일의 개인적인 일이라는 말에 자신도 모르게 감사합니다, 라고 대답했다. 재일은 그런 양 전도사를 보고 미소를 지으며 말을 이었다. 금호동 쪽에 한마음교회라고 있습니다. 담임목사는 정바울 목사님이신데. 그 교회가 어떤지 알아봐 주셨으면 좋겠습니다. 교회 분위기는 어떤지. 정바울 목사님이 어떤 설교를 하시는지. 다른 부분도 알아봐 주시면 더욱더 좋고요. 말씀드렸다시피 개인적인 일입니다. 네. 알겠습니다. 그럼 부탁 좀 드리겠습니다. 그리고 양 전도사님 내년에 준목고시 보셔야죠? 양 전도사는 재일의 준목고시라는 말에 자신도 모르게 감사합니다, 라고 대답했다.

다음 달에 이 동네로 이사를 와서 교회 좀 알아보려고요.

잘 오셨습니다. 바울은 새로 온 할머니의 손을 잡고 인사를 했다. 그 할머니는 양 전도사의 어머니였다. 양 전도사가 한마음교회를 조사해 본 결과 교인들 대부분이 노인이었다. 젊은 양 전도사가 새 신자로 간다면 주목을 받을 것이 분명했다. 양 전도사는 목동에 사는 어머니에게 한마음교회에 다녀달라고 부탁했다. 내가 여기서 금호동까지 어떻게 교회를 다니니? 라는 어머니에게 양 전도사는 전재일 목사님께서 특별히 나한테 개인적으로 부탁하신 일이야. 나 내년에 준목고시 봐야 하잖아. 엄마는 내가 평생 전도사만 했으면 좋겠어? 엄마는 일산에 사는 누나네 애들 봐주러도 가면서 내 부탁은 왜 안 들어줘? 평생 다니라는 것도 아니고 두어 달만 다니면서 좀 봐달라는 건데. 양 전도사의 어머니는 양 전도사의 성화에 못 이겨 지긋지긋한 관절염에도 불구하고 목동에서 금호동 한마음교회까지 왕복 두 시간이 넘는 거리를 두 달 동안 다니며 정바울 목사의 설교를 핸드폰으로 촬영해 오기로 했다.

안녕하세요? 전우진이라고 합니다.

네. 환영합니다. 재일은 우진에게 손을 내밀어 악수를 청했다. 병삼은 재일에게 영상팀에 들어오고 싶어 하는 동생이 하나 있다고 말했다. 재일은 피곤했다. 어려운 일은 아니었지만 귀찮았다. 그러나 병삼이 근로계약서를 작성하기 전까지는 어쩔 수 없는 노릇이었다. 자칫하면 다 잡은 물고기를 놓칠 수도 있는 것이었다. 누군지 모르겠지만 그냥 영상팀에 넣어놓고는 한 달 정도 일 시키다가, 병삼이 일하기 시작하면 대충 핑계 하나 만들어서 내보내면 되는 것이었다. 그래서 재일은 병삼에게 우진을 영상팀에 넣어주겠다고 약속했다. 그런데 굳이 데리고 와서 인사까지 시킨 것이었다. 남을 관찰하는 것 같은 눈빛과 뻣뻣한 말투. 우울해 보이는 표정. 가진 것도 없고 배운 것도 없으면서 자존심만 셀 것 같은 느낌이었다. 재일은 첫눈에 우진이 마음에 들지 않았다. 한마음교회에서 병삼이 형과 같이 있었어요. 아. 그러셨구나. 전공이 영상 쪽이신가요? 전공이라기보다는 영화판에 좀 오래 있었습니다. 그러시구나. 잘됐네요. 우리 교회 영상을 잘 좀 부탁드리겠습니다.

그나저나 어디 전씨세요?

우진은 뜬금없이 말을 꺼냈다. 보니까 아버님 성함이 전세환이시면 환자 돌림인데. 그리고 목사님은 재자 돌림이시잖아요. 제가 원래 환자 돌림이에요. 제 아래 항렬이 재자 돌림이고요. 어쩌면 제가 목사님 삼촌뻘일 수도 있겠네요. 혹시 정선 전씨신가요? 너는 인마 뭘 그런 걸 물어보는 거? 그것도 초면에? 병삼은 재일의 표정이 굳어져 가는 걸 눈치채고 팔꿈치로 우진의 옆구리를 툭 치며 말했다. 우진도 그제야 뭔가 실수한 것 같았다. 그냥 친해져 보려고 했던 이야기였는데. 죄송합니다. 우진의 사과에도 재일은 불쾌한 표정을 숨기지 않았다. 저는 완산 전씨입니다. 아아. 그러시군요. 저는 성산 전씨인데. 같은 집안이 아니네요. 그런데 그럴 줄 알았어요. 저희 집안사람 중에 목사님처럼 잘생기신 분이 없거든요. 하하하. 우진은 어떻게든 어색해진 분위기를 빠져나가려고 노력했다. 삼촌 한 분 생기는 줄 알았는데 아쉽네요. 재일의 심심한 농담에 우진과 병삼은 억지로 웃어 보였다. 재일은 우진에게서 이상한 불쾌감을 느꼈다. 단순히 인상이 안 좋고, 유머 코드가 다른 문제가 아니었다. 나중에 우진과 문제가 생길 것 같은 느낌이었다. 재일은 당장에라도 우진을 교회에서 내보내고 싶었다. 그러나 지금은 그럴 수 없었다. 모든 일은 병삼이 교회로 들어오고 나서 해야 할 일이었다. 재일은 웃고 있는 우진을 보며 병삼이 근로계약서를 쓰면 보름 안에 우진을 내보내야겠다고 결심했다.

저도 처음에는 믿지 않았습니다.

내가 암이라니. 우리 부장님이요? 퇴근하면 무조건 술에 담배는 하루 두 갑. 운동이라고는 주차장까지 걸어가는 게 전부인 분이

십습니다. 그런데. 저는 담배도 안 피우고, 술도 일주일에 한 번 마실까 말까 하는데. 왜 제가 암에 걸립니까? 저는 정말 억울했습니다. 왜 나에게 이런 일이 생겼을까. 그때 하나님을 만나고, 알게 되고, 또 믿게 되었습니다. 처음에는 살려달라고 기도했습니다. 암을 낫게 해달라고 기도했습니다. 그러면서 교회를 다니다 보니 저 말고도 더 힘드신 분들. 암 말기이신 분들이 눈에 들어왔습니다. 그때부터 그분들을 위해 기도했습니다. 그리고 또 하나님께 기도했습니다. 주님의 뜻에 따르겠습니다. 주님께서 저를 데려가시면 기쁜 마음으로 가겠습니다. 그렇게 기도했습니다. 대장암 3기였던 저는 저번 주 완치판정을 받았습니다. 제가 암에 걸렸던 이유가 이것이었구나. 저의 믿음을 굳건하게 하시려는 하나님의 계획이었구나. 삶의 기쁨, 하나님의 사랑, 이런 것을 느끼게 하시려는 하나님의 뜻이었구나. 저는 말 그대로 잃었던 생명을 찾았고 광명을 얻었습니다. 하나님은 저 같은 죄인도 살려주시는 그런 자비로우신 하나님이십니다. 청년의 간증이 끝나자 교인들은 재일교회가 떠나가도록 박수를 쳤다.

윤재식 성도님의 은혜로운 간증 감사합니다.

청년이 인사를 한 뒤 내려가고 재일이 다시 단상에 섰다. 우리 윤재식 성도님의 믿음이 저보다 강하신 것 같습니다. 그런데 말입니다. 가끔 안 좋은 일이 생기신 성도님들께서 저를 찾아오셔서 그러십니다. 기도해 달라고. 하나님께 말씀 좀 전해달라고. 그러시면 안 됩니다. 하나님은 목사 기도라고 잘 들어주고, 평신도 기도는 안 들어주고. 그러신 하나님이 아니십니다. 물론 저도 성도님들을 위해 기도합니다. 하지만 여러분들이 진심으로, 믿음으로, 간절하게 하나님을 찾으시면 하나님은 응답해 주십니다. 목사 필요 없습니다. 저는 성도 여러분들이 직접 하나님과 소통하시길 바랍니다. 윤재식 성도님이 완치판정을 받으신 게 제 기도 때문이겠습니까? 절대 아닙니다. 윤재식 성도님의 간절한 믿음 때문입니다. 여러분들도 그러실 수 있으십니다. 하나님과 직접 소통하실 수 있습니다. 믿으시면 아멘 하십시오. 재일의 말에 성도들은 교회가 떠나갈 듯 아멘을 외쳤다. 아멘을 외치는 성도 속에서 우진은 교회 분위기가 이상하다는 걸 느꼈다.

그게 뭐가 이상혀?

그러게. 그게 뭐가 이상하냐? 삼겹살을 먹던 병삼과 바울은 우진의 말에 의아해했다. 오늘도 셋은 한마음교회 옥상에서 삼겹살을 구워 먹고 있었다. 그나저나 날씨 추워지면 이제 옥상에서 고기 구워 먹기도 힘들것네. 추워지면 고구마나 구워 먹어야지. 그런데 옥상에서 이렇게 불 피워도 한 장로님이 뭐라고 안 하셔? 글쎄? 신경 안 쓰실 것 같은데? 병삼과 바울의 대화에 우진은 인상을 찌푸렸다. 제 말 듣고 있는 거예요? 암이 나았다니까요. 암이. 그리고 또 어디였더라? 이름도 까먹었네. 아무튼, 이상한 지방대 나온 여자애가 기도했더니 바늘구멍이라는 삼정물산 공채에 합격했다고 하더라니까요. 경쟁률이 187대 1이었는데 합격한 게 기적이라며 간증하고. 그뿐만이 아니라 재일교회 홈페이지에서 간증 동영상을 검색했더니 병이 나았다는 간증, 취업, 승진, 당선, 수상, 아파트 분양까지 별의별 간증이 다 있어요. 저는 아무래도 재일교회가 좀 이상해요. 전재일 목사도 왠지 모르게 기분 나쁘고. 아, 인마! 바울은 소리를 버럭 질렀다. 전 목사가 자기 교회 나와서 암이 나았다거나 자기가 기도해 줘서 취직됐다고. 그런 게 아니라 하나님께서 역사하셔서 그런 거라고 하는데 뭐가 문제야. 그리고 전 목사는 돈 욕심, 권력 욕심 없는 사람이야. 일반적으로 성도 수 늘리기에 급급하고, 헌금에 혈안이 되어 있는 목사들은 안 그래. 어떻게든 자기 공치사하려고 하고, 성도들에게 사탕발림하고 그러지. 너도 예배 들어갔으면 예배나 잘 드릴 것이지 쓸데없이 이상한 거 관찰하고 그래. 바울의 호통에 우진은 바울을 노려보며 소주를 마셨다. 취직했으니까 직장이 어떤 곳인지는 알아봐야죠. 예배 때 영상은 언제 어떻게 트는지. 카메라는 어디 어디 있는지. 무슨 종류를 쓰는지. 이런 거 보러 간 거예요. 하여간 뭔 말을 못 해. 우진은 비어 있는 자신의 잔에 소주를 따랐다. 고기두 먹어. 술만 처먹지 말고. 병삼은 고기를 우진의 앞접시에 덜어주었다.

시작

3백이유?

병삼은 재일이 내민 계약서를 보고 깜짝 놀랐다. 운전하는 거로 무슨 돈을 이렇게 많이 줘유? 그것도 매일 하는 것도 아니고 예배 있을 때만 하는 건데. 병삼의 말에 재일은 슬며시 미소를 지어 보였다. 운전만 하시면 안 되죠. 매일 교회에 출근하셔서 도울 일 있으시면 도우시고, 하실 일 있으시면 하시고 그러시면 됩니다. 제가 자선사업가도 아니고, 손 집사님 월급도 다 성도님들 헌금에서 나가는 돈인데. 돈 받으신 만큼은 일하셔야죠. 아이구. 그러믄요. 사람이 받아먹었으면 받아먹은 만큼 일을 해야죠. 재일은 자신의 책상으로 가서 서랍을 열어 봉투 하나를 꺼내 와 병삼에게 내밀었다. 이게 뭔가요? 건강검진 상품권입니다. 예에? 저는 이런 거 필요 없어유. 아주 건강하고 튼튼해유. 술도 안 마시고. 병삼의 말에 재일은 다시 슬며시 미소를 지어 보였다. 이게 손 집사님 선물로 드리는 게 아니에요. 우리 교회에서 일하시는 분들은 항상 정기적으로 건강검진을 받으셔야 합니다. 건강하게 일하시는 게 손 집사님의 의무이시고, 손 집사님의 건강을 챙기는 건 저의 의무입니다. 교회 나가셔서 한남대교 방향으로 올라가시면 강남 메디케어 건강검진 센터가 있습니다. 거기 가서 하시면 됩니다.

그런데 주소지가 금호동이시던데.

그걸 어떻게 아셨데유? 아아. 등본 떼다 드렸지. 한마음교회에
서 처음 일할 때 교회 근처로 이사했어유. 한마음교회 상가 건물이
그 교회 다니시는 한 장로님 건물인데. 그 장로님이 다세대도 하나
갖고 계셔유. 지하 방이 공실이라고 그러셔 가지구. 그냥 싸게 주신
다고 하셔서 이사했어유. 교회도 가깝고, 지난번 집보다 월세도 싸
고. 겸사겸사 옮긴 거예유. 재일은 주저리주저리 이야기하는 병삼
을 빤히 바라보았다. 그러고 보니 손 집사님도 말씀이 많은 스타일
이시네요. 아이구. 제가 쓸데없는 소리를 했나 보네유. 그런 뜻으로
드린 말씀이 아닙니다. 오해하셨나 보네요. 저도 목사라 말이 많잖
아요. 그냥 우리 둘이 비슷하다는 뜻으로 한 이야기입니다. 병삼은
민망함을 없애려고 괜히 입맛에 맞지도 않은 커피를 마셨다. 병삼
은 여전히 아메리카노가 적응이 안 됐다. 재일도 병삼을 따라 커피
를 한 모금 마셨다.

우리 교회로 옮기시면서 신사동으로 이사하세요.

재일의 말에 놀라 병삼은 마시던 커피를 뿜을 뻔했다. 금호동
사시는 것도 한마음교회 때문에 이사하신 거라면서요. 게다가 이제
한마음교회에 안 다니시는데, 그곳 장로님 집에 세 사시는 것도 껄
끄럽지 않으시겠어요? 아이구. 제가 무슨 돈이 있다고 강남에 집을
얻어유? 집에서 강 건너면 바로 교회인데. 괜찮아유. 그리고 그 장
로님 성격이 좋으셔서 그런 거 안 따져유. 제가 걱정돼서 그렇습니
다. 그쪽에 계속 사시다가 괜히 한마음교회로 다시 가실까 봐. 에이.
절대 그럴 일 없어유. 월급이 두 배가 넘는데. 제 말이 그 말입니다.
우리 교회에서 월급 받으신 거로 좋은 아파트는 아니더라고 원룸

정도는 얻으실 수 있으실 겁니다. 제가 우 권사님께 말씀드려 놓을 테니 이 동네에 괜찮은 방 있는지 구경이나 한번 해보세요. 자. 그럼 이제 계약서에 도장이나 찍을까요? 재일은 계약서 이야기를 꺼내 병삼의 대답을 막았다. 병삼은 주머니에서 주섬주섬 도장을 꺼냈다. 병삼은 도장 찍을 준비를 하면서도 계약서에 적힌 급여 3백만 원에서 눈을 뗄 수 없었다.

전 목사님께서 손 집사님 이 동네 집 알아보신다고 그러시던데.

우 권사는 병삼을 데리고 교회를 나와 교회 옆 반석 공인중개사로 들어갔다. 어머. 우 권사님 오랜만이다. 우 권사와 병삼이 반석 공인중개사로 들어가자 우 권사와 동년배로 보이는 중년 여성이 색소폰을 들고 있다가 뛰어나와 맞았다. 원 집사님도 참. 매주 교회에서 보는데 무슨 오랜만이래? 아니. 우리 부동산에 오랜만에 온다는 얘기지. 우 권사와 원 집사는 병삼을 꿰다 놓은 보릿자루처럼 세워 놓고는 둘이 한참 수다를 떨었다. 지난주 예배 시간에 색소폰 사역하시던 성도님이 너무 멋있어서 바로 색소폰을 샀지 뭐야. 그게 하루아침에 배워지나? 그 성도님한테 좀 알려달라고 해볼까? 다 늙어서 무슨 색소폰을 하겠다고 난리래? 그런 생각하면 안 돼. 나이가 뭐가 중요해? 아이고 우리가 손님 모셔놓고 우리끼리 떠들었네. 커피 한 잔 드릴까요? 병삼이 괜찮다고 말하기도 전에 원 집사는 웃으며 캡슐커피를 내렸다. 역시나 아메리카노였다.

제가 혼자 살아서 원룸이 좋겠는데요.

혼자 사세요? 병삼의 말에 원 집사는 깜짝 놀랐다. 죄송해요. 저는 당연히 가정이 있으신 줄 알고. 이혼하시거나 그런 건 아니죠?

제가 가진 게 없어서 결혼을 못 했습니다. 원룸 얻으실 거면 우 권
사님네 오피스텔 얻으시면 되겠네. 거기 몇 개 비었잖아. 이럴 게 아
니라 우선 가서 보면서 얘기하자고. 좋든 싫든 보는 데는 돈 안 드
니까. 병삼은 원 집사와 함께 우 권사의 포르쉐 카이엔을 타고 우
권사의 오피스텔로 향했다. 우 권사의 오피스텔은 신구초등학교와
강남 을지병원 사거리 중간에 있었다. 가로수길에 있는 재일교회에
서 느린 걸음으로 10분 정도 거리였다. 우 권사는 자기 오피스텔에
서 교회로 출퇴근하기 좋다고 말하며 차를 오피스텔 전용 주차장에
주차했다. 말이 좋아 오피스텔이지 그냥 신축 다세대였다. 주차장
에서 현관을 열고 엘리베이터를 탔다. 5층 건물이었지만 엘리베이
터가 있었다. 여기 원래 탤런트가 살던 데인데. 요번에 무슨 드라마
주연 맡으면서 돈 벌어서 아파트로 이사 갔어요. 손 집사님도 여기
사시면 그 탤런트처럼 좋은 일 있으실 거예요. 원 집사의 말에 우
권사는 괜한 소리 한다며 501호 비밀번호를 눌러 도어록을 열었다.
병삼은 원룸을 얻을 마음이 없었다. 강남에 산다는 것 자체가 사치
였다. 지금 사는 금호동 다세대에서 재일교회까지 지하철로 세 정
거장밖에 되지 않았다. 지하철역까지 거리가 좀 되지만 40분 정도
면 충분히 도착할 수 있는 거리였다. 그러나 재일에게도 우 권사에
게도 괜히 고집스러운 인상을 주기 싫어서 못 이기는 척 구경만 할
생각이었다. 어차피 강남, 그것도 신사동에 원룸을 얻을 보증금도
없었다.

자. 보세요. 깨끗하죠.

우 권사가 원룸 문을 열고 들어가자 병삼이 뒤따라 들어갔다.
살림살이가 전부 빠져 텅 비어 있는 원룸이었다. 하얀 벽지. 하얀 햇
살. 병삼의 눈에 거실 바닥이 들어왔다. 창문으로 들어온 눈부신 햇

살이 나무 바닥을 하얗게 비추고 있었다. 순간 어렸을 적 아버지를 피해 숨어 있었던 저수지가 떠올랐다. 아침햇살이 반짝이는 저수지. 그 저수지의 윤슬을 하염없이 바라보던 때가 생각났다. 병삼은 지금 나무 바닥에 비친 눈부신 햇살을 보며 잠시 현기증을 느꼈다. 원 집사는 멍하니 바닥을 바라보는 병삼에게 바닥 좋죠? 원래는 장판이었는데 우리 우 권사님이 재작년에 강마루로 바꿨잖아요. 강마루 색도 환한 내추럴오크색으로 해서 넓고 시원해 보이고 좋아요. 혼자 살기는 딱 좋지 않아요? 남향에 햇볕도 잘 들고. 여기 살던 텔런트가 이사하면서 텔레비전, 세탁기, 냉장고 다 놓고 갔어요. 게다가 말이 원룸이지 주방이랑 화장실 쪽이 분리되어 있어서 투룸이나 다름없어요. 병삼의 귀에 원 집사의 말은 들리지 않았다. 병삼은 태어나서 햇볕이 드는 집에서 살아본 적이 없었다. 나무 바닥에서 살아본 적도 없었다. 지금 사는 비닐장판 깔린 반지하에 이사 왔을 때만 하더라도 병삼은 매우 만족했었다. 자신만의 공간이 생긴 것에 대해 감사했다. 그러나 우 권사의 원룸을 보고 생각이 달라졌다. 지금 사는 금호동 반지하가 하수구처럼 더럽게 느껴졌다. 누런 벽지에 시커먼 곰팡이. 얼룩이 닦이지도 않는 장판. 희미한 형광등 불빛. 퀴퀴한 화장실에 금이 가 있는 변기. 창문 밖으로 보이는 행인들의 발. 그리고 오래된 반지하에서 나는 특유의 냄새.

냄새 좋죠? 조 말론의 라임 바질 앤 만다린 향기예요.

그런 거 잘 모르시죠? 원 집사는 쿵쿵대며 집 안 향기를 맡던 병삼에게 신발장에 놓여 있는 디퓨저를 보여주었다. 우 권사님이 센스가 있으셔서 이런 걸 가져다 놓으셨답니다. 원 집사가 디퓨저를 가까이 들이대자 병삼은 다른 세상에 온 것 같은 기분이었다. 생전 처음 맡아보는 냄새였다. 하얗게 햇살을 반사하는 나무 마루. 상큼

하면서 포근한 이국적인 냄새. 그제야 탤런트가 놓고 갔다는 55인치 텔레비전이 눈에 들어왔다. 저 햇살 아래 이 향기를 맡으며 저 텔레비전을 볼 수 있다는 겨? 병삼은 어떻게든 이 집에 살아야겠다고 결심했다. 다시 금호동 반지하로 돌아가기 싫었다. 여기는 집세도 비싸것쥬? 원 집사는 병삼의 말에 푸훗 하며 웃음을 터뜨렸다. 어머. 손 집사님 마음에 드셨구나. 요새 아파트값이 엄청나게 오르면서 덩달아 이런 오피스텔도 세가 많이 올랐잖아요. 그런데 우리 우 권사님은 그런 거 없이 집세를 재작년과 동결. 그리고 같은 교인인데 좀 싸게 줘야죠. 안 그래요. 우 권사님? 한동안 말이 없던 우 권사는 인자한 미소를 지으며 손 집사님께서 마음에 드신다면 잘 맞춰드려야죠, 하고 말했다.

전세 1억입니다.

우 권사는 반석 공인중개사로 돌아와 소파에 앉은 병삼에게 말했다. 병삼은 비쌀 것이라 예상은 했지만 1억이라는 말에 누가 심장을 송곳으로 쿡 찌른 것처럼 아팠다. 그렇지. 그 정도는 되것지. 원 집사는 우 권사의 말을 듣자마자 눈이 들고 있던 머그잔만큼 커졌다. 미쳤어. 미쳤어. 저번에 살던 탤런트는 1억8천에 살았잖아. 요새 그 정도면 최소 2억3천까지 받을 수 있어. 우 권사님. 자꾸 그렇게 집세를 반이나 깎아주고 그러면 나는 뭐 먹고 살아? 원 집사는 우 권사를 노려보며 커피를 마셨다. 우 권사는 병삼의 망연자실한 표정을 보고는 다시 인자한 미소를 지었다. 손 집사님은 기분이 표정에 잘 나타나는 스타일이시네요. 예? 아아. 1억이라고 하셔서. 강남이라 비싼 줄은 알았지만. 병삼의 말에 원 집사는 다시 눈이 머그잔만큼 커졌다. 예에? 1억이 비싸다고요? 월세 보증금이 아니라 전세 1억이에요. 요새 서울에서 저 정도 풀옵션 원룸에 전세 1억은 어딜 가도 없어요. 성남이나 가야 겨우 있을까 말까예요. 그것도 성남 변두리.

재일교회에서 받으시는 월급으로 충분히 될 거예요.

우 권사는 고민하는 병삼을 바라보며 말했다. 제가 운전하시는 분 대충 얼마 받으시는 줄 아는데. 1억 대출을 10년 상환으로 받으시면 이자 원금 포함해서 한 백만 원 나갈 거예요. 남은 돈으로 생활비 하셔도 충분하시지 않나요? 대출이유? 제가 그 정도 대출이 되나유? 그럼요. 재일교회 직원이시고, 게다가 전세 자금 대출인데. 당연히 되죠. 병삼은 계산하기 시작했다. 한 달에 백만 원이 대출금으로 빠져도 2백만 원이 남는다. 지금 병삼의 한 달 생활비가 각종 세금과 공과금을 포함하여 백만 원 정도 된다. 대출금과 생활비를 빼더라도 월급에서 백만 원이나 저축할 수 있다. 충분히 가능한 이야기였다. 제가 다 손 집사님 형편 생각해서 1억이라고 말씀드린 거예요. 저. 죄송한데, 물 한 잔만 주세유. 병삼은 다시 계약서를 보았다. 우 권사 말대로 충분히 가능한 이야기였다. 햇볕이 드는 향기로운 집. 내가 그런 집에 살 수 있다고? 원 집사가 내민 종이컵을 받는 병삼의 손이 미세하게 떨렸다. 이게 꿈은 아니것지? 아니여. 나 같은 놈이 갑자기 저런 집에 살 수 있을 리가 없어. 갑자기 짜증이 치밀어 올랐다. 괜히 그 집을 보았다는 생각이 들었다. 헛바람이 들어갔다는 생각에 정신을 차리려고 물을 꿀꺽이며 마셨다.

전재일 목사님께서 각별히 신경 써달라고 부탁을 하셨어요.

물을 마시다가 우 권사의 말을 들은 병삼은 정신이 번쩍 들었다. 그려. 전재일 목사. 전 목사라면 가능한 얘기지. 그렇게 큰 교회 목사이고, 나 같은 놈한테 월급도 3백씩이나 줄 수 있는 사람인데. 전 목사가 그 집에 살게 해주는 거라면 가능한 얘기여. 그려. 전 목사를 만나고 인생이 바뀌게 된 겨. 이거는 내 복이 아니라 전 목사 덕분인 거지. 그러면 말이 돼. 생각혀 보니 전 목사가 뜬금없이 금호동에서 신사동으로 이사를 하라고 한 게 아니여. 이미 다 계획에 있었던 거구먼. 나는 그냥 시키는 대로 따라가면 되는 거였어. 우선 살아보고 아니다 싶으면 그때 다시 이사하면 되는 거지. 그리고 전 목사랑 우 권사가 나한테 살지도 못할 집을 보여주거나 그러진 않았것지. 다 계산기 때려보고 내가 살 만하니까 보여준 거 아녀. 맞어. 이건 기회여. 이런 기회를 놓치는 것도 바보인 겨. 우 권사님. 대출은 어떻게 받으면 되는 건가유? 병삼의 질문에 우 권사는 다시 인자한 미소를 지어 보이며 말없이 커피를 마셨다.

지금 재일교회에서 전 목사 만나고 나오는 길입니다.

보라는 바울의 전화를 받고 깜짝 놀랐다. 벌써요? 뭐래요? 제가 얘기 잘했습니다. 고소 취하를 생각해 보겠다고 했으니 너무 걱정하지 마세요. 전 목사도 바빠서 시간 지나면 잊어버릴 거예요. 그때 제가 다시 한번 확인해 볼게요. 보라도 예전에 자신도 시간이 지나고 기분이 나아져서 고소했었던 남자들을 용서했던 것이 기억났다. 전재일 목사도 그럴 거라는 생각에 안심이 되었다. 목사님 신경 써주셔서 감사해요. 에이. 뭘요. 그나저나. 주말에 뭐 하세요? 이런 말 씀드리기 죄송스럽지만, 기독교에 거부감이 없으시면 우리 교회나 나오세요. 아시다시피 제가 남자들이랑 가깝게 붙어 있으면 곤란해서. 맞다. 그러셨지. 죄송해요. 아니에요. 제가 더 죄송하죠. 일 구하신다는 건 구하셨어요? 계속 알아는 보고 있는데 쉽지 않네요. 이바닥이 좀 그래요. 제가 이력서 넣으면 어디서 일했었는지 알아보고 그쪽 센터에 연락해서 어떤지 물어보고 그러거든요. 그래서 그런지 면접 보러 오라는 곳도 없네요. 바울은 그때 한마음 어린이집 선생님을 구한다는 문 원장의 말이 떠올랐다. 보라라면 가능하겠다 싶어서 혹시 당분간 어린이집에 일하실 생각 없냐고 물었다. 보라는 캐나다에 있을 때 베이비시터를 한 적이 있었다. 그리고 어린 남자아이는 보라의 땀 냄새를 맡고도 반응하지 않는다는 것이 생각나 할 수도 있을 것 같다고 대답했다.

커피 한잔하시겠어요?

어린이집 문 원장의 말에 보라는 손을 저었다. 바울은 교회 아래 어린이집 문 원장이 보라보다 두 살 어리다고 했었다. 그러나 막상 보니 작고 동글동글한 외모와 아이들을 가르치는 선생님 특유의 말투 덕분에 다섯 살은 어려 보였다. 제가 뜨거운 거 마시면 안 돼서. 그럼 아이스 아메리카노로 드릴까요? 아이스 아메리카노도 되나요? 그럼요. 잠시만 기다리세요. 문 원장이 커피를 타러 간 동안 보라는 한마음 어린이집 내부를 훑어보았다. 말이 좋아 어린이집이지 정식 허가가 난 어린이집은 아니었다. 그냥 부모가 바빠 갈 곳 없는 아이들을 돌봐주는 돌봄교실이었다. 돌봄교실은 언덕에 지어진 상가 건물 특성상 반은 지하이고 반은 1층이었다. 창문 밖으로는 주차장이 보였다. 실내는 두 개의 큰 교실과 한 개의 교무실로 되어 있었다. 큰 교실은 초등학생들이 쓰는 교실이고, 작은 교실은 초등학교 들어가기 전 아이들이 쓰는 교실이었다. 서 선생님. 커피 드세요. 문 원장이 부르는 소리에 보라는 교무실로 들어갔다. 다섯 평 정도 되는 좁은 교무실에는 4인용 탁자와 책꽂이가 전부였고 벽에는 아이들이 그린 그림이 전시되어 있었다. 정바울 목사님 얘기로는 체육 전공하셨고, 캐나다 살다 오셔서 영어도 잘하신다면서요?

학부모님들이 너무 좋아하시겠어요. 아아. 네. 그런데 제가 아이들 가르쳐보는 건 처음이라서. 그러시구나. 그래도 피트니스 센터에서 교육해 보셨으니 잘하실 거예요.

아저씨! 여기서 담배 피우지 말아요!

병삼은 바울과 같이 저녁을 먹기 위해 한마음교회에 도착했다. 도착하자마자 우선 주차장 흡연 구역으로 가 담배를 물었다. 그때 어린이집 창문이 벌컥 열리며 보라가 소리를 질렀다. 에에? 저 여자는 왜 저기서 나오는 거? 여기 흡연 구역이라 담배 피워도 되는데. 그리고 지금 6시 넘어서 애들도 없잖아. 나는 원래 애들 없을 때만 피워. 그리고 거기 주차장 쪽 창문이라 매연 들어온다고 평소에 열지도 않는데 왜 그려? 그래도 피우지 말아요. 내가 여기서 담배를 1년 넘게 피우도록 문 원장도 아무 말 안 했는데. 그거야 아저씨 무서워서 그런 거고요. 저는 아저씨 안 무서우니까 말하는 거고요. 아무튼, 다른 데 가서 피워요. 그런데 너는 왜 어린이집에 있는 거? 거기 취직한 겨? 너? 너라고 했어요? 저거 또 지랄이네. 뭐? 지랄? 너는 왜 가만히 있는 사람한테 시비여? 뭘 가만히 있어요? 어린이집 창문 옆에서 담배를 피우니까 하는 얘기잖아요. 뭐가 창문 옆이여? 여기서 거까지 열 발짝도 넘겠구먼. 그래도 냄새 다 들어와요. 창문을 닫어. 지금 청소하고 환기해야 한다고요. 그냥 담배 다른 데서 피우면 되지 말 더럽게 많네.

병삼이 형. 왜 그래요?

우진은 바나나 우유를 마시며 한마음교회로 올라가려다가 병삼의 목소리를 듣고 주차장으로 왔다. 병삼은 기가 찬 표정으로 보라를 쳐다보고 있었고, 보라도 병삼을 노려보고 있었다. 아니. 내가 다른 데도 아니고 흡연 구역에서 담배를 피우는데 저 여자가 시비 거는 겨. 어린이집으로 담배 냄새가 들어오니까 그러는 거잖아요. 내가 너 냄새난다고 뭐라고 한 적 있어? 자기 냄새나 신경 쓸 것이지. 야! 병삼의 말을 들은 보라는 소리를 빽 질렀다. 뭐? 야? 병삼은 들고 있던 담배를 내동댕이치며 보라에게 걸어갔다. 아니, 이 여자가 보자 보자 하니께. 보라도 눈에 불을 켜고 병삼을 노려보았다. 내가 막 냄새 풍기고 돌아다녀? 남한테 피해 줄까 봐 매일 씻고, 탈취제 바르고, 향수 뿌리고 남한테 피해 안 주려고 얼마나 노력을 하는데. 남한테 피해는 주지 말아야 할 거 아냐. 이거 웃기는 여자네? 형. 그만해요. 우진은 달려들어 병삼을 말렸다. 저 여자는 볼 때마다 나한테 시비여. 바울이 이 미친놈은 왜 저런 여자를 도와주고 있어? 에이. 그만하시고 올라가요. 담배는 옥상에서 피워도 되잖아요. 담배가 문제가 아니라 자꾸 시비를 거니께 하는 소리지. 우진은 병삼의 팔을 끌고 상가 주차장을 빠져나갔다. 병삼이 주차장을 나가는 동안에도 보라는 계속 병삼을 노려보았다.

너는 저 냄새나는 여자를 왜 어린이집에다가 소개해 준 겨?

병삼은 옥상으로 올라와 삼겹살을 굽던 바울에게 짜증을 냈다. 야! 냄새나는 여자가 뭐냐? 말을 해도 참. 다니던 체육관인지 헬스장인지 잘렸다고 그래서 당분간 어린이집에서 일하라고 그랬어. 문원장도 사람 필요하다고 그랬고. 그리고 보라 씨 냄새는 어린애들한테는 괜찮대. 사춘기 지난 성인 남성한테만 난다고 그러더라고. 애들 아빠만 조심하면 돼. 내가 그런 것까지는 알 것 없고. 왜 쓸데없이 오지랖 부리고 그러느냐 이 말이여. 너는 그 오지랖 때문에 나중에 큰코다칠 겨. 우리 손 집사님은 아무것도 모르시네? 목사는 원래 오지랖이 있어야 되는 직업이거든요. 아까 그 여자가 그때 얘기했던 보라라는 여자인가 보죠? 우진의 질문에 병삼은 담뱃불을 붙이며 우진을 노려보았다. 하여간 저놈은 그저 여자 얘기만 나오면 눈이 반짝반짝해지네. 저번에 형이랑 목사님이 얘기해서 그냥 물어본 거예요. 누가 들으면 내가 여자 엄청 밝히는 줄 알겠네. 그리고 그 보라 씨인가 하는 여자 제 스타일도 아니에요. 아까 보니까 병삼이 형한테 막 야! 야! 그러면서 막 싸움 걸고 그러던데.

누가 싸움을 걸었다고 그래요?

우진이 돌아보자 보라가 서 있었다. 우진은 심장이 덜컹했다. 보라는 까만색 비닐봉지를 들고 와서 탁자에 내려놓았다. 옥상 구석에서 담배를 피우던 병삼은 인상을 찌푸렸다. 쟤는 또 왜 왔어? 내가 불렀어. 같이 먹자. 목사님이 소주 사 오라고 하셔서 사 왔어요. 우진은 보라가 가져온 비닐봉지에서 한라산 소주를 꺼냈다. 어? 내가 좋아하는 한라산이네. 우진의 말에 보라는 방긋 웃었다. 그래요? 저도 한라산 좋아하는데. 근데 저는 술 말고 산. 술은 잘 못 마셔요. 반가워요. 서보라예요. 우진은 보라가 내민 손끝을 살짝 잡으며 악수를 했다. 네. 저는 전우진입니다. 우진은 호기심에 보라 근처에서 코를 킁킁거렸다. 차가운 장미 향이 천천히 올라왔다. 보라는 냄새를 맡는 우진을 보고 인상을 확 썼다. 뭐 하시는 거예요? 나한테 냄새난다고 해서 확인하시는 거예요?

아뇨. 좋은 향이 나서. 향수 뭐 쓰세요?

우진은 얼버무리듯 물어보았다. 보라는 우진의 질문에 머쓱해졌다. 아아. 죄송해요. 제가 냄새에 콤플렉스가 심해서 오해했네요.

옥상 올라오기 전에 혹시 몰라 향수를 좀 많이 뿌렸거든요. 냄새가
좀 독하죠? 아니에요. 향이 좋아서 물어본 거예요. 장미 향 같은데.
처음 맡아보는 장미 향이라. 바이레도 로즈 오브 노 맨즈 랜드예요.
바이레도 거였구나. 오빠도 향수 좋아하시나 봐요? 좋아는 하는데
향수가 워낙 비싸서 가끔 백화점 가면 시향만 해보고 말아요. 이쪽
으로 앉으세요. 우진은 보라가 앉을 자리를 만들었다. 보라는 잠시
자리를 보다가 저는 이쪽에 앉을게요, 하며 우진에게서 먼 자리를
택했다. 보라가 자리에 앉는 걸 보고 우진은 표정이 굳었다. 바람이
저쪽에서 불어서 제가 이쪽에 앉아야 돼요. 바람 부는 쪽에 있으면
냄새가 갈까 봐서. 오빠가 싫어서 그쪽에 안 앉는 거 아니니까 오해
하지 마세요. 예? 아아. 그러시구나. 바울이 구운 삼겹살을 보라 쪽
으로 밀어줬다. 소주도 한잔하실래요? 아뇨. 더워질까 봐 불안해서
사람들이랑 술 잘 못 마셔요. 받아만 놓을게요. 보라는 종이컵을 들
어 바울이 주는 술을 받았다.

　니들끼리 먹어. 나는 갈 테니까.

　보라가 자리에 앉자 병삼은 담배를 끄고는 옥상을 내려가려고
했다. 에이. 넌 또 왜 그러냐? 바울이 가려는 병삼을 뛰어가 잡았
다. 너는 나한테 묻지도 않고 저 여자를 왜 부른 겨? 나보다 저 여자
랑 밥 먹는 게 좋으면 그렇게 혀. 허이구. 됐어요. 둘을 지켜보던 보
라는 자리에서 일어났다. 누구는 뭐 아저씨랑 같이 밥 먹고 싶은 줄
알아요? 제가 갈 테니 그냥 드세요. 에이. 보라 씨까지 왜 그러세요.
둘이 서로 오해도 좀 풀고 화해도 하라고 불렀는데. 바울은 보라까
지 간다고 하니까 난처해졌다. 아니에요. 어차피 이 아저씨랑 친해
질 일도 없고, 친해질 필요도 없고. 저도 사실 내키지 않았는데 목
사님 봐서 올라온 거거든요. 근데 보셨죠? 저는 화해하려고 했어요.

저 아저씨가 거부한 거예요. 이거 봐봐. 너도 방금 들었지? 이게 화해하려는 태도여? 저 눈까리 저렇게 뜨고 쳐다보는 게 화해하려는 태도냐고.

에이, 씨팔. 가! 밥 먹기 더럽게 힘드네. 다 가!

혼자 앉아 있던 우진이 벌떡 일어나 소리치자 다들 놀라 우진을 쳐다보았다. 우진은 종이컵에 따라놓은 소주를 쭉 마시고는 옥상 구석에 놔뒀던 가방을 챙겼다. 이제 병삼이 형 재일교회 가서 어차피 이 모임도 끝인데 그냥 지금 끝내요. 음식 앞에 두고 먹느니 마느니. 가느니 마느니. 시끄러워 죽겠네. 그냥 다 갑시다. 우진이 옥상 문 쪽으로 성큼성큼 걸어오자 멍하니 바라보던 바울이 품 하고 웃음을 터뜨렸다. 그러자 병삼도 피식 웃었다. 어이구. 저놈 지금 여자 앞이라고 센 척하는 겨? 알았어. 알았어. 자. 다들 가서 앉아. 보라 너두 그냥 가서 앉아. 병삼의 말을 들은 보라는 우진을 바라보았다. 우진은 민망해진 얼굴로 멀뚱히 서 있었다. 보라는 우진의 얼굴을 보고 자기도 모르게 웃음이 나왔다. 병삼이 형. 나 진짜 기분 나쁘거든요. 알았다니께. 내가 잘못했어. 너두 얼른 앉아. 병삼은 여전히 피식피식 웃으며 자리에 앉았다. 우진도 병삼과 바울을 노려보며 옥상 구석에 다시 가방을 내려놓고 자리로 돌아와 앉았다. 병삼이 형. 앞으로 밥 먹는데 목사님이랑 보라 씨랑 싸우기만 해봐요. 나 다시는 형이랑 밥 안 먹어요. 우와. 우진 오빠 멋있다. 카리스마 쩌네. 보라의 말에 우진이 놀라 보라를 쳐다보았다. 보라는 우진과 눈이 마주치자마자 푸핫 하고 웃어버렸다. 왜 웃어요? 푸하하하하. 왜 자꾸 웃냐고요. 아하하하. 죄송해요. 오빠 너무 귀여워서. 다시 고기를 굽던 바울이 씩 웃으며 우진이가 원래 좀 귀여운 스타일이긴 하지, 하며 같이 웃었다. 그럼. 우진이가 세상에서 젤루 귀엽지. 웬만

한 여자 아이돌보다 더 귀여운 거 같아. 우리 귀여운 우진이 고기 많이 먹어. 알것지? 술만 처먹지 말고. 병삼은 고기를 우진의 앞접시에 덜어주었다. 저 술 아직 한 잔밖에 안 먹었어요. 그려? 근데 왜 얼굴이 뻘게진 겨? 병삼의 말에 우진의 얼굴은 더욱 빨개졌고, 바울과 보라의 웃음소리는 더욱 커졌다.

계속 이러다 큰일 나는 거 아니에요?

최 원장은 불안한 눈빛으로 서류를 훑어보는 재일을 바라보았다. 재일과 최 원장은 남산 반얀트리호텔에 있는 클럽 멤버스 레스토랑에서 점심으로 남산 한정식을 먹은 뒤 커피를 마시고 있었다. 재일은 커피를 마시며 최 원장이 준 서류를 훑어보았다. 재일이 보고 있던 서류는 건강검진을 받은 재일교회 성도들 내역이었다. 최 원장의 말에 재일은 서류철을 탁자에 탕 소리가 날 정도로 세게 내려놓았다. 최 원장은 깜짝 놀라 움츠러들어 재일과 눈도 마주치지 못했다. 최 원장님. 저번에도 신라호텔에서 최 원장님이 이러시는 바람에 곤란한 상황이 생기지 않았습니까? 또 이러실 거예요? 최 원장은 입을 꾹 다문 채 말이 없었다. 성질 같아서는 쯧. 재일은 최 원장에게 들릴 듯 말 듯하게 혼잣말을 하고 다시 서류를 집어 보았다. 혹시 손병삼 씨라고 건강검진 안 왔나요? 저번에 경찰서에서 저랑 시비 붙었던 여자 따귀 때렸던 분이신데. 기억하시죠? 아아. 네. 기억나요. 기억나셔야죠. 누구 때문에 경찰서를 갔는데. 재일이 노려보자 최 원장은 다시 움츠러들었다. 그분 아직 저희 병원에 온 적 없어요. 그래요? 우리 손 집사님 성격 참 느긋하시네. 충청도 분이시라 그런가. 손병삼 씨 건강검진 오면 저한테 꼭 연락하세요. 그분은 특별관리 대상이니까요. 아셨죠? 그리고 이번 달은 말씀드린 대로 홍성창 집사님, 정길정 성도님, 그리고 오하준 어린이. 이렇게 세

132

명으로 하시죠. 재일의 말에 최 원장은 불안한 표정으로 고개를 끄덕였다.

그만 가보세요. 바쁘실 텐데.

재일의 말에 최 원장은 일어나 인사를 하고 레스토랑을 나갔다. 재일은 자신의 서류 가방에서 아이패드를 꺼낸 다음 레스토랑 와이파이를 연결하고, 양 전도사가 설치해 준 IP 변경 앱을 실행시켰다. 화면에 떠 있는 IP 변경하기 버튼을 클릭하니 아이패드의 IP가 임의로 변경되었다. 재일은 구글에 들어가 여자 아이돌 그룹 코튼캔디의 멤버 샴푸를 검색했다. 코튼캔디는 요새 가장 잘나가는 아이돌 중 하나였고, 샴푸는 그중 순진한 얼굴과 엉뚱한 입담, 뛰어난 패션 감각으로 가장 인기 있는 멤버였다. 샴푸에 관한 연관 검색어에는 샴푸 학창 시절, 샴푸 개념, 샴푸 성형, 샴푸 막말 등이 쓰여 있었다. 재일은 미소를 지으며 가방에서 수첩을 꺼냈다. 수첩에는 이메일 주소와 비밀번호가 빼곡히 적혀 있었다. 이 목록은 재일교회 홈페이지에 가입되어 있는 교인들의 아이디와 비밀번호였다. 재일은 그중 하나로 페이스북에 접속한 뒤 샴푸를 검색했다. 그리고 샴푸 관련 기사나 리플을 읽기 시작했다. 샴푸 얘 가슴 수술 티 나는데 왜 못 보여줘서 안달인 거야? 싼 티 나게. 나 방송 스태프인데 샴푸 촬영장에서 강민한테 꼬리 치고 다님. 샴푸 능력도 안 되는데 코튼캔디 들어간 거 다 스폰이 밀어줘서 된 것임. 도대체 얘는 왜 자꾸 나오는 거야? 스폰이 엄청 밀어주나 보네. 샴푸 학교 다닐 때도 싸가지 없기로 유명했음. 재일은 샴푸의 악플을 읽고는 슬며시 미소를 지었다. 재일은 핸드폰의 텔레그램을 열어 양 전도사에게 잘 봤습니다, 하고 메시지를 보냈다. 그러자 바로 양 전도사에게 감사합니다, 라고 답장이 왔다.

아. 그것도 확인해 봐야지.

재일은 보라가 일했던 피트니스 센터 게시판으로 들어갔다. 서보라 강사 없으니까 완전 좋음. 서보라 강사 재빨리 자른 거 보면 원장이 똑똑한 듯. 내 남사친이 서 강사 룸살롱에서 봤다고 함. 내가 말했잖아. 서 강사 여기 나가면 100% 몸 판다고. 재일은 커피를 한 모금 마시고 수첩에 적힌 아이디와 비밀번호 중 하나로 로그인을 한 다음 악플들에 좋아요를 눌러댔다.

그 후로 저는 끊임없는 악플에 시달려야만 했습니다.

죽으라는 악플은 웃고 넘길 수 있었습니다. 성적인 모욕도 참았습니다. 그러나 부모님과 제 자녀까지 욕하는 것은 정말 참기 힘들었습니다. 교회 단상에 서서 간증하던 중년 개그우먼 조연실은 눈물을 닦았다. 정말 죽어버릴까. 내가 죽으면 다 끝나겠지? 하는 그런 생각까지 했습니다. 그러나 하나님을 만나고 달라졌습니다. 하나님께서 저를 응원해 주시고, 보호해 주시는데 고작 악플 따위가 겁나겠습니까? 하나님께서 지켜봐 주시는데 그런 사탄의 시험에 제가 굴복할 수 있겠습니까? 하나님은 여러분들 사랑하십니다. 저 같은 사람도 구원해 주십니다. 여러분 하나님을 붙잡고 하나님께 기도하면 못 할 일이 없습니다. 여러분들도 꼭 하나님 손을 붙잡고 계시기를 간절히 기도합니다. 감사합니다. 간증이 끝나자 재일은 일어나 단상으로 갔다. 재일은 교인들을 잠시 바라보다가 말을 하기 시작했다. 여러분. 사람은 선하지 않습니다. 하나님의 보살핌을 받지 못하는 사람에게 언제나 사탄은 다가옵니다. 그런 사람들이 이유도 없이 욕을 하고, 악플을 달고 그러는 것입니다. 제가 얼마 전 인터넷을 보던 중에 요새 가장 인기 많은 걸그룹 코튼캔디의 기사를 읽었습니다. 유럽에서 콘서트를 한다는 기사였습니다. 얼마나 대단합니까? 우리 어린 소녀들이 저 멀리 유럽까지 가서 한국의 문화를 전파하는데. 그런 친구들 보면 식사할 시간도 없고, 잠잘 시간도 없이 다닙니다. 그런 아이들한테 악플이 쏟아집니다. 차마 입에 담지도 못할 악플들이 쏟아져요. 이게 왜 이런 겁니까? 그 아이들이 무슨 죄를 지었길래 그런 욕을 먹습니까? 사람을 죽였습니까? 돈을 몇억씩 훔쳤습니까? 남의 인생을 망쳤습니까? 그냥 보기 싫다는 이유로. 조금 기분 나쁘다는 이유로 말도 안 되는 악플을 쏟아냅니다. 누구 한 명이 하기 시작하면 너도나도 악플 달기 바쁩니다. 방금 조연실 성도님도 그렇습니다. 이혼한 게 죕니까? 조연실 성도님이 대한민국 국민들 기분 나쁘게 하려고 이혼하신 겁니까? 가뜩이나 이혼으로 아픈 사람에게도 악플을 쏟아냅니다. 죄다 사탄의 짓입니다. 우리 성도님들은 이런 아픈 분들을 사랑으로 안아주셔야 합니다.

둘째도 그와 같으니 네 이웃을 네 자신 같이 사랑하라 하셨으니.

마태복음 22장 39절 말씀입니다. 둘째도 그와 같다고 하셨습니다. 첫째가 무엇이죠? 첫째는 하나님을 사랑하라는 얘기죠. 다시 말해. 하나님을 사랑하는 것처럼 네 이웃을 사랑하라는 말씀입니다. 우리는 이런 아픔이 있는 이웃들을 사랑으로 보듬어야 합니다. 코튼캔디 분들도 우리 교회에 오셔서 치유받으셨으면 좋겠습니다. 제가 개인적으로 코튼캔디 팬이라서 하는 말은 아니에요. 재일의 농담에 성도들은 와하하하 하며 웃음을 터뜨렸다. 가끔 그런 성도님이 계십니다. 교회 안 다녀서 벌 받는 것이다. 벌 받기 싫으면 교회 나와라. 절대 그런 말씀 하지 마세요. 말도 안 되는 소리입니다. 누가 여러분들한테 부처님 믿으면 극락 간다고 하면 부처님 믿을 겁니까? 아니죠? 그걸 누가 믿습니까. 아직 하나님의 자녀가 되지 않으신 분들은 예수 믿으면 천국 간다, 도 똑같이 들립니다. 그러니까 세 치 혀로 전도할 생각하지 마시고 온몸으로 전도할 생각하세요. 성도 여러분들이 행복하고 즐거운 삶을 사시고 어려운 이웃들에게 봉사하는 모습을 보여주시면, 주변 분들이 알아서 교회에 오십니다. 저분은 왜 저렇게 행복하게 살까? 저분은 어째서 기쁨이 넘칠까? 궁금해서라도 오십니다. 자기 몸 편하자고 말로 협박해서 교회 전도하는 것은 하나님께서 원치 않으십니다.

형. 어디에 있었어요?

우진은 교회 밖 골목에서 병삼을 발견했다. 병삼은 골목에서 담배를 피우고 있었다. 저기 스타벅스에서 저번에 먹었던 캬라멜 마끼야또 한 잔 마시고 있었지. 나는 체질적으로 예배가 안 맞아. 그러면 운전사 대기실에 있으면 되잖아요. 교회 안에서는 담배를 못 피우잖어. 그리고 거기에 커피 기계는 내가 쓸 줄도 모르고. 그리고 괜히 예배 시간에 거기 있다가 다른 사람한테 들키면 욕먹어. 아무튼, 형 그게 중요한 게 아니라 오늘도 이상하더라니까요. 또 암이 나았다고 간증한 사람이랑 아파트 분양되었다고 간증한 사람이 나왔어요. 그게 뭐 어쨌다고 허구한 날 그러는 겨? 아파트 분양되었다고 간증 좀 할 수도 있지. 말이 나왔으니께 하는 얘긴데. 너 내일 뭐 허냐? 저는 뭐 별일 없는데요? 왜요? 내일 나 이사하는 데 와서 좀 도와줘라. 내일이 이사예요? 짐도 별로 없어서 아침에 짐 빼기 시작하면 점심 되기 전에 짐 다 넣을 겨. 웬만한 짐은 다 버리고 갈 거라서 나를 것도 없어. 그리고 이사 가는 데는 엘리베이터도 있고. 내가 밥 사줄 테니까 수고 좀 혀.

근래

서울 가서 살아볼라고 그려유.

병삼은 고등학교에 입학하고 며칠 후 삼촌의 집을 떠나 서울에 올라갈 계획을 세웠다. 그리고 모든 준비가 끝난 뒤 삼촌과 숙모에게 이야기했다. 고등학교에 진학한 병삼은 정일심과 같은 반이 되었다. 일심은 큰 덩치와 험악한 인상으로 다른 아이들을 괴롭혔다. 일심의 반 아이들은 모두 일심의 샌드백이었고, 반 아이들이 싸 온 도시락은 모두 일심의 것이었다. 병삼은 일심을 지켜보며 벼르고 있다가 일심이 다른 아이에게 시비 거는 걸 보고는 바로 일심의 따귀를 후려쳤다. 병삼의 따귀를 맞은 일심은 병삼과 반 아이들 앞에서 눈물을 흘리며 회개와 사과를 했다. 그리고 다른 아이들에게 피해가 가지 않도록 학교를 떠나 서울로 올라가겠다고 했었다. 일심은 바로 다음 날부터 학교에 나오지 않았고, 들리는 이야기로는 그날 밤 바로 서울로 올라갔다고 했다. 병삼은 인간쓰레기 같은 일심도 서울에 간다는데 나라고 못 갈 게 뭐 있나 싶었다. 그 당시 병삼은 훗날 학교에서 가장 불량했던 정일심이 정바울로 이름을 바꾸고 목사가 될 것이라고는 상상도 못 했었다. 일심은 부모가 없는 고아였다. 그래서 바로 서울에 갈 수 있었지만, 병삼에게는 삼촌과 숙모가 있었다. 숙모는 상현이 형이 우체국에 취직해서 같은 우체국 여직원과 결혼을 할 예정인데 병삼이까지 가버리면 집이 적적해서 어쩌냐며 반대했지만, 삼촌은 그렇지 않았다. 삼촌은 병삼에게 이런 시골에 있지 말고 한 살이라도 젊을 때 서울에 가서 자리 잡는 것이 더 좋다고 했다. 숙모는 병삼이 떠나기 전날 밤 성경책 한 권을 쥐여 주며 어려울 때마다 책을 열어보라고 했다. 병삼은 내키진 않았지만, 그동안 키워 준 숙모의 말씀이라 성경책을 챙겼다.

사장님. 혹시 여기 제가 일할 만한 데 있을까유?

병삼은 고속버스를 타고 서울 고속버스터미널에 도착했다. 어디로 갈지 몰라 주변을 두리번거리다가 눈에 보이는 전주식당에 들어가 김치찌개를 시켜 배를 채웠다. 식사를 마친 병삼은 식당 사장에게 근처 일자리가 있는지 물었다. 전주식당 사장의 아내는 병삼의 손에 들린 성경책을 보고 같은 교인끼리는 돕고 살아야 한다며 병삼에게 식당에서 일하라고 했다. 갈 곳 없던 병삼은 전주식당에서 먹고 자며 일을 했다. 병삼은 몇 년 동안 묵묵히 식당 일을 하며 살았다. 병삼이 스무 살이 되자 전주식당 사장은 병삼에게 운전면허를 따라고 했다. 병삼이 운전면허를 따자 식당 사장은 병삼에게 식자재 심부름을 시키기 시작했다. 병삼은 식자재를 사러 시장에 가는 일이 너무 즐거웠다. 혼자 차 안에 있을 수 있었기 때문이었다. 식당에서 생활하던 병삼에게는 개인적인 공간이 없었다. 그런 병삼에게 차 안은 유일하게 혼자 있을 수 있는 공간이었다. 그때부터 병삼은 운전하는 것을 즐겼다.

저 영장 나왔어요.

사장의 아내는 병삼에게 고등학교 졸업장은 있어야 사람 구실

138

을 한다며 고졸 검정고시 시험을 보라고 했었다. 사장은 병삼이 검정고시에 붙는 바람에 고졸이 되어 군대에 가게 되었다며 아내를 타박했다. 사실 병삼은 고아라서 군대에 가지 않아도 되었다. 그러나 병삼은 전주식당 사장 부부가 날이 갈수록 자신을 가족처럼 대하는 것이 싫었다. 병삼은 가족이 필요 없었다. 혼자가 좋았다. 피가 섞인 가족도 필요 없는 마당에 생판 남이 가족처럼 대한다는 것이 매우 불편했다. 그래서 병삼은 진작부터 전주식당을 떠나기로 마음먹었었다. 병삼은 몇 달 전부터 준비한 대로 군대에 간다고 거짓말을 하고는 전주식당이 있는 고속버스터미널에서 멀리 떨어진 수색역 근처 고시원에 들어갔다. 병삼은 미리 알아봐 둔 고시원 근처 택시회사에 취직해서 택시 기사가 되었다. 병삼이 택시 기사가 된 이유는 두 가지였다. 첫 번째는 차 안에 있으면 혼자만의 시간을 가질 수 있기 때문이었다. 두 번째 식당에서 취객을 상대하는 일이 싫었다. 술에 취한 중년 남자를 보면 아버지가 생각났기 때문이었다. 그러나 병삼의 생각은 틀렸다. 택시는 늘 야간에 취객을 태우고 다닐 수밖에 없는 일이었기 때문이다. 병삼은 항상 만취한 승객 따귀를 후려쳐서 술을 깨게 했다. 그러면 병삼의 따귀를 맞은 승객은 울며 병삼에게 자신이 그동안 지은 죄를 회개했다. 병삼은 알지도 못하는 사람의 따귀를 때리는 것도, 고해성사를 듣는 것도 지겨웠다. 그래도 개인택시를 하면 나아지겠거니 싶어 참고 일했다. 병삼은 겨우 사납금만 채울 정도로 운전을 게으르게 하는 바람에 마흔 중반이 되어서야 겨우 개인택시를 장만했다. 그러나 개인택시라고 딱히 달라지는 건 없었다.

이거 뭐 방법이 없을까?

병삼은 택시 일이 지긋지긋했다. 고시원에서 뒹굴뒹굴하며 고심한 끝에 병삼은 택시를 그만두고 학원 버스를 몰기로 했다. 병삼은 학원이 많은 대치동으로 거처를 옮겼다. 그리고 작은 보습학원에 취직해서 학원 버스를 몰았다. 병삼은 택시보다 승합차가 공간이 커서 더욱더 좋았다. 고등학생들을 태우고 다니기 때문에 술 냄새를 맡을 일도 없었다. 병삼은 행복했다. 시간이 흐를수록 자신의 삶이 점점 나아지고 있다는 생각이 들었다. 아버지를 피해 작은 몸하나 숨길 공간 없었던 유년 시절보다 부엌 옆 다락방이라도 있던 학창 시절이 좋았고, 그보다 스스로 돈을 벌 수 있었던 전주식당에서 있던 때가 더 좋았다. 식당에서 살던 시절에는 사장이나 사장의 아내가 불쑥 들어오는 것이 불편했는데, 고시원에 살면서는 그런 일이 없었다. 게다가 학원 버스를 운전하니 취객을 상대할 일도 없어졌다. 병삼은 자신의 삶에 만족했다.

야. 느그덜 일루 와봐.

병삼은 마지막 학생이 내리자 차를 세우고 담배를 피우기 위해 골목으로 들어갔다. 그곳에서 담배를 피우며 다른 학생들 돈을 뜯는 고등학생들을 보았다. 병삼은 그냥 지나치려다 어린 시절 서산에서 정욱이 패거리에게 맞았던 기억이 떠올랐다. 불량한 고등학생에게 끌려가는 아이가 자신의 어린 시절 모습처럼 보였다. 병삼은 불량한 고등학생들을 불러 따귀 한 대씩 올려붙였다. 병삼에게 맞은 학생들은 늘 그렇듯 울며 병삼에게 자신의 죄를 고하고는 고맙다고 인사하며 사라졌다. 그러나 문제는 불량 학생들이 아니었다. 그걸 지켜보던 주민이 병삼의 학원 버스를 보고 학원에 신고했다. 병삼은 불량 학생 따귀 좀 때린 것이 뭐가 문제냐 했지만, 학원 원장은 학원끼리 경쟁이 심해서 조그만 소문에도 학원 경영에 심각한 문제가 생긴다며 애원하다시피 병삼을 해고했다.

에휴. 뭐를 또 해야 허나?

병삼은 대치동 학원 옆 고시원을 정리하고 금호동으로 거처를 옮겼다. 병삼이 예전부터 느꼈던 것은 강남에 사는 사람들이 후하다는 것이었다. 예전에 택시 할 때도 그랬다. 택시를 타고 강남에 내리는 사람들은 다른 지역 사람들보다 높은 확률로 거스름돈을 받지 않았다. 접촉 사고가 나더라도 보험처리를 하기보다는 넉넉히 현금을 주며 끝냈다. 특히 청담과 압구정 사는 사람들이 화도 잘 안 내고 배포도 컸다. 인심은 곳간에서 난다고 했지. 병삼은 거처를 압구정으로 옮기고 싶었지만, 그곳의 고시원은 다른 지역 월세만큼 비쌌다. 그래서 동호대교나 성수대교 북단 쪽으로 자리를 잡을 생각이었다.

집 보러 댕기는 겨?

병삼이 금호동 고시원을 올려다보고 있는데 한 노인이 말을 걸었다. 그런데유? 보니께 마흔은 넘은 거 같은데. 고시원 보는 거 보니께. 식구가 읎나부네? 병삼은 말없이 고개를 끄덕였다. 내가 저 안쪽에 다세대 건물 하나 있거든. 거기 지하가 지금 공실인데. 싸게 줄 테니까 가서 한번 볼 텨? 병삼은 그 노인을 수상하게 생각했다. 그러나 보는 데 돈 안 받을 테니까 구경만 해봐, 하는 바람에 얼떨결에 따라나섰다. 노인은 병삼을 데리고 30년도 넘어 보이는 낡은 다세대 건물 반지하로 들어갔다. 방 두 개에 거실 겸 부엌 하나 그리고 샤워기와 변기만 간신히 들어가 있는 화장실이 있었다. 방 한 개는 큼지막했고, 나머지 하나는 옷장 하나 놓을 정도밖에 되지 않았다. 벽에 곰팡이가 피어 있고, 창문 창살은 녹이 슬어 있었지만, 그래도 개인 화장실과 주방이 딸린 집이었다. 왜? 마음에 안 들어?

노인은 표정이 굳은 병삼을 보고 물었다. 저는 돈이 없어서 이런 집에 못 살아유. 내가 고시원 가격에 줄게. 예? 정말이유? 말투 보니께 충청도 사람이구먼. 고향이 어디여? 어렸을 때 서산에서 태어나서 조금 살다가 이사 갔어유. 충남 사람이구먼. 나는 청주여. 아무튼, 월세는 고시원 가격으로 주는데. 그래도 보증금은 좀 있어야 허고. 청소비랑 수도세랑 기타 명목으루 관리비도 좀 있긴 혀. 그런데, 뭐 하는 사람이여? 저는 운전해유. 택시도 좀 몰았구유, 학원 운전도 했구유. 지금은? 노인의 물음에 병삼은 벽지에 검게 얼룩진 곰팡이를 멍하니 바라보았다. 뭐. 알아봐야쥬. 병삼의 말에 노인은 박수를 짝! 하고 쳤다. 잘됐네! 자네 그럼 혹시 교회 차 운전해 볼 생각 없나? 내가 사실 저 옆에 상가도 하나 갖고 있는데, 거기 작은 교회가 하나 있어. 한마음교회라고. 거기 차 운전하면 어때. 별로 어려운 일도 아녀. 예? 아이구. 싫어유. 교회는 이래라저래라라서 체질에 안 맞아유. 노인은 잠시 병삼을 바라보았다.

교회 차 운전하면 내가 보증금허구 관리비 안 받는다. 어때?

노인의 말에 병삼은 깜짝 놀랐다. 왜 그렇게까지 사람을 교회루 끌구 갈라구 그려유? 거기두 사이비인가 보네유? 뭔 사이비여? 그런데 아녀. 거기 장로교여. 한국장로교연합회에 소속되어 있어. 일반 교회여. 그리구 교회는 기본이 전도인 거 몰러? 땅끝까지 복음을 전파하라. 하나님 말씀인 겨. 교회는 무조건 전도여. 거기 목사도 자네처럼 젊어. 내가 한마음교회 장로여. 그래서 그러는 겨. 그 목사 아들이 교회 차 운전했는데, 그 아들이 군대 가거든. 그래서 운전할 사람이 읎어. 그리구, 그 교회에 무슨 영상 맨들어주는 놈 하나 있는데. 개도 여기 2층에 살아. 개는 전세인데 교회 영상 맨들어주는 대가루 내가 전세 천만 원 깎아줬어. 병삼은 노인의 말에 깜짝 놀랐다. 천만 원이나 깎아줬어유? 보증금은 어차피 나간다고 하면 내 줄 돈인데 뭐. 여러 소리 말고 생각 있으면 같이 교회로 가보자고. 저짝 큰길가 가기 전에 상가 있거든. 여기서 가까워. 병삼은 잠시 망설였으나, 교회 보는 데도 돈 안 받을 테니까 구경만 혀봐, 하는 실없는 농담을 듣고 얼떨결에 따라나섰다

요기다가 이름허구 주민번호, 핸드폰 번호 이렇게 적어.

병삼을 한마음교회로 데리고 들어온 노인은 종이 한 장을 건넸다. 병삼은 종이에 신상명세를 적으며 노인을 빤히 바라보았다. 내 이름은 한중남이고 여기 장로여. 목사님은 언제 오셔유? 방금 내가 전화했으니께 금방 올 거. 목사가 요 앞 아파트 살어. 마누라 죽고 아들이랑 둘이 살았는데. 아들이 군대 가서 이제 혼자 살지 뭐. 그건 그렇고. 택시는 왜 그만뒀어? 한 20년 가까이 했더니 지겨워서유. 특히 술 마시고 타는 놈들 꼴 뵈기도 싫고. 다른 택시 기사들은 식당이나 다른 데서 마주치면 계속 노조 들라고 하고. 결정적으루 생판 모르는 남을 차에 태우고 다닌다는 게 여간 스트레스가 아니더라구유. 그러다가 고등학생들 학원 차 운전했어요. 고등학생들은 학원 차 타면서 술은 안 먹고 탈 거 아녀유. 그리구 저 같은 아저씨한테 말도 안 걸고. 사실 제일 체질에 맞는 게 학원 차였어유.

그럼 학원 차는 왜 그만두셨어요?

병삼과 한 장로가 돌아보니 바울이 들어와 있었다. 어이구. 금방 왔네. 인사혀. 여기는 손병삼 씨. 저기는 한마음교회 정바울 목사. 병삼은 바울에게 꾸벅 인사를 하고 바울도 인사를 했다. 바울은 한 장로 옆으로 와서 앉았다. 학원 차가 가장 체질에 맞는데 왜 그

만두신 건가요? 에. 그게 학원 차 세워놓고 담배 한 대 피울라고 했는데, 골목에서 학원 애들이 담배 피우면서 힘없는 놈 괴롭히구 있드라구유. 그래서 가서 귀싸대기 몇 대 때렸더니. 누가 학원에다가 이르는 바람에 그만뒀어유. 잘혔네. 잘혔어. 그런 놈들은 좀 맞아야 혀. 우리 집 담벼락에도 썩을 놈들이 담배 피우고 담배꽁초 버리고. 자네도 담배 피울라면 집 안에서 피우지 말고 나가서 피워. 꼭 재떨이 들고 나가서 피우고. 꽁초 아무 데나 버리지 말고. 이웃집 피해 안 가게. 알것어? 알었어유. 병삼이는 씁쓸한 표정으로 고개를 끄덕이며 대답했다. 그런데요. 꼭 그 아이들을 때려야만 하셨나요? 예? 좋게 말로 타이르실 수도 있잖아요. 바울의 말에 병삼은 인상을 확 구겼다. 참 나. 목사님도 순진허시네유. 그런 애들이 말한다고 듣나유? 그런 애들은 애시당초에 싹수가 글러 먹은 종자들이어유. 그리구 상식적으루다가 그놈들도 지들보다 약한 놈들 뚜들겨 패구 댕기는데 몇 대 좀 맞으면 으때유. 아니, 그래도 아직 어린애들인데. 잘 타이르고 가르쳐서 교화시킬 수도 있는 거 아닙니까. 그런 아이들 보면 대부분 부모님이나 어른들에게 사랑을 못 받고 자라서 그런 거예요. 그런 아이들을 보듬고 하나님 안에서 가르치면 충분히 훌륭한 어른으로 자랄 수 있습니다.

허이구. 그건 목사님이니께 그런 소리 하시는 거쥬.

저는 절대 그렇게 생각 안 혀유. 저도 어렸을 때 어무니 죽구, 아부지한테 뚜들겨 맞으면서 살다가 아부지도 죽구. 친척 집에 얹혀 살았슈. 그래두 나쁜 짓 안 하구 살았어유. 사랑 못 받고, 관심 못 받고 자라서 그렇다는 거? 그거 다 쓰레기 같은 놈들의 변명이유. 예? 쓰레기라뇨? 사람한테 쓰레기가 뭡니까? 말씀 심하게 하시네. 지가 초면에 이런 말씀드리기 죄송허지만, 보니께 목사님도 젊었을 때

애들 뚜들겨 패고 댕기셨나 보네유. 뭐라고요? 아니. 저를 언제 봤다고 그런 말씀을 하시는 겁니까? 저에 대해서 뭘 아신다고 말씀을 함부로 하시는 거예요? 이분 이상한 분이시네. 바울의 말에 병삼은 바울을 노려보았다. 아니면 왜 화를 내는 겨? 뭔가 찔리는 게 있으니까 화를 내는 거지. 뭐요? 지금 반말하신 거예요? 이 사람이 이제 아주 말을 놓네? 하이고. 그냥 혼잣말한 거유. 혼잣말. 참 나. 목사라고 또 드럽게 권위적이네. 예? 아니, 초면에 말씀 막 하시네. 저기요. 제가 보기엔 어려 보일지 몰라도, 자식 군대까지 보낸 사람입니다. 한 장로는 놀라 바울을 바라보았다. 아니. 정 목사, 왜 이렇게 흥분을 혀? 안 그러던 사람이. 바울은 한 장로가 들고 있던 병삼의 신상명세가 쓰인 종이를 빼앗아 보았다.

나보다 두 살 어리네!

내가 그쪽보다 두 살 많아요. 그런데 막 반말하고 그래도 되는 겁니까? 예? 그러면, 이름이? 손병삼? 손병삼 씨도 저한테 맞아도 되겠네요? 버릇없으니까? 내가 두 살 형이니까 좀 때려도 되겠네. 뭐라구유? 병삼은 바울의 말에 놀라 한 장로를 바라보았다. 아니, 사장님. 여기 교회가 뭐 이래유? 내가 살다 살다 목사가 사람 때리겠다는 교회는 처음 보네. 바울은 종이에 적힌 병삼의 이름과 생년월일을 자세히 보았다. 손병삼. 손병삼. 응? 손병삼? 저 봐유. 목사가 막 사람 이름 함부로 부르고 그러는데. 지 말이 맞대니까유. 딱 보니까 저 양반 어렸을 때 애들 패구 댕기구 그랬을 거유. 나 어렸을 때도 핵교에 딱 저렇게 생긴 놈 하나가 나쁜 짓거리 허구 애들 때리구 그러던 놈이 있었슈. 어떻게 저런 놈들은 저렇게 생긴 대루 노나 몰러. 참 나.

너 병삼이냐?

바울은 놀란 눈으로 병삼을 바라보았다. 뭐여? 이제 뭐 막 나가 자는 거여? 내가 살다 살다 당신 같은 목사는 처음 보네. 한 장로도 놀란 눈으로 바울을 바라보았다. 정 목사, 진정 좀 해. 안 그러던 사람이 갑자기 왜 이려? 사장님. 이사구 지랄이구 나는 다 필요 없슈. 차라리 기냥 맘 편하게 고시원 살면서 택시를 하는 것이 낫것슈. 사장님도 정신 차리시고, 이런 교회 얼른 그만두셔유. 맞다. 이 상가 건물 사장님 건물이라고 하셨지. 하루빨리 이런 교회 내쫓으셔유. 야, 인마! 손병삼! 바울이 다시 병삼의 이름을 부르자 병삼은 안 되 겠다는 듯 팔을 걷어붙였다. 사장님, 놀라지 마셔유. 이거는 내가 폭 력이 아니라 치료의 개념으루다가 한 대 때리는 거니께. 저한테 한 대 맞구 나면 정신 나간 목사도 정신이 들거유. 제가 택시 할 때도 술 취한 놈들 이렇게 때리구, 학원 차 운전할 때도 양아치 놈들 때 리구 그려서 사람 맨들었슈. 병삼이 설명하는 동안 바울은 병삼에 게 다가와 병삼의 손을 덥석 잡았다. 뭐여? 이거 못 놔? 병삼아. 너 진짜 병삼이구나. 병삼은 놀란 바울의 표정을 보고 이상하다는 생 각이 들었다. 나 알어? 병삼과 바울이 실랑이를 하는 중에 우진이 바나나 우유를 손에 든 채 교회 문을 빼꼼 열고 들여다보았다. 한 장로는 우진을 보고 불렀다. 우진아, 잘 왔다. 여기 좀 말려봐라. 우 진은 문밖에서 겁에 질린 채 훔쳐보다가 병삼의 왜소한 체격을 보 고 안심이 되었다. 게다가 바울이 병삼의 손을 붙들고 있는 것을 보 자 더욱 마음이 놓였다. 저기요. 누구신데 교회에 오셔서 소란을 피 우시는 겁니까?

나야. 정일심.

바울의 말에 병삼은 무슨 소린지 감이 잡히지 않았다. 뭐라구? 정일심? 그래 인마. 나 기억 안 나? 해리고등학교 다녔잖아. 이 새끼 기억 못 하네. 나야. 나. 정일심. 니가 일심이라구? 그 땡중 일심이? 그래 인마. 병삼은 바울의 얼굴을 자세히 바라보았다. 맞네? 정일심 맞구먼. 지금 보니 알겠네. 그래 인마. 이제 기억나? 병삼이 너는 어떻게 그때 얼굴 그대로냐? 야. 반갑다. 반가워하는 바울에 비해 병삼의 표정은 썩 좋지 않았다. 그런데 너는 어째 땡중이 목사가 다 되었냐? 너 절에서 살았잖어. 그랬었지. 어쨌거나 반갑다. 바울은 병삼을 끌어안았다. 병삼도 마지못해 바울의 등을 툭툭 두드려주었다. 한 장로와 우진은 병삼과 일심을 멍하니 바라보았다. 둘이 친구여? 예. 고등학교 동창이에요. 여기서 이렇게 또 만나네요. 잠깐. 일심이 너 그런데 왜 아까 나보다 두 살 많다고 그짓말한 겨? 내가 목사인데 거짓말하겠냐? 나 1년 꿇었었어. 그리고 보니까 너 1월생이라 학교 빨리 들어갔더구먼. 너보다 두 살 많은 거 맞어. 아아. 그런 겨? 진짜 재밌다. 어떻게 여기서 다 만나냐? 그러게. 재밌네. 그런데 너는 일심에서 바울로 이름두 바꾼 겨? 종교 바꾸면서? 우진은 바울과 병삼을 유심히 바라보다가 이 장면 홍상수 감독 영화에서 본 것 같은데 제목이 생각이 안 나네, 하며 갸우뚱했다.

선포

이거 뭐가 이렇게 맛있어요?

내가 생각했던 갈비찜이랑은 차원이 다르네. 우진은 갈비를 한점 집어 먹고 놀란 눈으로 병삼을 쳐다보았다. 양파 절임도 먹어봐. 우진은 병삼이 시키는 대로 양파 절임을 먹었다. 우와. 여기 대박이네. 저는 이 양파 절임만 팔아도 여기 매일 올 거 같아요. 어떻게 이런 맛을 내지? 뭘 넣어서 이렇게 맛있을까? MSG를 쏟아부었나? 한장로의 다세대 지하에서 우 권사의 오피스텔로 이사를 마친 병삼은 이사를 도와준 우진에게 방 소장이 데리고 갔던 식당에서 갈비찜을 사주었다. 예상대로 우진은 갈비찜이 너무 맛있다며 미친 듯이 갈비를 뜯기 시작했다. 소주 하나 시켜도 돼요? 술 좀 고만 처먹어. 병삼은 말은 그렇게 했지만, 소주 한 병을 시켜주었다. 우진이 너도 우권사한테 얘기해서 이쪽으로 이사하는 게 어때? 저는 이번 봄에 재계약해서 1년 반 더 살아야 해요. 아. 맞다. 너는 전세였지. 그런데너는 전세금이 어디서 나서 전세를 들어왔냐? 부모님이 좀 사시는겨? 예전에도 말했지만, 제가 영화감독 되려고 연출부 일도 하면서시나리오를 계속 썼다고 했잖아요. 그런데 잘 안돼서 포기하는 심정으로 안성으로 내려가서 편의점 알바하면서 살았거든요. 그때 편의점에서 일어난 일을 소설로 썼는데 그게 운 좋게 교보문고 스토

148

리 공모전에 당선되어서 상금을 좀 받았어요. 그때 받은 상금으로 전세 자금 쓴 거예요. 소설 써서 상 탄 거로 전세 자금을 냈다 이거여? 그것도 교보문고에서? 그렇죠. 병삼은 핸드폰을 꺼내 교보문고 스토리 공모전을 검색했다. 어? 맞네. 7회 대상. 관통하는 마음. 전우진. 너 대상 받았어? 우진은 소주를 혼자 따라 훌쩍 마셨다. 별거 아니에요. 별거 아니긴 인마. 나는 너 그러구 댕기면서 소설 쓴다고 그래 갖구 그냥 소설가 지망생이나 그런 건 줄 알았어. 그럼 교보문고 가면 니 책 살 수 있는 겨? 살 수는 있는데, 별거 아니라니까요. 뭘 자꾸 별게 아니래? 소설 써서 교보문고에서 상을 탔는데. 게다가 대상을. 우진은 쓸쓸하게 웃으며 소주를 따라 마셨다. 지금 저 보세요. 이게 지금 대상 탄 소설가의 삶이잖아요. 가끔 행사 있으면 촬영 나가고, 교회 영상 만들어주고, 저는 뭐 소설 쓰면 유명해지고, 영화나 드라마 각본 의뢰도 들어오고 막 그럴 줄 알았는데. 그때뿐이더라고요. 오히려 형이 잘됐죠. 재일교회 취직해서 강남으로 이사도 가고 그랬으니. 우진의 쓸쓸한 표정을 살핀 병삼은 우진의 빈 잔에 소주를 따라주었다. 병삼이 형이 술을 다 따라주네? 그때는 니가 소설인 줄 몰랐으니께 안 따라줬지. 병삼의 말에 우진은 피식 웃었다. 너 그때 편의점에서 일하면서 소설 썼다고 했으니께, 요번에는 한마음교회랑 재일교회를 배경으루 소설 한번 써봐. 나도 쩨깐한 역할로 좀 출연시켜 주고. 주인공은 그때 재일교회에서 만났던 여배우 쓰면 되것네. 무슨 사건이 있어야 소설로 쓰죠. 어차피 다 소설 아녀. 그냥 막 생각나는 대로 쓰면 되는 거지. 병삼의 말에 우진은 미소를 지으며 소주를 털어 넣었다. 막상 형 얘기 소설로 쓰면 싫어 할걸요? 관통하는 마음 소설도 편의점 점장 아줌마랑 주인아저씨 얘기였는데. 자기 얘기로 소설 쓴 거 알면 저 죽일지도 몰라요. 에이 뭐 어뗘. 어차피 다 소설인디. 안 그려?

형은 신사동으로 가셔야죠.

아, 맞다. 나 이사했지. 우진과 같이 한 장로의 다세대 쪽으로 걷던 병삼은 멋쩍게 웃은 뒤 금호역으로 향했다. 지하철을 타고 신사역에서 내려 가로수길을 지나 오피스텔에 도착했다. 예전에는 집에 들어가려면 계단을 내려갔어야 했는데, 하는 생각을 하며 엘리베이터에 올랐다. 병삼은 집에 도착해 도어록 비밀번호를 누르고 문을 열었다. 창문 밖으로 신사동 거리의 간판 빛이 어두운 집으로 옅게 들어와 하얀 벽지를 알록달록하게 꾸몄다. 그리고 곧바로 조 말론의 라임 바질 앤 만다린 디퓨저 향이 병삼을 반겼다. 40대 후반 나이를 잊게 해주는 상큼한 시트러스 향과 교회 운전기사라는 직업을 잊게 해주는 향긋한 바질 향이 병삼을 다른 사람으로 만들어주었다.

….

병삼은 디퓨저 향을 맡으며 흰 벽지를 보다가 울컥하였다. 집에 아무도 없다는 걸 깨닫고 현관에 잠시 서서 조금 울었다. 어렸을 적 무너져가는 시골집에서 아버지에게 맞고 자랐던 시절부터, 삼촌네 단칸방, 전주식당 간이침대, 좁은 고시원, 그리고 한 장로의 다세대 반지하까지. 혼자 힘겹게 살아온 병삼의 삶이었다. 연인은 고사하고 친구조차 사치였다. 그렇게 살다 보니 어느새 강남 오피스텔에 와 있다는 생각이 들었다. 착하게 살았느냐 물으면 그렇다고 답할 수 없는 삶이긴 하지만, 나쁘게 살았느냐 물으면 절대 그렇지 않다고 할 수 있는 삶이었다. 자신의 삶이 인정을 받은 기분이었다. 이집은 내가 열심히 살아서 받은 상인 겨. 병삼은 시상대에 올라가는 심정으로 신발을 벗고 거실로 들어가 불을 켰다. 전에 살았던 탤런트가 놓고 간 55인치 텔레비전이 눈에 들어왔다. 부동산 원 집사 말로는 전에 살던 탤런트도 무명을 전전하며 단칸방 생활을 하다가 갑자기 조연을 맡은 드라마에서 인기를 얻어 집을 사서 나갔다고 했다. 어쩐지 그 탤런트 의료보험이 8만 원이었는데 갑자기 90만 원씩 나오더라고. 그걸 어떻게 알아? 우체통에 고지서가 꽂혀 있으니까 봤지. 걔는 어떻게 그렇게 갑자기 떴을까? 연기도 별로인 것 같던데. 다 하나님 축복이지. 우리 집 세 사는 사람들을 위해 내가 또 얼마나 기도를 열심히 하는데. 우리 우 권사님 정말 대단해. 어머 우리가 또 손님 세워놓고 우리끼리만 떠들었네. 누가 또 알아요? 손 집사님도 이 집 살면서 돈 많이 버셔서 집 한 채 사실지? 호호호호. 병삼은 그 얘길 들을 때까지만 하더라도 이 아줌마들은 뭐라구 떠드는 거? 하며 신경 쓰지 않았다. 그러나 막상 이사를 하고 나니 혹시 나도? 하는 생각이 들었다. 재일교회에서 이렇게 월급을 받으면 서울에 있는 집은 못 사더라도 고향인 서산이나 삼촌 집이 있는 고창에는 집을 살 수 있지 않을까 싶었다. 내가 집을 살 생각을 하다니. 병삼은 집을 산다는 생각만으로도 마음이 벅차올랐다.

그게 무슨 마음먹을 일이에요? 그냥 가시면 되지.

바울은 교회로 찾아온 보라를 보며 웃었다. 재일교회가 해외에 있는 것도 아니고. 그냥 일요일 아침에 가면 되는 건데. 어려울 게 뭐 있어요? 교회 오는데 막는 사람 없어요. 환영하는 사람은 많아도. 그래도 예배 시간에 찾아가는 건 너무 속 보이는 짓 아닐까요? 아니죠. 목사잖아요. 예배 시간에 가는 게 가장 좋죠. 고소 취하됐는지 경찰서에 전화는 해보셨어요? 아직 못 해봤어요. 아마 했을 거예요. 아니면 전 목사가 바빠서 깜빡했을 수도 있으니까 재일교회 가셔서 인사하시면 생각나서 월요일에 취하할 겁니다. 제가 얘기 잘 해놨다니까요. 막말로 전 목사가 보라 씨한테 앙금이 남아 있다 하더라도 회개하러 교회에 온 사람한테 어쩌겠습니까? 목사인데. 하나님 말씀대로 용서해야죠. 안 그래요?

처음 오셨나요?

우 권사는 예배 시간 전에 교회 앞에서 주보를 나눠주다가 입구에서 서성이는 보라를 보고 다가갔다. 예? 아아. 아는 오빠가 얼마 전부터 여기 다녀서요. 와보라고 해서 와봤어요. 오빠요? 이름이? 전우진이요. 예배 촬영한다던데. 아아. 얼마 전 영상 사역하시러 오신 형제님이시죠. 우진 성도님은 예배당 2층에서 촬영 준비 중이실 거예요. 올라가 보세요. 우 권사는 웃으며 보라의 손에 주보를 쥐여 주었다. 보라도 웃으며 주보를 받고 다른 교인들을 따라 교회로 들어갔다. 남자 성도들이 우르르 들어가는 모습이 보이자 보라는 숨통이 턱 막히는 기분이 들었다. 디오더런트와 향수를 충분히 뿌렸지만, 교회 특성상 따닥따닥 붙어 앉을 테고, 날씨가 쌀쌀해졌다고 히터를 튼다면 점점 더워질 것이 분명했다. 그러다 근처 자리에 후각이 예민한 남자가 앉아 있기라도 하면, 보라에게 시비를 걸지도 모를 일이었다. 예배 시간에 그런 일이 벌어지게 되면 큰일이었다. 전 목사에게 사과하러 왔는데, 예배를 망쳐버리면? 보라는 생각하면 할수록 무서워졌다. 차라리 예배가 끝난 다음에 오는 것이 좋겠다고 생각하며 뒤를 도는 순간 우 권사와 눈이 마주쳤다. 보라는 어색하게 웃으며 예배당으로 들어가는 척했다.

보라 씨.

보라가 돌아보니 우진이 건물에서 나오고 있었다. 어어. 오빠. 저 온 줄 어떻게 알았어요? 정바울 목사님이 보라 씨 오늘 온다고 하더라고요. 병삼이 형은 지금 교회 오는 사람들 태우러 다니는 시간이라 운전하고 있어서 저한테 연락한 것 같아요. 병삼이 아저씨는 저 오든 말든 상관도 안 할 거예요. 그렇긴 하겠네요. 전재일 목사님도 지금 예배 준비 중이시라 바쁘실 테고. 저는 2층에서 촬영하거든요. 저랑 같이 2층에 가셔서 예배드리시고 끝나면 전재일 목사님 만나보세요. 저 그런데요. 예배 못 드릴 것 같아요. 저도 사실 예배드리는 거 싫은 데 그냥 참고 있는 거예요. 그래도 목사님 만나시려면 오늘 설교 잘 들었습니다, 하면서 얘기하는 게 도움이 될 것 같은데. 그게 아니고 제 냄새 때문에. 아아. 아아아. 죄송해요. 제가 그걸 생각 못 했네요. 지금은 향수 냄새밖에 안 나시는데. 그때 보라 뒤로 젊은 엄마들이 유모차를 끌고 삼삼오오 모여 지나가고 있었다. 아! 맞다. 여기 엄마들만 따로 예배 보는 곳이 있어요. 예배 시간에 아기들 울어서 방해될까 봐 마련한 공간이에요. 교회가 크고 넓으니까 별게 다 있어요. 거기 가시면 엄마들이랑 아기들밖에 없어서 괜찮을 거예요. 간혹 엄마들이 모유 수유를 하기도 해서 남자들은 못 들어가요. 나가셔서 왼쪽 건물로 가보세요. 보라는 우진의 말에 안도의 한숨을 내쉬며 엄마들이 가는 곳을 뒤따라갔다.

어라? 저 여자?

그 시간 재일은 예배 준비를 하며 목사실에 있는 모니터로 교회 곳곳의 CCTV 화면을 보고 있었다. 그러다 교회에 들어오지 않고 쭈뼛거리는 한 여성을 보았고, 누군지 지켜보다가 보라라는 사실을 알게 되었다. 잠시 뒤 우진이 나와서 보라와 잠시 대화를 나누었고, 대화를 마친 보라는 곧장 어머니 예배실로 갔다. 전우진과 아는 사이인 걸 보니 저 여자도 역시 한마음교회 사람이었어. 내가 이럴 줄 알았지. 정바울 목사가 그냥 찾아올 리가 없잖아. 그것도 15년 만에.

그래 놓고 아니라고 딱 잡아떼? 저 여자는 정바울 목사랑 무슨 사이일까? 보라의 모습을 지켜보던 재일은 피식하고 웃음이 나왔다. 분명 정바울 목사가 가보라고 했겠지? 자기가 잘 이야기해 놨으니 가서 사과만 하라고 하면서. 사과하러 왔으면 예배 전에 일찍 찾아와서 사과할 것이지. 쥐새끼처럼 숨어다니면서 뭐 하는 짓거리야? 예배당에 있으면 나한테 들킬 것 같으니까 어머니 예배실에 숨어서 지켜보겠다 이거네. 분위기 보고 사과할 만하면 사과하고, 아니면 말고. 참 세상 편하게 사시는 분이야. 그럼 내가 또 불편하게 해드려야지. 재일은 어머니 예배실로 들어가는 보라를 보고 웃으며 오늘 설교 내용이 적힌 종이를 찢어버렸다.

혹시 임신하셨어요?

보라가 어머니 예배실에 들어가자 한 여자아이를 데리고 있던 신도가 말을 걸어왔다. 예? 보라는 자기만 아이가 없이 들어왔다는 사실을 깨닫고 얼떨결에 그렇다고 대답했다. 신도는 보라의 몸을 아니꼬운 눈으로 훑어보았다. 보니까 아직 임신 초기신 것 같은데. 그러시면 그냥 본당에 가셔서 예배드려도 되잖아요? 어어. 그게요. 제가 어린이집 선생님도 하거든요. 그래서 아이들도 돌볼 겸 온 거예요. 제가 있는 게 불편하신가요? 보라의 말에 신도는 인상을 찌푸렸다. 예? 아뇨. 성도님 생각해서 한 이야기죠. 여기는 아이들이 있어서 떠들고 뛰어다니고 그래서 불편하실까 봐. 보시면 아시겠지만, 아이들 뛰어다니라고 의자도 없잖아요. 아아. 그러시구나. 감사합니다. 저는 괜찮아요. 본인이 괜찮으시다면 뭐 좋으실 대로 하세요. 그런데 있잖아요. 임신 초기에 향수 너무 많이 뿌리시면 안 돼요. 태아에도 안 좋을뿐더러 여기 둘째 임신하신 성도님들도 계시는데. 향수 냄새에 입덧 심하게 하시는 분들도 계세요. 다음부터 교

154

회 오실 때는 향수는 조금만 자제해 주세요. 본인만 예배드리는 거 아니잖아요? 어린이집 선생님이시라면서요. 어린이집에서도 이렇게 향수 많이 뿌리고 애들 보시는 건 아니시죠? 예. 죄송합니다. 보라는 신도의 눈치를 보며 방석을 하나 집어 들고 예배실 가장 끝 구석 자리 신발장 옆에 자리를 잡고 앉았다. 신도는 보라를 지켜보다 한숨을 한 번 쉰 다음 뛰어다니는 자기 아이에게로 가서 이제 예배 시작하니까 조용히 있자며 달랬다. 잠시 후 벽에 있는 빔프로젝터와 양쪽 벽의 65인치 텔레비전이 켜졌다. 화면에는 예배당에 꽉 찬 신도들이 보였다. 잠시 후 땡 하고 종소리가 울렸다.

오늘은 설교 내용을 조금 바꾸겠습니다.

예배가 시작되고 기도와 찬양, 성경 봉독이 끝나자 재일이 단상에 섰다. 우진이 카메라로 재일을 비추자 어머니 예배실 스크린에도 재일의 모습이 나왔다. 보라는 구석에서 재일의 표정을 살폈다. 재일은 촬영하는 우진을 힐끗 보고는 말을 이었다. 원래 오늘 설교 제목이 하나님의 가족이 됩시다. 이거였죠? 요새 젊은 사람들 가족을 만들기 참 힘듭니다. 왜 그럴까요? 경제가 어려워서? 살기 힘들어서? 다 맞는 이야기입니다. 그런데 요즘 보시면 남녀가 편을 갈라 싸웁니다. 페미니즘이 유행이지 않습니까? 대충 내용은 이렇습니다. 여성들이 힘센 남성들에게 이용당하고 착취당한다. 여자도 남자와 동등하다. 어때요? 당연한 이야기죠? 여자도 남자도 모두 하나님의 자녀입니다. 동등한 것이 당연합니다. 그럼 여성들은 남성들에게 착취당한다. 이건 어떨까요? 저는 이건 틀렸다고 봅니다. 물론 과거 어머니들은 가부장제 아래 아버지들에게 억압당하고 사셨습니다. 더 옛날에는 여성은 투표권조차 없었지요? 왜 그랬을까요? 남자들이 힘이 있었기 때문입니다. 체력뿐만 아니라 재력. 권력. 이런 것을 모두 남자가 가지고 있었기 때문입니다. 다시 말해서 여성들이 남성들에게 착취당한 것이 아니라, 약자들이 강자에게 착취당한 것입니다. 인간의 악한 본능입니다. 남자들끼리만 있어도 그 안에서 서열이 나뉘고 강자가 약자를 착취합니다. 그럼 여성이라고 다를까요? 여성들도 마찬가지입니다. 여성들끼리만 있어도 그 집단의 권력을 가진 여성이 약한 여성을 억압하고 착취합니다. 단순히 남자는 악. 여자는 선. 이렇게 나눌 게 아닙니다.

제 얘기를 드리자면, 우리 가족은 가모장제입니다.

제가 미국 유학 시절 아내를 만나 결혼할 당시에는 저는 신학대 대학원생이었고, 아내는 음대 교수였습니다. 제 아내는 돈을 벌고, 저는 아내가 벌어온 돈으로 학교에 다니며 집안일을 하고, 아들 요한이까지 돌봐야 했습니다. 그래서 모든 권한이 아내한테 있었습니다. 경제권은 누구한테 있을까요? 아내죠. 집안 권력은 누구한테 있을까요? 역시 아내입니다. 근력이나 체력은 제가 아내보다 낫다고 하더라도 저는 아내에게 꼼짝 못 합니다. 지금도 아내가 미국으로 오라고 하면 당장 비행기표 끊어야 합니다. 아아. 오해하지는 마세요. 저는 그런 아내에게 지금까지 감사하고 있습니다. 아내가 돈을 벌지 않았다면, 학교를 마치지 못했을 테고 그러면 저는 성도님들과 만날 수 없었을 테니까요. 지금도 그렇지만, 그 당시에 동양인 여자가 미국에서 돈을 벌며 남편과 아이를 먹여 살렸다는 것은 굉장히 존중받을 만한 일입니다. 이 이야기를 왜 하느냐.

여성들이 남성들에게 억압을 안 받는 방법은 여성이 강자가 되라 이겁니다.

제 아내는 저보다 강자입니다. 제가 아내를 억압할 수 있을까요? 절대 없습니다. 이혼하면 저는 빈털터리예요. 우선 가정에서부터 여성이 강자가 되면 됩니다. 그러려면 어떻게 해야 하느냐. 여성들은 결혼할 때 자신보다 못한 남자와 결혼하세요. 무슨 헛소린가 싶으시겠지만, 이것이 지금까지 계속 남자가 권력을 가질 수 있었던 이유입니다. 대부분 남자는 자신보다 못한 여성과 결혼해서 재력과 권력을 유지합니다. 내가 너보다 돈을 많이 버니까 내가 돈 관리 할게. 내가 너보다 돈을 많이 버니까 너는 회사 그만두고 집에서 애 봐. 이게 다 남자들이 써먹는 방법입니다. 예전에는 남자가 힘이 세서 사냥하고, 농사짓고, 고기 잡고, 나무를 했기 때문에 그럴 수밖에 없었습니다. 이제 시대가 달라졌습니다. 힘으로 돈 버는 시대가 아닙니다. 덩치 크고 흉악한 조폭들이 자기 막냇동생뻘밖에 안 되는 조그만 여자 검사 앞에서 굽신거립니다. 회사도 마찬가집니다. 젊은 여사장이 출근하면 환갑이 넘은 남자 임원들도 벌떡 일어나 90도로 인사합니다. 왜 그럴까요? 이제 힘이라는 것은 단순히 육체에서만 나오는 시대가 아니라는 이야기죠. 이제부터라도 여성들이 자기보다 돈을 못 벌고 가난한 남성과 결혼하면 어떻게 됩니까? 남자에게 똑같이 해줄 수 있는 겁니다. 너 나보다 돈 못 버니까 집안일 해. 너 나보다 돈 못 버니까 회사 그만두고 애 봐. 남편이 육아하면 아내들은 육아 때문에 경력단절될 일도 없습니다. 가정의 권력이 고스란히 여성의 것이 됩니다. 그리고 결혼할 때 남자 쪽에서 집 해 오지 않습니까? 이것도 절대 그러면 안 됩니다. 세상에는 공짜란 없습니다. 그 집은 대부분 남자 부모님이 해주는 집입니다. 결국, 시부모님께 그만큼 빚을 지게 되는 거죠. 자연스레 시부모님의 눈치를 볼 수밖에 없게 됩니다. 여자가 집을 마련해서 오히려 반대로 시부모님에게 빚을 지워드려야 합니다. 남자들 보세요. 여자들이 시부모님한테 하는 것처럼 장인 장모님한테 하는 남자들 없습니다.

있다면 아마 처가에 돈을 빌렸다거나 사업자금을 받았다거나 그런 경우일 겁니다. 저도 아내가 학비 대주고, 생활비 주고, 용돈 주고 그러니까 어떻게 됐습니까? 지금도 우리 부모님은 자주 안 찾아뵈어도 장인 장모님은 한 달에 한 번씩 꼭 찾아뵙습니다.

얼마 전 제가 경찰서에 다녀왔습니다.

보라는 재일의 이야기를 듣고 불쾌감을 느꼈다. 재일이 하는 말도 안 되는 설교도 마음에 안 들었지만, 같이 예배드리고 있는 엄마들이 맞아, 맞아, 하며 맞장구치는 것이 더욱 기분 나빴다. 가끔 화면에 보이는 예배당의 성도들도 마치 굉장한 깨달음을 얻은 듯한 표정으로 고개를 끄덕였다. 그러다 경찰서 이야기가 나오자 지금까지 했던 설교 내용이 자신과 경찰서에서 있었던 이야기를 꺼내기 위한 것이었음을 눈치챘다. 제가 커피숍에서 우리 교회 여성도님과 이야기를 나누고 있었습니다. 성도님께서 안 좋은 일이 좀 있으셔서 심적으로 좀 흔들리시더라고요. 그래서 제가 그러지 마시라고 하며 저도 모르게 언성을 조금 높였습니다. 그랬더니 갑자기 어느 여성분이 나타나 저에게 같이 계시던 성도님을 때리지 않았느냐고 다그쳤습니다. 제가 아니라고 하고, 성도님도 아니라고 해도 그 여성은 막무가내였습니다. 제가 목사라는 걸 증명하려고 명함을 꺼내려는 순간 저를 주먹으로 때리고 발로 찼습니다. 맞은 것은 저였는데 커피숍 보안요원들은 저를 가해자로 알고 저를 제압하며 경찰을 불렀습니다. 저는 범죄자 취급을 당하며 경찰서로 끌려갔습니다. 저는 아무런 잘못도 하지 않았는데 한순간 죄인이 되었습니다. 그 여성은 저를 치한으로 몰고, 제가 때리지도 않았는데 저에게 맞았다고 증언했습니다. 경찰서에서는 누구 말을 믿었을까요? 당연히 약자인 여성의 말을 믿었겠죠. 저는 눈앞이 캄캄했습니다. 저는 돈도 명예도 없는 사람이라 상관없습니다. 그러나 재일교회에 오시는 수많은 성도님의 얼굴에 먹칠을 하게 되는 것이 너무 두려웠습니다. 그러나 다행히 같이 계셨던 성도님의 증언과 하나님께서 보내주신 한 의인의 도움으로 저는 누명에서 벗어났습니다. 알고 보니 그 여성은 남성들을 상대로 시비를 걸어 합의금을 뜯는 상습범이었습니다.

이게 바로 악입니다.

자신의 힘을 이용하여 약자를 착취하고 억압하는 것. 남자만 이런 악한 행동을 하는 것이 아닙니다. 그 여성도 여자라는 힘을 이용하여 남자들에게 합의금을 뜯어냈습니다. 그러면서 스스로 합리화를 했을 것입니다. 남자는 여자들을 억압하고 착취하니까. 남자는 악이니까. 그 여성은 악한 남자들을 괴롭히는 것이 선한 행동이고, 그런 선한 행동을 한 자신을 선한 사람이라고 생각할지도 모릅니다. 그러나 누가 악입니까? 남자가 악입니까? 아니면 여자가 악입니까? 늙은 사람이 악입니까? 젊은 사람이 악입니까? 잘생긴 사람이 악입니까? 못생긴 사람이 악입니까? 부자가 악입니까? 가난한 사람이 악입니까? 바로, 악한 행동을 하는 사람이 악이고 마귀이고 사탄입니다. 저는 악을 용서할 마음이 없습니다. 예수님께서는 일곱 번을 일흔 번까지 용서하라고 하셨습니다. 그것은 죄인이 죗값을 치르고 하나님께 진심으로 회개했을 때 이야기입니다. 다들 아시다시피, 저희 아버지도 악한 행동을 하셔서 죗값을 치르지 않았습니까? 용서를 구하지 않고, 회개하지 않는 악인을 용서하면 안 됩니다. 그것은 악을 키우는 행동입니다. 제 생각인데 어쩌면 그 여성분은 몰래 우리 교회에 들어와 예배당에 숨어서 지금 저를 지켜볼지도 모릅니다. 재일은 그 말을 하며 우진이 촬영하고 있는 카메라를 쳐다보았다. 어머니 예배실의 스크린에 재일의 얼굴이 크게 비치며 보라를 노려보았다. 보라는 재일과 눈이 마주치자 심장이 덜컥했다. 아니면 예배당으로 들어올 자신도 없어서 다른 곳에 숨어서 지켜볼지도 모르겠네요. 어찌 되었거나 그분도 하루빨리 죗값을 치렀으면 합니다. 그래야 하나님께 회개를 할 수 있고, 용서를 받을 수 있을 테니까요.

깰지어다 깰지어다 데보라여 깰지어다.

사사기 5장에 나오는 데보라처럼 여신도 여러분도 재력과 권력뿐만 아니라 체력까지 겸비한 강한 여성이 되셔서 남자가 아닌, 악과 마귀와 사탄과 싸우고 깨부숴서 하나님께 사랑받는 여러분들이 되시기를 간절히 축원합니다. 기도하시겠습니다. 하나님, 감사합니다. 저희를 사랑해 주시고 하나님의 백성으로 삼아주심을 감사합니다. 우리 사는 삶에 힘든 일이 많지만, 하나님의 사랑과 믿음으로 헤쳐 나갈 수 있게 해주심을 감사합니다. 재일의 기도가 시작되자 보라는 조용히 일어나 어머니 예배실을 나갔다. 전 목사가 내가 온 걸 알고 있어. 방금 이야기도 나 들으라고 한 소리야. 내 영어 이름이 데보라인 것까지 알고 있어. 그리고 고소를 취하해 줄 마음도 없어. 저런 새끼한테 용서를 비느니 차라리 감옥에 가고 말지.

그럴 줄 알았어.

재일은 예배가 끝나고 성도들이 다 빠져나갈 때까지 기다렸지만, 보라는 찾아오지 않았다. 혹시나 하는 마음에 어머니 예배실 CCTV를 돌려보았더니 설교가 끝나고 기도가 시작되자 보라가 어머니 예배실을 나와 교회 밖으로 나가는 모습이 보였다. 명예훼손으로 고소를 했고, 다니던 피트니스 클럽 게시판에 악플을 남겨서 쫓아냈는데도 아직까지 자존심은 남아 있나 보네? 저 여자한테 뭘 더 해주면 재밌을까? 그런데 저 여자는 정바울 목사랑 도대체 무슨 관계지? 잠깐. 경찰서에서 손병삼 씨는 저 여자를 몰랐잖아. 저 여자가 한마음교회 사람이면 손병삼 씨랑 모를 리가 없는데. 뭐가 어떻게 된 거야? 저 여자가 정바울 목사와 관련이 있다면, 손병삼 씨도 나에게 와서 저 여자를 용서해 주라고 부탁할 텐데. 딱히 그런 적은 없었어. 그럼 저 여자가 한마음교회 사람이 아닌가? 그런데 또 어떻게 전우진과 알고 지내는 걸까?

찾으셨다고 하셔서.

우진은 조심스레 노크를 하고 목사실로 들어왔다. 재일은 웃으며 우진을 반겼다. 앉으세요. 커피 한잔하시겠어요? 감사합니다. 아아. 커피 향 좋네요. 원두 비싼 것 드시나 봐요. 재일은 커피 향과 맛에 흠뻑 빠져 감탄하는 우진의 표정을 지켜보았다. 일하시는 데 힘드신 건 없으세요? 전혀 없습니다. 장비도 너무 좋고, 같이 촬영하시는 분들도 너무 좋고. 영상팀 관리하시는 양경준 전도사님도 너무 좋으시고. 게다가 월급도 많이 주셔서 부족함 없이 일하고 있습니다. 그러시다면 다행입니다. 재일은 서랍을 열어 우진에게 봉투 하나를 내밀었다. 어? 이게 뭐예요? 제가 드리는 선물입니다. 우진이 봉투를 열어보자 봉투에는 건강검진 상품권이 들어 있었다. 혹시 돈일까 기대했던 우진은 실망한 표정을 숨기지 못했다. 그 표정을 본 재일은 예전에 우진을 처음 봤을 때 느꼈던 불쾌감을 다시 느꼈다. 우리 교회에서 일하시게 되었으니 드리는 선물입니다. 우진은 봉투를 다시 재일에게 내밀었다. 저 지난달에 건강검진 받아서 괜찮습니다. 얼마 전에 결과 받아봤는데 다 정상이더라고요. 아. 그러셨습니까? 그럼 이건 내년에 다시 드려야겠네요. 재일은 어색하게 다시 봉투를 가져갈 수밖에 없었다.

요새 영화 일을 잘하고 계십니까?

재일의 질문에 우진의 표정이 굳었다. 아뇨. 이제 나이도 많아서 현장에서는 써주는 데도 없고요. 시나리오는 계속 쓰고 있는데 생각만큼 영화사에서 반응이 없네요. 영화사에서 읽어보고 연락해준다고 해놓고는 연락 오는 영화사가 하나도 없어요. 돈 벌어서 달걀을 산 다음 그 달걀을 바위에 던지고, 또 돈을 벌어서 달걀을 산 다음 다시 바위에 던지고. 계속 그러고 사는 기분이에요. 이래서 바위가 깨질까 싶어서 그만두려던 찰나에, 갑자기 바위에 살짝 금이 간 거예요. 소설 하나 쓴 게 공모전에 당선됐거든요. 그래서 포기하려다 말고, 다시 또 달걀을 사서 던지고 있어요. 금 갔으니 금방 깨질 것 같았는데 그렇진 않네요. 우진의 한숨에 재일은 미소를 지었다. 기도하셔야 합니다. 제가 정바울 목사님보다 기도의 힘이 약하겠지만, 그래도 우리 교회에 오셨으니 저도 최선을 다해 우진 씨를 위해 하나님께 기도드리겠습니다. 그리고 만약 기도를 통해 우진 씨가 깨뜨리려던 바위가 깨진다면. 그때 우리 교회 성도님들을 위해 간증을 해주시면 고맙겠습니다. 재일의 말을 들은 우진은 커피를 한 모금 마시고 재일을 바라보았다. 재일은 역시 기분 나쁜 눈빛이라고 생각했다.

기도도 좋지만, 제 부탁 하나만 들어주세요.

여기 재일교회에 장영환 피디님이라고 다니시거든요. 제 시나리오 좀 장영환 피디님께 읽어봐 달라고 해주시면 안 될까요? 목사

162

님이 말씀 좀 잘해주시면 읽어라도 봐주실 것 같은데. 우진의 말을 들은 재일은 고개를 끄덕였다. 아아. 장영환 성도님. 봉준호 감독님과 같이 기생충 찍으신 프로듀서분 말씀이시죠? 우리 교회 성도님이신 건 제가 알고 있죠. 제가 그 생각을 못 했네요. 제가 장영환 성도님 뵙게 되면 말씀드려 보겠습니다. 우와. 정말요? 감사합니다. 우진은 벌떡 일어나 재일에게 고개 숙여 인사를 했다. 시나리오 읽어봐 달라고 부탁하는 게 뭐 그리 어려운 일이라고. 재일은 어색하게 시계를 보았다. 제가 너무 많은 시간을 빼앗았네요. 그럼 앞으로도 우리 재일교회 영상을 잘 부탁드립니다. 네네. 감사합니다. 가시기 전에 기도하고 가시죠. 재일의 말에 우진은 어정쩡하게 눈치를 보다가 다시 자리에 앉았다. 하나님 아버지 감사합니다. 저희 교회에 이렇게 훌륭한 인재를 보내주심에 진심으로 감사드립니다. 전우진 성도님은 지금 앞이 보이지 않는 캄캄한 길을 걷고 계십니다.

재수 없는 새끼.

축도를 받은 우진이 웃으며 목사실을 나가자 재일은 웃고 있던 표정을 풀며 욕을 내뱉었다. 재일은 우진에게도 다른 성도들에게 하던 방법을 쓸 예정이었다. 우진에게 건강검진 상품권을 줘서 건강검진을 받게 한 다음 최 원장을 통해 간경화 혹은 위궤양, 아니면 전립선에 문제가 있다고 할 계획이었다. 우진이 병 때문에 고민이 깊어지면 치료비를 내주고 기도를 해줘서 병을 낫게 해준 것처럼 보이면 되는 것이었다. 실제로는 아픈 곳이 없을 테니 나갈 치료비도 없었다. 이 방법은 아이들과 의사를 제외하고 가장 잘 먹히는 방법이었다. 사람이란 보통 아프거나 불편한 곳이 꼭 있기 마련이고, 그게 없다 하더라도 의사가 진단 결과를 보여주며 어느 곳이 잘못되었다는 말을 들으면, 점점 신경이 쓰이고 자기도 모르게 아픈 것처럼 느껴지기 때문이다. 이 방법은 나이 든 사람일수록 잘 통했다. 이 방법을 사용하면 우진도 다른 신도들처럼 교회에 대한 충성심이 강해지리라 생각했다. 그러나 재수 없게도 이미 건강검진을 받은 것이다. 그리고 두 번째 계획은 장영환 프로듀서였다. 장영환 프로듀서를 우진과 연결해 줘서 영화를 하는 우진의 마음을 잡아볼 생각이었다. 이 방법은 젊은 사람들에게 가장 잘 먹히는 방법이었다. 재벌들을 제외하고는 돈과 명예에 자유로운 사람은 없다. 그걸 채워줄 수 있는 것은 직업이었다. 그러나 이 방법도 우진이 먼저 제시를 하는 바람에 김이 새버렸다. 병삼을 포함한 다른 사람들과 달리 우진은 덫 사이를 요리조리 빠져나갔다. 모자를 훔쳐 나무 위로 도망가는 원숭이 같은 놈이었다. 한주먹 거리도 안 되지만, 문제는 잡히지 않는다는 것이었다. 그리고 아직은 이용 가치가 있어서 내쫓지도 못했다. 그 이용 가치는 병삼과 친하다는 것이다. 우진은 병삼의 숨통이었다. 병삼이 재일교회 일이 힘들어지면 다시 한마음교회로 갈 가능성이 있었다. 재일은 병삼과 정바울 목사를 떨어뜨려 놓을 예정이었다. 그러나 병삼이 일도 힘들고 돌아갈 곳도 없어지면 아예 사라져버릴 수도 있는 생각이 들었다. 그럴 때 병삼을 붙잡아 줄 우진이 필요했다. 재일교회에서 병삼과 사적인 친분이 있는 유일한 사람이 우진이다. 만약 병삼이 사라진다고 하더라도 우진을 통해 찾아낼 수 있을 것이다. 하지만 재일이 우진에게 기대하는 바는 크지 않았다. 우진은 단순히 혹시 모를 화재에 대비하여 준비해 놓은 소화기 같은 존재였다. 불이 날 가능성은 이미 사전에 차단해 두었다. 재일은 병삼이 재일교회를 나가지 못하게 미리 병삼의 발아래 콘크리트를 부어놓았다. 콘크리트가 딱딱하게 굳기만 한다면 병삼은 빠져나가지 못할 것이다. 그때가 되면 우진은 필요가 없어진다. 그때가 되면 우진도 보라처럼 만들어야겠다고 생각했다. 영화건 소설이건 그쪽 동네에는 발도 못 붙이게 만들어줄 예정이었다.

이 동네에는 어쩐 일이세요?

우진은 바나나 우유를 마시며 한마음교회로 들어가려다 상가 앞에 서 있는 양 전도사를 보고 깜짝 놀랐다. 그러나 사실 더욱 놀란 것은 양 전도사였다. 전도사님 한마음교회에 오신 거세요? 아아. 전우진 형제님. 형제님 여기 어쩐 일이세요? 양 전도사는 재일의 지시로 그동안 한마음교회를 감시하며 조사하고 있었다. 그래서 우진과 병삼이 한마음교회에 다니다 재일교회로 온 사실도 알고 있었다. 그러나 양 전도사는 모른 척했다. 양 전도사는 어머니를 한마음교회에 다니게 하면서 한마음교회 예배와 담임목사 바울을 초소형 카메라로 촬영해 달라고 부탁했다. 어머니의 말로는 한마음교회 신도 대부분이 동네 놀 곳 없는 아이들과 노인들이라고 했다. 그리고 정바울 목사가 혈기가 넘쳐서 모든 일을 혼자 도맡아 한다고 하며 젊은 목사가 혼자 대단하다고 칭찬했다. 양 전도사의 어머니가 촬영해 온 영상을 보니 바울은 늘 웃으며 설교를 했고, 설교가 끝나면 노인들을 승합차로 데려다줬다. 예배당 청소와 정리 그리고 주보와 인쇄물도 혼자 정리했다. 그리고 교회 상가 건물 아래에 있는 어린이집 아이들과도 잘 놀아주었다.

어? 이거 뭐 하는 거지?

그러다 양 전도사는 이상한 장면을 보았다. 바울이 어린아이들을 데리고 옥상에서 운동하는 모습이었다. 처음에는 태권도를 가르치나 했는데 뭔가 조금 달랐다. 중국 무술 같아 보이는 걸 옥상에서 아이들을 모아놓고 가르치고 있었다. 목사가 아이들한테 무술을 가르쳐도 되나? 그런 생각을 하며 영상을 보는데 어떤 여자가 옥상으로 올라와 발차기 시범을 보였다. 태극 1장 같은 것을 보여주고는 공중으로 뛰어올라 돌려차기를 했다. 무술도 가르치고 태권도도 가르치고. 학원도 아닌 교회에서 아이들에게 싸움을 가르친다? 이런 식으로 보고하면 되겠는데? 그런데 이게 문제가 되려나? 양 전도사는 뭔가 더 찾아내기 위해 영상을 계속 보기 시작했다. 설교 내용은 지겨웠다. 노인들을 대상으로 하는 설교라 대부분 쉽고 단순한 이야기들이었다. 그러다 양 전도사의 귀에 거슬리는 단어가 있었다. 설교에서 나오면 안 되는 단어였다. 양 전도사는 뒤로 돌려 다시 들어보았다. 그리고 빠른 재생으로 대충 보았던 설교 영상을 다시 천천히 훑어보기 시작했다. 영상을 보고 있는 양 전도사의 입에 천천히 미소가 번지기 시작했다. 재일에게 보여줄 영상을 편집한 양 전도사는 마지막으로 한마음교회를 눈으로 직접 확인하기 위해 다음 날 교회를 찾았다. 그러다 하필 우진을 마주친 것이다.

어머니께서 이 교회에 다니신다고 하셔서 한번 보러 왔어요.

우진은 양 전도사의 이야기를 듣고 깜짝 놀랐다. 예? 전도사님 어머니께서 한마음교회에 다니신다고요? 왜 재일교회로 안 오시고 여기로 오세요? 집이 이 근처신가? 그래도 재일교회 버스가 여기까지 올 텐데. 그러게나 말입니다. 여기 친한 분들이 많으시다고 여기 다니시네요. 아아. 여기 어르신들이 많이 다니시긴 하세요. 저도 재일교회 오기 전에 여기서 영상 일 잠깐 도와주곤 했었어요. 그래 봐야 예배 시간에 보는 주보 화면 만드는 거였지만. 양 전도사는 우진을 잠시 바라보다가 조심스레 다가와서 속삭여 물었다. 그런데요. 여기 목사님이 정바울 목사님이라고 하시는데. 저희 어머니께서 목사님 설교가 조금 이상하시다고 그러셨거든요. 그런 점은 없나요? 네? 어떤 이상한 점 말씀이신지. 제가 여기 교회 일을 조금 하긴 했는데 설교는 잘 안 들어서 모르겠어요. 그런데 여기 목사님 좋으신 분이세요. 약간 다혈질인 면이 있으신데 그것 때문에 그러시나? 그래도 어르신들에게는 되게 예의가 바르신데. 설교하실 때 뭐가 이상하셨다고 하시나요? 불편하신 점 있으시면 제가 목사님한테 전해드릴게요. 아니에요. 별일 아닐 겁니다. 저희 어머니가 워낙 좀 예민하시고 그러셔서. 그럼 교회에서 뵙겠습니다. 양 전도사는 우진에게 인사를 하고 내리막길을 내려갔다.

이걸 내려야죠.

이걸 내리라고? 내려봤는데 안 되던데? 어? 되네? 아깐 안 됐는데? 우진은 답답한 표정으로 바울을 노려보았다. 바울은 노트북 모니터에 켜진 파워포인트 화면을 보다가 우진의 표정을 보고 머쓱한 듯 목덜미를 긁었다. 어제 했을 때는 안 내려갔는데. 마우스로 찍고 아래로 쭉. 이게 안 내려갈 리가 있어요? 솔직하게 말씀하세요. 그냥 심심해서 저 부른 거죠? 에이. 아니야. 그런데 점심은 먹었냐? 밥이나 먹으러 갈까? 이거 봐. 심심해서 부른 거 맞네. 저 요새 바빠요. 우진의 말에 바울은 입을 삐쭉 내밀었다. 너희들 요새 좀 서운해. 재일교회 가더니 통 놀러 오지도 않고. 연락도 없고. 너는 그래도 전화라도 받지. 병삼이 놈은 카톡 해도 응 그러고말고. 에엥? 병삼이 형 재일교회 간 다음 목사님이랑 본 적 없어요? 없어. 연락도 없다니까. 너도 마찬가지잖아. 내가 불러야 오고 그러지. 병삼이는 신사동으로 이사 가서 그렇다지만, 너는 집도 가까우면서 너무한 거 아냐? 에이 참. 저도 바쁘다니까요.

바쁘긴 뭐가 바쁘다고 그려?

허구한 날 게임만 하는 놈이. 바울과 우진이 돌아보니 한 장로가 문 옆에 서 있었다. 게임을 하건 영화를 보건, 밤에는 소리 좀 줄이고 하던가. 귀에 뭐 끼우고 하던가 좀 그려라. 시끄러워서 잠을 못 자것어. 우진은 한 장로의 말에 입을 꾹 다물었다. 바울은 그런 우진을 보고 피식 웃은 뒤 한 장로에게 인사했다. 어서 오세요. 장로님. 장로님이 이 시간에 어쩐 일이세요? 무슨 일 있으세요? 무슨 일은 무슨. 그냥 지나가는데 우진이가 교회 들어가는 거 보고 밥이나 같이 먹을까 해서 들어왔지. 한 장로는 우진을 살짝 노려보았다. 그나저나 재일교회 일은 할 만혀? 아직은 잘 모르겠어요. 세상에 공짜는 없는 거여. 돈 많이 주면 그만큼 일을 시켜 먹는 거. 알것어? 한 장로님도 참. 제가 무슨 어린애도 아니고. 저도 이제 마흔 넘었어요. 이잉? 마흔이 넘었어? 그런데 옷을 왜 그렇게 애들처럼 입구 댕겨? 길거리에서 바나나 우유나 먹으면서 댕기고? 그러면 너 정 목사랑 나이 차이도 얼마 안 나네? 저 병삼이 형한테도 병삼이 형이라고 하잖아요. 다섯 살 차이밖에 안 나요. 아아. 그런 겨? 나는 우진이 니가 워낙 싸가지가 읎어서 그런 줄 알았지. 한 장로의 말에 바울은 박수를 쳤다. 한 장로님께서 잘 보셨네요. 우진이가 나이는 많고 싸가지는 없어요. 바울의 말에 우진인 바울을 노려보았다.

참 나. 바울이 형. 형은 설교나 잘해.

우진의 말에 바울은 깜짝 놀라 우진을 쳐다보았다. 제가 진짜 싸가지 없었으면 목사님한테 이렇게 말했겠죠. 그런데 저는 꼬박꼬박 목사님, 목사님 해드리고, 존댓말도 하잖아요. 아냐. 나는 사실 우진이 네가 꼬박꼬박 목사님 그리고 존댓말하고 그러는 게 더 기분 나빠. 거리 두는 거 같아서. 그게 기분 나쁘다고요? 와아아. 진짜 이 형 성격 이상하네. 그러니까 설교 시간에 이상한 소리 한다는 얘기가 나오지. 뭐? 누가 그래? 내가 설교 시간에 이상한 소리 했다고 누가 그러냐고? 웃으며 이야기하던 바울은 이상한 소리라는 말에 정색하며 물었다. 누가 그러겠어요. 교회 다니는 분이 그랬겠지. 그냥 또 싫은 소리 쬐끔 들었다고 인상 쓰시는 거 봐. 목사님이랑 병삼이 형이랑 싸우는 거 보면 둘이 똑같아요. 병삼이 형만 뭐라고 할게 아니야. 저기 정 목사. 바울은 한 장로가 부르자 인상을 쓴 채 돌아보았다. 정 목사 설교할 때 헛소리할 때 있어. 예? 제가 언제요? 늘. 항상 그래. 그렇게 말씀을 하실 게 아니라 무슨 헛소리를 했는지 주체적으로 얘기해 주셔야죠. 이거 봐. 뭘 주체적으로 얘기허래? 이런 게 이상하다는 거여. 네? 주체적? 주체적이 아니라 뭐라고 해야 하지? 어어. 아 맞다. 구체적. 구체적이라고 한다는 걸 주체적이라고 했네. 우진은 바울을 한심하다는 듯 쳐다보았다. 아아. 이런 얘기 한다는 거였어? 그럼, 말실수한다고 그래야지 설교 시간에 이상하게 얘기한다니까 깜짝 놀랐네. 내가 성격이 급해서 가끔 말이 헛나와. 아무튼, 설교 시간에는 조심해야겠네. 점심이나 드시러 가죠. 닭곰탕 어떠세요? 우진아. 닭곰탕 어때? 바울의 닭곰탕 이야기에 우진이는 불쾌한 표정으로 식사 시간 피해서 올 걸 하며 투덜댔다.

손 집사는 적응 잘 허구 있는 겨?

닭곰탕 집에 들어온 셋은 닭곰탕과 닭무침을 시켰다. 주문이 끝나자 한 장로는 스테인리스 컵에 물을 따라 마시며 우진에게 병삼의 안부를 물었다. 예? 저도 잘 몰라요. 저는 예배당에서 촬영하고, 병삼이 형은 밖에서 운전해서 마주칠 일도 없어요. 우진의 말을 들은 바울은 식탁에 수저를 놓으며 한숨을 내쉬었다. 병삼이는 거기서도 예배 안 들어가나? 제 생각에는 병삼이 형은 예수님이 오셔서 예배에 들어오라고 해도 안 들어갈 거예요. 병삼이 예배 안 드린다고 전재일 목사가 아무 말도 안 해? 저도 잘 몰라요. 병삼이 형 본

지도 오래됐다니까요. 알아서 하겠죠. 한 장로는 물을 다 마시고 다시 컵에 물을 따랐다. 우진이 네가 손 집사 좀 잘 챙겨. 예? 제가 왜 그 형을 챙겨요? 그 형이 어린애도 아니고. 거기 재일교회에 교회일 보는 우 권사라고 있을 거여. 우신정 권사. 환갑 다 된 쪼끄만 여자 권사. 우진은 누군지 모르겠다는 눈치였다. 아아. 저는 그분 본 것 같아요. 한 장로의 말을 듣던 바울이 끼어들었다. 제가 전 목사랑 이야기할 동안 병삼이랑 같이 있던 사람이 우 권사라는 사람이었던 것 같은데. 으응. 아마 그 사람 맞을 겨. 우진이 너는 나중에 손 집사 보면 우 권사 조심하라고 혀. 그 사람이랑 엮여서 좋을 것 하나 없다고. 참 나. 병삼이 형이 누구랑 엮일 사람이에요? 그건 또 그르네. 한 장로는 웃으며 물을 마셨다. 그런데 우 권사가 누군데 조심하라고 하세요? 으응. 내 전처. 예? 바울과 우진은 깜짝 놀랐다. 한 장로님 곧 칠순이신데 전 사모님과 나이 차이가 좀 많이 나셨네요. 우진은 한 장로에게 우 권사의 이야기를 더 묻고 싶었지만, 닭곰탕이 나오는 바람에 입을 닫았다.

왜 말씀이 없으세요?

양 전도사는 웃으며 모니터를 바라보는 재일에게 물었다. 재일은 모니터 속 영상을 보며 어이가 없었다. 모니터에는 바울이 옥상에 아이들을 모아놓고 무술을 가르치고 있었다. 전도사님, 이게 문제가 있다고 생각하십니까? 우리도 학생부와 청년부 성도들에게 악기 가르치지 않습니까? 그리고 영어, 중국어, 일본어 회화반도 있고, 유아반 미술, 발레까지. 아이들 데리고 운동 가르치는 게 뭐 문제 될 것 있습니까? 운동이 싸우는 운동이라 그렇게 생각하십니까? 저도 복싱을 꽤 오래 했습니다만, 격투 운동이 그렇게 나쁜 운동은 아니에요. 아이들에게 운동 좀 가르치는 걸 가지고 문제 삼기는 어렵지 않겠습니까? 재일의 불쾌한 표정에도 양 전도사는 미소를 잃지 않았다. 그럼 다음 영상을 보시죠. 다음 영상은 정바울 목사의 설교 장면 중 하나입니다. 재일은 시큰둥한 표정으로 다시 모니터를 바라보았다. 모니터에는 바울이 웃음 가득한 표정으로 설교를 하고 있었다. 바울의 설교하는 모습은 위엄 있지 못하고 마치 노인정에 봉사하러 온 대학생 같은 느낌이었다.

어?

바울의 설교 영상을 보던 재일은 깜짝 놀랐다. 양 전도사는 재일과 눈이 마주치자 동영상을 멈추고 씨익 웃어 보였다. 이거예요? 맞습니다. 이거 하나 갖고는 조금 약한데. 그럼 계속 보시죠. 모니터에서 바울은 여전히 즐거워 보이는 모습으로 설교를 하고 있었다. 그 모습을 바라보는 재일도 화면 속 바울처럼 얼굴에 미소가 번졌다. 전도사님, 이 정도면 훌륭합니다. 역시 그렇죠? 양 전도사는 재일의 만족한 모습에 기뻐했다. 정바울 목사의 설교는 문제를 삼지 않으면 문제가 안 되겠지만, 문제를 삼으면 충분히 문제가 되겠네요. 오오. 목사님, 꼭 영화 대사 같습니다. 이거 영화 베테랑에 나오는 대사예요. 아아. 그러시구나. 목사님은 영화 대사도 잘 외우십니다. 하하하하. 재일은 바울이 다녀간 이후로 계속 이상한 생각이 들었다. 서보라는 신라호텔에서 왜 나에게 시비를 걸었을까? 그리고 어떻게 때마침 경찰서에 손병삼이 나타났을까? 그 둘은 정바울 목사와 연결이 되어 있다. 정바울 목사는 왜 15년 만에 내 앞에 나타났을까? 손병삼의 따귀를 맞으면 정말 죄를 회개하게 되는 것일까? 손병삼과 서보라는 경찰서에서 만나기 전부터 알던 사이라면? 둘이 짜고 나를 속인 거라면? 모든 것이 정바울 목사의 계획이라면? 나를 재일교회에서 끌어내리기 위한 계획? 나를 몰락시키기 위한 계획? 혹시 정바울 목사 아내가 죽은 게 내 탓이라고 생각하는 걸까? 그래서 그때부터 지금까지 복수를 준비한 건 아닐까? 재일의 의심은 점점 커져서 걷잡을 수 없을 정도가 되었다.

오늘도 설교 내용을 조금 바꾸어서 저번 주에 했던 이야기를 이어서 하겠습니다.

재일은 단상에 서서 성도들을 잠시 훑어본 뒤 설교를 시작했다. 제가 악을 처단해야 한다고 말씀을 드렸죠? 예수님께서도 악을 처단하는 행동을 하셨습니다. 바리새인과 서기관들, 종교 지도자들을 신랄하게 비난하셨습니다. 좋은 말로 타이르셨습니까? 아닙니다. 모멸감을 줄 정도로 욕을 하셨습니다. 저주하셨습니다. 부패한 종교 지도자들을 독사의 자식과 같다고 하셨습니다. 말로만 욕하고 마셨습니까? 아닙니다. 성전 안에서 소와 양, 비둘기를 파는 사람들을 내쫓으시고, 돈을 쏟아버리며 상을 엎어버리셨습니다. 요한복음 2장 18절에 나오는 말씀입니다. 이에 유대인들이 대답하여 예수께 말하기를 네가 이런 일을 행하니 무슨 표적을 우리에게 보이겠느냐. 그랬더니 19절에서 예수님이 어떻게 말씀을 하셨습니까? 예수께서 대답하여 이르시되 너희가 이 성전을 헐라 내가 사흘 동안에 일으키리라. 예수님께서는 부패한 성전을 부수고 다시 일으키신다고 하셨습니다. 부패한 성전을 그대로 두셨습니까? 그냥 타이르고 마셨습니까? 아닙니다. 헐어버리라고 하셨습니다. 46년 동안 지은 성전을 헐어버리라고 하신 것입니다. 다들 아시겠지만, 우리 재일교회도 부패한 성전이었습니다. 재일교회가 효자동에서 신사동으로 이전했을 때가 1974년이었습니다. 40년 넘게 지은 성전이었습니다. 저는 예수님의 말씀을 따라 부패한 재일교회를 헐어버린 것입니다. 예수님의 가르침대로 행동한 것입니다.

잠깐 영상 하나를 보시겠습니다.

재일의 말에 예배당 가운데 십자가를 가리며 흰 스크린이 내려왔다. 불이 꺼지고 빔프로젝터가 스크린에 영상을 쏘았다. 2층에서 재일의 설교 모습을 촬영하고 있었던 우진은 화면에 나온 사람을 보고 깜짝 놀랐다. 화면에는 바울이 한마음교회에서 설교하는 모습이 나오고 있었다. 누군가 휴대폰 카메라로 촬영한 듯 보였다. 정목사님이잖아? 저걸 갑자기 왜 틀었지? 우진은 재일의 표정을 살폈다. 평소 예배 시간에 교인들의 봉사 활동이나 선교 활동 영상이 나올 때 재일은 항상 다른 생각하는 것처럼 보였다. 그러나 지금 재일은 달랐다. 집중하고 있었다. 재일은 스크린 속에서 웃으며 설교하는 바울의 모습을 차갑게 바라보고 있었다.

과부의 두 렙돈이 더 크다고 하셨습니다.

재일교회 사람들은 조용히 스크린 속 바울의 설교를 보기 시작했다. 바울은 반응 없는 한마음교회 노인들을 잠시 바라보다가 다시 입을 열었다. 무슨 얘긴지 잘 모르시겠죠? 쉽게 말씀드리면 두 렙돈은 지금 한 2천 원 정도 되려나? 그 당시 재물로 드릴 비둘기 한 마리 살 수 있는 가격이었어요. 다시 말씀드려 남의 돈 빼앗은 부자가 헌금을 많이 드리는 것보다 과부가 2천 원 헌금하는 것이 더 크다는 말씀입니다. 그렇기 때문에 성전의 장사치들을 다 내쫓고 성전을 헐라고. 아니, 쉽게 말씀드리면 교회에서 장사하는 놈들 다 내쫓고 교회를 부숴버리라고 하신 것입니다. 그 당시 유대교는 썩을 대로 썩었기 때문에 예수님께서 화가 나신 거죠. 권위만 내세우고 돈만 밝히는 종교를 저주하시고 다 때려 부순 거잖아요. 사실 예수님 이전에도 이런 분이 한 분 계셨죠.

석가모니도 그러셨습니다.

네. 맞습니다. 부처죠. 그분도 그 당시 부패했던 브라만교에 분
노하셨습니다. 브라만교에는 카스트제도가 있었어요. 쉽게 말씀드
려 노예제도입니다. 그냥 태어나면서 너는 귀족, 너는 노예 이미 정
해져 있는 거예요. 평생 절대로 바꿀 수가 없어요. 귀족의 자식은 귀
족. 노예의 자식은 노예. 이렇게 대대로 가는 겁니다. 귀족은 대대
로 잘 먹고 잘살고, 노예는 대대로 귀족을 섬기며 병들어 굶어 죽고.
부처는 이런 걸 보고 분노하신 겁니다. 예수님과 똑같죠. 다른 점은
예수님은 자신이 하나님의 아들이라고 하시며 기적을 행하신 것이
고. 부처님은 현실을 직시하시고 깨달음을 얻으셔서 민중들의 공감
을 얻으신 것입니다. 예수님은 공격적이신 반면에 부처님은 좀 평
화적으로 행동하셨죠. 예수님은 적을 많이 만드셔서 십자가에 못
박히신 것이고, 부처님은 분노를 참으시느라 화병이 생기셔서 병으
로 돌아가신 거죠. 얘기가 딴 데로 샜네요. 아무튼, 중요한 이야기는
예수님이나 부처님이나 중요하게 생각하신 것은 바로 무소유입니
다. 그 당시 권위 있던 유대교나 브라만교처럼 돈 밝히지 말라는 얘
기입니다. 돈이라는 게 많으면 많을수록 좋아서, 돈을 모으다 보면
다른 사람들 가진 돈까지 빼앗고 싶어지잖아요. 예수님께서 사람이
떡으로만 살 것이 아니오, 하나님 말씀으로 살라고 하셨습니다. 부
처님께서도 욕심이 많으면 고통이 되는 줄 깨달아라, 생사에서 시
달림은 탐욕에서 비롯된다고 하셨습니다.

멈춰주세요.

재일의 말에 화면이 멈추고 다시 불이 켜졌다. 스크린에서는 웃
고 있는 바울의 얼굴이 클로즈업으로 멈춰 있었다. 영상 잘 보셨습

니까? 이 영상은 금호동에 있는 한마음교회 담임목사 정바울 목사의 설교입니다. 설교 내용이 어떤가요? 제가 방금 드렸던 설교 내용과 크게 다를 바 없지요? 다르다고 한다면 부처 이야기를 같이 한다는 것 말고 없지 않습니까? 예배 시간에 부처 이야기를 한다는 게 문제가 될까요? 그게 뭐 문제입니까? 부처 얘기 할 수도 있는 것 아니겠습니까? 부처 이야기를 하건 무하마드 이야기를 하건 무슨 상관입니까? 단군 이야기를 해도 되고 제우스나 오딘 이야기를 한다고 하더라도 하나님만 섬기면 무슨 문제가 있겠습니까? 방금 정바울 목사의 설교도 탐욕을 버리라는 내용입니다. 잘못된 내용이 아닙니다. 그러나.

정바울 목사는 이단입니다.

재일의 말에 예배당의 성도들이 술렁거렸다. 우진은 이단이란 말을 듣자 심장이 덜컥 내려앉을 뻔했다. 전쟁 선포다. 전재일 목사가 정바울 목사에게 전쟁 선포를 했다. 한마음교회에 양경준 전도사가 왔다 간 이유도 전쟁을 준비하기 위해서였을 것이다. 우진은 당장에라도 한마음교회로 달려가고 싶었지만, 잡고 있는 카메라 때문에 그럴 수 없었다. 전화를 걸까 했지만, 지금 바울도 예배 인도 중이라 전화도 못 받을 것이다. 우진은 마른침을 삼키며 우선 어떤 이야기를 하는지 듣기로 했다. 재일은 성도들이 조용해지길 기다리다가 2층에서 촬영하고 있는 우진을 쓱 쳐다보았다. 우진은 아무런 움직임이 없었다. 재일은 잠시 혼돈에 빠졌다. 왜 가만히 있지? 겁을 먹었나? 너무 놀라서 어떻게 하지 못하는 걸까? 아니면 정바울 목사와 크게 교류가 없었나? 아니면 어디 믿는 구석이 있나? 재일은 성도들이 조용해지자 우진에 관한 생각은 잠시 접어두고 다시 설교를 시작했다. 성도님들은 이해가 안 가시겠지만, 자세히 보시면 아실 수 있으십니다.

악마는 디테일에 있다.

정바울 목사는 예수님 말씀을 전하는 것처럼 보입니다. 그러나 자세히 들어보면 교묘하게 부처를 찬양하고 있습니다. 예수님은 화를 못 참아서 죽임을 당하셨고, 부처는 참고 인내해서 오래 살았다고 합니다. 나이 든 어르신들 모아놓고 저런 이야기를 한다는 것은 부처처럼 살라는 이야기나 다름없습니다. 제가 너무 예민하게 구는 것일까요? 다음 영상을 보시겠습니다. 불이 꺼지고 다시 스크린의 영상이 켜졌다. 스크린에는 편집된 바울의 설교 영상이 재생되기 시작했다. 부처님께서. 부처님의 자비가. 부처님 말씀이. 부처님 가르침은. 부처님도. 부처님에게. 부처님. 부처님. 부처님. 부처님. 화면이 멈추고 불이 켜졌다. 정바울 목사는 예수님의 말씀보다 부처의 말이 중요한가 봅니다. 설교에 부처의 이야기가 빠지지 않아요. 불경의 이야기가 빠지질 않습니다. 하나님의 아들이신 예수님과 인간인 석가모니를 비교하며 교묘하게 석가모니를 더욱 위대하게 말하고 있습니다. 영상 계속 보시죠. 스크린에는 한마음교회 옥상에서 아이들에게 무술을 가르치는 바울의 모습이 보였다. 차려자세의 아이들은 바울의 기마식이라는 구령에 주먹을 허리에 대고 다리를 벌리고 반쯤 앉았다. 그리고 바울의 구령에 맞춰 정권 찌르기와 발차기 연습을 했다. 바울은 영상을 끄지 않고 말을 이어갔다. 보시면 정바울 목사는 아이들을 데리고 옥상에서 무술을 가르칩니다. 아이들 운동을 시키는 게 뭐가 문제냐 싶으시겠죠? 문제는

이 무술은 소림무술입니다. 불교의 무술이란 이야기죠.

재일의 말에 다시 예배당이 술렁거렸다. 우진은 술렁이는 성도들을 보며 공포를 느꼈다. 설득력이 있어. 내가 정 목사님을 몰랐다면 나도 이단이라고 생각했을 거야. 계속해서 보시죠. 아이들은 바울의 소림무술 시범을 보며 박수를 쳤다. 아이들은 모여서 매달아 놓은 돌멩이를 차고, 나무판을 팔뚝으로 치며 소림무술 연습을 했다. 잠시 후 보라가 옥상으로 올라왔다. 바울은 연습 중인 아이들을 불러 모았다. 그리고 보라가 태권도 시범을 보여주고 태권도를 가르치기 시작했다. 이번에는 누가 보더라도 태권도를 가르치고 있습니다. 성도님들께서는 태권도는 괜찮은 거 아니야? 라고 생각하시겠죠. 맞습니다. 태권도는 아무런 문제가 되지 않습니다. 문제는 태권도를 가르치는 이 여성이 문제입니다. 이 여성이 바로 저를 파렴치한으로 몰아 경찰서에 끌려가게 했던 여성입니다. 바울의 말에 성도들은 세상에. 맙소사. 저런 나쁜 사람들이 있나. 이단이 무섭네. 나도 감쪽같이 속겠네 하며 치를 떨었다. 화면에는 보라와 바울이 같이 웃는 모습이 나오다가 정지되었다. 저 여자는 블레셋 사람이 삼손에게 보낸 데릴라입니다. 저를 이성적으로 유혹하려고 했을지도 모릅니다. 저를 관찰한 결과 유혹에 넘어가지 않을 것을 알고 다른 방식으로 무너뜨리려고 한 것입니다. 정바울 목사와 저 여자가 어떤 관계인지는 모르겠으나, 저 여자가 저를 신고하여 제 삶과 인생과 신앙생활을 무너뜨리려 한 것은 정바울 목사의 지시가 확실합니다. 정바울 목사가 바로 데릴라를 보낸 블레셋 사람인 것입니다.

왜 정바울 목사는 저를 무너뜨리려고 할까요?

정바울 목사는 우선 우리 재일교회를 유대교 성전처럼 이야기하고 다닙니다. 그리고 저를 옛날 부패한 종교 지도자처럼 묘사했을 것입니다. 그다음엔 저런 더러운 수작으로 저를 모함하여 그 증거를 보이려고 했겠지요. 제가 그 수작에 말려들어 무너지면 이 재일교회를 차지하려 했을 것입니다. 그러고 나서 자신이 부패한 성전을 헐고 새로 일으킨 예수와 같다고 하려 했을 것이 분명합니다. 제가 만약 저 여성에게 당해 파렴치범이나 성범죄자의 누명을 썼다면 어떻게 되었을까요? 제가 만약 정바울 목사의 계략을 알아차리지 못했다면 어떻게 되었을까요? 지금 여기 계시는 성도님들은 아무것도 모른 채 정바울 목사의 농간에 놀아났을 것입니다. 뒤에서 무고한 제 욕을 해대며, 저 사이비 목사를 따랐을 것입니다. 그러면서 점점 여러분은 예수님을 찬양하지 않고 부처를, 아니, 저 정바울 목사를 섬기게 되어 영혼이 병들어 가고 천국 문에서 점점 멀어지게 되었을 것입니다.

이제 성도님들이 결정하셔야 할 땝니다.

어떻게 하시겠습니까? 그냥 보고만 있으시겠습니까? 아니면 악을, 사탄을, 이단을 처단하시겠습니까? 예배당의 성도들의 눈에는 어느새 분노가 스며들어 있었다. 이건 단순히 정바울 목사가 재일교회를 무너뜨리려 했기 때문만은 아니다. 재일교회 삼키는 걸 실패하면 정바울 목사는 어떻게 할까요? 다시 힘을 모아 또 공격할 것이 뻔합니다. 아니면 다른 약한 교회를 표적으로 삼을지도 모릅니다. 정바울 목사를 그냥 놔두는 것은 용서가 아닙니다. 방관입니다. 풀을 뜯는 어린 양 떼 가운데 뱀을 풀어놓는 것입니다. 대한민국을 이단으로 물들이는 것입니다. 재일은 단상에서 성도들을 내려다보며 잠시 침묵했다. 그리고 조심스레 입을 열었다. 저와 함께 행동하시겠습니까? 아멘으로 화답하십시오. 재일의 질문에 모든 성도는 우렁차게 아멘! 하며 화답했다. 악을 처단하시겠습니까? 아멘! 이단을 물리치고 하나님께 영광을 돌리시겠습니까? 아멘! 기도

하겠습니다. 하나님 아버지, 지금 우리는 거대한 악 앞에 서 있습니다. 우리는 예수님께서 말씀하신 대로 믿음을 굳건하게 하여 마귀와 대적하려 합니다. 그 길 앞에 하나님의 영광과 축복을 내려주시고. 재일의 기도가 시작되자 성도들은 분노를 삼키며 기도를 시작했다. 그 모습을 카메라에 담던 우진의 팔에 소름이 돋았다. 완벽한 시나리오다. 이 설교가 퍼져나가면 정바울 목사님은 사이비 목사가 되고 한마음교회는 이단의 소굴이 된다. 재일은 기도를 마치고 성도들을 바라보다가 우진을 쳐다보았다. 우진은 아까와 다르게 겁에 질린 표정이 드러났다. 재일은 우진의 표정을 보고 웃음을 숨기느라 힘들었다. 우진은 재일과 눈이 마주치자 말할 수 없는 공포에 짓눌렸다. 폭풍에 휘말릴 것 같은 느낌이 들었다. 이 상황에서 도망치고 싶었다. 전재일 목사가 나도 한마음교회에서 온 것을 알 텐데. 병삼이 형은 어떡하지? 우진은 머릿속이 하얘져서 아무것도 생각나지 않았다.

전야

아이구, 좋다.

병삼은 커피믹스를 다 마시고 마룻바닥에 벌러덩 누웠다. 그러고 나서 마루에 깔아놓은 러그 아래 손을 집어넣어 만져보았다. 바닥이 따끈따끈했다. 몸속에 당분이 채워지고 등이 뜨듯하니 아무생각도 들지 않았다. 병삼은 한마음교회에 있을 때와 다르게 바쁘게 지냈다. 재일교회는 예배가 많았다. 주일예배는 오전 7시부터 시작하여 4부 예배까지 있었고 추가로 저녁예배까지 있었다. 수요예배는 물론이고 찬양예배, 철야예배, 새벽 기도회, 부흥회까지 있었고 틈틈이 특별예배도 있었다. 그리고 수시로 우 권사가 병삼에게 연락해서 일을 시켰다. 교회 인쇄물을 날라야 하거나, 정원 조경을 할 때나, 교회 식당 식자재를 나를 때도 병삼에게 도움을 청했다. 덕분에 병삼은 눈코 뜰 새 없는 10월을 보내고 있었다. 그러나 병삼은 하나도 불만이 없었다. 설마 주말에 운전만 하시고 그 월급을 받으실 거라고 생각하신 건 아니시겠죠? 라고 묻는 우 권사의 질문에 병삼은 수긍했다. 공짜는 없는 거여. 받은 만큼은 일을 혀야지. 일이 바쁜 만큼 사람들과 마주칠 일은 적었다. 재일교회 버스 운전은 한마음교회 버스 운전이나 학원 버스 운전과는 또 달랐다. 한마음교회 버스에 탄 노인들은 병삼에게 말을 걸었고, 학원 버스에 탄 학

180

생들은 자기들끼리 떠들었다. 그러나 재일교회 버스의 승객은 말이 없었다. 항상 버스에서는 클래식 찬송가만 조용히 흘러나왔다. 병삼은 그 점이 가장 마음에 들었다. 게다가 다른 버스 기사들과도 서로 바쁜 덕분에 왕래가 없었다. 교회 내부에 버스 기사 휴게실이 있었기 때문에 그곳에서 가끔 다른 버스 기사들과 마주치곤 했다. 그러나 병삼은 항상 커피믹스만 탄 뒤 곧바로 금연구역인 교회를 빠져나와 담배를 피웠기 때문에 더욱 다른 기사들과 교류할 일이 없었다. 다른 기사들도 병삼을 보면 눈인사만 할 뿐 말을 걸지 않았다. 병삼은 항상 교회 밖으로 돌았고 예배도 들어가지 않았다. 그 누구도 딱히 병삼에게 예배에 참석하라는 말을 하지 않았다. 재일교회 일을 시작한 이후로 재일과는 마주친 적도 없었다. 우 권사가 예배를 드리라고 하지 않을까 걱정했지만, 우 권사도 역시 병삼에게 예배에 대한 말조차 꺼내지 않았다. 일은 많아졌지만, 마음은 편했다.

아이구, 좋구나.

병삼은 러그 밑으로 기어들어 가서 뜨끈해진 바닥에 등을 대고 누웠다. 잠시 누워 있으니 현관에 놓아두었던 디퓨저 향기가 살짝 났다. 자신과 어울리지 않는다고 생각했던 디퓨저의 이국적인 향기가 이제는 병삼이 가장 좋아하는 향기가 되었다. 일을 끝내고 집에 들어오자마자 맡을 수 있는 향기였기 때문이다. 병삼에게는 행복의 향기였다. 병삼은 지금이 인생에서 가장 행복한 시기라고 생각했다. 아무런 걱정도 고민도 없었다. 처음으로 소파와 침대가 생겼고, 전기장판이 필요 없을 만큼 잘 돌아가는 보일러도 생겼다. 비닐장판 대신 나무 바닥. 휘어진 알루미늄 창틀 대신 삼중 단열창. 창밖으로 지나다니는 사람들 발목 대신 보이는 따뜻한 햇볕. 이것저것 참견하는 늙은 교인들과 예배를 드리라고 귀찮게 하는 바울도 없었다. 그리고 월급 3백만 원. 아직 받은 적은 없지만, 월급 3백만 원을 받는다는 사실이 병삼의 걱정, 근심, 고민을 없애주고 소화불량, 가려움증, 시력 저하, 미세한 두통까지 사라지게 해주었다. 이 정도면 충분해. 월급이 더 많을 필요도 없고, 집도 더 넓을 필요 없어. 병삼은 다시 디퓨저의 향기를 맡기 위해 숨을 깊숙이 들이마셨다.

쾅! 쾅! 쾅! 쾅!

뭐여? 병삼은 문 두드리는 소리에 깜짝 놀라 일어났다. 인터폰을 보니 밖에 우진이 서 있었다. 병삼이 문을 열어주자 우진은 쓰러지듯 집으로 들어왔다. 형. 왜 이렇게 전화를 안 받아요? 전화했었어? 병삼이 소파 사이에서 핸드폰을 찾아보자 진동으로 되어 있는 핸드폰에 우진의 부재중 전화가 열세 통이 와 있었다. 뭔 일 난 겨? 당연하죠. 큰일이 났으니까 내가 형한테 전화를 계속했죠. 뭔 일인데? 우선 들어와. 우진은 부엌으로 가서 냉장고를 열고 물을 꺼내 벌컥벌컥 마셨다. 너 마시라고 바나나 우유도 사놨는데 그거 마시지. 우진은 병삼의 말에 대답도 하지 않고 식탁 의자에 털썩 앉았다. 병삼도 조용히 눈치를 보며 우진의 맞은편에 앉았다. 우진은 잠시 숨을 고르고는 바울이 했던 설교를 병삼에게 모두 이야기해 주었다. 병삼은 우진의 이야기를 다 듣고는 한숨을 내쉬었다. 이게 이런 식으로 꼬이는구먼. 그르니께, 바울이 놈이 보라를 시켜서 전 목사를 성추행범이나 폭행범으로 누명 씌운 다음 재일교회를 먹으려고 했다. 전 목사는 그렇게 생각한다는 거여? 그렇죠. 그 이유는 바울이 사이비이고, 그 증거는 바울이 예수보다 부처 얘기를 더 많이 해서 그런 거다? 맞아요. 교회에서 계속 부처 이야기나 불경에 있는 이야기를 하니까. 게다가 아이들한테 소림무술까지 가르쳤으니. 병삼은 우진의 이야기를 듣고 인상을 확 구겼다. 그러게, 내가 바울이 그놈 그 짓거리 할 때부터 뭔 일 터질 줄 알았어. 아니, 목사라는 놈이 웃통 벗고 옥상에서 소림무술을 왜 하는 겨? 그리구 목사가 됐으면 예수나 잘 믿으면 될 것이지. 부처 얘기는 또 왜 거기서 하고 다녀. 그러니 말이 안 나올래야 안 나올 수가 읎지. 죄다 지가 판 무덤인 겨. 바울이한테 얘기혔어? 아뇨. 아직. 너는 어차피 집에 갈 거니께. 집에 가기 전에 바울이한테 들려서 얘기혀. 전 목사가 이렇게 생각한다고. 나는 전 목사 만나서 얘기할 테니께. 그런데 밖에 춥냐? 병삼은 우진이 입은 두꺼운 후드티를 보며 물었다. 밤 되니까 갑자기 추워졌어요. 병삼은 우진의 말을 듣고 장롱에서 낡은 베이지색 해링턴 재킷을 꺼내 걸치며 중얼거렸다. 금방 겨울 오것네.

지금 회의 중이십니다.

병삼이 재일교회 목사실 앞에 도착하자 양 전도사가 막아섰다. 회의는 언제 끝난데유? 그건 저도 잘 모르겠습니다. 긴급회의라서 부목사님과 장로님들 모두 참석하시고 계시거든요. 그럼 좀 기다려야겠네유. 그러지 마시고 회의가 끝나면 제가 목사님께 연락드리라고 하겠습니다. 괜찮어유. 설마 회의를 내일 아침까지 하것슈? 기다리다 보면 나오시것지. 병삼은 해링턴 재킷의 지퍼를 올리며 목사실 문 옆 벽에 기댔다. 양 전도사는 난처한 얼굴로 병삼을 바라보았다. 지는 괜찮다니께유. 어차피 집에 가도 할 것도 없어유. 할 것 없으시면 저 좀 도와주세요. 병삼이 돌아보자 복도 끝에서 우 권사가 걸어오고 있었다. 병삼은 우 권사를 보고 깜짝 놀라 벽에서 떨어진 뒤 고개를 숙여 인사를 했다. 뭐 시키실 일이라도? 저쪽으로 같이 가시죠. 병삼은 우 권사를 따라 교회 구석에 있는 기도실로 향했다. 우 권사는 깜깜한 기도실 불을 켜고 들어가 방석을 두 개 꺼내 놓은 뒤 앉았다. 병삼도 신발을 벗고 들어가 우 권사가 꺼내 놓은 방석에 앉았다. 여덟 평 정도 되는 텅 빈 기도실에는 방석과 십자가 말고는 아무것도 없었다. 휑한 기도실에 조명마저 약간 푸른빛이 돌아서 그런지 병삼은 살짝 한기를 느꼈다. 오늘부터 갑자기 추워졌어요. 우 권사가 웃으며 하는 말에 병삼은 예예, 하고 대답했다. 도대체 무슨 일을 시키려고 여기로 부른 겨? 할 것도 없어 보이는구먼.

우리 손 집사님께서 저 좀 도와주셨으면 해요.

예. 말씀하셔유. 뭐 하면 되나유? 일을 해달라는 게 아니고요. 손 집사님은 지금 운전하시는 분이시잖아요? 운전하시는 분이 담임목사님을 만나고 싶다고 그렇게 막 목사실로 찾아가고 그러시는 건 조금 그렇다는 생각이 드네요. 어느 회사에서도 그런 경우는 없잖아요. 물론 교회가 회사도 아니고, 우리 전재일 목사님이 그렇게 꽉 막히신 분도 아니긴 하지만, 그래도 보는 눈이라는 게 있으니 조금 조심해 달라고 부탁드리는 겁니다. 그리고 손 집사님은 우리 재일교회 오시기 전에 한마음교회에서 계셨잖아요. 예배를 안 들어가셔서 모르실 것 같은데, 지금 한마음교회 담임목사가 우리 전재일 목사님을 모함하고 누명을 씌워서 끌어내리려고 하고 계세요. 마치 가룟 유다가 예수님께 한 것처럼 말이죠. 놀라지 않으시는 것 보니까 어느 정도 알고는 계셨나 보네요. 제 생각에 손 집사님이 그 문제 때문에 목사님을 찾아오신 것 같아서요. 여하튼, 손 집사님 일 시작하시기 전에 한마음교회 담임목사랑 같이 오신 적이 있으시잖아요. 그때 저 말고도 본 사람이 좀 있나 봐요. 지금 교회 내부에서도 손 집사님도 한통속이라고 내쫓으라는 소리가 많아요. 우 권사의 말에 병삼은 화들짝 놀랐다. 예? 저는 아무 짓도 안 했는데유? 제가 뭔 죄가 있다고 내쫓나유? 병삼이 당황하자 우 권사는 안타까운 눈빛으로 병삼을 바라보았다. 무슨 짓을 하셨거나 죄가 있으셔서 그런 게 아니라. 무슨 짓을 하거나 무슨 죄를 저지를까 봐 내보내자는 거죠. 죄가 있으시면 당연히 나가셔야 하는 거고요.

바울이 그놈이 머리가 나빠서 그려유.

걔가 좀 다혈질이고 생각 없이 행동해서 그렇지, 누구를 시켜서 전재일 목사님께 해를 끼친다거나, 계획적으로 재일교회를 해코지한다거나 그럴 놈은 아니유. 갸는 뭐를 계획적으로 할 줄을 아는 놈이 아니라니께유. 오해가 있으셔서 그렇게 생각하시는 것 같은데. 제가 전재일 목사님 만나서 얘기를 좀 허면 오해가 풀릴 거여유. 병삼의 말을 들은 우 권사는 슬며시 미소를 지었다. 병삼은 우 권사의 미소를 보자 등골이 오싹했다. 손 집사님. 지금 중요한 건 그게 아니잖아요? 우리 재일교회는 전재일 목사님의 말씀을 듣고, 증거를 보고 이미 한마음교회를 이단으로 믿고 있다는 게 중요한 거예요. 손 집사님께서 그 믿음이 잘못되었다고 이야기하면 어느 성도님께서 그 말을 믿으시겠어요? 손 집사님은 한마음교회에서 오신 운전사이신데. 재일교회 담임목사님의 말씀보다 운전사의 말에 더 믿음이 가겠어요? 괜히 성도들 기분만 나빠지겠죠. 그럼 전재일 목사님의 기분은 어떠실까요? 역시 나빠지시겠죠. 그러면 가장 피곤해지는 사람이 누구겠습니까? 바로 접니다. 손 집사님이야 이사 오시기 전 동네로 가시면 된다고 하지만, 저는 여기 남아 손 집사님 가고 나신 뒤치다꺼리 해야 하잖아요. 손 집사님 이사 가시면 또 이사올 사람 찾아야죠. 게다가 제가 보증 서서 대출도 받으셨죠? 그거다 누가 수습합니까? 병삼은 우 권사의 말에 소름이 돋았다. 재일교회에서 쫓겨나면 어떻게 되지? 다시 금호동 반지하로 이사 가야 하나? 새로 산 침대랑 소파는 그 반지하에는 들어가지도 못할 텐데.

대출받은 것은 어떻게 되는 거지? 이제 점점 추워지는데, 전기장판은 괜히 버렸네. 안돼. 금호동 반지하에 다신 못 가. 병삼은 순간 구역질이 나올 것 같았다. 머리도 조금 아프기 시작했고, 목덜미와 등이 미친 듯이 간지러웠다. 현기증이 나기 시작해서 시야가 점점 흐려지는 게 느껴졌다.

저는 우리 손 집사님 정말 좋은 분이라고 생각해요.

평소에 말수도 적으시고, 일도 열심히 하시고. 그런데 손 집사님이 예배도 드리시고, 담배도 끊으시면 더욱더 좋겠죠? 여하튼, 손 집사님 내보내자는 거 제가 열심히 막고 있거든요. 그러니까 우리 손 집사님도 저 조금만 도와주세요. 제가 사람들한테 손 집사님은 한마음교회가 사이비인 걸 알고 우리 교회로 도망 온 사람인데. 그런 사람을 내쳐서야 되겠냐. 우리가 안아줘야 하는 것 아니냐, 하며 설득하는 중이에요. 그러니까 뭘 하고 싶으신 줄은 알겠는데. 그거 조금만 참아주세요. 무슨 말인지 아시겠죠? 저도 열심히 할 테니 우리 손 집사님도 제발 저 좀 도와주세요. 그렇게 해주실 수 있으시죠? 병삼은 대답하려고 했지만, 말이 나오지 않아 고개만 끄덕였다. 우권사는 병삼을 잠시 바라보았다. 손 집사님 생각하실 게 많아 보이시는데, 저 먼저 나갈 테니 저 십자가 앞에서 기도하시며 천천히 생각해 보세요. 우 권사는 조용히 일어나 자신이 앉았던 방석을 정리하고 기도실을 나갔다. 혼자 남은 병삼은 벽에 걸린 십자가를 바라보았다. 푸른 기도실에서 유일하게 따뜻해 보이는 나무 십자가였다.

앉아서 기도만 하고 있을 때가 아니라니까요.

우진은 바울에게 심각한 표정으로 말했다. 우진은 병삼의 집에서 나와 곧바로 한마음교회로 달려갔다. 바울이 계속 전화를 받지 않아 무작정 찾아갈 수밖에 없었다. 왜 전화를 안 받느냐는 우진의 말에 바울은 핸드폰을 꺼놓고 기도 중이었다고 했다. 우진은 바울의 말을 듣자마자 짜증을 냈고, 우진의 짜증을 들은 바울도 기분이 상했다. 기도하고 있을 때가 아니라니. 너는 목사한테 그게 할 말이냐? 병삼이랑 붙어 다니더니 점점 닮아가네? 쉬지 말고 기도하라. 데살로니가전서 5장 17절. 아아. 됐고요. 지금 그게 중요한 게 아니라니까요. 저번에 제가 목사님한테 교회에서 이상한 소리 한다는 소문 있다고 했잖아요. 내가 말실수하는 거? 그게 아니었어요. 말실수가 문제가 아니라 다른 게 문제였어요. 우진은 바울에게 재일이 설교 시간에 했던 이야기를 모두 해주었다. 바울은 이야기를 들은 후 별것 아니라는 듯 피식 웃고 말았다. 이게 또 그런 식으로 꼬이는구나. 전 목사가 오해를 심하게 했네. 내가 내일 가서 얘기하면 오해 다 풀릴 거야. 잠깐? 그나저나 괜히 나 때문에 너랑 병삼이한테 피해 가는 거 아냐? 저는 뭐 어차피 잠깐 일하는 거라 상관없지만, 병삼이 형이 걱정이죠. 내가 내일 전 목사 찾아가서 얘기 잘할 테니 너무 걱정하지 마. 우진은 태평하게 웃는 바울이 미덥지 못했다. 그나저나. 다른 건 그렇다 치고, 왜 설교 시간에 불교 얘기는 자꾸 하시는 거예요? 그러게나 말이다. 나도 안 하려고 그러는데 내가 성격이 급해서 생각나는 대로 말하다 보니까 말실수도 많고, 헛소리나 하고 그러네. 아니, 설교 시간에 불교 얘기가 말실수로 나온다는 게 말이 돼요? 우진은 이해가 안 된다는 듯 바울을 바라보았다.

2부

은혜

이것이 뭔 소리라냐?

전라북도 고창에 있는 정운사의 주지 스님인 우행은 방문을 벌컥 열었다. 눈이 소복이 쌓인 정운사 새벽은 홀로 우주 공간에 있는 것처럼 조용했다. 우행은 숨을 멈추고 눈을 감은 채 밖의 소리에 귀 기울였다. 멀리 물 흐르는 소리와 바람 소리가 간간이 들릴 뿐, 평소 새벽처럼 어둠의 소리밖에 들리지 않았다. 우행은 다시 눈을 뜨고 밖을 바라보았다. 보름달이 뜨고 눈이 내려 밖은 식별이 가능할 정도로 밝았지만, 팔순이 넘은 우행의 눈에는 검은 것은 하늘이고 하얀 것은 눈이라는 것만 간신히 알아볼 수 있었다. 잘못 들었나 보네. 우행이 깊은숨을 내쉬자 입김이 구름처럼 퍼져나갔다. 소한이라 그런가 허벌나게 추워불구먼. 우행이 방문을 닫으려던 찰나에 어둠을 뚫고 얇고 가는 신음이 들려왔다. 고양이인가? 고양이것제? 우행은 다시 바깥 소리에 집중했지만 아무 소리도 들리지 않았다. 아무래도 찜찜헌디. 우행은 힘겹게 일어나 밖으로 나왔다. 고양이 발자국이라도 있나 살펴보았지만, 눈밭은 솜이불을 새로 깔아놓은 듯 티 하나 없었다.

으헹.

우행은 자신의 이름을 부르는 소리를 듣고 깜짝 놀랐다. 얼라? 시방 고양이가 내 이름을 불러분 겨? 우행은 고양이를 찾으러 사찰 주변을 훑었다. 밖에 나와 조금 걸었을 뿐인데 추위가 옷 속을 파고 들었다. 고양이라면 추우니께 부뚜막에 있것제? 우행은 주방으로 발을 옮기다 깜짝 놀랐다. 사람 발자국이 보였다. 발자국은 남자의 발자국이라면 작고 여자의 발자국이라면 큰 정도였다. 누가 이 새벽에 싸돌아댕긴다냐? 발자국을 보니 외부에서 온 발자국이었다. 발자국은 절 밖에서 걸어와 주방 앞에서 한참을 서성이다가 돌아간 듯 보였다. 우행은 주방 문을 열었다. 바깥보다는 따뜻한 온기가 느껴지긴 했으나 춥기는 마찬가지였다. 우행은 고양이를 찾으려고 전등을 켰다. 부뚜막 옆 바닥에 소쿠리가 하나가 보였고 소쿠리에는 낡고 누런 담요가 얹혀 있었다. 우행은 소쿠리를 정리하려고 다가 갔다가 담요를 보고 심장이 철렁했다.

오메. 이게 뭔 일이다냐?

담요에는 겨우 한 살 넘어 보이는 아이가 싸여 있었다. 눈처럼 하얀 아이는 죽은 듯 움직이지 않았다. 우행은 아이의 이마를 만져 보았다. 이마가 얼음장처럼 차가웠다. 그리고 귀를 아이의 코에 가까이 가져다 댔다. 조용했다. 숨소리가 들리지 않았다. 으헹. 아이의 나지막한 신음에 우행은 재빨리 아이를 들쳐 안고 주방을 뛰쳐나와 동암의 방으로 향했다. 동암은 깊은 잠에 빠져 있었다. 우행은 아이를 안은 채 동암의 방문을 박차고 들어왔다. 동암은 화들짝 놀라 스님! 갑자기 무슨 일이십니까? 하며 일어났다. 그러나 그때까지도 동암은 이 상황이 현실인지 꿈을 꾸는 것인지 감이 잡히지 않았다. 우행은 동암의 말에 대답도 없이 안고 있던 아이를 내려놓고 동암의 앉은뱅이책상 아래에서 큰 수박만 한 항아리를 꺼내 번쩍 들어

바닥에 집어 던져 깨뜨렸다. 동암은 팔순 넘은 우행이 대걸레 자루만큼 얇은 팔목으로 무거운 항아리를 번쩍 들어 올리는 걸 보고 이건 꿈이구나 했다가 항아리가 박살 나는 소리에 정신을 차렸다. 이게 도대체 무슨 일이지? 깨진 항아리 속에는 흙과 참외만 한 돌 두 개가 들어 있었다. 그때 돌 사이에서 어른 손 한 뼘보다도 큰 지네가 슬금슬금 기어 나왔다. 우행은 지네를 보고는 돌을 들어 지네의 머리를 내려찍었다.

아아아아아아악!

동암은 자신도 모르게 비명을 질렀다. 마흔의 나이에 백두급 씨름선수 정도 체격인 동암이었지만, 갑작스러운 충격에 다리가 풀려 어린아이처럼 주저앉아 버렸다. 그 지네는 동암이 아무도 모르게 키우고 있었었다. 동암이 4년 전 산에서 지네를 발견했을 때 금덩어리를 주운 기분이었다. 한 뼘 정도 되는 길이에 엄지발가락 정도로 두껍고 새까만 몸통. 사과처럼 붉은 머리에 노란 다리. 누가 보더라도 예사 지네는 아니었다. 예전의 동암이었다면 당장 구워 먹었겠지만, 살생을 하기도 찝찝했고 급한 것도 없으니 조금 기다리자는 생각이 들었다. 그날부터 동암은 아무도 모르게 지네를 항아리에 키우면서 지네가 죽기만을 기다리고 있었다. 그렇게 산에서 벌레를 잡고, 산 아래 식당 쓰레기통을 뒤져 살 붙은 닭 뼈를 챙겨 지네를 4년 동안 키웠다. 동암은 자신이 지네를 키운다는 사실을 아무도 모를 것이라고 생각했다. 경우 스님이 그 항아리에는 뭐가 들었습니까? 하고 물어봤을 때도 제가 장이 약해 요강으로 쓰는 것입니다, 하며 항아리를 보여주었다. 지네 특유의 지독한 노린내 때문에 경우 스님뿐만 아니라 다른 스님들도 다들 요강으로 알았다. 주지 스님인 우행은 아예 그 항아리의 존재조차 모른다고 생각했었다. 그렇게 키운 지네를 방금 눈앞에서 우행이 죽인 것이다. 우행은 죽어서도 꿈틀대는 지네를 수차례 돌로 내려찍은 다음 짓이겨진 지네 조각을 손가락으로 뭉쳐서 아이의 입에 집어넣었다.

우애애애애애애행!

지네를 삼킨 아이는 우렁차게 울음을 터뜨렸다. 오메. 살았네. 살아부렀어. 우행은 아이가 살아 있는 것을 보고 환하게 웃었다. 잠시 아이를 바라보며 웃던 우행은 웃음을 거둔 뒤 아이를 내려놓고 넋이 나간 동암에게 큰절을 했다. 미안헙니다. 제가 애를 살릴라고 동암 스님의 지네를 죽여불었습니다. 저는 이제 주지 자격뿐만 아니라 스님 자격도 없습니다. 이제 동암 스님께서 주지가 되셔서 정운사를 돌봐주시고, 저와 이 아이에게 자비를 베풀어주시오. 사이렌 같은 아이의 울음에 동암은 더 정신이 없었다. 동암의 눈에 아이가 먹고 남은 짓이겨진 지네 사체가 눈에 들어왔다. 동암은 지네 사체를 손으로 긁어모았다. 이거라도 먹어야 하나 싶었지만, 우행 스님 앞에서 육식을 하기가 망설여졌다. 그리고 차츰 지네 사체에서는 역겨운 노린내가 퍼져 나오기 시작했다. 그래도 참고 먹어볼까 하며 입 가까이 대는 순간 구역질이 확 올라왔다. 지네 사체를 방문을 열어 던져버리고 이불에다 손을 닦다가 그제야 엎드려 있는 우행이 눈에 들어왔다. 동암은 깜짝 놀라 우행을 일으켰다. 아이고, 스님. 일어나십시오. 어쩌자고 살생을 하셨습니까? 동암의 물음에도 우행은 고개를 들지 못했다. 저도 모르것습니다. 이것도 다 부처님의 뜻인가 봅니다. 동암은 공황 상태에 빠지기 직전이었다. 갑자기 새벽이 무슨 일이 벌어진 것인지 아직도 판단되지 않았다. 사이렌처럼 울어대는 아이부터 우선 어떻게 해야겠다는 생각이 들어 아이를 보고 깜짝 놀랐다.

스님. 아이가 이상합니다.

　동암의 말에 우행은 벌떡 일어나 아이를 살폈다. 눈처럼 하얗던 아이의 피부는 지네처럼 검게 변해 있었고, 몸은 이불 밑 아랫목만큼 뜨거워져 있었다. 아이의 울음소리 때문에 잠에서 깬 승려들이 하나둘 동암이 묵는 암자 앞으로 모여들었다. 무슨 일입니까? 동암과 비슷한 또래 승려인 경우가 참지 못하고 방 안으로 들어오며 물었다. 우행은 들어오던 경우를 밀어젖힌 뒤 뜨거워진 아이를 들쳐 안고 나가 눈밭에 내려놓았다. 아이를 내려놓자 아이의 열기 때문에 주변의 눈이 금세 녹아내렸다. 아이는 울음을 그치고 눈을 떠서 자신을 내려다보는 승려들을 보고 웃었다. 시커멓던 피부색도 점점 옅어졌다. 승려들과 우행은 아이가 웃는 모습을 보고 웃었지만, 동암은 깨진 항아리와 바닥에 얼룩진 지네의 흔적이 눈에 들어와 웃을 수가 없었다.

　아이 이름은 정일심이라고 하는 것이 어때요?

　이 아이는 우리 정운사로 왔고, 또 아이를 살려주신 동암 스님의 성도 정 가니께. 성을 정으로 허고, 스님들께서 한마음으로 이 아이를 키워주셨으면 하는 바람에서 이름은 일심으로 지어봤습니다. 동암 스님은 어떠십니까? 우행의 물음에 동암은 그러시지요, 하며 대답했다. 그러나 동암은 자신의 성을 따서 아이의 성을 정으로 하는 것부터 불쾌했다. 우행이 일심을 자신에게 떠맡기는 것 같았다. 아이가 발견된 다음 날부터 승려들은 곳곳을 돌아다니며 아이의 부모를 찾았지만, 집 전화도 드물던 70년대 중반에 작심하고 아이를 버리고 간 부모를 찾는다는 것은 쉬운 일이 아니었다. 승려들이 돌아가며 일심을 봐주었으나 동암은 일심을 거들떠보지도 않았다. 우행은 동암과 마주칠 때마다 정운사 주지를 맡아달라고 했지만, 동암은 불심이 모자란다며 거절했다. 그러는 동안 아장아장 걷던 일심은 어느새 폴짝폴짝 달릴 수도 있고 쯔님. 쯔님. 안뇽하세여? 하며 말도 조금 할 수 있게 되었다.

날씨가 허벌나게 더워부러요.

우행의 말에 동암은 찻잔을 만지작거렸다. 더운 날씨에 뜨거운 찻잔은 동암의 기분을 더욱 불쾌하게 만들었다. 밖에서는 귀를 찢는 듯한 매미 소리가 들렸다. 그럼에도 평온한 우행의 표정에 동암은 더욱 답답해졌다. 무슨 말씀 하실 줄 압니다. 스님이 제가 기르던 지네를 살생하신 죄책감과 일심에 대한 걱정 때문에 저에게 주지를 맡으시라고 하는 것도 아닙니다. 그런데 스님께서도 잘 아시지 않으십니까? 저는 아직 불심이 한참 모자랍니다. 그리고 제가 속세에 있을 때 지은 죄에서 조금도 벗어나지 못하고 있습니다. 일심은 저 아닌 다른 스님들께서 잘 돌봐주고 계시니 너무 걱정 안 하셔도 됩니다. 우행은 미소를 잃지 않은 채 동암의 말을 들으며 차를 마셨다.

스님. 하실 말씀이 없으시면 저는 그만 일어나겠습니다.

그냥 차나 한잔하자고 부른 것인디. 일이 있으시면 어여 가보세요. 저는 졸음이 와서 쪼까 누워야것습니다. 동암은 한숨을 짧게 쉬고 일어나 합장을 하며 고개를 숙였다. 우행도 따라 합장을 하며 동암 스님, 대화 즐거웠습니다, 하고 미소를 지은 뒤 등을 돌려 팔베개를 하고 누웠다. 동암은 자신의 찻잔에 가득 차 있는 차를 보고는 차를 한 모금도 마시지 않았다는 것을 알았다. 동암은 돌아 누워 있는 우행의 등을 잠시 바라보았다.

…

그때 갑자기 매미의 울음소리가 뚝 끊겼다. 그리고 사방이 고요해졌다. 바람도 없었는데 찻잔 속의 찻물이 살짝 출렁거렸다. 동암은 누가 등 뒤로 차가운 물을 흘러내리기라도 한 것처럼 한기를 느꼈다. 스님? 스님? 동암은 조심스레 우행에게 다가가서 불러보았으나 우행은 대답이 없었다. 그날 그렇게 우행은 입적하였다. 정운사에서는 조용하고 간소하게 우행의 장례가 진행되었다. 장례가 끝나고 승려들은 동암에게 우행의 바람대로 주지가 되어달라고 간청했으나 동암은 끝까지 거절했다.

오늘부터 수련 시간을 늘릴 터이니 그렇게 알아라.

여섯 살 생일을 맞은 일심은 동암의 말을 듣고는 죽고 싶었다. 지금도 힘들어 죽겠는데 수련 시간을 늘린다니. 동암 스님은 마귀임이 분명해. 동암이 일심을 수련시킨 이유는 단순했다. 동암은 일심을 돌보기 싫었다. 그러나 자신을 대신하여 정운사 주지가 된 경우에게 일심을 돌보겠다고 약속했기 때문에 일심과 어떻게든 시간을 보내야 했다. 글공부나 불경을 가르쳐볼까 생각했지만, 그러려면 일심과 말을 섞을 수밖에 없었다. 그래서 생각한 것이 체력단련이었다. 일심은 동암의 생각보다 잘해나갔다. 그러나 아직 어린아이라 하기 싫어하는 표정이 얼굴에 보였고, 조금이라도 힘들면 눈물을 보였다. 팔굽혀펴기 세 개와 쪼그려 뛰기 다섯 개부터 시작한 일심은 1년이 지나자 팔굽혀펴기 백 개와 턱걸이 서른 개쯤은 단숨에 해냈다. 동암은 약간 질투가 났다. 그 지네를 먹어서 저렇게 체력이 좋은 걸까? 그걸 내가 먹었어야 했는데. 그냥 내 몫이 아니었다고 생각하자. 동암은 일심을 불러 기마식 자세에서 정권 찌르기를 하며 앞으로 걷는 법을 가르치고, 머리 위로 손바닥을 펴서 발끝으로 손바닥을 차며 앞으로 걷는 법을 가르쳤다. 앞으로 기마식 자세를 한 뒤 정권 찌르기 5백 개, 발차기 5백 개를 하여라. 알았느냐?

우와. 많다.

일심은 저녁에 자신의 발우를 보고 깜짝 놀랐다. 삶은 닭가슴살이 세 개나 있었다. 동암은 경우를 찾아가 일심은 승려도 아니고 어린아이이니 고기를 주겠다고 했다. 경우는 늘 그렇듯 동암에게 스님 뜻대로 하시지요, 하고 합장을 했다. 일심은 간도 없이 삶기만 해서 퍽퍽한 닭가슴살이 유일하게 먹을 수 있는 고기인 데다가 운동까지 끝난 다음이라 너무 맛이 좋았다. 닭고기를 먹는 것이 일심의 유일한 낙이었다. 일심이 정권 찌르기와 발차기를 한 지 1년이 지나자 동암은 슬슬 소림무술인 나한권을 가르쳐야겠다고 마음먹었다. 일심은 동암의 나한권 시범을 보고 깜짝 놀랐다. 커다란 덩치의 동암이 저렇게 빠르고 가벼워 보이다니. 일심은 나한권을 배울 생각을 하니 신이 났다. 이것이 나한권이다. 내일부터 나한권을 수련할 터이니 그렇게 알아라. 스님 계십니까? 늦은 저녁 동암의 암자 밖에서 경우의 목소리가 들렸다. 동암이 문을 열어보니 경우가 합장을 한 채 미소를 짓고 있었다. 무슨 일이십니까? 사과를 드리러 왔습니다. 사과요? 오늘 낮 스님께서 일심에게 무술을 가르치시는 것을 보았습니다. 저는 달마대사께서 살아 돌아오신 줄 알았습니다. 하실 말씀이 무엇입니까? 저는 그동안 스님께서 일심을 미워하여 괴롭힌다고만 믿고 있었습니다. 우행 스님께서 열반하시기 전에 동암 스님께서 일심을 돌보는 것에 대해 간섭하지 말라고 말씀하셨습니다. 그래서 저는 동암 스님께서 일심을 수련시키는 것이 어린아이에게 너무 가혹한 게 아닌가 하면서도 말씀을 드리지 못했습니다.

그러나 제가 어리석었습니다. 우행 스님과 동암 스님의 큰 뜻을 헤아리지 못했습니다. 죄송합니다. 경우는 동암에게 고개를 숙여 사과했다. 그런데 한 가지 여쭙고 싶은 게 있습니다만. 예전에 들은 이야기인데

동암 스님께서는 혹시 소림사에 계셨던 적이 있으신지요?

경우의 말에 동암의 눈빛 사늘하게 변했다. 경우 스님께서는 다른 사람에게 관심이 참 많으십니다. 다른 사람의 과거보다 자신의 내면에 관심을 더 두는 게 어떠신지요? 동암의 말을 들은 경우의 얼굴에 미소가 반쯤 사라졌다. 늦은 저녁에 실례가 많았습니다. 경우는 다시 합장하고는 자리를 떴다.

야. 넌 워데 사냐?

별것 아닌 질문이었다. 그 질문에 일심은 참을 수 없는 분노를 느꼈다. 국민학교에 입학한 일심은 다른 아이들의 관심 대상이었다. 피부는 까맣고, 키는 큰 데다가 부모가 아닌 승려가 일심을 데리고 왔기 때문이다. 일심의 반에는 남자아이가 네 명 더 많았고, 키순서로 뒷자리에 앉게 된 일심은 남자아이와 짝이 되었다. 짝이 된 아이는 일심을 힐끗거리며 쳐다보다가 별 뜻 없이 어디 사냐고 물은 것이다. 일심은 아이가 자신이 승려와 온 것을 보고 부모와 가족이 없는 것을 놀리기 위해 질문했다고 생각했다. 일심은 벌떡 일어나 아이의 멱살을 잡아 일으킨 다음 가슴을 발로 퍽 차버렸다. 덩치가 크고 뚱뚱한 아이였지만, 하루도 빠짐없이 나한권을 수련한 일심의 발차기에 아이는 부웅 날아가 책걸상을 무너뜨리며 넘어졌다. 아이는 충격으로 바닥에 구토를 했다. 다른 아이들은 겁에 질려 일

심을 바라보기만 했다. 때마침 담임이 들어와 일심을 끌고 나갔다. 50대 중반인 여선생은 일심을 혼내기 전에 먼저 왜 짝을 때렸느냐 물었다. 아따. 그긋이 아니랑께요. 그노마가 먼저 저 부모 읎이 절에 산다꼬 실실 쪼개믄서 열 받게 했다 안 허요. 워메. 그래 부렀냐? 슨상님이 반 아들한테 그러지 말라고 할 테니께. 니도 아들 막 때리고 그러면 몬쓴다. 다음번에 또 이런 일 있으면, 그때는 나도 더는 못 봐줘부러. 알긋냐?

어떤 새끼가 주둥아리를 나불대냐?

일심이 책상을 쾅 하고 내리치며 말하자 교실은 쥐 죽은 듯 조용해졌다. 아가리 싸 물고 있어라. 담임은 부모 없이 절에서 자란 일심을 불쌍하게 여겨 반장으로 뽑았다. 그 후로 일심은 학교에서 거칠 것이 없었다. 담임도 다른 반에 비해 학급 분위기가 좋았기 때문에 일심의 폭력적인 모습을 어느 정도 용인해 주었다. 학년이 올라갈수록 일심에 대한 아이들의 공포는 더욱 심해졌다. 그리고 그만큼 동암이 가르치는 수련 강도도 올라갔다. 일심의 수련은 지금이라면 아동학대로 뉴스에 보도될 정도로 혹독했다. 동암은 매일 일심이 지쳐 쓰러지거나, 토하거나, 울면서 도저히 못 하겠다고 빌 때까지 수련을 시켰다. 그렇게 쓰러진 일심은 다음 날이 되면 다시 힘든 수련을 시작했다. 하루가 다르게 성장하는 일심을 지켜보던 동암은 지네를 죽게 두고 일심을 보낸 것이 부처님 뜻이라는 생각이 들었다. 그때부터 동암은 일심에게 성심성의껏 제대로 된 소림무술을 가르쳤다. 그동안 해왔던 체력단련 덕분인지, 아기 때 먹었던 동암의 지네 덕분인지는 몰라도 일심은 어려운 소림무술을 한지가 물을 흡수하듯 받아들였다. 일심이 중학교에 입학할 때쯤 되었을 때 일심은 매화장과 족사공은 물론, 철사장과 소림 오권까지 능숙하게 할 수 있게 되었다. 일심의 무술 실력은 중국 허난성에 있는 소림사에서도 능가할 승려가 별로 없을 정도로 좋아졌다. 그러나 일심은 어렸다. 일심은 동암에게 받은 스트레스를 학교에서 풀었다. 아이들에게 무술을 가르쳐준다는 핑계로 이런저런 심부름을 시킨 뒤 말을 듣지 않으면 겁을 주고 반항하면 두들겨 팼다. 날이 갈수록 일심에게 아부하는 아이들까지 생기고 어떤 아이들은 일심에게 맞지 않기 위해 간식이나 학용품 같은 뇌물도 바쳤다.

모든 것은 마음먹기에 달린 것이여.

니 도시락을 나한테 뺏겨부렀다. 고로코롬 생각허면 맴이 안 좋을 것이고. 그냥 시주했다, 생각해 불면 맘이 편하제잉. 안 그냐? 일심의 말에 반 아이들은 억지로 하하하 웃었다. 일심이 고등학교에 진학했을 때 이미 학교에는 일심의 소문이 퍼져 있었다. 중학생 때 이미 성인과 싸워 이겼다더라. 사실 나이가 우리보다 세 살은 더 많아서 이미 성인이라더라. 교도소를 갔다 왔다더라. 조직폭력배들에게 스카우트된 상태라더라. 사람도 죽여봤다더라. 고창에서 싸움 좀 한다는 녀석 중 일심의 이야기를 안 들어본 놈은 없었다. 일심은 고등학교에 입학하자마자 다른 중학교 유도부 출신인 김창수 패거리 다섯 명을 한꺼번에 때려눕혔다. 창수네 패거리들이 일심에게 시비를 건 것은 아니었다. 단지 창수네 패거리가 신입생 중 가장 세 보였기 때문이었다. 선생님 지는 억울혀요. 지가 대걸레 자루를 안 들었으면 지는 창수랑 그 유도부 놈들에게 뒤지게 맞아 죽어부렀을 겁니다. 지가 오죽 무서웠으면 그랬것습니까? 선생님들은 덩치로 보나 쪽수로 보나, 일심이 먼저 창수네 패거리에게 시비를 걸었을 리 없다고 생각했다. 소문을 들은 3학년 선배들이 일심을 보러 몰려와서, 아따 니가 정일심이냐? 했다. 그러나 일심은 눈 하나 깜빡

안 하고 웃으며 느그들 3학년이제? 내가 느그들보다 한 살 많을 겨, 라고 거짓말을 하며 시비를 건 놈 앞으로 다가갔다. 아. 그냐? 나도 1년 꿇어부렀다. 그럼 우리 친구네잉. 하하하. 3학년 짱이었던 녀석 은 일심의 기세에 눌렸다. 일심은 손 하나 까딱 안 하고 흔히 말하 는 전교 짱이 되었다. 일심은 학교를 제패한 이후로 다른 아이들에 게 괜한 시비를 걸지 않았다. 그러다 보니 자연스레 아이들을 때리 는 횟수도 줄었다. 그러나 돈을 뜯어내거나 도시락을 빼앗아 먹는 일은 간혹 있었다.

뭐여? 마음이 잘 안 먹어져부러?

일심은 도시락을 빼앗긴 녀석의 얼굴을 살폈다. 밥 먹는데 밥맛 떨어지게 하지 말고 좀 웃어라잉. 그러나 겁에 질린 녀석은 웃지 못 했다. 웃으라고 했다. 일심의 얼굴에도 미소가 사라졌다. 일심은 먹 던 도시락을 바닥에 집어 던졌다. 철제 도시락이 깡 하는 소리와 함 께 바닥에 부딪히며 밥알이 사방으로 튀어 올랐다. 교실 전체가 쥐 죽은 듯 조용해졌다. 아따 이 개새끼가 사람 인내심을 시험하는 것 도 아니고. 너 죽고 잡냐? 대답해. 이 씨벌 놈아! 일심이 소리를 지 르자 반 아이들 모두 손끝 하나 움직일 수 없을 만큼 겁을 먹었다. 어? 얘는 누구여? 일심은 깜짝 놀랐다. 어느새 자기 앞에 누가 서 있 었다. 키도 작고 삐쩍 말라서 힘도 없어 보이는 놈이었다. 앞문 옆에 앉아 있던 놈이잖? 이놈 이름이 뭐더라? 아, 맞다. 손병삼. 얘가 왜 여기 있지? 병삼은 손을 번쩍 들어 일심의 따귀를 후려쳤다.

짜악!

타격음이 교실에 울려 퍼지자 시간이 정지됐다. 창문 밖에서 3월의 찬 바람이 불어 들어와도 그 누구도 움직일 줄을 몰랐다. 아이들은 방금 일어난 비현실적인 사건을 어떻게 받아들여야 할지 갈피를 잡지 못했다. 누구와 싸워도 이길 것 같은 일심을 누구와 싸우더라도 이기지 못할 것 같은 병삼이 때린 것이다. 병삼이 일심을 때린 이유도 알 수 없었다. 그 누구도 일심과 대화하고 싶어 하지 않았고, 병삼은 그 누구와도 대화하지 않았다. 그렇기 때문에 같은 반이지만 일심과 병삼은 말 한 번 섞은 적이 없었다. 그렇다고 병삼이 도시락을 빼앗긴 녀석과 친분이 있는 것도 아니었다.

내가 뭔 자격으로?

일심은 눈물이 주르륵 흘렀다. 그러고는 문득 그런 생각이 들었다. 나는 왜 다른 사람의 삶을 지옥으로 만들고 있을까? 내가 그럴 자격이 되나? 저 아이는 무슨 죄를 지어서 나에게 도시락을 빼앗기고 겁에 질려 있을까? 일심은 조용히 교실 뒤 청소도구함에서 빗자루와 쓰레받기를 꺼내 교실 바닥에 내동댕이친 도시락의 밥알과 반찬을 쓸어 담았다. 교실 아이들은 일심의 행동에 더욱 놀랐다. 당연히 일심이 병삼을 반 죽을 정도로 패놓으리라 생각했었다. 일심이 교실 바닥 청소를 하는 것도 이해가 안 됐지만, 그 모습을 당연하다는 듯 바라보고 있는 병삼도 이해가 안 되었다. 일심은 청소를 하면서도 계속 생각했다. 나는 동암 스님과 다를 바가 뭐가 있나. 동암 스님이야 스님께서 아끼던 지네를 내가 먹었기 때문에 나를 괴롭힌다고 하지만, 나는 다른 아이들이 나에게 아무런 잘못도 하지 않았는데 괴롭히고 있지 않나. 내가 아이들을 괴롭혀서 행복했나? 나의 삶이 나아졌나? 다른 사람의 삶을 지옥으로 만든 내가 행복해질 자격이 있을까? 즐거울 자격이 있을까? 내 삶을 지옥을 만든 것은 나였구나. 괴로움은 눈덩이처럼 돌고 돌아 점점 커지는구나. 내가 이 괴로움을 끊어버릴 수 있을까? 청소를 마친 일심은 찌그러진 철제 도시락을 주워 들고 힘을 줘서 펴보려다 부러뜨리고 말았다. 철제 도시락이 부러지자 병삼을 제외한 아이들은 모두 놀랐다. 집어던져서 부수기는 쉬워도 원래대로 돌려놓기는 힘들구나. 일심은 반 아이들을 돌아보았다. 이 중 나를 좋아하는 아이들은 한 명도 없겠지? 아이들이 나를 싫어해서 괴로운 걸까? 내가 아이들을 괴롭혀서 나를 싫어하는 것일까? 여기서 벗어나야겠다. 이 괴로움을 끊어내야겠다. 우선 이 아이들의 괴로움의 원인은 나다. 내가 없으면 이 아이들은 괴롭지 않을 것이다. 그리고 내가 절에서 나와야 동암 스님도 괴롭지 않을 것이다. 다른 사람의 괴로움을 없애면 나의 괴로움도 없어질 것이다. 일심은 어느 순간 병삼에게 맞았을 때 고요하고 평화로웠던 기분은 사라졌다. 그러나 자신의 삶을 지옥으로 만든 건 자신이라는 생각은 머릿속에서 떠나지 않았다.

애가 일심을 깠다고?

병삼이 일심을 때렸다는 소문은 순식간에 퍼져나갔다. 싸움 좀 한다는 녀석들이 병삼을 보기 위해 병삼의 반으로 몰렸다. 그중 한 녀석이 병삼에게 다가왔다. 니가 진짜 일심이를 깠냐? 너 뭐 배웠냐? 태권도나 권투 같은 거? 야. 사람이 말을 하면 대답을 허야지. 허이구 무서버라. 한 대 치것다? 뭐여? 애여? 삐쩍 마르고 째깐한디? 어어. 왔냐? 애가 일심이를 깠다고? 애 맞아? 병삼의 주변에는 어느새 불량스러운 아이들이 가득 모여들었다. 병삼은 말없이 조용히 있었다. 병삼을 보던 아이들은 만만해 보이는 병삼의 외모를 보고 시비를 걸면서도, 일심을 때렸다는 이야기 때문에 쉽게 덤비지는 못했다. 개 건들지 마라. 어느새 반으로 들어온 일심은 병삼을 둘러싸고 있는 아이들에게 다가왔다. 아이들은 일심을 보고 겁에 질려서 슬슬 피했다. 그때 병삼이 자신에게 가장 먼저 시비를 걸었던 녀석의 따귀를 후려쳤다. 맞은 녀석의 친구였던 놈들이 병삼에게 달려들려다가 일심을 보고 멈칫했다. 병삼에게 따귀를 맞은 녀석은 갑자기 눈물을 뚝뚝 흘리더니 우리가 이래야 쓰것냐? 부모님들이 우리 양아치 되라고 그렇게 새벽부터 일나셔갖구 농사짓고 그러셨겄냐? 사람 구실은 제대로 못 허더라도 버러지처럼 살지는 말아야제, 하며 친구들을 데리고 사라졌다. 아이들이 사라지자 일심은 병삼에게 다가왔다. 다른 놈들이 괴롭히면 나한테 얘기혀. 내가 너 못 건드리게 해줄 테니께. 알긋제? 일심의 말에 병삼은 코웃음을 쳤다. 내가 니들 같은 놈들 무서워할 것 같냐? 너도 내가 예전부터 귀싸대기 한 대 때리려고 벼르고 있었어. 그려. 고맙다. 한 대 때려줘서. 너한테 한 대 맞고 정신 차렸다. 그리고 나 서울 갈 거다.

뭐여? 서울 간다고?

내가 학교서 사라져주는 것이 다른 놈들 헌티도 좋을 것이고. 나도 서울 가서 새 출발 할까 싶다. 수업 시간에 배웠잖냐. 알을 깨고 나와야 한다고. 그려야 닭이 되건, 솔개가 되건, 봉황이 되건 하것제. 알 안에 틀어박혀 있어 봐야 썩기밖에 더 하긋냐? 일심은 그날 정운사에 들리지도 않은 채 곧바로 서울로 갔다. 돈도 한 푼 없이 차를 얻어타고 정읍역에 도착해 서울 가는 기차를 훔쳐 탔다. 늦은 밤 영등포역에 도착한 일심은 식당을 찾아 돌아다니다 그 동네 깡패들에게 걸렸다. 깡패들은 시골에서 올라온 일심의 돈을 빼앗기 위해 일심을 어두운 골목을 끌고 갔다. 일심은 깡패들을 나한권으로 두들겨 팬 다음 오히려 깡패들의 돈을 빼앗아 순대국밥을 사 먹었다. 순대국밥을 먹는 도중 일심에게 맞은 깡패들이 자신들의 두목을 데리고 국밥집으로 들어왔다. 어린놈이 눈빛이 살아 있구나.

시비 걸러 온 거 아니니까 먹던 거 먹어. 나는 여기 영등포 신대도
파 이주환이라고 한다. 야. 니네들 있으니까 얘 밥 못 먹는다. 나가
있어. 주환의 말에 깡패들은 인사를 꾸벅하고는 식당 밖으로 나갔
다. 일심은 내키진 않았지만, 하기 싫으면 언제라도 나올 생각으로
주환의 말대로 신대도파에 들어가기로 했다. 일심은 영등포 룸살롱
관리를 했다. 딱히 하는 일은 없었다. 낮에는 자고 밤에는 유흥업소
를 왔다 갔다 하다가 술에 취하거나 괜히 시비 거는 사람들을 밖으
로 내쫓기만 하면 되었다.

고요한 밤. 거룩한 밤.

저것들 미친 것들 아니야? 오늘이 무슨 고요한 밤이야? 유흥의
밤이지. 아무리 크리스마스라지만 전도를 하려면 할 만한 데 가서
해야지. 유흥가 골목에서 찬송가 부른다고 술 처먹으러 가던 놈들
이 갑자기 아이고 예수 믿어야지 하면서 교회 가겠어? 신대도파 조
직원들이 낄낄대며 성가대 옆을 지나갔다. 뒤따라가던 일심은 힐끗
성가대를 보았다. 아줌마 아저씨들 열댓 명이 모여 찬송을 부르고
있었다. 그중 유일하게 일심 나이 또래의 여자아이가 하나 보였다.
일심은 그 아이를 보는 순간 다리가 움직이지 않았고, 고개도 돌려
지지 않았다. 그 아이는 일심과 눈이 마주치자 미소를 지었다. 일심
은 순간 메두사와 눈이 마주친 것처럼 손끝 하나 움직일 수 없었다.
뭐 하냐? 얼른 가자. 에? 에에? 일심은 돌처럼 굳은 다리와 고개를
겨우 움직였다. 형님. 저 배가 아파서 그러는데 화장실 좀 갔다 가겠
습니다. 가게에 화장실 있잖아. 너무 급해서 그렇습니다. 먼저 들어
가십시오. 일심은 후다닥 옆 건물로 뛰어 들어갔다. 일심은 조직원
들이 사라지기를 기다렸다가 다시 거리로 나왔다. 거리에 조직원들
이 없는 걸 확인한 일심은 조심스레 성가대로 갔다. 기쁘다 구주 오

셨네. 만백성 맞아라. 일심이 다가오는 것을 보고 성가대 대장으로 보이는 중년 여성이 일심의 손에 주보와 찹쌀떡 하나를 쥐여 주었다. 우리 저기 영등포시장 쪽에 있는 구원교회예요. 내일 크리스마스 예배가 있는데 그냥 와서 밥만 먹고 가도 되니까 꼭 한 번 오세요. 여기 보시면 예배 시간이랑 약도까지 다 있죠? 그냥 맘 편하게 밥 먹으러 간다 생각하고 오세요. 아셨죠? 메리 크리스마스.

형님. 제가 하루 종일 설사를 해서 오늘은 좀.

그래라. 어제 고생 많이 했다. 오늘은 크리스마스라 사람도 별로 없어. 몸 관리 잘하고. 기름진 거 먹지 말고 죽 같은 거 먹어. 예. 감사합니다. 일심은 잠바 주머니에 숨겨놓았던 주보를 꺼내 보았다. 오전 11시 크리스마스 예배. 일심은 성가대 여자아이가 머릿속에서 떠나지 않았다. 지금까지 유흥가에서 보던 여자들과는 전혀 달랐다. 짙은 화장에 화려한 옷도, 술에 취해 흐릿한 눈빛도 없었다. 하얀 피부에 빨간 코트. 추워서 발그레한 볼. 긴 생머리에 살짝 눌러쓴 하얀 털모자. 그리고 미소. 일심은 누가 자신을 보고 웃어줬던 것이 언제였는지 기억나지 않았다. 경우 스님이 가끔 웃어주시긴 하셨지. 그런데 절에서 살던 내가 교회에 가도 되나? 예수를 믿는 것도 아닌데 뭐 어때. 가서 밥만 먹고 오면 되지.

어머. 진짜 오셨네요?

성가대 여자아이는 일심을 보고 웃으며 달려 나왔다. 아아. 그냥 지나가다가 사람들 모여 있어서 와본 건데. 여기가 교회였구나. 기왕 오신 거 예배드리고 식사하고 가세요. 해맑게 웃는 여자아이의 얼굴을 보고 있자니 일심은 양심의 가책을 느꼈다. 사실 제가 불자라서 교회 가면 안 돼요. 예? 그런 게 어디 있어요? 저는 가끔 등산하다가 절이 보이면 들어가서 구경하는데. 부처님은 교회 구경도 못 하게 해요? 아니에요. 부처님은 그런 거 신경 안 쓰십니다. 저는 그냥 예수님이 싫어하실까 봐. 무슨 소리세요. 예수님이 얼마나 좋아하시는데. 들어가서 좋아하시는지 안 좋아하시는지 보세요. 제 이름은 하은이에요. 김하은. 아아. 네. 저는 정일심이라고 합니다. 저 아직 고등학생인데. 오빠라고 불러도 되죠? 예? 저도 고등학생인데. 어머 죄송해요. 몇 학년이세요? 일심은 하은의 초롱초롱한 눈망울을 보고 있자니 거짓말을 할 수가 없었다. 에휴. 사실은요. 올해 1학년 다니다가 그만뒀어요. 정말? 그럼 나랑 동갑인 거야? 잘됐네. 그럼 친구 하면 되겠다. 아니, 사실은 제가 학교를 늦게 들어가서 실제 나이는 좀 많긴 한데. 그래도 같은 학년인데. 그럼 오빠라고 불러줘? 아따. 아니여요. 편하신 대로 부르셔요. 그런데 너 당황하니까 사투리 나온다. 워메. 사투리는 무슨. 나가 사투리는 쓸 줄도 모르는디. 일심의 사투리에 하은은 꺄르르 웃었고, 일심도 푸웃 하고 웃음이 나왔다. 얼마 만에 웃어보는 건가. 하은은 일심의 팔을 끌고 교회로 들어갔다.

교회는 이렇구나.

일심은 교회의 분위기에 압도되었다. 살면서 이런 곳은 처음이었다. 절이나 교회나 비슷비슷하겠지 했던 생각은 예배당에 들어가는 순간 사라졌다. 엄숙하고 조용한 절과는 달랐다. 교회는 즐겁고 신났다. 화려한 크리스마스 장식에 찬송가가 울려 퍼지고 사람들은 다들 웃고 있었다. 선물을 받은 아이들이 뛰어놀고 어른들은 악수하고 포옹하며 서로를 반겼다. 예배도 생각과 달랐다. 찬송은 피아노, 드럼, 기타 반주에 맞춰 손뼉까지 치며 불렀다. 담임목사인 김정석 목사의 설교도 이상했다. 설교 도중 농담을 하고 그 농담에 교인들을 깔깔거리며 웃었다. 절 생활을 했던 일심에게는 교회가 신세계였다. 그중 가장 달랐던 것은 향기와 맛이었다. 절에서는 항상 향을 피워 향냄새가 났었다. 그러나 교회에서는 옆자리에 앉은 하은의 샴푸 냄새가 일심의 마음을 흔들었다. 예배가 끝나고 점심 식사시간이 되었다. 사람들은 지하에 있는 식당에서 뷔페로 차려진 음식을 먹었다. 구원교회는 신도 3백 명 정도에 중형교회였지만, 김정석 목사의 평소 신념이 입을 것은 못 입어도 먹을 것은 잘 먹자, 였기 때문에 음식이 푸짐하게 차려져 있었다. 일심은 처음 보는 뷔페를 보고는 이곳이 천국이구나 싶었다.

치킨 좋아해?

일심은 하은의 물음에 으응, 하고 대답한 뒤 자리에 앉았다. 하은은 일심의 접시에 치킨 한 조각을 얹어 주었다. 아아. 치킨이 통닭이구나. 젓가락으로 이리 찔러보고 저리 찔러보는데 하은이 옆자리에 앉아 치킨을 손으로 들고 뜯어 먹기 시작했다. 통닭이랑 좀 다른 거 같은데? 얼른 먹어. 이거 내가 되게 좋아해서 우리 아빠가 특별히 사 온 켄터키 후라이드 치킨이야. 켄터키 후라이드 치킨 1호점이 종로 탑골공원 앞에 생긴 지 몇 년 지났었지만, 고창에만 있던 일심은 이름조차 생소했다. 서울에 올라와 영등포시장에서 삼계탕과 통닭을 먹어본 적 있었으나 치킨은 처음이었다. 통닭이랑 비슷하겠지 뭐. 일심은 고소하고 독특한 냄새에 이끌려 치킨을 한입 베어 물었다. 바삭한 튀김과 향긋한 후추 향 그리고 육즙 가득한 닭고기가 입안에서 어우러졌다. 워낙 닭고기를 좋아하던 일심이었지만 켄터키 후라이드 치킨의 맛은 태어나 처음 느껴보는 맛이었다. 너무 맛있어서 삼키기 싫을 정도였다. 그러다 눈물이 울컥 나왔다. 정운사에서 나와 서울에 오길 잘했다는 생각이 들었다. 고창에 있었으면 평생 이런 맛은 느껴보지 못하고 살았겠구나. 문뜩 따귀를 후려쳐서 정신 차리게 해준 병삼에게 고마웠다. 어느새 일심의 눈앞에는 치킨 뼈가 수북하게 쌓여 있었다. 일심은 그제야 혼자 너무 많이 먹은 것 아닌가 싶어 조심스레 주변을 둘러보았지만, 다들 웃으며 식사하느라 정신이 없었다. 다들 좋은 사람들 같아 보였다.

내가 사실 좋은 놈이 아녀.

여기 사람들이 나를 잘 모르고 와보라고 한 것 같은디. 오늘 와보니께 나는 여기 오면 절대 안 되는 사람이여. 아숩지만, 나는 착한 일을 더 하고 나서 와야 할 거 같어. 너 절에 다녔다며? 좋은 놈이 아닌데 절은 어떻게 다닌 거야? 하은의 질문에 일심은 할 말을 잃었다. 교회는 좋은 사람만이 오는 곳이 아니야. 병원이랑 비슷하다고 생각하면 돼. 병원은 건강한 사람이 예방접종 받으러 와도 되지만, 기본적으로 아픈 사람들이 가는 곳이잖아? 교회는 마음이 아픈 사람들이 치료받으러 오는 곳이야. 사람들의 웃는 소리, 하은의 미소, 손에들린 치킨. 하은의 말대로 일심은 확실히 치료받는 느낌이었다.

하은이 어디 아파요?

예배를 마친 일심은 담임목사인 정석을 찾아갔다. 하은의 아버지인 정석은 하은이 몸이 좋지 않아 집에서 쉬고 있다고 말했다. 하은은 두 달간 교회에 나오지 않았다. 두 달이 지나고 목련이 떨어질 때쯤 하은이 다시 교회에 나왔다. 오랜만에 본 하은은 수척해 있었다. 어디 아프다더니 이제 괜찮은 거야? 하은은 걱정스러운 일심의 얼굴을 보자마자 울음을 터뜨렸다. 어어? 왜 그래? 아직도 아파? 하은은 잠시 흐느껴 울다가 눈물을 닦고 일심을 바라보았다. 너 어디 가서 절대 이 얘기하지 마. 우리 아빠한테는 특히. 알았지? 왜? 무슨 일인데? 우선 약속부터 해. 빨리. 알았어. 절대 아무한테도 이야기 안 할게. 말하면 무조건 지옥 가는 거로. 하은은 잠시 일심의 눈치를 살폈다.

나 과외 해주는 오빠가 있거든.

일심은 하은의 이야기를 듣고 얼굴이 시뻘게졌다. 하은의 이야기는 이랬다. 하은이 과외를 해주는 대학생 놈이 있는데, 그놈이 하은에게 건물 사진을 찍으러 같이 가자며 데이트 신청을 한 것이다. 둘은 종로와 명동을 돌며 사진을 찍었다고 했다. 대학생 놈은 저녁이 되자 깜깜해서 사진이 안 나온다며 저녁을 먹자고 했고, 짜장면을 먹자며 중국집에 들어가 난자완스와 고량주를 시켰다고 했다. 일심은 난자완스가 뭔지 몰랐지만, 비싸고 좋은 거겠지 하는 생각이 들었다. 그리고 하은에게 한 잔만 마셔봐라. 다 경험이다. 이러면서 고량주를 권했고, 고량주를 두 잔 마신 하은은….

더 얘기 안 해도 돼.

일심은 화를 삭이기 위해 벌떡 일어나 마른세수를 하고 하은의 주변을 서성였다. 너 이거 절대 얘기하지 마. 우리 아빠는 그냥 내가 그 오빠 좋아하다가 차인 줄 알아. 그 새끼지? 예전에 크리스마스 때 밥 먹다가 인사한 놈. 연대 건축과인가 다닌다는 그놈 아니야? 이름이 뭐더라? 재욱인가? 맞지? 하은은 말없이 고개를 끄덕였다. 어쩐지 그 새끼도 요새 교회에서 안 보인다 했다. 내가 그 새끼 처음 봤을 때부터 인상이 안 좋았어. 이 육시럴 놈을 나가 기냥 배

때지를 갈라분 다음 내장을 끄집어내 부러야것구먼. 사투리로 욕하지 마. 무서워. 어어? 미안. 일심은 어떤 위로의 말을 해줘야 할지 몰라 잠깐 말이 없었다. 그냥 지나가는 미친개한테 물렸다고 생각하고 잊어버려. 기도 열심히 하면 괜찮아질 겨. 나도 기도 열심히 헐 테니께. 그 개 좆같은 씨팔 새끼 나가 뒈져불라고. 기도 좆나게 열심히 할 테니께. 알것제?

어이. 나 좀 봐요.

일심은 하은의 이야기를 들은 날부터 교회에서 열심히 기도했다. 꼭 재욱을 자신의 손으로 잡아 죽이게 해달라고 빌고 또 빌었다. 그리고 연세대학교 건축공학과 도서관과 신촌 술집을 뒤지고 다녔다. 그렇게 매일 술집을 뒤지고 다닌 지 한 달여 만에 신촌 지하철역 그레이스백화점 뒤 닭갈비 집에서 재욱을 발견했다. 어어? 아아. 너구나. 잠깐만 나 얘랑 얘기 좀 하고 올게. 교회 동생이야. 재욱은 같이 있던 여자에게 웃으며 기다리라고 말한 뒤 일심을 끌어내다시피 데리고 밖으로 나갔다. 골목으로 일심을 데리고 간 재욱은 주머니에서 담배를 꺼내 불을 붙였다. 야 이 씨발. 너 뭐야? 하은이가 가보라고 했냐? 걔 아주 웃기는 애네? 걔가 너한테 무슨 얘길 했는지 대충 알겠는데. 그딴 헛소리 듣고 쓸데없는 짓 하고 다니지 마. 그리고 내가 너한테 충고 하나 하겠는데. 얼굴 좀 반반한 년한테 홀려서 이딴 짓거리 하는 거 한심하지 않냐? 그리고 김하은 걔 아주 이상한 애야. 너 걔랑 엮여서 좋을 거 하나 없어. 걔가 나 찾아서 뭐라고 해주면 한 번 자준다고 해? 말이 끝난 재욱은 일심의 표정을 살피며 담배를 피웠다. 아무 말이 없는 일심을 보며 재욱은 피식 웃었다. 그리고 지갑을 꺼내 만 원짜리 다섯 장을 꺼내 일심에게 내밀었다. 받아, 인마. 그냥 동생 같아서 주는 거야. 남자끼리 하는 얘긴데. 영등포역에서 교회 쪽 말고 반대쪽으로 가면 뭐 있는지 알지?

그냥 깔끔하게 사 먹어.

하은이 같은 년 한 번 먹어보려다 나처럼 똥 밟지 말고. 재욱의 말을 들은 일심의 눈에 쌍심지가 켜졌다. 일심은 철두공으로 재욱의 가슴을 들이받았다. 재욱은 운이 없었다. 갈비뼈 두 개가 부러진 것으로 끝이 났으면 좋았겠지만, 철두공을 맞은 재욱은 붕 날아서 맥주병을 쌓아놓은 곳에 처박혔다. 병이 깨지면서 파편이 재욱의 왼쪽 눈을 찔렀다. 사람 많은 유흥가에서 벌어진 일인 만큼 일심은 현행범으로 붙잡혔다. 일심은 신대도파 조직원이기도 했고 재욱의 아버지 권력이 워낙 막강하기도 하여 일심은 초범임에도 불구하고 소년원에 수용되었다. 일심은 소년원에 수감된 2년 동안 다시 소림무술을 연마했다. 그리고 하은이 보내준 성경도 열심히 읽었다. 병 조각에 찔린 재욱의 눈은 여러 번의 수술로 다행히 실명되지는 않았다. 일심은 그 소식을 들었을 때 하나님께 감사했다. 그리고 자신의 삶을 되돌아보았다. 내가 어쩌다 여기까지 왔을까? 그동안 했던 나쁜 짓에 비하면 소년원 2년은 너무 짧다는 생각이 들었다. 성인이 되어서 들어왔다면 더 오래 있었겠지? 이게 어쩌면 하나님의 계획이 아닐까? 구원교회를 가게 된 것. 하은을 만난 것. 서울로 올라온 것. 이 모든 것이 병삼의 따귀에서 시작되었다는 생각이 들었다. 왜 그 녀석한테 따귀를 맞았을 때 정운사에서 떠나야겠다는 생각이 들었을까? 일심은 소년원을 출소하면 성실하게 일하며 살아야겠다고 결심했다. 하나님의 은혜인지 몰라도 일심이 소년원에서 출소하기 전에 정부는 범죄와의 전쟁을 선포하고 대한민국의 모든 조직폭력배를 소탕했다. 일심이 출소할 때는 신대도파도 사라지고 없었다.

먹고 싶은 거 없어?

　일심이 출소하는 날 하은은 소년원 앞에 서 있었다. 추운데 뭐
하러 왔어? 학교는 어쩌고? 이제 고3이 되었으면 공부할 생각을 해
야지. 일심은 말을 그렇게 하면서도 심장이 미친 듯이 뛰었다. 하은
이 올 것이라고는 생각지도 못했기 때문이다. 소년원에 있는 동안
출소하면 하은을 위해서라도 영등포를 떠나 다른 곳으로 갈 생각
이었다. 그러나 하은의 얼굴을 마주한 순간 2년 동안의 결심이 추
운 겨울 입김처럼 사라져버렸다. 뭐 먹고 싶은 거 없냐니까? 몰라
서 묻냐? 당연히 치킨이지. 둘은 의왕시에서 영등포로 오는 버스 안
에서 오랫동안 말이 없었다. 일심과 하은은 서로에게 고맙다는 말
을 하고 싶었지만 쉽게 입이 떨어지지 않았다. 치킨집에 들어가자
마자 일심은 치킨과 맥주를 시킨 뒤 치킨이 나오기도 전에 맥주를
벌컥벌컥 마셨다. 차가운 맥주가 갑자기 몸에 들어가자 정신이 번
쩍 들었다. 목사님이 나 보러 온 거 알아? 그게 중요해? 하은도 맥주
를 따랐다. 야. 너는 학생이 무슨 술을 먹어? 너는 왜 먹는데? 예전
에 얘기했잖아. 나 너보다 한두 살 많다고. 난 이제 성인이야. 하은
은 일심을 잠시 노려보다가 맥주를 훌쩍 마셨다. 우리 아빠도 알아.
너 나 때문에 소년원 간 거. 하은의 말에 일심은 펄쩍 뛰었다. 야! 그
게 왜 너 때문이야. 네가 시킨 것도 아니고. 그냥 나 혼자 뭐 좀 물어
보러 갔다가 실수로 그런 건데. 누구 잘못이 아니라 그냥 하나님의
뜻이라고 생각하고 있어.

　아무튼, 고마워.

　하은은 수줍은 듯 맥주잔을 바라보며 말했다. 맥주로 차갑게 식
혔던 일심의 가슴이 다시 따뜻해지는 것이 느껴졌다. 일심은 다시

가슴을 차갑게 식히기 위해 맥주를 연거푸 마셨다. 맥주 한 잔으로 발그레해진 하은의 볼과 민망한 듯 수줍게 웃는 미소 때문에 일심의 가슴은 쉽사리 식지 않았다. 일심은 하은을 만났을 때부터 하은을 이성으로 봐서는 안 된다고 생각했다. 쟤는 목사님 딸이고, 나는 절에서 자란 고아잖아. 김정석 목사님께서 나를 얼마나 챙겨주셨는데. 내가 하은이를 조금이라도 여자로 생각하면 그건 사람 새끼도 아닌 거야. 쓸데없는 생각 하지 말고 치킨이나 먹자. 방금 튀긴 치킨의 고소한 향기가 오랜만에 일심의 코를 찔렀다. 바삭한 껍질과 부드러운 속살. 상쾌한 맥주와 시원한 샴푸 향. 향긋한 기름과 고소한 육향. 달콤한 미소와 향긋한 속삭임. 이러면 안 돼. 정신 차리자. 일심은 치킨집을 뛰쳐나가 정운사로 달려가 참선을 하고 싶은 마음이었다. 고소한 치킨과 향긋한 하은 앞에서 이러지도 저러지도 못하고 애먼 맥주만 들이켤 수밖에 없었다. 일심은 청춘이었고 청춘에게 소년원에서의 2년은 여러모로 긴 시간이었다. 그날 밤 일심과 하은에게는 둘의 아들인 한길이 생겼다.

우선 검정고시 준비부터 하자.

하은의 아빠인 김정석 목사는 하은의 임신 사실을 알고 고등학교를 자퇴하도록 했다. 하은이 한길을 출산하자 모든 육아는 김 목사 부부가 맡기로 했고, 일심과 하은은 고졸 검정고시 공부를 했다. 검정고시 합격 후 하은은 서울 용산에 있는 여자대학교에 입학하여 아동복지학을 전공했다. 일심아, 너는 체력이 뛰어나니 체육 교육학을 전공하는 게 어떻겠냐? 김 목사의 말에 일심은 잠시 말이 없었다. 저는 신학을 공부하고 싶습니다. 절에서 살던 제가 지금 이렇게 하나님을 섬기며 살게 된 것은 하나님의 인도하심 덕분인 것 같습니다. 하은이를 만나고, 목사님을 만나고, 한길이를 갖게 된 것이 그냥 우연히 된 일 같지가 않습니다. 벌레만도 못한 저에게 이런 은혜를 내려주셨으니 앞으로는 이 은혜를 갚으며 사는 것이 도리일 것 같습니다.

그럼 이름을 바울로 바꾸는 것은 어떠냐?

바울이 예수님을 믿기 시작하면서 사울에서 바울로 개명한 것처럼. 너도 다른 종교를 믿다가 예수님 품으로 왔으니 바울과 같이 예수님의 말씀을 땅끝까지 전하는 선교사가 되었으면 한다. 선교사의 길은 생각만큼 쉽지 않을 것이다. 온갖 고난과 시련이 닥쳐올 것이고, 어딜 가나 시험에 빠지게 될 거다. 절에서 살 때도 항상 힘든 수련과 고행을 했습니다. 걱정하지 않으셔도 됩니다. 그래. 너는 충분히 잘 이겨낼 것이라고 믿는다. 일심은 김 목사와 대화를 끝내자마자 그 자리에서 보란 듯이 사흘간 금식기도를 하고 이름을 바울로 개명하였다. 그리고 경기도 안양에 있는 신학대에 입학하여 신학을 공부했다. 바울은 일심에서 개명한 이후로 하루하루가 행복했다. 정운사에 있을 때는 대학생이 될 수 있을 거라는 생각은 꿈도 꾸지 못했었다. 그러나 이제 바울은 대학에 다니고, 아름다운 아내가 있고, 사랑스러운 아들까지 있었다. 춥고 고달픈 절 대신 따뜻하고 화목한 집이 있었고, 무서운 동암 스님 대신 자상한 김 목사 부부가 있었다. 고아인 바울은 군 면제가 되어 하은과 같이 대학을 졸업하고, 김 목사의 권유에 따라 부부가 같이 해외 선교를 다녔다. 동남아와 러시아를 시작으로 남미와 아프리카까지 선교를 다니기 시작했다.

공격

주 믿는 사람 일어나 다 힘을 합하여 이 세상 모든 마귀들 다 쳐서 멸하세.

한마음교회 앞은 지금까지 한마음교회 일요일 오전 풍경과는 달랐다. 수십 명의 재일교회 교인들이 한마음교회 앞에 몰려와서 새찬송가 357장을 외쳐 부르며 시위를 했다. 여기서 이러시면 어떡합니까? 당신 뭐야? 당신도 한마음교회 다녀? 여기 사이비 교회야. 여기 목사가 어떤 사람인 줄이나 알아? 할머니, 이 교회 가시면 안 돼요. 지금 정바울 목사는 사이비라고 뉴스에까지 나온 사람이에요. 어디 뉴스요? 어디 뉴스가 중요합니까? 차 좀 지나갑시다. 동네 시끄럽게 뭐 하는 거예요? 지금 이 동네가 사이비 소굴이 되어가는데 그것도 모르고. 뭐라고요? 뭐라는 거야? 아, 거참. 차 좀 지나가자니까요. 뒤에 차 밀린 거 안 보여요? 빵빵! 빵빵빵빵! 성도님들. 다시 찬송 시작하겠습니다. 찬송가 348장 부르겠습니다. 마귀들과 싸울지라 죄악 벗은 형제여. 빵빵! 빠아아아아아아앙! 차도 못 지나가게 길 막고 뭐 하는 거야? 경찰 불러! 영광 영광 할렐루야!

사탄아 물러가라!

누가 사탄이에요? 보라는 한마음교회에 들어가려는 걸 계속 막아대는 50대 중년 여성을 확 밀었다. 힘에서 밀린 여성은 보라에게 소리를 고래고래 질렀다. 그 소리를 들은 다른 재일교회 교인들이 보라 쪽으로 우르르 몰려왔다. 저 여자 우리 목사님 고발한 그 여자 아니야? 맞네. 맞아! 저 여자 아직 감옥 안 갔어? 세상이 어떻게 이래? 범죄자가 길거리 막 돌아다녀도 돼? 하나님께 용서를 빌어야지. 주님 앞에 죄를 시인하고 회개하세요! 남자들까지 보라에게 우르르 몰려 보라를 몰아세우자 보라는 겁에 질렸다. 이러지 마세요. 저 갈 테니까 좀 비켜주세요. 좀 비키시라고요. 아아악! 보라가 당황해서 무리를 빠져나가려고 했다. 그때 누군가 보라의 머리채를 움켜잡아 당긴 뒤 이리 밀치고 저리 밀치며 마귀 같은 년, 독사 같은 년 하며 욕을 해댔다. 빽빽빽삐이이익! 주민 신고를 받은 방 소장이 다른 경찰들과 함께 호루라기를 불며 나타나 한마음교회 앞을 정리했다. 재일교회 사람들이 물러나자 머리가 산발이 된 채 길거리에 주저앉아 있는 보라가 보였다. 아이고. 이게 뭔 일이야. 아가씨 괜찮아요? 어어? 방 소장은 보라를 일으켜 주려다가 보라를 보고 깜짝 놀랐다. 그때 그분이시네? 방 소장이 보라의 상태를 살피는데 보라에게 밀렸던 50대 중년 여성이 나타나 방 소장의 명찰을 보았다. 저기요. 방승관 경찰님. 제가 지금 이 여자한테 폭행당했어요. 이거 보세요. 팔꿈치 까진 거 보이죠? 저 여자가 저 밀어서 이렇게 된 거라니까요. 현행범이에요. 현행범. 저 여자가 저 폭행한 거 본 사람이 여기 수십 명이 넘어요. 경찰서 갑시다. 경찰서 가요.

알겠습니다. 감사합니다.

교회 승합차를 운전하던 바울은 한 장로의 전화를 받았다. 한 장로는 한마음교회 앞 상황을 바울에게 전달하며, 재일교회 교인들이 한마음교회 차를 발견하게 되면 차에 타고 계신 노인분들이 다칠 수가 있으니 다시 차를 돌려 집으로 모셔다드리라고 했다. 전화를 끊고 몇 초 후 한 장로가 한마음교회 앞 상황을 찍은 동영상이 도착했다. 동영상에는 수많은 재일교회 사람들이 길을 막고 한마음교회 교인들을 색출해 내는 장면과 머리가 산발이 된 보라가 경찰에게 끌려가는 장면이 보였다. 성도님들. 지금 교회 앞에 큰 사고가 나서 오늘은 예배를 드리기 힘들겠네요. 다시 집으로 모셔다드릴 테니까 오늘은 집에서 기도하시면서 각자 예배를 드리시는 게 좋겠습니다. 바울은 한숨을 쉬며 마음을 가라앉힌 다음 차를 돌렸다.

어이. 가해자가 왜 그쪽으로 가요?

방 소장은 재일교회 교인들 뒤를 따라 중부경찰서로 들어가는 보라를 불러세웠다. 네? 제가 왜 가해자예요? 제가 폭행당한 거라니까요. 보라는 억울한 마음에 눈물이 나오려고 했다. 저 여자 또 거짓말하네. 우리 목사님한테 한 것처럼 또 사기 치는 것 좀 봐요. 재일교회 교인들은 보라를 몰아세웠다. 어허! 가해자니까 가해자라고 하지. 얼른 이쪽으로 오시라니까. 자꾸 이러시면 공무집행방해입니다. 방 소장은 보라를 노려보며 화를 내다가 보라와 눈이 마주치자 재일교회 교인들 몰래 살짝 윙크를 했다. 어흠. 어흠. 방 소장은 헛기침을 하며 보라에게 다시 한번 눈치를 주었다. 재일교회 교인들은 보라가 고개를 푹 숙인 채 방 소장을 따라가는 모습을 보며 비웃었다. 재일교회 교인들이 경찰서로 들어가자 방 소장은 보라를 건물 옆으로 데리고 간 뒤 재일교회 교인들이 다 들어갔는지 살폈다. 에잇. 이렇게 눈치가 없어. 지금 저 사람들이랑 같이 경찰서 들어가 봤자 좋을 거 하나 없어요. 저 사람들 재일교회 교인들인데 보라 씨 지금 재일교회 목사한테 고소당한 상태잖아요. 굉장히 불리

해. 그리고 지금 보라 씨 고소 일정 잡혀 있는 상태잖아요. 제가요? 몰라요? 우편이랑 전화 갔을 텐데. 보라 씨가 죄도 뉘우치고 손병삼 씨랑 화해하고 친하게 지내는 거 같아서 말씀드리는 건데. 지금 들어가면 재일교회 사람들과 시비 붙은 것도 문제지만, 고소당한 거조사까지 들어간다고요. 그럼 누가 불리하겠어요? 보라 씨죠. 그럼 보라 씨는 어떻게 되겠어요?

보라 씨만 덤터기 쓰는 거야. 그냥 당하는 거야. 망하는 거야. 아주 좆되는 거야.

방 소장의 말을 들은 보라는 겁이 덜컥 났다. 재일교회 목사에게 고소당한 상황에서 재일교회 사람들에게까지 고소당하면 불리한 건 보라밖에 없었다. 그럼 저 어떻게 해야 해요? 방 소장은 안타까운 눈으로 겁에 질린 보라를 바라보며 한숨을 쉬었다. 우선 얼른 돌아가세요. 제가 재일교회 사람들한테는 보라 씨 따로 조사 중이라고 한 다음에 저녁때 되면 구치소에 넣었다고 할 테니까. 그리고 조사 일정은 최대한 미루시고. 고소장 뽑아서 변호사 찾아가세요. 고소장 확보하는 방법은 인터넷 치면 자세히 나오니까. 그거 보면서 하시고. 재일교회 목사가 고소한 건 단순 폭행으로 벌금 조금 나오고 말 텐데. 중요한 건 폭행보다 재일교회 목사를 파렴치범으로 몰았던 게 더 문제가 돼요. 증인도 있고, 재일교회 목사가 호텔에 얘기해서 CCTV도 확보했을 테고. 재일교회에 유능한 변호사가 한둘이겠어요? 보라 씨 벌금형 떨어지면 이제 민사로 들어갈 텐데. 그러면 아주 골치가 아파질 거예요. 자세한 이야기는 변호사한테 들으시고 보라 씨는 재일교회 사람들 보기 전에 얼른 돌아가세요.

어. 엄마.

보라는 경찰서에서 나와 엄마인 줄리아에게 전화를 걸었다. 보라가 경찰서에서 나온 시간은 점심시간을 조금 넘은 시각이었으나 오하이오는 자정이 지난 후였다. 보라야. 한국에서 잘 지내고 있니? 보라는 그럴 마음이 없었지만, 엄마 목소리를 듣자마자 눈물을 쏟았다. 그리고 재일과 얽힌 이야기를 모두 쏟아냈다. 보라야. 걱정하지 마. 엄마가 다 해결해 줄게. 줄리아의 말을 들은 보라는 그제야 괜한 걱정을 시켰다는 생각에 서둘러 전화를 끊었다. 줄리아의 통화를 옆에서 지켜보던 경배는 보라에게 무슨 일이 생겼냐 물었다. 줄리아의 이야기를 들은 경배는 인터넷으로 재일에 관한 정보를 찾아보고는 상황이 심각해질지도 모른다는 생각이 들었다. 줄리아는 심각한 경배의 표정을 보고 물었다. 여보, 당신이 한국에 가보면 안 돼? 나도 스물세 살에 미국에 와서 환갑이 넘을 동안 한국에 한 번도 안 가봤어. 한국에 아는 사람도 없고. 게다가 보라는 서울에 있잖아. 나는 한국에 있을 때 서울이 아니라 경주에서…. 여보, 무슨 생각해? 줄리아의 질문에도 경배는 멍하니 생각에 빠져 있었다.

형이다.

네? 뭐라고요? 근배는 점심으로 통영 멍게 라면을 먹다가 전화를 받았다. 경배의 동생인 근배는 경기도 안성에서 아내 정숙과 편의점을 하고 있었다. 점심시간에는 손님이 많았지만, 2시가 되면 손님이 빠지고 한가해져서 그제야 점심을 먹을 수 있었다. 한창 없어서 못 팔 정도였던 통영 멍게 라면은 이제 찾는 사람이 드물어 재고가 많았다. 전화 잘못하신 것 같은데요. 누구신가요? 근배는 전화를 받고 상대방 말뜻을 이해하지 못했다. 근배야. 나 네 형 경배다. 경배의 말을 들은 근배는 심장이 덜컥 내려앉았다. 형이라고? 진짜 경배 형이야? 잘 지냈냐? 그동안 연락 못 해서 미안하다. 진짜 형 맞

아? 형. 지금 나한테 얼마 만에 전화하는지 알아? 근배의 말에 경배
는 한숨을 쉬고 잠시 날짜 계산을 했다. 너 군대에 있을 때 어머니
돌아가시면서 통화한 게 마지막이니까. 40년 좀 안 됐네.

뭐, 이 씨발!

40년 좀 안 됐다는 경배의 말에 근배는 욕과 눈물이 동시에 튀
어나왔다. 뭐야? 40년 만에 왜 전화한 거야? 뭐가 아쉬워서 전화한
거냐고? 돈 필요해? 죽을병 걸렸어? 왜 갑자기 전화하고 지랄이야?
내 번호는 어떻게 알았어? 내 전화번호 알고 있었는데 지금까지 연
락 안 한 거야? 미안하다. 미안하고 자시고. 내 번호는 어떻게 알고
전화한 거냐고? 페이스북 검색하니까 나오더라. 뭐? 페이스북? 부
장님. 스마트폰 사셨으면 페이스북도 만드시고 그러셔야죠. 근배는
문득 회사에 다니던 시절 페이스북이 유행이라며 젊은 직원들이 만
드는 걸 보고 따라 만들었던 게 생각났다. 그 이후로는 페이스북에
들어가 본 적도, 아니, 들어갈 줄도, 아니, 페이스북 존재 자체를 잊
고 지냈었다. 너는 뭐 하고 사냐? 결혼은 했고? 아니. 왜 전화한 거
냐니까? 근배야, 나는 미국 오하이오주 콜럼버스라는 곳에서 부동
산 하고 있다. 네 형수 되는 사람은 백인이야. 이름은 줄리아. 그렇
게 둘이 딸 하나 낳고 살고 있다. 어? 딸이 있어?

나도 딸 하나 있는데.

경배가 딸 하나 있다는 말에 근배는 경배에게 화가 났던 걸 잠
시 잊어버렸다. 신기하네. 어떻게 형제가 똑같이 외동딸만 낳았지?
그래? 근배 네 딸은 몇 살인데? 이제 스물여섯. 이름은? 서주영. 아.
주영이. 이름 좋네. 구슬 주에 빛날 영자 쓰냐? 아니. 두루 주에 길

영. 두루두루 길게 살라고. 아아. 더 좋네. 형네 딸 이름은 뭔데? 영
어 이름은 데보라고. 한국 이름은 보라. 서보라? 애 이름을 서보라
라고 지으면 어떡해? 일어서 보라는 거야? 이상하잖아. 놀림받아.
근배의 말에 경배는 피식 웃었다. 보라가 애들도 아니고 나이가 서
른인데 무슨 놀림을 받아. 하긴. 게다가 미국에 있으니까 일어서 보
라고 놀림당하진 않겠네. 아니야. 지금 우리 보라 서울에 있어. 서울
에? 사실 그래서 내가 너한테 연락한 거야. 어쩐지. 뭔가 부탁할 게
있으니까 40년 만에 전화했겠지. 참 자식이 무서워? 그치? 자식 아
니었으면 평생 연락 안 하고 살았을 텐데. 형도 40년 만에 나한테
전화하기 어마어마하게 껄끄러웠을 거 아니야. 형 성격에 차라리
죽었으면 죽었지 어떻게 연락을 해. 안 그래? 그런데 자식이 걸려
있으니까 참. 근배의 비아냥에 경배는 미안하다는 말 외에는 할 말
이 없었다.

죄송합니다.

바울은 교회 승합차에 타고 있던 교인들을 모두 집에 데려다준
후 한 장로의 다세대 건물 앞에 주차했다. 한 장로는 좁은 주차장에
교회 승합차가 주차하는 걸 지켜보았다. 주차한 바울은 내리자마자
한 장로에게 사과했다. 정 목사가 왜 죄송해? 이게 정 목사 탓인가?
내가 보니까 재일교회 목사가 뭔가 벼르고 한 짓 같은데. 한 장로
님, 그게 아니라 작은 오해가 있어서 그렇습니다. 제가 제일교회 전
목사에게 전화했는데 주일이라 전화를 못 받네요. 너무 걱정하지
마세요. 제가 찾아가서 얘기 좀 하면 오해가 풀릴 것 같습니다. 괜히
저 때문에 한 장로님까지 신경 쓰이게 해드려서 죄송합니다. 아니
야. 신경 쓸 거 없어. 조금 전에 어린이집 문 원장한테 연락받았는데
재일교회 사람들은 아까 다 갔대. 그런데 손 집사한테는 연락이 없

어? 병삼이도 지금 운전 중일 테니 전화 받기 힘들 거예요. 우진이랑은 통화했고요. 우진이가 뭐래? 우진이도 많이 놀라더라고요. 저기 정 목사, 오늘은 주일이라서 재일교회에도 교인들이 많을 거야. 저녁예배도 있을 테고. 괜히 오늘 가서 험한 꼴 당하지 말고, 오늘은 좀 쉬었다가 내일 가서 얘기해 봐. 그리고 혹시 집 앞에도 재일교회 사람들 있으면 다시 여기로 오고. 손 집사가 쓰던 방 아직 비어 있어. 거기서 지내도 돼. 한 장로의 말에 바울은 씁쓸하게 웃으며 신경 써주셔서 감사합니다, 하며 인사를 하고는 집으로 돌아갔다.

집에는 왜요?

우 권사의 말에 병삼은 딱히 할 말이 없었다. 그게. 일이 다 끝나서 이제 가도 되지 않나 싶어서유. 게다가 오늘 월요일인데. 월요일은 원래 제가 쉬는 날이기도 헌데. 우 권사는 병삼을 지그시 바라보았다. 병삼은 그런 식으로 바라보는 우 권사의 눈빛을 견디기 힘들었다. 마치 현관문 앞에 싸놓은 개똥을 바라보는 듯한 눈빛이었다. 들어가시고 싶으시면 들어가세요. 우 권사의 말에 병삼은 그럼 들어가 볼게유, 하며 인사를 꾸벅했다. 그런데요. 손 집사님, 집사님은 우리 재일교회가 싫으신 거 같으신데 왜 여기서 일하세요? 네? 저보시면 아시겠지만, 저는 밤낮으로 재일교회에 있잖아요. 쉬는 날 같은 거 없어요. 제가 교회에서 얼마 받는 줄 아세요? 한 푼도 안 받아요. 봉사하는 거예요. 오히려 제가 헌금을 드리죠. 그런데도 궂은 일 다 맡아서 하고, 일 없을 때도 교회 나와서 성경 공부도 하고 그러잖아요? 그런데 손 집사님은 보면 성경 공부는커녕 예배도 안 드리시고, 일하시는 시간에도 어떻게든 교회에서 나가려고 하시잖아요. 그렇게 교회 일이 싫으시면 차라리 다른 일을 하시는 게 어떠신가 해서요. 병삼은 뭐라 대답할 말을 찾지 못했다. 그럼 내일 뵐께유, 하며 인사를 꾸벅하고 도망치듯 교회 정문을 향해 걸음을 옮겼다. 우 권사는 그렇게 도망치는 병삼을 식탁 위에 싸놓은 개똥을 보듯 바라보았다.

어어? 저놈은 겁도 없나.

병삼은 재일교회를 나가다가 멀리서 걸어오는 바울을 보고 급히 몸을 숨겼다. 어제 바울에게 몇 차례 전화가 왔으나 병삼은 받지 않았다. 바울에게 도와줄 것도, 해줄 말도 없었다. 나두 드러워서 재일교회 때려치울 거, 하고 싶었다. 그러나 병삼은 재일교회를 그만두면 이제 돌아갈 곳이 없었다. 사이비로 낙인찍힌 한마음교회로 돌아갈 수도 없었고, 다시 한 장로의 다세대 지하로 이사 갈 돈도 없었다. 시간 지나면 좀 잠잠해지겠지 싶었는데 바울이 혼자 재일교회로 쳐들어온 것이다. 병삼은 바울이 자신을 보게 되면 재일에게 같이 좀 가달라고 할까 봐 겁이 났다. 지금은 괜히 바울과 엮여서 좋을 게 없었다. 병삼은 숨어서 바울이 교회 안으로 들어가는 걸 지켜보다가 재빨리 교회를 빠져나갔다.

어디 가세요?

바울이 교회 안으로 들어와 목사실에 가려고 하는데 뒤에서 목소리가 들렸다. 돌아보니 우 권사가 바울을 바라보고 있었다. 커다랗고 화려하고 넓고 텅 빈 교회 가운데에 자그마한 우 권사 혼자 서 있는 모습이 매우 비현실적으로 느껴졌다. 넓은 바다 위에 조그맣게 보이는 암초 같은 느낌이었다. 보이는 것은 조그맣지만 바다 아래에는 얼마나 거대한 것이 잠겨 있을까? 정바울 목사님이시죠? 우 권사의 말에 바울은 정신이 들었다. 예. 맞습니다. 저번에 잠깐 뵀었었죠. 전 목사님 뵈러 오신 건가요? 지금 전 목사님은 교회에 안 계시는데. 전화라도 하고 오시지. 전 목사님께서 전화를 안 받아서요. 전 목사님 보시면 제가 다녀갔다고 말씀 좀 전해주시면 감사하겠습니다. 바울은 고개를 숙여 인사를 하고 교회를 나가려고 했다. 저기요. 네?

한마음교회는 빨리 정리하도록 하세요.

우 권사의 말에 바울은 자기도 모르게 살기 어린 눈빛으로 우 권사를 노려보았다. 당장에라도 눈이 튀어나올 정도로 목을 조르거나 칼로 배를 수차례 쑤실 것 같은 눈빛이었다. 바울은 아차 싶었다. 아직 멀었구나. 별것 아닌 말 한마디에 이렇게 날을 세우다니. 그러나 바울의 그런 눈빛에도 우 권사는 조금도 흔들리지 않았다. 바울은 억지로 미소를 지어 보였다. 전 목사님께서 저에게 어떤 오해가 있으셔서 그러신 것 같습니다. 그래서 이렇게 해명하고자 직접 온 것이고요. 정바울 목사님? 네? 얘기 듣기로는 정 목사님께서는 성인이 되신 후에 믿음 생활을 시작하셨다고 들었습니다. 그전에는 절에 계셨고요. 예? 아아. 손 집사가 별 얘길 다 했나 보네요. 불교에서 개종하신 건 정말 잘하신 일이세요. 게다가 목사님까지 되셨다니 얼마나 믿음이 깊으신지는 잘 알겠습니다. 그런데요. 바울은 우 권사의 그런데요가 바다 위 암초처럼 느껴졌다. 정 목사님이 아셔야 할 게 하나 있습니다. 저는 정 목사님보다 나이가 열댓 살은 더 많잖아요. 그리고 저는 모태신앙입니다. 신앙생활을 무려 60년 가까이 하고 있습니다. 제가 성경을 더 많이 봤을까요? 목사님이 성경을 더 많이 봤을까요? 우리 전재일 목사님도 간혹 저한테 성경에 관해 물으실 때도 있습니다. 제가 직분은 권사이긴 하지만, 웬만한 목사님들보다 하나님 말씀에 대해 더 많이 안다고 말씀드릴 수 있어요. 그래서 드리는 말씀인데, 하나님에 대한 믿음보다 자신에 대한 믿음이 강해서 자신이 잘못된 길을 가고 있음에도 이게 하나님의 뜻이라고 착각하는 경우가 종종 있어요. 그럴 때는 옆에서 바로 잡아줄 사람도 필요합니다. 그게 하나님께서 보내주신 사람이라면 말이죠. 그래서 제가 목사님께 말씀드리는 겁니다. 한마음교회 정리하시라고요. 교회 정리하시고 기도하시다 보면 하나님께서 다시 응답을 주실 겁니다. 만약 정바울 목사님께서 사이비가 아니라 정말로 믿음이 있으시다면 말이죠. 그렇지 않겠어요? 우 권사의 말을 들은 바울은 이 바다에서 저 암초를 치우는 일은 불가능하다는 생각이 들었다. 그리고 한 장로가 우 권사와 이혼한 이유를 알 것도 같았다. 그럼 또 뵙겠습니다. 바울은 다시 정중하게 인사를 하고 교회를 나갔다. 여보세요? 양 전도사님 지금 어디세요? 우 권사는 바울이 떠나자 곧바로 양 전도사에게 전화했다.

사이비 정바울 목사는 물러가라!

한마음교회 앞에는 그새 재일교회 사람들이 몰려와 시위를 하고 있었다. 우 권사의 전화를 받은 양 전도사가 재빨리 교인들을 불러 모아 다시 시위를 벌인 것이다. 한마음교회 앞에 도착한 바울은 어찌할 바를 몰랐다. 상가 건물과 그 주변 사람들이 몰려나와 재일교회 사람들과 싸우기 시작했다. 아니, 오늘 일요일도 아닌데 왜 시위를 해. 아니, 근데, 한마음교회가 사이비거나 말거나 이 동네 사람들도 아닌 사람들이 왜 와서 난리래? 아니, 근데 진짜, 이 사람들 허가는 받고 시위하는 거야? 재일교회 교인들이 어린이집에서 나오는 아이들과 아이 엄마에게도 한마음교회 정바울 목사는 사이비 목사라고 소리쳤다. 아니, 근데 진짜 씨발, 애가 무슨 죄가 있다고 애한테 소리를 질러요? 이 교회 어린이집 다니니까 그런 거지. 애가 사이비에 빠졌는데 그걸 보고 가만히 있어? 이거 아동학대야! 뭐? 아동학대? 지금 당신들이 어린이집 앞에서 이러고 있는 게 아동학대야! 뭐라고? 어린이집 문 원장은 학부모들과 재일교회 교인들이 싸우는 걸 보고 안절부절못했다. 그걸 지켜보던 바울은 문득 보라 생각이 났다. 문 원장님, 보라 씨는요? 서 선생님은 제가 재일교회 사람들 오는 거 보고 조퇴시켜 드렸어요. 휴우. 다행이네요. 어어? 저 사람 정바울 목사다. 정바울 목사가 나타났다. 재일교회 사람들은 바울을 보자마자 사이비는 물러가라며 구호를 외쳤다. 아니, 진짜 정바울 목사가 사이비야? 나도 모르지. 사이비가 이마에 사이비라고 써 붙이고 다니나? 바울은 자신을 향해 몰려드는 재일교회 교인들과 자신을 의심의 눈으로 바라보는 동네 사람들에게 둘러싸이자 점점 화가 치밀어 올랐다. 사탄아, 물러가라! 바울은 악다구니를 쓰며 달려드는 중년 여성을 자기도 모르게 밀 뻔했다. 괜히 이분을 밀었다가 일이 커진다. 바울에게 달려들던 여성은 바울이 자신을 밀려다가 그만두자 아쉬운 눈빛을 보였다. 방금 정바울 목사가 나 치려고 했다! 경찰 불러! 경찰!

애애애애애애애애앵!

사이렌이 울리고 한마음교회 앞에 경찰차 두 대가 도착했다. 방 소장과 다른 경찰들이 차에서 내려 재일교회 교인들에게 몰려갔다. 경찰차 사이렌에 사람들이 정신 팔린 사이에 바울은 오형권 중 사권 자세를 잡고 뱀처럼 요리조리 사람들 사이를 몰래 빠져나갔다. 여기요! 경찰 아저씨! 이쪽이에요. 여기 사이비 정바울 목사가. 어? 어디 갔어? 나도 몰라요. 못 도망가게 꽉 잡고 있었어야지. 아니, 왜 저한테 그러세요? 재일교회 사람들이 바울을 찾는 사이에 바울은 어느새 택시를 잡아타고 동네를 빠져나갔다. 서울역으로 가주세요.

바울은 택시 안에서 핸드폰 통화목록을 바라보다가 마음을 다잡고 전화를 걸었다. 어이구, 이게 누구야? 정바울 목사. 목회 일은 잘되고? 바울은 장인인 김정석 목사의 질문에 아무 대답도 하지 못했다.

대답해 보시라고요.

보라는 매서운 눈으로 병삼을 바라보았다. 아니, 여기는 어떻게 알고 찾아온 거? 우진이 오빠가 알려줬어요. 하이고, 그 시키도 참. 자꾸 말 돌리지 마시고 대답을 해보시라니까요? 아니, 왜 나한테 그려? 내가 시위하라고 시킨 것두 아니구. 알다시피 나는 그냥 운전사여. 내가 무슨 힘이 있어. 그냥 시키는 대루 운전이나 하는 사람인데. 병삼은 자신을 노려보는 보라의 눈을 피해 허공을 보며 말했다. 그래서 전재일 목사한테 얘기는 해보셨냐고요. 얘기는 혔지. 그런데 전 목사가 일개 운전사 말을 들것냐고. 그리구 바울이랑 전 목사랑 둘이 진작부터 알던 사이라니께. 둘이 해결할 일이지 내가 껴들 일이 아니여. 병삼의 말에 보라는 기가 찼다. 껴들 일이 아니라고요? 지금 한마음교회 앞에 사람들 몰려와서 사이비 물러가라고 난리인데. 이제 한마음교회 사람이 아니라 재일교회 사람이다, 이거예요? 사람이 어떻게 그래요? 정바울 목사님이 지금 사이비로 몰려서 교회까지 없어지게 생겼는데 껴들 일이 아니라도 껴들어야죠. 친구잖아요. 친구가 그런 일 당하고 있으면, 당연히 껴들어야 하는 거 아니에요?

뭐? 친구?

친구는 무슨 친구. 내가 왜 그놈이랑 친구여? 말이 나왔으니까 하는 말인데. 바울이 그놈도 옛날에 하고 댕긴 짓거리 때문에 지금

벌 받는 겨. 그리구 이런 말까지 안 헐라구 혔는디. 바울이가 전 목사 눈에 찍힌 것이 다 너 때문인 겨. 너 도와줄라다가 지금 바울이 그놈까지 저 지경이 된 거잖어. 이게 다 니가 한마음교회 찾아와서 이렇게 된 건디 왜 자꾸 나한테 그려? 너도 그렇고 바울이도 그렇고 그냥 지은 죗값 받는다 생각허구 이 기회에 반성하고 그려. 알것어? 병삼은 그렇게 말을 해놓고서 보라의 눈치를 살폈다. 소리 지르며 화를 낼 것이라는 예상과 다르게 보라는 조용히 병삼을 바라보았다. 병삼은 보라의 침묵이 참기 힘들었다. 뭘 그렇게 처다봐? 내가 틀린 말 한 겨? 할 말 있으면 혀. 저도 그렇고 정바울 목사님도 그렇고 예전에 지은 죄에 대한 벌을 받는 거라고 쳐요. 그럼 지금 아저씨의 행동은 벌 안 받을까요? 내가 뭐? 내가 누구 해코지한 겨? 나는 그냥 가만히 있잖어. 바울이 그놈은 예전에 핵교 댕길 때 애들 쥐패고, 돈 뺏고. 너두 남자들 쥐패고 합의금 뜯고. 나는 그런 적이 없어. 누가 나 안 건드리면 난 가만히 아무 짓도 안 혀. 이번엔 화를 낼 거라는 병삼의 예상은 또 틀렸다. 보라는 측은한 표정으로 병삼을 바라보았다. 마치 현관 앞에 똥을 싸놓고 주인 눈치 보는 개를 바라보는, 그런 눈빛이었다. 보라는 알겠어요, 라는 말을 남기고 돌아서서 가버렸다.

족쇄

　무슨 뜻이 있으시겠지.

　대구역에 도착한 바울은 지하철을 타고 매천시장역에 내려 김정석 목사의 교회인 하은교회를 찾아갔다. 바울의 이야기를 들은 김정석 목사는 한숨을 내쉬며 바울을 위로했다. 하나님께서 하은이를 데려가셨을 때 나는 욥기를 읽었네. 욥에 비하면 나의 고난은 아무것도 아니라고 생각했지. 그때도 내가 이 이야기를 했던 것 같은데? 네. 맞습니다. 하셨습니다. 다 아는 이야기겠지만, 다시 한번 말하자면. 욥기 23장 10절. 그러나 내가 가는 길을 그가 아시나니 그가 나를 단련하신 후에는 내가 순금같이 되어 나오리라. 아멘. 다 뜻이 있으셔서 그렇다고 생각하고, 자네는 자네 일을 계속하게. 자네는 하나님을 섬기는 사람인가? 한마음교회를 운영하는 사람인가? 목사가 하는 일이 뭔가? 어려운 사람을 도우며 하나님 말씀을 전하면 되는 것 아닌가. 정 갈 데 없으면 여기에 있어도 되고. 아니면 마음을 좀 다스릴 겸 선교를 하러 가도 되고. 혹여나 복수심 같은 게 있다면 당장 버리게. 왜 불교에도 그런 말 있지 않나? 몸은 나뭇가지 같고 화는 불같아서 화를 내면 남을 태우기 전에 자신이 먼저 탄다고. 김 목사의 말에 바울은 인상을 찌푸렸다. 갑자기 왜 불경 이야기를 하십니까. 일부러 저 놀리시려고 그러시는 건가요? 김 목사는 바울이 삐친 표정을 보고는 자기도 모르게 웃음을 터뜨렸다. 하하하. 그런 뜻은 아니었는데 미안하네. 바울은 김 목사가 웃는 모습에 얼핏 하은이가 보였다. 아내는 장인어른을 많이 닮았었지. 그때 바울은 문득 하은과 같이 갔던 에티오피아 선교가 떠올랐다. 장인어른, 다시 아프리카에 선교하러 가는 건 어떨까요? 그것도 좋은 방법이지. 한길이가 제대하면 같이 가도록 하게. 김 목사의 말에 바울의 표정이 밝아졌다. 한길이랑 같이 가면 좋겠네요. 지금 한길이한테 전화해 봐야겠습니다.

누구세요?

보라는 모르는 번호로 전화를 받았다. 서보라 핸드폰 아닙니까? 네. 맞아요. 그런데 누구시냐니까요. 어. 내가 누구냐 하면. 너는 잘 모르겠지만, 나는 네 삼촌이다. 삼촌이요? 네 아빠가 서경배 맞지? 보라는 누군지 모르는 남자의 입에서 아빠의 이름이 나오자 화가 버럭 났다. 야, 이 새끼야. 너 뭐야? 보이스 피싱이야? 우리 아빠 납치했다고 그러려고? 우리 아빠 지금 미국에 있어. 사기를 치려면 좀 알고 쳐. 넌 네 아빠 안 닮았구나? 네 아빠는 화낼 줄 모르는데. 보라는 상대방의 말에 당황했다. 어? 우리 아빠 화 못 내는 걸 어떻게 아…세요? 네 아빠 지금 오하이오 콜럼버스인가 하는 데 살지? 네 아빠한테 너 좀 찾아가 보라고 전화 받았다. 나는 네 아빠 동생, 서근배 삼촌이야. 너 무슨 목사한테 고소당한 것 좀 알아봐 달라고 하던데. 네 전화번호도 네 아빠한테 받은 거고. 아빠가 저를 찾아가 보라고 했다고요? 아빠가 어떻게 알고요? 네 엄마가 아빠한테 말했겠지. 우선 만나서 얘기하자. 너 지금 서울이지? 어디서 보면 좋겠냐?

아메리카노 하나요.

따뜻한 아메리카노 한 잔 드릴까요? 아니요. 아이스로 주세요. 보라는 삼촌인 근배를 만나러 고속버스터미널역에 도착했다. 근배가 안성에서 서울로 올라온다는 말을 듣고 만나기 편하게 고속버스터미널로 약속 장소를 잡은 것이다. 보라는 스타벅스 파미에파크 리저브점에서 아이스 아메리카노를 사서 아름다운 매장을 뒤로한 채 밖으로 나와 벤치에 앉았다. 보라는 삼촌에게 자신의 땀 냄새가 날까 봐 두려웠다. 날씨도 쌀쌀하고 아이스 아메리카노도 차가웠지만, 몸이 불편한 것보다 마음이 불편한 게 더 싫었다.

네가 보라냐?

근배는 커피숍 밖에 앉아 있는 보라에게 다가왔다. 보라의 전화번호를 저장했더니 카톡까지 연동되는 바람에 보라의 프로필 사진을 볼 수 있었다. 그래서 초면인데도 보라를 알아본 것이다. 추운데 왜 밖에서 기다려? 푸핫! 보라는 근배를 보자마자 웃음을 참다가 커피를 뿜었다. 보라가 보기에 근배는 아빠와 곰을 합성한 것처럼 보였다. 아빠와 닮았지만, 둥글둥글한 몸에 서글서글한 인상. 그리고 듬성듬성한 머리숱. 마치 만화에서 튀어나온 것 같은 느낌이었다. 왜 웃어? 죄송해요. 아빠랑 안 닮은 듯 많이 닮으셨네요. 네 아빠는 아직도 빼짝 말랐냐? 네? 그러실 거예요. 근배는 보라가 자신을 보고 웃자 멋쩍은 듯 머리를 긁적였다. 머리를 긁적인 근배의 손에는 머리카락이 한 움큼 빠져 있었다. 근배는 대수롭지 않게 손에 묻는 머리카락을 툭툭 털다가 눈물을 주룩 흘렸다. 보라는 근배가 우는 모습을 보고 깜짝 놀랐다. 어어? 왜 그러세요? 머리카락이 많이 빠지셨네? 혹시 항암치료 중이세요? 근배는 민망한 듯 눈물을 닦고 안타까운 눈빛을 감추며 보라에게 미소를 지어 보였다.

그동안 고생 많이 하고 살았구나.

네? 갑자기요? 내가 다 안다. 너 맘고생 많이 하고 산 거. 보라는 근배의 말을 듣자 예전 크리스마스 때 아빠에게서 도망쳤던 것이 떠올랐다. 아빠가 안아주려고 했던 것. 그런 아빠를 보고 겁에 질려 뒷걸음질 쳤던 것. 그런 자신을 안타깝게 바라보던 아빠의 눈빛. 삼촌인 근배의 눈빛에서 예전 아빠의 눈빛이 보였다. 죄송해요. 보라도 밀려오는 서글픔을 참을 수 없어서 입을 막고 고개를 숙인 채 눈물을 흘렸다. 아니야. 괜찮아. 삼촌이 아빠 대신 한번 안아주고 싶은데, 그건 서로 불편할 것 같으니까 마음으로는 안아줬다고 생각해 줘. 숙모랑 같이 왔으면 좋았을 텐데. 숙모가 너 보면 엄청나게 예뻐할 거야. 보라는 눈물을 참고 고개를 숙여 감사하다고 인사했다. 삼촌도 딸이 하나 있거든. 그러니까 네 사촌 동생이지. 걔가 서울에서 사니까 너 일할 곳 좀 알아봐 달라고 할게. 그리고 고소당한 거는 너무 신경 쓰지 마. 우리나라는 미국처럼 고소당했다고 벌금이 막 몇천만 원씩 나오고 그러지 않아. 벌금 나오면 삼촌이 다 내줄게. 겁 먹지 마. 근배의 말에 보라는 깜짝 놀라 손사래를 쳤다. 예? 아니에 요. 괜찮습니다. 보라는 무언가 이상하다는 느낌을 받았다. 근배와 만나서 서로 인사밖에 안 했는데 근배는 보라의 모든 것을 알고 있 는 것처럼 느껴졌다. 재일교회 사람들이 시위하는 바람에 어린이집 에서 일 못 하게 된 건 엄마도 모르는데. 삼촌이 어떻게 알고 직장 을 알아봐 준다고 그러시는 거지? 그리고 가까이 오지 않고 저렇게 멀찌감치 떨어져서 말씀하시는 거 보니까 나한테 냄새가 나는 걸 알고 있으신 것 같은데. 그런데 어떻게 딱 내가 불안해하지 않을 거 리만큼만 떨어져 계시는 걸까?

어떻게 이렇게 된 겨?

병삼은 월급이 들어왔다는 이야기를 듣고 통장 잔액을 확인하고
는 깜짝 놀랐다. 이메일로 월급명세서 갔을 거예요. 재일교회 재정
담당 부서인 헌신부와 통화한 병삼은 오랜만에 이메일에 로그인했
다. 빽빽하게 쌓여 있는 스팸메일들 사이에서 재일교회에서 보낸 월
급명세서를 찾았다. 월급 3백만 원에서 세금이랑 국민연금, 의료보
험 떼고 260만 원? 어어? 뭐여? 십일조 30만 원? 건축헌금 10만 원?
이걸 누구 마음대로 뺀 겨? 그래도 나머지가 220만 원이어야지? 뭐
가 또 빠져 나간 겨? 병삼은 통장 거래내용을 확인해 봤다. 대출금
1백만 원? 아이고, 이걸 깜빡했네. 이건 또 뭐여? 관리비가 40만 원?
무슨 관리비가 40만 원이나 돼? 40만 원이면 관리비가 아니라 월세
수준이잖어. 그래서 이거저거 다 빼고 나머지가 80만 원인 겨? 여
기서 통신비 빼고 식비 빼면 남는 것도 없잖어. 이게 뭐여. 한마음교
회 있을 때보다 돈이 더 적네? 이건 뭔가 잘못된 겨. 다른 건 몰라도
헌금이랑 관리비로 80만 원씩 빠져나가는 건 말이 안 돼.

말이 왜 안 됩니까?

아니, 무슨 원룸에 관리비가 40만 원이나 된데유? 병삼은 우 권
사에게 억울한 듯 따졌다. 자. 보세요. 복도 청소, 엘리베이터 관리,
건물 유지보수비 이게 기본이고요. 여기에 수도, 전기, 가스, 인터
넷 사용료 추가되죠. 그래도 너무 많은 거 아니어유? 금호동 살 때
는 관리비가 6만 원이었는데. 이보세요, 손 집사님. 그건 엘리베이
터 없는 다세대 반지하니까 그렇죠. 게다가 거기는 수도, 전기, 가
스, 인터넷 요금이 별도고요. 제가 잘 아는 사람이 금호동에 다세대
건물 갖고 있어서 잘 압니다. 여기는 강남 신사동 노른자 오피스텔

이잖아요. 손 집사님만 그렇게 내는 게 아니라 오피스텔에 사시는 분 모두 그렇게 내세요. 저도 관리비 받아서 인건비랑 세금 내면 남는 것도 없어요. 요새 재산세, 토지세, 종합부동산세가 얼마나 올랐는지 아세요? 정치하는 사람들도 참 답답해. 건물 가진 사람 세금 올리면 그걸 건물주가 내는 줄 알아요. 당연히 건물주는 세 들어 사는 사람한테 돈 받아서 낼 수밖에 없잖아요? 저도 무료봉사하는 수준이라고요. 제 말이 거짓말 같으면 아무 부동산 들어가서 물어보세요. 강남 신사동 오피스텔 관리비가 평균 어느 정도인지. 그래도 여기는 저쪽 가로수길에 붙어 있는 오피스텔 관리비의 반값밖에 안 돼요.

목사님! 저랑 잠깐 얘기 좀 혀요.

병삼은 우 권사와 말이 통하지 않자 월급을 주는 재일을 찾아가는 게 낫겠다는 생각이 들었다. 숨어서 목사실 앞을 지켜보던 병삼은 재일이 목사실에서 나오는 걸 보고 달려가 이야기 좀 하자고 졸라댔다. 어허. 왜 이러십니까? 지금 목사님 바쁘십니다. 여기 경비 없어? 경비! 재일과 같이 나온 장로들은 병삼을 제지했으나 병삼은 모처럼 보게 된 재일을 놓칠 수는 없었다. 재일은 끝까지 달라붙는 병삼을 데리고 다시 목사실로 들어갔다. 손 집사님, 잠시만 앉아 계세요. 전화 한 통만 하겠습니다. 재일은 병삼을 앉혀놓고 구석으로 가서 병삼이 들으라는 듯 통화를 시작했다. 여보세요? 예, 청장님. 다름이 아니라 제가 갑자기 급한 일이 생겨서 좀 늦겠습니다. 네? 글쎄요. 두 시간 정도 걸리려나요? 재일은 병삼을 힐끗 바라보았다. 병삼은 깜짝 놀라 손가락 세 개를 펴 보이며 통화에 방해되지 않게 입 모양으로만 30분이면 된다고 했다. 아, 30분 정도 늦을 것 같습니다. 네. 죄송합니다. 청장님. 매우 급한 일이라 실례를 범했습니다. 그럼요. 그럼요. 밥은 제가 사야죠. 하하하. 네. 그럼 이따 뵙겠습니다. 재일은 전화를 끊고 초조하게 소파 끝에 앉아 있는 병삼의 맞은편에 앉았다. 좋습니다. 말씀해 보시죠. 제가 도와드릴 수 있는 일은 도와드리겠습니다. 아이구. 감사합니다. 그게 다름이 아니라. 제 월급이 조금 이상혀서요. 병삼의 말에 재일은 표정이 굳었다. 월급이요? 예. 제가 월급 3백만 원을 받기로 되어 있었는데. 십일조랑 건축헌금으로 40만 원이 빠져나가고, 대출금 1백만 원, 관리비 40만원, 다른 세금까지 다 빠져나가고 나니께 제가 한 달에 받는 돈이겨우 80만 원밖에 안 되네유. 이건 예전에 한마음교회 있을 때보다적어유. 재일은 초조해하는 병삼을 잠시 바라보다 입을 열었다.

그럼 제가 어떻게 해드리면 좋겠습니까?

병삼은 순간 난처했다. 재일에게 월급을 올려달라고 할 수도 없고, 대출금을 대신 갚아달라고 할 수도 없었다. 우 권사에게 관리비를 깎아달라고 부탁해 달라는 건 더욱 말도 안 되는 일이었다. 죄송하지만, 어떻게 헌금이라도 좀. 병삼은 그나마 재일이 해줄 수 있는게 그것밖에 없다는 걸 알았다. 손 집사님, 지금 헌금 내기 싫다고 저를 붙잡고 계신 건가요? 재일의 노골적인 질문에 병삼은 얼굴이 화끈거렸다. 그게 말이쥬. 목사님한테는 별것 아니것지만, 저한테는 그돈이 엄청 큰돈이라서유. 그럼 차근차근 따져봅시다. 제가 손 집사님께 왜 월급을 3백만 원이나 드리겠습니까? 실제로 다른 교회 운전하시는 분들은 월급이 2백만 원 정도밖에 안 됩니다. 그런데 3백만원을 드리는 것은 헌금을 드려야 하기 때문입니다. 2백만 원에서 헌금 내고, 십일조 내고, 감사헌금, 건축헌금 내면 뭐가 남겠습니까?그래서 제가 그것까지 포함해서 3백만 원씩 드리는 겁니다. 다시 말씀드리자면 손 집사님 월급에서 250만 원이 월급이고 나머지 50만

원은 헌금 내라고 드리는 돈이라 이거죠. 아시겠어요? 이건 손 집사님뿐만 아니라 우리 교회에서 일하시는 모든 분이 다 똑같습니다. 청소하시는 집사님들도 똑같고요. 손 집사님이랑 친하신 전우진 씨한테도 물어보세요. 그분도 월급에서 헌금 빼고 드립니다.

헌금은 하나님과의 약속입니다.

헌금을 드리지 않는 것은 하나님의 돈을 훔치는 것과 똑같습니다. 저는 우리 교회 일하시는 분들이 그런 죄를 저지르지 않게 하려고 월급에 헌금까지 포함해서 많이 드리고 있는 겁니다. 잘 모르시고 하시는 말씀이란 건 알지만, 지금 손 집사님은 목사인 저에게 하나님의 돈을 훔치게 도와달라고 하는 것과 같습니다. 저희 아버지가 하나님 돈을 훔쳐서 어떻게 됐는지 아세요? 병삼은 재일의 말에 등골이 오싹해졌다. 죄송합니다. 지가 생각이 짧았습니다. 재일은 화를 삭이려는 듯 심호흡을 크게 하고 말을 이어갔다. 그리고 대출금과 집 관리비는 제가 어떻게 해드릴 문제가 아닌 것 같습니다. 저는 정말 말리고 싶습니다만, 손 집사님께서 우리 재일교회에서 하시는 일과 받으시는 월급에 불만이 있으시다면 언제든지 그만두셔도 좋습니다. 예? 아이구, 그런 거 아닙니다. 병삼은 재일교회를 그만둔다면 어떻게 될지 여러 번 생각해 보았다. 아무리 생각해도 그럴 수 없었다. 55인치 텔레비전. 욕조가 있는 화장실. 푹신한 소파. 햇빛이 들어오는 거실. 그리고 조말론 라임 바질 앤 만다린 디퓨저의 향기. 그걸 버릴 수 있을까?

재밌는 거 보여드릴까요?

예? 병삼은 다른 생각을 하다가 재일의 말에 정신을 차렸다. 재일은 어느새 아이패드를 손에 들고 있었다. 재일은 아이패드 화면에 있는 주식 앱을 보여주었다. 이거 보세요. 보이시죠? 태호스토리. 제가 잘 아는 영화투자사입니다. 큰 회사는 아니고요. 상장된 지도 얼마 안 됩니다. 지금 주가가 1,850원이네요. 제가 무슨 소리 하는지 모르시는구나. 그럼 잘 보세요. 재일은 아이패드를 이것저것 누르더니 다시 병삼에게 보여주었다. 제가 지금 태호스토리 주식을 3억 원어치 샀습니다. 여기 보세요. 일, 십, 백, 천. 3억 맞죠? 병삼은 재일이 보여준 주식 화면을 이해하지 못했다. 방금 3억 원어치 주식을 샀다는 겨? 왜? 왜 갑자기 주식을 3억이나 산 거지? 잠시 전화 좀 하겠습니다. 재일은 일어나 구석으로 가서 전화를 걸었다. 예, 접니다. 제가 방금 태호스토리 주식을 좀 샀거든요. 확인해 보세요. 네. 3억 맞습니다. 네. 감사합니다. 띠리리리리리링. 재일이 전화를 끊자마자 곧바로 다시 전화가 걸려 왔다. 죄송합니다. 전화 좀 받겠습니다. 재일은 다시 구석으로 가서 병삼이 들으라는 듯 전화를 받았다. 예예, 변호사님. 그 서보라 씨 합의금은 한 3천만 원 정도 부르세요. 병삼은 재일의 통화내용을 듣고 깜짝 놀랐다. 서보라한테 겨우 한 대 맞고 3천만 원을 뜯으려고 하는 겨? 예? 아니, 제가 지금 3천만 원을 받으려고 그러는 게 아니잖아요. 제가 그 돈 받아서 뭐 합니까. 무슨 소린지 아시겠죠? 급한 거 없습니다. 오히려 느리면 느릴수록 좋아요. 늘 하시던 대로, 천천히 확실하게 처리해 주세요. 잘 아시면서 그러실까? 하하하. 그럼 전화 끊겠습니다. 재일은 전화를 끊고 다시 자리에 앉아서 아이패드를 톡톡 누른 다음 병삼에게 화면을 보여줬다. 자. 이거 보세요. 제가 방금 태호스토리 주식을 3억 원어치 샀잖아요. 그런데 지금 얼마죠?

3억 8천만 원이 됐죠?

네? 병삼은 재일의 말이 무슨 말인지 전혀 이해가 가지 않았다. 방금 3억이 3억8천이 됐다는 겨? 3억8천이라고 쓰여 있긴 한데. 이게 뭐여? +27.3%? 방금 8천만 원을 번 겨? 뭐가 뭔지 모르겠네. 주식을 해본 적 없는 병삼은 재일의 말이 히브리어보다 어렵게 느껴졌다. 그럼 방금 목사님이 8천만 원을 버신 거여유? 그렇죠. 어떻게유? 그건 제가 말씀드려도 잘 모르시고요. 잠시만요. 재일은 다시 아이패드를 톡톡 눌렀다. 그런 다음 책상으로 가서 OTT 카드를 꺼내 보고는 다시 아이패드를 두드린 뒤 병삼에게 화면을 보여주었다. 은행 앱은 보실 줄 아시죠? 이게 뭐여? 송금. 1억. 유니세프. 이게 뭔가유? 제가 방금 유니세프에 1억 기부한 겁니다. 날짜 보세요. 병삼이 송금 날짜를 보니 오늘 날짜에 시간은 몇 분 전이었다. 병삼은 방금 재일이 주식으로 8천만 원을 벌고 1억 원을 기부하는 걸 봤지만, 머리로는 이해할 수가 없었다. 재일은 병삼의 표정을 살피더니 피식 웃었다. 이거 참. 손 집사님, 제가 돈 자랑 하려고 보여드린 게 아니라요. 하나님 말씀을 잘 따르고, 주님의 뜻 안에서 살면 돈은 언제든 만들 수 있다는 걸 말씀드리고 싶은 겁니다. 한 달에 겨우 40만 원 헌금 내시는 거로 마음 쓰지 마세요. 손 집사님께서 저번에 경찰서에서 저를 구해주셨던 것처럼 정의를 구연하시다 보면 한 달이 아니라 하루에 40만 원, 아니, 4백만, 4억 원도 하나님께서 주실 겁니다. 기도하시겠습니다. 재일의 말에 병삼은 화들짝 놀라 손을 모으고 눈을 감았다.

기도실에서 저 좀 뵙죠.

재일에게 기도를 받은 병삼은 멍한 표정으로 목사실을 나왔다. 방금 진짜로 전 목사가 1억을 기부한 겨? 내가 그런 거 잘 모른다고 날 속인 거 아니여? 손 집사님! 병삼이 고개를 들자 우 권사가 병삼을 바라보고 있었다. 우 권사는 병삼에게 조용한 기도실에서 이야기 좀 하자며 앞장섰다. 저번에 바울이 일에 끼어들지 말라고 했을 때도 여기에 와서 얘기했었지. 병삼은 차가운 기도실이 마음에 들지 않았다. 병삼은 예전처럼 신발을 벗고 들어가 우 권사가 꺼내놓은 방석에 앉았다. 괜히 눈치가 보여 병삼은 무릎을 꿇고 앉았다. 저번에 우 권사가 치마를 입어서 그런지 무릎을 꿇고 앉았던 것이 기억이 났기 때문이다. 오늘도 치마를 입으셨으니 같이 무릎을 꿇고 앉는 것이 낫것지. 그러나 이번에는 우 권사는 앉지 않고 서서 병삼을 내려다보았다.

손 집사님! 지금 제정신이에요?

우 권사는 병삼에게 소리를 질렀다. 병삼은 깜짝 놀라 우 권사를 올려다보았다. 감히 목사님을 붙잡아놓고 뭐 하는 짓입니까? 무슨 얘기 하셨어요? 돈 얘기 하셨죠? 저랑 얘기 다 끝난 문제를 가지고 왜 바쁜 목사님한테 찾아가서 그런 얘길 해요? 정신 나갔어요? 목사님이 저를 어떻게 생각하시겠어요? 그래서요. 그렇게 찾아갔더니 뭐랍니까? 목사님이 손 집사님 월급 올려주겠답니까? 대출금이랑 관리비 대신 내주시겠답니까? 도대체 거길 왜 찾아간 건지 이해가 안 되네요. 안 되겠어요. 손 집사님 오늘부로 재일교회 일 그만하세요. 사실 제가 손 집사님 좋아서 집도 얻어드리고, 교회 일도 하게 해드리는 줄 아세요? 목사님 부탁이니까 손 집사님이 마음에 안 들어도 잘해드리려고 그런 거예요. 그런데 이게 무슨 은혜를 원수로 갚는 것도 아니고. 안 그래도 손 집사님 한마음교회 사람이라고 얘기 많은데 오히려 잘됐어요. 관리비 내기 싫으시면 방도 빼시든지 맘대로 하세요. 2년 계약이 되어 있으니까 보증금은 2년 뒤에 돌려드리는 거 아시죠? 예? 2년 있다가유? 그럼 그동안 대출받은 돈은 어떻게 갚나유? 그건 손 집사님이 알아서 하셔야죠. 그리고 저는 2년 뒤에 보증금을 손 집사님한테 안 드리고 은행에 가져다줄 거예요. 대출받을 때 제가 보증 서드린 거 아시죠?

도대체 저한테 왜 그러세요?

우 권사는 병삼을 노려보며 말했다. 그러나 그 말은 오히려 병삼이 하고 싶은 말이었다. 병삼이 재일교회 일을 그만둔다고 하더라도 병삼이 받은 대출이 사라지는 것은 아니었다. 게다가 신사동으로 이사 올 때 가구와 각종 집기를 사느라고 그동안 모아놓은 돈도 다 써버렸다. 병삼은 좁은 고시원에 살면서 2년 동안 대출금 이자를 갚아야 할 처지였다. 1억 원 대출에 연이자 3.5%가 병삼의 발목을 붙잡았다. 어디서 돈을 벌어 대출금을 갚지? 전세 계약이 2년이라지만, 이거 안 내주면 법적으로 문제 있는 거 아니여? 아니지. 지금 내가 재일교회 일을 그만두고 그 집에서 나가자는 게 아니잖어. 관리비나 헌금 좀 덜 내게 해달라는 것뿐인데. 이게 이렇게 큰 잘못인 거? 병삼은 자신이 무슨 죄를 지어서 돈도 제대로 못 받고 빚까지 진 다음 노예처럼 우 권사 발아래 무릎 꿇고 앉아 있는지 알 수가 없었다. 손 집사님, 저한테 무슨 원수졌어요? 제가 손 집사님한테 뭐 잘못한 거 있어요? 도대체 무슨 생각인지 모르겠네. 진짜.

짝!

병삼은 벌떡 일어나 우 권사의 뺨을 후려쳤다. 병삼이 생각해도 우 권사가 딱히 잘못한 건 없었다. 집세도 반이나 깎아주고 대출 보증까지 서주었다. 우 권사는 최대한 병삼의 편의를 봐주었다. 그렇지만 우 권사는 병삼에게 전혀 호의적이지 않았다. 병삼은 자신을

241

벌레 보듯 바라보는 우 권사의 시선을 느낄 수 있었다. 그리고 일을 시킬 때는 말만 존댓말일 뿐, 조선 시대 마님이 하인 부리듯 이것저것 지시했다. 그런데 왜 나를 자기 건물에 들어오게 해주고, 일을 계속 시키는 거? 병삼은 우 권사의 생각이 궁금했다. 따귀를 맞은 우 권사의 눈에서 눈물이 주르륵 흘렀다. 평소에 병삼을 벌레 보듯 바라보던 우 권사의 눈빛이 한겨울에 나비를 발견한 것 같은 눈빛으로 바뀌었다. 우 권사는 조용히 병삼의 손을 잡았다. 우 권사의 차가운 손 때문에 병삼은 살짝 섬뜩함을 느꼈다.

불쌍한 사람.

우 권사는 병삼의 손을 다독거리며 말했다. 손 집사님, 죄송해요. 그런데 이게 제가 어떻게 할 수 있는 문제는 아니잖아요. 어쩌겠어요. 손 집사님이 그렇게 태어나신걸. 다 하나님의 뜻이죠. 병삼은 우 권사가 무슨 소리 하는지 이해하지 못했다. 평소 다른 사람의 따귀를 때렸을 때 반응과 미묘하게 달랐다. 우 권사는 병삼의 어리둥절한 표정을 보며 계속 말을 이어갔다. 사람은 타고난 게 있잖아요. 사람이라고 다 같은 사람이겠어요? 셰퍼드랑 잡종견이랑 어떻게 같겠어요? 종마랑 시정마랑 어떻게 같겠어요? 그렇죠? 우리 전재일 목사님께서 왜 손 집사님을 데리고 있으려고 하는지 이해가 가지 않았어요. 손 집사님이 무슨 능력이 있다고 하셨는데, 저는 그 말을 믿지 않았거든요. 그런데 이렇게 손 집사님의 능력을 보니 우리 전재일 목사님 말씀이 맞았구나 싶네요. 그런데 보세요. 손 집사님께서는 이러한 능력이 있으면서도 지금 이렇게 살고 계시잖아요? 그건 손 집사님의 잘못이 아니에요. 그냥 그렇게 타고난 거예요. 하나님이 그렇게 정해주신 거죠. 후진국에서 쓰레기 뒤지며 사는 사람이 테슬라 회장 일론 머스크처럼 될 수 있을까요? 반대로 워런

버핏이 갑자기 거지가 돼서 구걸이나 하며 살 것 같나요? 그런 일은 현실에서 일어나지 않아요. 누구는 빵 하나 훔쳐서 감옥에서 썩고, 누구는 몇백억을 훔치고도 떵떵거리며 잘살고. 누구는 아무 잘못도 안 했는데 두들겨 맞아 죽고, 누구는 사람 몇백 명을 죽여도 추앙을 받고. 왜 그럴까요? 하나님께서 그렇게 만드신 겁니다. 하나님의 뜻이죠. 손 집사님과 손 집사님의 친구분이신 정바울 씨는 우리 전재일 목사님과 종자 자체가 다른 거예요.

그냥 받아들이셔야 합니다.

하나님께서 그렇게 만들어놓으신 거예요. 이런 건 우리 인간이 어떻게 바꿀 수 없어요. 그러니, 하나님께 선택받으신 교회 목사님한테 일개 운전사와 손바닥만 한 교회 같지도 않은 교회 목사가 대들어서야 되겠어요? 말도 안 되는 일이죠. 정바울 씨가 어떻게 됐는지 보셔서 아시겠지만, 괜히 그러다 손 집사님도 큰일 나세요. 그러니 손 집사님께서도 그냥 받아들이시고 사세요. 우리 손 집사님께서 제 말만 잘 들으시면, 저도 손 집사님을 불쌍히 여기고 잘 대해드릴게요. 아셨죠? 그러니까 제가 시키는 대로 잘하세요. 우 권사가 잡은 병삼의 손이 덜덜 떨렸다. 병삼이 따귀를 때렸던 사람 중 지금까지 우 권사 같았던 사람은 없었다. 진짜여! 이 양반은 진짜로 그렇게 믿고 있는 거여. 자기가 잘못하고 있다는 생각이 없으니께 반성하고 회개할 것도 없는 거여. 병삼은 해맑은 우 권사의 눈을 보고 섬찟함을 느껴 우 권사가 잡고 있던 손을 빼버렸다. 우 권사와 좁은 기도실에 있는 것이 썩은 생선이 가득 찬 쓰레기통 속에 들어와 있는 기분이었다. 구역질이 올라와 참을 수가 없었다. 병삼은 벌떡 일어나 도망치듯 기도실을 뛰쳐나갔다.

지옥

그게 다 사실이란 말씀이시죠.

우 권사는 병삼에게 따귀 맞았던 이야기를 재일에게 모두 털어
놓았다. 그 이야기를 들은 재일은 어떻게든 병삼을 붙들어 놔야겠
다고 결심했다. 우 권사님, 병삼 씨가 다른 데 못 가도록 제가 이미
다 손 써놨습니다. 나머지는 우 권사님께서 힘 좀 써주세요. 그 사람
여러모로 쓸데가 많습니다. 어떻게든 잡아놔야 합니다. 아셨죠? 재
일의 말에 우 권사는 아메리카노를 한 모금 마시고 미소를 지었다.
걱정하지 마시라니까요. 가봤자 어딜 가겠어요? 병삼 씨 집이 우리
집인데. 게다가 제가 빚보증까지 해줘서 도망가 봤자 갈 수 있는 곳
은 감옥밖에 없어요. 재일은 우 권사의 말을 듣고도 불안감을 떨칠
수 없었다. 손병삼이 잃을 것이 뭐가 있을까? 믿음, 소망, 사랑. 우선
손병삼한테 사랑은 없으니 됐고. 그럼 믿음과 소망인데. 믿음은 내
가 쥐고 있으니 이제 소망 하나 남았구나. 재일은 자기도 모르게 미
소를 지었다. 우 권사는 재일의 미소를 보고 같이 미소를 지으며 말
했다. 그렇다니까요. 제가 다 알아서 해놨으니 목사님은 병삼 씨에
대한 신경은 안 쓰셔도 됩니다. 우 권사님. 네. 말씀하세요. 병삼 씨
한테 따귀를 맞았을 때 정확하게 어떤 기분이 들었습니까? 우 권사
는 그때가 떠오른 듯 잠시 생각을 하다 입을 열었다. 아까도 말씀드

244

렸다시피 살면서 그런 경험은 처음이라 뭐라고 딱 꼬집어 말씀드릴 수는 없는데요. 저도 정말 놀랐어요. 나이 오십이 넘어서 그 더러운 손에 따귀를 맞았다는 것 자체가 매우 치욕적이었는데.

마음속 모든 나쁜 것이 싹 사라진 느낌이었어요.

우선 화가 전혀 나지 않아요. 그리고 기분이 매우 쾌적해져요. 마치 내가 정말 싫어하던 사람이 사고로 발목이 잘렸다는 소식을 들었을 때처럼요. 온 세상이 내 편인 것 같은 느낌이에요. 로또에 당첨되면 이런 기분인가, 마약을 하면 이런 기분인가 싶더라니까요. 그런데 문제는 그런 기분이 드니까 숨길 것도 없고, 아픈 것도 없어서 그런지 평소와 다르게 너무 인자해져요. 그래서 저도 모르게 병삼 씨한테 모든 걸 다 설명해 드리고 친절하게 대해드렸다니까요. 제가 지은 죄가 없어서 그렇지, 만약에 사람을 죽였다면, 내가 왜 죽이고 어떻게 죽였는지 자세하게 설명할 것 같은 기분이었어요. 그게 좀 위험해요. 우 권사의 말을 들은 재일은 흥분을 감출 수가 없었다. 보라가 따귀를 맞고 자백을 했던 것이 병삼과 짜고 했던 쇼가 아닐까 하는 의심이 계속 들었었다. 그러나 우 권사의 이야기를 들으니 병삼의 능력은 진짜였다. 재일은 병삼의 능력을 직접 경험해 보고 싶었다. 그러나 병삼의 능력이 진짜라면 위험했다. 어떻게 하면 따귀를 맞은 기분은 느끼고 자백은 안 할 수 있을까?

어떻게 손도 안 대고 코를 풀려고 그래요?

우진은 병삼에게 짜증을 냈다. 솔직히 형은 잃은 게 없잖아요. 정 목사님처럼 교회를 잃었어요? 아니면 보라 씨처럼 고소를 당했어요? 오히려 얻은 게 많지. 대출받은 것도 다 갚으면 형 돈이잖아요. 그리고 형이 벌어놓은 돈 누가 훔쳐 간 거예요? 형이 침대랑 소파랑 가구 사느라고 다 쓴 거잖아요. 그리고 형보다 더 힘든 사람 대한민국에 천지예요. 형 나이 때 사람들 자식 공부시키느라 퇴근해서 대리운전 뛰고, 배달 알바하고, 여자들도 식당에서 설거지하고, 건물 청소하고 다 그러고 살아요. 그러면서도 부모 병원비, 요양비까지 다 대요. 그런 사람들 빚이 얼만 줄 알아요? 형은 공부시킬 자식이 있어요? 아픈 부모님이 계세요? 빚도 겨우 1억밖에 안 되면서. 교회 일 끝나고 대리운전만 뛰어도 1억 금방 갚겠네. 겨우 그 정도 갖고 엄살이에요? 병삼은 다른 사람들이야 소중한 자식이나 키워주신 부모님을 위해 그렇게 열심히 산다 치지만, 자신은 그럴 이유가 전혀 없다고 생각했다. 나는 그냥 내 몸뚱이 하나 대충 먹고 대충 입고 그러구 살면 되는디. 생각해 보니 우진이 말이 맞어. 다른 건 몰라도 강남 오피스텔에 살라면 그만한 대가를 치러야 하는 겨. 누가 공짜로 살게 해주것어. 요새 젊은 애들 빚내서 비싼 외제 차 산다는 얘기를 들었을 때. 자동차세, 수리비, 유지비, 보험료는 생각 못 하는 바보들이라고 욕했었는디. 내가 딱 그 짓거리를 해버렸구먼. 병삼은 대리운전이라도 뛰어야 하나 고민했다. 그러다 취객을 상대해야 한다는 생각에 몸서리를 쳤다. 그래도 배달 알바나 택배 알바 정도는 할 수 있을 것 같았다.

배달 온 것 좀 방송실로 옮겨주세요.

우 권사는 병삼에게 말하며 쌓아놓은 상자를 가리켰다. 커다란 상자 열 개가 복도에 쌓여 있었다. 이걸 저 혼자 방송실로 다 옮기라고요? 병삼의 말에 우 권사는 인상을 확 썼다. 이 상자들을 누가 여기로 옮겨놨겠어요? 택배하시는 분께서 혼자 여기까지 옮겨 놨겠죠? 그분은 혼자 잘 옮기셨는데 손 집사님은 왜 혼자 못 하세요?

그럼 여자인 제가 혼자 옮길까요? 아니면 청소하시는 집사님들한테 옮기시라고 할까요? 제가 할 만하니까 하라고 하는 거죠. 남들이 들으면 무슨 엄청 힘든 일 시키는 줄 알겠어요? 그리고 손 집사님, 제가 시키는 것 군말 없이 잘하기로 우리 약속하지 않았나요? 우 권사의 말에 병삼은 입을 꾹 다물었다. 어제저녁에 우 권사가 병삼의 집으로 찾아와서 자신의 핸드폰을 보여주었다. 우 권사의 핸드폰 화면에는 기도실에서 병삼이 우 권사의 따귀를 때리는 CCTV 장면이 보였다. 화질이 좋지는 않았지만, 성별과 키, 그리고 입은 옷은 구분이 되어 때린 사람이 병삼인 걸 알아볼 수 있었다. 병삼은 얼굴이 하얗게 질렸다. 아이구, 이거 큰일 났네. CCTV가 있다는 생각을 못 혔어. 이거 완전히 전 목사가 보라를 고소할 때랑 똑같은 상황이구먼. CCTV를 본 병삼은 잘못했다고 사과를 하면 자신의 죄를 자백하는 꼴이 될 것 같았다. 그렇다고 기억 안 난다거나 자신이 아니라고 우길 정도로 뻔뻔하지도 못했다. 걱정하지 마세요. 예? 우 권사의 말에 병삼은 깜짝 놀랐다. 제가 고소하겠다거나 사과받자고 보여드리는 게 아니에요. 그냥 저는 이런 일이 있어도 넘어갈 정도로 아량이 넓으니 참고하시라고 보여드리는 거예요. 아아. 네. 병삼은 예상외의 전개에 섣불리 사과하지도, 감사하지도 못했다. 그러니 앞으로 그냥 제 말만 잘 들으시면서 일하시면 돼요. 그러실 수 있죠?

아이구. 그럼요.

병삼은 머릿속으로 도대체 무슨 일을 시키려고 그러나, 분명 함정이겠지 싶었지만, 생각과 다르게 지금 상황을 모면하고자 대답부터 해버렸다. 병삼이 상자를 들어보니 겨우 들 수 있는 무게였다. 어이구, 무거워라. 이게 뭐여? 책인가? 한 30킬로는 나갈 것 같은디. 병삼은 한 개 정도는 어떻게 나를 수 있겠지만, 열 개나 되는 상자를 어떻게 나를지 걱정이 되었다. 택배 하는 사람이 쓰는 손수레 같은 거 없나? 병삼은 어쩔 수 없이 상자들을 엘리베이터 쪽으로 질질 끌고 가서 겨우 엘리베이터에 실었다. 아이구, 이놈의 엘리베이터. 왜 자꾸 문이 닫히려고 그러는 거? 누가 문만 좀 잡아줘도 훨씬 수월하겠구먼. 병삼은 상자를 엘리베이터에서 내릴 때도 엘리베이터 문이 자꾸 닫혀서 고생했다. 엘리베이터에서 내린 상자를 다시 질질 끌고 방송실 앞에 가져다 놓고는 숨을 돌렸다. 10월 말 오전의 쌀쌀한 날씨임에도 불구하고 병삼의 이마와 등에 땀이 한 바가지였다. 병삼이 방송실 문을 열려고 했으나 문이 잠겨 열리지 않았다. 여보세요? 우 권사님. 방송실 문이 잠겼는데, 상자를 그냥 방송실 앞에 쌓아놓을까유? 아아. 그거요. 그거 방송실이 아니라 회의실에 가져다 놓아야 하는데. 우 권사의 말에 병삼은 피가 머리 쪽으로 확 쏠리는 것이 느껴졌다. 아니, 그럼 이걸 다시 회의실로 옮기라 이 말이유? 아니, 왜 화를 내고 그러세요? 그냥 두세요. 제가 다른 사람 시킬 테니까. 우 권사는 전화를 끊어버렸다. 병삼이 화를 삭이며 숨을 돌리고 있는데 양 전도사와 청년부 남자 세 명이 화물용 카트 두 대를 갖고 달려왔다. 이 상자 회의실에 가져다 놓는 거 맞죠? 양 전도사의 질문에 병삼은 힘없이 고개를 끄덕였다. 청년부 셋은 병삼이 나른 상자 열 개를 두 대의 카트에 나눠 싣고 엘리베이터로 갔다. 양 전도사는 병삼을 보고 수고하셨어요, 하고는 엘리베이터로 가서 청년부가 카트를 엘리베이터에 밀어 넣는 동안 열림 버튼을 눌러주었다.

어이구, 허리야.

집으로 돌아온 병삼은 보일러를 켜고 거실 바닥에 등을 대고 누웠다. 이러다 골병들것네. 병삼은 우진과 보라가 했던 말이 문득 떠올랐다. 보라 말대로 나도 벌 받구 있는 겨? 아니여. 우진이 말대로 바울이 놈이랑 보라에 비해서는 아무것도 아닌 거지. 나야 돈 받고 허는 일인데. 그나저나 바울이 놈은 뭐 허고 있을라나? 병삼은 바울에게 전화하려다가 그냥 우진에게 전화했다. 저는 애니메이션 페스티벌 하는데 촬영 좀 해달라고 해서 부천에 와 있어요. 주말이요? 제가 페스티벌 관계자한테 주말에는 일 못 한다고 말해났어요. 그나저나 저 재일교회 일 그만할까 고민 중이에요. 정 목사님이 그냥 계속하라고는 하시는데. 정 목사님이요? 한마음교회는 지금 문 닫았어요. 형이 가보시면 아시겠지만, 문 닫았는데도 교회 앞에서 아직도 사이비는 물러가라 하면서 시위하고 있다니까요. 동네에서 시끄럽다고 매일 난리예요. 보니까 한마음교회 간판을 떼야 그만할 모양이에요. 한 장로님만 고생이시죠. 정 목사님이랑 한 장로님은 교회보다 아래 어린이집이 더 걱정이라고 하시더라고요. 애들 있는데 시끄럽게 시위하고 욕하고 싸우고 그러니까요. 보라 씨는 당연히 출근 못 하죠. 정 목사님은 뭐 잘 지내시는 거 같던데요. 저도 바빠서 보진 못했고요. 아프리카 선교 준비하신다고 그러시던데. 형이 전화 한번 해봐요. 친구잖아요. 병삼은 우진과 통화를 마치고 다시 뜨끈한 마룻바닥에 등을 대고 누웠다. 친구는 무슨 친구여. 나는 그런 거 없는 놈이여.

친구 없으시잖아요.

우 권사의 말에 병삼은 할 말이 없었다. 텅 빈 청년부실에서 우 권사는 잠시 병삼을 바라보았다. 그런데 누굴 만나러 가신다는 거예요? 혹시 정바울 그 사람 만나러 가시나요? 아이구, 아닙니다. 고향에서 친구가 올라와서. 친구분은 일 끝나고 만나세요. 왜 업무시간에 친구를 만난다고 하세요? 제 말씀은 일 끝나고 만나기로 했으니 오늘은 제시간에 퇴근 좀 부탁드린다고 말씀드리는 거여유. 누가 들으면 제가 퇴근 못 하게 막는 줄 알겠네요? 퇴근은 시간 되면 알아서 하세요. 예. 감사합니다.

그럼. 부탁 좀 드릴게요.

청소하시는 집사님들께 옮기시라고 하기에는 너무 무겁잖아요. 다들 나이도 많으신데. 우 권사는 병삼에게 싸늘한 미소를 지어 보이고는 청년부실을 나갔다. 이 많은 의자를 나 혼자 다 옮기라고? 병삼은 눈앞이 깜깜했다. 청년부실에는 기다란 교회 의자가 열 개씩 세 줄, 총 서른 개가 놓여 있었다. 이걸 나 혼자 다 어떻게 밖으로 옮기라는 겨? 병삼은 어제 혼자 나른 마흔 개의 화분 때문에 지금까지도 다리가 후들거려 계단을 내려가기 힘들었고, 팔이 떨려서 숟가락질도 겨우 할 정도였다. 나는 못 혀. 이건 죽었다가 깨어나도 못 혀. 병삼이 기다란 교회 의자를 바라보고 있는데 청년부 한 명이 다가왔다. 오늘 청년부실 청소하시죠? 예? 아. 네. 그런다고 허네유. 저희가 뭐 도와드릴 일이라도 있을까요? 예에? 아이구. 그래 주시면 고맙쥬. 청년부의 말에 병삼은 구원을 얻은 기분이었다. 바닥 청소한다고 의자를 다 빼라고 허는디. 이게 저 혼자서는 못 할 거 같아서. 염치없지만 부탁 좀 드릴께유. 무슨 말씀이세요. 청년부실은 저희가 쓰는 건데. 저희가 더 감사하죠. 잠시만요. 청년부는 어디론가 전화를 해서 다른 청년부를 불러 모았다. 청년부 여섯 명이 둘씩 짝지어서 교회 의자를 들고 밖으로 나르기 시작했다. 서른 개의 의자가 10분도 안 되어서 다 밖으로 빠졌다. 아이구, 감사합니다. 고생하셨는데 음료수라도. 괜찮습니다. 저희 이제 봉사 활동하러 가야 할 시간이라서요. 수고하세요. 청년부들은 병삼에게 인사를 하고 가버렸다. 청년부들이 가고 나자 청소하는 집사들이 와서 청년부실 청소를 시작했다. 그동안 병삼은 우 권사 몰래 교회 밖으로 나가 스타벅스에 가서 아이스 캐러멜 마키아토를 마셨다.

일이 있어서 먼저 들어갑니다.

집사님들 청소 다 끝나셨다니까 오늘은 의자 정리만 하시고 일찍 퇴근하세요. 병삼은 우 권사의 문자를 받고 스타벅스를 나와 청년부실로 달려갔다. 청년부실은 깔끔하게 청소되어 있었다. 그런데 이 많은 의자를 다시 어떻게 집어넣지? 병삼은 교회를 돌아다니며 청년부 사람들을 찾아봤지만, 아무도 보이지 않았다. 병삼은 행정실에 들어가 양 전도사에게 다가갔다. 저기 말이쥬. 청년부 학생들 아직 안 왔나유? 청년부들 지금 보육원에 봉사 활동 갔는데요. 봉사 활동 간 건 들어서 알어유. 언제쯤 오나 해서유. 청년부들 봉사 활동 간 곳이 용인에 있는 늘푸른꿈터인데, 거리가 멀어서 봉사 활동 끝나면 거기서 저녁 먹고 헤어진다고 했어요. 뭐라구유? 그럼 교회로 다시 안 와유? 무슨 일 때문에 그러시죠? 아니. 그게. 그냥. 뭐. 별일 아니어유. 그냥 궁금해서 여쭤봤어유. 수고하세유. 병삼은 행정실을 나와 청년부실로 돌아왔다. 청년부실 밖에 꺼내 놓은 서른 개의 교회 의자가 지옥에서 온 물건처럼 보였다. 이걸 어떻게 다 집어넣지? 내일 청년부 예배드리려면 다 넣어놔야 할 텐데. 병삼은 하는 수 없이 교회 의자를 잡아끌어서 청년부실에 넣기 시작했다. 낑낑대며 한 개의 의자를 겨우 집어넣고 줄을 맞추기 위해 의자를 들려는 순간 허리에서 뚝하는 소리가 났다. 병삼은 구부렸던 허리를 펼 수 없었다. 아악! 아이구. 무슨 일이세요? 병삼의 비명에 양 전도사가 뛰어왔다. 허리 다치셨어요? 그런 거 같네유. 양 전도사는 병삼을 안타까운 눈으로 바라보았다. 그냥 두시지. 내일 청년부들 오면 예배 보기 전에 같이 좀 나르라고 하면 되는데. 아니, 이걸 어떻게 혼자 나를 생각을 하셨어요? 청년부 회장한테 전화했더니 손 집사 님께서 의자 나르는 것 때문에 찾으시는 것 같다고 하더라고요. 그 래서 그냥 제가 놔두셔도 된다고 하려고 왔더니 그새 다치셨네. 에 휴. 어떠세요? 많이 아프세요? 걸으실 수는 있으시겠어요? 허리 좀 천천히 펴보세요.

아아아아아악!

요추염좌입니다. 강남 메디케어 건강검진 센터의 최 원장은 병 삼의 차트를 보며 인상을 찌푸렸다. 요추염좌유? 그게 뭔가유? 이 제 저 허리를 못 쓰는 건가유? 디스크인가 뭐 그런 거유? 아니에요. 쉽게 말씀드려 조금 삐끗하신 거예요. 그냥 보름 정도 조심하시면 저절로 나을 거예요. 아아. 천만다행이네유. 아니에요. 네? 천만다 행이 아니라고요. 지금 손병삼 집사님은 요추염좌가 문제가 아닙니 다. 허리를 다친 병삼은 양 전도사와 다른 버스 기사의 도움을 받아 재일교회 옆에 있는 강남 메디케어 건강검진 센터에 도착했다. 양 전도사는 이 병원이 재일교회와 결연이 되어 있는 병원이라 재일교 회 직원은 모든 검사와 치료가 무료이니 걱정하지 말고 치료받으라 며 떠났다. 강남 메디케어 건강검진 센터 원장인 최 원장은 병삼을 알아보았다. 저번에 중부경찰서에서 저랑 전 목사님께 도움 주셨었 죠? 아. 예. 기억나네유. 잠시만 기다리세요. 최 원장은 모든 진료와 검사를 뒤로 미루고 병삼의 진료부터 시작했다. 병삼의 허리에 진 통제를 주사하고는 혈액과 소변검사, 엑스레이, 복부 초음파, MRI 촬영까지 했다. 박 주임님, 지금 손병삼 씨 결과부터 빨리 가져다주 세요. 네. 알겠습니다. 원장님. 손병삼 님 차트 나왔습니다. 네. 수고 했어요.

그럼 뭐가 문제인가유?

이게 손 집사님 MRI 화면이에요. 보이시죠? 지금 손 집사님 뇌
혈관에 문제가 있어요. 예? 뇌유? 네. 여기 보시면 이렇게 혈관이 보
여야 하는데 이쪽 보이시죠? 여기 뭐 뭉쳐 있는 것처럼 보이잖아요.
뇌혈관 꽈리가 지금 9mm 정도 되어 보이네요. 이게 터지면 뇌출혈
이 생깁니다. 두통은 없으셨나요? 없는데유? 이게 워낙 증상이 없
는 병이라 그래요. 그리고 혹시 가족분들 중에 뇌출혈 있으셨던 분
계세요? 병삼은 최 원장의 말을 듣고 돌아가신 어머니가 떠올랐다.
혹시 우리 어무니가 돌아가신 게 뇌출혈이었던 겨? 그럴지도 모르
지. 아니지? 우리 어무니는 젊었을 때 돌아가신 거잖어. 아우. 머리
야. 생각해 보니 내가 예전부터 두통이 좀 있었지. 저기유. 선생님.
뇌출혈이 젊은 사람한테두 생기나유? 드물긴 하지만 20대도 생깁
니다. 고혈압이나 스트레스, 가족력이 있으신 분들은 항상 주의하
셔야 해요. 저희 어머니가 젊었을 때 갑자기 돌아가셨는데. 심장인
지 뇌인지 잘 모르겠네유. 심혈관 질환이나 뇌혈관 질환이나 둘 다
혈관 문제예요. 가족력이 있을 가능성이 큽니다. 그럼 뭘 어떻게 해
야 하나유? 쉽게 말씀드릴게요. 지금 손 집사님은 머리에 시한폭탄
이 있는 겁니다. 이게 언제 터질지 몰라요. 당장 오늘 밤에 터질 수
도 있고, 아니면 한 10년 있다가 터질 수도 있어요. 터지면 어떻게
되나유? 폭탄이 머리에서 터지면 어떻게 되겠어요? 손 집사님 어머
니처럼 되시는 겁니다. 빨리 폭탄을 머리에서 빼내야죠. 그럼 머리
뚜껑을 열어야 하나유?

하나님의 축복입니다.

뇌혈관이 하나님의 축복이라고유? 그게 뭔 말이래유? 손 집사

님, 만약에 뇌혈관에 문제가 있으신 줄 모르고 그냥 사셨다가 뇌혈관이 터져서 뇌출혈이 일어났다면 손 집사님께서는 죽거나, 운 좋게 살더라도 장애가 생기게 됩니다. 그런데 이렇게 우연한 기회에 발견했다는 것. 이게 바로 하나님이 도우신 것 아니겠습니까? 그러나 병삼은 그렇게 생각하지 않았다. 차라리 모르고 살다가 그냥 죽는 것이 낫지. 이러구 어떻게 살아? 저기요. 선생님. 이거 수술할라면 머리 뚜껑 열고 수술해야 하는 거지유? 뇌 수술하면 장애인 되는 거 아니유? 우선은 뇌혈관 조영술로 정밀 검사를 해봐야 알아요. 그래야 개두술을 할지 내시경으로 할지 알 수 있습니다. 수술비도 비쌀 거 아니어유?

스트레스 받으시면 안 됩니다.

손 집사님. 지금 수술비가 문제가 아니에요. 수술비, 입원비, 간병비, 이런 거 신경 쓰시면 스트레스 더 받으니 신경 쓰지 마세요. 하나님께서 다 마련해 주실 거다, 그렇게 생각하시면 마음이 편해지실 겁니다. 무리한 운동하지 마시고요. 술 절대 드시지 마세요. 저는 태어나서 술을 입에 대본 적이 없어유. 다행이네요. 담배는요? 담배는 가끔. 담배가 혈관에는 더 안 좋아요. 담배도 당장 끊으세요. 그리고 혈관에 안 좋은 음식 다 끊으세요. 인스턴트 식품, 고기, 달걀, 설탕 많이 든 음료수나 커피, 과자, 아이스크림, 튀김이나 부침, 흰쌀밥, 빵과 국수. 이런 거 절대 드시면 안 돼요. 그럼 뭘 먹고 살아유? 채소 위주의 식생활을 하세요. 밥도 현미나 잡곡을 드시고요. 사람이 어떻게 그런 것만 먹고 살아유? 손 집사님은 앞으로 그런 것만 드셔야 살 수 있으세요. 평생이유? 네. 평생. 그냥 절간의 중이 됐다고 생각하시며 사세요. 그래도 생선은 드실 수 있잖아요. 지금 다른 병원에 가셔봤자 예약하고 검사받으시려면 두세 달 정도 기다리셔야 하는데 손 집사님은 그럴 시간이 없으세요. 용산 후암동에 있는 후암대학병원 아시죠? 내일 거기로 가셔서 신경외과 이근암 교수님 찾으시면 돼요. 저랑 친한 교수님이신데 그분이 이쪽 분야 일인자세요. 제가 예약한 거라 손 집사님은 VIP로 예약되셔서 바로 재검사받으실 수 있어요. 그러니까 손 집사님께서는 오늘부터 기도 많이 하셔야 해요. 아셨죠?

이러구 어떻게 살어?

머리 뚜껑 열어서 수술 잘못되면 운전도 못 하고 교회에서 쫓겨나는 거 아녀? 수술비는 으째? 갚아야 할 빚도 있는데. 하루아침에 이게 뭔 일이래? 내가 무슨 큰 죄를 지어서 이런 병에 걸린 겨? 태어나서 누구 해코지 한 번 한 적 없는데. 오히려 예전에 국민핵교 때 물에 빠진 사람두 구해주고. 내가 구한 건 아니지만, 구해주려고는 한 거 아녀. 그리구 그 누구여? 정욱이 그놈. 그 시키가 농약 탄 막걸리 먹을라구 그럴 때두 내가 구해줬는디. 막걸리에 농약을 내가 탔으니께 그건 내 잘못인가? 그래두 이건 아닌 겨. 우 권사 같은 여자는 강남에 건물 짓고 떵떵거리며 잘 사는디. 잠깐. 우 권사는 특별히 죄가 없나? 사람 차별하는 게 죄 아니여? 예수 잘 믿어서 괜찮은 겨? 아이구, 머리야. 이거 스트레스 받지 말라고 했는디. 뇌에 폭탄이 있는데 어떻게 스트레스를 안 받을 수가 있다는 겨? 이거 돌아버리것네. 차라리 그냥 뒤지는 것이 낫것구먼. 그냥 뒤져야것어. 병삼은 그런 생각을 하며 집으로 돌아가다가 무의식중에 담배를 꺼내 입에 물다가 흠칫 놀랐다. 담배가 제일루 나쁘다고 그렸지. 병삼은 담뱃갑을 구겨버렸다.

이 불쌍한 어린양에게 은총을 내려주시옵소서. 아멘.

재일이 병삼의 머리에 올렸던 손을 내리자 병삼은 조용히 눈을 떴다. 병삼은 뇌혈관 질환 진단을 받은 다음 날 우 권사에게 뇌에 문제가 있고, 허리까지 아파서 일을 못 하겠다고 했다. 우 권사는 그 이야기를 재일에게 전했고, 재일은 병삼을 목사실로 불러 안수기도를 했다. 손 집사님, 제가 우 권사님께 소식을 듣고 얼마나 놀랐는지 모릅니다. 그런데 걱정하지 마세요. 하나님께서 우리 손 집사님을 살리시려고 손 집사님을 우리 재일교회로 보내신 것입니다. 만약 손 집사님께서 아직도 한마음교회에 계셨다면, 아직도 뇌혈관 질환을 발견 못 하셨을 것 아닙니까. 한마음교회 버스 운전하시다가 갑자기 뇌혈관이라도 터지면, 손 집사님뿐만 아니라 버스에 타신 분들, 그리고 주변 운전자와 행인까지 모두 큰일 나잖아요. 하나님께서 손 집사님을 우리 교회로 인도하신 것만 보더라도 손 집사님을 살리시려는 것 같습니다. 병삼은 그럴 거면 차라리 병에 안 걸리게 해주는 게 낫지 않나 싶었지만, 그 생각을 입 밖으로 꺼내진 않았다. 제가 최 원장님께 얘기는 다 들었습니다. 하나님께서 손 집사님을 도우시는데 저도 손 집사님을 도와드려야죠. 우선 손 집사님 검사비와 재검사비까지 제가 다 지불했습니다. 예? 아이구. 감사합니다. 병삼은 소파에서 일어나 재일에게 고개를 숙여 인사했다. 괜히 제가 이 교회에 와서 목사님께 폐만 끼치네유. 무슨 소리세요. 그런 말씀 하지 마세요. 그래 봐야 보험 적용돼서 겨우 몇백만 원 정도밖에 안 됩니다. 그리고 목사가 하는 일이 원래 이런 겁니다. 하나님께서 이런 일 하라고 저를 여기에 앉혀놓으신 거예요.

대신에 손 집사님께 부탁 하나 해도 되겠습니까?

네. 뭐든 말씀만 하세유. 재일은 병삼을 잠시 바라보다가 살며시 미소를 지었다. 손 집사님, 제 따귀 한 번만 때려주세요. 예? 제가 어떻게 목사님 따귀를 때리나유? 우 권사님께 들었습니다. 손 집사님께서 우 권사님 따귀를 때리셨다고. 병삼은 할 말이 없었다. 예전에 제가 경찰서에서 손 집사님께서 서보라 씨 따귀를 때려 기적을 행하시는 걸 봤습니다. 그런데 사실 저는 그걸 믿지 않았거든요. 정바울 목사와 서보라 씨가 짜고 저를 속이려는 거라고 생각했습니다. 아이구, 말도 안 됩니다. 제가 목사님을 속이다니요. 손 집사님이 속였다는 건 아니고요. 손 집사님도 저처럼 속으셨을 거라고 생각한 거죠. 서보라 씨가 회개하는 척 연기한다고 생각했습니다. 사실 상식적으로 따귀 맞았다고 갑자기 회개하는 게 말이 안 되잖아요. 그런데 우 권사님 말씀까지 들어보니까 손 집사님께 따귀를 맞으면 정말 마음의 변화가 생긴다고 하시더라고요. 그래서 저는 그냥 호기심에 부탁드리는 겁니다. 목사님께서는 지으신 죄가 없으셔서 맞아도 아프시기만 하시고 아무 일 없으실 것 같은데. 그건 뭐 맞아봐야 아는 것 아니겠습니까? 병삼은 고민했다. 재일이 그 많은 병원비를 다 내주는데 따귀 한 대 때려달라는 부탁을 거절하기도 애매했다. 그리고 재일이 무슨 생각을 하고 있는지도 궁금했다.

알것습니다. 내키진 않지만, 목사님 부탁이시니 한 대 때려드리겠습니다.

재일은 병삼의 말을 듣자 활짝 웃으며 재빨리 인터폰으로 양 전도사를 불렀다. 양 전도사는 1분도 되지 않아 목사실로 들어왔다. 전도사님, 손 집사님께서 제 따귀를 때리시면 손 집사님을 모시고 밖으로 나가신 다음 제가 목사실에서 나갈 때까지 아무도 못 들어오게 해주세요. 예? 그게 무슨 말씀이세요? 그런 건 묻지 마시고 그냥 양 전도사님은 시키는 대로 하세요. 아셨죠? 예. 알겠습니다. 병삼은 당황했다. 뭐여? 그럼 전 목사가 무슨 얘길 하는지 못 듣잖어?

목사님. 저는 그냥 안 나가고 있으면 안 되나유? 절대 안 됩니다. 제가 무슨 이야기를 할지 모르잖아요. 손 집사님을 못 믿는 게 아니라 그냥 제가 울면서 이상한 말을 할까 봐 부끄러워서 그럽니다. 이해해 주세요. 손 집사님이 저한테 꼭 듣고 싶으신 이야기가 있으신 건 아니시잖아요? 재일의 말은 공손하게 들렸지만, 병삼을 바라보는 눈빛은 그렇지 못했다. 병삼은 노려보는 재일의 살기 어린 눈빛을 보고는 입을 다물었다. 양 전도사님, 제가 맞자마자 손 집사님을 억지로라도 데리고 나가세요. 아시겠죠? 예. 목사님. 자, 그럼 시작하시죠. 재일은 소파에 앉은 채로 얼굴을 병삼 쪽으로 쭉 들이밀었다. 양 전도사는 병삼의 옆에 붙어서 병삼을 끌어낼 준비를 했다. 재일은 어금니를 꽉 깨물고 병삼을 노려본 채 움직이지 않았다. 병삼은 한숨을 쉬고는 오른쪽 소매를 걷어 올린 뒤 재일의 왼쪽 뺨을 노려보았다.

짝!

병삼이 따귀를 올려붙이자 재일은 눈을 질끈 감았다. 양 전도사는 깜짝 놀라 재빨리 병삼을 일으켰다. 제가 알아서 나갈게유. 병삼은 소파에서 일어나 문밖으로 걸어갔다. 양 전도사는 병삼을 떠밀듯 문밖으로 밀어냈다. 됐습니다. 재일의 말에 양 전도사는 깜짝 놀라 돌아보았다. 양 전도사님께서는 그냥 가서 일 보세요. 양 전도사는 무슨 일인지 몰라 인사를 꾸벅하고는 목사실을 나갔다. 거 보세유. 아무 일 없을 거라고 그랬잖아유. 이게 죄지은 사람한테만 통하는 건데 목사님께서 무슨 죄가 있것어유. 그러네요. 우 권사님 말씀으로는 심경의 변화가 컸다고 그러시던데 저는 딱히 느껴지는 게 없네요. 그러니께유. 맞으신 데는 괜찮으세유? 좀 뻘게진 거 같은디. 세게 맞지 않아서 아프진 않은데 기분이 썩 좋진 않네요. 병삼은

258

재일을 때릴 때 일부러 세게 때리지 않았다. 어린 시절 물에 빠진 누나를 구했을 때 외국인 아저씨가 약하게 때리면 소용이 없고 세게 후려쳐야 한다던 게 생각이 났다. 병삼은 재일의 따귀를 때릴 기회가 한 번밖에 없을 거라는 걸 알았다. 요번에 때렸는데 끌려 나가서 전 목사 얘기를 못 들으면 다음엔 기회가 없는 겨. 기회를 봐서 둘이 있을 때 지대루 후려쳐야지. 지금은 아니여. 죄송혀유. 아닙니다. 제가 부탁드린 건데 손 집사님께서 죄송할 게 뭐 있습니까. 그럼 전 이만 가볼께유. 아아. 오늘 큰 병원에서 재검사받으신다고 하셨죠? 얼른 가보세요. 병삼은 인사를 꾸벅하고 목사실을 나갔다. 병삼이 나가자 재일은 병삼이 했던 말을 떠올렸다. 죄가 있는 사람에게만 통한다. 그런데 나는 죄가 없어서 안 통한다? 재일은 피식 웃음이 나왔다. 그래. 그렇게 나오시겠단 말이지?

재검은 잘 받으셨나요?

우 권사는 재검사를 받은 다음 날 출근한 병삼을 찾아와 물었다. 병원에서 검사받는 것도 못 할 짓이네유. 맞아요. 저도 건강검진 받으면 그날은 진이 빠져서 아무것도 못 해요. 특히 MRI 검사는 진짜 사람 할 짓이 못 되죠. 건강이 최고입니다. 어쨌거나 손 집사님은 결과 나올 때까지 운전 금지입니다. 예? 갑자기 왜유? 손 집사님 운전하시는 건 집사님도 승객도 위험하다고 목사님께서 못 하게 하셨습니다. 운전하시다가 뇌출혈이라도 오면 큰일이잖아요. 그럼 이제 전 뭘 하나유? 허리가 아파서 힘든 일도 못 허는디. 그래서 제가 고민을 좀 했습니다. 손 집사님은 환자시라 치료에 전념하시는 게 좋지 않으시겠어요? 그러니까 평소에는 하나님께 치료해 달라고 기도하세요. 일하지 말고 기도를 하라구유? 네. 오늘부터 일 안 하시는 대신에 주일예배와 수요예배에 참석하세요. 그리고 매일 새벽기도도 드리시고요. 그게 손 집사님이 앞으로 하실 일입니다. 병삼은 예배에 참석하느니 차라리 일하는 게 낫다는 생각이 들었다. 그런데 말이죠. 손 집사님께서는 우리 재일교회에 오신 지 이제 두 달 좀 안 되시잖아요. 그런데 손 집사님께서 우리 교회에서 검사비 전액을 다 받아 가고 월급까지 받아 가는 건 좀 염치없다고 생각하지 않으세요? 그렇다고 일을 하실 수도 없고. 그러니까 평소에는 교회에 오셔서 기도실에서 기도하고 계세요. 그러다가 제가 손 집사님이 할 수 있는 소소한 일이 있으면 부를게요. 아셨죠? 손 집사님은 참 축복받으셨어요. 예배드리고 기도만 하는데 월급을 받다니. 안 그래요?

그런데 제가 오늘은 뭐 할 일이 없을까유?

네. 오늘도 기도실에서 기도하고 계세요. 병삼은 며칠째 새벽에 출근해서 새벽예배를 드리고 혼자 기도실에서 멍하니 앉아 있다가 퇴근했다. 아무것도 하는 일이 없었다. 병삼이 기도실에 있을 때 한두 번씩 우 권사가 노크도 없이 기도실 문을 벌컥 열고 들어왔다. 어디 가시려고 그러세요? 화장실 좀. 조금 전에 화장실 다녀오셨잖아요. 담배 피우러 가시는 거 아니세요? 담배 피우시면 뇌출혈로 죽는 거 아시죠? 커피도 끊으세요. 저쪽에 정수기 있잖아요. 물 드세요. 혹시나 우 권사가 갑자기 기도실로 들어올까 봐 걱정되어 편하게 있지도 못했다. 게다가 가장 문제는 CCTV였다. 기도실로 출근한 첫날 새벽기도를 하고 기도실에 있다가 잠시 누워 잠을 청했다. 그러자 우 권사에게 전화가 걸려 왔다. 손 집사님, 기도실은 수면실이 아닙니다. 지금 근무시간이세요. 병삼은 깜짝 놀라 천장을 살펴보니 CCTV가 보였다. 아아. 내가 우 권사 따귀 때렸던 녹화본을 저 CCTV에서 녹화한 거구먼. CCTV의 존재가 기도실을 감옥으로 만들었다. 병삼은 점심시간을 제외하고는 계속 감시당하고 있었다. 온종일 좁은 기도실에서 감시를 당하고 있으려니 속이 메슥거리고 머리가 아팠다. 담배와 커피를 못 마시니 금단증상도 생겼다. 뇌출혈이 생겨서 머리가 아픈 겨? 아니면 스트레스 때문인 겨? 스트레스 쌓이면 뇌출혈 생긴다고 혔는디. 언제까지 철창에 갇힌 쥐새끼마냥 이러구 살아야 허는 겨? 병삼은 심장이 두근거리고 호흡이 가빠졌다. 도저히 앉아 있을 수 없어 구석으로 가서 벽에 등을 대고 누웠다. 병삼이 눕자마자 우 권사에게 전화가 걸려 왔다. 병삼은 일부러 받지 않았다. 곧바로 우 권사가 들어왔다. 손 집사님, 어디 아프세요? 구급차 불러드려요? 아니유. 그냥 좀 어지러워서 그랬어유. 큰일이네요. 부탁드릴 게 있었는데. 뭔데유? 헌금 봉투가 새로 왔는데. 봉투를 종류별로 분류해서 봉투 진열대에 꽂아야 하거든요. 그런데 어려운 일 아니라 제가 해도 돼요. 걱정 마시고 손 집사님은 그냥 쉬고 계세요. 예? 아니어유. 지가 헐께유. 병삼은 벌떡 일어나 신발을 신었다. 보름 만에 생긴 일이었다. 병삼은 보름이 다 되도록 아무 일도 안 하고 기도실에만 있었다. 할 일이 있다는 것이 이렇게 행복한 줄 몰랐다. 우 권사님. 제가 허리 다친 거는 별거 아니라서 보름 있으면 저절로 낫는다고 했거든유. 다친 지 보름이 지나서 그런지 허리는 괜찮아졌어유. 또 다칠지도 모르니께 너무 무거운 것만 아니면 일해도 괜찮을 것 같어유.

팬찮아요? 어디 아파 보이는데?

촬영 준비를 하던 우진이 예배당에 들어가는 병삼을 붙잡고 물었다. 손 집사님, 얼른 들어가셔야죠? 우진이 돌아보니 멀찍이 우 권사가 병삼을 바라보고 있었다. 병삼은 마치 조선 시대 노비처럼 말없이 고개를 숙여 인사를 하고 예배당으로 들어갔다. 우진은 그런 병삼의 모습을 보고 깜짝 놀랐다. 그동안 우진이 알던 병삼이라

면 지가 알아서 한다니께유, 라고 기분 나빠 하거나 에이, 저 여자는
하는 짓이 웰케 재수가 읎지? 하며 혼잣말로 욕이라도 해야 했다.
우진은 그날 저녁 병삼의 집으로 가서 벨을 눌렀다. 문을 열어주는
병삼은 역시나 평소와 달랐다. 평소였으면 뭐 하러 온 겨? 촬영허다
가 손 다쳤는가 부네? 빈손으로 온 거 보면, 하며 농담을 했을 텐데
조용히 문만 열어주었다. 집 안은 이사했을 때처럼 깨끗했다.

고마워. 와줘서.

형이 고맙다는 말도 할 줄 알아요? 내가 우 권사 말구 다른 사람
허구 대화를 해본 지가 언젠지도 모르것다. 그게 무슨 소리예요? 병
삼은 우진에게 허리를 다쳐서 병원에 갔더니 뇌혈관 질환이 발견되
었다는 이야기부터 그 후로 매일 기도실에 갇혀 있었던 이야기를
했다. 그거 완전히 대기업에서 퇴직시킬 때 쓰는 방법이잖아요. 이
상한 사무실 하나에 책상이랑 노트 하나 놓고 퇴근할 때까지 혼자
놔두는 거. 그거 고문이에요. 고문. 그리고 형이 왜 뇌혈관 질환에
걸려요? 혈관 질환은 콜레스테롤 때문에 걸리는 건데. 제가 고지혈
증인데 술을 많이 마셔서 간이 망가지는 바람에 콜레스테롤 수치가
높아요. 형은 술을 입에도 안 대잖아요. 저번에도 말했다시피 재일
교회 좀 수상하다니까요. 다른 병원에서 검사받아 봤어요? 우진의
말에 병삼은 땅이 꺼져라 한숨을 쉬었다. 나도 인터넷도 뒤져보고
그러면서 다 알아봤지. 나는 고기랑 설탕을 많이 먹고 담배 많이 피
워서 뇌혈관 질환에 걸린 거여. 그리구 가장 중요한 것이 유전이여.
내가 말은 안 했는데 우리 어머니가 나 갓난쟁이 때 갑자기 돌아가
셨어. 그때 뇌출혈로 돌아가신 걸 거여. 그리구 병원에서 MRI까지
다 찍어보구 유명한 대학병원까지 가서 정밀 검사도 다 받았어. 우
진은 병약해진 병삼의 얼굴을 보고 입을 닫았다. 미안해요. 저는 혹

시 몰라서. 병삼은 괴로워하는 우진을 보며 씩 웃었다. 우진아. 나는 차라리 이렇게 된 게 다행이라구 생각혀. 어차피 쓸모없는 목숨이고. 내가 더 산다고 좋은 꼴 보것냐? 그나마 이렇게 좋은 집에서 살아보고 죽는다는 게 감사한 거여. 다른 건 다 괜찮은데. 언제 죽을지 모른다는 게, 이게 참 그지 같네. 우진은 병삼의 말을 듣고 눈물이 나오려는 걸 참기 위해 괜히 냉장고로 가서 물을 꺼내 마셨다. 너 먹으라구 바나나 우유 사다 났어. 그거 마셔. 너 언제 올지 몰라서 유통기한 긴 놈으루 골라 왔으니께 걱정 말구 마셔. 우진은 병삼의 오랜만에 농담이 반가워 피식하고 웃었다.

왜 웃으세요? 좋은 일 있으신가요?

우 권사의 물음에 병삼은 다시 미소를 지어 보였다. 좋은 일은 아니고유. 오늘 정밀 검사 결과 나오거든유. 아아. 그러시구나. 손 집사님, 요새 예배도 잘 드리고 매일 기도실에서 기도도 열심히 해서 하나님께서 분명 다 치료해 주셨을 거예요. 그럼 오늘은 병원 갔다가 바로 퇴근하세요. 그래도 되나유? 그럼요. 좋은 결과 있었으면 좋겠네요. 우 권사의 말에 병삼은 감사합니다, 하며 인사를 꾸벅하고 교회를 나왔다. 우 권사는 교회를 나가는 병삼의 뒷모습을 바라보다가 핸드폰을 꺼내 전화를 걸었다. 네. 우신정 권사입니다. 오늘 이 손병삼 씨가 검사 결과 나오는 날이라고 하네요. 네. 지금 병원으로 가셨습니다.

들어오세요.

병삼은 후암대학병원 신경외과에 있는 이근암 교수 진료실 문이 지옥문처럼 느껴졌다. 병삼이 진료실로 들어가자 이 교수가 심각한 표정으로 차트를 바라보고 있었다. 병삼에게는 이 교수의 미간에 보이는 네 줄의 주름이 죽음을 알려주는 표식처럼 보였다. 병삼이 자리에 앉았는데도 이 교수는 차트에서 눈을 떼지 못했다. 말씀 안 하셔도 결과가 어떤지 알것네유. 아니에요. 모르실 거예요. 이 교수의 대답에 병삼은 순간적으로 솜털 같은 희망이 잠시 보였다. 설마? 차트를 보던 이 교수는 눈을 돌려 병삼을 바라보았다. 병삼은 자기도 모르게 침을 꿀꺽 삼켰다. 제발. 제발. 병삼은 이 교수의 입을 바라보았다. 제발 입꼬리가 올라가길 빌었다. 이 교수가 웃어주면 다 끝나는 것이다. 이 교수는 잠시 병삼을 바라보다가 어색하게 미소를 지었다. 어어? 뭐여? 안경 너머로 보이는 이 교수의 눈빛이 순간적으로 불쾌했다. 검사 결과 뇌혈관에 꽈리가 한 개 더 발견되었습니다. 이 상태로 보면 수술도 힘들고 수술을 한다고 하더라도 후유증도 굉장히 심할 것 같습니다. 제가 수술 일정을 잡으려고 했는데 빨라도 추수감사절은 지나야 할 것 같네요. 당분간은 정말 조심해서 생활하셔야 합니다. 이게 언제 터져서 뇌출혈이 될지는 하나님만 아세요. 술과 담배는 절대 안 되고요. 식단 조절 계속 유지하셔야 합니다. 그리고 검사비는 재일교회에서 처리해 주셨던데. 수술비, 입원비는 어떻게 하실지 미리 준비하셔야 할 거예요. 가족분들께도 알리셔서 병간호하는 문제에 대해서도 상의하셔야 하고요.

가족이 없는 게 다행이네.

병삼은 병원을 나오면서 생각했다. 어무니 뇌에 병이 있어서 곧 죽는다는 걸 알았다면 아부지는 어무니 병간호를 혔을까? 듣기로는 아부지도 어무니가 죽기 전까지는 술도 안 먹고 일도 열심히 하고 그랬다던디. 병삼은 문득 삼촌과 숙모가 떠올랐다. 그리고 전주식당 사장 부부도 떠올랐다. 그 양반들이 나한테는 부모나 진배없는디. 죽기 전에 찾아봬야 하는 거 아녀? 어이구, 됐네. 갑자기 이 몰 골로 나타나면 픽이나 좋아하것어. 괜히 긁어 부스럼이지. 내 맘 편하자구 잘 살구 있는 양반들한테 못 할 짓 하는 겨. 그냥 조용히 죽어주는 게 도와주는 거지. 병원 밖으로 나오자 구름 한 점 없는 하늘과 쨍한 햇빛이 보였다. 오늘이 이렇게 맑고 좋은 날이었구나. 병삼은 자기도 모르게 눈에서 눈물이 주르륵 흘렀다.

너 우냐?

니가 왜 거기서 나와? 병삼은 후암대학병원 정문 앞에 있는 커피숍에서 걸어 나오는 바울을 보고 깜짝 놀랐다. 점심 먹었어? 아니, 너 왜 여기 있냐니까? 우진이가 너 여기 있다고 얘기해 줬어. 나 나올 때까지 기다린 겨? 점심 먹었냐니까? 밥 생각 없어. 아침은? 아침두 안 먹었지. 어제저녁은? 병삼은 자꾸 캐묻는 바울에게 화를 버럭 냈다. 너는 왜 갑자기 나타나서 남의 메뉴는 묻구 난리여? 바쁜 사람 붙들고 있지 말고 얼른 니 갈 길 가. 시끄럽고. 어제저녁은 몇 시에 먹었어? 집에서 뉴스 보고 젊은 애들 나오는 드라마 하길래 텔레비 끄고 나와서 동네 식당에 들어가서 산채 비빔밥 시켜 먹었으니까 대충 10시쯤 되것네. 너는 갑자기 나타나서 그게 왜 궁금한 겨? 너 그때 밥 먹고 지금까지 아무것도 안 먹은 거야? 커피나 음료수도 안 마시고? 우진이헌테 들어서 아는지 모르것지만, 지금 내가 과자, 음료수, 커피, 담배 이런 거 일절 못 먹어. 아아. 그래? 잘 됐네. 가자. 바울은 병삼의 팔을 끌고 가다가 지나가는 택시를 잡아 태웠다. 어디 가는 겨? 나 병원에서 고기 먹지 말라고 혔어. 밥 먹을 거면 갈치조림이나 삼치구이 같은 거나 먹어. 회도 괜찮고.

여기 뭐 아는 데 있는 겨?

잔말 말고 따라와. 바울은 병삼을 데리고 약수역에서 내린 뒤 오래되고 허름한 건물로 병삼을 데리고 들어갔다. 여기 병원 아녀? 너 지금 열두 시간 넘게 공복이지? 여기서 다시 검사받어. 갑자기 얘기도 없이 나타나서 이게 무슨 짓이여? 병삼이 화를 내자 바울은 병원에 있는 사람들을 피해 병삼을 건물 계단으로 데리고 나갔다. 너 아까 재검사 결과 듣고 나왔지? 그러니게 내가 또 검사할 필요 없다고 하잖여. 그러니까 말이 안 되는 거야. 너 원래대로라면 바로 입원 수속 밟았어야 해. 그런데 지금 너 나와서 이렇게 돌아다니잖아. 바울의 말에 병삼은 한숨을 푹 내쉬었다. 내가 이런 말까지 너한테 안 하고 싶은데. 거기 유명한 교수가 수술 날짜까지 다 잡아줬어. 언젠데? 그건 모르고 최소 추수감사절은 지나야 헌데. 그게 뭐가 날짜를 잡은 거야? 그러지 말고, 혹시 모르니까 내 말 믿고 여기서 다시 검사받어 봐. 검사비는 내가 다 냈어. 평소 같았으면 병삼은 화를 내며 가버렸겠지만, 바울에게 미안한 마음과 고마운 마음 그리고 혹시나 하는 생각에 잠시 망설였다.

저혈압이 좀 있으시네요?

심각할 정도는 아닌데. 너무 마르셔서 그런 것 같네요. 편식하지 마시고 골고루 많이 좀 드세요. 나머지는 다 정상입니다. 늙은 의사의 말에 병삼은 깜짝 놀랐다. 다 정상이라고유? 네. 당뇨도 없으시고, 담배 피우신다고 했는데 생각보다 폐도 멀쩡하시고. 간은 뭐 쌩쌩하시고. 콜레스테롤 수치도 낮으시고. 다 괜찮습니다. 저 뇌혈관에 꽈리가 있다던데요? 뇌혈관 꽈리요? 고혈압, 고지혈증 없으시고. MRI 결과에서도 깨끗하고. 어느 병원에서 뇌 질환 있다고 그러던가요? 의사가 누굽니까? 병삼은 놀란 눈으로 바울을 쳐다보았다. 바울을 병삼을 보고 씩 웃었다. 이 미친놈아! 이게 웃을 일이여?

병삼은 화를 버럭 내고는 병원 밖으로 뛰쳐나갔다. 병원을 뛰쳐나온 병삼이 택시를 잡는데 바울이 뛰어와서 병삼을 말렸다. 어디 가? 어딜 가긴. 최 원장 그년 귀싸대기를 후려쳐서 왜 나한테 그짓말을 혔는지 알아내야지. 이근암 교수 그 새끼도 다 한통속일 겨. 바울은 병삼을 끌고 편의점으로 들어가서 디스플러스 한 갑과 레스비 캔을 하나를 사서 병삼에게 내밀었다. 우선 좀 진정해. 그러나 담배를 본 병삼은 진정이 되지 않았다. 캔 커피와 담배를 받은 병삼은 재빨리 편의점 옆 골목으로 들어가 담배를 뜯어 입에 물고 불을 붙였다. 이게 얼마 만에 피워보는 담배여? 병삼은 담배 연기를 깊게 빨아들였다. 폐 구석까지 담배 연기가 꽉 차고 온몸으로 니코틴이 퍼지는 게 느껴졌다. 손과 발끝이 찌릿찌릿했다. 몸에서 피가 쫘악 빠져나가는 기분이 들며 순간 현기증이 났다. 병삼은 조심스레 쪼그려 앉아 다시 담배 한 모금을 빨았다. 후아아아. 입과 코에서 연기와 함께 모든 스트레스가 빠져나가는 것 같았다. 구수한 담배 향. 기분 좋은 나른함. 캔 커피를 따서 한 모금 마시자 달콤함이 입안을 감쌌다. 당분이 들어가자 다시 정신이 맑아지고 기분이 더욱 좋아졌다. 병삼은 혀에서 씁쓸한 커피 맛이 없어지기 전에 다시 담배를 피웠다. 병삼은 최근 이렇게 기분 좋았던 적이 있었나 싶었다. 최 원장이고 이 교수고, 복수하고 싶은 마음도 사라졌다. 다시 캔 커피를 마시며 담배를 피울 수 있다니. 당장 죽어도 좋을 만큼 행복했다. 커피와 담배. 예전에 이런 행복한 제목의 영화가 있었던 것 같은데.

아후. 담배 냄새.

병삼이 돌아보자 골목 입구에 보라가 서 있었다. 에엥? 넌 또 왜 거기서 나와? 내가 불렀어. 쟤를 왜 부른 겨? 앞으로 어떻게 할지 생각해 봐야지. 나랑 너도 그렇지만, 보라 씨도 전재일 목사한테 빚이 있잖아. 바울이 너랑 나는 억울한 면이 있지만, 보라 쟤는 억울할 게 없잖아. 뭐라고요? 보라는 병삼의 말을 듣고 발끈했다. 내가 전 목사 때린 것보다 아저씨가 내 따귀를 더 세게 때렸어. 그럼 아저씨도 나 따귀 때린 거 벌 받는 거니까 억울할 거 없지. 그건 니가 잘못을 했으니까 때린 거잖어. 나도 전재일 목사가 잘못했으니까 때린 거잖어. 병삼은 할 말이 없었다. 어쩌면 보라 말이 맞을 수도 있다는 생각이 들었다. 최 원장도 전 목사헌테 약점 잡혀서 아무 말 못하고 그냥 전 목사 편을 들었을 수도 있잖어. 보라 쟤가 아무한테나 막 시비 거는 애도 아니고. 병삼은 보라를 물끄러미 바라보며 담배를 피웠다. 뭘 봐요? 그리고 담배 좀 끊어요. 냄새나 죽겠네. 아니, 내가 너 있는 데로 가서 담배 피운 겨? 니가 나 담배 피우는 데 온 거잖어. 야야야. 그만들 좀 해라. 바울이 말리자 보라는 무슨 이야기를 하려다 그냥 입을 닫았다. 병삼도 보라를 노려보며 피우던 담배를 껐다.

바울이 너 갈비찜 좋아혀?

싫어할 리가 없지. 얼른 가. 내가 밥 살 테니까. 오늘 한 끼도 못 먹었더니 배고파 죽것구먼. 병삼은 골목을 빠져나가 걷다가 뒤를 돌아보았다. 뭐 혀? 안 따라오고? 병삼의 말에 바울은 난처한 표정으로 보라를 바라보았다. 보라 씨는 어쩌고? 뭘 어째? 쟤는 뭐 밥 안 먹고 살어? 보라 너두 얼른 따라 와. 저도요? 채식주의자면 안 와도 되고. 병삼의 말을 들은 보라는 난감한 표정으로 서 있었다. 그냥 둘이 드세요. 얼레? 진짜 채식주의자여? 그런 건 아닌데. 아니면? 삐쳐서 같이 밥도 안 먹것다 이거여? 아니면 내가 사는 밥은 못 먹것다는 거여? 하여간 저 아저씨는 말을 해도. 병삼을 노려보던 보라의 눈빛이 다시 우울해졌다. 그게 아니고요. 아시다시피 제 냄새

268

때문에 불안해서 남자들이랑 식당을 못 가요. 지금 날씨가 쌀쌀해서 괜찮지만, 실내로 들어가면 어떻게 될지 몰라서. 그냥 두 분이 드세요. 저는 배도 안 고파요. 허이구, 지럴을 헌다. 뭐라고요? 병삼은 보라가 째려보든 말든 신경 쓰지 않은 채 전화를 걸었다. 어이. 나여. 너 어디냐? 집에 가는 길이여? 잘됐네. 너 저기 저번에 나랑 갔던 갈비찜 하는 데 알지? 이잉. 거기서 갈비찜 대짜 두 개. 포장해서 한마음교회 옥상으로 와. 돈은 내가 줄 테니께. 지금 바울이랑 보라랑 다 같이 있으니께 얼렁 와. 병삼은 바울을 힐끗 봤다. 소주도 두어 병 사 오고. 병삼은 전화를 끊고 보라를 바라보았다. 내가 우진이헌테 사갖고 교회 옥상으로 오라고 혔어. 거기서 먹는 건 괜찮지? 보라는 잠시 말이 없다가 고개만 끄덕였다. 바울은 그런 병삼을 보고 씨익 웃었다. 이야. 우리 손 집사님 멋있어지셨는데? 지럴허지 말어. 배고프니까 쓰잘데기 없는 소리 하지 말고 어여 가. 병삼은 멋쩍은 표정을 숨기려고 멀리 보이는 남산타워를 보며 앞서 걸어갔다.

이거 미친 거 아니야?

바울은 갈비찜을 한입 먹고는 눈이 휘둥그레졌다. 뭐가 이렇게 야들야들하고 맛있냐? 이거 내가 예전에 먹던 갈비찜이랑은 차원이 다른데? 목사님, 양파 절임도 드셔보세요. 바울은 우진이 내민 그릇에 있는 양파 절임을 집어 먹고는 젓가락을 떨어뜨릴 뻔했다. 아삭! 하는 소리가 입안을 울리며 달콤한 양파즙과 짭짤한 간장 향기, 식초의 새콤함이 어우러져 고기의 느끼함을 싹 걷어냈다. 그리고 뒤에 올라오는 매콤한 청양고추가 입맛을 돋우어서 자연스럽게 갈비찜을 한 점 더 입에 넣을 수밖에 없게 만들었다. 이야. 진짜 기가 막히네. 여기 무슨 미슐랭인가 블루리본인가 그런 식당이야? 우진이 너는 여기 갔었다고? 네. 저번에 병삼이 형이 이삿짐 날라줬다고 데리고 갔었어요. 야! 내가 우진이보다 힘이 세고 짐도 잘 나르는데 왜 이사할 때 나를 안 불렀어? 시끄러워. 얼렁 고기나 드셔. 병삼은 소주병을 들어 바울의 잔을 채워줬다. 우와. 손 집사님께서 손수 술도 따라주시고. 영광이네. 바울은 소주를 쭉 마신 뒤 다시 갈비찜을 한 조각 입에 넣고 씹었다. 이야. 진짜 이거 눈물 나게 맛있다.

흐으으으윽.

어? 뭐여? 울어? 왜 울어? 진짜 울어? 병삼이 고개를 돌려보니 갈비찜을 먹던 보라가 눈물을 닦고 있었다. 쇼하는 겨? 아니네? 진짜 우네? 바울은 걱정스러운 표정으로 보라를 살폈다. 왜 그래요? 어디 아픈 건 아니죠? 보라는 민망한 듯 눈물을 닦고 억지로 웃어 보였다. 죄송해요. 제가 주책이죠. 다른 게 아니라 저 한국 와서 갈비찜 지금 처음 먹는 거예요. 제가 식당에 가기 힘들어서 대부분 혼자 시켜 먹다 보니까 갈비찜같이 여러 명이 먹는 음식은 먹을 일이 없었어요. 사실 갈비찜을 먹고 싶다는 생각조차 못 했죠. 그런데 갈비찜을 먹는 순간 어렸을 적 아빠가 해줬던 게 기억이 났어요. 열한 살 때였던 것 같은데, 태권도 하고 집에 돌아오니까 집 안에 간장 냄새가 나서 아빠한테 짜증을 부렸었거든요. 그랬더니 아빠가 한국음식이라면서 먹어보라고 하셔서 처음으로 갈비찜 맛을 봤는데 너무 맛있는 거예요. 그래서 옷도 안 갈아입고 도복 입은 채로 쌀밥이랑 김치랑 갈비찜을 엄청 많이 먹었던 게 갑자기 생각나네요. 그때 아빠가 한국에서 먹으면 더 맛있다며 꼭 같이 한국에 가서 갈비찜 먹자고 하셨는데. 갈비찜을 먹자마자 갑자기 그때 생각이 나서 저도 모르게 그만. 허이구, 가지가지 허네. 병삼의 말에 보라는 슬픔이 싹 가시고 짜증이 확 올라왔다. 왜 또 시비예요? 지금 나이가 몇인디 아빠 보고 싶다고 갈비찜 먹다가 질질 짜는 겨? 병삼의 말에 보라는 젓가락을 탁 내려놓았다. 아휴. 진짜. 내가 여길 왜 따라왔지?
됐어요. 저 갈 테니까 아저씨 많이 드세요.

아이 씨! 진짜 또 그러시네.

우진은 인상을 구기며 벌떡 일어났다. 제가 저번에 얘기했죠.
밥 먹는데 싸우면. 어이고, 죄송합니다. 병삼은 우진의 말을 끊고 벌
떡 일어나 보라에게 사과했다. 서보라 님. 제가 죄송합니다. 제가 말
이 심했습니다. 용서하셔요. 그러자 보라도 벌떡 일어나 고개를 숙
였다. 아닙니다. 손 집사님. 손 집사님께서 나쁜 뜻으로 그런 말씀
하신 게 아닌 거 알면서도 괜히 제가 받아쳤습니다. 제가 더 죄송합
니다. 우진은 사과하는 병삼과 보라를 보고 머쓱해져서 조용히 자
리에 앉았다. 아무튼, 둘이 또 싸우고 그러면 저 진짜 집에 갈 거예
요. 다신 둘 다 안 봐요. 어이구, 알았어. 우리 우진이가 시키면 절대
안 싸워야지. 맞아요. 우리 우진이 오빠가 싸우지 말라고 하면 싸우
지 말아야죠. 아이, 진짜. 왜 보라 씨까지 우리 우진이 오빠예요? 그
런 거 하지 말아요. 우진이 너 술만 먹지 말고 고기도 좀 먹어. 병삼
은 씩 웃으며 우진의 앞접시에 갈비찜을 덜어줬다. 아직 술 한 잔도
안 마셨어요. 그런데 왜 얼굴이 뻘게? 우진은 대답 없이 인상을 찌
푸리며 소주를 따라 홀짝 마셨다. 바울은 우진을 빤히 바라보다가
입을 열었다. 내 생각에는 우리 우진이가 통일부 장관을 해야 해. 그
러면 벌써 통일이 됐을 거야. 아니에요. 우리 우진 오빠는 UN사무
총장을 하셔야 해요. 그래야 세상에 전쟁이 없어져요. 아니여. 우리
우진이는 우주 평화를 위해 은하제국…. 그만해요. 좀! 얼른 고기나
드세요. 나 그만 놀리고. 한마음교회 옥상에는 우진을 제외한 셋의
웃음소리가 갈비찜 향기와 함께 퍼져나갔다.

계획

　진짜로?

　바울이 깜짝 놀라서 묻자 병삼은 바울을 노려보았다. 그렇다니께. 무슨 주식을 사서 몇 분 만에 8천만 원을 번 겨. 우진은 인상을 찌푸렸다. 그거 주가 조작 아니에요? 그래 놓고 또 유니세프인가 1억을 기부했어. 1억이요? 맞다. 보라 너 전 목사가 합의금 3천만 원 부른대. 그런데 전 목사는 그 돈 받을 생각이 없어. 그냥 너 괴롭힐라구 그러는 겨. 병삼의 말을 들은 보라는 한숨을 푹 쉬었다. 저도 삼촌한테 들어서 알아요. 그런 사람들 일부러 합의금 막 높게 부르고 사람 신경 쓰이게 만들어서 괴롭히는 거. 삼촌이 그러는데 달라는 대로 합의금 준다고 그러면 연락도 안 받고 있다가 잊어버릴 때쯤 다시 합의금 높여서 부르고 그런데요. 그래서 지금 삼촌이 알아봐 주고 계세요. 병삼아, 너 진짜로 전 목사가 주식으로 8천만 원 번 거 확실하게 본 게 맞아? 이상한 거 보여주고 그런 척하는 걸 수도 있잖아. 맞아요. 혹시 무슨 모의투자나 주식 게임 그런 거 아닐까요? 바울과 우진의 질문에 병삼은 머리를 긁적였다. 사실 나도 잘 몰러. 주식은 해본 적이 없어서 모르것는디, 다른 건 몰라도 기부한 건 내가 두 눈으로 똑똑히 봤다니께. 병삼의 말에 우진은 한숨을 쉬었다. 전 목사한테 돈 1억은 별거 아닐 수도 있어요. 재일교회 촬영하면서 보니까 연예인은 둘째치고, 온갖 높은 놈들은 다 있더라고요. 국회의원, 기업 사장, 무슨 장관, 경찰서장, 신문사, 금융사. 당연히 판사, 검사, 변호사 다 있을 테고. 우진의 말을 듣던 병삼은 목사실에서 재일이 통화하던 걸 봤던 게 생각났다. 맞다! 그러고 보니께 전 목사가 무슨 청장인가랑도 통화하던데. 청장이요? 경찰청장인가 보네. 강남구청장 아닐까요? 혹시 교육청장 아니야? 교육청은 좀 아닌 거 같은데? 산림청은? 지럴들 허네. 바울은 기상청이라고 말할 타이밍을 잡다가 병삼이 인상을 쓰자 입을 다물었다.

어쨌거나 결론은 우리 셋은 우리가 가진 거로 싸워야 한다는 거죠.

왜 셋이여? 넷인데? 병삼이 묻자 보라는 우진을 슬쩍 봤다. 우진이 오빠는 전 목사한테 딱히 당한 게 없잖아요. 굳이 끌어들여야겠어요? 보라의 말을 들은 바울은 우진의 어깨를 토닥였다. 그래. 우진이 너는 굳이 끼어들지 마. 병삼도 고개를 끄덕였다. 그려. 우진이 너는 이제 니 할 일 혀. 그리구 보라 너두 다른 데 취직자리나 알아봐. 저도 빠지라고요? 말도 안 돼. 저는 절대 못 빠져요. 너는 아직 젊잖어. 나중에 진흙탕 싸움 될지두 모르는디. 젊은 여자애가 이런 일에 엮여봐야 좋을 것이 읎어. 지금 저 여자라고 무시하시는 거예요? 딱 까놓고 지금 여기서 저랑 싸워서 이길 수 있는 사람은 정 목사님밖에 없을걸요? 보라 씨 말이 맞아. 내가 보라 씨랑 애들 가르치면서 봤더니 보라 씨 태권도 실력도 4단 정도는 되는 것 같더라고. 바울의 말을 들은 병삼은 콧방귀를 뀌었다. 웃기구 있네. 너나 재나 나한테 따귀 한 대씩만 맞으면 질질 짤 것들이. 그때는 아저씨가 그런 능력 있는 줄 몰랐으니까 그랬죠. 지금은 그냥 제가 곱게 맞아줄 것 같아요? 너는 그래서 안 되는 거. 뭐가요? 보라가 발끈하며 노려보자 병삼은 혀를 차며 한심하다는 듯 바라보았다. 태권도

273

를 배우면 뭘 혀. 정신 상태가 저 모냥인데. 너 태권도 좀 한다고 전목사한테 시비 걸다가 깨졌잖어. 사람이 겸손할 줄을 알아야지. 나는 그렇다 쳐. 우진이가 생긴 건 저래도 알고 보니 복싱 선수 출신이거나, 유도나 검도 같은 거 배웠을지 어떻게 알어? 참 나. 제가 유도나 검도 같은 거 무서워할 것 같아요? 보라는 벌떡 일어나서 발을 머리 높이까지 차올린 뒤 가만히 멈췄다. 우와. 우진은 보라의 발차기를 보고 감탄을 했다. 병삼도 보라의 발차기를 보고 놀랐지만, 티를 내지 않았다. 보라의 발차기는 너무 빨라 발이 보이지도 않았고, 머리 위까지 차올린 발을 내리지 않고 오랫동안 흔들림 없이 저렇게 고요히 서 있는 걸 보니 보통 운동신경이 아니라는 생각이 들었다. 그러나 병삼은 본심을 숨겼다. 허이구. 무슨 서커스 허냐? 그럼 내가 한 대 때릴 테니 피해보든가. 그래요. 제가 못 피할 것 같아요? 그런데 저도 모르게 반격을 할 수 있으니 조심하세요. 뭐여? 그럼 내가 겁먹을 줄 알고? 야야야. 그만들 좀 해라. 이러다가 또 우리 우진이 집에 간다고 하겠다. 바울의 말에 병삼은 입을 닫았다. 보라도 조용히 자리에 앉아 우진의 눈치를 보았다. 그러나 평소와 다르게 우진은 말이 없었다. 우진은 솔직한 심정으로 재일교회와의 싸움에 끼어들고 싶지 않았다. 자신이 할 수 있는 일도 없다는 생각이 들었지만, 가장 큰 문제는 두려움이었다. 괜히 전재일 목사를 건드렸다가 가뜩이나 별 볼 일 없는 인생, 그마저도 망가질 것 같았다.

나는 아무것도 할 줄 아는 게 없는데.

돈도 없고, 사회적 지위도 없고, 체력도 안 좋고, 힘도 약한데. 겁도 많고, 머리도 나쁘고, 생긴 것도. 생긴 건 안 중요하지만. 아무튼, 내가 괜히 껴들어 봐야 폐만 끼치겠지. 그렇다고 빠지겠다고 하기도 미안하고. 괜히 싸움에 끼어들긴 싫고. 어쩌나. 병삼은 그런 우진의 마음을 눈치채고 우진의 잔에 소주를 따라주었다. 우진이가 이 정도면 많이 도와준 거. 병삼의 말을 들은 바울은 우진의 잔에 건배하고 소주를 마신 뒤 말을 이었다. 그래. 우진이 없었으면, 병삼이는 아직도 뇌출혈 생길까 봐 전전긍긍했을 테고. 나랑 보라 씨도 재일교회 사람들이랑 시비 붙어서 어디 유치장에 갇혀 있을지도 몰라. 맞아요. 우진 오빠가 재일교회 예배 촬영하면서 알게 된 정보를 알려줘서 이러고 있는 거지. 안 그랬으면 우리 어떻게 됐을지 모르는 거예요. 셋의 위로에도 우진은 의기소침한 채로 말이 없었다. 병삼은 우진의 우울한 표정을 살폈다. 아녀. 생각해 보니까. 우진이가 있어야겄어. 병삼의 말에 우진은 깜짝 놀랐다. 우진이 너는 앞에 나서지 말구 뒤에서 작전을 좀 짜줘. 너 소설가잖아. 에엥? 우진 오빠 소설가예요? 그럼요. 우리 우진이 소설가 맞지. 바울의 말에 병삼은 인상을 찌푸렸다. 쟤 진짜 소설가여. 교보문고에서 대상도 받았어. 책도 나오고. 병삼의 말에 바울은 깜짝 놀랐다. 우진이 너 진짜 소설가야? 책 출판도 했어? 소설가는 무슨 소설가예요. 그냥 하나 쓴 거 있어요. 뭔데요? 제목이 뭐야? 우진은 민망한 듯 소주를 마셨다. 지금 그게 중요한 게 아니잖아요. 아아. 됐고. 여러 소리 할 것 없어. 병삼은 손을 내저으며 말했다. 우리는 우리 우진이가 짠 작전대로 하는 거. 알것어? 뭐부터 하면 될지 얘기혀 봐. 병삼이 우진의 말을 기다리자 바울과 보라도 우진에게 집중했다. 우진은 갑자기 집중되자 당황했다. 어어. 그러니까.

병삼이 형이 전재일 목사 따귀를 때려야죠.

그래서 전 목사가 무슨 생각을 하는지 알아내는 게 우선일 것 같아요. 우진의 대답이 침묵을 불러왔다. 잠깐의 침묵을 깬 건 병삼이었다. 이거 봐. 내 말이 맞지? 우진이 이거 영리한 거 봐. 벌써 답을 딱 내놓네. 이야. 우진아, 너는 계획이 다 있구나? 그거 영화 기생충 대사 아니에요? 그래서요? 우진 오빠. 어떻게 병삼이 아저씨가 전 목사 따귀를 때릴 수 있는 건데요? 보라의 질문에 우진은 셋의 눈치를 봤다. 병삼과 바울과 보라는 우진의 입만 바라보며 우진이 말하기를 기다렸다. 우진은 셋의 시선에 도망치고 싶었다. 작전이고 뭐고 재일이 소개해 주기로 했던 장영환 프로듀서와의 만남은 물 건너갔다는 생각만 들었다.

나머지는 제가 치울 테니 먼저 들어가세요.

왜요? 같이 치워요. 바울이 계획은 차차 세우기로 하고 갈비찜이나 먹자고 하는 바람에 우진은 한숨을 돌렸다. 식사를 마친 넷은 정리를 시작했다. 정리가 마무리될 때쯤 보라는 나머지는 자신이 치우겠다고 나섰다. 우진과 바울은 같이하던 거니 마저 같이하자고 했지만, 병삼은 내가 갈비찜을 샀으니 치우는 건 너희들이 하라고 한 뒤 혼자 옥상에서 내려왔다. 병삼은 금호역에서 지하철을 타고 신사역에 내려서 시끌벅적한 가로수길을 지나 조용한 골목길로 들어왔다. 콧노래를 흥얼거리며 집 앞에 도착하자 문득 그런 생각이 들었다. 오늘 집 밖을 나갈 때까지만 해도 사는 게 지옥 같아서 딱 죽었으면 좋겠다 싶었는데, 어째서 갑자기 천국이 된 겨? 병삼은 지금까지 삶을 되돌아보았다. 아버지가 돌아가셨을 때 갑자기 삼촌이 나타났었다. 서울에 올라와서 갈 곳이 없을 때 전주식당 사장 부부가 나타났다. 그리고 한 장로와 바울이 나타나고, 우진이 나타나고, 보라도 나타났다. 병삼이 어려울 때 마치 누군가가 도와줄 사람을 보내준 것 같은 느낌이 들었다. 병삼이 집에 들어오자 디퓨저 향기를 맡으며 현관에 잠시 서 있었다. 현관 등 센서가 꺼져 다시 집 안이 깜깜해지자 병삼은 눈을 감고 기도하기 시작했다. 태어나서 처음 하는 기도였다. 기도 내용이라고는 하나님 감사합니다, 가 전부였다. 병삼은 감사합니다, 를 열 번쯤 하고는 눈물을 닦고 기도를 끝냈다.

실행

지금 몇 시인데 출근을 안 하세요?

병삼은 우 권사에게 전화가 온 것을 보고는 미소를 지은 뒤 전화를 받았다. 역시나 우 권사는 짜증 섞인 목소리로 병삼에게 어디냐 물었다. 오늘 새벽기도도 참석 안 하셨던데. 자꾸 이러시면 곤란하신 거 아시죠? 우 권사님, 저 오늘부터 일 그만두겠습니다. 예? 갑자기 그게 무슨 말씀이세요? 어제 검사 결과가 나왔는데, 뇌혈관 꽈리가 하나 더 있어서 수술해도 소용없다네유. 어차피 죽을 거 그냥 고향 내려가서 있다가 죽는 게 편할 거 같네유. 손 집사님, 그러고 계시면 나을 병도 안 나아요. 수술비는 어떻게 하시려고요? 모르것네유. 수술비고 나발이고. 어차피 죽을 거 그냥 다 필요 없어유. 조만간 집 뺄 테니게 보증금은 뭐 알아서 허시고, 어쨌거나 우 권사님 헌테 신세 많이 졌네유. 전화 끊습니다. 밥 먹어. 병삼이 전화를 끊자 부엌에서 바울의 목소리가 들렸다. 병삼은 우 권사가 집으로 찾아올지 몰라 당분간 바울의 집에서 생활하기로 했다. 병삼은 바울이 차려놓은 아침을 보고 인상을 찌푸렸다. 너는 무슨 아침부터 닭곰탕을 먹어. 닭이랑 웬수진 겨?

거기서 뭐 하시는 거예요?

우 권사는 병삼이 전화를 일방적으로 끊자 병삼의 집으로 가려다가 사다리를 놓고 청년부실 천장에 붙어 있는 우진을 보았다. 오늘 출근하시는 날 아니시잖아요. 그리고 CCTV는 왜 만지고 계세요? 우진은 우 권사를 보고 사다리에서 내려와 인사를 꾸벅했다. CCTV가 잘 안 나온다고 해서 잠깐 보고 있었어요. 우진은 새벽기도가 한창일 시간에 보안실에 들어가 CCTV가 연결된 케이블을 니퍼로 아주 살짝 잘라놓았다. 어어? 이거 화면이 왜 이러지? 제가 가서 보고 올까요? 이런 거 볼 줄 아세요? 그럼요. 촬영하는 사람이 카메라 못 보는 게 말이 됩니까? 우진이 우 권사와 이야기하는 중에 보안직원이 청년부실로 왔다. 어때요? 이거 못 고쳐요. 보니까 교회 지을 때 설치한 CCTV 같은데. 이제 이런 거는 동네 편의점에서도 안 써요. 요새 화질도 좋고 가격도 싼 CCTV가 얼마나 많은데요. 제가 봤을 때 다른 CCTV들도 곧 고장 날 거예요. 저번에 보니까 기도실 CCTV도 깜빡깜빡하던데. 기도실이야 뭐 누가 훔쳐 갈 것 없어서 괜찮지만. 우진의 말에 우 권사는 병삼이 따귀를 때렸을 때 녹화해 뒀던 CCTV 영상이 생각났다. 기도실 CCTV도 화질이 나빠 겨우 알아볼 수 있을 정도였지. 저기요. 우진 씨. 요새 CCTV 화질은 얼마나 좋아요? 우 권사의 물음에 우진은 속으로 미소를 지었다. 보시면 아시겠지만, 핸드폰 카메라도 작은데 화질 어마어마하게 좋잖아요. 요새 CCTV는 4K, 잘 모르시죠? 그러니까 백화점에서 파는 최고급 텔레비전처럼 화질 좋게 나와요. 요새 다 그런 거 쓰는데. 제가 양경준 전도사님한테 말씀드려 볼게요.

CCTV 때문이라니까요.

며칠 전 한마음교회 옥상에서 갈비찜을 먹고 치우다가 우진은 뜬금없이 예전에 비해 요새 왜 도둑들이 없는 줄 아세요? 하며 퀴즈를 내고는 혼자 답했다. 요새는 온갖 군데에 CCTV가 있잖아요. 차에도 블랙박스 있고, 사람들 다 핸드폰 카메라로 찍고. 우진의 말을 들은 보라가 고개를 끄덕였다. 우진 오빠 말이 맞아요. 사실 저도 예전에 시비 붙을 때 꼭 CCTV가 있는 곳에서 시비 붙었어요. 아니면 누가 핸드폰으로 촬영하고 있거나. 그래야 증거가 남죠. 병삼은 우진을 빤히 바라보며 물었다. 그러니까 CCTV로 녹화를 하면 된다. 그게 가장 큰 증거다. 그 말이여? 그렇죠. 우진이 너 재일교회 경비들이랑 친혀? 아뇨. 그럼 어떻게 CCTV 녹화한 걸 빼낼 겨? 형이 CCTV 관리하는 사람 따귀를 때리면 안 될까요? 우진의 말을 들은 병삼은 한숨을 푹 내쉬었다. 내가 따귀 때리는 게 무슨 최면술인 줄 알어? 그런 능력 있었으면 내가 이러구 살것냐? 삼성 이재용 회장 따귀를 때린 다음에 한 백억 정도 달라고 하지. 몰카 같은 건 어때요? 보라의 말에 우진이 깜짝 놀랐다. 전재일 목사 몰카를 찍자고요? 목사실에 몰카를 설치하자는 얘기예요? 그게 아니라 병삼이 아저씨가 카메라가 달린 안경 같은 걸 쓰고 전 목사 따귀를 때리면…. 그만 떠들고 이거나 얼른 치워. 나 혼자 치우냐? 멀리서 혼자 야외용 테이블을 접고 있던 바울이 소리치자 우진은 바울을 도와주러 뛰어갔고, 보라와 병삼은 괜히 쓰레기를 치우는 척했다.

전재일 목사님이 시키신 것 같아요.

그래요? 우진의 말을 들은 양 전도사는 고개를 갸우뚱했다. 우 권사님도 알고 계시던데. 혹시 모르니까 우 권사님한테 물어보세요. 양 전도사는 곧바로 우 권사에게 전화했다. 네. 양 전도사입니다. 목사님께서 CCTV 교체하라고 하셨다던데 혹시 알고 계세요? 아아. 그래요? 알겠습니다. 그럼 진행하겠습니다. 양 전도사는 전화를 끊고 우진을 불렀다. 우진 형제님 말씀이 맞네요. 우진은 양 전도사에게 미소를 지으며 물었다. 혹시 제가 뭐 도와드릴 일 있을까요? CCTV 싸게 하는 데 많이 아는데. 감사합니다만 우리 교회랑 계약된 보안 업체가 있어서 그쪽에서 알아서 할 거예요. 아아. 그렇구나. 우진은 실망한 표정을 감춘 채 양 전도사에게 인사를 하고 행정실을 나왔다.

뭐 하시는 겁니까?

우진은 화들짝 놀라 뒤를 돌아보았다. 재일이 매서운 눈빛으로 목사실 문을 막아선 채 우진을 노려보고 있었다. 전우진 씨가 왜 목사실에 계세요? 누가 들여보내 주던가요? 재일은 당장에라도 우진의 목을 조를 것처럼 다가왔다. 그러나 우진은 겁먹지 않았다. CCTV가 있었기 때문이다. 우진은 손가락을 들어 CCTV를 가리켰다. 재일은 우진의 손가락이 가리키는 CCTV를 보았다. CCTV 교체 때문에 확인하러 들어왔습니다. CCTV를 교체한다고요? 우진은 양 전도사가 시켰다고 할까 하다가 재일이 바로 양 전도사에 사실 확인을 할 것 같다는 생각이 들었다. 네. 우 권사님께서 교회 CCTV가 낡고 화질이 좋지 않아 고화질 CCTV로 교체하는 작업을 하신다고 하셔서요. 교체해야 할 CCTV 확인하고 있었습니다. 우 권사님이요? 우 권사님이 왜? 재일은 문득 우 권사가 기도실 CCTV로 병삼을 감시했던 것이 생각났다. 아아. 그래서 그러신 건가? 그러다 문득 보라가 재일교회에 왔던 날이 떠올랐다. 그날 재일은 CCTV로 보라의 동선을 파악할 수 있었다. CCTV 화질이 좋아서 나쁠 건 없지. 재일이 생각에 빠져 있는 걸 보고 우진이 조심스레 말을 걸었다. 그런데요. 목사님, 생각해 보니까요. 목사실에는 굳이 CCTV가 필요 없지 않나요? 목사실 CCTV는 교체하지 않아도 상관없을 것 같은데. 아닙니다. 간혹 저에 대해 잘 모르시는 분들이 로비나 청탁 목적으로 뇌물을 주려고 하시는 경우가 있습니다. 우리 재일교회에 사회적 지위가 높으신 분들이 많이 계시잖아요. 그래서 제가 뇌물이나 상납을 받지 않았다는 증거가 필요할 때가 있어서 CCTV가 꼭 필요합니다. 아아. 그러시구나. 그럼 목사실 CCTV도 해야 한다고 양 전도사님께 말씀드리겠습니다. 그런데요. 전우진 씨. 네? 우진은 목사실을 나가려다 멈칫하며 돌아봤다.

그런데 왜 CCTV 관리를 전우진 씨가 하시는 거죠?

이거 제가 하는 게 아니라요. 보안 업체에서 할 거예요. 저는 그냥 양 전도사님 부탁으로 교회 전체에 CCTV를 몇 개 정도 바꿔야 하나 알아만 봐드리는 거예요. 제가 어떻게 CCTV 관리를 하겠어요. 그러시군요. 그럼 전 이만. 우진이 밖으로 나가려고 하자 재일은 다시 우진을 불렀다. 한 가지만 더 물어볼게요. 네? 우진은 재일의 눈을 피한 채 바닥을 보며 대답했다. 우진은 재일이 교회에 없다는 걸 확인하고 목사실로 들어왔었다. 그런데 갑자기 재일이 들이닥쳐 매서운 눈으로 꼬치꼬치 캐묻기 시작하자 겁이 나기 시작했다. 이렇게 되면 나중에 일 터져도 전 목사나 나까지 같이 엮을 수도 있는데. 어쩌지? CCTV 말고 주제를 다른 쪽으로 돌려야 해. 세례를 받겠다고 해볼까? 요새 손병삼 집사님께서 교회에 안 나오신다고 하시던데. 혹시 연락되세요? 재일의 말에 우진은 속으로 안도의 한숨을 쉬었다. 저도 연락이 안 돼요. 마지막으로 연락했을 때 고창에 간다고 했는데. 고창이요? 네. 전북 고창이요. 요새 병삼이 형이 몸이 좀 안 좋은가 봐요. 고향에 요양하러 간다고 했었거든요. 연락되면 목사님이 걱정하신다고 말씀드리겠습니다. 아아. 네. 그래 주시면 감사하겠습니다. 알겠습니다. 그럼 전 이만. 우진은 도망치다시피 목사실을 빠져나와 급하게 화장실로 가서 소변을 보았다. 아아. 후 달려라. 오줌 지릴 뻔했네. 우진은 세수를 하며 잠시 마음을 진정시키고는 보안실로 향했다.

목사실 CCTV는 없네요?

우진은 보안요원에게 CCTV를 바꾸면서 모니터도 고화질로 바꿔야 한다며 CCTV 모니터를 확인했다. 그러나 이상하게 아무리 찾아도 목사실 CCTV 화면이 보이지 않았다. 목사실 CCTV 모니터는 여기 없죠. 목사실 CCTV는 우리가 확인 못 해요. 목사님께서 확인하시죠. 알고 보면 여기보다 오히려 목사실이 보안실이에요. 목사실 컴퓨터에서 교회 모든 CCTV를 다 볼 수 있거든요. 게다가 목사님 핸드폰으로도 CCTV 볼 수 있게 해놨을걸요? 아아. 그렇구나. 그러면 저기 보이는 기도실 CCTV는 여기서도 보이고, 목사실 컴퓨터에서도 보이고, 전 목사님 핸드폰으로도 보인다는 말씀이시죠? 그렇죠. 그럼 목사실 CCTV는 목사님만 볼 수 있다는 거죠? 당연하죠. 우리가 어떻게 목사실 CCTV를 보겠어요. 우진의 계획은 틀어졌다. 우진은 병삼이 재일의 따귀를 때리면 재일이 자백하는 모습을 CCTV로 녹화할 생각이었다. 그러나 목사실 CCTV 녹화영상을 구하는 게 문제였다. 어쩌지? 병삼이 형한테 전 목사를 기도실로 불러내서 때리라고 해야 하나? 차라리 보라 씨 말대로 몰카를 찍어? 병삼이 형이 전 목사를 기습해서 따귀를 때리고 그 모습을 내가 숨어서 찍으면 되려나? 그런데 진짜 병삼이 형한테 맞는다고 자백을 할까? 보라 씨는 병삼이 형한테 맞아봤고. 듣자 하니 정바울 목사님도 예전에 병삼이 형한테 맞았었다는데. 나도 병삼이 형한테 한 대 맞아봐? 잠깐. 따귀를 때린 다음 전 목사가 자백하는 걸 찍어야 하잖아. CCTV가 소리도 녹음이 되던가? 되겠지? 우진은 핸드폰으로 검색을 한 뒤 인상을 찌푸렸다. CCTV 녹음이 불법이라고?

에이. 검색 좀 해보고 움직일걸. 이거 괜히 쓸데없이 CCTV 바꾸는 바람에 우 권사나 전 목사가 병삼이 형 감시하기만 더 좋아진 거 아 냐? 우진이 고민을 하고 있을 때 보안요원이 우진에게 다가왔다. 그 만 나가주셔야 할 것 같은데요. 네? 보안실 문을 잠가야 해서요. 양 전도사님이 CCTV 교체 문제로 좀 보자고 하셔서 나가봐야 해요. 아아. 그러시구나. 알겠습니다. 수고하세요. CCTV로 녹화가 된다 고 해도 보안실에 들어와서 영상을 빼내기도 어렵겠구나. 우진은 보 안실을 나가면서 고민에 휩싸였다. 하아. 세상 쉬운 게 하나도 없네.

세상 참 좋아졌네요.

재일과 우 권사는 목사실 컴퓨터로 새로 설치한 CCTV 화면 을 보고 있었다. 유튜브 고화질 영상을 보는 것 같네요. 우 권사 는 흡족한 미소를 지으며 말했다. 그러게요. 처음에 우 권사님께서 CCTV 교체하라고 하셨다는 얘기를 들었을 때는 뭐 얼마나 좋아 지겠어 했는데, 막상 교체하고 나니까 속이 뻥 뚫리는 것 같네요. 예 전에는 CCTV 화질이 안 좋아서 인상을 찌푸리며 봐야 했는데. 이 제는 작은 핸드폰 화면으로 봐도 사람 얼굴까지 확인할 수 있으니. 재일의 말에 우 권사는 잠깐 멈칫했다. 내가 CCTV 교체를 하라고 했다고? 양 전도사가 한 게 아니라? 우 권사는 CCTV 화면을 만족 한 표정으로 바라보는 재일의 표정을 보며 아무럼 어떻냐는 생각 을 했다. 그런데 갑자기 재일의 표정이 굳어지더니 모니터를 자세 히 보기 시작했다. 왜 그러세요? 목사님 무슨 문제 있으세요? 이거 좀 이상한데요? 어디 가요? 기도실 CCTV요. 기도실 CCTV는 화 질이 너무 좋은데요? 텔레비전 방송 같잖아요. 아아. 그거요. 기도 실은 제가 쓸데가 있어서 특별히 좋은 CCTV로 부탁을 좀 했어요. 기왕 하실 거면 전부 좋은 거로 하시지 그러셨어요. 저도 그러려고 했는데. 너무 좋은 CCTV로 쫙 깔면 이상한 소문 돌까 봐요. 교회 잖아요. 재일은 우 권사의 말을 이해했다. 감옥도 아니고 교회인데 감시하는 것처럼 보일 필요는 없지. 그때 기도실 CCTV 모니터에 청소하는 아주머니들이 들어오는 모습이 보였다. 여기는 매일 비어 있는데 청소할 필요 있어? 그래도 먼지는 좀 털어야지. 그럼 먼지만 털고 나와. 모니터에서 아주머니들의 이야기 소리가 나오자 재일은 조금 놀랐다. 기도실은 음성 녹음까지 되나 보네요. 그런가요? 전 몰랐는데. 호호호호. 재일은 우 권사가 녹음된다는 사실을 미리 알 았을 거라고, 아니, 녹음이 되는 CCTV로 설치하라는 지시를 했을 거라고 생각했다. 목사님도 CCTV 좋은 거로 바꾸시고 싶은 데 있 으시면 말씀하세요.

아이고, 얼른 들어오세요.

재일은 벌떡 일어나 목사실로 들어오는 병삼을 맞았다. 그동안 어디 계셨어요? 연락도 안 되셔서 제가 얼마나 걱정했는지 아세요? 걱정 끼쳐드려서 죄송혀유. 아닙니다. 아닙니다. 우선 앉으세요. 커 피 한잔하시겠어요? 병원에서 커피도 안 좋다고 해서 못 마시는데. 뭐 어떻습니까? 한 잔 정도는. 재일은 병삼의 대답을 듣기도 전에 숨 겨놓았던 최고급 파나마 게이샤 원두로 아메리카노를 내려 병삼의 앞에 내려놓은 뒤 맞은편에 앉았다. 어디 계셨어요? 아픈 곳은 없으 시고요? 생각보다 아픈 곳은 없네유. 알아보니께 뇌혈관 질환은 아 프지도 않다가 갑자기 혈관이 터진다고 하더라고유. 병삼의 말을 들 은 재일은 고개를 끄덕였다. 맞습니다. 그래서 더 무서운 병이죠. 그 래서 제가 우연한 기회에 발견한 것이 하나님의 축복이라고 말씀드 린 거고요. 에휴. 병삼이 한숨을 쉬자 재일은 병삼의 눈치를 살폈다. 손 집사님. 너무 걱정하지 마세요. 최 원장에게 이야기는 들었습니다. 곧 수술하여야 한다고. 그래서 제가 손 집사님 수술비, 입원비에 간병비까지 다 결제한다고 말씀드려 놨습니다. 병삼은 재일의 말을 듣고 깜짝 놀란 척하며 벌떡 일어났다. 아이구. 목사님. 감사합니다. 증말루 감사합니다. 아니에요. 손 집사님도 우리 재일교회 식구인데 제가 어떻게 나 몰라라 하겠습니다. 앉으세요. 앉으셔서 커피 드세요. 병삼은 다시 자리에 앉아 한숨을 푹 쉬고는 말을 이었다. 안 그래도 제가 재검사 결과 듣고 수술비도 없는데 그냥 죽는 것이 낫것다 싶어서 고향으로 내려갔슈. 그래서 고향에 혼자 있는데, 사람 맴이라는 게 참 그렇더라구유. 진짜루 죽는다 생각허니께 무섭기두 허구, 점점 살고 싶은 맘두 생기구. 그러다 보니께 하나님께 살려달라고 기도를 허게 되더라고유. 기도를 시작허니께 목사님 생각도 나구. 혹시 목사님께서 같이 기도해 주시지 않을까 싶기도 허구. 그래서 염치없이 다시 올라와서 찾아뵌 거구먼유. 그래서 부탁인데유.

안수기도 한 번만 해주시면 안 되겠습니까?

목사님이 안수기도를 해주시면 수술이 잘될 거 같아서 그려유. 병삼의 말을 들은 재일은 웃음이 나오는 걸 참느라 힘이 들었다. 손집사님. 저는 예수님이 아닙니다. 제가 기도를 해드린다고 기적처럼 병이 낫지 않습니다. 그러나 제가 기도를 해서 손 집사님 마음이 편해지신다면, 제가 백 번이고 천 번이고 해드릴 수 있습니다. 아이구, 감사합니다. 병삼은 손을 모으고 눈을 감았다. 재일은 일어나서 병삼에게 다가와 눈을 감고 병삼의 머리에 손을 얹었다. 병삼은 재일이 머리에 손을 얹자 실눈을 떠서 재일을 슬쩍 보았다. 재일은 심각한 표정으로 눈을 감고 오른손은 병삼의 머리 위에, 왼손은 자신의 가슴에 둔 채 기도를 시작했다.

전능하신 하나님 아버지.

하나님 아버지의 어린 양. 우리 손병삼 집사님께서. 기도가 시작
되자 병삼은 재일의 뺨을 후려치기 위해 재빨리 손을 날렸다. 재일
은 병삼의 움직임이 느껴지자 본능적으로 눈을 떴다. 자신을 노려보
고 있는 병삼을 보고는 곧바로 날아오는 병삼의 오른손을 보았다. 재
일은 시선을 병삼에게 고정한 채 재빨리 무릎을 굽히고 자세를 낮춰
병삼의 손을 피했다. 병삼의 손이 재일의 머리 위로 지나가자 재일은
오른손을 번개처럼 뻗어 스트레이트로 병삼의 턱을 찍어버렸다.

빡!

턱을 맞은 병삼은 눈앞이 캄캄해졌다. 정신을 차리고 보니 어느
새 바닥에 누워 있었다. 바지가 뜨끈해서 만져보니 축축했다. 오줌
을 쌌나? 다행히도 오줌은 아니었다. 쓰러지면서 커피를 엎지른 모
양이었다. 병삼이 위를 올려다보니 재일이 서서 내려다보고 있었
다. 재일은 병삼을 마치 쥐약을 먹고 죽어가는 동네 개를 보듯 바라
보고 있었다. 병삼이 몸을 일으키려고 하자 재일이 말렸다. 가만히
계세요. 커피 잔 깨져서 손 다치십니다. 재일은 병삼을 부축해서 조
심스레 소파에 앉힌 뒤 티슈를 여러 장 꺼내 바닥에 깨진 커피 잔
파편을 치웠다. 쏟아진 커피를 깨끗이 닦고 난 다음 다시 티슈를 뽑
아 병삼에게 주었다. 병삼은 티슈를 받고도 멍하니 있었다. 손 집사
님, 바지 닦으세요. 커피 쏟으셔서 다 젖으셨잖아요. 병삼은 그제야
티슈로 바지를 닦았다. 재일은 바닥을 다 치우고 커피 잔 파편과 티
슈를 쓰레기통에 넣은 뒤 다시 병삼의 앞에 앉았다.

무슨 생각이세요?

제가 복싱을 오랫동안 해서 저도 모르게 주먹이 나갔습니다. 죄송합니다. 비싼 커피인데 다 쏟으셨네. 커피 다시 드릴까요? 병삼은 말없이 재일을 노려보았다. 저놈 원래 얼굴이 저렇구나. 병삼은 재일의 얼굴을 보며 생각했다. 재일은 병삼을 때린 이후로 목사의 가면을 벗었다. 인자하지만 강단 있어 보이던 표정은 사라지고 떨떠름한 표정으로 병삼을 바라보고 있었다. 재일의 표정은 대형교회 목사가 아니라 노점상 할머니에게 빚을 받으러 온 사채업자 같았다. 아니. 그러니까. 도대체. 왜 그러셨냐고요. 제가 이해가 안 가서 묻는 거잖아요. 예? 재일은 당장에라도 병삼을 한 대 더 칠 기세였다. 병삼은 문득 보라가 한마음교회 옥상에서 태권도 시범을 보였던 것이 생각났다. 그런 보라가 기습을 했는데도 전 목사가 갖고 놀다시피 했지? 전 목사 싸움 실력이 바울이 정도 되려나? 어쨌거나 내가 전 목사 따귀 때리는 걸 실패한 이상 또 때릴 기회는 없는 거여.

나. 뇌에 아무 이상 없어유.

예에? 참 나. 병삼의 말을 들은 재일은 어처구니없다는 듯 병삼을 바라보다가 자기도 모르게 코웃음을 쳤다. 혹시 다른 병원에서 재검사받아 보셨어요? 아아. 그러셨구나. 검사비 비쌀 텐데 돈도 없으신 분이 어떻게 또 그러셨대? 언제부터 의심하신 거예요? 이상하네. 의심할 여유가 없으셨을 텐데. 우리 손 집사님은 믿음도 없으시고, 소망도 없으시고, 당연히 사랑도 없으신데. 어디서 틀어진 거지? 재일의 말대로 병삼은 믿음도 없었고, 소망도 없었다. 그러나 사랑은 손톱만큼 남아 있었다. 걱정하며 지켜봐 주는 우진이 있었고, 사이비로 몰리고 자신의 교회가 무너졌는데도 병삼을 걱정해 주던 바울이 있었다. 보라는? 병삼은 보라 생각이 들자 부끄러워졌다. 엄연히 따지면 보라 인생을 망친 건 나여. 괜히 경찰서에서 보라 따귀를 때려갖구. 이제 보니께 보라 말대로 전 목사가 저놈이 썩을 놈의 시키잖어. 그때 전 목사 저 시키 따귀를 때렸어야 했는데. 병삼은 보라를 안 보는 게 속이 편했다. 보라를 볼 때마다 죄책감이 조금씩 올라왔기 때문이었다. 그런 보라가 자꾸 나타나 불편했다. 그래서 보라에게 더욱더 매몰차게 대했다. 그렇게 못되게 굴었는데도 보라는 그런 병삼을 도와주려고 하고 있었다. 바울이야 목사고 친구니께 그렇다 치지만. 보라 갸는. 에휴. 내가 어린 여자애만도 못하구먼.

딱 까놓고 이야기합시다.

제가 그 보라라는 년이 손 집사님한테 따귀 맞았을 때 옆에서 봤잖아요. 그리고 우 권사도 나한테 와서 해준 얘기도 있고. 그런데 손 집사님이 제 따귀 때렸을 때 아무 일도 안 일어났잖아요. 그랬더니 뭐라고 하셨죠? 제가 죄가 없기 때문에 별일 안 일어난다고요? 푸하하하하. 저는 그때 딱 알아챘다니까요. 아아. 우리 손 집사님이 무슨 꿍꿍이가 있구나. 그래요. 죄송합니다. 제가 잘못했습니다. 손 집사님 아픈 데 없어요. 멀쩡한 거 저도 압니다. 제가 최 원장한테 손 집사님 암이나 뇌출혈 같은 시한부로 만들어달라고 했어요. 왜냐? 제가 손 집사님이 싫어서 그런 게 절대 아니에요. 저는 손 집사님이 좋거든요. 손 집사님을 데리고 있고 싶거든요. 손 집사님이 다른 데로 가버릴까 봐 무섭단 말이죠. 그래서 그런 거예요. 제가 손 집사님을 너무너무 좋아해서 그런 거라는 거죠. 그런데 말이죠. 어떻게 그런 능력이 생긴 거예요? 재일은 병삼을 잠시 바라보았다. 병삼이 침묵을 지키자 재일은 쓸쓸히 웃으며 다시 근엄한 목사의 가면을 썼다. 당연히 하나님께서 손 집사님께 내려주신 축복이겠죠. 그렇죠? 저는 그 축복이 꼭 필요합니다. 그래서 손 집사님께서 저를 위해 일을 해주셨으면 좋겠습니다.

한 달에 천만 원.

그리고 손 집사님은 운전이고, 우 권사님이 시키는 일이고, 다 하실 필요 없습니다. 그냥 저랑 같이 다니시면서 아무것도 안 하셔도 됩니다. 저랑 좋은 데 같이 가시고. 비싼 음식 같이 드시고. 혹시 여자가 필요하시면, 그것도 말씀만 하세요. 그냥 그렇게 저와 같이 다니시다가 가끔 제가 지목하는 사람 따귀 한 대씩만 때려주시면 됩니다. 어떠세요? 병삼은 대답을 기다리는 재일을 노려보았다. 누구를 때려달라는 거유? 그건 그때그때 다르죠. 보시다시피 제가 가진 게 좀 많잖아요? 이거 뺏으려고 하는 인간들이 워낙 많아요. 그런데 제가 그걸 어떻게 일일이 알겠습니까. 보라 그년이나 바울 그 새끼 같은 인간들이 한둘이 아니라는 말이죠. 예를 들자면 이런 거예요. 누가 저한테 한 1억을 준다고 했을 때, 이게 순수한 마음에서 주는 돈인지, 아니면 쥐약을 탄 돈인지 모르잖아요. 그럴 때 따귀를 때려보면 마음 편하게 먹어도 되는 건지, 건드리지도 말아야 하는지 알 수 있다, 이거죠. 사실 제가 그렇게 못 먹은 돈이 꽤 많아요. 그리고 저보다 높은 새끼들한테 뜯긴 돈도 많고. 병삼은 재일의 말을 듣고 일리가 있다는 듯 고개를 끄덕였다. 진작 그렇게 말씀하시지 그러셨슈. 저도 그러고 싶었죠. 그런데 제가 어떻게 손 집사님을 믿겠습니까? 한마음교회에서 오셨는데. 안 그래요? 그래서 마지막으로 부탁드리는 건데. 제 따귀 한 대 때려주세요. 진짜로. 이것도 제가 직접 확인해 봐야 하지 않겠습니까? 이번에도 때린 다음에 밖으로 나가야 하나유? 말씀드렸다시피 제가 어떻게 손 집사님을 믿습니까? 좋아유. 그럼 제가 따귀 때리고 나갈 테니께.

여기서 말고 기도실에서 하시쥬.

기도실이요? 재일은 병삼을 황당하다는 듯 바라보다가 폭소를 터뜨렸다. 푸하하하하. 아이고 미치겠다. 우와. 대단들 하시네. 이게 어떤 새끼 대가리에서 나온 걸까? 전우진 그 개 좆같은 시팔 새끼겠지? 그 새끼 처음부터 마음에 안 든 이유가 다 있었다니까. 저기요. 손 집사님. 제가 바보인 거 같으세요? 얼마나 저를 병신으로 봤으면 그런 말씀을 하실까? 이번 한 번은 그냥 웃으면서 넘어가는데. 한 번만 더 저를 병신 취급하면 저도 화냅니다. 그게 무슨 말씀이세유? 기도실 CCTV가 어떤지 제가 봐서 압니다. 손 집사님이 제 따귀 때린 다음 나가셔도 그 화질 좋고 녹음까지 되는 CCTV로 제가 무슨 자백을 하는지 확인하시고, 녹화까지 하시겠다, 이거잖아요. 그런데 전우진 그 병신도 참 대가리가 안 돌아가네. 하긴 그러니까 그 새끼도 그 나이 처먹도록 그러고 있지. 손 집사님, 생각해 보세요. 제가 기도실에서 따귀를 때리라고 하겠어요? 그래요. 기도실에서 따귀를 맞았다 칩시다. 그러면 제가 그걸 녹화하게 놔둘 것 같으세요? CCTV 켜놓고 때리라고 하겠냐고요. 좋아요. CCTV 켜놓고 때렸다 칩시다. 녹화까지 했다고 칩시다. 그걸 손 집사님이 볼 수 있을까요? 보안요원들이 손 집사님 보라고 복사본 떠서 줄까요? 오히려 손 집사님이 절 때린 장면만 편집에서 제가 갖고 있겠죠. 손 집사님이 우 권사 때린 CCTV 녹화본 우 권사가 갖고 있는 거 아시죠? 재일은 겁에 질린 병삼을 보고 한숨을 푹 내쉬었다. 아니, 사람들이 머리가 그렇게 안 돌아갈까?

시키는 대로 하것습니다.

사실 저도 뭐 하나는 쥐고 있어야 안 휘둘리것다 싶어서 그런 건데. 생각해 보니께 목사님이 제 따귀가 진짜인 것만 알게 되시면 휘둘리고 말고 할 것도 없것다, 싶네유. 병삼의 말에 재일은 소파에 묻어놓았던 몸을 벌떡 일으키며 손뼉을 짝 쳤다. 제 말이 그 말입니다. 제가 그동안 손 집사님 못 믿고 장난친 거 전부 솔직하게 말씀드리고 사과까지 했잖아요. 저는 이제 숨기는 게 없어요. 제가 나쁜 마음을 먹었으면 손 집사님 말씀대로 기도실에서 따귀 때리게 한 다음 CCTV 영상 확보해서 우 권사님처럼 협박했겠죠. 생각해 보세요. 제가 손 집사님의 능력이 사실이라는 것을 확인하면, 제가 어떻게 감히 능력 있는 손 집사님을 제 마음대로 휘두르겠습니까. 이제 아쉬운 건 저예요. 저는 손 집사님이 꼭 필요합니다. 손 집사님 능력이 사실이라면, 제 따귀를 때린다고 해서 손 집사님께서 손해 보실 건 아무것도 없잖아요. 재일은 병삼의 대답을 초조하게 기다렸다. 그렇게 하셔유. 재일은 병삼의 대답을 듣자마자 활짝 웃으며 재빨리 인터폰으로 양 전도사를 불렀다. 양 전도사는 저번처럼 1분도 되지 않아 목사실로 들어왔다. 그러나 이번에는 보안요원 둘을 더 데리고 들어왔다. 전도사님, 저번처럼 손 집사님께서 제 따귀를 때리시면 손 집사님을 모시고 밖으로 나가신 다음 제가 목사실에서 나갈 때까지 아무도 못 들어오게 해주세요. 네. 알겠습니다. 그리고 저번에 제가 생각을 잘못했어요. 이번에는 제가 괜찮다고 말해도 무조건 손 집사님을 데리고 나가세요. 재일은 따귀를 맞고 나서 갑자기 마음이 바뀌어 양 전도사에게 병삼을 데리고 나가지 말라고 한 뒤 자백해버릴지도 모른다는 생각이 들었다. 양 전도사 뒤에 선 두 명의 보안요원들은 이게 무슨 상황인지 궁금했지만, 물어볼 수 없었다.

짜악!

병삼은 그동안 울분을 복수라도 하듯 재일의 따귀를 턱이 돌아갈 정도로 세게 후려쳤다. 따귀를 맞은 재일이 휘청하며 쓰러질 뻔할 정도였다. 양 전도사는 당황해서 멍하니 서 있었으나 훈련된 보안요원들이 정신을 차리고 병삼을 끌어내려고 달려들었다. 그때 문이 벌컥 열리며 보라가 들어왔다. 당신 뭐야? 어? 양 전도사는 보라의 얼굴을 알아보았다. 병삼은 보라가 들어오자 재빨리 코를 막았다. 보라는 벌처럼 빠르게 양 전도사에게 달려가 손에 들고 있던 화장솜을 양 전도사 코 가까이에 가져다 댔다. 그 화장솜에는 보라의 땀이 묻어 있었다. 이 쌍년이! 보라의 땀 냄새를 맡은 양 전도사의 눈빛이 달라졌다. 양 전도사는 죽일 듯 보라를 향해 달려들었다. 보라는 자신을 붙잡으려는 양 전도사의 손을 피한 뒤 옆차기로 양 전도사의 목을 툭 찼다. 세게 찬 것은 아니지만 울대를 맞은 양 전도사는 순간적으로 숨이 막혀 컥 하고 목을 잡은 채 쓰러졌다. 병삼을 잡고 있던 보안요원들은 병삼을 놔두고 보라에게 달려갔다. 보라는 자신을 붙잡으려는 보안요원을 피해 땀이 묻은 화장솜을 보안요원 코 근처에 가져다 댔다. 그러고는 재빨리 목사실에서 도망쳐 나갔다. 저년 잡아! 양 전도사는 몸을 일으키며 소리를 질렀고 보안요원들은 씨발 년아, 거기 안 서? 넌 잡히면 내가 찢어 죽일 줄 알아, 하고 소리치며 보라를 쫓아갔다. 겨우 일어난 양 전도사도 보안요원을 따라 보라를 잡기 위해 목사실을 뛰쳐나갔다.

저 미친년 잡아!

보라는 목사실을 나오자마자 화장솜을 던져 버리고 준비했던 물티슈로 화장솜을 잡았던 손가락을 닦으며 야외주차장을 향해 달렸다. 근처에 있던 보안요원 네 명이 보라를 쫓아가는 보안요원과 양 전도사를 보고 그 뒤를 따라 보라를 쫓아갔다. 보라는 있는 힘을 향해 달렸다. 뒤에서는 보안요원이 달려오는 소리와 보라에게 내뱉는 욕지거리가 점점 가깝게 들렸다. 보라는 교회 건물을 뛰쳐나와 정원을 가로질러 야외주차장을 향해서 있는 힘을 짜내어 달렸다.

보안요원 중 마르고 탄탄해 보이는 요원이 그 무리에서 쏜살같이 치고 나왔다. 보안요원은 단거리 육상선수처럼 보라를 향해 전력으로 질주했다. 보라도 있는 힘을 다해 달렸지만, 보안요원과 보라와 거리가 어느새 두 발짝 정도로 좁혀졌다. 보안요원이 손만 뻗으면 보라의 머리카락을 잡을 수 있을 정도였다. 여기서 잡히면 안 돼. 조금만 더 달리면. 이 쌍년아, 넌 뒈졌어! 보안요원이 손을 뻗어 보라의 머리칼을 움켜쥐려 할 때 보라가 몸을 틀어 야외주차장으로 들어갔다. 보라의 머리칼을 놓친 보안요원도 보라를 따라 야외주차장으로 뛰어 들어왔다.

쾅!

보안요원은 어떤 것에 부딪혀 넘어진 후 바닥에 데굴데굴 굴렀다. 보안요원이 정신을 차리고 고개를 들자 기마식 자세를 한 채 서 있는 바울이 보였다. 보안요원은 바울을 보고는 깜짝 놀라 벌떡 일어났다. 보라는 바울의 뒤에서 숨을 고르고 있었다. 그사이에 다른 요원들과 양 전도사가 야외주차장으로 달려왔다. 양 전도사는 바울을 알아보았다. 저 사람부터 끌어내. 양 전도사의 말을 들은 보안요원들이 바울을 끌어내기 위해 달려들었다. 바울은 자세를 더욱 낮추며 소림무술 중 하나인 천근추 자세를 잡았다. 여섯 명의 보안요원들이 바울을 끌어내려고 했지만, 바울은 조금도 움직이지 않았다. 보안요원들은 바울의 팔과 다리를 잡아당겼고 그래도 움직이지 않자 허리와 목까지 끌어안은 채 당기기 시작했다. 그래도 바울은 커다란 바위처럼 전혀 움직이지 않았다. 이런 씨팔! 보안요원 중 한 명이 화를 참지 못하고 바울의 복부에 주먹을 날렸다. 아악! 그러나 오히려 바울을 때린 보안요원이 비명을 질렀다. 철포삼공을 수련하여 금강불괴를 익힌 바울의 몸은 무쇠처럼 단단했다. 보안요원이 비명을 지르자 다른 보안요원들이 흥분해서 바울에게 주먹을 날리기 시작했다. 각종 무술을 익힌 보안요원들의 폭행이 시작됐지만, 바울은 한 치의 흐트러짐 없이 보안요원들의 주먹을 맨몸으로 받아냈다. 양 전도사는 보안요원의 구타에도 꿈쩍하지 않는 바울을 보고 입을 다물 수 없을 만큼 놀랐다. 어어? 당신 뭐 해? 어느새 보라는 보안요원 여섯 명이 바울을 둘러싸고 때리는 모습을 핸드폰으로 촬영하고 있었다. 양 전도사는 보라의 핸드폰을 빼앗기 위해 보라에게 달려들었다. 보라는 이번에도 다리를 들어 옆차기로 양 전도사의 목을 가볍게 툭 찼다. 양 전도사는 이번에도 컥 하는 소리와 함께 목을 잡은 채 쓰러졌다. 목사님. 이 정도면 충분해요. 보라의 말에 바울은 기마식 자세를 풀며 왼쪽 어깨를 힘차게 털었다. 그러자 바울을 때리던 보안요원 두 명이 바닥에 쓰러졌다. 바울이 오른손을 휘두르자 나머지 네 명도 낙엽처럼 저만치 나가떨어졌다. 그 모습을 본 양 전도사는 핸드폰을 꺼내 전화를 했다. 난데. 지금 거기 있는 사람 모두 데리고 야외주차장으로 와. 싹 다 데리고 와! 빨리!

철컥.

양 전도사와 보안요원들이 보라를 쫓기 위해 목사실을 나가자 병삼은 재빨리 목사실 문을 잠갔다. 그리고 잽싸게 창문을 열어 고개를 내밀고 참고 있던 숨을 푸아 하고 내뱉은 뒤 남아 있을지도 모르는 보라의 땀 냄새를 없애기 위해 환기를 했다. 그러는 동안 재일은 조용히 앉아 눈물을 흘리고 있었다. 병삼은 목사실에 있는 CCTV를 힐끔 보았다. 그런 다음 제일 앞에 앉아 조심스레 핸드폰을 꺼내 녹화 버튼을 누르고는 CCTV에서 보이지 않게끔 핸드폰을 숨겨 재일을 촬영하기 시작했다.

변곡

재가 목사님 아들이야?

재일은 어렸을 때부터 목사 아들로 불렸다. 동네에서나 학교에서도 마찬가지였다. 재네 아빠 목사래. 어디 교회? 어디긴. 이름 보면 모르냐? 재일교회지. 뭐? 이번에 새로 지어진 큰 교회? 아아. 그래서 교회 이름이 제일교회가 아니라 재일교회였구나. 목사 아들이라서 그런지 얌전하네? 애가 조용하네? 착하네? 재일은 국민학교 6년 동안 공부도 잘하고 말썽도 부리지 않는 아이였다. 재일교회가 효자동에서 이사 온 시절 신사동은 지금의 경기도 외곽 신도시 같았다. 강남상가아파트가 지어지고 곧바로 현대아파트도 지어졌다. 재일이 일곱 살이 되자 지금의 신구초등학교인 신구국민학교가 설립되었다. 재일이 국민학교를 졸업할 때는 지하철 3호선도 개통되어 신사역과 압구정역이 생겼고 현대백화점이 완공되었다. 신사동이 발전하면서 재일교회의 신도 수도 늘어났고 신도 수가 늘어난 만큼 헌금도 많이 들어왔다. 재일의 아버지인 세환은 재일교회를 신사동으로 옮긴 것이 하나님의 축복이라고 생각했다. 교회는 나날이 발전해 갔다. 무리해서 구매했던 교회 옆 사택의 집값도 어마어마하게 올랐다. 그리고 서울 명문 고등학교들이 강남으로 옮겨지는 바람에 사회적 지위가 높은 사람들이 자식 교육을 위해 신사동으로 이사 왔다. 덕분에 재일교회에 오는 신도들의 수준도 높아졌다. 세환은 신도들에게 부동산과 주식정보를 얻어 부를 축적해 나아갔다. 특히 청와대에 출입하는 남편을 둔 집사의 정보로 새로 지어지는 신현대아파트와 미성아파트를 한 채씩 사놓은 것이 신의 한 수였다. 덕분에 재일도 수준 높은 과외를 받을 수 있었다. 대부분 선생은 착하고 공부도 잘하는 재일을 좋아했다. 담임 선생 중 간혹 기독교를 싫어해서 목사의 아들이자 아버지처럼 훌륭한 목사가 되는 것이 장래 희망인 재일을 고깝게 보는 선생도 있었다. 그러나 그 당시는 촌지가 통하던 시절이었다. 두둑한 촌지는 틀린 시험 문제도 정답이 되게 해주고 재일을 반장으로 만들어주기도 했다. 그렇게 재일은 반장을 서너 번 하며 국민학교를 졸업한 뒤 새로 지어진 신사중학교에 입학했다.

어머. 재일아, 너 교복 입은 거 보니까 이상하다.

중학교에 입학한 재일은 학교 복도에서 혜주와 마주쳤다. 어어. 혜주 누나. 너 1학년이 여기 3학년 복도 돌아다니면 혼나. 얼른 내려가. 으응. 알았어. 1학년인 재일은 3학년인 혜주와 학교에서 마주칠 일이 많지 않았다. 그래서 재일은 계획적으로 혜주와 마주치기 위해 노력했다. 혜주의 반 시간표를 외운 뒤 혜주가 음악실이나 과학실 혹은 운동장에 가는 시간에 그 근처를 배회했다. 하교 시간은 달라서 어쩔 수 없었지만, 등교하는 시간과 매점 가는 시간을 파악해서 최대한 마주치려고 노력했다. 재일이 그럴 수 있는 기한은 1년밖에 없었다. 혜주가 고등학교로 진학하면 지금처럼 자주 보기 힘들어지기 때문이었다. 재일이 혜주를 알게 된 것은 국민학교 입학하기 전이었다. 그 당시 네발자전거를 탔던 재일은 두발자전거를 타고 노는 형들이 부러웠다. 두발자전거는 네발자전거보다 빠르고 멋있었다. 재일은 아버지에게 두발자전거를 타고 싶다고 말했지만, 아직 두발자전거를 타기엔 어리다며 두발자전거를 사주지 않았다. 그러다 재일은 동네 친구 녀석이 두발자전거를 타는 장면을 보았다. 야. 전재일. 너는 아직도 네발자전거 타냐? 아직 애기구나? 재일은 자신보다 키도 작은 녀석이 두발자전거를 타는 게 자존심이 상했다. 아니야. 나도 탈 수 있어. 아빠가 다음 주에 두발자전거 사주신다고 하셨어. 그럼 너 이 자전거 타볼래? 그래. 재일은 친구의 두발자전거를 받아 안장에 앉았다. 그러나 두발자전거는 보조 바퀴가 달린 네발자전거와는 전혀 달랐다. 핸들을 잡고 가만히 서 있기도 힘들었다. 친구는 이리 기우뚱 저리 기우뚱하며 두발자전거에 앉지도 못하는 재일을 깔깔거리며 비웃었다. 재일은 오기로 자전거 안장에 앉아 바닥을 발로 찬 뒤 재빨리 페달에 발을 올렸다. 재일이 페달에 발을 올리자마자 자전거의 핸들이 휘청거렸다. 재일은 제 맘대로 움직이는 핸들을 꽉 움켜쥐고 이리저리 비틀다가 결국 바닥에 꼬꾸라졌다.

으아아아앙.

자전거에 깔린 재일의 무릎에서 피가 철철 났다. 그때 재일은 태어나서 처음으로 벽에 부딪힌 것이었다. 교회 유치원에서 배운 한글 읽기와 덧셈 뺄셈은 쉬웠다. 찬송가를 잘 부른다고 박수도 받았고, 달리기가 빠르다고 칭찬도 받았다. 그네와 시소는 물론이고 높은 정글짐도 잘 올라갔다. 생일 선물로 받은 네발자전거까지는 받자마자 수월하게 탈 수 있었다. 그러나 두발자전거는 아니었다. 생각대로 움직이지 않았다. 게다가 무엇 하나 자기보다 나을 게 없다고 생각했던 친구가 다친 자신을 버려둔 채 두발자전거를 타고 쌩하니 가버리자 자존심이 상해 미칠 지경이었다. 그때 어디선가 갑자기 혜주가 나타났다. 혜주는 울고 있는 재일을 일으켜 수돗가로 데리고 가서 무릎의 상처를 씻어주었다. 그리고 주머니에서 오렌지 맛 사탕을 하나 꺼내 재일의 입에 넣어주고는 재일을 교회로 데려다주었다. 혜주는 부모를 따라 재일교회에 다니고 있었다. 그래서 재일이 재일교회 담임목사인 전세환 목사의 아들인 걸 알고 있었다. 재일이 처음으로 벽에 부딪힌 그날, 재일은 처음으로 공중으로 떠올랐다. 시원한 수돗물. 달콤한 사탕. 시원한 누나의 미소. 달콤한 누나의 손길. 재일은 다친 무릎보다 어째서인지 심장이 더 두근거렸다. 혜주 누나의 손을 잡고 교회로 가는 길이 시원하고 달콤한 오렌지 향 하늘을 가로질러 날아가는 것 같았다.

　　호산나. 호산나. 호산나 높은 곳에서.

　　그날 이후로 재일은 구원을 받은 기분이었다. 아버지와 어머니께서 바쁘시니, 하나님께서는 나에게 혜주 누나를 보내주신 거구나. 유아부에서 어린이부로 올라간 재일은 성가대에서 찬송하는 혜주 누나를 바라보며 그런 생각을 했다. 재일은 그때가 인생에서 가장 행복한 시기였다. 아무것도 걱정할 게 없었고, 아무것도 부러운 게 없었다. 게다가 두발자전거도 곧 탈 수 있게 되었다. 학교와 교회. 선생님과 부모님. 친구들 그리고 혜주 누나까지. 모든 것이 완벽했다. 재일의 인생에 불행이라고는 눈곱만큼도 찾을 수 없었다. 그러나 재일이 5학년이 되자 혜주 누나는 중등부로 올라갔다. 학교에서도 교회에서도 혜주 누나를 보기 힘들었다. 재일은 그제야 알게되었다. 재일에게 혜주 누나는 그냥 좋은 누나가 아니었다는 것을. 혜주 누나는 재일에게 세상이었다.

　　이따가 교회 갈 건데.

몇 시에? 몇 시에 올 건데? 재일은 혜주가 화요일임에도 불구하고 교회에 온다는 이야기를 듣고 흥분을 감추지 못했다. 5시쯤 갈 것 같은데. 볼 수 있으면 보자. 재일은 5시면 컴퓨터 학원에 있어야 하는 시각이었다. 재일은 학원에서 혜주가 온다는 시각에 맞춰 배가 아프다며 조퇴를 했다. 평소에 지각 한 번 안 할 만큼 성실한 재일이었기 때문에 학원 선생은 아무런 의심 없이 재일을 조퇴시켰다. 재일은 교회에 도착해서 아버지 눈에 띄지 않기 위해 창고 뒤편에 숨어 있었다. 6월 초 더운 날씨임에도 창고 뒤편은 그늘이 짙어 선선했다. 오래 숨어 있기 좋은 장소였다. 혜주가 예상보다 일찍 교회로 들어왔다. 재일은 혜주가 교회로 오면 깜짝 놀라게 해줄 생각이었다. 그러나 재일은 전혀 움직일 수 없었다. 혜주를 본 재일의 심장은 미친 듯이 뛰었기 때문이었다. 어? 왜 이러지? 교회로 뛰어 들어오는 혜주의 모습이 느리게 느껴졌다. 혜주의 웃는 모습, 흩날리는 머릿결, 팔락이는 검은 치마, 눈부신 하얀 블라우스. 시간이 멈추고 중력이 사라졌다. 재일은 혜주에게 다가가려는 생각만 했는데도 다리가 후들거렸다. 섣불리 혜주에게 다가가면 심장이 터질 것 같았다. 혜주는 교회 건물로 들어와 목사실로 들어갔다. 그동안 세상은 움직이지 않았다. 혜주가 목사실에 들어가고 난 후 한참이 지나서야 나뭇잎들이 다시 흔들리기 시작했고, 새들도 지저귀기 시작했다. 재일은 무심코 하늘을 올려다보았다. 세상이 바뀐 기분이었다. 재일이 이 세상에 존재하려면 혜주 누나가 있어야 했다.

그럼 원하는 학교에 꼭 진학하게 해달라고 기도해 주마.

감사합니다. 목사님. 혜주는 웃으며 재일의 아버지인 세환과 함께 목사실에서 나왔다. 혜주의 미소를 보자 재일은 다시 심장이 아려오기 시작했다. 재일은 눈을 감고 심호흡을 여러 차례 했다. 이래서는 혜주 누나한테 인사도 못 하겠네. 매일 보던 누나인데 오늘따라 왜 이렇게 떨리지? 재일은 아버지와 혜주의 눈을 피해 교회 밖으로 나갔다. 재일은 지금 교회에 있을 수 있는 시각이 아니었기 때문이다. 재일은 혜주가 교회에서 나오면 우연히 마주친 것처럼 보일 계획이었다. 그러나 혜주는 나오지 않았다. 왜 안 나오지? 분명히 아버지랑 인사하고 헤어졌는데? 다른 사람 만났나? 교회에 누가 있었나? 재일은 다시 조심스레 교회로 들어갔다. 교회에는 아무도 보이지 않았다. 어딜 간 거야? 내가 못 보는 사이에 벌써 나갔나? 아니지. 내가 계속 지켜보고 있었는데. 화장실 갔나? 재일은 화장실 근처에 숨어서 혜주가 나오길 기다렸다. 철컥!

어어?

숨어 있는 재일의 뒤편에서 문 열리는 소리가 들렸다. 돌아보니 기도실 문이 벌컥 열리며 혜주가 뛰쳐나왔다. 재일과 눈이 마주친 혜주는 놀란 눈으로 비명을 지르려던 자신의 입을 틀어막았다. 어어, 누나. 혜주는 입을 막은 채 고개를 숙이고 재일을 지나쳐 교회를 뛰쳐나갔다. 뭐지? 부어 있는 눈. 흐트러진 머리. 울었나? 잠깐. 피. 피였지? 혜주의 하얀 블라우스 끝에 피가 묻어 있던 것이 기억났다. 재일은 기도실로 뛰어가 문을 벌컥 열었다. 재일은 기도실 안을 보자마자 미친 듯이 뛰던 심장이 순간 멈춰버렸다. 어두운 기도실에서 세환이 벗어놓았던 바지에 다리 한쪽을 넣고 있었다. 세환은 재일을 보자마자 얼어붙었다. 재. 재일아.

끼기기기기기긱끽끽. 까각각까가가가각깍.

재일의 귀에 이상한 소리가 들렸다. 나무가 우그러지는 소리 같기도 하고 죽어가는 새의 울음소리 같기도 했다. 혀가 잘린 사람이 재일의 귀에 대고 살려달라고 말하는 소리처럼 들리기도 했다. 세환은 재빨리 바지를 추켜 입고 재일에게 다가왔다. 재일은 세환의 손이 마귀의 손처럼 느껴졌다. 저 손에 잡히면 나는 지옥으로 끌려 들어 간다. 재일은 뒤도 돌아보지 않고 도망쳤다. 재일의 시간이 갑자기 빠르게 흘러가기 시작했고, 중력도 강하게 재일을 끌어당겼다. 재일이 정신을 차려보니 어느새 해가 져서 주변이 깜깜했고 눈 앞에는 한강이 보였다. 내가 언제 여기 온 거지? 재일의 눈에 올해 초에 개통한 동호대교가 들어왔다. 오렌지색 동호대교의 아치를 보고 있던 재일은 갑자기 혜주 누나가 줬었던 오렌지 맛 사탕이 먹고 싶어졌다. 그리고 정신을 차려보니 현대아파트 혜주의 집 앞이었다. 재일은 예전부터 혜주의 집을 알고 있었다. 현대아파트에 사는 친구네 집에 놀러 갔다가 옆 동으로 혜주가 들어가는 걸 보고 몰래 따라간 적이 있었다. 복도식 아파트라 밖에서도 혜주가 몇 호로 들어가는지 보였었다. 혜주의 집 앞에 서 있던 재일은 무심코 초인종을 누르려다 손을 멈췄다. 내가 뭐라고 얘길 해야 하지? 못 본 척 무슨 일 있었는지 물어봐야 하나? 그냥 내가 사과를 해야 하나? 뭐라고 사과하지? 모르는 척 있는 게 나으려나? 그런데 내가 본 걸 혜주 누나도 봤잖아. 내가 여길 왜 온 거야? 뭘 어떻게 하겠다고? 내가 뭔데? 내가 그럴 수 있는 사람이야? 내가 사람이긴 한 걸까?

사람 같지도 않은 새끼가 여기가 어디라고 와!

재일이 망설이고 있을 때 혜주의 현관문이 벌컥 열리며 혜주의 아빠가 나왔다. 혜주의 아빠는 문 앞에 서 있는 재일을 보고 눈이 뒤집혔다. 개 같은 새끼. 네 애비가 가보라고 시키던? 어? 혜주의 아빠는 재일의 멱살을 쥐고 흔들었다. 집 안쪽에서 혜주가 방에서 나와 재일을 바라보았다. 재일은 혜주의 그런 눈빛을 처음 보았다. 경멸 어린 눈빛이었다. 혐오가 가득 담긴 눈빛이었다. 차에 깔려 죽은 비둘기 사체도 그런 눈으로는 안 볼 것 같았다. 혜주는 재일과 눈이 마주치자 헛구역질을 한 번 하고는 방으로 들어가 버렸다. 혜주의 방문이 쾅 하고 닫히는 소리가 들리자 재일의 멱살을 쥐고 있던 혜주의 아빠는 재일이 문틈으로 혜주를 보고 있었다는 것을 알아챘다.

이 개새끼가 어딜 봐!

혜주의 아빠는 재일의 따귀를 후려쳤다. 순간 번쩍하며 앞이 보이지 않았다. 재일이 태어나서 처음으로 맞아본 따귀였다. 그동안 부모님에게 맞아본 적은 단 한 번도 없었고, 친구들과 싸운 적도 전혀 없었다. 동네 불량한 형들도 목사의 아들인 재일을 건드리지 않았었다. 너, 앞으로 혜주 앞에 한 번만 더 나타나면 그때는 내가 너랑 니네 애비 애미까지 칼로 쑤셔서 다 죽여놓을 거야. 알았어? 집 안에서 혜주의 엄마가 뛰쳐나와 혜주의 아빠를 끌고 들어갔다. 혜주의 아빠는 재일의 얼굴에 침을 퉤 뱉고서는 현관문을 쾅 닫고 들어갔다.

쾅!

재일은 곧바로 13층 아파트 복도에서 몸을 던졌다. 무슨 생각이 있었던 것은 아니었다. 그냥 세상이 끝났으니 그래야 할 것 같았다. 재일은 이제 목사의 아들이 아니라 범죄자의 아들이었다. 지금까지 환대를 받으며 살아왔으나 이제는 멸시를 받으면서 살아야 했다. 나는 이제 혜주 누나가 세상에서 가장 증오하는 사람의 아들이야. 세상을 살아온 13년 동안 한 번도 없었던 불행이 한꺼번에 닥쳐온 느낌이었다. 재일은 자신이 절대 예전의 전재일로 돌아갈 수 없다는 사실을 깨달았다. 내가 무슨 죄를 지었을까? 재일은 아무 잘못도 하지 않았다. 그러나 존경하는 아버지와 사랑하는 혜주 누나를 한꺼번에 잃어버렸다. 앞으로 아버지도 혜주 누나도 볼 자신이 없었다. 차라리 아버지와 혜주 누나가 죽는 게 더 마음이 편할 것 같았다. 아니, 오히려 자신이 죽는 게 나을 것 같았다. 그러나 모든 것은 재일의 생각과 다르게 돌아갔다. 13층에서 몸을 던진 재일은 아스팔트 대신에 주차해 놓은 로얄살롱 지붕 위로 떨어졌다. 왼쪽 팔이 부러지고 허벅지가 찢어졌다. 골반에 타박상, 머리엔 찰과상을 입었지만, 목숨에는 아무 지장이 없었다. 재일이 입원해 있는 동안 재일의 투신은 자살이 아니라 고양이를 구하려다 떨어진 것이 되었다. 세환은 여전히 목사였고 재일도 여전히 존경받는 목사의 아들이었다. 변한 것이라고는 혜주가 사라졌다는 것 말고 아무것도 없었다. 멸망할 줄 알았던 재일의 세상은 여전히 그대로였다. 변한 것은 단 하나였다. 태양이 사라졌다는 것. 태양이 사라진 어두운 세상에서 재일은 문뜩 그런 생각이 들었다.

할 만하니까 한 것이구나.

해도 되니까 한 거였어. 그래. 아버지가 아무 생각도 없이 그런 짓을 할 리가 없지. 누울 자리 보고 다리 뻗은 거잖아. 내가 왜 혜주 누나네 집 앞에서 뛰어내렸는지 묻지도 않으시는 것 보니까. 어머니도 자초지종을 아시는 것 같은데 가출도 안 하시고 이혼도 안 하시네. 하긴 어머니는 원래 그런 성격이니까. 그러니까 아버지랑 결혼도 한 거겠지. 아버지가 그런 짓을 한 게 혜주 누나가 처음이었을까? 그리고 앞으로 또 그런 짓을 안 할까? 혜주 누나가 처음도 아니었을 테고, 앞으로도 또 그럴 거야. 당연하지. 해도 되는데 왜 안 해? 아무런 벌도 받지 않고, 아무런 질타조차 받지 않는데. 아들인 나에게만 안 들키면 되는 것이었어. 그런데 운 나쁘게 들켜버렸지만, 그다지 달라진 건 없잖아. 오히려 아버지는 사람들에게 아들인 내가 다친 것에 대해 위로를 받고 아들 잘 키웠다는 얘기나 듣고 있어. 아버지가 불이익을 당하는 건 하나도 없어. 그래. 그런 거야. 그래도 되니까. 원래 그랬으니까. 재일은 병원에 입원해 있는 동안 끝없는 생각을 했다. 태양이 없어진 세상에서 보이는 것은 아무것도 없으니 오로지 할 수 있는 것은 생각밖에 없었다. 앞으로 어떻게 살아야 하나. 모르는 척하며 살 수 있을까? 나도 결국 아버지처럼 될까? 혜주 누나를 또 볼 수 있을까? 입원해 있는 8주 동안 생각한 끝에 확실하게 결론 난 것은 혜주 누나는 다신 볼 수 없다는 것이었다. 그리고 자신을 이렇게 만들어놓은 아버지에게 이 고통을 고스란히 전해주기로 결심했다.

잘 다녀와라.

재일의 어머니는 공항에서 손을 흔들었다. 눈물도 보이지 않았고, 그렇다고 웃지도 않았다. 재일도 마찬가지였다. 고개를 숙여 인사를 꾸벅하고 출국장으로 들어갔다. 그 당시에는 해외여행도 마음대로 할 수 없는 시기였다. 유학은 공부도 잘하고, 집안에 돈까지 많은 고등학생이라 하더라도 쉽게 갈 수 없었다. 그러나 그런 그 시기에 중학생이었던 재일은 미국 유학길에 올랐다. 퇴원한 재일이 유학 이야기를 꺼내자 세환은 적극적으로 지원했다. 재일을 보고 있는 것도 껄끄러웠고, 또 언제 재일이 혜주에 관한 이야기를 꺼낼지도 걱정이었다. 그런 재일의 입에서 먼저 유학 이야기가 나오자 세환은 매우 기뻐했다. 세환의 지시에 따라 재일은 중학교를 자퇴하고 반년간 영어 공부에만 매진했다. 그리고 남편이 청와대에서 근무하는 집사의 도움을 받아 남들보다 쉽게 유학을 갈 수 있었다.

LA에 도착한 재일은 미국에 이민을 온 한국 사람들과 섞여 살았다. 다행히도 그 시기에는 미국에 이민 가는 한국 사람들이 매우 많았었다. 재일이 유학을 온 뒤에도 한국 사람들은 끊임없이 미국으로 이민을 왔었다. 덕분에 중학생인 재일은 미국임에도 불구하고 한국과 비슷한 삶을 살았다.

아이. 원트. 복싱. 플리즈.

OK! Come on in. 재일은 벨리장로교회 근처를 지나가다 복싱 체육관을 보고 무작정 들어갔다. 복싱 체육관 코치인 일라이어스는 베트남 참전군인 출신이었고, 베트남에서 한국인들과도 친하게 지냈다며 혼자 체육관으로 찾아온 재일을 반겼다. 일라이어스는 재일에게 복싱과 영어를 가르쳐줬고, 갈 곳 없는 재일의 친구가 되어주었다. 그때부터 재일은 복싱에 매진했다. 자신의 몸을 지키기 위해서였다. 재일은 어린 나이에 홀로 유학 왔다는 것과 서울 강남의 대형교회 목사의 아들이라는 것 때문에 누구에게도 괴롭힘을 당하지 않았다. 미국 현지인들도 이민 온 한인들도 모두 재일을 잘 돌봐주었다. 재일을 괴롭히는 건 재일의 마음속에 있는 분노였다. 재일은 가만히 있을 때는 항상 그날 생각이 떠올랐다. 기도실을 뛰쳐나가는 혜주 누나. 피 묻은 누나의 블라우스. 바지를 입고 있던 아버지. 나를 잡으려던 아버지의 손. 문틈으로 바라보는 경멸 어린 혜주 누나의 눈빛. 혜주 누나 아빠의 따귀. 그런 생각이 들 때마다 무언가를 때리거나 부수지 않고는 견딜 수 없었다. 그럴 때면 체육관으로 가서 샌드백을 때렸다. 미친 듯이 샌드백을 때리다 보면 체력과 함께 분노도 사그라들었다. 불면증도 사라졌다. 재일이 복싱을 하지 않았다면, 결국에 다시 자살을 기도했거나 다른 누군가를 해쳐 감옥에 갔을 것이다. 그렇게 복싱은 분노로부터 재일을 지켜주었다.

뉴욕으로 갑니다.

재일의 말을 들은 일라이어스는 한숨을 내쉬고는 재일을 안아 주었다. 재일은 LA에서 지내는 동안 분노가 점점 사그라들었다. 쾌청한 날씨와 따뜻한 햇볕, 즐거운 사람들 그리고 복싱. 그때까지 아버지에게 전화 한 통이 없었다. 그러다 재일이 고등학교를 마칠 때쯤 세환이 미국으로 왔다. LA에 도착한 세환은 한인교회 사람들과 인사를 나누고 식사를 했다. 그리고 다음 날 재일을 만나 대학 진로에 관해 물어보았다. 재일은 세환을 보자마자 잊었던 분노가 다시 타올랐다. 그리고 더는 LA에 있기 싫었다. LA의 분위기 때문에 자신이 약해진 것 같았다. 그리고 세환이 나타나 LA를 휘젓고 다닌 탓에 LA가 더러워진 기분이었다. 그러나 한편으로는 목사라는 직업은 어딜 가나 존경받는다는 사실을 다시 한번 확인했다. 재일은 자신의 속마음을 숨긴 채 세환에게 뉴욕에서 신학을 공부하겠다고 밝혔다. 그 말을 들은 세환은 기쁨의 눈물을 흘리며 하나님께 감사 기도를 했고, 그 모습을 본 재일은 속으로 미소를 지었다. 재일이 LA에서 뉴욕으로 거처를 옮기고 나서 몇 달 후에 LA에서는 폭동이 일어났다. 폭동으로 한인 거주지역이 엄청난 피해를 보았다. 세환은 재일이 폭동을 피할 수 있었던 것은 재일이 신학을 공부하기로 했기 때문에 하나님께서 축복을 내려주신 거라고 했다. 그 말을 들은 제일은 생각했다. 그럼 피해 본 다른 사람들은? 재일은 저런 말을 하는 목사가 어떻게 존경을 받는지 이해가 되지 않았다.

네. 다 이해가 됩니다.

재일이 신학대를 졸업하던 날 세환은 뉴욕으로 재일을 찾아왔다. 그리고 재일에게 자신을 이해해 달라고 했다. 그렇지 않아도 재

일은 신학 공부를 하면 할수록 세환이 이해됐다. 목사로 사는 법은
둘 중 하나였다. 예수처럼 낮은 곳으로 가서 가난한 자와 병든 자를
도우며 힘들게 살거나. 아니면 세환처럼 쉽게 살거나. 세환은 넓고
편한 길을 선택한 것이었다. 세환이 한 모든 행동은 하나님의 뜻이
었고 세환이 지은 어떤 죄든 회개하면 용서받는 것이었다. 그것이
세환의 모든 문제를 해결해 주었다. 세환은 모든 게 다 재일을 위해
서라고 했다. 재일이 어렸을 때 세환은 재일의 어머니와의 사이가
좋지 않았지만, 목사이기 때문에 이혼할 수 없었다고 했다. 그 당시
에는 30대 혈기 왕성한 나이었고 생각도 짧았었다고 했다. 그리고
재일을 잃기 싫었다고 했다. 모든 걸 다 지키려고 하다 보니 그렇
게 된 거라며 이해해 달라고 했다. 덕분에 교회도 가정도 그리고 재
일까지 모두 지킨 것이라며 웃었다. 지금은 다 회개를 하고 새 삶을
살고 있다는 진부한 대사로 마무리를 지었다. 재일은 그동안 왜 그
렇게 세환이 청소년 사역에만 힘썼는지도 이해가 갔다. 말 못 하고
약한 어린애들 다 건드렸구나. 역시 혜주 누나한테만 그랬을 리가
없지. 세환은 재일에게 한국으로 돌아오면 대형교회에 부목사로 취
직시켜 주겠다고 했다. 재일은 세환이 있는 한국으로 돌아가기 싫
었다. 그리고 뉴욕에도 있기 싫었다. 세환이 뉴욕까지 온 바람에 뉴
욕도 더럽혀진 것 같았기 때문이다. 재일은 세환에게 아직 믿음이
깊지 못하다며 선교를 떠나겠다고 했다. 그 말을 들은 세환은 이번
에도 기쁨의 눈물을 흘리며 하나님께 감사 기도를 했고, 그 모습을
본 재일은 세환을 한심하게 바라보았다. 재일이 아프리카로 선교를
떠나던 날 재일의 복싱 롤모델이었던 타이슨이 경기중 상대 선수인
홀리필드의 귀를 물어뜯었다. 그래. 상대가 그렇게 나오면 귀라도
물어뜯어야지.

안녕하세요? 김하은이라고 해요.

에티오피아로 선교를 온 재일은 그곳에서 하은을 보았다. 안녕하십니까? 저는 정바울이라고 합니다. 아아. 네네. 재일은 하은의 옆에서 손을 내민 바울의 손을 잡고 악수를 하는 동안에도 온 신경은 하은에게 가 있었다. 제 남편이에요. 하은이 바울에게 팔짱을 끼며 하는 말에 재일은 타이슨에게 귀를 물어뜯긴 기분이었다. 처음에는 하은의 말이 농담인 줄 알았으나 알고 보니 하은과 바울은 오래전에 결혼하여 벌써 초등학교 입학을 앞둔 아들까지 있었다. 처음에 재일은 그 사실에 안도했다. 하은이 결혼하지 않았다면 재일은 분명 하은에게 고백했을 것이다. 그리고 하은과 연애하는 동안 지금까지 지켜왔던 분노가 다 사라질 것이 분명했다. 재일은 하은이 웃는 모습만 보더라도 마음이 평온해졌다. 만약 재일이 하은과 연애를 하게 되어 하은이 항상 재일을 향해 웃어주었다면, 재일은 전혀 다른 사람으로 바뀌었을지도 몰랐다. 그러나 다행히도 하은은 남편과 아이가 있었고, 그 사실은 재일의 분노를 더욱 타오르게 했다. 저 인간들은 뭐가 좋다고 내 앞에서 헤헤거리며 알짱대는 거야. 하은이 바울에게 웃어주면 바울도 바보같이 웃었다. 좋겠지. 좋기도 하겠지. 세상이 다 아름답겠지. 재일은 갑자기 그날이 떠올랐다. 내가 혜주 누나를 기다리지 않았다면. 혜주 누나가 교회에 들어왔을 때 그냥 인사를 했다면. 혜주 누나가 교회에서 나오지 않았을 때 그냥 집으로 갔다면. 그랬다면. 나도 저런 여자와 결혼해서 가족을 이루며 정바울처럼 살았겠지? 그렇다면, 정바울이 나 같은 일을 겪으면 어떻게 되려나? 보아하니 김하은도 정바울도 행복한 가정에서 별 어려움 없이 자란 것 같은데. 나 같은 어려움이 생기면 어떻게 변하려나? 하나님께서 주신 고난과 시련이라고 생각하며 기쁘게 받아들이려나?

이 밤에 어딜 가?

바울은 숙소를 나가려는 하은을 보고 물었다. 으응. 전 선교사님이 잠깐 보자고 해서. 누구? 전재일 선교사님 있잖아. 아아. 그 친구가 왜 갑자기 보자고 그래? 아까 낮에 무슨 이야기 하다가 여자친구 없다고 그래서. 내가 서울 가면 미팅 시켜준다고 했거든. 그게 좀 궁금했나 봐. 잠깐 보자고 그러더라고. 그럼 저녁 먹을 때 얘기하지. 사람들 다 있는데 미팅 얘기하는 게 좀 민망했나 봐. 여기 아프리카라 밤에 사자 나오는 거 알지? 사자 같은 소리 하네. 내가 애야? 밤에 호랑이가 물어 간다 수준이잖아. 아무튼, 나가서 소피나 한잔하고 들어올게. 그러세요. 젊은 친구랑 심야 데이트 잘하고 오세요. 금방 갔다 올게. 졸리면 먼저 자. 올 때 소피 말고 맥주나 좀 구해 와봐. 미쳤어? 다른 선교사님들 알면 큰일 나. 그리고 무슬림 지역에서 어떻게 술을 구해. 하은의 말을 들은 바울은 침대에 벌러덩 누웠다. 에휴. 나는 한국에 도착하자마자 호프집 가서 치킨 시켜 놓고 생맥주를 그냥 벌컥벌컥. 크으. 나는 여기 와서 술 못 마시는 게 제일 힘들어. 나중에 목사님 되시면 어떡하시려고 그래요? 아무튼, 갔다 올게. 하은은 웃으며 숙소를 나갔다. 재일은 멀리서 다가오는 하은이 보이자 마음이 설렜다. 재일은 이 설렘이 하은을 좋아하는 마음 때문에 그런 것인지 아니면 갖고 싶었던 것을 손에 쥐기 직전의 설렘인지 구분되지 않았다. 웃으며 다가오는 하은을 보자 후자가 확실하다는 생각이 들었다.

역시 나는 아버지 아들이구나.

재일은 아버지가 혜주 누나에게 했던 짓을 하은에게 하려고 했었다. 하은이 다가오자 재일은 계획을 세웠다. 하은의 입을 막고 강간한 다음 이 사실을 남편과 다른 선교사들에게 알린다고 협박을 하면, 하은은 재일이 한 짓을 절대 발설하지 못할 것이라는 생각이 들었다. 만약 알린다고 하더라도 하은이 나를 먼저 꼬셨다고 하면 돼. 순간의 실수였고, 하나님께 용서를 빌었고, 이 모든 죄는 평생 봉사하며 갚아나가겠다고 하면 돼. 아니야. 이런 생각까지 안 해도 돼. 절대 말 못 해. 강간당한 게 자랑도 아니고 누구한테 어떻게 얘기를 해? 잠깐. 여기 아프리카잖아. 사람 하나 죽어 나가도 이상하지 않지. 나와 헤어지고 돌아가는 길에 여기 주민이 납치해서 강간한 다음 죽였다? 말이 되잖아. 이거 생각보다 쉽네? 어려울 게 없겠어. 아버지도 혜주 누나한테 똑같은 생각을 했겠지? 그런 생각이 들자 어느새 하은은 재일의 앞에 와 있었다. 재일은 하은의 맑은 미소를 보자 정신이 들었다. 큰일 날 뻔했다. 내가 가장 싫어하는 인간처럼 될 뻔했구나. 아버지처럼 되지 말자. 말초적인 것. 자극적인 것. 그런 것에 휘둘려 쓸데없이 약점을 만들지 말자. 재일은 그제야 잊어버렸던 다짐들이 생각났다. 오래 기다리셨어요? 아니요. 저도 방금 왔습니다. 선교사님 만난다고 하니까 우리 남편이 질투하더라고요. 예? 그럼 얼른 들어가 보세요. 제가 괜히 보자고 했네요. 푸하하핫. 아니에요. 농담이에요. 보기보다 좀 순진한 면이 있으시네요. 하하하. 그런가요? 정바울, 그 인간은 아내가 야밤에 다른 남자 만나러 간다고 그래도 찍소리 못 하는 인간이구나. 재일은 바울이 한심하다는 생각이 들었다. 이 여자는 그렇게 한심한 놈과 왜 결혼을 한 것일까? 그런데 두 분은 처음에 어떻게 만나게 되신 거예요?

금방 왔네?

바울은 하은이 맥주 대신 들고 온 소피를 마시며 재일과 어떤 이야기를 했는지 물었다. 그냥 뭐. 누구 소개해 줄 거냐. 어떤 여자를 좋아하냐. 그런 얘기 하다가. 당신이랑 나는 어떻게 만났냐. 애도 있냐? 어디 교회에서 왔냐. 그런 이야기 하다 왔어. 아. 그리고 전 선교사님네 아빠가 재일교회 전세환 목사님이래. 그래? 그 신사동에 있는 큰 교회 말이지? 그래서 이름이 재일이구나. 어쩐지 사람이 좀 부티가 난다 했더니. 하아암. 피곤하다. 하은은 이야기하다 말고 하품을 쩌억 했다. 나 먼저 잘게. 바울은 침대로 가는 하은을 노려보았다. 왜 그냥 자? 씻고 자야지. 저거 봐. 저거 봐. 등 벅벅 긁는 거. 얼른 일어나서 씻고 자라고. 어? 어깨가 왜 그래? 빨간데? 모기한테 물렸나 봐. 그러니까 좀 씻고 다니라고 했잖아. 얼른 들어가 씻어. 하은은 뾰로통한 얼굴로 침대에서 일어나 수건을 챙겨 화장실로 들어갔다.

빨리 아디스아바바로 후송해야 합니다.

에티오피아 선교를 마치고 귀국하기 며칠 전부터 하은은 감기 기운이 있는 것 같다더니 열이 오르기 시작했다. 자고 일어나면 괜찮아지겠지 했지만, 열은 떨어질 기미가 보이지 않고 급기야 이불을 아무리 덮어줘도 춥다고 하며 구토까지 했다. 그제야 바울은 의료진을 불러 하은을 진료하게 하였다. 말라리아 같습니다. 큰 병원으로 후송해야 합니다. 말라리아요? 여기 오기 전에 예방약을 먹었는데요. 어쨌거나 지금 여기는 간단한 구급약밖에 없어요. 빨리 이송하셔야 합니다. 며칠 있으면 한국으로 돌아가는데 비행기표를 연기해야 할까요? 바울이 의료진과 이야기를 나누는 순간 하은의 눈이 뒤집히며 혼절했다. 그날 밤 하은은 아디스아바바에 있는 큰 병원으로 옮겨졌지만, 뇌사 상태에 빠졌다. 그러고는 손을 쓸 틈도 없이 사망하였다.

그때였구나.

재일은 그날 밤 팔을 휘저으며 모기를 쫓는 순간에도 웃으며 이야기를 들어주던 하은의 모습이 떠올랐다. 모기가 많네요. 그만 들어가시죠. 네. 그럼 다음에 또 얘기 나눠요. 어어? 어깨에 모기 물리셨네. 괜히 제가 불러내서. 아니에요. 재일은 하은의 장례식장에서 오열하는 바울의 모습을 보며 생각했다. 그때 모기에게 물려 말라리아에 걸린 것이 분명해. 잠복기 생각하면 얼추 비슷하게 맞아. 재일은 웃음이 나오려는 걸 참느라 힘들었다. 어떻게 내 생각대로 다 될까? 김하은이 죽으면 정바울이 어떤 모습일지 궁금했는데 알아서 죽어주다니. 자. 어때? 정바울. 하나님이 주신 고난과 시련이 이제 시작됐어. 이제 어쩔 거지? 마누라가 밤에 딴 놈한테 강간당하러 나가건, 말라리아에 걸려 죽건. 당신은 할 수 있는 게 고작 기도밖에 없잖아. 기도 열심히 해야지. 재일은 장례식장에서 돌아가기 위해 바울에게 인사를 했다. 주님의 위로와 소망이 함께 하시길 기도하겠습니다. 바울은 눈물을 닦고 감사합니다, 하며 인사를 하다가 그제야 재일의 얼굴을 보았다. 이 새끼가 불러내서 하은이 모기에게 물린 거 아닐까? 순간 그런 생각이 들었다. 바울은 재일을 매섭게 노려보았다. 재일은 바울의 눈빛을 보자 심장이 얼어붙는 기분이었다. 바울의 눈빛은 지옥에서 올라온 악귀의 눈빛이었다. 다 알고 있구나. 재일은 겁에 질려 자기도 모르게 입에서 변명이 나올 뻔했다. 그러나 순식간에 바울의 표정이 평소의 표정으로 돌아왔다. 바울은 심호흡을 한 번 짧게 한 뒤 재일에게 와줘서 고맙다고 인사했다. 내가 제정신이 아니구나. 이 사람이 하은이한테 말라리아에 걸리게 한 것도 아니잖아. 그때 하은이가 모기에게 물려 말라리아에 걸린 거라면 이 사람도 같이 걸렸어야지. 괜히 애꿎은 사람에게 화풀이할 뻔했어. 아직 멀었구나. 내가 이 모양이니 하나님께서 시련을 주시지. 바울은 순간 분노했던 자신을 책망했다. 재일도 장례식장을 나가며 바울의 눈빛에 겁을 먹었던 자신을 책망했다. 그리고 그 누구와 싸워도 겁먹지 않을 정도로 복싱을 연습해야겠다고 다짐했다.

합심

저는 제가 할 일을 한 것일 뿐입니다.

재일은 눈물을 닦은 뒤 조용히 고개를 들고 병삼에게 말하기 시작했다. 병삼은 말없이 재일의 말에 귀 기울였다. 목사가 하는 일이 뭐겠습니까? 선을 행하고 악을 처단하는 것 아니겠습니까? 그 권리는 누가 줍니까? 하나님이요? 웃기는 소리입니다. 그건 권력과 재력이 주는 겁니다. 저는 권력과 재력을 키워 선을 행하고 악을 처단한 것입니다. 정바울 목사를 보세요. 권력과 재력이 없는 목사는 저렇게 됩니다. 약육강식이에요. 하나님이 계신다면 죄 없는 하나님의 아들 정바울 목사를 저렇게 놔두시겠습니까? 선교하다 아내가 죽고, 갑자기 사이비 목사 취급이나 당하고, 다 쓰러져가는 건물에 교회 하나 겨우 세운 것도 없어지게 놔두시겠어요? 우리 교회에 다니는 사람들도 다 알아요. 하나님이 없다는 걸. 혹여나 하나님이 있다고 한들 무슨 상관이겠습니까. 세상이 이런데 아무것도 안 하고 있잖아요. 전지전능은커녕 갓난아기보다 무능한 거죠. 교회 다니는 사람 대부분은 하나님이 없는 걸 알고 있어요. 그런데 왜 교회에 다닐까요? 다 얻는 게 있어서 다니는 겁니다. 교회에 다니며 사람 만나서 사귀고, 도움받고, 그리고 착한 척하기도 쉽고, 죄짓고 뉘우치는 척하기 쉽고. 손 집사님과 친한 전우진 씨 보시면 아시잖아요. 가장 보편적인 교인입니다. 자기 욕심 채우려고 다니는 거죠. 영화판에서 일하고 싶으니까 교회 다니는 프로듀서나 감독, 배우들에게 눈도장이나 찍어보려고 교회 오는 겁니다. 전우진 씨가 나쁜 게 아니에요. 오히려 똑똑한 거죠. 먹고살아 보겠다고 애쓰는 겁니다. 전우진 씨가 만나고 싶어 하는 사람들도 다 마찬가지예요. 그 사람들도 교회 다니는 제작사, 투자사, 유명한 감독, 유명한 배우들과 교류하려고 오는 거죠. 종합병원 원장, 부장검사, 시의원, 언론사 주필, 대기업 사장, 변호사, 하다못해 세 들어 사는 건물주나 인사권을 쥐고 있는 직장 상사. 이런 사람들과 친하게 지내고 잘 보이기 위해 오는 겁니다.

아주 간혹 있긴 있습니다.

가끔 머저리 같은 인간들이 하나님이 살아 계시며 자신을 보살핀다고 생각하고 옵니다. 우 권사님 같으신 분들이죠. 오히려 그런 사람들이 더 무서워요. 믿음이 있잖아요. 믿음이라는 게 얼마나 무서운 건데요. 내가 불구덩이에 뛰어들어도 하나님이 살려주신다고 믿으면 온몸에 휘발유를 뿌리고도 불구덩이로 뛰어 들어가는 사람들입니다. 그런 사람들이 교회에 많으면 많을수록 좋아요. 그런 사람들은 목사를 거의 예수급으로 생각하니까요. 목사의 말이 하나님 말이라고 생각하니까요. 목사를 받들며 일하는 게 하나님의 일을 하는 것이라고 생각하니까요. 그런데 손 집사님. 손 집사님은 도대체 어떻게 되신 거예요? 믿음이 없으신데 어떻게 능력을 갖게 되신 거예요? 분명 하나님께서 주신 능력 같은데. 혹시 하나님을 뵌 적이 있으신가요? 어떻게 하면 그런 능력이 생길 수 있나요? 저는 손 집사님을 보고 의심을 했습니다. 손 집사님의 능력을 의심한 게 아니라, 혹시 진짜로 하나님이 있는 것 아닐까? 하는 의심입니다. 정말 하나님이 계신다면 저는 왜 이러고 있는 걸까요? 저의 아버지는 왜 제가 아버지의 죄를 폭로할 때까지 아무런 벌도 받지 않았을까요? 왜 혜주 누나는 아무 잘못도 없이 그런 일을 당해야 했을까요? 그러면 저는 앞으로 어떻게 되는 걸까요? 지금이라도 회개하면 용서해 주실까요? 성경대로라면 저도 죄를 지었지만, 그래도 하나님의 아들이지 않습니까? 어쩌면 제가 이렇게 된 것도 하나님의 뜻일까요? 그렇다면, 정바울 목사도, 손 집사님도 다 하나님의 뜻인가요? 저는 이제 정말 아무것도 모르겠습니다.

끌어내!

병삼은 아무런 대답도 없이 재일의 말을 듣고만 있었다. 그때 갑자기 목사실 문이 벌컥 열리며 우 권사와 보안요원 셋이 들어왔다. 우 권사의 지시에 보안요원은 병삼에게 달려들어 병삼을 목사실에서 끌어냈다. 병삼은 발버둥 칠 새도 없이 덩치 큰 보안요원에게 끌려 나갔다. 하아. 이거 큰일 났네. 우 권사는 재일의 상태를 살피고는 한숨을 쉬었다. 재일의 눈빛이 달라졌기 때문이었다. 우 권사님. 저는 왜 이러고 살았을까요? 왜 용서하지 못하고 분노만 하며 살았을까요? 제가 아무도 용서하지 않았는데 누가 저를 용서해 주겠습니까? 재일은 다시 눈물을 흘리기 시작했다. 전 목사님. 정신 좀 차리세요! 잠깐이에요. 조금 지나면 정신 돌아옵니다. 조금 참으세요. 아닙니다. 우 권사님, 저는 이제 목사를 그만두겠습니다. 제가 지금까지 이 수많은 성도들에게 설교했다는 것 자체가 큰 죄악입니다. 저는 이 죄를 계속 지을 수 없습니다. 목사를 그만두고 남은 인생을 하나님께 평생 속죄하며 살겠습니다.

짝!

우 권사는 재일의 뺨을 후려쳤다. 정신 좀 차리세요. 감사합니다. 감사합니다. 재일은 따귀를 때린 우 권사에게 머리를 조아리며 고마워했다. 이쪽 뺨도 때려주세요. 헛소리 그만하시고 정신이 들 때까지 여기 좀 계세요. 우 권사는 재일을 놔두고 목사실을 나왔다. 병삼을 붙들고 있던 보안요원 한 명에게 목사실에서 전 목사가 나오지 못하도록 문 앞에 지키고 서 있어달라고 한 뒤 기도실을 향해 걸었다. 데리고 와요! 보안요원들은 병삼을 끌고 우 권사를 따라 기도실로 향했다. 보안요원들은 병삼을 끌고 기도실로 들어와 기도실 가운데 병삼을 던져놓았다. 핸드폰 뺏어. 우 권사의 말에 보안요원들은 병삼의 핸드폰을 빼앗아 우 권사에게 가져다주었다. 우 권사는 병삼의 핸드폰을 뒤져 병삼이 재일을 촬영한 영상을 발견했다. 우 권사는 영상을 보고 부서질 정도로 어금니를 꽉 깨물며 화를 참으려고 했다. 그러나 결국 터져 나오는 화를 참지 못하고 병삼의 핸드폰을 바닥에 집어 던져 부숴버렸다. 아니, 영상만 지우면 되지! 그걸 왜! 병삼이 벌떡 일어나려는 걸 보안요원들이 붙잡았다. 우 권사는 화가 풀리지 않았는지 이미 부서진 병삼의 핸드폰을 주워 다시 바닥에 집어 던졌다. 그리고 또 집어 든 뒤 산산이 부서질 때까지 미친 듯이 계속 집어 던졌다. 병삼은 우 권사의 광기 어린 모습에 한마디도 할 수 없었다. 우 권사는 가쁜 숨을 내쉬며 병삼을 노려보았다. 뒤져봐! 보안요원은 병삼의 주머니를 뒤지기 시작했다. 이거 왜 이러는 겨? 이거 못 놔!

옷 싹 벗겨!

우 권사의 말에 보안요원들이 놀라 멈칫했다. 뭐 해? 내 말 안 들려? 저 새끼 범죄자야. 사람 새끼가 아니라고. 사람 취급할 생각하지 말고 싹 벗겨! 우 권사의 말을 들은 보안요원들은 병삼의 옷을 벗기기 시작했다. 이거 왜 이랴? 내가 경찰에 신고할 겨? 이거 못 놔? 이거 놓으라고! 병삼이 발버둥 치며 거세게 저항했지만, 삐쩍 마르고 작은 병삼이 운동으로 다져진 보안요원들의 힘을 이기긴 역부족이었다. 손목이 잡혀 있어 따귀를 때릴 수도 없었다. 보안요원들은 병삼의 옷을 억지로 다 벗겼다. 홀딱 다 벗겨! 병삼이 속옷을 꽉 붙들고 있었으나 병삼의 속옷마저 보안요원들 손에 쉽게 찢겨버렸다. 병삼은 충격과 수치심에 구석으로 가서 손으로 겨우 몸을 가린 채 알몸으로 부들부들 떨었다. 우 권사는 병삼의 옷을 뒤지기 시작했다. 병삼의 바지 주머니에서 소형 녹음기가 나왔다. 우 권사는 켜져 있는 녹음기를 보고는 보안요원에게 주었다. 부숴. 보안요원은 녹음기를 바닥에 던진 뒤 구둣발로 짓밟아 부숴버렸다. 우 권사는 병삼의 잠바를 보다가 만년필을 발견했다. 이거 확인해 봐. 만년필을 받은 보안요원인 만년필을 이리저리 확인했다. 이거 만년필이 아니라 카메라입니다. 보안요원의 말에 우 권사는 미소를 지었다. 그럴 줄 알았어. 또 뭐 나올 수 있으니 단추 하나까지 샅샅이 뒤져. 우 권사의 말에 보안요원들은 병삼의 옷을 뒤지기 시작했다. 우 권사는 알몸으로 떨고 있는 병삼에게 다가왔다. 우 권사는 병삼을 잠시 내려다보았다. 손 집사님, 왜 제 말을 안 들으세요. 종자 자체가 다르다니까요. 같은 사람이 아니에요. 쥐새끼가 호랑이한테 덤비면 이렇게 되는 거예요. 그나마 호랑이가 하나님을 믿는 선한 호랑이니까 잡아 먹히지 않고 이 정도 선에서 끝나는 거고요. 손 집사님, 제발 부탁인데요. 그냥 태어난 대로 사세요. 보안요원이 더는 없는 것 같다고 하자 우 권사는 그래도 병삼의 옷을 좀 더 뒤져본 뒤에 기도실을 떠났다. 보안요원들은 병삼의 부서진 핸드폰과 녹음기의 파편, 그리고 만년필 모양의 카메라 파편까지 싹 모아서 가지고 우 권사를 따라 나갔다. 병삼은 우 권사와 보안요원들이 나가자 재빨리 옷을 주워 입었다. 그러나 손이 부들부들 떨려 옷을 쉽게 입을 수 없었다.

저기 나와요.

　보라의 말에 바울이 고개를 돌리니 재일교회에서 병삼이 나오고 있는 모습이 보였다. 병삼은 머리와 옷가지가 흐트러져 넋이 나간 채 걸어오고 있었다. 바울은 깜짝 놀라 병삼에게 뛰어갔다. 어떻게 된 거야? 전 목사가 이랬어? 옷은 왜 젖었어? 오줌 쌌어? 이거 어디 가서 갈아입을 옷 좀 사 와야겠는데? 보라는 병삼의 상태를 살폈다. 어떻게 된 거예요? 보라의 질문에도 병삼은 대답이 없었다. 바울은 잠시 망설이다가 병삼에게 조심스레 물었다. 그래서? 계획대로 잘된 거야? 바울의 질문에 병삼은 넋이 나간 눈빛으로 잠시 바울을 바라보았다. 그걸 내가 어떻게 알아? 나는 할 만큼 했어. 나머지는 니들이 알아서 혀. 그리고, 오줌 안 쌌어. 전 목사한테 한 대 맞을 때 커피 쏟은 거. 병삼은 터벅터벅 집으로 걸어갔다. 보라가 인상을 쓰며 병삼에게 무슨 말을 하려고 하는데 바울이 눈치를 주며 말렸다. 보라와 바울은 조용히 걸어가는 병삼의 뒷모습을 바라만 보고 있었다. 아니, 뭐가 어떻게 됐는지 말은 해줘야지. 보라 씨, 병삼이 쟤도 말 많은 놈인데. 입 꾹 닫고 있는 걸 보니까 충격이 큰 것 같아요. 무슨 얘긴지는 나중에 천천히 듣기로 합시다. 그래도 어떻게 됐는지는 알아야지 우리도 다음 행동을 할 거 아니에요. 그거야 뭐. 어? 바울은 보라와 이야기를 하다가 멀리서 걸어오는 우진을 발견했다. 우진이 오네요. 어디요? 보라가 돌아보자 우진이 걸어오고 있었다. 보라와 바울은 멀리서 걸어오는 우진의 표정을 살폈다. 목사님, 우진 오빠 표정이 어때요? 전 잘 안 보여서. 글쎄요? 웃고 있는 것 같지는 않은데. 쟤도 늘 시큰둥한 표정이라 잘 모르겠네요. 바울은 우진에게 손을 흔들어 보였다. 그러자 우진은 오른손을 치켜들더니 손가락으로 OK를 만들어 보였다. 어어? 됐다! 됐어! 우아아아! 보라는 자기도 모르게 나오는 비명에 놀라 손으로 입을 틀어막았다. 그러고는 자신의 냄새에 대해 잊은 채 우진에게 달려가 우진을 껴안을 뻔했다. 다행히 바울이 먼저 우진에게 달려가 우진을 껴안았다. 진짜? 다 됐어? 아후. 저리 좀 가요. 징그럽게 왜 길거리에서 껴안고 그래요? 우진은 인상을 찌푸리며 바울을 뿌리친 뒤 씨익 하고 미소를 지었다. 병삼이 형은요? 말도 없이 집에 갔어. 그럴 거예요. 우와. 그 우 권사는 완전히 미친 거 같아요. 오빠, 왜요? 무슨 일이 있었는데요? 자세하게 말하긴 그런데. 그냥 병삼이 형을 짐승 취급하면서 쥐 잡듯 잡았다고만 알고 계세요. 그건 그렇고. 성공은 한 거야? 확실해? 바울의 물음에 우진은 주머니에서 USB를 꺼내 보여줬다. 여기 다 들어 있어요.

우리는 실패해야 해요.

며칠 전. 우진은 계획해 놓은 시나리오를 브리핑하기 위해 바울과 보라를 한마음교회 옥상으로 불렀다. CCTV는 우선 실패했어요. 실패했다고요? 우진의 말에 보라는 한숨을 내쉬었다. 걱정하지 마세요. 오히려 잘된 거예요. 재일교회에서는 제가 CCTV 교체한다고 설레발친 걸 의심했어요. 그래서 보안 업체가 CCTV 교체와 관리를 하고 저는 CCTV 근처도 못 가게 되었어요. 그러니까 저는 우선 의심을 피한 거죠. 다시 말해서 저는 통과됐고. 이제 두 분과 병삼이 형은 어떻게 실패해야 하는지 말씀드릴게요. 우선 병삼이 형은 뇌에 이상 없다는 사실을 알고 있다는 걸 전 목사에게 말해야 해요. 그다음에 전 목사와 협상을 하는 겁니다. 협상 내용은 앞으로 돈을 많이 주면 전 목사에게 충성하겠다. 참고로 의심을 피해야 하니까 돈은 좀 과하게 많이 달라고 하세요. 그 대신 따귀 한 대만 때리게 해달라. 전 목사는 당연히 수락할 겁니다. 손해 보는 것도 없고, 병삼이 형의 능력을 엄청 궁금해하니까. 문제는 전 목사가 따귀를 맞은 뒤예요. 병삼이 형은 어떻게든 전 목사가 따귀 맞았을 때 영상을 찍어야 합니다. 그걸 두 분이 도와주세요. 핸드폰으로도 찍고, 몰카도 찍고, 하다못해 녹취도 하고. 할 거 다 한 다음에 그걸 들켜야 합니다. 그리고 그걸 다 빼앗겨야 해요. 다시 말해 증거 수집에 실패해야 한다는 말이죠. 바울은 이상하다는 듯 우진을 바라보았다. 실패할 걸 뭐 하러 해? 보라는 답답하다는 듯 바울을 바라보았다. 목사님, 생각해 보세요. 전 목사가 병삼이 아저씨한테 그런 짓을 했는데, 병삼이 아저씨가 자신을 그냥 순순히 용서할 거라고 생각하겠어요? 의심 많은 전 목사는 절대 그렇게 생각 안 하죠. 무슨 계략이 있을 거라고 생각할 거란 말이죠. 우진 오빠 얘기는 가짜 계략을 짠 뒤 그걸 일부러 실패해서 전 목사에게 들키자는 얘기잖아요. 보라 씨 말이 맞아요. 그래야 의심을 안 한다는 얘기죠. 병삼이 형이 정 목사님과 보라 씨까지 합세해서 자신의 자백 영상을 찍으려고 했는데 실패했다. 그럼 무슨 생각을 할까요? 저런 병신 같은 놈들이 하는 짓이 그렇지 뭐, 하면서 웃을 거 아니에요. 그리고 자기들이 이겼다고 생각할 테고요.

그다음에는 분열.

병삼이 형은 이 계획이 보라 씨와 목사님 때문에 실패했다고 해야 합니다. 그렇게 생각한다는 걸 재일교회 측에 어필해야 하고요. 그러면 재일교회에서는 다시 병삼이 형을 자기네 쪽으로 끌어들이려고 할 겁니다. 양 전도사와 우 권사가 반대하더라도 전재일 목사는 어떻게든 병삼이 형을 데리고 있으려고 할 거란 말이죠. 그럼 병삼이 형은 전 목사 편에 붙어서 정 목사님과 보라 씨 두 분에게 복수하려는 것처럼 보이기만 하면 됩니다. 그러다 보면 기회가 올 거예요. 바울은 또다시 고개를 갸우뚱했다. 무슨 기회? 전 목사가 병삼이 형에게 따귀를 맞고 자백하는 영상을 공개할 기회요. 뭐? 영상 찍은 거 다 들켜서 뺏겨야 한다며? 병삼이 형이 찍은 건 다 뺏겨야죠. 그런데 제가 찍은 게 있잖아요. 네가 목사실에 숨어서 찍겠다고? 아니죠. 제가 거길 어떻게 들어가요. 재일교회에서 제가 마음대로 들어갈 수 있는 곳은 방송실밖에 없어요. 그래서 제가 목사실 CCTV를 방송실에서 볼 수 있게 해놨죠. 우진의 말에 바울은 깜짝 놀랐다. 어떻게? 생각보다 쉬워요. 공유기 하나만 있으면 돼요. 우진 오빠는 작가가 된 게 참 다행이에요. 나쁜 길로 빠졌으면 백 퍼센트 사기꾼이 됐을 텐데. 보이스 피싱 같은 거 해도 잘했을 거 같아요. 보라의 말에 우진은 인상을 찌푸렸다. 저는요. 간이 콩알만 해서 그런 거 절대 못 해요. 지금 이거 계획만 짰는데도 심장이 두근거려서 밤에 잠도 안 와요. 아무튼, 병삼이 형한테도 말해 뒀으니 좀 더 자세한 건 준비되면 제가 말씀드릴게요.

[Web발신] 입금 100,000,000원

  잠결에 핸드폰을 본 병삼은 화들짝 놀라 일어났다. 병삼은 정신을 차린 뒤 핸드폰에 쓰인 숫자를 다시 보았다. 아무리 다시 봐도 1억이었다. 재일이 보낸 돈이었다. 이게 어떻게 된 거지? 이런 계획은 없었는데. 병삼은 우진에게 전화했지만, 우진은 전화를 받지 않았다. 바울에게 전화할까 하다가 우 권사가 또 핸드폰을 빼앗을 수도 있다는 생각에 관뒀다. 만약 발신목록에 바울의 이름이 있는 것을 우 권사가 본다면 일이 틀어질 수도 있었다. 보라의 연락처는 알지도 못했다. 병삼은 초조하게 은행 앱에 찍힌 잔액을 바라보다가 자기도 모르게 미소를 지었다. 아이구, 통장에 돈이 이렇게 많이 찍혀 있으니께 나도 모르게 웃게 되는구먼. 병삼은 옷을 챙겨입고 재일교회로 향했다.

또 연락이 안 되어서 걱정 많이 했습니다.

핸드폰도 새로 사셨는데 연락도 없으셔서. 그걸 또 어떻게 아셨데유? 제 뒷조사하신거유? 재일의 말에 병삼은 발끈했다. 제가 그럴 리가 있겠습니까? 손 집사님 전화기가 부서졌을 때는 전화기가 꺼져 있다고 나왔는데. 어느 순간 벨이 울려서 아아, 손 집사님 전화기 사셨구나, 했지요. 어쨌거나 그렇게 전화를 안 받으셨는데, 입금하자마자 바로 오셔서 깜짝 놀랐습니다. 재일의 말에 병삼은 순간 머쓱해졌다. 아니, 이게 적은 돈도 아니고 혹시 잘못 보내신 거면 돌려드릴라구 온 거쥬. 병삼의 말에 재일은 웃으며 일어나 커피포트로 갔다. 커피 한 잔 드시겠어요? 저번에 좋은 커피 드렸는데 못 드셨잖아요. 아니면 늘 드신다는 커피믹스로 드릴까요? 병삼은 재일의 말을 듣고 살짝 놀랐다. 재일이 미묘하게 변했다고 느꼈다. 재일이 병삼에게 어떤 커피로 마실지 물어본 적이 처음이었다. 따귀를 맞아서 그렇구먼. 사람이 좀 바뀌었네. 그런데 따귀 맞은 지 며칠 지났는데 진짜로 회개를 한 겨? 보라나 우 권사 같은 경우는 따귀 맞았을 때만 정신 차리고 다시 원래대로 돌아왔었는데. 바울이 같이 아예 회개한 경우도 있으니 뭔지 모르것네. 그 뭐냐. 좋다는 커피로 줘유. 뭐가 그렇게 좋은지 먹어봐야것네. 재일은 웃으며 드립으로 커피를 내려 고급스러운 커피 잔에 담아 병삼의 앞에 내밀었다. 향긋한 커피 향이 목사실을 가득 채웠다. 병삼은 긴장했던 마음이 조금 누그러지는 기분이었다. 병삼은 커피를 조금 마셔보았다. 엄청 시고 쓸 거라는 생각과 달리 그냥 진한 보리차 같은 느낌이었다. 향도 조금 달랐다. 말로만 무슨 과일 향이 나네, 꽃 향이 나네, 그런 커피가 아니라 정말 짙은 꽃향기와 여러 가지 과일 향기가 확 풍겨 올라왔다. 맛있는지는 모르겠지만, 확실히 기존 커피와 다른 맛이었다. 쓴 커피 싫어하시는 것 같아서 연하게 탔습니다. 저번에 말씀드렸던 파나마 게이샤라는 커피입니다. 비싸다고 다 좋은 커피는 아니지만, 이런 것도 있다는 걸 알려드리고 싶어서 드린 겁니다. 커피믹스만 드시면 커피믹스밖에 모르잖아요. 저도 손 집사님께 따귀를 맞기 전까지는 우물 안의 개구리였습니다.

주여. 저를 용서하소서.

그날 재일은 병삼에게 따귀를 맞은 뒤 홀로 남겨진 목사실에서 무릎을 꿇고 기도를 시작했다. 처음에는 자기 죄를 고백하며 기도를 하다가 15분 정도가 지나자 점차 생각이 바뀌기 시작했다. 제가 이렇게까지 죄를 지을 동안 하나님께서는 왜 저를 말리지 않으셨습니까? 왜 저를 벌하지 않으셨습니까? 언제 저를 벌하실 것입니까? 벌하지 않으신다면, 제가 하는 짓이 옳다고 믿어도 되는 것입니까? 재일은 원망의 기도를 하다가 문득 바닥을 기어가는 개미가 눈에 들어왔다. 이 개미는 자신이 지금 어디에 있는지 알까? 아무것도 모른 채 먹이를 찾는 본능만으로 기어가고 있는 게 아닐까? 재일은 개미가 자신과 같다는 생각이 들었다. 개미가 바닥에 떨어진 비스킷 가루를 훔쳐 간다고 인간이 개미에게 벌을 줄까? 그럴 수도 있지만, 대부분 인간은 개미에게 관심도 없을 것이다. 그럼 언제 인간은 개미를 죽일까? 개미가 인간의 음식에 빠졌을 때. 개미가 인간을 물었을 때. 개미에 관한 실험을 할 때. 그럴 때 개미를 죽일 것이다. 하지만 그보다도 인간이 개미를 많이 죽이는 가장 많은 이유는 그냥일 것이다. 그게 개미로서는 벌을 받는 것일까? 개미는 무슨 생각을 할까? 이 모든 게 인간의 뜻이니 겸허히 죽음을 받아들일까? 아아. 신과 인간의 관계는 인간과 개미의 관계와 같구나. 신이 먹다 남은 음식 부스러기가 우리에겐 은혜고, 신이 심심해서 죽이는 것이 우리에겐 심판이구나. 무릎을 꿇고 있던 재일은 일어나 창밖을 내다 보았다. 해가 거의 저물어 밖이 캄캄했다. 재일은 병삼의 능력에 대해 생각했다. 손병삼은 하나님께 능력을 받은 사람이 아니야. 그냥 다른 개미들과 다르게 날개가 달린 개미일 뿐이야. 그래 봐야 개미지. 재일은 우 권사에게 전화를 걸었다. 네. 접니다. 이제 돌아왔습니다.

그동안 제가 잘못 생각했습니다.

재일은 병삼이 파나마 게이샤를 마시고 표정이 조금 누그러지자 다시 조심스레 말을 꺼냈다. 제가 공갈을 치고, 협박을 해서 손집사님께 믿음을 얻으려고 했습니다. 죄송합니다. 생각해 보면 아주 단순한 건데 말이죠. 예수 안 믿으면 지옥 간다. 교회 안 가면 벌받는다. 이런 얘기 한다고 누가 교회 옵니까? 반감만 사죠. 교회에 와서 얻는 게 있으면 오지 말라고 해도 옵니다. 그게 은혜건 축복이건, 인맥이건 돈이건 말이죠. 그래서 저는 손 집사님께 원하는 것을 드릴 생각입니다. 그래서 그 돈도 드린 거고요. 그 돈은 그냥 드리는 겁니다. 그 돈으로 빚을 갚으시고 사라지셔도 됩니다. 아니면 저번에 제가 제안해 드린 대로 저랑 같이 다니시면서 커피믹스가 아닌 다른 커피를 마셔볼 수도 있고요. 블루마운틴, 마타리, 코나, 루왁, 아이보리 블랙. 그런 커피 원두도 있고요. 카푸치노, 아인슈페너, 콜드브루, 캐러멜 마키아토로 만들어 마실 수도 있고요. 세상에는 수많은 커피가 있지 않겠습니까? 병삼은 문득 지금 마시고 있는 파나마 게이샤로 캐러멜 마키아토를 만들면 어떤 맛일지 궁금해졌다. 재일은 병삼의 입꼬리가 살짝 올라가는 걸 잡아내고는 말을 이어갔다. 말씀드렸다시피 한 달에 천만 원 받으시고 아무 일도 할 필요 없이 저랑 다니시기만 하면 됩니다. 그리고.

조건이 있어유.

병삼이 재일의 말을 끊었다. 그리구 목사님 따라댕기면서 따귀 때려달라는 사람 때리면 되는 건 알것는데. 저도 조건을 좀 더 붙여야 되것구먼유. 네. 좋습니다. 말씀해 보세요. 우선 우 권사랑 안 엮이게 해줘유. 왜 그런지는 말 안 해도 아실 것 같고. 그리구 집 하나 얻어줘유. 우 권사 집에서는 하루라도 빨리 나가고 싶으니께. 방 두 칸짜리에 5층 이상 되는 곳으로 얻어주세유. 그리고 중형차 한 대. 중고라도 상관없어유. 이건 뭐 중요한 건 아니지만, 휴가도 좀 많이 주시면 고맙겠네유. 그리구 마지막으로 직책 하나 줘유. 집사도 아닌데 집사 소리 듣는 거 지겨워 죽겠네유. 재일은 표정 없이 커피를 마시며 병삼의 조건을 들었다. 우선 차는 지하주차장 1층 고정주차 자리에 세워진 차 아무거나 타고 다니세요. 그리고 저랑 다니실 때는 제 차를 타고 다니시면 됩니다. 그리고 집은 지금 살고 계신 집 보다는 거리가 좀 있습니다만, 제가 세를 주고 있는 집을 비워드릴 테니 거기 사세요. 위치는 잠원역에서 500m 떨어져 있습니다. 아크로리버뷰 신반포아파트이고요. 방 세 개 화장실 두 개. 층수는 25층입니다. 그리고 앞으로 우 권사랑 엮이실 일 없습니다.

어떠십니까? 손 실장님?

손 실장이유? 병삼은 자기도 모르게 미소를 지었다. 이제 재일교회 비서실장이 되셨으니 실장님이라고 불러드려야죠. 아이고 참. 낯 간지럽네. 그래도 집사보다는 나으니께. 병삼은 여전히 웃음을 숨기지 못한 채 커피를 마셨다. 그런데 저도 손 실장님께 부탁이 있습니다. 그렇지유. 역시 공짜는 없는 거쥬. 말씀해 보세유. 우선 다른 건 모르겠지만, 주일예배는 꼭 참석해 주세요. 그때는 저도 어쩔 수 없이 손 집사님이라 부를 수밖에 없습니다. 허이구, 그 정도야 뭐. 그리고 간증 한 번 부탁드리겠습니다. 간증이유? 내용은 사이비 교회인 한마음교회에 있을 때는 지옥 같은 삶을 살았는데, 재일교회에 와서 행복해지고 믿음도 강해졌다는 내용의 간증을 해주시면 됩니다. 간증 내용은 양 전도사가 작성해서 드릴 테니 보고 읽으시면 됩니다. 재일은 병삼의 미소가 사라지는 것을 보았다. 그냥 궁금해서 물어보는 건데유. 이제 우리끼리 비밀두 없구 그러니께. 그 바울이 말이어유. 그놈은 전 목사님헌티 상대도 안 되고. 이제 교회두 없어져서 아프리카로 선교 간다고 허던디. 왜 그놈을 계속 사이비로 몰아야 하나유?

제가 이미 그렇게 말을 해버렸기 때문입니다.

정바울 목사가 좀 거슬리긴 했지만, 이렇게까지 심하게 몰아붙일 생각은 없었는데요. 정바울 목사가 쓸데없이 꼬투리 잡힐 행동을 많이 했더라고요. 어쩌겠어요. 자기가 처신을 잘못한 탓을 해야지. 그리고 저도 제 입으로 정바울 목사가 사이비라고 내뱉은 이상 그 증거를 보여야 합니다. 그래야 제 말이 믿음이 생기지 않겠습니까? 손 실장님께서 해주실 간증도 그 증거 중 하나고요. 그냥 저는 제가 할 일 하는 겁니다. 이게 다 우리 교회를 지키고, 우리 성도님들 지키기 위해 하는 행동이죠. 병삼은 잠시 생각을 하다가 입을 열었다. 그거 예배시간 중간에 앞에 나가서 해야 하는 거쥬? 다들 그렇게 하십니다. 여러 번 할 필요는 없는 거쥬? 딱 한 번만 하시면 됩니다. 그런데 손 실장님께서 하신 간증 영상이 홈페이지와 유튜브에 올라가긴 합니다. 그건 뭐 상관없구유. 병삼은 남은 커피를 쭉 마신 뒤 일어나 재일에게 손을 내밀었다. 재일은 병삼의 손을 보고는 미소를 지은 뒤 악수를 했다. 잘 부탁드립니다. 손 실장님. 그럼 가시죠. 어디를 가유? 벌써 일 시작하는 거유? 아뇨. 백화점에 가셔야죠. 명색이 실장님이신데 옷을 그렇게 입고 다니시긴 그렇잖아요?

방을 빼신다고요?

병삼의 말을 들은 반석 공인중개사의 원 집사는 깜짝 놀랐다. 우 권사님네 오피스텔로 들어가신 지 얼마 안 됐잖아요? 이 동네다 그 정도 관리비는 나올 텐데. 어디로 이사하세요? 잠원동이유. 아크로리버뷰 아파트라던가? 네에? 아크로리버뷰 신반포 말씀하시는 거세요? 거기 전세가 적어도 20억은 할 텐데. 1억도 없다고 대출받으셔 놓고서는 혹시 로또 되신 거예요? 그래서 정장이랑 구두도 사셨구나? 어쩐지. 어쩐지. 병삼이 공인중개사를 나가자 원 집사는 바로 우 권사에게 그 사실을 알렸다. 공인중개사를 나온 병삼은 은행으로 가서 대출받은 1억 원을 갚았다. 그리고 곧바로 우 권사에게 대출 다 갚았다는 문자를 보냈다. 몇 분 후, 우 권사에게서는 네, 라는 답장이 도착했다. 병삼이 재일교회로 들어와 목사실로 가는 도중 멀리 우 권사가 보였다. 우 권사도 병삼을 보았다. 우 권사는 아무 일 없었다는 듯 무표정하게 병삼에게 살짝 고개만 숙여 인사를 하고는 병삼을 지나쳐 걸어갔다.

야!

병삼이 소리치자 우 권사는 깜짝 놀라 돌아보았다. 병삼은 우 권사가 아닌 다른 곳을 보고 있었다. 병삼은 멀리 보이는 우진을 부른 것이었다. 우 권사는 두근거리는 마음을 진정시켰다. 어? 병삼이 형. 교회 다시 나왔네요. 뭐야 그 정장은? 장례식 가요? 어어? 뭐야 이거? 넥타이 에르메스예요? 진짜야? 가짜야? 우진은 병삼의 넥타이를 뒤집어 상표를 보았다. 뭐야? 진짜잖아? 빡! 병삼은 우진의 뒤통수를 냅다 갈겼다. 뒤통수를 얻어맞은 우진이 당황한 표정으로 병삼을 쳐다보았다. 너는 이 시키야. 어디 버르장머리 없이 넥타이를 함부로 뒤적거려? 내가 니 친구여? 내가 니 친구냐고! 봤으면 달려와서 안녕하십니까? 하고 인사를 혀야지. 설렁설렁 걸어와서 넥타이나 뒤집고. 아니, 갑자기 왜 그래요? 왜 그러긴 이 시키야! 내가 너랑 바울이 그 시키 때문에 한마음교회 사이비 취급받아서 얼마나 고생한 줄 알어? 생각 같아서는 확 그냥 전 목사님헌티 얘기해서 짤라버리는 건데. 그리구 앞으루 너 나한테 형이라구 허지 말어. 이제부터는 손 실장님이라구 혀. 알었냐? 뭐요? 손 실장님? 참 나. 빡! 병삼은 우진이 어처구니없다는 듯 웃자 다시 뒤통수를 갈겼다. 이 시키가 장난인 줄 아나. 너 앞으로 그딴 식으로 싸가지 없게 행동하면, 재일교회가 아니라 너 좋아하는 영화판에서도 발 못 붙이게 헐줄 알어. 내가 못 할 거 같어? 병삼이 눈에 불을 켜고 소리를 지르자 우진은 당황했다. 앞으루 내가 너, 두고 볼 겨. 아주 뒤지는 수가 있어. 알것어? 병삼은 우진을 잠시 노려보다가 목사실로 향했다. 아이 시팔. 왜 저래? 우진은 병삼의 뒤통수를 노려보며 욕을 하다가 우 권사를 보고는 움찔하여 인사를 하고 자리를 피했다. 우 권사는 병삼과 우진이 사라지자 핸드폰을 꺼내 재일에게 문자를 보냈다.

전우진 씨는 그만 내보낼까요?

재일은 문자를 확인하고는 커피를 마시며 병삼에게 물었다. 병삼은 목사실 소파에 앉아 재일이 준 세인트 헬레나 커피를 마시다가 재일의 말에 고개를 들었다. 안 그래도 그 싸가지 없는 시키 좀 쫓가내라구 할라구 혔어유. 예전에 한마음교회에 같이 좀 있었다구 그냥 친구 먹을라구 그러구. 나이두 어린것이. 병삼은 커피를 한 모금 더 마시고 잠시 생각을 하다가 입을 열었다. 아니여. 오히려 데리구 있는 것이 낫것네유. 내가 잡도리를 해서 사람 좀 맨들어놔야것슈. 병삼은 재일의 눈치를 힐끔 보다가 슬쩍 웃었다. 나두 어디 스트레스 풀 데는 하나 있어야쥬. 재일은 병삼이 뭔가 이상하다는 걸 느꼈다. 전우진 씨는 조만간 내보내는 거로 하시죠. 저도 그 인간이 꽤나 거슬려요. 목사님 좋을 데루 하셔유. 저는 이래도 그만, 저래도 그만이유. 지가 그 시키 신경 쓸 겨를이 어디 있슈. 재일은 병삼이 우진을 내보내도 된다고 하자 조금 마음이 놓였다. 손 실장님, 그럼 식사나 하러 가실까요?

W 코스 둘이요.

네. 알겠습니다. 물은 미네랄 워터와 탄산수. 그냥 다 제가 평소 먹던 대로 주시면 됩니다. 알겠습니다. 그럼 스테이크는 어떻게…. 웨이트리스는 주문을 확인하려다가 재일이 노려보자 입을 닫았다. 손 실장님, 와인 한잔하실래요? 저는 술은 못해유. 잘됐네요. 저도 술 안 마십니다. 목사라서 그렇기도 하고. 그리고 취해 있으면 공격받기도 쉽거든요. 손 실장님도 운전하시니까 더욱 술을 안 드시는 게 좋겠네요. 재일은 웨이트리스를 쳐다보지도 않은 채 메뉴를 던져주었다. 메뉴를 받은 웨이트리스는 조용히 인사를 하고 사라졌다. 조금 있으면 누가 올 겁니다. 제가 소개해 드리면 하실 거 해주세요. 여기서 바로 해유? 여기서는 좀 그렇고, 제가 신호 보내드리면 하세요. 알것구먼유. 안 그래도 저기 오시네. 재일이 자리에서 일어나자 병삼도 따라 일어났다. 멀리서 60대 남자가 재일과 병삼 쪽으로 걸어오고 있었다. 정장 차림에 시원한 미소, 당당한 걸음걸이 그리고 이런 비싼 레스토랑에 어울릴 법한 구두와 시계. 오셨습니까? 은행장님. 재일이 인사를 꾸벅하자 은행장이란 사람은 재일의 손을 잡으며 반가워했다. 전 목사, 이런 데 말고 좀 좋은 데서 보자니까. 저 여기 스테이크 좋아합니다. 그런데 이분은 누구신지? 여기는 재일교회 비서실장이신 손병삼 실장님이십니다. 그리고 이분은 미라클 저축은행 은행장이신 김기석 은행장님. 병삼이 고개를 숙여 인사를 하자 은행장은 병삼을 의심의 눈초리로 훑어보았다. 저희 실장님은 신경 쓰실 필요 없으십니다. 여기는 보는 사람이 많으니 흡연실로 잠시 가실까요? 그럽시다. 재일이 은행장을 안내하면서 병삼에게 눈빛으로 신호를 보내자 병삼도 흡연장으로 따라나섰다. 흡연실에 들어온 은행장이 담배를 꺼내 물자 재일은 병삼을 불렀다. 손 실장님, 불 좀 드리세요. 예? 아아. 예. 병삼은 라이터를 꺼내 은행장의 담배에 불을 붙였다. 그때 재일이 병삼을 바라보며 고갯짓을 살짝 하자 병삼은 은행장의 따귀를 냅다 후려쳤다. 짜악! 따귀를 맞은 은행장은 입에서 담배를 떨군 뒤 눈물을 주르륵 흘렸다. 하아. 제가 정말 죄송합니다. 저도 처음에는 이렇게 살 생각은 아니었어요. 내가 정말. 손주들한테 부끄럽게 살면 안 되는데. 재일은 눈물을 훔치는 은행장을 빤히 바라보았다. 저기요. 은행장님. 그건 제 알 바 아니고요. 안성시 개발은 민간개발이 확실한 겁니까? 아니에요. 그게 이번에 시장이 바뀌면서 좀 틀어졌습니다. 이 시팔! 내가 이럴 줄 알았어! 재일은 울고 있는 은행장의 멱살을 잡아 천천히 일으켰다. 어제 통화할 때까지만 해도 백 퍼센트 민간개발이라면서요? 걱정하지 말라면서요?

짜악!

병삼은 일주일에 두세 번 정도 재일을 따라나섰다. 사슴고기 스테이크, 페킹 덕, 전가복, 푸아그라, 신선로, 캐비어, 붉바리 회 등등.

331

태어나서 먹어보지 못했던 음식들을 먹으며 재일이 가리키는 사람들의 따귀를 때려댔다. 국회의원, 검사, 기자, 방송국 프로듀서, 애널리스트와 같이 평소에 만나지도 못했을 법한 사람들을 때려댔다. 트러플 와규 버거 세트랑 더블 치즈버거 세트 주세요. 재일과 병삼이 햄버거를 먹고 있는데 멀리서 겨우 스무 살쯤 되었을 법한 여자가 웃으며 달려왔다. 목사님. 왜 여기 계세요? 어어? 샴푸 씨는 여기 웬일이세요? 우리 연습실이 요 앞에 건물이에요. 저 매일 여기서 햄버거 사 먹는데. 아아. 그러셨구나. 아 참. 여기는 우리 재일교회 비서실장님이신 손병삼 실장님이시고, 여기는 아이돌 샴푸 씨예요. 텔레비전에서 보셨죠? 아아. 그러네유. 어디서 많이 봤다 싶었는데. 영광이네유. 아휴. 뭘요. 재일은 수줍게 웃는 샴푸를 힐끔 보았다. 저기 샴푸 씨, 그러고 보니까 내가 샴푸 씨한테 줄 선물이 있는데. 선물이요? 뭔데요? 샴푸의 눈이 기대로 가득 차 똥그래졌다. 손실장님, 차에서 그것 좀 가져다주세요. 네? 아아. 아니다. 그냥 우리다 같이 차로 갑시다. 뒤쪽 주차장에 차 세워놨거든요. 재일이 밖으로 나가자 샴푸도 신이 나서 따라 나갔다. 재일이 병삼을 보고 고갯짓을 하자 병삼도 따라나섰다. 무슨 선물이에요? 주차장에 가는 동안에도 샴푸는 재일에게 달라붙어 계속 질문을 해댔다. 자. 잠시만요. 샴푸 씨 여기 눈 감고 잠깐만 있어요. 눈 감으라고요? 네. 눈 뜨면 안 돼요. 깜짝 선물이니까. 알겠어요. 샴푸가 눈을 꼭 감자 재일은 병삼에게 신호를 줬고, 병삼은 샴푸의 따귀를 후려쳤다. 병삼은 이런 어린 여자애한테 얻어낼 게 뭐 있다고 그러나 싶었지만, 우선은 시키는 대로 했다. 죄송해요. 샴푸는 병삼에게 따귀를 맞고 눈물을 주르륵 흘렸다. 아빠한테 너무 미안해요. 우리 아빠 진짜 나 때문에 고생 많이 했는데. 난 아빠 전화도 안 받고. 자자. 시끄럽고. 너는 내가 묻는 말에 대답이나 해. 너, 너네 소속사 사장이랑 잤어? 아니에요. 안 잤다고? 네. 재일은 인상을 찌푸렸다.

에이. 그럼 재미없는데.

그럼 너 누구랑 잤어? 브라보요. 브라보? 브라보가 누구야? 이번에 저희 소속사에서 새로 나오는 남자 아이돌 나토토의 멤버예요. 그런 애 말고 좀 높은 사람이랑 잔 적은 없어? 네. 없어요. 에이 쯧. 그럼 브라보랑은 언제 잤는데. 한 달 조금 넘었어요. 몇 번? 잘 모르겠어요. 한 스무 번. 젊은 게 좋네. 브라보인가 걔는 잘생겼냐? 네. 너무 잘생겼어요. 그런데 걔 미성년자예요. 저보다 세 살 어려요. 죄송해요. 샴푸는 주저앉아 오열하기 시작했다. 그만 울어, 쌍년아. 사람들 보면 어쩌려고! 야, 너 이번 주에 브라보인가 하는 애 교회에 데리고 와. 걔 데리고 와서 둘이 회개해. 알았어? 재일의 말에 샴푸는 고개를 끄덕이며 네, 하고 대답했다. 손 실장님 갑시다. 시동 거세요. 재일이 차에 타자 병삼은 운전석으로 가서 시동을 걸었다. 그런데 궁금한 게 저 여자애는 왜 때리라고 한 건가유? 병삼의 질문에 재일은 피식 웃었다. 그냥요. 재밌을 거 같아서요. 그나저나 손 실장님, 약속하신 건 언제 하실 생각이세요? 약속이유? 또 모르는 척하신다. 간증 말이에요. 자꾸 미루지 마시고 그냥 이번 주에 하시고 끝내세요. 글쎄유. 그게. 참. 그냥 이번 주에 하세요. 양 전도사가 원고 써드린 지가 언제인데. 쯧. 그럼 이번 주에 하시는 거로 알고 있겠습니다. 병삼은 룸미러로 재일의 눈치를 살폈다.

심판

저기? 전우진 작가님 맞으시죠?

우진이 예배실로 들어가려다가 부르는 소리에 돌아보자 영화 프로듀서인 장영환이 서 있었다. 어? 우진은 장 피디의 얼굴을 보고 놀라 움직이지 못했다. 교회 올 때마다 몇 번 뵈었는데 긴가민가해서 말을 못 걸었어요. 장 피디님께서 저를 어떻게 아세요? 아아. 예전에 교보문고에서 상 받으셨잖아요. 시상식 때 저도 거기 있었어요. 그날 작가님 수상 소감을 듣고 너무 웃었어요. 책도 재밌게 읽었고요. 그런데 전 작가님은 저를 어떻게 아세요? 우진은 넋 나간 듯 있다가 정신을 차리고 대답했다. 어떻게 알긴요. 기생충 프로듀서 하셨잖아요. 칸이랑 아카데미에서 봉준호 감독님이랑 같이 사진 찍으시고 인터뷰하시고 그런 거 다 봤어요. 아아. 그러셨구나. 장 피디는 지갑에서 명함을 꺼내 우진에게 건넸다. 전 작가님, 언제 같이 맥주라도 한잔하시면서 영화 얘기나 하시죠. 우진은 장 피디의 명함을 떨리는 손으로 받아 들었다. 저. 장 피디님, 제 말 이상하게 듣지 마시고요. 오늘 예배드리지 마시고 그냥 집으로 돌아가세요. 오늘은 재일교회 근처에도 오지 마시고요. 우진의 말을 들은 장 피디는 황당한 눈으로 우진을 바라보았다. 예? 갑자기 그게 무슨. 우진은 사람들 눈을 피해 장 피디에게 다가가 조용히 속삭였다. 영화

색, 계 보셨어요? 네. 봤는데요. 지금이 영화 클라이맥스라고 생각
하시면 됩니다. 제가 탕웨이. 피디님이 양조위. 장 피디는 황당한 표
정으로 우진을 바라보았다. 그러나 농담 한 조각 묻어 있지 않은 우
진의 표정을 보고는 장 피디의 표정도 굳어갔다. 우진은 장 피디에
게 조용히 속삭였다. 가요. 어서. 장 피디는 우진을 잠시 바라보다가
영화 속 양조위처럼 재빨리 도망쳐서 교회를 빠져나갔다. 우진은
도망치는 장 피디를 바라보며 주머니 속 USB를 꽉 쥐었다.

데보라 트레이너님 오늘 휴가 내셨는데요.

보라의 사촌 동생인 주영은 보라가 일하는 헬스클럽에 왔다
가 보라가 없는 걸 알고 보라에게 전화했다. 보라는 주영이 소개해
준 여성 전용 헬스클럽에 보라가 아닌 데보라로 취직해 있었다. 어
어. 주영아. 전화하고 오지 그랬어. 오늘 일이 좀 있어서 휴가 냈거
든. 일요일 아침부터 무슨 일이 있어요? 교회라도 가요? 응, 오늘 교
회 좀 가려고. 주영은 보라가 교회에 간다는 말에 깜짝 놀랐다. 진
짜 교회 간다고요? 으응? 왜? 나는 교회 가면 안 되니? 주영은 핸드
폰을 잡은 손이 덜덜 떨려왔다. 혹시 재일교회 가는 거예요? 보라는
재일교회 쪽으로 걷고 있다가 순간 발걸음을 멈췄다. 너 내가 재일
교회 가는 건 어떻게 알았어? 보라의 말을 듣자마자 주영은 소리를
질렀다. 언니! 절대 안 돼요. 재일교회 가면 안 돼요. 아빠가 언니 재
일교회 가면 죽는다고 그랬어요. 그래서 저보고 지켜보라고 한 거
고요. 그래서 제가 일요일마다 언니 찾아온 거예요. 브런치 먹자는
건 다 핑계예요. 언니 교회 못 가게 하려고 그런 거라고요. 삼촌이
그랬다고? 내가 재일교회 가면 죽는다고? 네. 그래서 아빠가 절대
언니 교회 못 가게 하라고 그랬어요. 보라는 머릿속이 복잡해졌다.
어떻게 근배 삼촌이 내가 재일교회 갈 거라는 걸 알았을까? 그리고

왜 내가 재일교회에 가면 죽는다고 그랬을까? 삼촌 말대로 진짜 재일교회에 가면 죽는 걸까? 삼촌은 내가 재일교회 갈 거라는 걸 알고 있었어. 그럼 내가 재일교회 가면 죽는다는 것도 진짜일지도 몰라. 어떡하지? 언니! 언니! 듣고 있어요? 우리 아빠 말 다 진짜예요. 우선 만나요. 만나면 제가 왜 우리 아빠 말이 다 진짜인지 설명할 수 있어요. 주영야. 진정해. 나 아직 교회 안 들어갔어. 그러면 우리 헬스클럽 건너편에 있는 메종드꼼빠뇽에서 보자. 여기 신사동이라서 서초역까지 가려면 30분 정도 걸릴 것 같거든. 알았어요. 언니 빨리 와요. 나는 아이스 아메리카노랑 클럽 샌드위치 시켜놔 줘. 그리고 나 도착할 때까지 안에 들어가 있어. 저번처럼 테라스에 있지 말고 알았지? 금방 갈게. 보라는 전화를 끊고 다시 재일교회로 향했다.

아빠는 괜찮으니까 너무 걱정하지 마.

바울은 한길에게 문자를 보내려다 지웠다. 장인인 김정석 목사에게 전화를 걸까 하다가 예배 시간이라 전화를 못 받을 것 같아서 걸지 않았다. 한 장로나 한마음교회 집사들에게 전화를 걸려다가 전화를 한다고 하더라도 딱히 할 말도 없을 것 같아서 관뒀다. 바울은 핸드폰의 연락처를 훑어보았다. 많지도 않은 연락처 중 전화 걸 사람이 아무도 없다는 것만 확인하고 핸드폰을 껐다. 바울은 문득 하은이 생각이 났다. 하은이 살아 있다면 어땠을까? 잘하라고 응원을 했을까? 절대 안 된다고 뜯어말렸을까? 당연히 하은이는 뜯어말리고, 나는 말도 안 듣고 몰래 했겠지. 그리고 결국. 결국에는. 결국에는 어떻게 되려나? 바울이 핸드폰 사진첩을 열어 하은이의 사진을 물끄러미 보고 있는데 우진에게 텔레그램이 왔다. 열어보니 1이라는 숫자만 찍혀 있었다. 주변을 둘러보니 멀리서 보라가 달려오고 있었다. 바울은 손을 흔들어 보였다. 죄송해요. 전화 좀 하느라고. 전화할 사람도 있으시고. 부럽네요. 바울은 보라가 숨을 돌리는 동안 잠시 기다렸다. 이제 슬슬 시작할 모양입니다. 저도 우진이 오빠한테 연락받았어요. 얼른 가요. 바울은 재일교회로 들어가려는 보라를 잡았다. 잠시만요. 제가 이제 와서 보라 씨를 말린다고 듣진 않으시겠죠? 당연한 걸 물어보세요? 바울은 잠시 보라를 바라보다가 말을 이었다. 그럴 리야 없겠지만, 혹시 무슨 일이 생기시면 바로 도망치세요. 다치지 마시고요. 보라는 바울의 말을 듣고 살짝 미소를 지었다. 제 걱정은 하지 마시고요. 목사님 걱정이나 하세요. 그리고 우진 오빠 계획대로라면 아무도 다칠 일 없어요. 길어야 5분이면 끝나요. 보라의 말에 바울은 잡았던 보라의 팔을 놓았다. 제가 쓸데없이 걱정이 많아서 죄송합니다. 얼른 들어가요. 이러다가 타이밍 놓치겠어요. 보라의 말에 재일이 시계를 보니 오전 9시 15분이었다. 그러게요. 서둘러야겠네요. 바울과 보라는 재일교회로 들어갔다. 재일교회 건물 밖에는 2부 예배 시간이라 지나다니는 사람이 아무도 없었다.

오늘 간증하실 분은 손병삼 집사님이십니다.

손병삼 집사님께서는 사이비 교회인 한마음교회에 계시다 우리 재일교회로 오셔서 큰 은혜를 받으셨습니다. 손병삼 집사님이 간증하실 때 우리 성도 여러분들 큰 은혜 받으시는 시간이 되셨으면 좋겠습니다. 박수로 맞이하겠습니다. 손병삼 집사님이십니다. 정장을 입고 예배당 가장 앞자리에 앉아 있던 병삼은 수많은 교인의 박수 속에 단상으로 올라갔다. 단상에 있던 재일은 병삼에게 자리를 비켜주었다. 병삼은 거대한 단상에서 예배당을 훑어보았다. 수많은 교인이 다 병삼을 바라보고 있었다. 병삼은 갑자기 두려워졌다. 재일교회 등록 교인 수가 4만 명이 넘는다고 그랬는데. 지금 여기 있는 사람들이 적어도 만 명은 넘겠지? 이 사람들의 반, 아니, 10분의 1만 설득되더라도 전재일 목사는 끝장나는 겨. 그래도 교회 댕기는 사람들이니 막 난동 부리거나 그러지는 않것지? 아니여. 얘기 들어보니께 한마음교회 앞에서도 막 난동을 부렸다고 혔는디. 병삼은 예배당 2층에서 카메라를 잡고 있는 우진을 찾았다. 병삼이 단상에 서자 우진은 갑자기 배가 아픈 듯 배를 부여잡고 인상을 찌푸리더니 카메라를 고정한 채 후다닥 예배당을 빠져나갔다. 병삼은 우진이 뛰쳐나가는 모습을 보고 심호흡을 했다. 이제 시작이구나. 문득 뒤를 돌아보니 3층 높이의 거대한 십자가도 병삼을 내려다보고 있었다. 병삼은 말없이 십자가를 바라보았다. 교인들은 병삼이 간증을 시작하지 않고 십자가만 바라보고 있자 웅성거리기 시작했다. 그 소리에 정신을 차린 병삼은 주머니에서 종이 한 장을 꺼내 단상에 놓았다. 그 종이는 양 전도사가 적어준 간증 내용이 아니라 우진이 적어준 대본이었다. 병삼이 인사를 꾸벅하자 교인들의 우레와 같은 박수 소리가 터져 나왔다. 안녕하십니까? 손병삼입니다.

시작했어요.

우진이 예배당에서 뛰쳐나와 숨어 있던 바울과 보라에게 달려갔다. 빨리요. 우진이 계단을 뛰어 올라가기 시작하자 바울과 보라도 우진의 뒤를 향했다. 우진은 4층까지 뛰어 올라가 방송실 문을 벌컥 열고 들어갔다. 방송실에 있던 사람들은 깜짝 놀라 우진을 바라보았다. 우진의 뒤를 따라 방송실로 보라가 들어왔다. 우진은 손수건으로 코를 막았다. 그러자 보라는 재빨리 주머니에서 립스틱 크기의 향수병을 꺼냈다. 그 향수병에는 보라의 땀이 들어 있었다. 보라는 향수병에 담긴 자신의 땀을 남자들에게 뿌려댔다. 뭐야 시팔! 이런 미친년이 뭐 하는 짓이야? 저 쌍년 잡아! 방송실에 있던

네 명의 남자들은 모두 벌떡 일어나 보라에게 달려들었다. 보라는 달려드는 남자들을 보고 방송실을 도망쳐 나갔다. 남자들은 먹이를 쫓는 사냥개처럼 뛰쳐나가 보라를 쫓았다. 남자들이 나가자 바울이 손수건으로 코를 막은 채 뛰어 들어와 허공에 탈취제를 뿌렸다. 어느새 우진은 창문을 열고 환기를 시키고 있었다. 남아 있던 여자들은 이 상황을 이해하려고 애를 썼으나 어떤 상황인지 감도 잡지 못했다. 우진아, 잠깐만. 내가 먼저 맡아볼게. 바울은 코에서 손수건을 떼고 조심스레 냄새를 맡았다. 에잇 씨팔! 바울은 갑자기 철사장을 써서 옆에 있던 책상을 쾅 내리쳤다. 꺄악! 바울이 책상을 내리치자 방송실에 남아 있던 여자들은 비명을 지르며 방송실에서 도망쳤다. 바울이 내리친 나무 책상은 스티로폼처럼 부서져 있었다. 바울은 부들부들 떨리는 손으로 다시 주변에 탈취제를 뿌렸다. 아아. 이런 기분이구나. 씨팔. 진짜 기분 좆같네. 쌍! 목사님, 괜찮으세요? 우진은 겁을 먹은 채 조심스럽게 물었다. 뭐 이 시팔 새끼야? 바울은 순간적으로 정일심으로 돌아간 기분이 들어 화들짝 놀랐다. 어어? 미안해. 우진은 바울의 사과에도 겁에 질린 모습이었다. 이제 괜찮아졌어. 이거 좀 위험한데? 우진아, 지금 코로 숨 쉬지 말고 조금 있다가 환기 더 되면 숨 쉬어. 아무튼, 난 나가서 문 앞에 있을 테니까. 나 나가면 바로 문 잠그고 시작해. 알았지? 욕한 건 미안해. 우진은 손수건을 코에서 떼지 않은 채 고개를 끄덕였다.

우선 이 자리에 서게 해주신 전재일 목사님께 진심으로 감사드려유.

병삼은 교인들을 바라보지도 못하고 우진이 써준 대본에 코를 박은 채 읽기 시작했다. 저는 원래 한마음교회에 있었어유. 거기는 완전 사이비 교회라서 저는 예배도 안 드렸구먼유. 거기 목사가 월급도 진짜 쬐끔 쳤어유. 왜냐? 교회에 돈이 없었거든유. 한마음교회 댕기는 사람들이 대부분 노인네들 아니면 애기들밖에 없어유. 그게 무슨 뜻이것어유? 똑똑한 젊은 사람들은 사이비인 걸 딱 알고 한마음교회 안 댕기는데. 아무것도 모르는 노인네들이랑 애들만 다닌다는 거 아니것어유? 그러니까 교회에 돈이 없는 거유. 그리구 한마음교회 목사가 뭐라고 그랬느냐. 돈 없으면 헌금 안 해도 된다고 그랬어유. 이게 바로 사이비라는 증거 아니것어유? 헌금은 하나님 돈인데. 교회에 헌금을 많이 하라고 해야지. 그걸 왜 자기 맘대루 헌금하지 말라고 혀유? 헌금을 많이 해야 복을 받는데. 그 복을 못 받게 할라구 그러는 거 아니유? 제 말이 맞쥬? 병삼의 말에 교인들은 잠시 수군거렸다. 재일은 병삼의 간증을 듣다가 단상 아래 있는 양 전도사를 노려보았다. 양 전도사는 병삼의 간증을 듣고 얼굴이 하얗게 질려 안절부절못하고 있었다. 그때 갑자기 위잉하는 소리가 들렸다. 커다란 스크린이 십자가를 가리며 내려오고 있었다. 우진은 방송실에서 스크린 버튼을 누른 뒤 스크린이 내려오는 걸 확인하고는 메인 컴퓨터에 USB를 꽂았다. 스크린이 내려오자 우 권사는 조용히 양 전도사에게 다가갔다. 무슨 간증을 이렇게 해요? 저도 몰라요. 저 원고도 제가 쓴 원고가 아니에요. 뭐라고요? 우 권사는 깜짝 놀라 병삼을 바라보았다. 병삼은 말도 없이 고개를 숙인 채 원고만 바라보고 있었다. 양 전도사는 자신을 노려보고 있는 재일과 눈이 마주쳤다. 재일은 양 전도사를 바라보며 턱으로 문을 가리켰다. 양 전도사는 재일의 신호를 보고는 불에 덴 듯 벌떡 일어났다. 우 권사님, 제가 어떻게 된 일인지 알아보고 오겠습니다. 양 전도사가 후다닥 뛰어나가자 우 권사는 당황한 듯 재일을 바라보았다. 재일은 우 권사에게 괜찮으니 우선 지켜보자는 듯 손을 펴서 신호를 보냈다. 우 권사는 재일의 신호를 알아듣고 다시 조용히 자리에 앉았다.

저년 잡아!

양 전도사는 예배당을 나와 방송실로 가기 위해 계단을 올랐
다. 계단 위에서 욕설과 함께 사람들이 뛰어 내려오는 소리가 들렸
다. 양 전도사가 올려다보니 보라가 계단 위에서 풀쩍 뛰어 내려왔
다. 어어? 너? 양 전도사는 보라를 보고 저번에 보라에게 맞았던 기
억이 떠올라 자기도 모르게 두 손으로 목을 감싸 가렸다. 보라는 양
전도사를 지나쳐 도망치기 시작했다. 잠시 후 위에서 방송실 남자
직원들이 우르르 내려왔다. 저 쌍년, 대가리를 밟아 죽여버릴 거야.
보라는 네 명과 싸우기는 역부족이라는 생각에 남자들의 힘을 빼놓
을 생각이었다. 그동안 오늘을 위해 헬스클럽에서 매일 10킬로씩
러닝머신 위를 달렸었다. 보라는 교회 건물 1층 동쪽 구석에 있는
문으로 나가 주차장으로 간 뒤 주차장 계단을 통해 지하로 내려가
서 다시 예배당으로 들어올 계획이었다. 보라는 조금 천천히 달리
다가 남자들이 거의 쫓아 왔을 때 다시 전속력으로 달리며 따라오
는 남자들을 지치게 했다. 주차장을 두어 바퀴 돌자 남자들은 지쳐
서 욕할 힘조차 남아 있지 않았다. 보라는 지하주차장을 통해 다시
건물로 들어와 1층으로 올라갔다. 저기 있다. 잡아! 보라가 1층으
로 올라오자 양 전도사는 보라를 보고 소리쳤다. 양 전도사는 그사
이에 보안요원들을 잔뜩 모아놓았다. 보안요원이 무전을 치자 이곳
저곳에서 보안요원들이 튀어나왔다. 여섯 명이던 보안요원들은 어
느새 열댓 명으로 늘어났다. 보라는 겁에 질렸다. 이 정도로 많은 보
안요원이 있을 줄은 몰랐는데. 어쩌지? 보라는 다시 동쪽 문을 통해
주차장으로 빠져나가려 했지만, 이미 보안요원들이 달려오고 있어
서 갈 곳은 계단 위밖에 없었다. 보라는 전속력으로 계단을 올랐다.

저는 정바울 목사의 말을 믿지 않았어유.

아무것도 모르는 노인네들이나 홀리는 인간을 어떻게 믿것슈? 병삼은 스크린이 내려오는 도중에도 계속 간증을 이어 나갔다. 교인들 일부가 조금 웅성댔지만, 재일이 조용히 듣고 있는 것을 보아 정상적인 진행이라 생각했는지 모두 병삼의 간증을 들었다. 정바울, 그 인간은 매번 말 같지 않은 헛소리만 해댔어유. 무슨 얘기만 허면 하나님의 뜻이다. 기도하면 하나님이 들어주신다. 그딴 소리만 해대는 거유. 그게 말이 되는 얘기유? 그냥 무식한 노인네들이나 저 하늘 위 천당에 하나님이 계셔서 우리를 보살핀다고 믿지. 고등학교도 못 나온 저도 저 위에는 구름이 있고 그 위에는 아무것도 없는 우주가 있다는 거 다 알잖아유. 세상에 하나님이 어디 있슈? 나쁜 놈들은 떵떵거리고 잘살고. 열심히 사는 사람들은 평생 일해도 돈을 모으기는커녕 가진 거마저 있는 놈들헌티 다 뺏기고 살잖어유. 이게 하나님이 살아 계신다는 증거유? 이렇게 뻔한 걸 갖고 정바울 목사는 그것도 다 하나님의 뜻이라고 그러니께 사이비가 아니고 뭐겠어유? 그런데 우리 전재일 목사님께서는 저랑 생각이 같았어유. 병삼의 말이 끝나자 다시 교인들은 웅성거리기 시작했다. 우 권사는 벌떡 일어나 병삼을 노려보며 단상으로 올라가려고 했다. 그러나 재일은 우 권사에게 다시 앉아 있으라고 손짓을 하며 괜찮다는 듯 고개를 끄덕였다. 우 권사는 재일을 바라보다 화를 삭이며 다시 자리에 앉았다. 그때 스크린이 다 내려와 십자가를 완전히 가렸다. 그리고 병삼은 말을 이어갔다. 전재일 목사님이 어떤 말씀을 하셨는지 보것습니다. 우진은 방송실에서 빔 프로젝트 전원을 켜고 꽂아놨던 USB의 파일을 재생시켰다. 화면에는 CCTV에 찍힌 목사실이 나왔다. 목사실에는 재일과 병삼이 앉아 있었다. 재일은 눈물을 흘리고 있고 그걸 보고 있는 병삼의 뒷모습이 보였다. 화면 속 재일은 눈물을 닦고 병삼을 보며 말을 이어갔다.

목사가 하는 일이 뭐겠습니까?

선을 행하고 악을 처단하는 것 아니겠습니까? 그 권리는 누가
줍니까? 하나님이요? 웃기는 소리입니다. 그건 권력과 재력이 주는
겁니다. 재일의 말에 모든 교인은 술렁대기 시작했다. 그러자 재일
은 자리에서 일어나 마이크를 쥐었다. 자자. 조용히 해주십시오. 재
일이 말에 예배당 내는 다시 조용해졌다. 우선 다들 차분히 영상을
계속 지켜봐 주시기 바랍니다. 재일이 마이크를 놓고 자리에 앉았
다. 병삼은 깜짝 놀랐다. 우진의 계획과는 전혀 다른 반응이었다. 우
진은 영상을 틀면 재일이 당장 영상을 끄라고 난리를 칠 거라고 생
각했다. 보안요원들이 들이닥쳐 병삼을 끌어내면 병삼은 영상을 끝
까지 보시면 진실이 무엇인지 알게 될 것이라고 소리칠 계획이었
다. 바울과 보라가 방송실을 지키고 있어 영상은 끌 수 없을 테고,
교인들은 결국 재일의 본심을 알게 될 수밖에 없다는 생각이었다.
재일교회의 교인 중 언론계나 법조계 사람들이 많으니 그 똑똑하고
권력 있는 사람들이 재일은 가만히 둘 리 없을 테고, 결국 재일은
자신이 쌓아놓은 모든 것을 잃게 될 수밖에 없었다. 그러나 예상은
완전히 어긋났다. 병삼은 재일의 행동을 보고 혼돈에 빠졌다. 왜 저
렇게 느긋허지? 속으로는 똥줄 타면서도 일부러 저러는 거 아닐까?
겉으로는 저렇지만, 머릿속으로 이걸 어떻게 빠져나가나 하고 있것
지? 아니면 뭐 진짜 뾰족한 수가 있나? 병삼은 재일의 표정을 유심
히 살폈지만, 도대체 무슨 생각을 하고 있는지 알 수가 없었다.

어떻게 좀 해봐요.

바울이 쫓아냈던 방송실 여자들이 예배당으로 들어가 청년부
남자들을 여섯 명을 데리고 다시 방송실 앞으로 왔다. 방송실 앞에

서는 바울이 눈을 감은 채 천근추 자세로 문을 막고 서 있었다. 청
년부 남자들은 처음에는 좋은 말로 바울을 타일렀다. 저기요. 여기
서 이러시면 안 됩니다. 이러시면 경찰 부릅니다. 왜 이러시는지 말
씀을 하세요. 그러다 방송실 여자 한 명이 바울을 알아보았다. 어?
저 사람 한마음교회 정바울 목사잖아. 진짜? 그러네? 바울을 알아
본 청년부 남자들은 바울에게 달려들어 바울을 끌어내려 했다. 그
러나 천근추 자세의 바울을 끌어내기에는 역부족이었다. 뭐 하는
거야? 남자 여럿이 저 사람 하나 못 끌어내요? 그냥 팔다리 잡고 번
쩍 들어요. 왜 이렇게 힘이 없어? 방송실 여자들은 바울에게 쩔쩔매
는 청년부 남자들을 보며 짜증을 냈다. 그때 보라가 계단을 뛰어 올
라왔다. 정 목사님. 큰일 났어요. 지금 보안요원들이 올라오고 있어
요. 보라의 말이 끝나기가 무섭게 계단에서 양 전도사와 보안요원
열댓 명이 우르르 몰려왔다. 양 전도사는 청년부 남자들 사이에서
바울을 보았다. 사이비 정바울 목사다! 끌어내. 아니. 두들겨 패! 양
전도사의 말에 청년부 남자들이 바울에게서 비켜서자 보안요원이
우르르 달려들었다.

꺄아악!

보안요원들이 바울에게 달려들어 주먹을 휘두르자 방송실 여
자들이 비명을 질렀다. 바울은 재빨리 철두공을 사용해 보안요원의
주먹을 이마로 받아쳤다. 우드득 소리와 함께 바울을 때리려던 보
안요원의 주먹이 으스러졌다. 으아아악! 보안요원은 손을 부여잡
고 비명을 질렀다. 바울은 수많은 보안요원을 버틸 수 없을 것 같다
고 판단했다. 바울은 감고 있던 눈을 뜨자마자 왼쪽에 서 있는 보안
요원의 복부에 통배권을 날렸다. 그리고 곧바로 오른쪽에서 달려
드는 보안요원의 무릎을 찼다. 복부를 맞은 보안요원은 배를 부여

잡고 쓰러져 구토했고, 무릎을 맞은 보안요원은 넘어져서 데굴데굴 구르며 비명을 질렀다. 바울은 곧바로 뒤쪽에 서 있는 보안요원에게 달려들어 손날로 보안요원의 구둣발을 내리친 뒤 손가락을 곧추세워 옆에 서 있는 다른 보안요원의 복사뼈를 찔렀다. 바울에게 공격당한 보안요원들은 쓰러져 일어나지 못했고, 그걸 본 다른 보안요원들도 섣불리 바울을 공격하지 못했다. 잠시 후 계단 아래에서는 보안요원들 여럿이 더 올라왔다. 방금 올라온 보안요원들은 손에 삼단봉과 전기충격기를 들고 있었다. 목사님, 저 사람들 무기를 들고 왔어요. 보라의 말이 끝나자 계단에서 보라를 쫓았던 방송실 남자들이 어디선가 구한 쇠 파이프와 대걸레 자루를 들고 나타났다. 방송실 남자들은 보라를 발견하자마자 우와아 하고 소리 지르며 달려들었다. 보라는 날아오는 쇠 파이프를 피해 앞차기로 방송실 남자의 턱을 걸어차고, 뒤에 달려오는 남자의 관자놀이에 돌려차기를 날렸다. 퍽퍽 소리가 나며 남자 둘이 쓰러지자 보안요원들은 보라를 노려보았다. 보라는 겁에 질려 후다닥 바울의 옆으로 갔다. 목사님 어쩌죠? 이렇게 사람이 많이 올 거라고는 생각도 못 했는데. 병삼이 아저씨 간증은 언제 끝나는 거예요? 보라가 바울을 바라보자 바울은 흥분한 듯 코로 숨을 쉭쉭 내쉬고 있었다. 우선 버틸 수 있는 데까지 버텨봐야죠. 그리고요. 사람들 공격할 때 기왕이면 무릎 아래쪽을 공격하세요. 머리를 때렸다가 진짜 다치면 큰일이잖아요. 그리고 보라 씨도 다치지 마시고요. 바울의 말에 보라가 대답을 하려는데 우아아아 소리와 함께 방송실 남자들과 보안요원들이 바울과 보라에게 달려들기 시작했다.

약육강식이에요.

재일교회 교인들은 예배당의 커다란 스크린에서는 재일이 울며 말하는 모습을 조용히 지켜보고 있었다. 병삼은 교인들이 어떤 표정을 짓는지 살피고 있었다. 교인들 대부분은 심각한 표정으로 화면을 지켜보거나 재일을 노려보며 수군거렸다. 그려. 저렇게 전 목사의 본모습이 다 까발려졌는데 어쩌것어. 병삼은 재일을 힐끗 쳐다보았다. 재일은 조용히 앉아 교인들의 모습을 지켜보고 있었다. 그렇지. 너도 지금 죽을 맛이것지. 당장 도망치고 싶을 겨. 그런데 이 많은 교인을 어떻게 빠져나갈 겨? 그리구 빠져나간 다음은 또 어쩔 겨? 우 권사도 조용히 화면 속 재일의 말을 듣고 있었다. 하나님이 계신다면 죄 없는 하나님의 아들 정바울 목사를 저렇게 놔두시겠습니까? 선교하다 아내가 죽고, 갑자기 사이비 목사 취급이나 당하고, 다 쓰러져가는 건물에 교회 하나 겨우 세운 것도 없어지게 놔두시겠어요? 우리 교회에 다니는 사람들도 다 알아요. 하나님이 없다는 걸. 혹여나 하나님이 있다고 한들 무슨 상관이겠습니까. 세상이 이런데 아무것도 안 하고 있잖아요. 전지전능은커녕 갓난아기보다 무능한 거죠. 교회 다니는 사람 대부분은 하나님이 없는 걸 알고 있어요. 그런데 왜 교회에 다닐까요? 다 얻는 게 있어서 다니는 겁니다. 교회에 다니며 사람 만나서 사귀고, 도움받고, 그리고 착한 척하기도 쉽고, 죄짓고 뉘우치는 척하기 쉽고. 병삼은 영상을 보고 있다가 무심코 우 권사를 바라보았다. 우 권사는 언제부터였는지 병삼을 노려보고 있었다. 병삼은 베일 듯 날카로운 우 권사의 시선을 자기도 모르게 피해버렸다. 그렇게 노려보면 어쩔 겨? 이제 다 끝났구먼. 병삼은 영상이 빨리 끝나기를 기다렸다.

이상한데?

방송실에서 교인들을 지켜보던 우진은 무언가 섬뜩함을 느꼈다. 어째서 이렇게 조용하지? 우진은 재일의 영상이 나오면 그걸 보던 교인들이 들고일어나리라 생각했다. 재일은 최후를 맞이하는 독재자처럼 끌려 내려와 심판을 받을 거라고 믿었다. 그러나 다들 침착하게 영상을 보고 있었다. 방송실에서는 교인들의 뒷모습만 보이니 표정이 어떤지는 알 수 없었다. 괜찮은 건가? 도대체 뭐가 어떻게 돌아가는 거지? 곧 있으면 영상이 끝날 텐데. 그때 방송실 문에 무언가 부딪혀 쾅 하는 소리가 났다. 우진은 깜짝 놀라 몸을 움찔했다. 지금쯤이면 교인들이 들고일어나는 틈을 타서 정 목사님과 보라 씨가 교회를 빠져나갔어야 해. 그런데 아직도 밖에서 싸우고 있잖아. 그럼 나는? 나는 언제 도망치지? 큰일이다. 뭔가 틀어졌어.

아아아악!

보라는 대걸레 자루를 들고 달려드는 방송실 남자의 코를 옆차기로 걷어찼다. 남자는 대걸레 자루를 떨어뜨리고 자신의 코를 움켜쥐었다. 부러진 코에서는 코피가 주르륵 흘렀다. 보라는 코피를 흘리며 자신을 노려보는 남자를 보고 겁이 덜컥 났다. 보라는 바울의 말대로 남자의 다리를 때리려고 했으나 태권도를 배울 때 머리와 몸통 공격 위주로 배워서 몸이 저절로 상대방의 머리와 몸통을 공격했다. 남자는 코피를 쏟으며 보라에게 달려들었다. 보라는 좀비처럼 피를 흘리며 달려드는 남자를 보자 등에서 식은땀이 주르륵 흘렀다.

땀? 땀이 난다.

큰일이다. 보라는 자신이 땀을 흘리고 있다는 게 느껴지자 다리가 후들거려 움직일 수 없었다. 피를 흘리는 동료를 보고 다른 방송실 남자들도 손에 든 무기를 들고 괴성을 지르며 보라에게 달려들었다. 그때 보안요원에게 둘러싸여 있던 바울이 재빨리 빠져나와 보라 앞을 가로막은 뒤 두 번째 손가락을 접어 쥔 다음 탄자권으로 코피를 쏟으며 달려드는 남자의 허벅지를 때렸다. 남자는 허벅지에 고무탄을 맞은 듯 쓰러졌고 뒤따라오던 방송실 남자들도 쓰러진 남자에 다리가 걸려 넘어졌다. 보라 씨. 빨리 도망치세요. 바울이 보라를 돌아볼 때 보안요원 한 명이 삼단봉으로 바울의 뒤통수를 후려갈겼다. 바울이 얻어맞자 곧바로 다른 보안요원이 전기충격기로 바울의 등을 지졌다. 바울이 쓰러지자 보안요원들은 우르르 달려들어 바울을 짓밟기 시작했다. 정신을 잃은 바울은 속수무책으로 맞고 있을 수밖에 없었다. 보라는 바울을 구하고 싶었지만, 자신이 땀이 나기 시작했다는 생각에 도저히 남자들 사이로 들어갈 수 없었다. 어쩌지? 어떡하지? 보라는 입술이 터지고 눈에 멍이 든 채 맞고 있는 바울을 보며 이러지도 저러지도 못했다.

저 여자 잡아요!

멀리서 지켜보던 방송실 여자가 보라를 가리키며 소리쳤다. 저 여자 도망치려고 그래요. 그러자 청년부 남자들이 보라를 쳐다보았다. 보라는 떨어져 있던 대걸레 자루를 주워 들고 휘둘렀다. 청년부 남자들이 휘두르는 대걸레 자루에 겁먹은 틈을 타 재빨리 방송실 여자에게 달려갔다. 보라는 방송실 여자들에게 주머니에서 자신의 땀이 들어 있는 향수병을 꺼내 마구 뿌려댔다. 아악! 이게 뭐야? 여자들은 보라가 최루가스를 뿌린다고 생각해서 비명을 질렀지만, 아무 냄새도 나지 않자 어리둥절했다. 그때 갑자기 청년부 남자 한 명이 방송실 여자의 따귀를 후려쳤다. 청년부 남자는 방송실 여자에게서 나는 보라의 땀 냄새를 맡고 이성을 잃은 것이었다. 개같은 년이 어디서 이래라저래라야! 다른 방송실 여자들은 청년부 남자를 말렸다. 왜 그래요? 갑자기? 이러지 마세요. 그러자 다른 청년부 남자들도 보라의 땀 냄새를 맡고 이성을 잃어 방송실 여자들에게 달려들었다. 청년부 남자들은 방송실 여자들의 머리채를 잡고 주먹으로 얼굴을 때리고 넘어진 여자들을 발로 밟았다. 방송실 여자들은 두들겨 맞으며 비명을 질러댔다. 보라는 자신의 땀 냄새 때문에 머리가 터지고 코뼈가 부러져 피를 흘리는 여자들을 보며 다리가 풀려 주저앉을 뻔했다. 그때 보라의 땀 냄새를 맡은 보안요원들이 바울을 때리던 것을 멈추고 방송실 여자들을 노려보며 다가갔다. 큰일 났다. 이러다 저 여자들 진짜 죽겠어. 어떡하지? 보라는 자신에게서 땀 냄새가 날까 봐 바울에게 가까이 가지 못한 채 대걸레 자루를 들고 쓰러져 있는 바울의 이마를 쿡쿡 찔렀다. 목사님! 정신 차려봐요! 네? 정신 좀 차려보라고요!

아이 시팔!

바울은 욕을 하며 보라가 들고 있던 대걸레 자루를 확 낚아채 빼앗았다. 보라는 겁에 질려 두어 발짝 떨어졌다. 목사님. 목사님, 진정하세요. 지금 저한테 땀 냄새가 나요. 저한테 가까이 오지 마세요. 그제야 바울은 정신을 차리고 주변을 둘러보았다. 죽어, 이 시팔 년아! 이 개새끼야 너는 또 뭐야? 좆같은 새끼들 다 죽여버려. 자신을 때리던 보안요원과 다른 남자들이 여자들을 두들겨 패다가 자기들끼리도 엉켜서 싸우고 있었다. 목사님, 코로 숨 쉬지 마시고 입으로 숨 쉬세요. 바울은 구석에 떨어져 있던 탈취제를 발견하고 주워 들어 주변에 마구 뿌려댔다. 그런 다음 대걸레 자루를 꽉 움켜쥐고 엉켜서 싸우고 있는 남자들에게 달려들었다. 바울은 봉을 움켜쥐고 거리를 벌려 봉 끝으로 남자들의 정강이뼈를 때리고 복사뼈와 무릎을 찔렀다. 남자들은 뱀에게 물린 것처럼 비명을 지르며 쓰러지기 시작했다. 그러자 다른 보안요원들이 바울을 향해 삼단봉을 휘두르며 덤벼들었다. 바울은 봉을 치켜들어 보안요원의 삼단봉을 막고 복부를 찌른 뒤 다시 봉을 휘리릭 돌려 뒤에 있는 보안요원의 허벅지를 때렸다. 쓰러진 남자들은 일어나지 못하는 상황에서도 보라의 땀 냄새 때문에 흥분을 가라앉히지 못한 채 욕을 하며 바울을 잡으려고 손을 뻗어댔다. 그러나 뒤쪽에서는 여전히 여자들이 남자들에게 두들겨 맞고 있었다. 아악! 살려주세요. 이러지 마세요. 아아악! 그때 보라의 눈에 떨어져 있는 전기충격기가 들어왔다. 보라는 바울이 쓰던 탈취제를 주워 온몸에 뿌린 뒤 전기충격기를 주워 들고 눈이 뒤집힌 채 여자들을 때리는 남자들에게 달려갔다.

아주 간혹 있긴 있습니다.

가끔 머저리 같은 인간들이 하나님이 살아 계시며 자신을 보살핀다고 생각하고 웁니다. 우 권사님 같으신 분들이죠. 오히려 그런 사람들이 더 무서워요. 믿음이 있잖아요. 믿음이라는 게 얼마나 무서운 건데요. 내가 불구덩이에 뛰어들어도 하나님이 살려주신다고 믿으면 온몸에 휘발유를 뿌리고도 불구덩이로 뛰어 들어가는 사람들입니다. 그런 사람들이 교회에 많으면 많을수록 좋아요. 그런 사람들은 목사를 거의 예수급으로 생각하니까요. 목사의 말이 하나님 말이라고 생각하니까요. 탁! 우진은 떨리는 손으로 키보드를 눌러 영상을 정지시키고 USB를 뽑았다. 예상과 다르게 조용히 영상을 보는 교인들이 불안해 견딜 수가 없었다. 그리고 밖에서 들려오는 사람 때리는 소리, 욕설, 비명 때문에 공포에 질려 당장 방송실, 아니, 이 교회에서 도망치고 싶었다. 도망치더라도 증거인 UBS는 챙겨야 해. 우진이 영상을 정지시키자 예배당 전등이 켜지고 위이이잉 하는 소리와 함께 스크린이 올라가며 다시 거대한 십자가가 몸을 드러냈다. 우진은 스크린이 올라가자 당황하기 시작했다. 에이 씨. 이러면 방송실에 내가 아직 있다는 거 알 거 아냐. 불이 켜지고 스크린이 올라가자 조용했던 교인들이 웅성거리기 시작했다. 예배당 뒷자리에서부터 이게 뭐야? 이걸 왜 보여준 겁니까? 저거 진짜야? 아니, 가만히 좀 있어봐. 이걸 왜 보고만 있어? 같은 짜증 섞인 목소리가 하나둘 들리기 시작했다. 그때 조용히 앉아 있던 재일이 일어나 마이크를 쥐고 단상 가운데 섰다. 교인들은 재일이 일어나자 짜증 담긴 목소리를 높이기 시작했다. 잠시만 조용히 해주십시오. 재일의 말에 교인들은 뭐 하시는 겁니까? 목사가 저래도 돼? 당신도 사이비잖아. 야! 너 내려와. 같은 말을 내뱉기 시작했다. 교인들의 불만 섞인 목소리가 점점 커질수록 병삼의 마음속에 안도감도 점점 커졌다. 오늘이 네 심판의 날이여. 병삼은 속으로 미소를 지으며 바울을 지켜보았다.

제가. 조용히 해달라고 하지 않았습니까!

재일이 마이크에 대고 소리를 지르자 일순간 예배당이 조용해졌다. 오로지 위잉 하며 스크린 올라가는 소리만 들릴 뿐이었다. 스크린은 천천히 그리고 꾸준히 올라갔다. 스크린이 올라가는 동안 그 어떤 교인도 움직이지 않았다. 스크린이 다 올라가고 거대한 십자가가 모습을 온전히 드러내자 재일은 다시 마이크를 들었다. 요한계시록 12장 9절. 큰 용이 내쫓기니 옛 뱀 곧 마귀라고도 하고 사탄이라고도 하며 온 천하를 꾀는 자라 그가 땅으로 내쫓기니 그의 사자들도 그와 함께 내쫓기니라. 재일은 성경 구절을 내뱉고 잠시 쉬었다가 다시 말을 이었다. 태초에 하나님께서 우리 인간에게 에덴동산을 주셨습니다. 그러나 모든 인간의 어머니이신 하와가 뱀에게 속아 선악과를 먹고 에덴동산에서 쫓겨났습니다. 지금 여러분들은 그때 하와와 다를 것이 하나도 없습니다. 태초부터 지금까지 달라진 게 전혀 없어요. 그렇게 사탄에게 속고 또 속고. 속은 걸 후회하고는 다시 속고. 그렇게 오랫동안 재일교회에 다니면서 다져왔던 믿음이 방금 본 몇 분의 영상 때문에 깨지고 있지 않습니까? 그렇게 지켜왔던 하나님의 말씀이 뱀의 말 한마디에 깨진 것과 뭐가 다릅니까? 생각해 보십시오. 왜 이 예배 시간에 저 영상이 틀어졌는지. 저 영상이 틀어지는 동안 제가 왜 아무런 동요도 하지 않았는지.

사탄아 물러가라.

마태복음 4장 10절. 이에 예수께서 말씀하시되 사탄아 물러가라 기록되었으되. 주 너의 하나님께 경배하고 다만 그를 섬기라 하였느니라. 여러분들은 저 영상이 진짜라고 믿으십니까? 보신 것처럼 제가 목사실에서 울면서 저런 이야기를 했을 거라고 생각하십니까? CCTV에 찍히는 걸 알면서. 저런 말도 안 되는 이야기를 제 입으로 했다고 믿으십니까? 왜요? 제가 왜 했겠습니까? 만약 영상에서 본 대로 제가 진짜로 저런 생각을 갖고 있다고 하더라도 왜 그걸 영상으로 남겼겠습니까? 어떤 이유에서요? 저게 진짜라면 제가 진작 CCTV 영상을 삭제했겠지요. 제가 정말로 저런 생각을 하고 있었다면 그 전에 어디선가 새어 나가 벌써 이 자리에 없었을 것입니다.

저 영상은 가짜입니다.

재일교회 성도님들 중에 영상이나 컴퓨터 그래픽을 전공하시는 성도님도 많으신 거로 알고 있습니다. 이쪽 일 하시는 성도님들이 더 잘 아시겠지만, 컴퓨터 영상 기술 중에 딥페이크라는 기술이 있습니다. 다른 사람의 몸에 배우의 얼굴을 합성하는 기술입니다. 여러분들이 좋아하시는 마블 영화에 늘 나오는 컴퓨터 영상 기법입니다. 기술이 좋아져서 어떤 부분이 컴퓨터 그래픽이고 어떤 부분이 실사 촬영인지 전혀 구분할 수 없습니다. 이게 어느 정도로 흔하냐 하면 일반 사람들도 유튜브나 인스타그램에 컴퓨터로 합성한 영상을 재미로 올리곤 합니다. 간단한 합성 같은 건 핸드폰 앱으로 초등학생도 할 수 있을 정도로 쉽습니다. 그러나 목적만 있다면 보신 바와 같이 기술적으로 아주 정교하게 만들 수도 있습니다. 저런 영상뿐만 아니라 제가 간음하는 영상이나 살인하는 영상도 감쪽같이 만들 수 있습니다. 목소리요? 영상이 가능한데 음성 정도야 식은 죽 먹기 아니겠습니까? 저 영상에서 제가 울고 있습니다. 왜 그럴까요? 평소 사람들이 우는 모습을 자주 보십니까? 그렇지 않죠. 그걸 노린 것입니다. 무언가 어색하더라도 울고 있어서 그렇다고 생각하게끔 말입니다. 목소리가 조금 달라도 울어서 그런가 보다. 게다가 울고 있는 모습을 보면 감정이 동화되어 이성적으로 판단하기 힘들어집니다. CCTV 화면을 쓴 이유도 실제로 일어난 사실처럼 보이기 때문입니다. 다시 말씀드리자면, 이 모든 게 저를 음해하기 위해 하나부터 열까지 계획적으로 정교하게 만들어진 영상이라는 이야기입니다. 재일의 말에 사람들은 술렁이기 시작했다. 재일의 말을 듣고 있던 병삼은 최후의 순간에 발악을 하는구먼. 저 말을 누가 믿어? 하는 생각이 들었다. 하지만 재일의 말이 계속될수록 교인들의 표정이 변화하는 걸 보며 점점 겁이 나기 시작했다. 혹시. 설마. 진짜로 저 개소리를 믿는다고? 병삼은 점점 초조해지기 시작했다. 이거 도대체 어떻게 되려고 이러는 겨? 이렇게 대충 변명해 댄 다음 예배 마무리되고 끝나버리면 전 목사는 바로 도망칠 텐데. 재산 싹 빼돌려서 해외로 도망가면 어떻게 잡아? 병삼은 슬쩍 재일을 노려보았다. 그러나 재일은 여전히 당당하게 단상에 서서 동요하는 교인들을 바라보았다. 자. 이제 여러분들 또 생각하셔야 할 게 있습니다. 그럼. 누가? 왜? 어떤 이유로? 이런 영상을 만들었을까요? 이 영상이 왜 하필 지금 틀어졌을까요?

이 모든 사실은 방금 간증하신 손병삼 집사님이 알고 계실 것입니다.

재일의 말에 모든 교인이 일제히 병삼을 바라보았다. 그 순간 병삼은 지금 심판을 받는 것이 재일이 아니라 자신이라는 사실을 깨달았다. 수만 명의 시선에 병삼은 온몸이 돌덩이처럼 굳는 것 같았다. 손가락 하나 까딱하기도 힘들고 눈꺼풀조차 움직일 수 없었다. 이제 도대체 어떻게 해야 하는 겨? 이게 다 사실이라고 얘기허면? 그걸 믿어줄까? 안 믿으면 난 어떻게 되는 겨? 여기서 찢겨 죽는 겨? 아니, 이 사람들은 직접 눈으로 봐놓고 어떻게 저걸 안 믿지? 저 영상을 여기서 괜히 틀었어. 차라리 방송국에다가 제보를 허는 건디. 아니면 유튜브에 올려버리든가. 병삼이 초조한 마음에 교인들의 시선을 피하다가 덜컥 우 권사와 눈이 마주쳤다. 우 권사는 여전히 메두사처럼 병삼을 노려보고 있었다. 병삼은 우 권사의 시선을 피해 고개를 돌리다가 재일과 눈이 마주쳤다. 재일은 병삼을 보고 미소를 지었다. 손병삼 집사님. 집사님께서는 이 영상에 대해서 어떻게 생각하십니까? 예에? 저. 저도. 잘 몰라유. 병삼은 어떻게든 살아서 빠져나가야겠다는 생각 때문에 자기도 모르게 대답을 해버리고 말았다. 그러나 한번 부정을 한 이상 다시 되돌릴 수도 없었다. 그려, 우선은 살고 봐야지. 재일은 병삼의 대답이 의아한 듯 되물었다. 영상에 대해서 모르신다고요? 영상을 보시면 제 맞은편에 손병삼 집사님이 앉아 계시잖아요. 그런데도 모르신다? 그렇다면 저 영상을 찍은 적이 없으시다는 말씀이시네요. 예. 저는 잘 모르것습니다. 이상하네요. 어떻게 본인이 나온 영상을 모르실 수가 있죠? 모르시는 거 확실하시죠? 병삼은 말없이 고개를 끄덕였다. 하긴, 저도 저 영상에 나왔지만, 저도 전혀 모릅니다. 저 영상에 나온 저와 손병삼 집사님 둘 다 저 영상에 대해 전혀 모른다는 것은 무슨 뜻입니까. 저 영상은 가짜라는 것입니다. 그럼 도대체 누가? 왜? 어떠한 이유로 저 영상을 만들었겠습니까? 그 답은 지금 예배당에 계신 성도님 모두 알고 계십니다. 저 영상을 만든 사람은 바로!

아아아아악!

보라는 방송실 여자들을 무자비하게 두들겨 패는 남자들에게 달려들어 전기충격기로 남자들을 목과 등을 지졌다. 여자들을 때리는 데 정신 팔린 남자들은 전기충격기를 맞고 발작하며 쓰러졌다. 그때 여자 한 명이 정신을 차리고 벌떡 일어나 계단 아래로 도망쳤다. 누가 경찰에 신고 좀 해주세요! 보라는 여자가 도망치는 것을 보고 깜짝 놀랐다. 저 여자는 내 땀을 뒤집어쓴 상태라 도망치다가 남자라도 마주치게 되면 또 두들겨 맞게 된다. 보라는 여자에게 우선 탈취제를 뿌려 땀 냄새를 없애야 한다고 알려주기 위해 여자를 쫓아갔다. 바울은 봉을 휘두르며 달려드는 보안요원을 하나둘씩 쓰러뜨렸다. 바울이 봉을 한 번 휘두를 때마다 보안요원들은 픽픽 쓰러져 나갔다. 그러나 쓰러진 보안요원은 아픔도 잊은 채 눈에 불을 켜고 욕지거리를 하며 바울에게 기어 왔다. 바울은 갑자기 기분이 나빠져서 봉으로 보안요원의 코를 찍어 눌렀다. 보안요원의 코뼈가 부러지며 코피가 수돗물을 틀어놓은 것처럼 바닥에 쫘악 쏟아졌다. 아아아악! 이 씨발 놈아. 바울은 욕지거리를 내뱉은 보안요원을 싸늘하게 내려다보았다. 그러게, 봐줄 때 조용히 있을 것이지. 이 개새끼들은 고마운 줄을 몰라요. 모든 보안요원을 쓰러뜨린 바울은 주변을 둘러보았다. 어느새 보라는 어디로 갔는지 보이지 않았다. 이 개 같은 년은 어딜 간 거야? 어어? 뭐지? 바울은 순간적으로 자신에게 놀랐다. 왜 보라 씨에게 욕을 했지. 바울은 그제야 바닥에 흥건한 보안요원의 코피를 보고는 깜짝 놀랐다. 그러다 다시 기분이 나빠져서 쓰러져 있는 다른 요원의 머리통을 박살 내고 싶어졌다. 바울은 놀라 탈취제를 주워 들고 자신의 몸과 주변에 뿌리기 시작했다. 보라 씨 땀 냄새 때문이구나. 그때 멀리서 방송실 여자가 일어나는 게 보였다. 저기요. 괜찮아요? 여자는 힘겹게 일어나다가 바울을 보고는 귀신이라도 본 듯 놀라 벌벌 떨며 도망치기 시작했다. 저기요! 바울은 도망치는 여자를 쫓아가야 하나 말아야 하나 망설였다. 그냥 도망치게 놔두는 게 나으려나? 괜히 쫓아갔다가 오해받을지도 모르잖아. 그리고 저 여자한테서 보라 씨 땀 냄새가 나니까 근처에 갔다가 또. 잠깐. 저 여자가 지나가는 남자한테 도움을 청하면. 그 남자도 보라 씨 땀 냄새를 맡고 저 여자를 때릴 거 아니야. 저기요! 잠깐만 기다리세요. 제가 도와드릴게요! 바울은 봉과 탈취제를 들고 도망친 여자를 쫓았다.

꺄아아아아아아악!

그 답은 지금 예배당에 계신 성도님 모두 알고 계십니다. 저 영상을 만든 사람은 바로! 재일이 말을 하는 도중 예배당 1층 문이 열리면서 피투성이가 된 방송실 여자가 뛰어 들어왔다. 교인들은 피투성이가 된 여자를 보고 비명을 질렀다. 살려주세요. 제발 살려주세요. 거기 들어가시면 안 돼요! 빨리 나오세요! 보라는 여자를 따라 예배당으로 들어왔다. 교인들의 시선이 보라에게 쏠렸다. 보라는 그제야 주변을 살폈다. 예배당 안의 모든 교인이 자신을 바라보고 있었다. 그리고 단상에는 재일이 서 있었다. 재일은 갑자기 나타난 보라를 보고는 미소를 숨길 수가 없었다. 재일은 다시 마이크를 치켜들고 소리쳤다. 저것 보십시오. 제가 뭐라고 했습니까. 저 여자가 저에게 누명을 씌우려던 여자입니다. 저 여자는 한마음교회 정바울 목사와 같이 있던 여자입니다. 저 여자가 왜 지금 여기 와 있겠습니까? 저 여자 손에 든 거 보이십니까? 전기충격기를 들고 있습니다. 재일의 말에 보라는 자신에 손에 들려 있던 전기충격기를 보고 깜짝 놀라 바닥에 던져버렸다. 그러나 자신을 바라보는 수많은 교인을 보고는 다시 잽싸게 전기충격기를 주워 두 손에 꼭 쥐었다.

하실 말씀 있으시면 올라와서 하시죠.

재일은 보라를 보고 웃으며 말을 이었다. 본인이 방금 봤던 영상과 관련이 없으시다면. 그리고 지금 쓰러져 있는 여성도분을 본인이 그러신 게 아니라면 단상에 올라와서 어떻게 된 일인지 우리 성도님께 말씀해 보세요. 본인이 정당하면, 죄가 없다면, 도망치지 마시고 올라와서 말씀하십시오. 보라는 재일의 말에 단상에 올라갈까 하다가 자신을 적대적으로 바라보는 수많은 사람, 특히 수많은 남자를 보고는 겁이 났다. 그렇다고 그냥 도망치는 것은 정말로 죄를 지은 것처럼 보일 것 같아서 그럴 수도 없었다. 병삼이 아저씨는? 병삼이 아저씨는 어쩌지? 보라는 단상 옆에 서 있는 병삼을 보았다. 병삼은 보라와 눈이 마주치자 아주 조심스럽게 인상을 찌푸린 채 고개를 저었다. 뭐지? 오지 말라는 건가? 보라는 조심스럽게 뒷걸음질 쳤다. 그러자 병삼은 다시 조심스럽게 고개를 끄덕였다. 그렇구나. 도망가라는 거구나. 서보라 씨! 어딜 가십니까? 지금 도망가시는 겁니까? 재일의 말이 보라의 발목을 덥석 잡았다. 보라는 이러지도 저러지도 못하고 전기충격기를 꼭 쥔 채 서 있을 수밖에 없었다.

괜찮으세요?

그때 한 여성도가 쓰러진 방송실 여자에게 달려와 부축했다. 제가 방금 119에 연락했어요. 이쪽으로 오셔서 좀 누워 계세요. 여성도의 말을 들은 방송실 여자는 고개를 저으며 눈물을 흘렸다. 저 나가고 싶어요. 여기 너무 무서워요. 그러실래요? 혹시 걸으실 수 있으시겠어요? 저기요. 여기 부축 좀 해주세요. 여성도의 말에 한 청년이 다가와서 쓰러진 여자를 붙잡고 조심히 일으켰다. 저 붙잡고 천천히 일어나세요. 여자는 청년의 재킷을 붙잡고 조심스럽게 일어났다. 아얏. 여자는 일어나다가 발목을 접질렀는지 살짝 기우뚱했다. 조심 좀 해주세요. 지켜보던 여성도의 말에 청년은 여성도를 노려보았다. 조심하고 있잖아. 이 씨발 년아! 내가 뭐 했어? 자기 혼자 일어나다가 자기 혼자 삐끗한 건데. 에이 시팔! 더러워서 못 해 먹겠네. 청년은 부축하던 여자를 확 밀었다. 지금 뭐 하시는 거예요? 여성도는 청년을 노려보며 소리를 질렀다. 뭐? 뭐 어쩔 건데? 내가 니 쫄따구야? 네가 뭔데 이래라저래라야? 이거 완전 미친년이네? 청년은 여성도의 머리를 밀었다. 그러자 다른 남자 성도가 달려와 청년을 말렸다. 이거 왜 이러십니까? 뭐야 당신은? 이년 남편이야? 뭐 이 새끼야? 방송실 여자의 몸에 뿌려졌던 보라의 땀 냄새가 퍼지기 시작하자 그 주변에서는 다시 싸움이 일어나기 시작했다. 그 모습을 본 보라는 겁에 질려 뒷걸음치기 시작했다.

마귀의 선동입니다.

재일은 사람들이 싸우자 문득 예전에 보라의 땀 냄새를 맡았던 게 기억이 났다. 그리고 보라가 경찰서에서 병삼에게 따귀를 맞고 자백했던 내용도 떠올랐다. 재일에게 이것은 더없이 좋은 기회였다. 재일은 애써 미소를 참으며 소리를 질렀다. 저 여자가 나타나자 갑자기 싸움이 벌어졌습니다. 이것이 증거입니다. 저 여자가 마귀입니다. 여러분, 일어나 마귀를 잡으십시오. 요한일서 3장 10절. 이러므로 하나님의 자녀들과 마귀의 자녀들이 드러나나니 무릇 의를 행하지 아니하는 자나 또는 그 형제를 사랑하지 아니하는 자는 하나님께 속하지 아니하니라. 여러분들 일어나서 의를 행하십시오! 저 마귀를 잡으세요! 사탄을 물리치세요! 재일의 말이 끝나자 보라 주변의 교인들은 자리에서 일어나 보라에게 다가오기 시작했다. 보라는 다리가 풀려 풀썩 주저앉았다. 방송실 여자 주변에서는 벌써 싸움이 일어나 서로 멱살을 잡고 주먹을 날리며 난장판이 되었다. 싸움을 말리려던 남자들은 보라의 땀 냄새를 맡고 흥분하여 서로 싸우기 시작했고, 여자들은 흥분한 남자들에게 두들겨 맞아 쓰러지거나 도망치기 바빴다. 보라는 자기 때문에 사람들이 다치는 걸 보자 눈물이 울컥 쏟아졌다. 그때 갑자기 누군가 보라의 머리를 콱 움켜잡았다. 다 이 마귀 년 때문이야! 보라가 올려다보니 덩치가 커다란 30대 여자가 자신의 머리를 움켜쥔 채 내려다보고 있었다. 보라가 자신의 머리카락을 움켜쥔 여자의 손을 잡고 뿌리치려 했다. 운동한 여자다. 여자의 손은 마치 돌덩이처럼 딱딱했다. 보라가 여자의 손목을 비틀어 보았지만, 여자는 끄떡도 하지 않았다. 보라는 전기충격기를 여자에게 들이밀었다. 그러나 여자는 전기충격기가 들린 보라의 손목을 꽉 움켜잡았다. 보라는 손목이 끊어질 듯 아파 비명을 지르며 전기충격기를 놓쳐버렸다. 아직도 정신 못 차리네. 너는 오늘 임자 만났어. 여자는 마치 보라를 초등학생 다루듯 머리채를 잡고 질질 끌었다. 보라는 머리카락이 다 빠질 듯 아팠다. 보라는 재빨리 재킷 주머니에서 자신의 땀이 담긴 향수병을 꺼내 여자에게 뿌렸다. 아악! 이게 뭐야? 여자는 화가 나서 보라의 멱살을 잡고 일으킨 뒤 업어치기로 보라를 바닥에 패대기쳤다. 커헉! 보라는 숨이 턱 막히고 등이 끊어질 듯 아팠다. 여자는 다시 보라를 일으켜 손바닥으로 보라의 따귀를 철썩철썩 올려붙였다. 이봐요. 너무 심한 거 아닙니까? 한 남자가 여자에게 소리치자 여자는 남자를 노려보았다. 뭐요? 여자가 노려보자 남자는 잠시 움찔하다가 코를 킁킁대더니 눈빛이 사납게 바뀌었다. 이 돼지 같은 년이 뭘 꼬나봐? 남자의 말에 여자는 보라를 던져버리고 남자에게 다가갔다. 야! 너 지금 뭐라고 했어? 그때 다른 남자가 갑자기 여자의 눈을 주먹으로 때렸다. 여자는 갑작스러운 공격을 피하지 못한 채 눈을 부여잡고 비명을 질렀다. 그러자 주변에 있던 모든 남자가 여자에게 주먹질과 발길질을 하기 시작했다. 여자는 비명을 지르며 쓰러졌다. 그만하세요. 그러다 사람 죽어요. 씨팔 새끼들 다 뒤지라고 그래! 좆 까! 이 개새끼야. 예배당 1층은 이곳저곳에서 비명이 터지고 욕설이 난무했다. 보라는 도망치기 위해 벌벌 떨며 바닥을 기었다. 누군가 보라의 뒷덜미를 잡고 일으켰다. 보라는 겁에 질려 손에 들고 있던 향수병에 있는 자신의 땀을 마구 뿌려댔다.

까아아아아아악!

예배당 3층에서 갑자기 비명이 들렸다. 3층 문에서 피투성이가 된 방송실 여자가 뛰어 들어오고 그 뒤를 따라 바울이 봉을 들고 쫓아왔다. 정바울 목사다! 누군가 바울을 알아보고 소리치자 단상에 있던 재일이 3층을 올려다보았다. 재일은 바울을 손가락으로 가리키며 소리를 질렀다. 저것 보십시오. 사이비 교회 정바울 목사입니다. 제가 말씀드리지 않았습니까. 이 모든 게 다 저 사탄의 짓입니다. 하나님의 이름으로 저기 저 정바울 목사를 처단해야 합니다. 하나님께서 여러분께 선을 행하실 기회를 주신 것입니다. 하나님의 기회를 믿습니까? 재일의 말에 모든 교인은 아멘! 하고 대답했다. 믿습니까? 아멘! 믿습니까? 아멘! 교인의 아멘 소리가 온 예배당을 쩌렁쩌렁하게 울려댔다. 병삼은 그 소리에 온몸에 소름이 돋았다. 아멘 소리가 끝나자 3층 교인들은 바울을 노려보았다. 그러나 피투성이가 된 채 봉을 들고 있는 바울의 모습을 보고 아무도 바울에게 접근하지 못했다. 바울은 소란스러운 소리에 3층 난간으로 달려와 아래를 내려다보았다. 1층에는 점점 보라의 땀 냄새가 퍼져 사람들끼리 뒤엉킨 채 아수라장이 되어 있었다. 보라는 문밖으로 도망치려다가 한 남자에게 머리를 잡혔다. 그러자 다른 남자들이 보라에게 우르르 몰려들었다. 보라는 발버둥을 치며 달라붙는 남자들에게 발차기를 날렸다. 보라의 발에 얼굴을 맞은 남자는 이가 부러져 피를 쏟았고, 다른 남자는 관자놀이를 맞아 쓰러졌다. 그러나 더 많은 남자들이 보라에게 달려들었고, 보라는 공포에 휩싸여 비명을 질러댔다. 그 소리를 들은 바울은 3층에서 2층으로 뛰어 내렸다. 그리고 다시 2층 난간으로 달려가 1층으로 뛰어내렸다. 바울이 1층으로 떨어지자 재일은 바울을 보며 소리를 질렀다. 마귀가 저기 있습니다. 이제 마귀는 도망갈 곳이 없습니다. 보라의 땀 냄새를 맡고 흥분한 남자들이 바울을 향해 달려들었다. 바울은 수많은 사람이 달려들자 어쩔 수 없이 봉을 휘둘렀다. 그러나 이제는 사람들의 다리만 노릴 여유가 없었다. 바울이 봉을 휘두를 때마다 주변의 남자들이 픽픽 쓰러져갔다. 맞은 남자들의 고통이 봉을 타고 바울의 손에 전해졌다. 바울은 그 타격감이 점점 짜릿하게 다가왔다. 바울에게 맞아 쓰러진 남자들은 바울에게 욕을 뱉어댔다. 이 개새끼야. 너 내가 언젠간 꼭 죽일 줄 알아! 개 좆같은 새끼. 씨부럴 새끼. 너 못 죽이면 네 자식새끼라도 죽일 거다. 바울은 욕을 듣고 순간 욱하는 마음에 쓰러져 욕을 하는 남자의 머리를 봉으로 찍어 내렸다. 퍽 하며 두개골이 부서지는 소리가 들리며 남자가 기절했다. 바울은 순간적으로 봉을 집어 던져버렸다. 내가 왜 이러지? 보라 씨 땀 냄새 때문인가? 아니면 원래 이런 놈이었나? 그래. 난 원래부터 이런 놈이었었지. 정일심이었을 때부터. 잠깐. 내가 사람을 죽인 건가? 아니겠지? 아니겠지?

다들 정신 좀 차려봐유!

　사태가 걷잡을 수 없이 커지자 병삼은 안절부절못했다. 그러다
보라도 사람들에게 맞아 쓰러지고, 바울도 봉을 던져버린 채 겁에
질려 있는 모습을 보니 더는 가만히 있을 수는 없겠다는 생각이 들
었다. 보라의 땀 때문인지 재일의 말 때문인지 예배당 2층과 3층 사
람들도 흥분해서 욕을 해대고 자기들끼리 멱살을 잡고 싸웠다. 마
귀를 몰아냅시다. 사탄아, 물러가라. 저 새끼 잡아! 병신같이 뭐 하
고들 있어? 그러다 갑자기 몇몇 사람이 1층으로 뛰어내렸다. 그러
자 많은 사람이 1층으로 뛰어내리기 시작했고 다른 사람들도 계단
을 통해 1층으로 내려왔다. 으하하하하. 병삼은 웃음소리에 고개를
돌리자 단상에 서 있던 재일이 미친 듯이 웃고 있었다. 그래. 그래야
지. 그래야 하나님 보시기에 좋지. 재일은 아수라장이 된 예배당을
보며 소리를 고래고래 질렀다. 정바울 저 마귀 새끼를 잡아! 잡아
죽여! 뭐 하는 거야? 얼른 잡아 죽이라고! 그년은 어디 갔어? 뭐 해?
서보라 그년 없어졌잖아. 빨리 찾아. 병삼은 재일이 미쳐버린 성도
들을 진정시키지 않는 이상, 이 지옥은 끝이 나지 않을 거라는 생
각이 들었다. 병삼은 재빨리 재일에게 달려가 재일의 따귀를 후려
치려고 했다. 그러나 재일은 병삼의 손을 피하고는 발로 병삼의 배
를 걷어찼다. 재일의 발에 차인 병삼은 균형을 잃고 단상에서 굴러
떨어졌다. 사람들은 굴러떨어진 병삼을 지나쳐 바울에게 달려갔다.
사람들이 바울을 향해 달려들자 바울은 금강불괴 자세로 사람들을
막아냈다. 그러나 수많은 사람이 달려들자 자세가 흐트러졌다. 그
때를 놓치지 않고 사람들은 바울의 다리와 팔을 붙잡고 바울을 쓰
러뜨리려고 했다. 이 개 좆같은 새끼들아! 바울은 머리로 오른팔을
잡은 남자의 얼굴 들이받았다. 남자는 코가 부서지고 앞니가 부러
져 피를 쏟았다. 바울은 왼손을 잡은 남자의 손을 물어뜯었다. 남자

는 푹 파여 피가 솟구치는 자신의 손을 보고 비명을 질렀다. 양손이 자유로워진 바울은 주먹으로 주변 사람들을 무자비하게 때리기 시작했다. 퍽퍽 소리와 함께 사람들의 비명을 지르기 시작했다. 이 개새끼들. 다 죽여버릴 거야. 시팔! 어딜 도망가! 바울은 도망치는 사람들까지 붙잡아 쓰러뜨린 후 발로 밟았다. 바울의 주변에는 피를 흘리며 쓰러진 사람이 수십 명에 달했다. 그런데도 바울은 살기 어린 눈으로 주변에 있는 사람들을 잡아 패려고 했다.

짜악!

겨우 몸을 일으킨 병삼이 바울의 상태를 보고는 달려와 따귀를 후려쳤다. 그러자 바울은 눈물을 주르륵 흘렸다. 정신을 차린 바울이 주변을 둘러보았다. 병삼아. 이게 뭐냐? 우리 이 죄를 어떻게 용서받냐? 병삼은 다시 바울의 따귀를 때렸다. 정신 차려. 우선 도망가야지 어쩌것어. 바울은 문 쪽을 살펴보다가 깜짝 놀랐다. 보라 씨는? 보라 씨가 왜 안 보여? 나두 몰러. 저기 문 쪽에 있었는디. 어어? 저짝 아래 있구먼. 보라는 사람들이 뒤엉켜 싸우는 곳에서 조금 떨어진 교회 의자 아래 쓰러져 있었다. 바울은 입술이 터지고 머리에서 피까지 흘린 채 기절해 있는 보라를 보고 깜짝 놀라 달려갔다. 아악! 보라에게 달려가던 바울이 비명을 듣고 뒤를 돌아보자 병삼이 어떤 남자에게 걷어차여 바닥을 뒹굴고 있었다. 남자는 쓰러진 병삼을 밟으려고 했다. 바울은 달려가 남자를 붙잡았다. 그러자 병삼이 벌떡 일어나 붙잡힌 남자의 따귀를 후려쳤다. 흥분했던 남자는 병삼의 따귀를 맞고 차분해져서 주변을 둘러보았다. 그러더니 무릎을 꿇고 주여, 저의 죄를 용서하여 주시옵소서, 하며 눈물을 흘리기 시작했다. 그리고 나서 주변에 싸우는 다른 사람들을 말리기 시작했다. 그만들 하세요. 하나님께서 지켜보고 계십니다. 부끄럽지도 않으십니까? 남자는 할머니 한 명을 두들겨 패는 청년을 뒤에서 꽉 껴안았다. 형제님, 정신 차리세요. 뭐야? 이 새끼야! 이거 안놔? 그때 병삼은 재빨리 청년의 따귀를 때렸다. 그러자 청년도 털썩 주저앉아 쓰러진 할머니 앞에 꿇어 엎드리고는 용서를 빌었다. 죄송합니다. 죄송합니다. 제가 정신이 나갔었습니다.

이거다!

병삼아. 내가 사람들 붙잡고 있을 테니 그때 따귀를 때려라. 보라 쟤는 어쩌구? 어차피 우리가 보라 씨 있는 쪽으로 가려면 네가 사람들 따귀를 때리면서 가는 수밖에 없어. 저도 돕겠습니다. 저도요. 병삼에게 따귀를 맞은 남자와 청년이 병삼에게 다가와 말했다. 바울과 남자는 뒤엉켜 싸우고 있는 남자들을 붙잡아 뜯어말렸다. 그때 병삼이 재빠르게 따귀를 후려쳤다. 병삼에게 따귀를 맞은 사람은 눈물을 흘리며 회개를 한 뒤 싸우고 있는 사람들을 말리기 시작했다. 짝! 짝! 짝! 짝! 짝! 짝! 바울과 병삼에게 따귀 맞은 남자들이 사람들을 붙잡고 있으면 병삼은 빈틈을 노리고 따귀를 후려쳤다. 병삼에게 따귀를 맞은 사람들은 어느새 수십 명이 되어 서로 단합하여 사람들을 말렸다. 여자들 먼저 밖으로 대피를 시키셔야 합니다. 바울의 말에 병삼에게 맞은 사람들은 길을 터서 여자들을 예배당 밖으로 대피시키기 시작했다. 감사합니다. 감사합니다. 여자들은 병삼에게 따귀를 맞은 남자들의 보호를 받으며 바울에게 감사 인사를 하고는 예배당 밖으로 도망쳤다.

이 시팔 새끼가! 뒤지고 싶어서 환장했나?

병삼은 바울에게 붙잡힌 남자의 따귀를 때렸다. 그러나 그 남자

는 다른 사람들과 다르게 오히려 화를 내며 병삼에게 죽일 듯이 덤
볐다. 병삼아, 더 세게 때려! 나두 알어. 손 아파 죽겄어. 병삼의 손
은 사람들의 따귀를 하도 많이 때려서 어느새 시뻘겋게 퉁퉁 부어
있었다. 바울이 붙잡고 있던 남자가 발버둥을 치자 병삼은 이를 꽉
깨물고 고통을 참은 채 남자의 따귀를 다시 한번 후려쳤다. 어이구,
아퍼 죽겄네. 병삼은 오른손이 불에 덴 듯 화끈거리고 아파서 참을
수가 없었다. 그제야 남자는 무릎을 꿇고 회개의 기도를 하기 시작
했다. 재일은 점점 바울과 병삼이 있는 곳의 분위기가 달라지는 것
을 느꼈다. 병삼과 바울이 사람들과 뒤엉켜 싸우고 있는 줄 알았는
데 어느새 병삼과 바울을 도와주는 사람들이 늘어가는 것이 보였
다. 게다가 그 사람들은 여자들을 예배당 밖으로 내보내고 있었다.
그 모습을 지켜보던 재일은 저러다가 병삼과 바울이 예배당 밖으로
도망쳐 버리겠다는 생각이 들었다.

사탄을 잡으십시오!

재일은 손가락으로 바울을 가리키며 마이크에 대고 소리를 질
렀다. 지금 뭐 하시는 겁니까? 저 온 천하를 꾀하는 사탄을 잡아
야 합니다. 사탄을 잡아 하나님께 영광을 돌리십시오. 재일의 목소
리는 온 예배당을 쩌렁쩌렁하게 울렸다. 그러나 재일의 말은 어느
새 사람들의 비명과 욕설 속에 파묻혔다. 사람들은 자기들이 어디
서 싸우는지, 왜 싸우는지도 잊어버린 채 서로 주먹을 휘두르고 발
길질을 해댔다. 올라타서 목을 조르고 쓰러진 사람을 밟아댔다. 병
삼에게 따귀를 맞아 정신을 차린 사람들은 싸우는 사람을 말리느
라 소리를 질렀다. 뭐 하는 거야? 내 말 안 들려? 이 병신 새끼들아!
장바울 저 새끼를 잡으라고! 재일은 통제가 되지 않는 사람들을 보
고 화가 나서 마이크에 대고 고래고래 소리를 질러댔다. 병삼은 재

일의 악다구니가 시끄러워 귀를 막았다. 바울아! 전 목사, 저놈부터 잡아야것다. 사람들을 대피시키던 바울은 병삼의 말을 듣고는 공중으로 붕 날아올랐다. 공중으로 날아오른 바울은 경신술을 써서 교회 의자와 사람들의 어깨를 밟고 달려가 사뿐히 단상으로 올라갔다. 단상에 올라온 바울을 본 재일은 마이크를 집어 던진 뒤 재킷을 벗고 넥타이를 풀었다. 바울아, 저 새끼 꽉 잡고 있어. 내가 따귀 한 대 후려치면 다 끝나는 겨. 병삼이 서둘러 단상을 올라가려는데 누군가 뒤에서 병삼의 뒷덜미를 잡았다. 그러고는 순식간에 병삼을 바닥에 눕혔다. 정신을 차리고 보니 보안요원 셋이 병삼을 잡아 눕힌 것이었다. 병삼은 발버둥을 쳤다. 병삼의 오른팔을 잡고 있던 보안요원이 병삼의 손목을 움켜잡고 손바닥이 하늘을 보게끔 바닥에 눌렀다. 아아아악! 가뜩이나 사람들 따귀를 때려 퉁퉁 부은 손이 잘려 나갈 듯 아팠다. 놔라! 이 씨벌 넘들아! 그때 갑자기 어디선가 나타난 우 권사가 병삼의 오른손에 송곳을 푹 하고 꽂았다.

으아아아아아악!

우 권사가 찌른 송곳은 병삼의 손을 관통했다. 병삼은 오른손에서부터 섬뜩한 느낌이 손바닥에서부터 팔꿈치, 겨드랑이, 척추, 목덜미, 정수리까지 찌릿하게 전해져 왔다. 고통이 너무 심해 토할 것 같은 기분이었다. 우 권사는 병삼의 손에 꽂았던 송곳을 쑥 뽑은 뒤 병삼을 내려다보았다. 으히히히히히히힛. 우 권사는 희번덕한 눈으로 병삼의 손에서 울컥거리며 나오는 피를 보더니 미친 듯이 웃고는 어디론가 도망가 버렸다. 병삼은 우 권사의 모습에 소름이 돋았다. 병삼을 잡고 있던 보안요원들도 도망치는 우 권사와 병삼의 뚫린 손에서 흐르는 피를 보고는 난처한 표정을 짓더니 서로 눈치를 보다가 도망쳐 버렸다. 병삼은 피가 흐르는 오른손을 지혈하려고 잡았다가 다시 비명을 질렀다. 오른손을 건드리기만 해도 너무 아파 온몸이 경직될 정도였다. 이거 큰일이네. 이래서 따귀는커녕 누굴 건드리지도 못하것구먼. 병삼이 보니 멀리 우 권사가 밖으로 뛰어나가는 모습이 보였다. 손이 이 지경이 된 이상 내가 여기 있어봤자 도움될 것이 없어. 나도 여기서 얼른 도망치는 게 최선이여. 병삼은 문 쪽으로 나가려다 쓰러져 있는 보라를 보았다. 쟤 죽은 거 아녀? 바울아! 바울아! 병삼이 바울을 불렀지만, 바울은 복싱 자세를 잡은 재일을 노려본 채 대답하지 않았다. 바울아! 내가 지금 손을 다쳐서 따귀를 못 때린다. 그냥 그 새끼 죽여버리고 얼른 가자! 이러다가 보라도 죽고 나도 죽겄다! 바울은 여전히 재일을 노려보며 대답했다. 보라 씨 데리고 먼저 나가. 나는 여기 금방 정리하고 나갈 테니까. 알았어. 얼른 정리혀.

어쩌지?

재일은 바울이 자신을 금방 정리한다는 말을 바로 앞에서 들었지만, 반박할 수가 없었다. 재일은 바울과 마주 서보고서야 알았다. 자신이 바울의 상대가 안 된다는 것을. 도망칠까? 도망친다고 못 잡을 것 같진 않은데. 그냥 적당히 한 대 맞고 기절한 척할까? 그러다 어디 뼈라도 부러지면 어떡하나? 우선 방심을 시켜야겠다. 재일은 복싱 자세를 풀었다. 정바울! 당신 지금 우리 신성한 예배당을 아비규환으로 만들어놓고 사이비가 아니라고 할 수 있어? 당신이 지금 벌여놓은 이 상황을 보라고. 이 지옥을 당신이 만든 거야. 바울은 고래고래 소리를 지르는 재일을 기가 찬다는 듯 바라보았다. 내가 이렇게 만들었다고? 좆 까지 마. 이 시팔 새끼야! 만약 네가 그렇게 생각한다면 나를 잡으라고 할 게 아니라 지금 사람들을 대피시켜야지. 바울의 말에 재일은 속으로 미소를 지었다. 그래! 지금 우리가 싸우는 게 중요한 게 아니라 사람들이 안 다치게 대피시키는 게 중요하잖아. 뭐 하고 있어? 빨리 사람들 대피시켜! 바울은 재일에게 무슨 꿍꿍이가 있다고 생각했지만, 그래도 사람을 구하는 게 우선이라는 생각이 들었다. 재일은 바울이 머뭇거리자 더욱 크게 소리 질렀다. 여러분! 빨리 여기서 나가십시오. 여자분들과 노약자분부터 차례로 나가셔야 합니다. 거기요! 문을 막고 있는 남자분들 얼른 문을 여세요.

정바울 목사. 저 사람들 문 좀 열게 해줘요.

재일의 말에 바울이 문 쪽을 바라보자 재일은 재빨리 복싱 자세를 잡고 허리를 숙여 바울의 품으로 파고들었다. 재일은 침착하게 왼손으로 잽을 날려 바울과의 거리를 맞춘 다음 곧바로 오른손 스트레이트를 뻗는 척했다. 이 기술은 재일이 복싱 대회에 나갔을 때마다 승리를 안겨준 기술이었다. 바울은 고개를 뒤로 젖혀 재일의 왼손 잽을 피하고 다시 고개를 숙여 오른손 스트레이트를 피하려고 했다. 그러나 오른손 스트레이트는 날아오지 않았다. 아차 하는 순간 재일의 왼손 훅이 바울의 관자놀이를 노리고 들어왔다. 도저히 피할 수 없는 속도의 주먹이었다. 바울은 관자놀이를 향해 들어오는 재일의 주먹을 피하는 대신 고개를 돌려 이마로 주먹을 막았다. 다른 사람 같았으면 이마에 재일의 주먹을 맞고 기절을 했을 테지만, 바울은 철두공을 연마한 덕분에 머리가 쇠공처럼 단단했다. 바울의 이마를 때린 재일의 왼손에서 우두둑하며 뼈가 부러지는 소리가 들렸다.

아아아아악!

재일은 자신의 왼손을 감싸 쥔 채 비명을 질렀다. 공격을 막은 바울은 재빨리 바닥에 엎드리고는 팔굽혀펴기 자세처럼 손과 발끝으로 온몸을 지탱한 채 오공도 자세를 잡은 뒤 재일을 노려보았다. 재일은 지네처럼 바닥에 엎드려 있는 바울에게 주먹을 날리기 힘들었다. 재일의 복싱이 무용지물이 되어버린 것이다. 재일은 바울의 머리를 발로 차려고 달려갔다. 그러자 바울은 엎드린 자세에서 재일을 향해 튀어 올랐다. 공중으로 튀어 오른 바울은 소림무술 중 하나인 오독수를 사용해 손가락으로 재일의 발목을 꽉 찔렀다. 으아아아악! 재일은 독지네에게 물린 것처럼 발목에서부터 허벅지까지 극심한 통증이 올라왔다. 재일이 쓰러지자 엎드려 있던 바울은 재일을 바라보며 천천히 일어났다. 재일은 왼손도 부러지고 오른쪽 다리도 움직이지 않았다. 복싱은커녕 저항조차 할 수 없는 상태였다. 그래! 죽일 테면…. 재일은 바울에게 죽일 테면 죽여보라고 하려 했으나 바울의 눈을 보고는 그 말을 끝까지 하지 못했다. 바울의 눈빛은 사람의 눈빛이 아니었다. 지옥에서 올라온 악마의 눈빛이었다. 당장에라도 사람 하나쯤은 쉽게 찢어 죽일 것 같았다. 재일은 바울의 눈에 서린 싸늘한 한기에 턱이 덜덜 떨릴 정도였다. 바울은 재일을 노려보며 천천히 다가왔다.

으어어어어어어어어억!

재일에게 다가오던 바울이 몸을 부르르 떨더니 풀썩 쓰러졌다. 바울의 뒤에서 여든 살은 넘어 보이는 할아버지가 전기충격기로 바울을 지져 쓰러뜨린 것이었다. 재일은 안도의 한숨을 쉬었다. 할아버지는 기절한 바울에게 올라타서 바울의 머리를 전기충격기로 내리찍기 시작했다. 그러자 다른 사람이 단상에 올라 할아버지를 끌어내리고 또 다른 사람들은 할아버지를 끌어내리는 사람에게 달려들어 머리를 잡아당겼다. 그러더니 또다시 누가 누군지 모를 정도로 서로 엉켜 싸우기 시작했다. 몇몇은 쓰러진 바울을 밟거나 걸어차기도 했다. 재일은 쓰러져 있는 바울이 깨어나기 전에 얼른 도망쳐야겠다고 생각했다. 그러나 바울에게 맞았던 다리가 말을 듣지 않았다. 시멘트에 빠진 것처럼 전혀 움직일 수가 없었다.

고오오오오오오옹.

하늘에서 갑자기 이상한 소리가 들렸다. 생전 처음 들어보는 소리였다. 커다란 고래의 울음소리처럼 들렸다. 그 소리가 들리자 아수라장이던 예배당이 순간 조용해졌다. 싸우던 사람도 말리던 사람도 도망치던 사람도 모두 움직임을 멈췄다. 끼아아아아아아아아. 다시 한번 이상한 소리가 들리자 재일은 천장을 올려다보았다. 천장을 뚫고 거대한 용이 날아올 것 같은 기분이었다. 사람들은 모두 어디서 나는 소리인지 찾기 위해 천장을 두리번거렸다. 어어? 어어어어? 사람들은 모두 단상 위에 있는 거대한 십자가를 바라보았다. 재일이 돌아보니 십자가 윗부분이 벽에서 떨어진 채 기우뚱해져 있었다. 저게 왜? 재일이 상황을 파악하기도 전에 십자가에서 끼기기기기기긱 하는 칠판 긁는 소리가 났다. 그 소리가 너무 크고 소름 돋아 사람들은 모두 귀를 틀어막았다. 그러더니 순식간에 거대한 십자가가 쓰러지기 시작했다. 단상 근처에 있던 사람들은 비명을 지르며 도망치기 시작했다. 재일도 자신의 위로 쓰러지는 거대한 십자가를 보고 놀라 도망치려 했으나 바울에게 맞은 다리 때문에 움직일 수 없었다. 한쪽 다리로 뛰어서 도망치려다가 바닥에 흥건한 피에 미끄러져 넘어졌다. 한쪽 다리로 일어나려고 해도 피 때문에 바닥이 비눗물 쏟아놓은 듯 미끄러워 일어날 수가 없었다. 쓰러지던 십자가는 어느 순간 가속도가 붙어 쓰러지는 게 아니라 추락하듯 바닥으로 떨어져 내렸다. 이렇게 죽는구나. 재일은 자신을 향해 떨어지는 십자가를 보며 겨우 일어났다. 가까스로 일어난 재일은 어금니를 꽉 깨물고 십자가를 노려보았다.

그래. 죽자.

십자가가 재일의 머리 바로 위까지 왔을 때 갑자기 나타난 병삼이 재일을 확 밀었다. 콰아아앙! 십자가는 굉음을 내며 단상을 덮쳤다. 십자가가 떨어지자 사람들은 비명을 지르며 예배당에서 도망쳤다. 재일은 코앞에서 십자가가 쓰러지는 바람에 정신을 차릴 수가 없었다. 재일은 먼지 때문에 앞이 보이지 않아 자신의 머리와 몸을 더듬어보았다. 다행스럽게도 다친 곳은 없는 것 같았다. 십자가가 쓰러질 때 난 소리 때문에 귀에서 삐이이 하는 이명만 들릴 뿐이었다. 잠시 후, 이명이 사라지며 사람들의 아우성이 들리기 시작했다. 그제야 재일은 상황 판단이 되었다. 살았다. 살았구나. 우선 빨리 도망쳐야 한다. 재일은 바닥을 기어서 도망치려 했지만, 누군가 자신의 오른발을 잡고 있었다. 아아악! 이거 놔! 이거 놓으라고! 재일은 자신의 오른발을 잡은 사람을 왼발로 퍽퍽 찼다. 그러나 그 사람은 재일의 오른발을 놔주지 않았다. 재일은 고개를 돌려 자신의 오른발을 붙잡고 있는 사람을 보고는 온몸에 힘이 빠져 풀썩 쓰러졌다. 재일의 오른발을 잡고 있던 것은 사람이 아니라 쓰러진 십자가였다. 재일의 오른발은 십자가에 깔려 으스러져 있었다. 십자가에 깔린 오른발 밑으로 피가 번지기 시작했다. 그제야 재일은 자신의 오른발에서 통증을 느꼈다. 으아아아악! 재일이 미친 듯이 비명을 질렀으나 다들 예배당에서 도망치느라 재일의 비명 따위는 안중에도 없었다.

안녕

어이구, 여긴 그대로네.

병삼은 나무 그늘에 풀썩 앉아서 저수지를 바라보았다. 이게 얼마 만에 오는 고향이여? 아부지 죽고 고창에 있는 삼촌네로 간 것이 일곱 살 때니께. 근 40년 만에 오는구먼. 누구 말마따나 고향은 쉽게 올 수 있는 곳이 아니라는 게 틀린 말이 아니여. 그르나저르나 아무리 시골 촌구석이라고 해도 그렇지. 어떻게 된 게 여긴 40년 동안 바뀐 게 한 개두 없는 겨. 참 나. 병삼은 미소를 지으며 저수지의 반짝이는 물비늘을 바라보았다. 하늘에는 구름 한 점 찾아볼 수 없었다. 살짝 덥다 싶었지만, 저수지에서 시원한 바람이 살랑이며 불어와 매우 쾌청했다. 가을이라 주변은 온통 황금색으로 물들어 있었고, 멀리 보이는 산에 붉은 단풍과 푸른 소나무가 듬성듬성 섞여 심심함을 달래주었다.

여기서 내가 죽을 뻔했었지.

병삼은 일곱 살 때 서울에서 온 누나가 물에 빠져서 구해주려다가 죽을 뻔했던 그날이 떠올랐다. 딱 이 자리였는데. 그때 그 외국인 아저씨가 안 구해줬으면 어쩔 뻔했어. 차라리 그때 죽는 것이 나았으려나? 그랬으면 힘들게 살면서 더러운 꼴 안 봤을 거 아녀. 오히려 그게 더 좋았었을지도 모르것네. 병삼은 일어나 저수지로 가서 물에 손을 넣어보았다. 차가운 물이 손에 닿자 정신이 번쩍 들었다. 어이구, 차네. 병삼은 저수지 물에 손을 씻고 옷에다 물기를 닦은 뒤 다시 그늘에 앉았다. 병삼은 다섯 살 때 돌아가신 옆집 할머니가 줬던 쑥개떡과 이장님 댁에서 먹던 갈치구이가 떠올랐다. 그리고 고창 삼촌네서 자주 먹었던 된장찌개와 호박잎쌈도 생각났다. 내일 고창에도 한번 가볼까? 다른 건 이제 못 먹어도 숙모가 해준 된장찌개는 지금도 먹을 수 있잖어. 병삼은 된장찌개에 밥을 비벼 호박잎에 싸 먹는 생각을 하니 입에 침이 고였다. 그려. 개똥밭에 굴러도 이승이 낫다고. 그때 안 죽었던 게 다행인 겨. 고향 벗어난 이후로는 엄청 고생허고 산 것도 아니잖어. 고창에서도 잘 살았고 서울 올라가서도 크게 힘든 것 없었고. 병삼은 어린 시절 서울에 올라와서 일했던 전주식당도 떠올랐다. 거기서 김치찌개랑 제육볶음도 엄청 먹었는데. 전주식당은 아직 있으려나? 거긴 뭐 서울 강남이니께 진작 없어졌겠지. 병삼은 군대 간다며 거짓말을 하고 전주식당 사장 부부와 연락을 끊어버린 것이 후회됐다. 요새 인터넷으로 사람 찾기 쉽다던데. 우진이한테 부탁해서 찾아달라고 하면 찾아주지 않을까? 서울 올라가면 부탁해 봐야것네.

그나저나 이것들은 왜 안 오는 겨?

병삼은 일어나 도로 쪽을 돌아보았다. 텅 빈 도로에는 개미 한 마리도 보이지 않았다. 병삼은 다시 그늘에 앉아 저수지를 바라보았다. 올 때 되면 오것지. 병삼은 문득 바울에게 서울이 아닌 고창에서 교회를 하자고 해볼까? 하는 생각이 들었다. 꼭 서울에다 교회를 해야 한다는 법이 어딨어? 고향 내려와서 교회 차려도 되잖어.

잠깐. 바울이 그놈 원래 정운사에 있었잖어. 정운사 스님들이랑 마주치면 좀 그러려나? 병삼은 정운사 스님들이 거리에서 전도하는 바울을 알아보는 상상을 하다가 피식 웃음이 나왔다. 그냥 서울에다 교회 차리는 것이 낫것네. 교회가 고창에 있으면 내가 운전할 일도 없을 것이고, 보라랑 우진이도 보기 힘들 거 아녀. 보라는 취직은 했냐? 걔는 멍청하게 땀 흘리면 안 된다고 그러면서 자꾸 운동하는데 취직하나 몰러. 캐나다서 대학 나왔으면 영어 잘할 거 아녀. 나 같으면 강남에 있는 비싼 영어 유치원에 취직하겠네. 애가 머리가 나빠, 머리가. 혼자 똑똑한 척은 다 하면서. 병삼이 이런저런 생각을 하고 있을 때 뒤에서 인기척이 났다. 병삼은 인상을 찌푸리며 벌떡 일어났다.

왜 이제 오는 겨?

병삼은 뒤를 돌아보고는 깜짝 놀라 털썩 주저앉았다. 바울과 보라인 줄 알았는데 처음 보는 여자가 서 있었다. 어이구, 놀래라. 귀신인 줄 알었네. 병삼은 놀란 가슴을 진정시킨 뒤 여자를 바라보았다. 저 아줌마는 왜 저렇게 서서 빤히 보구 있는 겨? 밭일할 때 입는 옷을 입고 있어서 몰랐지만, 얼굴을 자세히 보니 스무 살 중반 정도로 어려 보였다. 여자는 허름한 옷에 키도 작은 데다 팔다리까지 각목처럼 얇아서 안쓰럽게 느껴졌다. 그러나 오히려 여자가 병삼을 안타까운 눈으로 바라보고 있었다. 여자가 서서 계속 바라보고 있자 병삼은 조금 민망해졌다. 에에. 여기 친구들이 오기루 혀서 조금 기다리구 있는 거유. 나 이상한 사람 아니유. 아이구. 여기는 왜 변한 게 없나 몰러. 도로도 좀 잘 깔구. 낚시터 같은 것도 있구 그러면 사람 좀 오겠는디. 병삼의 혼잣말에 여자는 여전히 안타까운 눈으로 병삼을 바라보았다. 어어? 이잉? 아니유. 절대 아니유. 병삼은 민

374

망한 듯 혼자 피식피식 웃으며 손을 내저었다. 혹시 제가 여기 빠져 죽으러 왔다고 생각하시는 거유? 그럴까 봐 그러구 보구 있는 거구먼. 참 나. 내가 일곱 살 때 바로 이 저수지에 들어갔다가 죽을 뻔한 적이 있었어유. 그런데 내가 또 이 저수지에 들어간다고? 차라리 연탄불 피워놓고 죽었으면 죽었지. 진짜로 친구들 기다리구 있는 거니께 걱정하지 말고 갈 길 가유. 병삼의 말에도 여자는 여전히 병삼을 바라보고 있었다. 병삼은 잠깐 기분이 나빠졌다가 혹시 뭔가 도움이 필요한가 싶어 여자에게 다가갔다. 왜유? 뭐 필요한 거 있어유? 병삼은 여자에게 다가가서 얼굴을 바라보았다. 어딘가 낯이 익은 얼굴이었다. 축 처진 눈과 푹 파인 볼, 콧구멍이 살짝 보이는 들창코에 얇게 꾹 다문 입술. 훤한 이마.

엄…마?

여자는 병삼이 거울에서 본 얼굴과 닮아 있었다. 그리고 보니 작은 키와 얇은 팔다리도 비슷했다. 병삼은 말도 안 된다고 머리로는 생각했지만, 입으로 자기도 모르게 엄마라는 말이 나왔다. 여자는 그 말을 듣자 눈물을 울컥 쏟으며 병삼에게 다가와 와락 껴안았다. 이게 뭐여? 혹시 미친년인가? 그러나 잠시 후 병삼은 여자가 진짜 엄마라는 사실이 느껴졌다. 닮은 외모 때문인지 포근한 온기 때문인지 정확한 이유는 모르겠지만, 그냥 엄마라는 확신이 들었다.

왜 벌써 왔어?

여자는 눈물을 흘리며 병삼을 바라보며 물었다. 한참 더 있다 와도 되는데 왜 벌써 왔어. 어어? 병삼은 여자가 하는 말의 뜻을 이해하지 못했다. 아니다. 잘 왔어. 이제 엄마랑 같이 살자. 알았지, 병삼아? 여자의 입에서 병삼의 이름이 나오자 병삼은 자기도 모르게 눈물이 주르륵 흘렀다. 엄마. 엄마. 엄마아아아. 병삼은 바닥에 주저 앉아 목 놓아 울기 시작했다. 여자는 병삼의 머리를 쓰다듬어 주다가 병삼이 울음을 그치지 않자 병삼을 다시 안아주었다. 그래. 우리 병삼이 고생 많았다. 참 고생 많았어. 엄마가 많이 미안해. 엄마가 우리 병삼이한테 진짜 많이 미안해. 병삼은 그래도 울음을 그치지 못했다. 엄마. 엄마 나 때문에 죽은 거 아니지? 그렇지? 엄마 나 태어나서 죽은 거 아니지? 여자는 병삼의 눈물을 닦아주었다. 누가 그래? 누가 우리 병삼이 때문에 죽은 거라고 그래? 절대 아니야. 엄마는 병삼이 때문에 죽은 거 아니야. 그리고 엄마는 지금까지 계속 우리 병삼이 잘 자라서 어른 되고 열심히 살고 그러는 거 다 보고 있어서 하나도 안 힘들었어. 여자의 말에 다시 병삼은 어린아이 같이 울기 시작했다. 나는 엄마 없어서 힘들었다고. 엄마 왜 빨리 죽어서 나 힘들게 했어? 그래그래. 병삼아, 엄마가 잘못했다. 앞으로는 절대 병삼이 옆에서 안 떠날게. 이제 우리 평생 같이 살자. 엄마아아아. 병삼은 여자를 꼭 껴안고 한동안 엉엉 울기만 했다.

인과

어? 뭐야?

보라는 눈을 뜨고 주변을 살폈다. 처음 보는 공간이었다. 짙푸른 하늘에 노을이 번지는 모습이 창밖으로 보였다. 몸을 일으켜 보려 했으나 머리가 무거워 일어날 수가 없었다. 핸드폰은 어디 있지? 주변을 손으로 더듬다가 손등에 걸리적거리는 게 느껴졌다. 링거 바늘이었다. 그제야 보라는 자신이 개인 병실 침대에 누워 있다는 걸 알게 되었다. 보라는 뿌연 기억을 잠시 더듬었다. 예배당에서 사람들이 싸우던 모습이 떠올랐다. 덩치 큰 여자에게 두들겨 맞자 겁이 나 향수병에 든 땀을 마구 뿌려댔던 것도 기억났다. 우진이 혹시 모르니 땀을 향수병에 모아서 위급할 때 뿌리고 도망가라고 했었다. 그때까지만 해도 좋은 계획이라고 생각했지 일이 이렇게 될 거라고는 상상도 못 했었다. 다른 사람들은 어떻게 된 거지? 우진 오빠는 잘 도망쳤나? 병삼이 아저씨는? 정 목사님은 어떻게 됐지? 보라는 흐릿하게 괴물이 포효하는 소리를 들었던 것 같았다. 그리고 예배당 단상 위에 있던 거대한 십자가가 쓰러지는 장면이 떠올랐다. 그러나 보라는 그게 실제로 벌어진 일이었는지 아니면 꿈이었는지 알지 못했다. 이게 다 나 때문이야. 보라는 예배당 안에 있던 수많은 사람이 자신 때문에 싸우고 다쳤다는 생각에 괴로웠다. 어쩌면 불구가 된 사람도 있을 테고 죽은 사람도 있을지도 모른다는 생각까지 하게 되자 자신이 저주받은 존재라는 생각이 들었다. 나 때문에 많은 사람이 다쳤고, 앞으로도 나 때문에 다치는 사람은 계속 있을 거야. 나는 왜 이렇게 태어난 거야? 도대체 무슨 죄를 지어서. 나는 왜 평생 불행하게 살아야 하지? 내 주변 사람들은 왜 평생 불행해야 하지? 차라리 내가 죽는 게 나아. 엄마도 나 때문에 평생 불행했어. 아빠도 마찬가지고. 내가 없으니 엄마랑 아빠는 행복하게 살고 있잖아. 보라는 눈물을 흘릴 힘조차 없었다. 보라는 병원에서 나가게 되면 스스로 목숨을 끊어야겠다고 결심했다.

똑똑똑.

병실 문밖에서 노크 소리가 들렸다. 보라는 겨우 고개를 들어 문 쪽을 바라보았다. 그러다 문득 불안한 느낌이 들어 겨드랑이를 만져보았다. 얇은 병원복을 입고 있었으나 이불을 덮고 있어서 혹시나 하는 마음에 땀이 났는지 확인을 한 것이다. 보라는 화들짝 놀랐다. 자신의 겨드랑이뿐만 아니라 등과 이마에도 땀이 흥건했다. 지금 들어오는 사람이 남자라면 큰일이었다. 잠시만요! 들어오지 마세요! 누구세요? 보라는 허둥대며 덮고 있던 이불을 걷은 뒤 병원복을 펄럭거리며 땀을 식히려고 애썼다. 혹시 이러다가 땀 냄새가 더 퍼지는 거 아니야? 창문을 열어야 해. 보라는 일어나려고 애를 썼으나 몸에 힘이 없어 일어날 수가 없었다. 간호사예요. 문밖에서 들리는 중년 여성의 목소리에 보라는 안도의 한숨을 내쉬었다. 혹시 간호사님 혼자신가요? 남자 없어요? 네. 없어요. 지금 남자 들어오면 안 되거든요. 혼자시면 들어오세요. 보라의 말에 병실 문이 열리고 50대로 보이는 여자 간호사가 들어왔다. 죄송한데 문 좀 닫아주시고요. 창문 좀 열어주시겠요? 간호사는 보라의 말대로 문

보라는 병실 문을 열고 서 있는 경배를 보고 깜짝 놀랐다. 보라야! 경배가 다가오자 보라는 다시 소리를 질렀다. 안 돼! 아빠. 나지금 땀 많이 흘렸어. 코 막아! 코로 숨 쉬지 마! 아니, 그냥 빨리 나가! 보라는 울며 소리를 질렀고 간호사는 깜짝 놀라 보라를 말렸다. 환자분, 진정하세요. 그러자 경배는 보라에게 달려와 보라를 껴안았다. 보라는 경배가 자신을 껴안자 발버둥을 치며 비명을 질렀다. 아아아아악! 안 돼! 빨리 나가! 나 냄새나! 그러나 경배는 아무 말없이 계속 보라를 안아주고 있었다. 그러다 보라는 문득 이상한 느낌이 들었다. 왜 아빠가 화를 안 내지? 보라는 자신을 껴안고 있던 경배를 조심히 밀어낸 뒤 경배의 얼굴을 빤히 바라보았다. 보라는 경배의 코를 살펴보았다. 혹시 밖에서 코를 막고 들어온 것이 아닐까 싶어서였다. 그러나 경배의 코에는 아무것도 없었다. 경배의 코에는 아무것도 없었지만, 눈에 눈물이 그렁그렁 맺혀 있었다. 아빠. 혹시 냄새 못 맡아? 냄새 못 맡게 하는 수술 같은 거 한 거야? 후각신경 제거 수술 그런 거?

보라야. 너 이제 냄새 안 나.

아빠, 그게 무슨 소리야? 경배는 참았던 눈물을 주르륵 흘렸다. 그러고는 보라를 다시 한번 안았다. 사건이 있던 그날, 보라는 재일교회 앞에서 주영이와 통화를 하고는 전화 전원을 꺼버렸다. 약속 장소에 도착한 주영은 보라의 전화가 꺼져 있다는 사실을 그제야 알고 깜짝 놀라 아빠인 근배에게 전화했다. 안성에 있던 근배는 바로 차를 몰고 제일교회로 향했다. 근배가 재일교회에 도착했을 때는 이미 사건이 다 마무리되고 난 뒤였다. 경찰차와 구급차로 뒤덮인 재일교회 앞에서 근배는 피투성이가 된 채 들것에 실려 가는 보라를 찾았다. 근배는 달려가 구급대원들에게 소리쳤다. 남자분들은 구급차에 타지 마세요. 여자분만 타셔야 합니다. 남자분이 타실 거면 방독면을 착용해 주세요. 안 그러면 큰일 나요. 보라를 쫓아 병원까지 온 근배는 담당 의사에게 보라의 냄새에 관해 이야기하며 무조건 여자 의사가 수술해야 한다고 했다. 근배의 부탁 덕분에 보라의 수술은 모두 여자 의사와 여자 간호사가 했다. 보라가 수술하는 사이 근배는 미국에 있는 경배에게 전화했고, 경배는 전화를 끊자마자 바로 한국으로 날아왔다. 경배가 미국에서 한국으로 오는 사이에 이상한 일이 생겼다. 근배는 수술이 끝나고 보라의 냄새 때문에 보라를 1인실에 입원시켰다. 문제는 보라를 수술실에서 입원실로 옮긴 사람들이 남자였다는 것이다. 보라는 수술대에서 침대로 옮겨지고 침대에 누워 입원실까지 가는 동안 식은땀에 젖어 있었다. 그러나 아무 일도 일어나지 않았다. 보라를 옮긴 남자 간호사들은 물론이고 엘리베이터에 같이 타고 있던 남자 환자와 남자 방문객들 아무도 흥분하지 않았다. 근배는 나중에 그 사실을 알고 수술했던 의사에게 어떻게 된 것이냐 물었다. 그러나 의사도 왜 그렇게 됐는지는 알지 못했다. 부신이 신체의 호르몬을 조절하는 기능을 하는데 부신에 있던 종양이 제거되면서 보라의 액취증이 사라진 게 아닌가 추측만 할 뿐이었다.

진짜야? 진짜냐고?

근배는 공항 입국장에서 경배를 기다렸다. 근배는 40년 만에 만난 형을 알아볼 수 있을까 걱정이 되었으나 경배가 먼저 근배를 알아보았다. 근배는 40년 만에 만난 형에게 그간 안부를 묻기도 전에 보라의 냄새가 사라졌다는 말부터 했다. 그 말을 들은 경배도 근배에게 그간 안부를 묻지도 않은 채 보라의 냄새가 사라졌다는 말이 사실인지 되물었다. 보라 수술이 끝나고 내가 입원실에 들어갔더니 보라가 땀을 흘리고 있었어. 그런데 냄새도 안 나고 나도 아무렇지도 않더라고. 나뿐만이 아니라 남자 간호사들도 왔다 갔는데 멀쩡했어. 근배의 말에 경배는 공항 입국장 한복판에서 무릎을 꿇고 앉아 눈물을 흘리며 감사 기도를 했다. 지나가는 사람들은 하나님 감사합니다. 감사합니다, 하며 펑펑 울고 있는 환갑 넘은 아저씨를 이상한 듯 바라보았다. 근배는 경배 옆에 서서 머리를 긁적이다가 손에 묻은 머리카락을 탁탁 털고는 경배의 어깨를 토닥여주었다.

아빠. 그동안 미안했어.

보라는 경배를 안아주었다. 열두 살 이후로 처음 안아보는 아빠였다. 보라는 예전 캐나다에서 크리스마스에 경배에게서 도망쳤던 때가 떠올랐다. 그날 경배의 슬픈 표정은 보라에게 깊은 상처로 남아 있었다. 아빠. 왜 이렇게 늙었어? 좋은 것 좀 많이 먹고 그러지. 무슨 소리야? 내 나이가 이제 환갑인데. 환갑치고는 젊지. 근배 삼촌이 나보다 더 늙어 보이잖아. 아니야. 근배 삼촌이 머리숱이 없어서 그렇지 아빠가 더 늙어 보여. 보라는 경배 얼굴의 주름과 흰머리를 쓰다듬으며 다시 눈물을 흘렸다. 아빠, 난 평생 아빠 얼굴 못 만져볼 줄 알았어. 보라의 말에 경배도 눈물을 흘리며 미소를 지었다. 그러게나 말이다. 나도 이런 날이 이렇게 갑자기 올 줄 몰랐다. 아빠 생각에는 이게 다 네가 착하게 살아서 그런 것 같다. 그렇게 저주스러운 장애에도 불구하고 꿋꿋하고 열심히 살아줬기 때문에 하나님께서도 축복을 내리신 걸 거야. 경배의 말에 보라는 한숨을 쉬고는 고개를 저었다. 아니야. 나 되게 나쁘게 살았어. 아빠 엄마 잘못도 아닌데, 이렇게 태어나게 한 아빠 엄마 원망도 많이 했고, 이런 장애 없이 행복하게 사는 사람들 질투도 하고 욕도 많이 했어. 아빠한테 다 말할 수는 없지만, 정말 나쁘게 살아왔어. 사실 나 퇴원하면 바로 자살할 생각까지 했어. 보라의 말을 들은 경배는 말없이 보라를 안아주었다. 그러면 지금부터라도 다 갚으면서 살면 돼. 잘못했던 거 용서 빌고, 앞으로 평생 착하게 살면 하나님께서 다 용서해 주실 거야. 아마 하나님도 그렇게 살라고 너 고쳐주신 거 아닌가 싶네. 그런데 아빠 언제부터 교회 다녔어? 아빠 원래 교회 싫어했잖아. 그랬지. 그랬었는데. 너랑 엄마가 캐나다 간 이후로 좀 다녔어. 교회에 가서 기도라도 하면 네 병이 나을까 싶어서. 그러다가 너 한국 오고 잘 사는 것 같아서 잘 안 나가긴 했는데. 이제 다시 열심히 다녀야 겠어. 내가 너 고쳐주면 평생 하나님 모시면서 살겠다고 기도했었 거든. 약속은 지켜야지. 그때 문이 슬쩍 열리며 형사들이 들어오려 고 했다. 그러자 간호사가 눈치를 주며 형사들을 데리고 밖으로 나 갔다.

지옥으로 변한 예배당. 그날에는 도대체 무슨 일이?

모든 언론에서 재일교회 사건을 대서특필로 다루었고 대한민 국은 사건에 관한 이야기로 떠들썩했다. 발목 수술을 마친 재일은 각종 언론사에 연락해 재일교회 사건을 수습했다. 최종적으로 사이 비 폭로에 앙심을 품은 정바울 목사가 예배 시간에 마약류의 향정 신성 약물을 풀었다고 결론 났다. 그 당시에 있던 교인들도 정신을 잃고 미친개처럼 싸웠던 이유가 모두 마약 때문이라고 믿었다. 병 삼에게 따귀를 맞아 정신을 차린 일부 교인들은 모두 재일교회를 떠났다. 정바울 목사가 재일교회를 공격한 이유가 사실은 재일교회 가 사이비 교회라서 그랬다는 주장이 간혹 나오긴 했으나, 그렇다 고 교회에 마약을 푼 것이 말이 되냐는 말에 그런 주장들은 결국 힘 을 잃었다. 유튜브나 각종 SNS에는 그날 핸드폰으로 촬영된 동영 상이 올라왔지만, 대부분 교인끼리 싸우는 영상이거나 바울이 사람들을 때리는 영상이었다. 바울은 이 사건의 주동자인 데다가 폭력 전과까지 있는 바람에 감옥에 갇혔다. 보라는 바울에게 협조했지만, 사이비의 꼬임에 넘어갔기 때문이라는 이유로 정상참작을 받아 집행유예를 선고받았다. 예전에 시민상을 몇 번 받았다는 것도 선처받는 데 한몫을 하였다. 우진은 증거 불충분으로 무혐의 처분을 받은 뒤 사라졌다. 재일을 구하고 십자가에 깔려 죽은 병삼의 장례는 재일교회에서 성대하게 치러졌다. 연고지가 없던 병삼의 유골은 재일교회 정원 가운데 묻혔고, 재일은 자신의 목숨을 구해준 병삼을 기리기 위해 그 위에 무화과나무를 심었다. 사실 재일은 병삼에게 조금도 고마운 마음이 없었다. 그러나 십자가가 쓰러질 때 병삼이 몸을 던져 재일을 구해준 걸 목격한 사람들이 많아서 그렇게 할 수밖에 없었다. 그리고 사이비 한마음교회에 있다가 회개하고 재일교회로 온 병삼의 상징성 때문에 재일은 병삼을 의인으로 치켜세웠다. 몇 주가 지나자 재일교회 사건은 북한의 도발과 중국, 일본과의 정치적 문제 그리고 각종 연예인 사건 사고에 묻히고 말았다. 재일교회 신도들은 교회에 들어가기 전 병삼의 무화과나무에 추모 기도를 했으나 크리스마스가 다가올 때쯤에는 그 누구도 병삼의 무화과나무에 기도하지 않았다. 그리고 발목의 뼈가 으스러지고 아킬레스건이 끊어져 불구가 된 재일은 여전히 재일교회 교단에서 목발을 짚은 채 설교를 했다. 재일은 큰 사고를 겪고 장애가 생겼음에도 불구하고 믿음을 잃지 않고 더욱 굳세게 하나님을 영접한다고 소문이 나서 더욱 존경받는 목사가 되었다.

22

또다시 일상

메리 크리스마스.

그럼 다들 즐거운 시간 보내세요. 보라는 손을 흔들며 다른 트
레이너들에게 인사를 했다. 왜? 서 쌤도 같이 가자. 크리스마스이
브인데 집에 가는 거야? 혹시 남자 생겼어? 아니에요. 부모님이 한
국 오시고 첫 크리스마스라 같이 보내기로 했어요. 그렇구나. 잘 들
어가. 고생했어. 크리스마스 잘 보내. 경배는 병원에서 퇴원한 보라
에게 이제 냄새가 안 나니까 일반 피트니스 클럽에서 남자들과 부
딪혀 보는 게 어떠냐 물었다. 하지만 보라는 아직 마음의 준비가 안
되었다며 전에 일하던 여성 전용 피트니스 클럽에 다시 출근했다.
처음에는 재일교회 사건 때문에 피트니스 클럽 사람들이 보라를 피
했으나 점점 이상한 소문이 돌기 시작했다. 보라는 사이비 목사
바울에게 억지로 끌려간 것이다. 보라도 피해자다. 보라는 사람들
을 말리고 대피시키기 위해 재일교회로 간 것이다. 바울에게 협박
을 당했었다. 소문은 점점 퍼졌다. 경찰에 신고한 것도 서 쌤이 한
거래. 서 쌤은 사람들 말리다가 다쳐서 입원한 거잖아. 공범이었으
면 서 쌤도 감옥 갔겠지. 맞네. 맞아. 서 쌤 그 사이비 목사한테 강간
도 당했다던데. 무슨? 어디 가서 그런 소리 하지 마! 아니. 나도 들
은 얘기라서. 어느 순간 보라는 피트니스 클럽 사람들에게 상처를

이겨내고 일어선 강한 여성의 아이콘이 되어 있었다. 건강한 육체가 있어야 건강한 정신이 생깁니다. 6개월 등록하시면 30% 할인에 1개월 더 연장해 드려요. 보라는 여성 전용 피트니스 클럽 홍보 포스터의 메인 모델이 되었다.

일찍 왔네? 크리스마스인데 차 안 막혀?

지하철 타고 다니잖아. 보라가 집에 들어오자 경배가 불고기 냄새와 함께 보라를 반겼다. 크리스마스에 불고기야? 요새 한국에서는 크리스마스에 불고기 먹는다던데? 누가 그래? 드라마에서. 말도 안 돼. 엄마는? 엄마는 와인 사러 갔어. 보라는 방으로 들어가 코트를 벗다가 화장대에 놓인 우체국 등기 소포를 보았다. 이게 뭐지? 봉투에는 받는 사람 서보라, 라고 적혀 있었으나 보내는 사람은 처음 듣는 이름이었다. 연성재? 연성재가 누구야? 보라가 봉투를 뜯자 책 한 권이 나왔다. 관통하는 마음. 어? 이거 우진 오빠가 쓴 책이네? 보라가 책을 펼쳐보자 편지 하나가 나왔다.

보라 씨에게

안녕하세요. 메리 크리스마스입니다.
갑자기 이런 편지를 보내게 되어 죄송합니다.
저는 지금 감시당하고 있습니다.

그래서 그동안 보라 씨에게 연락을 못 드렸습니다.
저를 감시하고 있는 사람이 경찰인지
아니면 전재일 목사 쪽 사람인지 모르겠습니다.

을 닫고 들어와 창문을 열고 보라를 이상한 듯 바라보았다. 몸은 좀 괜찮으세요? 간호사는 보라의 안색을 살폈다. 여기 어떻게 오셨는지는 기억나세요? 간호사의 물음에 보라는 고개를 저었다. 간호사는 보라를 안타까운 눈으로 잠시 바라보다가 다시 입을 열었다. 우선 머리를 다치셔서 수술했고요. 뇌진탕 증세가 있었는데 다행히 뇌출혈은 없었어요. 그렇지만 지연성 뇌출혈이 생길 수도 있으니 경과는 좀 지켜봐야 하고요. 검사 도중에 부신에서 종양이 발견되어 제거 수술도 했습니다. 네? 부신에서 종양이요? 부신이 어디 있는 건가요? 부신은 신장 위에 있는 거고요. 종양은 제거가 잘 되어서 걱정하지 않으셔도 됩니다. 자세한 설명은 이따가 수술하신 선생님께서 오셔서 설명해 드릴 거예요. 혹시 저 수술하신 선생님은 남자분이신가요? 아뇨. 여자 선생님이세요. 간호사의 말을 듣고 보라는 안도의 한숨을 쉬었다. 그리고 조금 있다가 형사분들도 오실 겁니다. 간호사의 말에 보라는 화들짝 놀랐다. 형사요? 서보라 씨께서 병원에 오실 때 같이 오신 분들인데요. 재일교회 사건 때문에 조사하러 오실 거예요. 간호사님. 혹시 형사들이 남자인가요? 보라의 질문에 간호사는 고개를 갸우뚱했다. 대부분 그렇죠? 그럼 죄송한데 여자 형사로 부탁 좀 드린다고 전해주세요. 제가 사정이 있어서 그래요. 이미 와 계신데요. 그래요? 어떡하지? 죄송한데 지금 빨리 아무 향수나 좀 가져다주세요. 디오더런트도 좀 구해다 주시고요. 아니다. 아니다. 먼저 병원복 좀 새 걸로 가져다주세요. 그리고 침대 이불이랑 시트도 바꿔주시고요. 갑자기 보라가 허둥대기 시작하자 간호사는 차분한 말로 진정시켰다. 저기요. 환자분. 무슨 일인지 모르겠지만, 진정 좀 하세요. 그때 갑자기 병실 문이 드르륵 열렸다.

아빠!

어쩌면 보라 씨도 감시당하고 있을 수도 있습니다.
그래서 이렇게 연락을 드린 겁니다.

지금 이 편지로 자세한 이야기는 드릴 수 없습니다.
12월 26일 오전 9시에 청계산 매봉에서 기다리겠습니다.
보라 씨에게 미행이 붙을 수 있으니 절대 보라 씨가 오지 마시고
보라 씨 가족을 제외한 믿을 수 있는 분을 보내주세요.
저는 파란색 배낭을 메고 있겠습니다. 오시는 분께 알려주세요.

이 오빠 뭐야?

편지에는 누가 보냈는지 이름이 적혀 있지 않지만, 보라는 우진
이 보낸 거라는 걸 알았다. 우진 오빠가 감시당하고 있다고? 그래
서 전화번호도 바꾸고 연락도 없었구나. 그런데 감시를 당할 일이
뭐가 있지? 우진 오빠는 무혐의로 풀려났고, 나도 집행유예로 풀려
났는데. 우리가 정 목사님을 탈출시킬 계획이라도 세운다고 생각하
나? 이해가 안 되네. 보라는 우진이 그날의 충격으로 괜한 망상에
시달리는 게 아닌가 걱정이 되었다. 그때 현관문 여는 소리가 들려
서 보라는 책을 던져놓고 방을 나왔다. 엄마 왔어? 우리 딸 메리 크
리스마스. 이제 엄마 한국에서 혼자 와인도 살 줄 알아? 당연하지.
익스 큐즈 미. 웨얼 이즈 더 레드와인? 하니까 다 알아듣던데? 뭐야.
한국말로 해야지. 아. 깜빡하고 케이크를 안 사 왔네. 엄마가 얼른
가서 사 올게. 줄리아가 다시 목도리를 두르고 나가려고 하자 부엌
에 경배가 달려 나왔다. 케이크 필요 없어. 한국 크리스마스는 케이
크 없이 하는 거야. 경배의 말에 줄리아는 깜짝 놀랐다. 누가 그래?
드라마 보니까 그러던데? 당신은 도대체 무슨 드라마를 본 거야?

이게 무슨 짓이야, 도대체. 영화 찍는 것도 아니고.

근배는 청계산역 근처에 차를 주차하고 시계를 보았다. 아직 오
전 7시였다. 9시까지 오라고 했지? 두 시간이면 매봉까지 올라가려
나? 청계산 안내 표지판을 찾아본 근배는 산을 오르기 시작했다. 보
라는 우진의 연락을 받고 바로 근배가 떠올랐다. 삼촌. 내일 청계산
에 좀 가주세요. 보라의 예상대로 근배는 어떠한 이유도 묻지 않은
채 알겠다고 대답했다. 눈이 쌓인 새벽이었지만, 산을 오르기 시작
하자 열기가 올라 춥지 않았다. 이게 얼마 만에 등산이야? 매봉에서
파란색 배낭을 메고 있는 사람을 찾으라고 했지? 무슨 스파이 영화
도 아니고 참 나. 어떤 놈인지 궁금하긴 하네. 근배는 홀로 산을 오
르다가 멀리 올라가는 사람 한 명을 발견했다. 혹시 저 사람인가?
아니네. 빨간색 배낭이네. 그럼 저 사람은 왜 지금 이 시간에 산을
오르지? 근배는 궁금증이 생겨 조금 속도를 높여 산을 올랐다. 거리
가 좁혀지자 근배는 빨간 배낭을 멘 사람이 젊은 남자라는 것을 확
인했다. 그리고 청바지에 운동화, 그리고 후드티에 패딩점퍼를 보
고는 산에 자주 오르는 사람은 아니라는 걸 눈치챘다. 근배는 얼굴
을 확인하기 위해 조금 속도를 내어 빨간 배낭을 멘 사람을 지나쳐
올라가다가 슬쩍 뒤를 돌아보았다. 빨간 배낭을 멘 사람은 고개를
돌려 얼굴을 가렸다. 근배는 수상한 마음에 노골적으로 그 남자의
얼굴을 보려고 했다.

어? 우진아.

우진은 빨간 배낭을 메고는 숨이 턱까지 차올라 헉헉대며 산을
오르다가 어떤 덩치 큰 남자가 자신을 따라오는 것이 느껴졌다. 형
사인가? 아니면 전재일 목사 쪽 사람? 어쩌면 보라 씨가 보낸 사람

일지도 모르겠네. 빨리 매봉에 올라가 숨어서 지켜봐야겠다. 우진은 그렇게 계획을 세웠지만, 체력이 따라주지 못해 따라오던 덩치 큰 남자에게 추월을 당했다. 우진을 추월한 남자가 뒤를 돌아보며 우진의 얼굴을 확인하려 했다. 형사구나. 우진은 급하게 고개를 숙여 얼굴을 가렸으나 그 남자는 우진의 얼굴을 확인하기 위해 노골적으로 바라보았다. 얼굴을 숨기는 게 더 수상하다고 생각할지도 몰라. 그렇게 생각한 우진은 고개를 들어 남자를 보고는 깜짝 놀랐다. 어? 사장님. 남자는 우진이 예전에 안성에서 아르바이트하던 편의점 사장인 근배였다. 너 여기 이 시간에는 웬일이야? 사장님이야말로 안성에 안 계시고 여기 왜 계세요? 근배는 우진을 바라보며 평소 버릇처럼 머리를 긁적거린 뒤 손에 묻은 머리카락을 탁탁 털어냈다.

서울 가서 다시 영화 한다더니 진짜 영화를 찍는구나.

우진은 황당하다는 듯 근배를 바라보았다. 근배는 근처 바위에 털썩 주저앉아 땀을 닦았다. 보라가 보내서 왔다. 예? 보라 씨랑 어떻게 아세요? 내가 보라 삼촌이야. 진짜요? 친삼촌이요? 그래. 같은 서 씨잖아. 그런데 생긴 건 전혀 다른데요? 시끄러워. 너는 그냥 커피숍에서 보자고 하면 되지. 힘들게 뭔 산에서 만나자고 난리야. 영화 보면 형사들이 미행하는 거 따돌리려고 산에 가고 그러잖아요. 그래서 배낭도 파란색이라고 해놓고 빨간 거 메고 온 거야? 그렇죠. 혼선을 주기 위해서. 근배는 주변을 둘러보았다. 이제 서서히 동이 터서 주변이 밝아지고 있었다. 야, 여기 너랑 나 말고 아무도 없다. 뭐 하는 짓이냐, 이게? 내가 너 못 알아봤으면 진짜 매봉까지 올라갈 뻔했잖아. 우진아, 제발 현실을 살아. 현실을. 아휴, 힘들어 죽겠네. 우진은 배낭에서 게토레이를 꺼내 근배에게 내밀었다. 점장님은 잘 계시죠? 똑같지, 뭐. 근배는 게토레이를 벌컥벌컥 마셨다. 줄 거 있으면 얼른 줘. 예? 제가 드릴 게 있는지 어떻게 아셨어요? 줄 게 있으니까 보자고 했겠지. 줄 게 없으면 전화로 해도 되는데 굳이 이런 데서 보자고 했겠어? 우진은 놀란 눈으로 근배를 바라보았다.

아이고, 저러는 거 언제까지 보고 있어야 하는 거야?

그렇게 유세 안 해도 너 목사인 거 다 알아. 작작 좀 해. 바울과 같은 방을 쓰는 옥규는 저녁 식사를 마치고 구석에 꿇어앉아 기도 하는 바울에게 들지 않을 걸 알면서도 한마디 했다. 바울은 교도소 에 들어온 이후로 먹고 자는 시간 외에는 계속 기도했다. 응답을 받 기 위해서였다. 바울은 이해할 수 없었다. 왜 자신에게 이런 일이 생 겼는지. 하은이 죽었을 때는 젊은 시절 자신의 죄 때문에 그런 것 이라고 자책했었다. 그리고 하은은 하나님 성전에 필요하니까 데 리고 가신 거라고 믿었다. 사실 마음으로는 그렇게 믿을 수 없었지 만, 머리로라도 그렇게 믿지 않으면 미쳐버릴 것 같아 그렇게 생각 했었다. 그런데 이번에는 전혀 이해할 수가 없었다. 젊은 시절 지은 죄 때문이라면 나는 평생 이런 고통 속에서 살아야 하는가. 그렇다 면 전재일 목사는 그 많은 죄를 지었음에도 어떻게 그렇게 다 갖고 살 수 있는 것인가. 그럼 보라 씨는 어떤 죄를 지어서 그런 병에 걸 린 것일까? 병삼에게는 왜 그런 능력을 주신 것일까? 그리고 왜 데 리고 가신 것일까? 바울이 아무리 응답을 달라고 기도해도 하나님 은 아무런 대답이 없었다.

두드리라. 그럼 열릴 것이니라.

성경에도 쓰여 있는 얘기잖아. 그런데 정 목사는 하나는 알고 둘은 몰라. 문을 두드려야 열리지. 벽을 두드리고 있으니까 안 열리지. 옥규의 말에 같은 방 사람들은 깔깔거리며 웃었다. 옛날에 홍수가 난 거야. 그러자 그 마을에 사는 목사가 기도를 시작했대. 하나님, 살려주세요, 하고 말이야. 마을 사람들이 교회에 와서 대피하자고 해도 목사는 기도만 했대. 교회에 비가 막 들이차는데도 목사는 계속 기도만 한 거지. 잠시 후 구조대원들이 보트를 타고 와서 얼른 나가야 한다고 해도 목사는 기도만 한 거야. 그러다 마을이 물에 다 잠겨버렸어. 그런데도 목사는 교회 지붕에 올라가서 계속 기도만 하는 거지. 헬리콥터가 와서 구조하려고 했는데도 목사는 하나님이 살려주실 거라며 기도만 했대. 그래서 어떻게 됐어? 결국, 뒤졌지. 그래서 목사가 천국에 가서 하나님한테 따졌대. 내가 그렇게 열심히 기도했는데 왜 안 들어주셨냐고. 그러자 하나님이 내가 너 살려주려고 이웃들도 보내고, 보트도 보내고, 헬리콥터까지 보냈는데 네가 무시했잖아, 하고 화를 내더라는 거야. 에이, 드럽게 재미없네. 옥규의 말이 끝나자 구석에 있던 준호가 인상을 찌푸렸다. 준호는 초범으로 들어온 20대 초반 어린 건달답게 평소에도 괜히 약해 보이는 사람들에게 시비를 걸었었다. 어이, 옥규 아재요. 무슨 무당이라는 인간이 하나님을 팔고 있어? 누가 사기꾼 아니랄까 봐. 준호의 말을 들은 옥규는 발끈하며 일어났다. 뭐? 이 어린놈의 새끼가 주둥아리를 함부로 놀리네? 너 내가 누군지 알아? 준호는 질세라 벌떡 일어났다. 알지! 무당 행세하면서 부적 팔아먹다가 사기죄로 들어온 사기꾼이잖아. 옥규는 방 사람들 눈치를 보며 조심스레 앉았다. 무당 행세가 아니라 신내림을 받고 신령님을 모시는 진짜 무당이야. 준호는 피식 웃었다. 어이, 옥규 아재요. 아재가 진짜 무당이면. 나도 건설 사업하는 사업가고. 저기 저 정 목사도 사이비가 아니라 진짜 목사겠네? 준호의 말에 다시 방 사람들은 깔깔거리며 웃어댔다.

너의 형 아프지?

어? 옥규의 말에 준호는 깜짝 놀랐다. 너의 형 아프니까 엄마는 매일 울기만 하고, 아버지는 술만 처먹고. 동네 애들이 너의 형 놀리면 너는 그놈을 두들겨 패고. 그렇게 애들 두들겨 패니까 화가 좀 풀리네? 뭐 어때? 우리 형 놀린 새끼들인데. 그렇게 애들 패면서 살다가 동네 재개발한다고 거기 가서 서 있으면 돈 준다고 그러네? 그래서 시위하는 데 몇 번 서 있다가 용역 깡패 된 거잖아. 그러다 사람 하나 잘못 때려서 여기 온 거고. 준호는 옥규에게 달려가 멱살을 잡고 일으켰다. 어디서 이 좆같은 사기꾼 새끼가 약을 팔아? 내가 그런 거에 당할 거 같아? 켁켁. 이것 좀 놔봐. 너 잘 풀리는 법 알려줄게. 진짜야. 이게 네가 잘못한 게 아니라 너의 아버지 때문에 그래. 너의 죽은 친할머니가 너의 아버지를 죽일 듯 싫어해. 그래서 너까지 그런 거야. 준호는 옥규의 멱살을 풀었다. 계속 얘기해 봐. 옥규는 구겨진 옷매무새를 정리하고 다시 이야기를 이어 나갔다. 그러니까 너의 친할머니가 너의 아버지를 저주한 거야. 그래서 너의 아버지 아들 중 큰놈은 병신인 거고 작은놈은 양아치인 거고. 그 바람에 너까지 인생 좆같이 된 거지. 옛날부터 괜히 효도해야 한다고 그러는 게 아니야. 아무튼, 그 원한을 풀려면 너의 할머니 무덤을 이장하면서 천도재를 한 번 해야. 옥규의 말이 끝나기도 전에 준호는 다시 옥규의 멱살을 움켜쥐었다. 이 개새끼, 내가 너 그 소리 할 줄 알았다. 준호가 옥규의 따귀를 때리기 위해 손을 올리자 어느새 바울이 준호의 손목을 잡았다. 씨팔, 너도 뒈지고 싶어? 준호는 바울과 눈이 마주치자마자 자신은 바울의 상대가 안 된다는 걸 바로 알아차렸다. 준호는 옥규의 멱살을 풀고 양손을 올렸다. 알았어요. 알았어요. 나도 여기서 말썽부리고 싶지 않아. 준호의 말을 들은 바울은 준호의 손목을 놓아주었다. 저기, 옥규 아재. 한 번만 더 주둥아리 함부로 놀려보세요. 다시는 음식 못 씹게 만들어드릴 테니까. 그냥 화장만 해. 뭐? 준호가 노려보자 옥규는 겁에 질려 움찔했다. 아니. 굿 안 하고 그냥 화장만 해도 된다고. 할머니 무덤 파서 화장한 다음 그냥 강에다 뿌려. 그러기만 해도 돼. 진짜야. 그러면 인생이 잘 풀린다는 보장은 없지만, 할머니 원한은 사라져서 지금처럼 아무 잘못도 안 했는데 인생 좆같이 되진 않아. 준호는 옥규를 노려보다가 바울의 시선을 느끼고 조용히 구석으로 가서 앉았다.

믿기 싫으면 안 믿어도 되는데 손해를 볼 거 없으니까 한번 해봐.

그리고 정 목사도 열리지도 않는 벽 그만 두드려. 본인이 더 잘 알겠지만, 정 목사도 원래 목사 될 팔자가 아니었어. 어둡고 습한 땅속에서 사는 지네 팔자였지. 지네라는 소리에 바울은 옥규를 노려보았다. 그 눈빛만 봐도 딱 보여. 그런데 귀인을 잘 만나서 인생 잘 풀린 케이스잖아. 내 말 무슨 소린지 알지? 옥규는 바울에게 윙크를 찡긋하고는 말을 이어갔다. 이거 봐, 정 목사. 그래. 내가 사기는 쳤어. 굿 안 해도 되는 사람한테 굿하라고 하고 아무 쓸데기 없는 종이 쪼가리 부적이라고 팔아먹은 건 사실이야. 그런데 나 진짜 신내림 받은 무당이라니까. 정 목사가 사이비 목사가 아니라 진짜 목사인 것처럼. 그러니까 내 말 좀 들어. 아까 말했잖아. 하나님이 자꾸 응답을 주시는데 그거 무시하고 기도만 하면 뭐 하냐고. 바울은 무슨 소리인지 모르겠다는 듯 옥규를 물끄러미 바라보았다. 아이고, 참 답답하네. 그렇게 계속 기도만 하고 있으면 창문 밖에서 빛이 쫙 들어오면서 하늘에서 근엄한 목소리로 바울아. 나의 아들 정바울아, 하고 응답을 주실 거 같냐고. 지금이 무슨 아브라함 시대야? 늙어 죽을 때까지 기도해 봐. 그런 일이 생기나. 요새 하나님은 그렇게 응답하지 않으신다고. 계속 응답을 주는데도 정 목사가 못 알아먹고 있잖아. 자. 봐봐. 이제 곧 있으면 또 하나님이 정 목사한테 응답을 줄 거야. 그럼 또 정 목사는 무시하겠지.

수감번호 5212. 정바울 씨 접견 있습니다.

이거 봐. 응답 왔지? 이제 어쩔 거야? 또 무시할 거잖아. 그렇지? 감방문 옆에 달린 스피커에서 바울에게 면회 왔다는 알람이 들렸다. 그동안 바울은 면회를 한 번도 하지 않았다. 바울에게 면회를 올 사람은 바울의 장인인 김 목사 그리고 보라와 우진밖에 없었다. 바울은 보라와 면회를 한다면, 공범으로 보일지 모른다는 생각에 면회를 거부했고, 우진은 찾아오지도 않았다. 장인과 면회를 하게 되면 장인까지 사이비라고 의심받을까 걱정이었다. 바울은 어차피 감옥에 들어온 이상 모든 걸 혼자 끌어안고 버틸 생각이었다. 그런데 이게 응답이라니. 옥규는 바울을 답답한 듯 바라보았다. 정 목사, 자네 목사 될 때 어떻게 됐어? 하나님한테 응답받았을 거 아니야. 하나님이 어떻게 하셨어? 꿈에 나오셔서 너 이제부터 목사 해라, 이러셨어? 아니잖아. 사람 보내셨을 거 아냐. 뭐라고요? 바울은 옥규의 말에 온몸에 전율을 느꼈다. 사람을 보내셨다고? 옥규의 말에 바울은 몇몇 사람의 얼굴이 떠올랐다. 내가 정운사에 살면서 양아치 짓 할 때 병삼이를 보내셨고, 영등포에서 깡패 생활할 때 하은이를 보내주셨어. 그리고 장인 어르신도 보내주시고 한 장로님과 우진이도 보내주셨지. 그런 다음 병삼이를 다시 보내주시고, 보라 씨도 보내주셨어. 이게 다 내 기도에 대한 하나님의 응답이었던 거야. 옥규는 얼빠진 바울의 표정을 보고 미소를 지었다. 이제 알아먹었구면. 어떻게 목사라는 양반이 무당보다도 몰라? 잠시 후 교도관이 와서 정바울 씨 오늘도 접견 안 하실 겁니까? 하고 묻자, 바울은 접견하겠다며 교도관을 따라나섰다. 바울이 교도관을 따라 나가자 준호는 옥규에게 슬며시 다가왔다. 옥규 아재요. 진짜 할머니 무덤 파서 화장하면 되는 거 맞아요? 옥규는 준호를 답답한 듯 바라보았다. 되긴 되는데. 그래도 기왕이면 이장하고 천도재도 지내. 천도재 지내줄 테니까 나한테 돈 달라는 게 아니라, 무덤 근처 절에 가서 시주 좀 한 다음 스님한테 부탁하라 이거야. 사람 말을 끝까지 들어야지, 참. 옥규의 말을 들은 준호는 슬쩍 일어나 이불 속에서 담배 한 갑을 꺼낸 뒤 앉아 있는 옥규의 다리 밑으로 쑥 넣었다. 옥규는 미소를 지으며 담배를 챙기긴 뒤 준호에게 다가와 속삭였다. 너 고향이 제천이라고 했지? 제천에 옥천 할매라고 엄청 용한 무당이 있는데 내가 얘기 좀 해줄까? 준호의 의심스러운 눈빛에 옥규는 눈치를 보며 슬며시 자리로 돌아갔다.

접견인 서근배.

서근배가 누구지? 바울이 접견실에 들어가자 환갑 정도로 보이는 중년 남자와 40대 중반으로 보이는 여자가 바울을 맞았다. 안녕하세요? 저는 서근배라고 합니다. 여기는 김산들 변호사님입니다. 변호사는 바울에게 웃으며 인사를 했다. 바울은 변호사야 그렇다 치고 저 서근배라는 사람이 누구인지 궁금했다. 근배는 자리에 앉아 말을 이었다. 변호사님은 그냥 같이 온 거예요. 저 혼자 오면 제가 가족이나 친지가 아니라 접견도 힘들고, 또 변호사님이랑 같이 와야 철장 없는 접견실에서 접견할 수 있다고 해서요. 그리고 변호사님이 계시면 영상은 녹화해도 목소리는 녹음 못 한대요. 그렇군요. 그런데 실례지만, 제가 기억이 안 나서 그러는데 혹시 제가 아는 분이신지? 바울의 물음에 근배는 아차 하는 표정을 지었다. 죄송합니다. 제 소개를 안 했네요. 저는 보라 삼촌입니다. 아아. 그러시구나. 서보라 씨 삼촌이시구나. 그러고 보니까 성이 같네요. 외모가 너무 다르셔서 전혀 생각 못 했습니다. 저의 형이 보라 아빠인데. 저는 이렇게 푸짐하지만, 저의 형은 보라처럼 날씬하거든요. 바울은 근배의 쓸데없는 이야기와 아무 말 없는 변호사 때문에 점점 어색해졌다. 그러다 문득 궁금해졌다. 이분들이 하나님의 응답인가? 바울은 근배와 변호사의 얼굴을 살폈다. 근배도 바울을 잠시 보더니, 머리를 긁적이고는 손에 붙은 머리카락을 탁탁 털어냈다. 바울은 바닥에 수북이 떨어진 근배의 머리카락을 바라보았다. 혹시 항암치료 중이신가요? 바울의 물음에 근배는 어색하게 웃었다. 아닙니다. 그냥 탈모예요. 아아. 다행이네요.

제가 하나님의 응답을 가져왔습니다.

근배의 말에 바울은 깜짝 놀랐다. 네? 뭘 가져오셨다고요? 아이고, 심각하게 받아들이시네. 그냥 농담한 건데. 하나님의 응답이라는 건 농담이고요. 정바울 목사님을 감옥에서 나오게 해줄 수 있는 걸 가져왔습니다. 근배는 주머니에서 USB를 꺼내 바울에게 보여줬다. 여기에 그날의 영상이 다 들어 있습니다. 보안요원들이 정바울 목사님을 먼저 공격하는 모습, 사람들이 엉켜 싸우던 모습, 그리고 그날 전재일 목사가 했던 말과 행동까지 모두 들어 있습니다. 재일교회 보안실에서 스프링클러가 갑자기 작동해 CCTV가 다 지워졌다는 이야기는 재판에서 들으셨죠? 그날 우신정 권사라는 사람이 교회의 모든 CCTV 영상을 삭제한 뒤, 복원하지 못하게 다 부수고 고의로 스프링클러까지 작동시킨 겁니다. 그 모습까지 전부여기 들어 있습니다. 바울은 근배의 말을 듣고 잠시 할 말을 잃었다. 이게 왜 지금에서야 나온 것일까?

우진이가 준 겁니다.

우진이요? 우진이를 어떻게 아세요? 그게 중요한 게 아니고요. 어쨌거나 그날 예배당에서 난리가 났을 때 우진이가 방송실에 숨어서 영상을 여기에 저장했다고 하더라고요. 그때부터 이 영상을 계속 갖고만 있었던 거예요. 그런데 왜 이걸 재판에서 얘기 안 했느냐? 무서워서 그랬나 보더라고요. 자기는 무혐의 나왔고, 보라도 집행유예고. 정 목사님은 이 증거가 있어도 어차피 폭행죄는 성립이 되니까 긁어 부스럼이라고 생각해서 제출 안 한 것 같아요. 그리고 이 영상을 불법녹화했다는 책임을 물을지도 모른다고 생각했고요. 예배 시간에 전재일 목사가 자백한 영상을 틀었는데도 아무도 안 믿는 것을 보고 이 영상도 어쩌면 증거가 되지 못할 수도 있겠다는 생각도 했겠죠. 그러다가 정 목사님 혼자 다 뒤집어쓰고 감옥에 계속 계시는 것도 마음에 걸리고, 전재일 목사가 아직도 재일교회에서 담임목사로 존경받는 것도 화나고. 겁은 나지만 속은 상하고. 그래서 이러지도 못하고 저러지도 못하고 고민만 하다가 저한테 준 겁니다. 그런데 왜 하필 저한테 줬는지 궁금하시죠? 바울은 근배의 말을 듣다가 이상한 생각이 들었다. 그거 말고 다른 게 궁금한데요. 이상한 질문이겠지만,

혹시, 독심술 같은 거 하세요?

네? 무슨 말도 안 되는 말씀을…. 아아. 죄송합니다. 제가 묻지도 않았는데 궁금한 것에 대해 너무 정확하게 대답해 주셔서요. 그런데 가끔 이상한 능력이 있는 사람들이 있어요. 그날 죽은 제 친구 병삼이도 이상한 능력이 하나 있었거든요. 그래서 어쩌면 독심술 하는 사람도 있지 않을까 싶었습니다. 너무 제 마음을 잘 아시니까. 근배는 다시 머리를 긁적이며 시계를 보았다. 접견 시간 끝나가네요. 이상한 이야기는 그 정도만 하시고, 목사님은 앞으로 어떻게 하실지 생각해 보세요. 우진이는 더 이상 이 사건과 연관되고 싶지 않다고 했고, 보라는 목사님과 끝까지 싸우겠다고 했습니다. 이 영

상을 증거로 항소를 하시면 목사님이 사이비라거나, 교회에 마약을 풀었다거나 하는 누명은 벗겨져서 형량이 감소할 것으로 보입니다. 게다가 전재일 목사에게도 타격을 줄 수 있을 것 같아요. 영상을 보니까 오히려 전재일 목사가 사이비로 보이더라고요. 근배는 말이 없는 바울을 보며 다시 머리를 긁적였다. 목사님께서 무슨 생각을 하시는지 알고 있습니다. 여기 계신 김산들 변호사님은 국제변호사세요. 저의 형수님, 그러니까 보라의 엄마랑 미국에서부터 알던 사이라 여기까지 와주신 겁니다. 변호사님께서 이 영상을 뉴욕타임스와 BBC 같은 외국 언론에 제보해 주신다고 하셨어요. 외국 언론사까지는 전 목사의 영향력이 못 미칠 테고, 그러면 국내 뉴스에서 보도했을 때처럼 그냥 흐지부지되진 않을 거예요. 어떠세요?

응답받았어?

바울이 방으로 돌아오자 옥규가 웃으며 물었다. 바울은 대답도 하지 않은 채 모호한 표정으로 구석에 가서 앉았다. 방 사람들은 모두 바울의 대답을 기다렸지만, 바울은 다시 꿇어앉아 기도를 시작했다. 그런 바울을 보며 누구는 또 시작이라며 혀를 찼고, 누구는 응답을 못 받았나 보네, 하며 비웃었다. 바울은 머릿속이 복잡했다. 근배라는 사람이 정말 하나님의 응답인지, 우진이 줬다는 영상이 정말 쓸모가 있는 것인지 알 수 없었다. 바울이 할 수 있는 것은 여전히 기도밖에 없었다. 바울은 저녁도 굶고 잠도 안 자면서 계속 기도를 했다. 하나님, 저는 어찌해야 합니까? 저는 하나님의 뜻이 무엇인지 여전히 알지 못합니다. 제게 응답을 내려주시옵소서. 바울은 기도가 계속될수록 마음이 아려오기 시작했다. 모든 것이 자기 탓이라는 생각이 들었다. 후회와 슬픔이 파도치듯 밀려와 참을 수가 없었다. 바울은 생각에 파묻혀 더는 기도를 할 수 없었다. 바울은 기도를 멈췄다. 그리고 아무 생각도 하지 않았다. 꿇었던 무릎을 풀고 몸을 일으킨 뒤 가부좌를 하고는 참선을 시작했다. 정운사에서 나온 이후로 처음 하는 참선이었다. 바울은 모든 안타까움과 미움을 떨쳐내려 애를 썼다. 그렇게 몇 시간이 지나자 마음이 점점 안정되었다. 바울은 마음이 안정된 이후에도 참선을 멈추지 않았다. 그런데 갑자기 눈이 부시기 시작했다. 눈을 떠 보니 모두가 잠을 자고 있는데 창문에 빛이 들어오고 있었다. 창문의 빛은 창살 때문에 세 갈래로 갈라져서 감옥 구석을 비추었다. 바울은 고요하게 흐르는 빛을 잠시 바라보다가 몸을 일으켜 창문 밖을 내다보았다. 어느새 날이 밝아 태양이 떠오르고 있었다. 창문 밖 눈 쌓인 공터에 누군가 서 있는 모습이 보였다. 그 사람은 교도관 복장도 아니고 수감자 복장도 아니었다. 그 사람은 밝은 회색 면바지에 흰색 반소매 셔츠를 입고 있었다. 이 추운 날 반소매 셔츠라니. 바울은 그 사람을 자세히 살펴보다가 깜짝 놀랐다. 눈밭에 서 있는 사람은 병삼이었다. 바울은 자기도 모르게 눈물이 주르륵 흘렀다.

고맙다, 병삼아.

바울은 병삼을 보자 감사한 마음이 솟아나기 시작했다. 모든 것이 고맙고도 감사했다. 지금까지 겪었던 모든 일과 지금까지 만났던 모든 사람이 자신에게 축복이라는 생각이 들었다. 그리고 머릿속과 마음속에 있던 수많은 걱정과 근심이 모두 가볍게 느껴졌다. 문득 이 느낌이 예전에 병삼에게 따귀를 맞았을 때 느낌과 비슷하다는 생각이 들었다. 바울은 이런 느낌을 잊지 않기 위해 태양 아래 서서 빛나고 있는 병삼의 모습을 계속 바라보았다. 잠시 후 바울은 자신도 서서히 빛이 되어가는 게 느껴졌다.

후려치는 안녕

초판 1쇄 발행 2023년 10월 26일

지은이 전우진
펴낸이 안병현 김상훈
본부장 이승은 **총괄** 박동욱
책임편집 박윤희
마케팅 신대섭 배태욱 김수연 **제작** 조화연
2차 저작권 관리 권정은

펴낸곳 주식회사 교보문고
등록 제406-2008-000090호(2008년 12월 5일)
주소 경기도 파주시 문발로 249
전화 대표전화 1544-1900 **주문** 02)3156-3665 **팩스** 0502)987-5725

ISBN 979-11-7061-040-3 (03810)
· 책값은 표지에 있습니다.